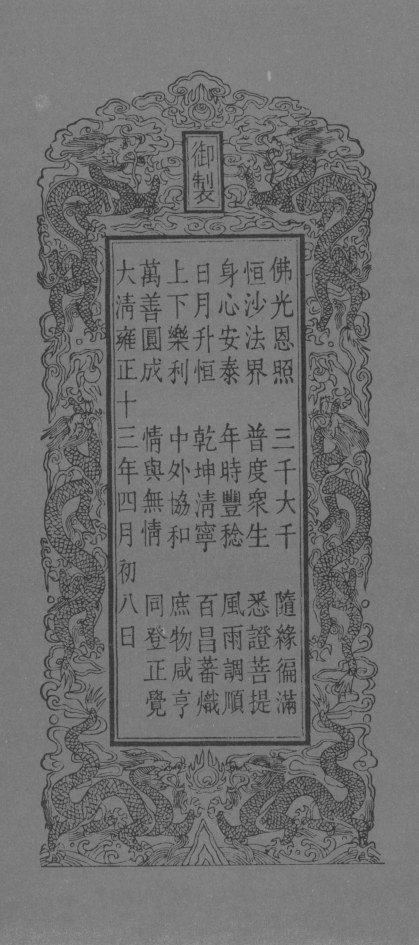

御製

佛光恩照　三千大千　隨緣徧滿
恒沙法界　普度衆生　悉證菩提
身心安泰　年時豐稔　風雨調順
日月升恒　乾坤清寧　百昌蕃熾
上下樂利　中外協和　庶物咸亨
萬善圓成　情與無情　同登正覺

大清雍正十三年四月初八日

第六六册　宋元入藏諸大小乘經（八）

佛說聖寶藏神儀軌經

宋西天三藏朝散大夫試鴻臚少卿傳教大師法天奉　詔譯

清刻龍藏佛說法變相圖

佛說聖寶藏神儀軌經卷上 上下同卷

宋西天三藏朝散大夫試鴻臚少卿傳教大師法天奉　詔譯

歸命一切佛菩薩　頂禮依法寶藏神
藏神歡喜令求者　成就牟尼一切事

今說寶藏神廣大儀軌護摩法則若持誦之人須一向歸命三寶先受灌頂爲一切衆生慈心忍辱如所說法深信依行具此德者可行持誦儀軌之法欲作此法先自安坐諦淨身心思惟清淨之地可安賢聖堂殿之位所有河岸邊園林中山澗内聖賢經行處有聖跡處無盜賊處三惡不生清淨處但得一處殊妙及無蛇蟲蚊蝱潔淨地位去其瓦石取河岸上淨土填令平正以五種淨水誦心眞言及外心眞言八百徧加持於水灑彼地上起首先誦眞言如得好祥瑞之時即於彼處

或面東或面西或面北作廣大殊勝賢聖堂殿復用五種淨水結淨自身其水仍加持八千徧施一切衆生及餓鬼等然自至誠齋戒一日三時沐浴又於三時換著新淨之衣意中思念三妙解脱如是而行於晚間入此道場持誦至來晨日半出時持誦終畢然後用淨水入淨土少許洗身上分即黙然面東或面西或面北端坐洗身下分復別取淨土和水漱口三徧持聖無能勝真言以手摩頂徧加持亦三即得擁護自身復頂禮賢聖誦心真言或外心真言加持香水三徧以水灑賢聖堂即獻二十種供養結三昧印成金剛牆結金剛橛印成金剛網即以兩手平掌相對以二中指相並無名指屈第三節二頭指附彼無名指背二大指附二頭指邊二小指如金剛針作寶藏神根本印此印結中間當得寶藏神得現復誦根本真言

曩謨(引)囉怛曩(二合)怛囉(二合)夜(引)野曩謨(引)麼(引)尼婆捺囉(二合)(引)野摩賀(引)藥叉細(引)曩(引)鉢多曳(引)唵(引)惹(惹敢切)婆羅惹隸(隸斬切)野娑嚩(二合)(引)賀

復誦心真言

囉怛曩(二合)婆捺囉(二合)曩帝惹(惹敢切)羅惹隸(引)捺囉(二合)野娑嚩(二合)(引)賀

復誦外心真言

囉怛曩(二合)婆捺囉(二合)曩帝惹(同前)婆羅謨契(啓孕切)捺囉(二合)(引)野娑嚩賀

誦此真言已即以二頭指豎如金剛此成金剛牆印二頭指如環此成金剛網印如是頭指相合此成金剛橛印此三印與寶藏神真

言同用得大擁護
次請召賢聖於賢聖前作香臺以無蟲牛頭檀香及沉香等作香燭如是執彼香燭面向賢聖合掌恭敬安身不動即誦此眞言
躂呬曳引二合 呬娑誐鍐
誦此眞言已即以大指屈入頭指中間作召請印復誦召請眞言曰
囉怛曩二合婆捺囉二合曩帝躂呬曳引二合呬祖嚕祖嚕馱囉馱囉惹羅曩舍野曩必哩二合野囉野娑嚩引二合賀
誦召請眞言已得賢聖降臨即合掌各令三隻指屈第三節以中指相並大指相離作寶藏神師子座印以獻座此印結中間寶藏神并及眷屬皆坐其中而作施願
次作結淨用烏尸囉木作拂畫本尊賢聖色相即以右手作拳左手按腰作用拂印而用拂拭誦結淨眞言七徧獻於賢聖眞言曰
囉怛曩二合婆捺囉二合曩諦賀囉賀囉囉祖誐囉二合賀囉拏引野娑嚩二合賀
復說曼拏羅結淨儀則以衢摩夷及香作泥塗曼拏羅地四方廣闊十二指若十二指已上亦合儀則乃作結淨印即以兩手各舒五指指各相離而下按地作結淨印已即誦曼拏羅眞言七遍眞言曰
囉怛曩二合婆捺囉二合曩帝俱胝羅俱胝羅引禨哩哆二合㖿哩二合夜引野娑嚩引二合賀
復說然燈儀則於新器中盛黃牛酥用覩羅綿爲燈炷即以兩手作拳相合展兩大指兩小指相合如針作寶藏神燈印復誦燈眞言七遍眞言曰

囉怛曩合二婆捺囉合二曩帝護嚕護嚕鉢囉合二
迦引舍野娑嚩合二賀
復說洗浴賢聖儀則若是金銀玉石等像即
可以水洗浴像身若是上塐綵畫幀像等以
鏡照像浴其鏡像或夜後對月浴於像影作
如是言我今獻浴即以兩手合掌令二小指
相叉過二無名指入於掌中二頭指頭相拄
屈如環二大指屈上節此是洗浴印復誦洗
浴眞言七遍眞言曰
囉怛曩合二婆捺囉合二曩帝薩曩引二合曩必哩
二合夜引佉吒佉吒婆惹羅供婆惹羅娑嚩合二
引賀
復說塗香儀則以無蟲白檀牛頭栴檀等香
為塗香結香印作如是言我今獻香即以二
手大指相向磔開二頭指屈於中節作塗香
印復誦塗香眞言七遍眞言曰
囉怛曩合二婆捺囉合二曩帝羅羅羅羅迦引羅
迦羅酥囐馱囐馱必哩合二夜引野娑嚩合二賀
復說燒香儀則以無蟲白檀牛頭栴檀沉香
乳香等於爐內裝燒之時作如是言我今獻
香以二手大指頭捻中指等三指甲頭令二
頭指屈第三節作燒香印復誦燒香眞言七
遍眞言曰
囉怛曩合二婆捺囉合二曩帝覩嚕覩嚕摩賀引
度波必哩合二夜野娑嚩合二賀
復說獻花儀則惹帝花摩隷迦花曼陀羅花
蓮花優鉢羅花摩俱羅花等而供養時作如
是言我今獻花即以兩拳相向豎展二大指
作獻花印復誦獻花眞言七遍眞言曰
囉怛曩合二婆捺囉合二曩帝補瑟波合二鉢羅合二

嚕呬哩呬哩補瑟波二合禰引伽娑嚩二合賀

復說五色粉壇獻食儀則用青黃赤白緑五色粉以惹帝花摩隷花等褁過專心粉曼拏羅及獻食時作如是言我今獻食即以兩手五指平正按地作五色粉壇獻食印復誦五色粉壇獻食真言七遍真言曰

囉怛曩二合娑捺囉二合曩帝呬引呬引摩賀譬引曩引麼隷必里二合野引輸引娑引野娑嚩二合賀

若所獻飲食用上好粆糖乳蜜造種種飲食及種種酥食其酥酪乳糖蜜名三昧甜食食中最上及用五穀食乳汁蔬菜等諸味具足白日供獻夜分即已又以薑鹽胡椒三種具足作藥叉食每日夜分出此供養白日即已若持誦者先須乞食或乳汁蔬菜果子等結齋食已淨洗浴身然可課習所持之法令其精熟以前三白等食於賢聖堂外大樹下而爲供獻作如是言我今獻食即以二手平舒十指端直令二大指安掌中作獻食印復誦獻食真言七遍真言曰

囉怛曩二合娑捺囉二合曩帝舍迦舍迦麼隷囉引惹惹努劍波迦麼隷捺引野迦禰引呬禰引呬娑嚩二合賀

復說鈴儀則須用新鈴内有簧聲相最妙者安挂曼拏羅門樓之上作如是言我今獻鈴即以右手覆下作鈴印復誦獻鈴真言一七遍真言曰

囉怛曩二合娑捺囉二合曩帝枳尼枳尼健吒迦囉拏具引釤室里二合拏尼所切娑嚩二合賀

復說作蓋儀則以木作蓋身用新淨白綾絹

等爲垂帶於帶上畫賢聖等及於帶中間以珠寶莊嚴成其寶蓋作如是言我今獻寶蓋即合掌頂禮屈兩手中間如蓋相作寶蓋印復誦獻寶蓋真言七遍真言曰

囉怛曩二合娑捺囉二合曩帝仡里二合恨拏二合仡里二合恨拏二合蹉怛囉二合必里二合野蹉怛囉二合囉叉迦娑嚩引二合賀

復說幢旛儀則所造幢旛宜用新鮮顏色即以左手大指捻中指無名指小指頭指竪立少斜作旛印以右手大指捻無名指及小指竪立中指及頭指少斜震動作幢印復誦獻幢旛真言七遍真言曰

囉怛曩二合娑捺囉二合曩帝惹野惹野覩嚕覩嚕吠引惹演帝必里二合夜引野娑嚩引二合賀

如是二十種供養其根本真言內心印外心印加持供獻皆可同用復以二手作拳小指如針作寶藏神印此印中間見寶藏神得歡喜我今說彼聖寶藏神曼拏羅能令無財者得一切財無善者獲一切善能成就一切事滅一切罪能得夜叉富貴及得夜叉同住

復說曼拏羅名夜叉門於清淨無人陸地樹林中以衢摩夷塗地種種香花恒用供養誦夜叉真言作灌頂法誦夜叉心真言作請召法及依法粉壇其曼拏羅令作四方每方各開一門方位周正於曼拏羅中心安寶藏神於寶藏上坐依次第莊嚴身色作白黃赤復作螺藏蓮花藏左名寶藏無量光右名寶藏金光東方安置夜叉王東南隅名摩尼光南方名寶光西南隅名水光西方名你囉羯囉鉿西北隅名伊舍那天北方名寶賢此八爲

大寶藏神眷屬若於此根本真言中求成就者細意思惟如法依行若不依者如行大地虛施辛苦令彼求者反成魔事是故一心於曼拏羅八眷屬處依法思惟志求成就五逆重罪皆悉除滅又持誦者先須受持齋戒常行慈悲喜捨所作曼拏羅先創一土臺四方平正以香水灑淨却移大力寶藏神安置東北方却於曼拏羅中方安本尊釋迦牟尼佛結跏趺坐合眼如入定相爲三界師身真金色頂相圓滿一切莊嚴富貴第一彼佛左邊安大明菩薩名恒沙無畏觀自在身具四臂色如鵝如軍那花如月如真珠如乳色坐蓮華座手持蓮華頭作髮髻頂戴天冠上有無量光佛作善相圓滿誦者作如是言我今獻拂即以右手大指捻小指甲其餘三指如金剛杵相向上而轉作獻拂印復誦獻拂真言七遍真言曰

囉怛曩二合娑揉囉二合曩帝左摩囉左摩囉必里二合夜引野度吒度吒娑嚩引二合賀

復說佛身莊嚴儀則所戴頭冠寶帶瓔珞等皆用金寶莊嚴如闕金寶而以木作莊嚴之具及用雌黃等色裝畫衣服作如是言我今獻此莊嚴即以二手大指各捻中指下三指甲以兩手頭指屈而相鉤向上轉作莊嚴印復誦莊嚴真言七遍真言曰

囉怛曩二合娑揉囉二合曩帝彌伽引娑囉拏惹藍引目伽曩娑嚩引二合賀

復說供養儀則以殊妙花鬘香花寶物及閼伽香藥清淨衣服眼藥金筋及五穀和合閼伽鉢供獻賢聖作如是言我今獻閼伽供養

於師子座前即磔開大指作閼伽印復誦閼伽真言七遍真言如前誦如是持誦者於此閼伽真言法等先作精熟方可成就閼伽供養以玻瓈寶等作十團食如闕緣以緑豆等五穀作十團食如闕五穀即以淨土爲十團食而用供養次用果子如尾惹布囉迦果等應是吉祥甘美果子有殊妙香味自落者及果葉而爲供養次用香如無妙香但以有香氣樹皮及花爲粖作於香燭而爲供養次用酥燈如無酥油以尸哩沙木或松脂等皆可然燈而爲供養若粉壇用七寶粖如闕緣即以五色米麵爲粉如無米麵以上色白土或石粖淨沙染成五色可以粉壇次爲賢聖出食如無飲食以果實藥根等代用如是儀則誦人雖闕緣須具二十種供獻若作曼拏羅須依行十波羅蜜無其罪業者而得成就不久速得法眼清淨證無爲果若前十團食用五寶或五金或五穀等若用五穀爲團食須染成作五寶色如以緑豆爲食即染爲青色假作大青寶等而彼誦者作如是言我今獻閼伽等供養

次説發遣儀則用不蟲白檀及牛頭栴檀沉香龍華等即以中指無名指與大指相捻誦發遣真言加持七徧然後三説諸來賢聖隨自方位各歸本處以其香粖向空擲之用請召印磔開指頭亦成發遣印其發遣真言曰

囉怛曩二合婆捺囉二合曩帝四吲訖里二合哆引帝引左婆捺囉二合婆誐鍐捺引惹拏二合誐蹉誐蹉婆嚩引二合賀

持誦者乃自啓言我以信心爲作利益唯願

納受此閼伽香花等將自眷屬乘虛空道往本世界最上所居火天等天如楞嚴經天藏經等所說如是諸方各有賢聖東方過五十世界有世界名曰開花彼有世尊名開花王如來彼有菩薩名妙吉祥而住於彼西方有國名爲極樂彼有世尊名無量光如來彼有菩薩名觀自在而住於彼北方有國名阿拏嚩底彼有聖金剛手菩薩寶賢菩薩滿賢菩薩及寶藏神等大菩薩而住於彼如是等衆令還本位前曼拏羅内所有幢旛寶蓋香花燈燭杖拂飲食種種殊妙閼伽花等當欲供獻之時持誦者於賢聖右邊面前而住就左邊供獻持誦及同事者即須預洗浴結淨一依儀則召請賢聖供獻事畢然後發遣

佛說聖寶藏神儀軌經卷上

佛說聖寶藏神儀軌經卷下

宋西天三藏朝散大夫試鴻臚少卿傳教大師法天奉　詔譯

復次曼拏羅内所用供獻之物須具二十件每日三時供獻辰時供物午時酉時不得再用須別換新者若誦者力所不及許納價直迴贖於第二時第三時再將供獻每日三時皆然直候得壇法所求成就日速納前件一切價直若供獻時即結幢印誦幢眞言曰

囉怛曩二合婆捺囉二合曩帝覩瑟也二合迦羅娑特嚩二合惹必里二合焰特嚩二合惹布惹迦娑嚩二合引賀

復說衣物儀則以無蟲疋帛造白衣二對於衣上畫金彩莊嚴塔相作如是言我今獻衣物即以兩手大指各捻頭指屈如環兩環相鉤餘指磔開作衣物印復誦衣物眞言七遍眞言曰

囉怛曩二合婆捺囉二合曩帝地里地里摩賀引三母捺覧二合麽囉馱娑嚩二合引賀

復說扇儀則用無蟲疋帛作扇其扇白色制度合儀扇柄端直以金寶莊畫二柄作如是言我今獻扇即以左手屈小指於掌内竪臂摇手作扇印復誦扇眞言七遍眞言曰

囉怛曩二合婆捺囉二合曩帝吠引覧婆嚩引喻馱引囉迦迦羅娑嚩二合賀

復說拂儀則作白拂如法裝畫拂柄用拂眞言加持七遍然後於東北方安置曩婆夜叉王北方安毗沙門西北方安摩賀曩婆次安阿嚕尼所二合大力夜叉王次安鉢捺摩護努護努迦及酥細拏賛捺囉昝婆句謨吒迦囉訖哆吤麽摩護捺囉次安尾布羅左夜叉女

此夜叉女最上端嚴次安尾布覽左賛捺隣二合引輸摩呬摩呬誐挽引左酥路引左曩引左鉢納摩二合娑囉引酥部嚕二合嚩尾左夜叉尼摩賀引麼曳酥枳細左嚩曩麼引羅引左必里引二合濕嚩二合梨捺嚕二合摩麼黎迦左薩里嚩二合迦引摩頗羅鉢羅二合那引及摩努引惹嚩引迦摩嚕閉酥嚕二合哆嚩引吉也二合酥捺里舍二合你摩護引誐囉二合引唧引帝尾契也二合哆引等二十或一百依次第安置於外方位因陀羅等賢聖前作金剛網輪槍杖螺羂索幢三股叉及於東門安戟金剛錟等如是可及百種巳上以摩羅帝花摩梨迦花曩五色粉獻塗香燒沉香誦心真言請召寶藏神及諸賢聖誦本真言請召夜叉女次獻花鬘摩羅帝花殊妙蓮花優鉢羅花迦難麼花俱魯嚩花及緊輸迦花一切賢聖依次第獻以紫礦安悉香龍腦香白檀香同作護摩於寶藏賢聖前置種種花種種供養之物或聞太惡聲如得破壞此是祥瑞不得恐怖所求之事決定成就當得寶藏神與大富貴此則曼拏羅儀則及所誦真言

唵引惹敢二合婆羅惹隣引捺羅引二合野娑嚩引二合賀阿地鉢帝摩賀引夜叉囉引惹地摩呬引擔努引夜叉鉢囉二合冐引捺夜夜叉娑引尾怛里引二合唵引夜乞叉二合娑嚩引二合賀

次心真言

阿喃哆鉢捺摩引二合野娑嚩引二合賀夜乞叉二合尾你也引二合野娑嚩引二合賀

次蓮華藏真言

阿喃哆商佉引野娑嚩二合賀

次螺藏眞言

囉惹哆曩引婆野馱曩引地鉢哆曳引娑嚩二合引賀酥曩引婆引野馱曩引地鉢哆曳引娑嚩二合引賀摩尼曩引婆引野馱曩引地鉢哆曳引娑嚩二合引賀囉怛曩二合曩引婆引野馱曩引地鉢哆曳引娑嚩二合引賀酥曩婆野馱曩地鉢哆曳引娑嚩二合引賀暗沒曩引婆引野馱曩引地鉢哆曳引娑嚩二合引賀你羅曩引婆引野馱曩地鉢哆曳引娑嚩二合引賀吠引室囉二合摩拏野馱曩地鉢哆曳引娑嚩二合引賀

摩賀引曩引婆引野馱曩引地鉢哆曳引娑嚩二合引賀賀囉賀囉惹敢二合婆迦吽嚄吒娑嚩二合引賀惹敢二合婆迦野羼捺囉二合引曳引娑嚩二合引賀護嚕護嚕喃引曩引酥史拏引野娑嚩二合引賀賀囉賀囉賛捺囉二合細引曩野娑嚩二合引賀惹敢二合婆曩引野娑嚩二合引賀摩護引捺囉引野娑嚩二合引賀尾摩羅尾摩羅捺里舍二合你引娑嚩二合賀尾摩羅尾摩隸引尾舍引羅曩野你引冐馱野娑嚩二合引賀賛捺覧二合引輸摩你數布即以二合帝數布即以二合帝引賛捺里二合引賛捺囉二合摩帝娑嚩二合賀賛捺覧二合引輸摩帝娑嚩二合引賀阿嚩引賀你酥路引左你也鉢捺彌二合引娑嚩二合引賀鉢捺摩二合娑囉引酥部嚕二合摩努引囉彌引娑

嚩引二合賀酥部嚕二合酥部嚕二合嚩引護鉢囉二合怛也二合曳引娑嚩引二合賀嚩呬尾二合摩隸波致謨引致娑嚩引二合賀摩賀引彌引佉酥吉引舍摩引隸酥吉引舍摩引隸吉引舍嚩囉尼娑嚩引二合賀曩嚩摩引隸你娑嚩引二合賀引烏骨二合底瑟姹二合布室左二合隸引娑嚩引二合賀引捺嚕二合摩麽引隸迦引頗隸捺嚕二合摩枳隸枳隸娑嚩引二合賀迦摩摩隸尾羅細你娑嚩二合賀薩里嚩二合誐囉二合賀引摩努引惹味引婆誐嚩帝娑嚩引二合賀引迦引摩嚕閉婆引尾你娑嚩引二合賀酥嚕二合哆嚩引吉也二合緊迦哩娑嚩引二合賀酥捺里舍二合你引迦引彌你娑嚩引二合賀摩護引誐里引二合婆野迦里娑嚩二合賀印捺囉引二合野禰引嚩引地鉢哆曳引娑嚩引二合賀阿誐曩二合曳引賀尾也二合地鉢哆曳引娑嚩引二合賀夜摩引野必里引二合哆地鉢哆曳引娑嚩引二合賀

此等真言能令一切天龍夜叉乾闥婆阿脩羅迦樓羅緊那羅摩睺羅伽必里哆毗舍左人非人等恭敬讚歎皆大歡喜又此真言利益一切衆生如如意寶如彼賢瓶如彼劫樹諸有所求皆得成就我今說此真言之法令彼持誦若彼不種善根衆生暫聞此法彼人永不墮於惡趣之難若有種善根者衆生之類樂聞書寫受持讀誦所得功德如佛如來功德無異若有人受持心真言者是人得入阿毗跋致不久當成阿耨多羅三藐三菩提永離惡道是人不貧不老無病無苦種種之事俱得圓滿復得一切有情愛樂尊重恭敬供養我今略說持此真言所獲功德假使一

切賢聖及天龍夜叉乾闥婆阿脩羅迦樓羅緊那羅等不能知此功德之量說不能盡如是我等及彼諸佛如來應供正等正覺說此眞言功德亦不能盡何況菩薩摩訶薩聲聞辟支佛及諸天人知此功德之量而說盡耶如來一切智智功德無邊此大力寶藏神所有功德亦復如是此眞言王一切如來眞實之心能爲一切世間主宰救諸衆生惡心者調伏衆生苦惱者而能出生一切智慧若求寶藏神當於如來右邊畫神像白色手執拂子儀相圓滿神像右邊畫金剛手菩薩如青優鉢羅花色以眞珠莊嚴儀相圓滿菩薩前畫夜叉大悲寶賢于如清水色身相圓滿面帶善顏手執毗惹布羅果藏著黃衣服大頭冠破損座垂左足如是誦人從頭至足一一觀察儀軌具足如是正觀經一洛叉時起心別作供養觀行想於水中所生諸花陸地諸花種種好香一切珍寶殊妙衣服及飲食燈鬘等而用供獻得一切願圓滿如是專心觀想已誦人復自白言我依三寶儀則信受奉行然後依天龍儀則作護摩法觀想寶賢大將執持火來著護摩爐內滿賢大將爐中然火獲財大將作清淨法多聞大將鋪吉祥草座如來儀則觀想成就次想頭眞言然火口眞言請召足眞言作擁護求於成就即作護摩滿手擲三度誦眞言曰

阿誐曩(二合)曳(引)娑嚩(二合引)賀

即結吉祥等印以二手作合掌中間安置賢聖觀想誦眞言經須臾之間如風吹火觀想前所說乳汁作護摩一洛叉先獻八大明王

作護摩一洛叉次獻寶賢大明王別作護摩一洛叉得大富貴二洛叉得子孫興盛三洛叉有大罪之者亦得成就之法如是儀則専心恒作次以水作護摩用花裛水以香水一千合作護摩獻寶藏神恒令得財恒獲快樂復作一千護摩得增長法依如是儀則如前觀想作護摩滿獻三合水家得增長若作護摩五洛叉能令幀像隱身及令伏藏出現受用無盡獲最上快樂復作足眞言口眞言等令一切所求之事成就能禁怨家得過魔界永離深苦行住坐卧所受福德與天帝釋等其法如是

佛説聖寶藏神儀軌經卷下

音釋

橛 其月切 杙也
磔 側格切 開也
韹 音皇
鑁 七敢切
巘 語蹇切
鋡 乎合切
閼 於葛切
竝 部迥切 併也
捻 奴貼切 指捻也
羂 吉掾切
幀 側迸切 開張畫繒也
裛 一入切 香襲衣也
礦 古猛切

佛說寶藏神大明曼拏羅儀軌經

宋西天三藏朝散大夫試鴻臚少卿傳教大師法天奉　詔譯

清刻龍藏佛說法變相圖

佛說寶藏神大明曼拏羅儀軌經卷上 上下同卷

宋西天三藏朝散大夫試鴻臚少卿傳教大師法天奉 詔譯

如是我聞一時佛在楞伽國於彼國中有尾鼻瑟拏羅叉王月軍羅叉王等於佛法中皆得不退復有住大福德菩薩摩訶薩恭敬圍繞時彼世尊運神通力上往虛空至吠覽婆界從空而下於曩尼嚕閉祖摩里那樹下安詳而坐爾時寶藏神夜叉王阿脩羅王毋唧隸那龍王五通瓶五髻乾闥婆王子吉隸枳羅羅叉王火頂緊曩羅王五髻緊曩羅王大樹緊曩羅王財主夜叉王復有住不退地菩薩摩訶薩心大歡喜異口同音而白佛言希有世尊希有善逝所有過去如來大功德正法得未曾聞而諸衆生苦惱無量無主無宰無救無歸今此正法能爲主宰而能救拔唯

願世尊利益安樂天上人間一切衆生說此秘密曼拏羅儀軌心真言衆生若聞行布施波羅蜜得阿耨多羅三藐三菩提安樂圓滿爾時復有夜叉等從座而起偏袒右肩右膝著地合掌恭敬白世尊言曼拏羅儀軌當爲宣說願樂欲聞爾時世尊告彼夜叉王等大會之衆汝今諦聽善男子此正法是大夜叉王曼拏羅儀軌心真言真實秘密得未曾有一切如來同所宣說復有半尼所(二合)天子末羅賀天子酥摩天子普酥摩天子惹野天子等於其晨朝俱來佛所頭面禮足繞佛三帀住立一面爾時彼菩薩摩訶薩以其神力令曩尼嚕閉祖摩里那樹下起大光明普照一切爾時世尊告彼菩薩摩訶薩言我今欲說大富貴未曾有圓滿大法海汝等當受持信順奉行爾時寶藏神夜叉王從座而起偏袒右肩右膝著地合掌恭敬白佛言世尊唯願慈悲說此真實八大富貴未曾有圓滿大法海我等受持奉行世尊告言如是大腹蓮華色一切莊嚴大夜叉王秘密法於寶藏神大夜叉王兩邊有夜叉一名吉隸二名摩隸怛傾寶藏北方名舍也(二合)摩夜叉妙滿夜叉滿賢夜叉東方護財夜叉大財夜叉亦傾寶藏大腹一切莊嚴大夜叉王如童子相守賢聖堂門誦人應觀想此八大夜叉王即說八夜叉眷屬真言

唵(引)馱曩(引)那野娑嚩(引二合)賀摩賀(引)馱曩(引)那(引)野娑嚩(引二合)賀摩尼娑捺囉(引二合)野娑嚩(引二合)賀布囉拏(二合)娑捺囉(引二合)野娑嚩(引二合)賀惹敢(二合)婆羅毋契孕(二合)捺囉(引二合)野

娑嚩(引二合)賀惹敢(二合)娑羅左隣捺囉(引二合)野
娑嚩(引二合)賀唵(引)唧尾軍拏隷你(引)娑嚩(二合)
(引)賀唵(引)枳(引)隷摩(引)隷你(引)娑嚩(引二合)賀
此八眷屬夜叉王東方滿賢南方多聞西方
獲財北方寶賢等眞言王一切天人阿脩羅
皆生恭敬信受奉行此八大夜叉王居八地
自在大菩薩位於其利生善能取捨安住三
界一切財寶於寶藏神右邊安置清淨寶瓶
及吉隷夜叉摩隷夜叉此二是寶藏神兄弟
亦居最上菩薩位一住西南角誓願度脫一
切衆生一住東北方具大精進所見眞實發
歡喜誓願若念名者所求皆得佛言我於過
去塵墨劫前深信佛法有大夜叉鬼王於迦
尸國請我受灌頂王位我於彼時得入曼拏
羅修秘密行爲諸衆生說十善法令彼有情
俱行十善各各能捨一切財物我行布施波
羅蜜多清淨圓滿入歡喜地成菩薩位然後
斷除一切衆生貧病苦惱求一切智願入如
來應供正等正覺得佛智慧過去諸佛亦復
如是依眞言教求成就法已然後得成阿耨
多羅三藐三菩提是故汝寶藏神大夜叉王
法爲一切如來父母一切如來涅槃相汝即
如來能化夜叉形而爲利益一切衆生我今
說彼大夜叉王眞言義曼拏羅儀軌若彼誦
人無財者令得財無吉祥者令得吉祥一切
所欲之事令得成就我此曼拏羅法若見若
聞所有過去多劫多生愚癡所作一切重罪
皆悉消除復能於寶藏神大明王菩薩同住
親近不久速得不退之地遠離一切貧窮下
賤諸苦煩惱身心適悅所有一切空居宿曜

及天龍夜叉乾闥婆阿修羅迦樓羅緊那羅摩睺羅伽人非人等諸惡心者皆不能爲害而作擁護此八種大富貴夜叉王大法海廣大圓滿若善男子等發深信心受持此未曾有法修行梵行所得功德如前無異爾時寶藏神大夜叉王白佛言世尊此八種富貴未曾有法我今受持願作擁護息災吉祥我有心真言而能利益安樂一切衆生於其世間悲愍饒益願佛納受世尊我今知此正法於過去世羯句忖那如來羯諾迦牟尼如來及迦葉佛等互相傳說此心真言我今欲說爾時世尊告寶藏神大夜叉王汝宜速說今正是時寶藏神大夜叉王聞佛言已即說因緣此大夜叉王種種變化譬如大火能燒一切煩惱薪亦如人中王爲第一衆流之中海爲第一星宿之中月爲第一此心真言亦復如是所有四維上下世間出世間中修行求福功德富貴最爲第一及彼天上人間正等正覺二足世尊之中亦爲第一爾時寶藏神大夜叉王說此真言

曩謨引囉怛曩二合怛囉二合夜引野曩謨引摩引尼婆捺囉引二合野摩賀引藥乞叉二合細引曩引鉢哆曳引唵引惹敢二合婆羅惹隣引捺囉引二合野娑嚩引二合賀

爾時寶藏神大夜叉王說此真言已三千大千一切世界六種震動所有一切夜叉大將以其二手結印此印相以頭指與大指相捻如鎖餘指並舒此名衣印用此真言

唵引地里地里摩賀引三母捺覽引二合摩囉馱引囉迦引野娑嚩引二合賀

次結莊嚴印以二手大指捻餘二指甲兩頭各如環更相向上旋轉次復相交此是莊嚴印用此真言

唵引彌引伽婆囉拏惹羅惹藍毋伽曩婆嚩引二合賀

次拂印右手作拳左手叉腰此是拂印用此真言

唵引賀囉賀囉囉惹計二合誐囉二合賀囉二合囉拏也引二合野婆嚩二合賀

次結曼拏羅印以二手合掌開其指頭勿令相著垂手指向下此是曼拏羅印及塗壇同用誦此真言

唵引俱胝羅瑜誐引嚩里哆二合必里二合夜引婆嚩二合賀

次結五色粉印將粉曼拏羅時以五指平正下覆於地此是五色粉印用此真言

呬引呬引譬引曩末隸必里二合野輸婆引野婆嚩二合賀

次結香印以二手作合掌令無名指中指頭指入於掌内小指相合如針此是香印用此真言

唵引羅羅迦引羅引酥嚩馱嚩馱引野婆嚩二合賀

次結華印以二手大指並豎此印香華同用真言亦爾令此儀軌諸佛如來亦乃略而説之若有供養此陀羅尼者如供諸佛而無有異如來應供正等正覺恒自攝受恒自長養若諸衆生依法持誦速入十地修十波羅蜜成就十力爾時世尊於其座上觀察大衆告寶藏神大夜叉王汝寶藏神曼拏羅儀軌秘

密真言及彼印法一切如來同所宣說毗鉢尸如來尸棄如來毗舍浮如來羯句忖那如來羯諾迦牟尼如來迦葉波如來今我釋迦如來亦皆宣說善哉寶藏神汝今諦聽善思念之我爲利益天上人間一切有情增長善根說於往昔求法之事我於過去無數劫中常往山中採柴爲活忽於一日於其山野見一病比丘欲採於柴無力可爲我自生悲愍心而施彼柴然火造食供養看承經一日間而彼比丘身獲安樂心甚歡喜即爲於我受三歸五戒令發菩提心然後說此曼拏羅秘密三昧儀軌時我得是真言王一心觀想依法受持而能成就聖寶藏神一切勝利之事作護摩三徧復作水護摩然後獻閼伽一日三時專心讀誦楞伽經如前作於觀想日日求法成就八種眷屬恒自擁護復書真言戴於頸上得寶藏神擁護若有人誦此真言一洛叉或二洛叉或三洛叉於舍利塔前安置幢旛受持齋戒爲諸夜叉三夜出生供獻所求成就得最上神通具大神力若水護摩儀則令衆生獲大財寶於江河寂靜之處先結齋戒然次入水內令水至臍以手施水而作護摩復用塗香誦寶賢真言誦人觀想寶賢安頭指上滿賢安中指上獲財安無名指上毗沙門安手掌中計𡃤麼尼曼第目契捺囉(二合)室囉(二合)室左(二合)哩(引)捺囉(二合)安大指上如是賢聖互相現見能爲擁護佛說夜叉曼拏羅儀軌有如是功德何況智者誦人信佛重法持戒多聞一心清淨作最上曼拏羅福不可量若欲作此曼拏羅須依清淨地位有華

果樹林處掘地至膝廣闊十二肘用五淨水灑結淨然後實築平正如手掌誦夜叉王眞言加持以種種香華而爲供養若作法時須於白月吉日阿闍梨至心清淨以五種清淨水作自結淨一心誦眞言王作於擁護作於上下十方結界誦寶藏神眞言加持香水依次灑淨用五色線令童女合造然後以供俱摩香水裛過用優曇鉢木爲橛絣線作曼拏羅先於東方起手作四方四角開四門於中方安如來一切智王諸相圓滿向下安寶藏神色如青雲具足諸相以種種寶莊嚴於師子座上結跏趺坐其師子座以衆寶莊嚴放大光明如是殊妙右手作施願相掌有菴摩勒果左手持寶囊滿種種寶復於寶藏神兩邊安置二金色夜叉王一名左隣捺囉二名目契捺囉身相相等於寶藏神下面安夜叉女七子母九子母於壇東方安夜叉母東南角安摩尼曩迦南方安曩誐曩婆迦西方安暗婆曩婆西南方安你羅曩婆北方安毗沙門西北方安大力大富伊舍曩天東北方安嚩嚕拏大力天夜叉王次有惹敢(二合)婆羅夜叉護嚕護羅夜叉酥細拏夜叉娑野夜叉惹敢(二合)婆迦夜叉目吒迦夜叉囉訖哆(二合)儞嚩夜叉摩護那羅夜叉安曼拏羅外第三重次安置夜叉女並須一一色相端嚴尾布羅夜叉女尾舍羅夜叉女賛捺囉輸末帝夜叉女誐嚩夜叉女酥路左曩夜叉女鉢納摩薩曩夜叉女酥嚩尾夜叉女摩賀摩野夜叉女酥吉尸夜叉女馱曩麼羅夜叉女布室隷夜叉女拏嚕摩隷迦夜叉女手作施一切施願相

及摩拏惹嚩迦摩嚕閉酥嚕哆嚩吉也合二酥捺里舍你摩護誐羅天帝釋等或二十或一百於曼拏羅外依其方位一一安置次金剛杵金剛劒金剛棒螺羂索幢輪三股叉外第一重安結界網第二重復安金剛杵第三重安金剛熾𦦨並令周帀次略明粉壇請召供養儀軌須用青黄赤白黒五色之粉先粉八方位地作八熾𦦨等如前所説次捻閼伽鉢滿盛香水及好華誦寶藏神心眞言作於召請持誦者須自虔誠勿生疑惑若夜叉女等須各各念本眞言召請令於有德智者請召天中天大明寶藏神既請召已然以摩羅帝華鬘色妙蓮華優鉢羅華迦難摩華俱覧吒華緊輸迦華塗香燒香然燈設食一切所須之物依次供獻次作護摩用紫礦安悉香龍腦香及白檀香於寶賢面前作護摩一千專心供養於曼拏羅四角安閼伽瓶入五穀五藥滿盛香水復於瓶口内挿樹枝誦此寶藏神本尊眞言

惹敢合二婆羅惹隣捺囉引二合野娑嚩引二合賀

此眞言能成就一切事復次大夜叉王大智寶賢説夜叉心眞言

唵引夜乞叉合二娑嚩引二合賀

此眞言亦能成就一切事

佛説寶藏神大明曼拏羅儀軌經卷上

佛説寶藏神大明曼拏羅儀軌經卷下

宋西天三藏朝散大夫試鴻臚少卿傳教大師法天奉　詔譯

次下諸部眞言請召發遣供獻加持並皆通用

此是蓮華寶藏眞言

阿難哆鉢納摩引二合野娑嚩引二合賀引

阿難哆商佉引野娑嚩引二合賀引

此是硨磲寶藏眞言

囉惹曩引娑引野馱曩引地鉢哆曳娑嚩二合引賀引

此是囉惹哆曩婆夜叉王眞言

摩尼曩引娑引野引馱曩引地鉢哆曳娑嚩二合賀引

此是囉怛曩二合曩引娑夜叉王眞言

酥曩引娑引野馱曩引地鉢哆曳引娑嚩二合引賀

此是酥曩引娑夜叉王眞言

暗婆曩引娑引野馱曩引地鉢哆曳引娑嚩引二合賀

此是暗婆曩引娑夜叉王眞言

你囉曩引娑引野馱曩引地鉢哆曳引娑嚩二合賀

此是羅曩引娑夜叉王眞言

吠室囉二合摩拏也二合野馱曩引地鉢哆曳引娑嚩引二合賀

此是毗沙門夜叉王眞言

摩賀引曩引娑引野馱曩引地鉢哆曳引娑嚩二合賀

此是摩賀引曩引娑夜叉王眞言

賀囉惹敢二合娑迦吽頗吒娑嚩引二合賀引

此是賀囉惹敢(二合)娑夜叉王眞言
惹敢(二合)婆迦野羼捺囉(二合)野娑嚩(二合)賀(引)
此是惹敢(二合)婆迦夜叉王眞言
護努護努喃曩(引)酥細拏也(二合)野娑嚩(二合)賀
此是酥細拏夜叉王眞言
賀囉賀囉賛捺囉(二合)細(引)曩(引)野娑嚩(引二合)賀
此是賛捺囉(二合)細(引)曩夜叉王眞言
惹婆曩(引)野娑嚩(二合)賀
此是護摩眞言
若作護摩用阿波摩陵誐濕柴以酥酪蜜揾此柴頭持戒一晝夜作護摩八千得大聰明能令誦人日記一千頌永不忘失若以阿里迦木根作寶藏神相可長六指已來頭戴天冠種種莊嚴以香華供養然用阿波摩陵誐濕柴於酥酪蜜中揾過作護摩一洛叉日日得銀錢一百復說寶藏神心眞言
曩謨(引)囉怛曩(二合)怛囉(二合)夜(引)野曩謨(引)摩(引)尼婆捺囉(引二合)野摩賀(引)藥乞叉(二合)細(引)曩(引)鉢哆曳(引)酥(引)嚩(引)酥(引)尾訖里(引二合)尼野彌里致娑嚩(引二合)賀
此寶藏神心眞言能得最上成就若入水至膝作水護摩誦此眞言能獲財利又若以你涅(二合)摩木可長四指令平正用持戒畫人畫寶賢相莊嚴具足以飲食等供獻已一日三時用炎多煙少之火使紫礦作護摩八千能降伏大財主
復說別夜叉王心眞言文句用圓亦能令得最上成就
囉怛曩(二合)婆捺囉(二合)哆帝三摩野摩努瑟摩

(二合)囉摩尼婆捺囉(二合)野婆誐嚩覩(引)夜(引)唧
哆婆覩(二合)馱摩馱摩摩(引)唧囉摩賀(引)藥乞
叉(二合)細(引)曩(引)必隣(二合)哆覩嚕覩嚕摩(引)尼
婆捺囉(二合)覩嚕覩嚕摩(引)尼婆捺囉(二合)倶致
倶致摩(引)尼婆捺囉(二合)覩致覩致摩(引)尼婆
捺囉(二合)帝致帝致摩尼婆捺囉(二合)娑嚩(引)(二合)
賀

復有壇法不揀吉星曜日亦不假持戒之者但用阿里迦木或你涅(二合)摩木及別樹木作寶賢相以香華供養就日中用白芥子菜油塗在寶賢像身誦前眞言百千徧日得八錢得已須令使盡不得留一錢日日如是

寶藏神復說眞言儀軌令持誦者先自乞食持齋誦根本眞言三洛叉然後於如來前設大供獻誦眞言八千能得多財

次明水護摩每日以手掬水而却傾下水中如是至百掬或千掬對賢聖前而伸供獻如是至六箇月能得大財

次說入大曼拏羅諸部灌頂眞言

惹敢(二合)婆曩吒謨吒迦(引)野娑嚩(引)(二合)賀

此是謨吒迦夜叉女眞言

囉訖哆(二合)即以(二合)賀嚩(二合)娑嚩(引)(二合)賀

此是囉訖哆儞嚩夜叉女眞言

摩護(引)那囉(引)野娑嚩(引)(二合)賀

此是摩護那羅夜叉女眞言

尾摩羅尾摩羅捺里舍(二合)你阿(引)夜(引)呬娑
嚩(二合)賀尾摩羅(引)尾摩羅尾舍(引)羅曩野你
(引)冐馱(引)野娑嚩(引)(二合)賀

此是尾摩羅尾舍羅夜叉女眞言

賛捺囉(引)(二合)輸摩帝賛捺里(引)(二合)賛捺囉(二合)

摩帝娑嚩引二合賀

此是賛捺囉輸摩帝夜叉女眞言

阿嚩賀你酥路左曩唵引賛捺囉二合鉢納彌引二合娑嚩引二合賀鉢納摩二合娑囉引酥訥嚕二合摩努引囉彌引娑嚩引二合賀

酥部嚕二合嚩引護鉢囉二合怛也二合野娑嚩二合引賀嚩護嚩呬你二合末隷伽吒具引致娑嚩引二合賀

此是摩賀彌伽夜叉女等眞言

酥枳引舍摩引隷枳引舍波里尼娑嚩引二合賀

此是酥枳舍夜叉女眞言

嚩曩摩引隷摩引隷你娑嚩引二合賀引

此是摩曩摩羅夜叉女眞言

烏里底二合瑟吒二合布室左二合隷引娑嚩引二合賀

此是布左隷夜叉女眞言

訥嚕二合摩摩引隷迦引迦引隷賀隷訥嚕二合彌引枳隷枳隷娑嚩引二合賀迦摩摩引隷你尾羅引悉你娑嚩引二合賀

迦摩摩隷薩里嚩引二合禰引嚩薩里嚩二合誐囉二合摩努引惹尾引婆誐嚩帝娑嚩二合賀摩努引惹嚩引迦引摩嚕閉引婆引尾你娑嚩二合賀

此是迦摩嚕閉等夜叉女眞言

酥嚕二合哆嚩引吉也二合緊迦里娑嚩二合賀

此是酥嚕哆嚩引吉也二合夜叉女眞言

酥捺里舍二合你引迦引彌你娑嚩二合賀引

此是酥那里舍曩夜叉女眞言

摩護引誐里引二合婆炎迦里娑嚩二合賀

此是摩護佐囉夜叉女眞言
印捺囉引二合野禰引嚩引地鉢哆野娑嚩二合
賀
此是帝釋心眞言
阿誐曩引二合曳引賀尾也二合地鉢哆曳引娑
嚩二合賀
此是火天眞言
夜摩引野必里引二合哆引地鉢哆曳引娑嚩
引二合賀
此是夜摩天心眞言
乃引里怛也二合曳引洛乞叉二合娑引地鉢哆
曳引娑嚩二合賀
此是乃乙里帝心眞言
嚩嚕拏也二合野惹羅引地鉢哆曳引娑嚩二合
引賀

此是水天心眞言
嚩引野尾引按哆里乞叉引二合地鉢哆曳引
娑嚩引二合賀
此是風天心眞言
俱尾引囉引野馱曩鉢哆曳引娑嚩引二合賀
此是俱尾囉心眞言
伊舍曩引野馱曩引地鉢哆曳引娑嚩引二合
賀
此是伊舍曩天心眞言
惹里馱二合沒囉二合憾摩二合尼所二合娑嚩引二合
賀
此是大梵天心眞言
阿冐引尾瑟拏二合吠引娑嚩引二合賀
此是那羅延天心眞言
阿你嚩里哆二合曩引野娑嚩引二合賀

此是金剛心眞言
賀囉(二合)哆(引)娑曩(引)野娑嚩(引二合)賀
此是槊心眞言
摩賀(引)寫(引)拏(引)野娑嚩(引二合)賀
此是杖心眞言
佉陵誐(二合)尾摩羅馱(引)里尼娑嚩(引二合)賀
此是劒心眞言
嚩嚕拏嚩摩(引)野娑嚩(引二合)賀
此是羂索心眞言
鉢囉(二合)普敢(二合)惹曩野娑嚩(引二合)賀
此是幢心眞言
摩賀(引)爍(引)摩也(二合)囉娑摩曳娑嚩(引二合)賀
此是輪心眞言
左(引)隸(引)閉孕(二合)誐隸(引)娑嚩(引二合)賀
此是三股叉心眞言并結界同用

娑囉捺(引)野娑嚩(引二合)賀
此是弓箭眞言
唵(引)惹里馱(二合)惹羅嚩日囉(二合)半惹羅(引)野
娑嚩(二合)賀
此是金剛網眞言如是各各本尊眞言一一
持誦加持賢瓶所有入曼拏羅弟子用此賢
瓶而與灌頂令得富貴吉祥若入大曼拏羅
至心依法虔誠灌頂復能得見寶藏神三時
教勑通達大印復作護摩以二十種物作廣
大供獻誦聖天及大夜叉王本尊眞言一日
三時隨力供養得三昧眞言最上成就爲自
擁護佛言我今復説所作精熟最上印法及
眞言句爾時大夜叉王等心生渴仰請佛宣
説爾時世尊徧觀大會作師子吼告言汝等
諦聽諦聽今此寶藏神眞言印法具大慈悲

難調伏者而能調伏與一切衆生成就一切勝利之事夜叉王等右膝著地合掌向佛默然而聽爾時世尊如大師子自在無畏説眞言印二手平掌相並二中指相交二無名指如針屈第三節二頭指附無名指大指順依頭指二小指如針此是寶藏神根本印此印結中間得寶藏神現身觀察誦人得施願成就誦此眞言

曩謨引囉怛曩二合怛囉二合夜野引曩謨摩引尼婆捺囉引二合野摩賀引藥乞叉二合細引曩引鉢哆曳引唵引惹敢二合娑羅惹隣捺囉二合引野婆嚩引二合賀

此眞言及印於自身上五處用之作此法時彼持誦人如自爲寶藏神

次作左隣捺囉夜叉王印以二手合拳小指如針誦此眞言

唵引左隣引捺囉引二合野婆嚩引二合賀

此眞言印能令夜叉王而作擁護

次作目契夜叉王印以手合拳小指入掌無名指如針誦此眞言

唵引目契孕二合捺囉二合野婆嚩引二合賀

此眞言印亦能擁護誦人

次作一切夜叉女印以小指入掌無名指屈第三節誦此眞言

唵引惡你

此眞言印亦能擁護召請亦得用

次作曼拏羅牆印以二手合拳頭指各各如針誦此眞言

唵引左隣捺囉二合滿馱儞苫嚩吒

次作曼拏羅上面網印前印相却令頭指相

合如針誦此真言
唵引目契孕二合捺囉引二合野嚶吒
次作曼拏羅撅印以二手作拳垂手向地誦
此真言
唵引賀里二合入
次召請七眷屬印如前根本印屈大指誦此
真言
曀呬曀呬祖嚕祖嚕惹羅娑野曩必里二合夜
引野娑嚩引二合賀
如是儀則能令七眷屬皆來集會
次作獻閼伽水印以二手作掬大指及頭指
附著中指誦此真言
唵引藥虞曩那引曳捺囉二合馱曩必里二合野
鉢舍也二合鉢舍也引二合娑嚩引二合賀
次作獻座印合掌舉手三雙指屈第三節中

指磔開大指各各相離此是寶藏神師子座
印此印結中間夜叉王并眷屬同坐師子座
於一切願誦此真言
唵引惹敢二合娑羅惹隣捺囉二合伊那摩引娑
曩摩里伽二合娑嚩引二合賀
次結洗浴印請召寶藏神并眷屬洗浴以二
手作掬小指相交二無名指安入掌中二中
指如針頭指附中指第三節大指亦附頭指
誦此真言
唵引娑曩引二合曩必里二合野伽吒伽吒供娑
惹羅娑嚩引二合賀
次結獻衣印以二手相並如掌衣物誦此真
言
乃引里哆引野囉引叉娑引地鉢哆曳引娑二合
嚩引二合賀

次輪誦諸部眞言發遣賢聖
嚩嚕拏引野俱嚩囉引地鉢哆曳引娑嚩二合引賀嚩引野尾孕二合引哆里乞叉二合引地鉢哆野娑嚩二合引賀俱尾引囉引野馱曩引地鉢哆曳娑嚩二合引賀伊舍引曩引野部哆引地鉢哆曳引娑嚩二合引賀烏里馱二合沒囉二合憾摩二合尼娑嚩二合引賀冐吠引瑟拏二合尾引娑嚩二合引賀阿尾捥帝迦引野娑嚩二合引賀嚩日囉二合護哆引娑曩引野娑嚩二合引賀設訖帝二合摩寫引摩引野娑嚩二合引賀難拏引佉陵誐二合尾摩囉左里尼娑嚩二合引賀嚩嚕拏哆摩里嚩二合賀引曳引娑嚩二合引賀播引世引鉢囉二合普敢二合惹曩野娑嚩二合賀特嚩二合惹摩賀引爍摩也二合囉娑摩二合曳引娑嚩二合賀作羯囉二合麼引羅閉孕二合誐隸引娑嚩二合引賀怛里二合輸羅摩引羅閉孕二合誐隸娑嚩二合引賀彌舍滿馱娑囉那引野娑嚩二合引賀烏里馱二合惹羅嚩日囉二合半惹囉娑嚩二合引賀

佛説寶藏神大明曼拏羅儀軌經卷下

音釋

絣必庚切以繩直物也　股公土切　搵烏沒切以手捺物貌　槊色角切

金剛恐怖集會方廣軌儀觀自在菩薩三世最勝心明王經

唐三藏沙門大廣智不空奉　詔譯

清刻龍藏佛說法變相圖

金剛恐怖集會方廣軌儀觀自在菩薩三世最勝心明王經

唐三藏沙門大廣智不空奉　詔譯

序品第一

如是我聞一時佛在寶峯大山寶間錯峯宮殿之中其處百千寶蓋種種行樹悅意香華布散嚴飾諸大阿羅漢大目乾連舍利弗阿難等千二百五十人前後圍遶復與無量菩薩金剛手菩薩曼殊室利菩薩寶幢菩薩等爲上首俱復有毗沙門滿賢半旨迦梵王帝釋那羅延天龍藥叉羅刹必里多毗舍遮緊那羅摩呼囉伽等百千眷屬周帀而住恭敬供養爾時如來坐於雜寶間錯大師子座爲觀自在菩薩等說菩提薩埵行門法要時觀自在菩薩摩訶薩大悲者遶佛三帀偏袒右

肩右膝著地合掌恭敬而白佛言世尊我由一法生愛樂歡喜大悲勤勇心生利益安樂加護有情所謂自心明王之王名三世最勝我今欲說是法佛言摩訶薩埵汝今說之時觀自在菩薩承佛教旨即說心真言曰

曩謨引囉怛曩二合怛囉二合夜也一曩謨婀引哩夜二合嚩路枳帝濕嚩二合囉引也二冐地薩怛嚩引二合也摩訶引薩怛嚩引二合也三摩訶迦引嚕抳迦引也四怛你也二合佗引五跛納麼二合播抳六娑囉娑囉七曀係曳二合呬八娑誐鑁九曩引哩夜引二合嚩路枳帝濕嚩二合囉婀引嚕力十

復說頭真言曰

曩謨囉怛曩二合怛囉二合夜也一曩謨婀引哩夜引二合嚩路枳帝濕嚩二合囉引也二唵三惡引四

頂真言曰

唵一惡引吽二

眼真言曰

唵一惡引入嚩二合攞二

心真言曰

唵一惡引發吒半音二

甲冑真言曰

唵一惡引滿馱半音二

劍真言曰

唵一惡引怛囉二合引娑二

牌真言曰

唵一惡引尾塞普二合囉二

箭真言曰

唵一惡引賀曩二

網眞言曰

唵一噁引娜賀二

牆眞言曰

唵一噁引捺囉合二乞叉二合二

最上心眞言曰

唵一噁引紇哩合二娜庚引跢囉二

警覺心眞言曰

唵一噁引紇哩合二娜庚二袒引娜南三

心發生眞言曰

唵一噁引紇哩合二娜庚二納婆合二噂入聲三

輪眞言曰

唵一噁引鉢囉合二塞頗合二囉二

觀自在菩薩纔說三世勝等大心眞言三千大千世界六種震動諸天從空雨微妙華一切寒冰地獄皆得温適乃至阿鼻地獄諸熱地獄皆得清涼光明照曜上至阿迦尼吒天在於空中百千音樂不鼓自鳴天龍藥叉緊那羅等咸皆讚歎如來及觀自在菩薩諸魔障者毗那夜迦等戰掉號哭諸天同音以伽他讚揚曰

善哉善哉大慈悲　善哉利益拔苦者
善哉善哉大薩埵　善哉成就一切義

爾時觀自在菩薩說是明王已白佛言世尊此心眞言能息諸疾患能成就一切義利能調伏能增益能利樂能安住無相三昧能令行於空義能開伏藏能除一切蠱毒蜘蛛蛇蠍等毒令一切有情敬念能令已死者更生能護師子虎狼熊羆賊難能破厭禱呪詛能成就如意珠賢瓶雨寶輪劒神線蓮華鬘澡鑵念珠能竭大海江河能成辦諸天飲食能

示現諸天宮殿恣其受用能震動須彌山王能招召一切樹木但心欲作隨意皆成我往昔寶髻寶幢彌勒劫中已說之法及未說者皆能成辦

成就事品第二

爾時觀自在菩薩白佛言世尊若有善男子善女人若持若誦此心眞言雖未加功於一切怖畏之中即能衛護一切疾病皆不著身所出言詞令人信受令一切衆生皆生敬念一切天及鬼神藥叉羅刹必里多毗舍遮乾闥婆摩呼囉伽等不敢侵犯終無非命夭壽等事不墮諸惡道中一切時倉庫盈溢得大總持能除一切疾病命終之後當生有佛國土成就色相我先所說馬頭觀自在法門皆以此眞言成就世尊修行者欲得悉地先以五淨淨其身蘊及塗飾處所從師白授眞言法則且對佛像唯食於乳以香華燈鬘飲食供養乃至七日無限念誦從此之後當畫本尊方圓一肘離諸毛髮畫人應受八戒新器調色勿用皮膠中畫阿彌陀如來坐白蓮華右手住於施願右畫觀自在菩薩身相白色虎皮爲裙白玻瓈寶以爲腰條以壘皮角絡而披住白蓮華左手持白蓮華右手施願無瓔珞臂釧左畫金剛手菩薩身赤白色著種種寶瓔珞手持白拂作拂如來勢佛菩薩等皆顧視行人行人於佛下畫右膝著地手執香爐瞻仰聖者像成已若是在家行人具持八戒二時澡浴三時換衣應著清淨白衣從月一日起首以白華供養佛像於像前以香泥作一千窣堵波於此窣堵波前作先行成

就法若誦一洛叉一切天梵王摩醯首羅那羅延俱摩羅七毋天及迦樓羅等皆大踊躍則當入一切曼荼羅三昧耶一切真言皆得成就誦二洛叉毗沙門王等一切藥叉皆大歡喜誦三洛叉一切金剛部中真言皆得成就誦四洛叉一切如來部族真言皆得成就行者先承事法已對於像前誦一洛叉第二於山間誦二洛叉第三河岸邊誦三洛叉第四於窣堵波前誦四洛叉已即受八戒三日對於像前無限念誦然後三日三夜不食設廣大供養取蓮華搵三甜燒滿一千即從畫像佛身之中當出光明遶於行人其光便入觀自在頂道場燈焰熾盛增長於虛空中聞諸音樂地便震動四方明顯行人當知真言悉地即於此時求三種願所謂持明仙無相三昧斫羯囉韈栗底囉惹等若得持明願爲明仙中輪惹身相美貌髮紺青色便成二八童子之形瞬目之間能往百千由旬還來本處壽五百千歲命終生安樂國若得無相願一切無相三昧人中爲首意有所往能疾一千由旬復歸常所若得第三願成威德自在壽五千歲又欲成就蓮華以紫檀刻一蓮華縱廣六指日月蝕時於七重白蓮華上置之安於像前如法念誦至三相現得煖相爲斫羯囉囉惹力如千象壽百千歲煙相得無相三昧於一切無相中成鉢囉惹於佗財六分之中得恣用一分不成盜罪壽千歲焰相便證空義爲持明仙鉢囉惹身如二八童子髮紺青色力如六千象身光威德如百千日壽千劫命終生極樂世界如是等澡罐神線念

珠仙仗華鬘輪劒棒沒遜尼鑱鉞斧槊牛黄衣雌黄華纈印契金剛杵佛頂鉢盂袈裟伏突之類皆如成就蓮華得三種悉地

成就如意寶品第三

欲成就如意寶誦心眞言五洛叉即爲先行成就然後取一紅玻瓈寶如前成就蓮華儀軌於日月蝕時安於一蓮華上念誦乃至焰現已後心有所求皆得滿足

又蓮華搵三甜護七夜雨金

又欲成就賢瓶如前法成之

又法欲得藥叉敬伏蘇末那華搵三甜護十萬即現其身（是悉底理也）

又法一切病者若見若觸此行人皆得除愈

又欲除頭痛想已身爲我以手摩彼頭自患自摩乃至眼耳心脅等痛法亦如是

又有患服藥加持七徧服之即愈

又嬰兒爲鬼魅所中加持俱那衛華二十一徧散卧處即安

又人癩以吉里麼羅長十指截兩頭搵三甜護七日取是灰和水徧塗彼身即愈七日總萬徧燒萬段木（若楝亦得）

又欲曩哦悉底利嚩施迦囉拏以沉水香搵三甜護十萬徧即來與爲兄弟日送五百兩金錢（師云水四指截）

又於我像前一誦一獻白蓮華至十萬枚一切病除

又欲藥叉悉底利如前長四指截白檀木乃至十萬即十箇來圍遶行人作是言欲我何所爲若以子事日供千人食

又欲天悉底利嚩試迦囉拏安息香搵三甜

護十萬即來子事之日供天食天衣服又蓮華搵三甜護三十萬一切伏藏皆現得已給施一切衆生

療一切病品第四

先像前持一洛叉然取蓮華搵三甜護一萬徧次白芥子和三甜護十萬徧一切疾患乃至決定業病皆除

又鬼魅所持者以四瓶盛香水各加持萬徧從頂淋之便用澡浴即除

又寒熱一日二日乃至四日等病鹽和三甜護萬徧然取此灰加持七徧點病人額上即愈但一切病皆如是作

又若有鬼魅乃至毗舍遮荼吉尼等所持者心誦顧視即除

又加持右頭指百八徧揮被鬼魅所持者便縛說所緣心所欲皆能令作

又欲問三世事取童男或童女依法澡浴塗一小壇徧彼身以白檀龍腦香塗之以末利華爲鬘繫於頭上誦眞言百八徧即去地一肘說所問事（廣州有此華香白而甘色香甘華或銀錢蘇末那等代之亦得）

又欲我夢中說三世事蓮華搵三甜護十萬徧

又有爲蛇所嚙乃至諸病魅病等隨行人心所欲加持皆除

一切有情敬念品第五

像前誦三洛叉成先行法然以香泥作窣堵波十萬區於前以蘇末那華搵三甜護萬徧即得悉地已後一切時護念便得豐饒

又欲囉惹敬愛安息香搵三甜護萬徧即兼諸眷屬如僮僕敬事

又令牢官如上茴香子搵三甜護萬徧
又令一聚落有情如上安息香茴香子相和
護一洛叉隨意
由彼青蓮華搵三甜護十萬一城所敬愛
由彼青蓮華護萬徧一切城邑歡喜
由塗眼故見皆悅百八加持安善那
由百八加牛黃故點額所向皆敬愛
由誦眞言二十一加持菖蒲青木香論議諍
訟獲勝教命辭人皆信受
由加衣髮食果等隨所與人皆悅喜
由加安善那洛叉一切伏藏塗眼見猿猴師
子虎狼熊羆鼠狼野猫蛇鼠等結索七結加
持故如是恐怖皆遠離
義利成就品第六
誦四洛叉即先行成就方以白色香華搵三
甜護洛叉即得悉地
由沉香或龍腦護洛叉日獲千金錢
由鬱金香護行人便得無盡衣
二麥油麻菉豆稻和護萬徧得無盡食
由阿失嚩鲁麼十萬護得阿失嚩羣
牛乳洛叉得羣遇引凡所欲物護彼類
求男女以油麻護　求大聰明菖蒲護
杉木護金百叵攞如上三皆洛叉數千手千
眼中有法皆以此明成就之
成就軌儀品第七
像前誦五洛叉即成先行沉香然火白蓮護
洛叉多聞天王現眷屬同至行人前至於財
寶皆豐足
蓮子搵三甜護三洛叉吉祥天現爲作豐饒
吉祥事

杉揾三甜護三洛叉一切藥叉現白言今欲
我何所隨行人求無不得
龍華蘂揾三甜護三洛叉龍來伏從
青蓮華揾三甜護三洛叉現金剛藏明仙無
相與輪惹此三及餘求皆得蓮華揾彼三甜
護梵天像前三洛叉梵王現與上三願
摩訶迦羅天像前蘇末那揾三甜護三洛叉
已現爲使者爲成辦於一切(大黑天也拔象皮橫把一槍頭穿人頭一頭穿羊)但於一切天像前以彼所敬愛之
華護洛叉皆來爲使者

普通成就品第八

爾時觀自在菩薩白佛言世尊我今說此明王諸族甚深微細軌儀法則行人應先於一切有情起大慈心孝順父母尊長愍念苦趣衆生淨信敬於三寶樂供養諸佛遠離飲酒放逸婬欲殺生妄語等事成此眞言應當如是先於白月五日加持五淨百八徧飲之每一飲得半月清淨(五淨牛糞及尿各少分和酥乳酪銀銅器隨取一盛之加持白月五日者月生五日也)加持五淨眞言曰

怛你也(二合)佗(引)唵(一)也秫第(二)娑嚩(引二合)賀(引三歸命同多利心眞言)

即於好宿蓮子百八枚於精室中面東坐一一蓮子加持七徧穿之加持眞言曰

唵(一)阿没哩(二合)嚲誐冥(二)室唎(二合)莽(引)里你(三)娑嚩(二合)賀(引四歸命如加五淨)

加持已每至念誦時常先二手捧珠加持七徧眞言曰

唵(一)素(上聲)麼底室唎(二合)曳(二)娑嚩(引二合)賀(引三)

念誦畢又如此加持然安置之念誦室徧以

赤土泥飾行人每於便利處憶念穢身真言
曰
唵一嚩日囉二合俱嚕二合馱二摩賀麽攞三賀
曩娜賀四吠左末佗尾枳囉拏五尾特縫二合
娑也六惹致攞藍謨娜七嚕齇澀麽俱嚕二合
馱吽發吒八
此真言於穢所成護便利畢即以甲冑真言
被甲真言曰
唵一度比度比迦引也二度比鉢囉二合入嚩
二合里你娑嚩引二合賀引三
又以軍吒利真言淨內外諸障真言曰
曩謨囉怛曩二合怛囉二合夜也一曩莽室戰二合
拏嚩日囉二合播拏曳二摩賀藥乞叉二合細曩
引跛多曳三曩謨嚩日囉二合俱嚕二合馱也你
底也二合鉢囉二合入嚩二合里多四俱嚕二合馱引

喻引蘖囉二合五能去聲瑟吒路三合得迦二合吒輩
囉嚩引也六阿斯母娑攞跛囉輸播捨賀娑
路引二合也七唵八阿沒哩二合多軍拏哩九佉
佉十佉引四佉引四十一底瑟咤二合十二滿馱滿
馱十三賀曩賀曩十四娜荷娜荷十五跛左跛左十六
蘖惹蘖惹十七尾塞怖二合吒也尾塞怖二合吒也
十八薩嚩尾近曩二合尾曩引也建十九摩賀誐拏
跛底二十貳引尾旦引路迦囉引也娑嚩引二合
賀引二十一
誦已即加持土洗淨加持真言曰
唵一嚩日囉二合馱囉吽二
洗淨已然於河津或浴室中如法澡浴訖以
三掬水獻尊獻水真言曰
唵一枳里枳里吽泮吒二
次結頂髻真言曰

唵一素悉地迦囉二囉乞叉二合囉乞叉二合鈐
娑嚩二合引賀引三
出浴所已洗手漱口灑諸身分眞言曰
唵一秫嚕二合底二娑没哩三合底三娑囉娑嚩
二合底馱引囉抳吽鶴引四
如前品所説心及諸器仗眞言應分明觀於
我身即先誦蓮華部三昧耶眞言曰
唵一曩謨薩嚩怛佗引誐哆引喃引二跛納謨
二合納婆嚩引也娑嚩二合引賀引三
又説觀自在菩薩念珠眞言曰
唵一鉢囉二合塞普二合囉二訖唱二合播覽嚩曩
滿怛囉二合怛麼二合迦吽發吒三
又説觀自在菩薩杖眞言曰
唵一娜難引多難上聲拏吽發吒二
又説觀自在菩薩澡鑵眞言曰

唵薩嚩怛嚩二合引没哩二合多二鉢囉二合娜
始鑁迦羅也三娑嚩二合引賀引四
又説馬頭觀自在菩薩眞言曰
唵一阿没里二合都納婆二合嚩吽發吒二
又説白衣觀自在菩薩眞言曰
唵一迦致知曳切下同二尾迦致三迦吒孕二合迦致
四娑嚩二合引賀引五
又説名稱慧觀自在菩薩眞言曰
唵一始吠扇引底迦哩吽二迦囉致准上也勢
也戍麼底娑嚩二合引賀引二
又説月身觀自在菩薩眞言曰
唵一賛捺囉二合賛捺囉二合二麼底素麼底三
悉哩二合曳四具抳具抳五攞攞攞攞六布帝
布多寗七悉第悉馱跛囉引訖囉二合冥八娑
嚩二合引賀引九阿弭多引婆素多娑嚩二合引賀

引十薩吠衫引阿引哩夜二合嚩路枳帝濕嚩二合
囉娑嚩二合引賀引十一
又說勇健觀自在菩薩真言曰
唵一尾囉尾囉麼底二素麼底三捺捨也悉
第四娑去聲引馱也五唵六賀你讚荷你染婆
你塞擔二合婆你七娑嚩二合引賀引八
即以下真言結本三昧耶契真言曰師云以示聖者
唵一商迦嚧三麼曳二掃冥曳二合薩嚩二合三
麼夜努鉢囉二合尾瑟致二合娑嚩二合引賀引三
誦訖即隨意誦心真言已然往於精室在路
中間不應瞋怒一心念佛及觀本尊每日三
時浴皆應如是別換衣勿爲爭論至精室門
更洗足誦辯才天女真言以加持水漱口散
灑然入於中又結甘露軍吒利契兼誦真言
即以兩手掬水又誦辟除毗那夜迦真言散

灑十方真言曰
唵一吽二荷曩三度曩四麼佗五尾持縫二合
娑庚二合娑囉也吽發吒半音六
次作地界結護真言曰
唵一枳里枳里二嚩日囉二合嚩日哩二合轂引三
滿馱滿馱吽發吒半音四
又金剛橛真言曰
唵一嚩日囉二合枳攞吽發吒半音二
以此真言淨地及攝受地
次悅喜聖者真言曰
唵一嚩日囉二合枳里枳里吽發吒半音二
又以白衣觀自在菩薩真言加持神線臂釧
等真言曰
曩謨囉怛曩二合怛囉二合夜也曩謨婀引哩
夜二合嚩路枳帝濕嚩二合囉引也二冒地薩怛

嚩二合引也三摩賀薩怛嚩二合也四摩賀迦引
嚕抳迦引也五一切觀音真言同此歸命怛你也二合佗引六
唵七捺捨曩引毗焰二合嚩引室囉二合嚩拏娑
麼二合囉抳曳二合曩嚩引寫引八摩啥薩嚩薩怛
嚩二合引南九薩嚩尾夜地二合止枳怛澀二合脚
十怛你也二合佗十一迦致十二尾迦致十三迦吒孕
二合迦致尾迦致知曳切餘准此十四娑誐嚩底尾惹曳
娑嚩二合引賀引十五

迎請真言曰即最初者是末加娑嚩賀

次獻遏迦真言曰

曀呬婆誐鍐一你呬遏鉗左三鉢囉二合底引
砌南二布染引冉嚩鉢囉二合斯那冥娑嚩二合
賀引三娑嚩引二合誐擔婆誐挽無滿切四寧呬鉢囉
二合娑引那引那引寫多引五弭荷佗哩二合荷拏
二合六布惹引麼娑麼多入聲七鉢囉二合娑引難

左地夜二合矩嚕娑嚩二合引賀引八

請已獻本三昧耶即與心供養塗香等塗香
真言曰

伊冥巘鐸引輸婆你尾琰二合引一輸左藥輸左
庾曩藥摩庾引你吠你始薄底夜二合鉢囉二合
底引佗哩二合呬也二合二鉢囉二合四那冥阿引下
同賀囉阿引賀囉三薩嚩尾你夜二合馱囉布
爾帝娑嚩二合引賀引四

獻華真言曰

伊冥蘇末曩素你尾藥二合引一輸左庾引曩藥
摩庾引你吠你始薄底夜二合鉢囉二合底引佗
哩二合呬也二合二鉢囉二合四那冥阿引賀囉阿
引賀囉三薩嚩尾你夜二合馱囉布爾帝娑嚩
二合引賀引四

獻燒香真言曰

阿衍嚩曩婆跛二合底囉二合素你尾喻一二合巘
馱拄引度引跛烏多鉿麼夜你吠你姤薄底
夜二鉢囉二合底仡哩二合呬也二合鉢囉二合四那
冥阿引賀囉阿引賀囉三薩嚩尾你夜二合馱
囉布爾帝婆嚩引二合賀引四

獻飲食諸藥物瓜果等真言曰

輿沙地引曩引囉素呬也二合你也一二合曀沙
滿怛囉引二合始怒荷微翼二合麼夜你吠你姤
薄底夜二二合粖里嚩沙鉢囉二合底仡哩二合呬
也二合擔引阿引賀囉阿賀囉三薩嚩尾你夜
二合馱囉布爾帝二合婆嚩引二合賀引四

獻燈真言曰

咯乞芻二合伽曩二合室左二合多暮尾馱麼諾一
輸薄麼藥你吠你姤薄底夜二二合你引報焰
鉢囉二合底仡哩二合呬也二合擔引阿引路迦也
阿引路迦也三薩嚩尾你夜二合馱囉布爾帝
婆嚩引二合賀引四

若無如上香華食等即結契誦下真言便成
廣大供養真言曰

曩謨三引曼多没馱南一唵二薩嚩佗引三欠
嗢誐帝娑頗二合囉呬引鉿四誐誐曩劒婆嚩
引二合賀引五

次誦讚雲海真言曰

曩謨薩嚩没馱冐地薩怛嚩引二合南一引薩嚩
怛囉二合僧恩孕切句蘇弭多引毗穰囉引始你
二曩謨塞覩二合帝婆嚩引二合賀引三

行人應去本尊四肘坐以茅草先觀已身為
軍荼利金剛然觀想本尊即以種種讚歎讚
揚佛及我次金剛手菩薩發露懺悔次取念
珠以前真言加持捧而加持即一心觀我心

心相續或觀眞言文字輪環行列（凡文字隨息增敬降壞變色之）隨意念誦限數畢已其眞言即誦部母眞言獻授之（師云想從自口出入部母口中作金色發願云惟願聖者授此眞言加護勿令功用散失一切得便）即又加持念珠安置本所

次應護摩爲令本尊熾盛威力故精室門外應作軍荼四方爲之中作蓮華安息香和酥或茴香子和三甜護摩請火天眞言曰

曀係曳（二合）四摩賀步多泥嚩哩史（二合）你尾（二合）一惹娑跢麼仡哩（二合）四（引）怛嚩（二合引）戶底麼（引）賀囉麼塞泯（二合）塞四姤（三）娑嚩（二合）阿訖曩（二合）曳娑嚩（二合引）賀（引四）

火天入軍荼已獻滿三杓酥即火盛德熾盛獻眞言曰

唵（一）阿（引）訖曩（二合）曳賀尾也（二合）迦尾也（二合）嚩（引）賀曩（引）也（二）你（引）比也（二合）跛娑嚩（引二合）賀（引三）

行人應於茅團上作吉祥坐（師云豎兩膝以右脚加左脚交之）面東或北爐四向敷茅安護摩事物應燒獻之具置之坐右過迦器及灑散爐上與火天本尊漱口等二器置於坐左散灑洗漱已即以三七大杓藥酥獻火天眞言曰

唵（一）阿訖曩（二合）曳娑嚩（引二合）賀（引二）

獻已又三灑水又與火天漱口應以文殊師利眞言灑漱口水眞言曰

唵（一）嚩囉娜嚩日囉（二合）曩（二）（師云旋遶是漱口直灑是淨火）

即以本心眞言用茴香子和三甜護摩一千八徧復三灑散又以火天眞言三投酥然誦發遣眞言曰

布爾姤四麼夜薄乞叉也（一三合）蘖縒阿儗你（二合）娑嚩（二合）娑嚩南（二）補曩囉比夜（二合）誐麼曩

引曳娑嚩引二合賀引三

次以香華燈明飲食獻本尊已而奉送之然出道場印塔及讀誦大乘經供養苾芻等塗拭曼荼羅每日三時作斯業積麥菜乳以爲常食夜寢茅薦眞言加持用鬱金色或紅色線一誦一結至百八結持以繫腰眞言曰

唵一洛乞憺引二合矩嚕儗抳娑嚩引二合賀二引

結巳又誦部母眞言加持七徧繫之然隨意寢息若近悉地本尊攝受即夢善相所謂見廣大僧衆或見女人著諸瓔珞或見林木華果茂盛或見象馬牛及犎牛或得念珠華鬘澡鑵白華及代華供養秔米雌雄黃等或見我於餘部所說吉夢當知此相去成就近即應加行倍復精進若失成就夢旃陀羅毗舍遮鬼惡形狀者或見人身著垢弊衣或見眞言文句闕少或見不具足人若有如是之夢應誦部母眞言一百八徧一切不祥之事皆得消滅不久當得悉地如此經中所說成就之法除行婬欲及損害衆生之人餘皆決定悉地依此儀軌法則犯五無間者向得成就況修行菩薩行人

成就心眞言品第九

我又說儀軌先行成就法誦此眞言一一字滿一洛叉師云三十五萬然後畫像應令童女於清淨處織氈絹等以帛覆口三時洗浴身著白衣供給織者飲食等人亦須清淨織以白線機杼應新諸難調伏信根不具足人是惡流輩皆勿令見於織處布散時華轉讀大集會經畫人當受八戒緣像所市一依所索勿與畫者有爭競心其絹氈等香水浸漬藍青雌

黃及與紫鉚此中彩色是等皆除白色應用白檀烏始羅龍腦香等黃色應用苜蓿香薩計柅耶（百合代）龍等赤色應用鬱金香紫檀等黑色應用多迦囉華青蓮華蘇合香等身分及乳皆不應用畫者護持禁戒常思六念先中央畫菩提樹樹下畫阿彌陀如來坐師子座已二蓮承身金色右手施無畏佛左聖得大勢至菩薩佛右聖觀自在菩薩右手住安慰（即以風空頭相捻豎餘指作引手勢）左手持蓮華身如秋箭色（白也）觀自在下畫多羅菩薩上畫四淨居天子作音樂供養應畫梵天手持曼陀羅華畫已安精室中依法供養即於像前以蓮華搵三甜護一洛叉然作一切事業結根本印誦心眞言入城邑聚落一切見者深生貴重於像前供養蓮華一洛叉（一誦一置於前也）即見一切伏藏欲掘取寶物結白衣觀自在根本印誦心眞言一切伏藏自然放光恣意受用

又山中採長年藥結一切驚怖諸鬼神印即禁一切藥靈誦心眞言必得延年藥法成就由馬頭印故應時山在空由月身印故彼河等逆流由袈裟印故而河水竭涸由六臂觀自在印阿脩羅門開由十二臂印降伏捨嚫嚕由千臂印故攝彼囉惹由四面觀音印而隨順宰官由白衣母印鉤召悉底利由護摩鹽故那哦皆敬伏一切鬼魅病見觸皆自除（已上並誦心眞言也） 世尊此心眞言猶如意珠一切眞言明王中尊隨意所念皆得成就

爾時觀自在菩薩復白佛言世尊我今說最勝明王印契相

內縛火如針 風各屈火前 如環根本印

身真言曰

唵一跛納麼帝隷二合路枳也二合尾訖蘭引二合帝二娑誐嚩底三吽吽發乇四

由結此印離諸罪如前根本印力石是爲請進屈申奉送請用初真言曰

唵一紇唎二入聲

由結此印警覺心真言即爲應驗如前申二風搏著二火背是頭印真言曰

唵一噁引二

如頭移力度申搏忍度背是頂印真言曰

唵一噁引吽二

如頭移二風首相拄如環是眼印真言曰

唵一噁入嚩二合攞二

如眼風申開是甲印真言曰

唵一噁滿馱二

如甲隱二風是劍印真言曰

唵一噁怛囉引索二

禪拳空押風是牌印真言曰

唵一噁尾塞普二合囉二

智羽如掌拳空火各申直是箭印真言曰

唵一噁荷諾二

十度内相叉如網上右旋是上方網界真言曰

唵一噁那臛二

内縛出二風申開上右旋是牆印真言曰

唵一噁捺囉二合乞叉二合鉢囉二合迦囉二

如牆屈二風首相拄如環是最勝心印真言曰

唵一噁引紇哩二合那庾多囉二

不易申合風是警覺心印真言曰

唵一噁紇哩合一那庚袒那南二

不易以二風屈中節相拄是心發生印真言

曰

唵一噁紇哩二合那庚引納婆二合嚩入聲二

十度外相叉輪形磔開掌是輪印真言曰

唵一噁鉢囉二合塞普二合囉二

世尊如上等印三世勝明王之主自支分生

兼真言加持已支分即行人與我無異師云如心

印安心上餘例可知世尊行人每日三時為除衆罪故

結十波羅蜜契結是等契各誦本心真言一

徧則百千生所有諸罪悉滅況現生罪而不

滅耶次即說十波羅蜜印相

智掌仰申垂空捻水度甲是檀波羅蜜印真

言曰

唵一婆誐嚩底二難上聲引曩引地跛帝吽三

尾徙唱惹布囉也麼引南娑嚩二合引訶引四

由此印故一切怖畏之中皆得加護檀波羅

蜜圓滿

內縛空如針是戒波羅蜜印真言曰

唵一施羅馱引囉抳二婆誐嚩底吽臛二

由此印設令破戒者即成具戒清淨之人如

戒風申合風空相去離是羼提波羅蜜印真

言曰

唵一婆誐嚩底二乞羼二合引底迦哩吽發吒

三

由此印故一切怖畏之中無有能損害即得

忍辱波羅蜜圓滿

如忍風開直是精進波羅蜜印真言曰

唵一尾哩也二合迦哩吽二尾引哩曳二合尾引

哩曳二合娑嚩二合引賀引三

由此印故得精進波羅蜜圓滿
結蓮華坐已(結跏也)禪仰舒加上智亦爾加禪
是禪波羅蜜印真言曰
唵(一)婆誐縛帝(二)薩嚩播跛賀哩(三)摩賀柰
哩(二合)帝曳(二合)吽吽膗登吒(半音四)
由此印故能除一切罪得禪波羅蜜圓滿
二羽背相著二火反相鉤二風申如針是慈
無量心印真言曰
唵(一)昧底𠼝(二合)昧怛囉(二合)只帝娑嚩(二合引)
賀(引三)
由此印故慈無量心圓滿
智住施無畏是悲無量心印真言曰
唵(一)迦嚕抳曳(二合二)迦嚕抳曳(二合三)唵(四)荷
荷參(五)
由此印故悲無量心圓滿

地水內縛之餘六申合簇是喜無量心印真
言曰
唵(一)母你母你帝吽(二)荷荷吽(三)弱(四)
由此印故喜無量心圓滿
空地如連鎖內縛風如針是捨無量心印真
言曰
唵(一)驗(引)驗娑嚩(二合)怛嚩(引)曩冥餕(一)唵(三)
吽登吒(半音四)
由此印故捨無量心圓滿
如捨火申之微開屈二風首相拄如環是智
波羅蜜印真言曰
唵(一)麼麼訖穰(二合引)曩迦哩吽娑嚩(二合引)賀
(引二)
由此印故智波羅蜜圓滿
內縛風如針是一切波羅蜜心印真言曰

唵一吽二紇唎二合三吽四臛五

世尊由結此十波羅蜜印當得十地滿足行者每晨朝結之一切宿業罪障皆得消滅一切衆生見行人者深生恭愛之心如上心印於十二臂觀音法中廣說

復白佛言世尊我今說普通蓮華部中印虛空合掌已散開水火風是蓮華部眞言曰

唵一曩謨薩嚩怛佗引誐多引南二引跛納謨二合納婆嚩引也娑嚩引二合賀引三

智羽揚掌已空捻於水申是念珠印眞言如上唯重呼

鉢囉塞普囉

禪拳直竪空是觀自在杖印

禪拳竪空火是觀自在澡鑵印

內縛竪二空稍屈其上節是馬頭上三印眞言如前說

內縛風申合二空亦並竪是第二心印不易第二心風相拄如環是白衣觀自在印眞言曰

唵一迦致二尾迦致三迦吒哷二合迦致娑嚩二合賀引四內縛千眼印

世尊如是等印成辦一切義利我於別法之中亦已宣說亦能成就千手千眼法門又白佛言世尊修行者成就眞言法爲除諸障及加護本明故應於精室壁上畫一方曼荼羅所畫之人受八齋戒調諸彩色勿用皮膠於中畫一百葉開敷蓮華具足胎蘂於胎中位書此眞言

眞言曰

唵一跛納謨納婆嚩引也娑嚩引二合賀引二

於華右邊畫念珠左畫澡鑵華之上方畫神

線下方畫杖以香華供養於此壇前結一切印由作如是法故一切事業一切契印皆得成就世尊我說此大力大勇健之法若欲具說經無量劫亦不可盡是法往昔金剛藏菩薩已曾宣說我部族真言金剛部族真言皆依此法而得悉地所有世天梵王那羅延大自在俱摩羅天母衆天金翅鳥諸鬼神等真言亦依此法而得悉地由對此纔誦則成入一切曼荼羅一切衆生皆當敬念一切五無間罪皆得消滅臨命終時觀自在菩薩即當現身前而爲說法命終之後生兜率天宮不墮於三惡道或有衆生不信三寶多諸慳悋暫聞此經乃至讀誦彼等不久亦當成就況於三寶淨信之人爾時如來讚觀自在菩薩言

善哉善哉大薩埵　大悲住大薩埵位
汝今說大真言王　利樂淨信衆生故

觀自在菩薩說此經已諸大菩薩及阿羅漢僧天龍藥叉緊那羅摩呼囉伽等皆大歡喜信受奉行

金剛恐怖集會方廣軌儀觀自在菩薩三世最勝心明王經

音釋

蠱公土切　窣蘇骨切　瞬輪閏切目動也　蝕實職切日月虧曰蝕　鑱初銜切長鑱也　鉞王月切大斧　齧魚列切噬也　犎音封野牛也　鑛古猛切　涸曷各切水竭也

金剛恐怖集會方廣軌儀觀自在菩薩三世最勝心明王大威力烏樞瑟摩明王經

北天竺國三藏阿質達霰譯

清刻龍藏佛說法變相圖

金剛恐怖集會方廣軌儀觀自在菩薩三世最勝心明王大威力烏樞瑟摩明王經卷上

北天竺國三藏阿質達霰譯

敬禮一切佛復次諸菩薩爾時會中無量俱胝明仙之所圍遶摩醯首羅天王大部多主從座而起頭面著地前禮金剛手菩薩摩訶薩足作是言菩薩惟願演說大威力者不空無礙教令諸無比力勇健者金剛菩薩所愛樂者諸天阿脩羅梵王帝釋所歸仰者夜叉羅剎毗多拏布單那所怖畏者降怨敵者辦諸事者曼荼羅法所秘密者時彼衆會同讚摩醯首羅言善哉作意善哉善哉大部多主爲我等類決定勸請爾時金剛手菩薩遶迊抽擲金剛杵已便下金剛莊嚴蓮華之座顧彼衆會即入怖畏金剛大忿怒徧喜三摩地

然後無量百千俱胝所爲報障有皆大振懾悉見其身爲烏樞瑟摩所押伏命將欲盡如遇劫燒其意迷悶俱發聲言惟願哀憐施之無畏爾時金剛手菩薩摩訶薩從三摩地安詳而起告徒衆言大威德者大光明者大忿怒者如法所言如是薄伽梵大威德者大忿怒者大光明者爾時薄伽梵金剛手菩薩摩訶薩如師子顧作此瞻視唱如是言大部多主我今說烏樞瑟摩祕密曼荼羅法若暫聞者一切事業皆悉成就不有非時夭橫但諸惡事皆不及身毗那夜迦伺不得便一切衆生之所愛敬一切怨敵常皆遠離一切密言皆得成驗諸金剛法任運當成一切不祥即得解脫一切吉慶常當加護若持此明滿十千徧即同登壇具足灌頂如遇明師之所傳

授次復當陳烏樞瑟摩曼荼羅相先應具受三歸八戒發菩提心慈悲愍其立壇地應當擇處若於山間或在莊居或於曠野或在寒林或在淨室或河岸側或獨樹下或閑宅祠宇如法治地建曼荼羅三肘四肘或復八肘亦十六肘若降伏法三肘三角若寂災法四肘或八肘若增益法及爲國王十六肘作用黒月八日或黒月十四日以心密言加持清水用灑其地又以紫檀摩一圓壇布以祥草上散赤迦囉尾囉華以塗香衆華散於壇上加持佉馱囉橛一百八徧釘入大壇四角及中成結地界乃作根本徧擲印誦密言七徧取紫檀徧塗地以五色線絣爲界道四角四門運以黄赤緑黒乃於壇心畫佛佛左傍畫金剛手菩薩持杵有諸使者及金剛鉤明

蛇捧杵瞻仰菩薩次左烏樞瑟摩明王持青難拏（此言棒）以夜叉及阿脩羅衆并訶利帝母及其愛子等爲侍從皆瞻仰明王於東北角大自在天王執三股叉并妃東方天帝釋執金剛杵東南隅火天執繚戾棒南方閻羅王執娜拏西南隅寧啇執劒西方水天執赤索西北方風天執緋旛北方毗沙門執伽那三面畫毗舍蛇衆東門内畫三股叉守護以新瓶皆滿盛淨水及寶物五穀等以綵色纏頂取一口瓶置佛前安紫檀杵於口上餘瓶皆以赤華或草木枝塞口四角四門各置一瓶佛前置兩段衣服充供養金剛聖衆乃至天等亦用衣服每尊皆置飲食香華壇外非梵界道（壇外正方遺灰）其瓶先持一千八徧乃置之請諸尊依法引弟子誦金剛三昧耶密言纔令

弟子耳聞散華所至彼尊有緣如法灌頂若登此壇即同入一切曼荼羅訖一切天魔毗那夜迦皆悉順伏命終生阿拏迦嚩典宮（毗沙門大王宮）復次重說無上祕密曼荼羅以黑月八日或十四日可稱讃地而建立之四肘四門布以五色或塼炭末於中畫佛次右觀自在菩薩次右馬頭明王大忿怒形佛左金剛手菩薩次左大威力烏樞瑟摩明王大忿怒形佛前麼麼雞金剛部母四角置一瓶佛前一瓶以不截綵覆之名勝瓶外壇東北隅大自在天王執三股叉并妃於餘隅畫半杵或杵印以香華飲食供養如法引弟子灌頂所用物充以心密言加持復次契相根本徧擲印先正立極力引左足頓地向左亞身右手握大指成拳申臂令豎左手爲拳約著心舒頭

指如針眉間顰蹙目當專注此徧擲印乃能怖畏諸障難者阿脩羅門所有關鍵亦能摧破大忿怒印並雙手中名小指等互以面相著其大指捻其三指甲便相握成拳舒頭指各如針此契能作一切事業縛撲請召辟除卒忤又令遠離能殺枯瘁護身普焰印手背相著指頭垂下名下合掌乃深交諸指二小指如針大開掌二大指互捻頭指甲側此契能成一切事業

杵印雙手內相叉爲拳舒左中及頭指右中頭指亦然二中指相合微屈頭指各近中指傍大指相並押無名側打車棒印右手握大指成拳

剪刀印結次前印舒頭中指如剪刀股徐動之大牆院印結前棒印極開二頭指頂印結次前大牆院屈右頭入掌如餘指頭印如大牆院屈左頭指入之

甲印准牆院屈二頭指相拄如環此印有大威力能作一切事業

復次畫像法用緤徑方兩肘依口酬價乃以牛糞摩壇暨緤於內以赤華飲食供養因食良工圖如來像坐師子座手作說法相（以左手大指頭指頭相捻並舒中名小三指右手亦然及以右手仰掌橫約著心以右手腕著左手名小指等頭以掌向外散其三指也）如來左畫金剛手菩薩右手執杵左作問法相（著其五指微屈之如仰鐵形引手向前掌向如來也）次左畫大威力烏樞瑟摩明王大忿怒形目赤色通身黵黑色舉體焰起而有四臂右上手執劒次下羂索左上打車棒下三股叉器仗上並焰起如來右金剛部毋麼麼雞多髮

美貌通身艶色胡跪合掌恭敬白佛部母右行者胡跪兩手執香爐供養其襟勿經打汙無毛髮者勿用臭色及有命之色其畫匠每日受三歸八戒長齋具大善心新衣清潔行者亦爾勿離其傍速成爲上後有畫像亦准此也

復次於此像前面東誦根本密言乞食禁語兀如枯木當印制底如是相續滿六十萬遍即登山建立前祕密曼荼羅持劒作大壇用阿伽嚧沉香也充紫鬱金華和白檀香燒之晝夜成持明仙之首得一切悉地有大威力壽齊日月命終生阿拏迦嚩典宮

若置訶哩多攞雌黃或安善那眼藥或麼曩始攞雄黃或棒准前作火壇功力同劒若食乞食於一月内無間念誦取白月十五日畢其日布像敷阿說佗葉廣府有之於像前加持三金金銀赤銅娜拏七徧置上加持之焰起劫壽有大威力一切阿脩羅一切夜叉羅刹鬼神諸天皆大順伏若三金娜拏一月内加持之日滿准前加持焰起持之劫壽身等大威力明王

若人以三金杵代娜拏焰起身同金剛手菩薩若以三金輪代杵焰起身如日輝成明仙中輪王

若又絶食三日黒月八日布羊躑躅葉葛塔葉是於像前補沙鐵鉤長八指於葉上右手而加持焰起執之洞視土地位同帝釋遊戲三十三天天龍鬼神欽伏

若絶食一日黒月八日或十四日布阿說佗樹七葉於像前置雄黃於上加持焰起塗之持明仙煙隱暖熱善行若於山頂誦十萬徧天大威力烏樞瑟摩明王現甚可怖畏執心

勿懼云須何作白言薄伽梵成就一切事但乞一願持明仙或降阿脩羅或召諸天皆悉隨意

若於吉祥門首布像誦三十萬徧訖阿脩羅女自出迎之可將五百人同入彼輩作障身便乾枯

復次畫像法取兩肘緤畫大威力烏樞瑟摩明王身赤色怒形狗牙露出密目（如狸眼即是）髮黃色上衝左持杵右娜拏行者食不淨食與瘖像前誦三十萬徧所作皆辦

若於吉祥門首面北布像行者面南苦楝薪作火壇進毒藥末芥子已血滿一千八脩羅女子身如火燒獻長生及點化藥不受藥者諸女携手同入其宮先有明者我當亡彼不畏那羅延業轉壽多劫尊貴快樂身有光明種種神變命終生天

若於吉祥門首布像作火壇燒緤華子一千八滿三日乃結根本徧擲印彼門即開無障而入

若有龍水岸布像作火壇燒鹽滿一千八龍出受命隨意驅使

若先絕食三日置像審銘柴（此云枸杞）作火壇芥子油和芥子燒滿一千八能召一切人天

若以鹽成悉底哩置像作火壇片片割進火中日三時令盡滿七日稱名百由旬內至

若以諸天空祠廟中布像阿說佗薪作火壇苦楝葉和芥子油進其中一千八徧日三時經七日即有天神來現云作何事隨意驅使

若先絕食三日以黒月八日或十四日於大自在天王前石陵伽南以右手掩上加持須

叟有大聲者三天王現受驅使不現彼身乾枯若准前先三日絶食黒月八日或十四日布像作火壇進羊躑躅華一千八徧又執其華加持一徧擲打夜叉女膝即相敬若要長生藥眼藥金銀寶玉等悉皆從命若以佉䭾羅木作三股叉絶食三日以日月蝕時寒林中布像以香華飲食廣以供養右手持叉加持之叉焰起止後於夜分豎叉於地七寶堂宇現是人前天女繽紛充滿其處云欲何所作歌舞音樂種種驅使將曉去叉如故

若取一屍無瘢痕者洗浴之置大河側首東仰卧日正午四面各令一丈夫執刀而立行者屍心上坐取雄黄内屍口中加持之藥若變熱一切貴敬煙生隱光昇空

若絶食三日黒月八日或十四日布像廣陳供養以阿樞迦木合盛素嚕(二合)但(引)戰曩藥(此是藥名帶赤黒色重比金出天竺末塗目中仰視日能奪其光見日中有者爲真耳)置像前加持之熱貴敬煙生遁形焰起持明仙身光如日圓滿可愛壽七千歳

若絶食三日黒月十四日寒林中取無瘢痕屍以香湯洗浴之以頭向東卧著香華供養行者躶形被髮屍心上坐取白淨髑髏滿盛白色芥子置屍口上加持之芥子盡隱執髑髏騰隱自在爲一切騰空隱者之首

復次不擇淨穢食與不食先誦三十萬徧又以應肘量緤(一肘或二肘或三肘或四五等肘後言應肘量准此)畫大威力烏樞瑟摩明王作大怒形左持杵右娜拏左視龍爲瓔珞(龍作虵形)明王左畫大寒林及行者於明王右畫山座以赤華飲食供養黒月八日於制帝布像廣設供養作大壇以烏

曇跋囉充薪進赤色未開華滿一千八其日三時即成驗能作一切事法人天貴
若眼藥法取尾避多迦木(毗梨勒木)合子盛素嚕(二合)但(引)戰曩月蝕置像前加持之得熱煙焰生三種驗功力同前若取犬舌以三金鍱裹月蝕時加持煙生口含藏形
若口含嚩極(菖蒲根也)持密言取三種成驗熱得一切總持不忘煙生藏形焰起作持明仙若於山頂誦九十萬徧爲持明王
若乞食禁語誦四十萬徧絶食一日黒月十四日於制帝前布像廣設此供養并作火壇進安息香丸一千八其日三時作小持明王
若食乞食安息香伴紫礦汁進火中滿十萬徧見用
若取麽戸保怛哩迦(此云天門冬根)進火中一千八徧迦那至
若水中立至臍誦十萬徧一切伏藏盡現能開枷鎖止業輪起死人勝寃敵若月蝕牛糞作壇布像以赤銅椀盛赤胭牛酥置中加持執食之總持不忘煙生長生焰起藏形
若以烏曇跋囉薪作火壇芥子黄芥中麼沙(天竺云)毒藥以血和之進火中一千八伏藏自現結根本徧擲印又執佉羅木杵向前降之寳物涌出
若絶食於恒河側誦三十萬阿脩羅門開若稱吽字降山山碎禁諸江海能令枯竭
若絶食於寒林中誦四十萬徧梵羅刹及諸鬼神作美貌而現受命若驅使遲違稱吽字打地一下彼當殞絶稱莎嚩賀再生大自在天王廟中絶食誦十萬徧大自在天王現以

香華供養問訊從天王乞其一切道術如意
成驗若於大自在天王妃前絶食誦十萬徧
妃現隨心乞願不現彼死或乾枯
若依前法誦密言欲令梵天夜摩兜率及天
帝釋等一切天王現並得如意
若取一屍稱吽字以足加屍首令聲足齊下
屍當起大叫持劒斷其首成黄金不者屍叫
告之有捨嚫嚕某甲持始羅來如意
若以補沙鐵作劒月蝕時加持焰起持之身
同大自在天王
若補沙鐵作斧月蝕時加持焰起持之爲毗
舍者王
若補沙鐵作刀子月蝕加持焰起持之爲明
仙王功用最勝壽命尤多
若以蟻墳土塑成形行者以足加心上作壇
白芥子毒藥及血置於左手中以右手捻燒
經七日日一千八王貴敬族亦爾
若食乞食誦四十萬徧制帝前布像供養以
蜜栗嚩薪作火壇并取其果進一萬顆爲持
明王天龍順伏
若加持華或果七徧贈人貴敬
若一日不食黑月八日布像阿說佗薪作火
壇進黑油麻一千八王臣貴敬
若三日絶食進酥蜜酪白芥子於火中一日
三時二千八滿七日爲持明王
若鍊酥滿一千八經三日王貴敬
若取舍多華（此云茴香華）酪蜜酥相和進火中一
千八滿七日即得金錢一百
若燒秔米乳粥一千八日三滿月五穀盈溢
用之不竭

若紫檀粖和酥内華於中進火一百八徧日三滿七日迦那至

若從黒月一日起布像過迦薪作火壇烏麻油和酵迦贍摩樹華一内一燒一千八滿七日後金錢八文

若乳和蜜相加以青蓮華一兩一燒滿三十萬伏藏盡現

若召人大寒林中布像香華供養紫檀粖成彼形佉馱木作火壇男從右女從左足起一割一燒令盡百由旬外一月而至

若大寒林中布像紫檀摩壇水和王蹤下土一把塑成形從右足割進火中令盡敬重若寒林中布像香華飲食供養進虞麽婆於光中滿一千八貴敬

若進阿底目迦多華於火中千萬徧貴敬

若大寒林中尾避多迦木作火壇進麽訶麽婆晝夜一切毗舍遮衆梵羅刹等敬重若捨嚫嚕令梵羅刹爲病

若悉馱薪作火壇初生犢子糞和紫檀粖作丸進之日三時時一千八滿二十七日得牛千頭

若截白檀香内杉木脂進火中日三時時一千八滿二十一日得大莊五所

若截杉木進摩咄囉火中一千八滿七日得金錢一千文

若食麨及水布像供養坐吉祥十五日念誦勿間絶食三日黒月十四日布像供養以白芥子油然燈乃截黒阿迦嚧（此云沉香）進鉢囉奢薪火中一千八像形動或目動或作吽聲若形動爲持明輪王

若名香和牛酥進火中一千八得羣牛牛不走失疫病
若酥蜜相和又内炒稻穀華於中進遏迦火中滿十萬五穀盈溢
若取紅蓮葉進河中流入海者滿六箇月次絶食三日白月八日布像供養烏麻油和名香截紫檀木抄進火中晝夜大吉祥天現以白檀閼伽供養天云須何願白言持明輪王天從行者口入無礙即得如意無有天龍鬼神爲怨敵者
若酥蜜酪相和一内名華進遏迦火中一千八妻妾貞潔
若黒月八日酥蜜相和内炒稻華於中進火中一千八日三時滿七日得千戸大莊
若供養像黄芥子和鬱金進鱄吒薪火中一日三時時一千八滿七日國王貴敬
若供養像阿底目迦多薪作火壇進其華於中滿十萬大臣貴敬
若供養像進夜合華於火中一千八妃貴敬
若取衆名香蜜和作迦那形充七日割進火中日一千八貴敬
若海鹽和芥子油燒日三時時一千八經一月族姓人貴敬
若寒林中坐髑髏上寒林薪作火壇進血於中晝夜荼吉現以血充閼伽供養之云有何事隨意乞大願天神貴仰
若大寒林中黒月十四日取躶形屍内進火中從日入至夜半梵羅刹作忿怒形而爲奉教後日得衣兩事金錢一百文
若取寒林華鬘進火中一千八首陀貴敬

若以蠟作毗舍遮形割進火中毗舍遮衆現
爲奉教後日得衣服
若截阿樞迦無憂也梢揞愚多油進火中經一
月爲持明王
若進薰陸香於阿樞迦火中日三時時一千
八經一月得大莊
若以飲食香華供養像以其華一誦一散像
前滿一百萬徧爲持明王
若取摩勒迦華飲食供養散其華十萬見用
若常持念此密言者無衆諸衰難
若酥烏麻油一日三時時一千八進火中經
七日得大疾
若加持佉駄羅橛一百八釘入怨人家内彼
善心相向
若龍華鬚進佉駄火中日一千八經一月迦
那至
若酥蜜相和一内茴香華進阿波末哩迦此云牛膝
火中滿十萬家内七寶自涌
若酥蜜酪和阿波末哩迦子進屈嚩迦薪火
中滿十萬王貴敬
若黑月一日阿樞迦樹下庚體迦末敷華一
内酥蜜酪中進火中滿十萬得金錢一千文
若制底前布像供養進俱羅吒迦華於佉駄
羅火中滿七日大威力烏樞瑟摩現滿願若
進阿杜華於佉駄羅炭火中一千八七日伏
藏現
若進阿伽悉地華於苦楝火中一千八經七
日得金錢一文
若以内摩勒地華酥蜜酪中進瞻蔔迦火中
經一年共誦一十萬得金錢十萬文

若以泥塑嚩囉呬紫檀供養持密言盡夜彼當長喘與行者黄金一斤

若流入海河立其水至胯用阿迦羅充燒香以名華一動進水中滿十萬為大持明王人天歸命

若截阿佗樹枝一内酥蜜酪中燒之十萬徧為小持明王

若油麻酥審酪相和進火中滿十萬見用若截松木進火中十萬徧見用

若酥蜜相和截蜜栗嚩樹根一内一進火中滿十萬大富

若黒月八日供養像華和鬱金華進火中一日三時時一千八滿七日大富

若有龍水邊白月五日布像供養龍腦香龍華鬚和進火中滿十萬其龍貴敬得寶珠十萬顆

若黒月八日大自在天王廟中一内阿底目迦多華於酥蜜酪中進火中一日三時一千八滿七日得大莊五所若進訥縛草骨也若進火中滿十萬長壽

若進屈野迦欲敷華於審銘火中滿十萬王女敬重

若秔米和烏油麻柤進脂俱吒火中一千八饒奴婢

金剛恐怖集會方廣軌儀觀自在菩薩三世最勝心明王大威力烏樞瑟摩明王經卷上

音釋

懾（質入切怖也）顰蹙（顰毗賓切蹙子六切眉蹙也）鍵（巨展切戶鑰牡）緤（徒叶切西國布緤也）靘（疾正切）痞（符鄙方美二切）瘢（蒲官切瘡痕也）

金剛恐怖集會方廣軌儀觀自在菩薩三世最勝心明王大威力烏樞瑟摩明王經卷中

北天竺國三藏阿質達霰譯

若秔米和牛酥進火中十萬徧生有相之子若杉木脂和酥進火中十萬徧增七寶財若以飲食香華供養像像前地上畫人或王行者心上坐誦十萬徧彼并族貴敬

若白芥子欝金華和進迦赦惹火中日三時時一千八滿七日王族貴敬

若麼沙末芥子油和埿爲囉惹形從初夜割進鉢囉奢薪火中令盡彼貴敬

若烏麻油秔米和煮又以烏麻油和進火中日三時時一千八滿七日首陀貴敬

若烏麻柤進火中一千八迦那貴敬

若秔米粉成捨嚫嚕取脂俱吒枝爲橛加持一千八徧釘口不能語

若寒林炭畫梵羅剎誦一萬令捨嚫嚕摩囉寧若解彼呪法者以香華飲食供養像像面向北人對之芥子毒藥血和進味達迦多薪火中一千八彼當失驗

復次羯磨壇先對像面東念誦畢便作此壇於大河海側或大寒林中或高山上如法摩地訖准前畫院開一門正方八肘當中畫大威力烏樞瑟摩明王於右畫惹稜多者哩嚀明王怒形斜目又於左畫阿吒吒僧伽明王入門門右角內畫大自在天王并妃又於門左角內畫那羅延天王四臂皆執器仗又於北方畫伽那一角內金剛杵西方赤索一角阿跛邏攞龍王印畫一小階階上畫一蛇頭蒙出項以來南方一口黑色劒壇內諸尊並坐以心密言加持

灰於壇外正方作梵界道以飲食香華供養凡入壇物皆以心密言加持之取雄黄以石研成粉牛乳和爲丸五布阿說陀葉於壇中以藥丸置上行者以忿怒形加持之焰起取一丸施與諸天以一丸施與先成持明者以一丸施給侍者餘丸研塗額上喉及心成天明仙身生瓔珞其髮右旋宛轉紺色異常貌同諸天壽一千歲若煙生王諸隱形仙若熱能令一切衆生喜見柔伏供給財寶壽年百歲若三相不現塗額衆人貴敬

若以雌黄或牛黄代雄黄亦得驗

若黄丹和己身血置淨髑髏中安前壇上加持焰起取少塗額王一切天仙餘相准前

若沐浴衣遷結差囉細褁緤熏香壇中坐持明身上焰或起煙生熱等功力准前

若取紅蓮鬚龍華鬚末之酥蜜和之金椀盛置壇中加持之焰起藥成甘露服之成自在天身壽遠劫不復飢渴煙生藏形熱總持不忘壽千歲無病一切衆生貴敬

若月蝕時立壇赤銅椀盛羖羊乳加持之焰起服之王一切天仙壽如日月焰不起壽一百歲得大勝利

若補沙鐵作三股叉或佉馱羅木長十二指作行者澡浴徧體塗灰禁語加持又三十萬候月蝕以置壇中加持焰起持又身成大自在天王面有三目威力亦等煙生之王諸隱形仙熱有大威力

若補沙鐵作杵長十六指以紫檀徧塗之黒月八日或十四日月蝕時立前壇於道路取少淨草布中置杵於草上取黄牛酥一加持

一澆杵上滿一千八諸鬼神及毗那夜迦并阿吒吒訶僧見勿畏結娜拏印持明彼皆退散然執之加持焰起持之得帝釋位具足千目王三十三天阿脩羅衆皆來頂禮納其女子力伏魔王煙生王隱形仙熱壽百年天龍順伏若作三金輪天寒林木立前壇准前置輪澆酥一千八壇中右手執輪加持焰起成諸仙輪王威力倍勝首羅及帝釋神仙歸仰命終生阿拏迦嚩典宮若佉馱羅木作劒以三金鍱裹三處山頂布前壇以右手持之加持之加持令劒作青色便住立其地先布少淨灰以劒頭當灰中拄之一切隱身諸仙並現作禮旋遶而去取其灰少少分布與人彼得灰者皆成天仙

若佉馱阿木作伽那以赤華鬘掛於伽那上准前置軌加持焰起成毗沙門天王大力夜叉之主無量鬼神而爲給侍便往阿拏嚩典宮壽一大劫若素嚕(二合)但(引)戰曩末以麼囉(二合)頷銘(二合華及葉掌中和粖候乾和擣津又津滿一千徧)和之(又擣爲粖)以金椀盛之又以金椀蓋之准前澆酥滿千乃置椀於掌中加持焰起粖塗目中飛騰自住諸天園遶給侍壽遠劫

復次阿毗遮嚕迦法大寒林中立壇以心密言加持已血一徧灑其地候乾又灑清水又以寒林灰塗之寒林灰界壇院三角三肘開北門門外畫羅刹髮上豎怒形以人骨莊嚴之右手掌一髑髏盛血作向口飲勢壇心畫娜拏印焰起三角各畫佉吒望迦及毗舍遮衆以大肉祀羅刹毗舍遮前置酒行者躶形被髮以頭中名三指塗已血於額兩肩心喉

大怒心左遶壇行一帀立稱烏樞瑟摩名更灑已血於壇以赤華鬘遶壇院一帀秔米飯和血置髑髏中安壇中人骨和髮爲焚香又一髑髏滿盛血赤華鬘纏之又以三髑髏壇前支纏華者煎之行者蹲踞坐持人脛骨攪血仍咬牙嚙齒大怒形持密言血中焰起有無量聲喧空必不損人慎勿怖其阿吒吒訶儞及諸鬼神身皆焰起以種種惡形來現云須何願隨意乞之若國家有大陣敵或惡人毀除三寶令擊之皆大喪敗若不擇時日依前作三角壇唯除華鬘纏髑髏并支者以建吒迦（此云棘也）薪作大壇髑髏粖毒藥粖和血進火中一千八捨嚫嚕摩囉寧

復次寒林衣應肘量者寒林中或路上作壇以血灑之壇北布之以已血畫之髮上豎怒形四臂一手掌髑髏第二手娜拏第三手人頭第四手杵衣虎皮褌黒月八日大寒林中布像以黒飲食赤華供養行者蹲踞坐以灰畫捨嚫嚕血和芥子置一髑髏中行者於捨嚫嚕上蹲踞坐以建吒迦薪作火壇進血芥子於中晝夜非反摩囉寧三夜作一家七夜作七族一月夜尾矖也

若墓田或殯宮布之蹲踞坐進鹽和血於建吒迦火中一千八摩囉寧

若布像像前以灰或炭或稻糠灰畫彼形心上坐進血和灰於寒林殘薪火中盡夜家摩囉寧惹七夜

若寒林中布像取其炭粖和水作捨嚫嚕佉馱羅木橛長兩握塗血於釘華仡哩娜乃坐橛上持明一千八日三時滿三日摩囉寧

若行者内衣於血中披之水立至齋持明血乾披亦然
若寒林中布像犬肉芥子油和進火中一千八經十五日摩囉寧
復次扇底迦壇於淨室或河岸作方四肘准前壇樣圖之當中畫金剛部母右畫金剛拳明妃左畫金剛鎖明妃部母前一角内大威力烏樞瑟摩明王一角内金剛手菩薩四角内及壇心皆布阿樞迦葉葉上各安一水瓶以香華飲食供養用鉢囉奢薪作火壇進酥稱麼雞明滿一千八又進牛乳每徧稱烏樞瑟摩莎嚩訶一千八官事散病愈矣
若准前七日作國内疫差若壇前油麻油酪蜜酥和進前薪火中日一千八七日病差事散
若依前立壇布像取像内牛乳中出之又布進牛酥於前薪火中一千八瓶盛少香水加持七徧將瓶就彼病人處以灑彼面云願汝即差其瓶滿盛清水置壇中持一千八令浴之差矣若烏曇跋羅木作匙先三誦三策酥乃進阿説佗薪火中次一誦一進稱彼病者名一千八差矣
若加持秔米飯和乳與食經七日差矣
若依前布壇像截烏曇跋羅枝一内乳進審銘薪火中一千八經七日彼差
若布像取油麻油酥蜜酪和進審銘薪火中一日一千八經七日摩囉寧
若進乳於審銘薪火中滿萬摩囉寧
若内像於乳或酥布之進乳審銘火中又加持香水灑彼面差

若酥煎美餅及酪蜜酥乳等供養像以秔米飯和酪或酥乳蜜和進阿說佗火中日三時時一千八滿七日致富

若佛殿或神廟中依前供養像進龍腦香於穀木火中日三時時一百八滿七日七寶六畜增長

復次以白檀香木刻本尊長六指行者頂戴水中立至項盡日持密言家內行疫鬼死三日作城內疫差鬼去七日作境內差鬼去

若以阿說佗木與前壇像作座以牛糞於路上作壇安像供養然牛酥燈像面向西行者面東坐草團上捧白檀香水以奉請密言加持七徧迎本尊降入像中惹底華（一名蘇末那）一內乳中進火中盡夜當莊內疫差七徧作國內差

復次以鬱金畫本尊行者受八戒持齋頂戴像設旛華燒香供養引之右遶莊一帀疫差

復次按俱吒木或阿說佗木刻本尊於四衢路以香華飲食供養人髮并骨粖之進按俱吒火中日三時時一百八徧當莊疫差

復次補沙宿直日（此云鬼宿）飲食香華供養阿說佗樹因取其北引根牛五淨和少清水持茲草揩洗之或鬼宿直日市紫檀木依前洗之日月初摩一方壇置木及所刻像刀斧等於中以根本密言加持紫檀木香水七徧洗之行者八戒十善壇西進酥於火中七徧結根木及娜拏印令匠於壇中速刻本尊左手持杵右執娜拏怒形左視如立勢如立根本印行者在側持明勿絕令日月畢以檀香水浴之以飲食香華供養以彩色嚴之像額間點

赤或黃至來月一日開目立壇以飲食安息香華供養三寶其日於壇像前起首持明十萬乃候月蝕立壇布像像面西飲食紫檀香華供養之燒安息香娜拏印加持之印焰起入行者頂持明王有聲見用若海或河側供養本像作佛手一㧷量佛手一㧷今人之三㧷以二尺四爲准也制帝十萬誦密言三十萬徧乃以黑月八日或十四日供養加持焰起爲明王

復次黑月八日依儀供養按俱吒樹取其根本尊右手舒五指以掌拓心左手持杵左足踏毗那夜迦右足踏娜拏令娜拏一頭押毗那夜迦取按俱吒華和芥子油進按俱吒火中晝夜令滿一萬徧夜半作大聲現候至午佉馱羅木和芥子油中進按俱吒火中一千八滿七日毗那夜迦死若進乳於火中一千八寂災

若以蟻墳土作毗那夜迦形應肘量大寒林中立壇置形於佉馱羅木長十指和毒藥及血進佉馱羅木火中滿萬徧夜半形作大聲得其悉地後作毗那夜迦法皆成就不被惱亂

復次於應肘量緤上畫大威力明王左上手掌髑髏下手竪頭指擬勢右上手持娜拏下手杵像前畫一毗那夜迦胡跪合掌左足下踏一毗那夜迦立壇布像以赤華飲食紫檀香供養取一內進苦楝火當乃諸惡鬼神以種種形見作吒訶吒訶聲慎勿懼毗那夜迦啓言有何事喚我勿與語得毗那夜迦悉地後無畏難若被毗那夜迦作障難者像前誦一千八難止若水立至項結娜拏印誦一千

八彼衆退散
若取五穀及新果并名香置一瓶中滿盛清水以菴羅葉塞口牛糞摩壇置瓶於中加持一百八徧若毗那夜迦爲病或遭鬼魅或年十六已下人諸鬼神所中者浴差婦人過月不生浴之即産薄福之人浴之罪滅致富
若加持菖蒲根一千八口含訴訟得理
若進阿鉢羅指多華火中滿一萬辟兵
若誦密言七徧以頂上少髮作一結辟兵
若童女合緤華作七結繫臂不爲諸毒所中
若鬼魅所中加持水灑其面結娜拏印持明差矣
若治毒加持清水灑彼面若未差或加持苦楝葉七徧掃彼身差
若爲諸龍所傷者加持清水一百八令服之差
若惡瘡丁瘡加持土七徧和水塗之差
若遇怨敵結娜拏印誦明一百八徧發善心相向若止惡官亦爾
若爲人抵犯者結娜拏印彼不能語
若恒憶念此密言者本尊隨逐衆魔不近止盜賊水火辟五兵延年
若欲先加持之七徧服之辟衆毒
若人患心狂或爲人厭令爾者結娜拏印彼耳邊誦七徧差
若療前狂病以二手椀相合結娜拏印彼耳邊誦七徧撲破其椀差
若療痃癖加持烏麻油七徧塗腹差
若加持淨水散於十方一誦一結緤線滿七繫臂自護護他

若自經穢但誦之解矣
若加持右大拇指七徧以其印額誦一徧次右肩次左肩次心次喉成護身辟師子虎狼及諸怖畏
若晨朝沐浴心華供養本尊誦一百八辟兵災橫見歡喜
若有官事或怖畏依前供養持明止矣
若國家大兵敵者布像内阿波末哩迦牛膝子蘇蜜酪中進阿波末哩迦薪火中滿萬敵退
若療藥毒牛糞作壇布像截佉馱羅木二十一枚加持七徧點芥子油進火中
若中鬼魅加持一瓶清水一百八令浴差
若被禁繫持密言枷鎖解脫
若療癩加持紫檀香一千八塗之差
若菖蒲根粖和蜜加持一千八服之療冷癥

若患瘧加持恒山華一千八令頂戴差
若患癩癇或及惡風者進萎華於佉馱羅木火中一千八差
若令童子沐浴塗紫檀香衣以新衣瓔珞牛糞塗壇徧散赤華令頭戴赤色華鬘加持赤華七徧令捧而掩目焚安息香結娜拏印加持本尊降問事
若步多鬼中者素囉娑藥和香燒結娜拏印加持彼被縛赦之差
若芥子粖搽彼形割進火中令形支七日摩囉寧
若寒林灰於髑髏上畫彼人寒林柴火炙之持明如火七百内摩囉寧諸術不解
若寒林炭和水搽彼形或以其炭畫之以釘釘口加持二十一徧或一百八不能語

若依前壕畫口上燒苦楝火心上坐毒藥血鹽芥子和進火中一百八同前

若准前壕畫頭上坐心上燒火摩囉寧

若依前壕畫釘心脚上坐澆水於釘上滿一百八水病摩囉寧若去釘加持乳一百八與之浴復

若加持素尾爛戰（此藥青色以鐵生）粖一百八塗目見者貴敬

若加持清水一百八洗面謁王貴敬

若加持清水一百八洗面訴訟得理

若蛇皮進苦楝根火中或佉馱羅木火中日三時亦一千八滿七日摩囉寧

若於淨室或四衢路中或寒林中日午截鵄翅進摩訶迦羅火中一千八如鵄飛

若進乳於火中一千八復

若離合三日絶食午時進蛇肋骨於赦惹火中一千八滿七日

若以血毒藥夜半進寒林薪火中一千八經七夜摩囉寧

若誦部母密言進酥火中一千八又誦根本密言進牛乳於火中一千八復

若先三日不食大自在天王廟中（有名相處）布像華廣設供養便眠夢本尊告言其處有伏藏可取之

若黒月八日夜半淨室或寒林中血和毒藥一内摩吐囉子進摩咄囉火中一千八滿七夜烏嗟娜曩若進酥於火中一千八

復次像前先誦十萬徧三日勿食第四日二時入水中立至喉結娜拏印或打車棒印或杵印或羂索印或劒印持明至夜半出於岸

側以莽度迦薪此云甘草充大壇先火壇先以莽度迦木刻其印一內木印於酥瓮中燒之至止後以印印山山碎印海海竭

若蛇咬印之彼求哀赦之差

若印人彼被縛

若印枷鎖即解脱

若印毒藥服之無苦

若欲作一法以印㔟之速驗

若惡人相向作瞋心印之彼吐血或失心

若患鬼魅及風㾓加持黄芥子七徧打面差

若進虎爪火中七徧不被虎傷

若加持苦楝根一千八繫臂無一切畏

若加持摩訶迦羅根一千八置門頰上一切鬼病不入

若加持頂上少髮作一結一切處無怖畏

若絶食一日黒月八日或十四日制底立壇安像供養於金剛部母前燒安息香誦一千八便敷草眠吉凶具告

復次止雨以紫檀作壇布像香華飲食供養持明止矣

若惡雨雪雷雹結杵或娜拏印持明止矣

若祈雨黒月十四日大河側以蟻墳土塐龍龍蕖芥子油和徧傅之以足加龍首結娜拏印加持之盡日止雨足

若以牛皮白月五日寒林炭糅和水傅皮白上作龍前一日三時時一千八進苦楝葉於火中經七日雨足

若前法不驗者寒林中以其炭畫作四肘方壇開南門於中畫大威力明王前畫三五頭龍龍皆首北次南畫一池池中青蓮華次池

南又三五箇龍龍亦首北四角内各畫一池
池内青蓮華并三兩箇龍門内畫一龍七首
首北以毒藥粖和血内緤華子於中進火中
滿一千八諸龍以蛇形而現宛轉于地語令
急下雨加持水七徧灑龍赦去兩足
若誦金剛部毋密言一千八白月七日於制
帝布根本像以飲食香華供養芥子和酥進
火中一千八罪障清淨
若以穢處土和水成彼形行者每小遺其上
一遺加持一百八滿七日彼貧賤若勃哩孕
迦華摩勒迦粖及清水置瓶中勃哩孕迦葉
塞口加持一千八令浴復
若加持華或果一千八贈人貴敬
復次應肘量緤畫夜叉女勿用膠美白艷色
瓔珞鐺釧天衣嚴飾右手施願左手執阿樞
迦葉布此像於阿樞迦樹下面北立壇以惹
底華或勃哩孕迦華并飲食供養心密言加
持香燒之行者面南草團或華葉上坐加持
阿樞迦華一徧擲像上滿十日以第七日夜
半於像前一内阿樞迦華酥蜜酪中進阿樞
迦火中一千八現獻紫檀閼伽如願夫打額姊妹打
喉妻打心若一日不食黒月八日或十四日午時寒林
中芥子粖成彼呪師所尊形徧塗毒藥於刀
子刃持一千八徧稱彼尊名困截形爲兩段
彼失驗
若准前成形加持乳一千八浴之如故若寒
林中以生酥成彼尊形加持五釘各一百八
稱彼尊名於額及兩肩喉心各釘一釘彼失
驗去釘如故

若瓦椀中以寒林炭畫彼形尊形又以一瓦椀蓋之取黑羊毛線纏椀加持一千八徧彼呪師身如被縛失驗
若有諸呪師能為大神通者寒林中寒林炭和毒藥粖之進其薪火中一千八徧稱彼名失驗
若誦金剛部毋密言進酥於火中一百八稱彼名如故
若先三日不食寒林中或淨室或四衢中紫檀香青木香粖和水壞迦那以寒林炭和毒藥充火炙形加持一百八相親彼被障患癩
依前加持水瓶令浴差
若旗旛上寫密言持之入陣辟兵
若以樺皮寫密言置髻中入陣刀箭及身猶如散華有何患也
若紫礦粖和水一内勃羅得迦子於中進竹火中一千八諸呪師欽伏
若以人骨代勃羅得迦緤准前行者身安寧
若紙或樹皮寫密言頭戴辟兵
若加持土塊一百八擲於水中然涉之水性之屬不能傷人
若加持緤華線一百八次誦一結滿七繫臂路行辟劫盜
若以木刻金剛杵一千八先一日不食進火中令盡一切金剛部法成驗
若霹靂木刻作三股杵有大雪雷雹降右手持杵降山或佗境雪等移往其處
若以摩咄囉菫刻格立壇置中人髮供養之取一樹果一千八顆以其樹充薪進果令盡矩瑟吒

若以猫糞代進摩咄囉華於草麻火中一千八白黖風

若鹵土酪和置鐺用摩娜薪火煑之去鐺進粥於鐺下火中一千八留殘粥後取少分和食與之同前

金剛恐怖集會方廣軌儀觀自在菩薩三世最勝心明王大威力烏樞瑟摩明王經卷中

音釋

羖公土切牡羊　痃癖痃音賢癖匹亦切腹病　癥諸成切腹中疾也　癲癇癲多年切癇音閑病也　黖徒見切　鹵郎古切

金剛恐怖集會方廣軌儀觀自在菩薩三世最勝心明王大威力烏樞瑟摩明王經　卷下

北天竺國三藏阿質達霰譯

大威力烏樞瑟摩明王經心密言事法

復次求心密言成驗法行者不拘淨穢食與不食持滿十萬當得悉地

若取線一加持一結一千八徧戴之自護護佗

若加持黄芥子或灰或水散十方辟魔

若加持項上髮作結所至之處皆獲勝利

若加持衣角七徧作一結訴訟得理

若遭囚閉枷鎖誦心密言即得解脱

若良田土及灰以蜜和之加持塗一切瘡生肌

若梵羅刹中人至困者結心印持明差

若旃陀羅家灰滿盛鉢中毒藥粖和水加持灑灰上置地加持之旋轉捕盜

若黒月八日魚肉及血祀摩醯首羅右邊夜叉面執人骨橛加持一千八徧稱彼名擣紅藍華汁塗橛用釘入地烏蹉娜曩

若加持鵄脛骨一百八徧釘彼門下如鵄飛

若絶食三日黒月八日或十四日寒林中以其灰布彼形佉䭾羅木橛五枚各加持一百八徧釘額喉心及兩肩摩囉寧不者以一橛釘肢節少沙若離合黒月八日日方午或夜半進寒林灰於苦楝樹皮火中一千八徧訶迦羅火中經七夜尾娜末沙曩

若夜半蛇脱皮鼠狼肉一内芥子油中進摩

若離合進俱奢得鷄果於勃羅得迦火中一日三時時一千八徧至滿七日

若寒林中或淨室中進勃羅得迦果於水拏迦火中一千八徧辟大力鬼神若勃羅得迦子青木香和油麻油進勃羅得迦火中一千八徧至滿七日矩瑟吒加持紫檀香一千八徧塗之復

若灰鹽毒藥糠和進火中一千八徧痃癖

若一日不食黑月八日寒林灰和魚膽作人形割進佉䭾羅火中夜半起貴敬

若三日不食黑月十四日寒林立壇以香赤華赤食飲供養以巳血於髑髏上畫迦那寒林炭火炙之仍加持一千八徧自至

若夜半進稻穀糠於火中一千八徧烏柘吒曩

若林中華鬘蛇皮和進火中一千八徧入嚩囉

若進胡椒於火中一千八徧悉多哩貴敬

若微赦迦及摩那果內芥子油中黑月八日寒林中進其火中日以三時時一千八徧至滿七日彼即貴敬

若夜半彼髮苦楝葉芥子和牛尿進火中一千八徧三徧烏柘吒曩

若黑月八日寒林灰塑人形本尊前割進佉䭾羅火中即至加持果七徧贈之轉貴敬矣

若麼沙巳血和鹽進經用齒木火中一千八徧囉拏貴敬

若每晨誦一千八徧常得安寧

若芥子鹽血和進經用齒木火中一千八徧囉拏貴敬

若午時薰胡翅和芥子油進苦楝木火中一千八徧烏柘吒曩

若寒林中禁語誦十萬徧訖三日不食白月
八日或九日以人左肋骨用紅藍華汁畫彼
形寒林火炙之加持彼自空而來
若淨室或寒林以指甲蛇皮薰胡毛和作香
燒供養跛吒寫誦經七日烏柘吒曩
若水中立至膝或腰一內薰胡毛於人脂中
日時二千八徧經一七日烏柘吒曩
若芥子脂徧巳身塗之以芥子粖拭取成彼
形寒林中㓨進其火中經一七日矩瑟吒
若鉢囉奢子及麼娜子和進火中一百八徧
矩瑟吒
若得莽囉葉嚩囉伽得嚩稱及咄嚕瑟劔(蘇合
香也)為粖和芥子油進火中一千八徧令衆人
貴敬
若於寒林中以紫檀作壇供養行者坐髑髏
上犬肉和芥子油進寒林火中一千八徧毗
舍遮衆見隱及長生藥一切所索
若寒林灰和犬脂成形一髑髏中著犬脂置
形頭上行者坐髑髏上進屍髮於火中一千
八徧摩囉寧
若一切大怖畏逼身憶念此密言止之若日
誦一千八徧者辟官事及大力鬼神虎狼師
子
若路行日誦一百八徧免劫盜
若遭官事誦一萬徧枷鎖解(脫長)吏相容
若被囚禁但誦此密言即得解
若疫病以秔米飯和酥進火中一千八徧止
若加持牛黃一千八徧塗額見者貴敬
若進安息香火中十萬徧羅刹貴敬所求皆
遂

若安息香和松膠進火中十萬徧大聖金剛手菩薩隨心所願

若紅蓮華鬚青木香酥蜜和於獨樹下進火中滿十萬徧天威力明王現其人前隨心滿願

若寒林中犬骨和犬脂進火中一千八徧摩囉寧

若鵄翅薰胡翅和進火中一千八徧尾娜末沙曩

若摩怛曩子和蛇脂進火中一千八徧烏蹉娜曩

若供養本尊黃芥子和烏油麻進火中一日三時時一千八徧經一七日即貴敬

若鹽和芥子進火中日三時時一千八徧經一七日國王貴敬

若髑髏粖和寒林灰作形割進火中入嚩囉手

若髑髏粖薰胡毛和進火中每日一千八徧經一七日尾娜末沙曩

若髑髏粖鬱金香和芥子油進火中一千八徧入嚩囉

若鵄肉和雌黃進火中一千八徧烏蹉娜曩

若内鉢囉奢子於滿拏迦脂進火中一千八徧矩瑟吒

若獨樹下進茴香華於烏曇鉢囉火中十萬徧得金錢一千文

若以惹底華准前燒爲持明王

若燒草麻子一千八徧囉拏貴敬

若審銘華和酥蜜酪進火中一千八徧當家疲散

若勃哩孕迦華和酥蜜進火中一千八徧當

家疫散
若截於木進火中成扇底迦
若進迦羅尾華於大河水中滿十萬徧候月
蝕時布像以飲食迦羅尾華供養又進其華
於水中月復止其夜勿睡至曉後有蛇傷縱
已終者但加持之再三益壽若令其蛇轉傷
人亦得若月蝕時於本尊前加持麼沙令焰
起若人中毒以麼沙於病者前掉三兩徧病
差延年
若鬼瘧時氣等依前掉麼沙差
若取衆名華和清水置瓶中加持一千八徧
浴之增福破魔護身毗那夜迦爲障者差
若以紫檀香塗壇加持童子本尊降問事
若白芥子以身血相和進火中一日三時時
別一千八徧徧稱彼名貴敬

若以鹽作彼形後右脚捻進火中一日三時
時一千一百八徧滿一七日王者貴敬
若但稱彼名一日三時一千八徧滿一七日
欲召帝釋猶尚得至
若鹽和已身血進火中一日三時時一千八
徧徧稱彼名滿一七日貴敬
若進油麻於火中一日三時時一千八徧徧
稱彼名滿一七日貴敬
爾時薄伽梵金剛手菩薩摩訶薩告諸衆言
我此廣大壇法三世諸佛皆所傳說我今復
陳此法能利益人天及諸有情若登其壇皆
成大驗不擇時日無建立之爾時天龍八部
人及非人咸皆歎言此壇功力量等虚空難
可籌量無以比喻惟願慈悲爲我等說爾時
薄伽梵知衆樂聞告言欲立此壇其阿闍梨

相身須清潔柔和質直具忍辱行深信大乘及陀羅尼戒珠無缺聰明利智起慈悲心仍好供養乃於山林或大海側或泉或河大池等側牛欄獨樹或寒林制帝及華林中若在城隍近東南角或西北隅如是等處取便而作以牛五淨和灑其地或用香水又以牛尿和糞摩之其壇四肘或八十四或二十肘作四門西門北門是往來首階高四指四角內畫金剛杵皆焰起壇中首東畫佛當結跏趺處蓮華座兩肩及光皆有焰起左手大指頭指把少袈裟餘三指微拳其掌向外以手近脅右手揚掌佛右畫大力烏樞瑟摩明王四臂右手拂下手執娜拏左上手並舒五指側手近額微低其頭作禮佛勢下手赤索目赤色次右金剛手菩薩次右素婆明王於菩薩左阿蜜哩多軍荼利明王次金剛劔明妃次金剛鎖明妃於素婆明王左摩摩鷄於金剛手後畫明王等心心即半月也所謂計里吉攞明王娜囉尾拏明王囉迦當伽明王嚩日囉尾娜囉明王嚩日囉嚕娜囉明王波囉摩纈哩乃耶明王摩訶戰拏舍者明王佛左觀自在菩薩次右波拏囉嚩細寧次後多囉及毗俱胝明妃菩薩左馬頭王大怒形次左大吉祥天女次左摩訶濕吠帝遶佛住畫諸大菩薩西門裏左右各畫一忿怒南邊者一手執杵車棒北邊者一手杵一手娜拏東門內北邊青金剛一手豎擬之南邊阿吒訶索笑勢西門內東邊惹瀾多者嚕西邊波娜寧佉厠波北門內東邊訥馱囉沙西邊訥惹庾此門內並是忿怒者外壇東角伊舍那天王以

伽那衆圍遶東方日月天及提頭賴吒并帝釋等火天以苦行仙圍遶南方閻羅王及那羅延西南隅寧李帝羅刹圍遶西方龍王以諸龍衆圍遶西北隅風天以風天衆圍遶北方毗沙門天王以藥叉衆圍遶於佛前置灌頂瓶阿闍梨洗手訖三度抄水向口又以名香塗手結請佛印并密言又請諸尊以飲食香華供養寧李帝通用麼娑壇西以乳木作火壇阿闍梨先請火天於火爐中安置訖乃以酥蜜酪和油麻一加持一進火中供養二十一徧或一百八徧心念火天於火壇側東南方坐乃請佛於火爐中坐進准前物二十一徧或一百八徧次請佛却歸本位佛部畢次供養蓮華部衆一一請尊次金剛部一一請尊次大自在天王次一一請天依次而請

燒准前物而供養之又請火天就爐供養乃請火天歸其本位其行者當先洗沐衣新淨衣受戒懺悔發菩提心以帛掩目阿闍梨加持香水灑行者頂引入西門令結金剛三昧耶印置華於印上阿闍梨誦金剛三昧耶密言七徧令行者耳聞便使散華華所至處阿闍梨告言著某尊汝與彼尊有緣阿闍梨准爲請行者本尊就火爐令行者在阿闍梨右跪坐執其手令以右手進酥等於火中七徧充供養阿闍梨奉送本尊歸本位以行者擬授密言持灌頂瓶一百八徧令行者結本尊印印頂口誦密言阿闍梨與灌頂告言灌頂已畢各依本法而作事業乃示之種種印契及諸法要阿闍梨乃讚歎諸佛菩薩功德又以飲食香華供養諸尊發願懺悔次依前先

請火天燒准前物供養次供養佛部二聖衆次蓮華部次金剛部次諸天乃奉送佛部次蓮華部次金剛部次諸天阿闍梨舉燭引諸行者照壇内示佛菩薩及天等位乃泥掃之凡作壇日未出前畢住若登此壇即如入一切灌頂壇訖同功罪滅福生辟諸業輪降伏人天所作皆驗時薄伽梵說此大威力明尾褁多銘壇已一切大衆咸共讚言善哉善哉威德無過饒益我等故今說斯要復次薄伽梵金剛手說大威力密言相大威力根本密言曰

唵(一)吽吽吽(二)頗吒(半音下同)頗吒頗吒(三)鄔仡囉(二合)戍攞播寧(四)件件件(五)頗吒頗吒頗吒(六)擾羥寧囉曩(二合)娜(七)件件件(八)頗吒頗吒頗吒(九)娑嚩(二合引)訶(引十)

心密言曰

唵(一)件(二)頗吒(吒字半音與頗字合呼下准此)頗吒(三)鄔仡囉(二合)戍攞播寧(四)件件件(五)頗吒頗吒頗吒(六)唵(七)擾羥寧囉曩(二合)娜(八)件件件(九)頗吒頗吒頗吒(十)唵唵唵(十一)摩訶麼攞(十二)娑嚩(二合引)訶(引十三)

此密言凡五唵七件八頗吒梵文十七七字娑嚩訶不入數

復陳教法能作一切事以三金作蓮華往山頂加持三十萬徧當得悉地手持其悉地蓮華身成大威力若作輪或杵或三股叉或伽那准前加持七十萬徧能遊四天下加持一百萬徧遊三十三天二百萬徧成持明輪王夜摩兜率及與諸天皆大順伏能作一切事法有大威力

復次畫像市緤勿經截割者不用皮膠於中畫像佛處師子座手說法相其右金剛手左持杵右問法相通身青色佛左威力一手執拂其次施願於下畫行者右執香爐左持華籠瞻仰大威力於此像前每日誦二十一徧經六箇月遂成先行當悉地所願皆遂

復次薄伽梵金剛手無比勇健力密言相所謂頭頂甲冑頂髻坐等奉請密言曰

歸命三寶及金剛手

唵一嚩日囉二合俱嚕二合馱一摩訶戰拏三訶曩娜訶跛者四尾馱望二合娑也五噎係曳二合呬六若除噎係曳呬安蘖車蘖車成奉送密言薄伽嚩引七訶曩訶曩八娜訶娜訶九跛者跛者十尾馱望二合娑也十一茫嚩乃殿覲見切娜囉二合十二布爾多十三薩嚩引多麼二合耳多十四薩嚩引多麼二合惹十五蘇上聲嚕蘇上聲嚕十六矩嚕矩嚕十七母嚕母嚕十八屈嚩屈嚩十九摩訶屈嚩摩訶屈嚩二十矩曩知矩曩知二十一曩知曩知二十二賜你賜你二十三吉你吉你二十四佉佉二十五佉去聲奚佉去聲奚二十八區上聲囉區囉二十七覲吒覲吒二十八訶曩訶曩二十九步多跛帝三十阿蘇上聲囉補囉三十一尾馱望二合娑曩迦囉三十二烏樞瑟摩一合俱嚕二合馱三十三摩訶麼攞三十四馱麼馱麼三十五迦囉迦囉三十六矩嚕矩嚕三十七𤙖頗吒三十八蘇上聲嚕三十九𤙖頗吒四十訶曩訶曩四十一𤙖頗吒四十二娜訶娜訶四十三𤙖頗吒四十四跛者跛者四十五𤙖頗吒四十六纇哩二合四十七𤙖𤙖𤙖四十八頗吒四十九娑嚩二合引訶引五十

心密言曰

歸命畢

唵一嚩日囉二合俱嚕二合馱二摩訶麼攞三訶
曩娜訶跛者四尾馱望二合娑也五烏樞瑟摩
二合俱嚕二合馱六吽七頗吒八

甲冑密言曰

唵一薩望伽髯二摩訶帝髯三嚩囉二合舍寧
四嚩囉二合播舍五麼那鉢尾虵六薩嚩努瑟
鹻七二合娑擔二合婆也八娑擔二合婆也九許十
頗吒一十

器仗密言曰

唵一蘇上聲嚕蘇上聲嚕二烏樞瑟摩二合俱路二合
馱三訶曩訶曩四吽五頗吒六

頂髻密言曰

唵一始哩始日囉二摩里寧三始你始你四
始你始你五始你六許七頗吒八

頂密言曰

唵一入嚩二合攞二入嚩二合攞三薩嚩努瑟鹻
二合引娑擔二合婆也五娑擔二合婆也六努囉柘
囉七努瑟鹻八二合寧嚩羅也九囉訖叉二合囉
訖叉二合滿十引駇嚩一合引訶一引十

坐密言曰

歸命畢

唵一娜難上聲多尾惹也二摩訶戰拏三許四
頗吒五

心中心根本明曰

唵一嚩日囉二合俱嚕二合馱二摩訶摩攞二訶
曩娜訶跛者四尾馱望二合娑也五二合尾馱望
二合娑也六二合惹智攞濫耄娜囉七烏樞瑟摩
二合俱嚕二合馱八許九頗吒十唵一十地哩迦迦字
半音以上二字合呼之十二

復次薄伽梵無量廣大力難踰越契相薄伽

梵根本印先以手背相著乃交指小指及大指自相合如針大開掌根本印二大指雙指之奉送印改請印大指向外彈

剪刀印先並二手屈小指以大指押甲上如環乃二環乃相勾屈之頭中指並舒右中指押左頭指側如剪刀股形徐動其股右轉三徧并誦密言成結界若左轉三帀成解界用大心真言

制止印右手作拳直竪大指若有忿怒者誦密言以印降之彼被制止用大心真言

捧印二手各以大指押中名小甲成環二環極相握舒頭指如針用大心真言

頭印次前捧印舒二頭指屈中節乃以頭相拄

頂印如前頭印舒開二頭指用大心真言

甲印准前頂印各屈頭指用印五處即同被甲

牆院印次前甲印舒二頭指即同以牆院遶

鉤印次前牆院印各屈二頭指如鉤徐招之此印能呼召二足四類用大心真言

驚怖印如鉤印乃舒左中指一切鬼魅悉皆驚恐用大心真言

頂髻印次前驚怖印二頭指相交入掌二中指微屈第一節頭相拄此印持誦時用之能斷除難調伏者用心中心真言

普焰印外交指以小指相合如針微屈大指各捻頭指甲側微舉餘指如焰形

杵印雙手内相交爲拳舒左中指右頭指如針用大心真言

打車棒印右手握大指爲拳徐步右轉以左

足頓地向左亞身忿怒顧視一切卒忓退散
阿脩羅關鍵開關用大心眞言
重杵印外交指合掌頭名指各爲股散舒大
小指如五股重杵形置頂即同灌頂亦令貴
敬亦能攝召亦可舉印於頂以水灌之能滿
一切欲用大心眞言
罥索印右手作拳以十指與頭指相捻如環
以左手握右腕
鉞斧印舒二手五指覆左掌仰右掌以右小
指勾左小指其無名中指頭亦然乃轉腕向
合拳左大指入右虎口中以右大指押左大
指側正六以右足頓地向右亞身辟一切卒
忓開阿脩羅關鍵
復次畫像法用應肘量緤畫大威力明王通
身黑色焰起忿怒形左目碧色髮黃色上竪
咬下脣狗牙上出衣虎皮褌蛇爲瓔珞四臂
左上手持杵下罥索右上手並屈竪頭指擬
勢下手施願眉間顰蹙共目可怖置像黑月
八日或十四日以赤華飲食供養置雄黃等
藥加持取三種驗功力同前若於山頂布像
誦十萬徧後有業輪稱吽字止矣關鎖開解
摧山竭海
若於吉祥門首布像芥子和已血進火中一
千八徧脩羅女出執行者入其宮
若以牛五淨洗麼沙月蝕勿看月口含持明
復止麼沙生牙後以擲人相敬不生牙擲人
尾娜末沙曩
若黑狗舌擣安息香和丸以三金鍱裹之勃
羅得迦木(天漆此漆通)合子盛之黑月八日或十
四日持金剛像前加持一千八徧藥有佉吒

聲後口含藏形壽千歲

若油麻塑悉多哩形從左足割進火中令盡貴敬

若鹽爲彼形從右脚割進火中貴敬

若加持華或果或香贈人貴敬

若加持眼藥一千八徧塗目見者貴敬

若進遏迦華於火中一千八徧日三時滿七日能召夜叉女

復次素婆明王密言門及諸法要密言曰

曩慕囉怛曩二合怛囉二合夜也一 曩慕室戰二合拏嚩日囉二合播拏曳二 摩訶藥乞叉二合細曩引 跛多上聲曳三 唵四 素蘇嚕切下同婆上聲你素婆一聲五 吽六 佗哩二合恨拏二合七 吽八 佗哩二合恨拏二合引 播也九 吽十 阿曩也十一 穀十二 薄誐鍐十三 尾你也二合 邏惹十四 吽十五 頗吒十六 娑嚩二合引 訶引十七

若人於此密言求成驗者依求大威力明悉地法用功當獲成驗

若人爲鬼神所忤行者到彼當即自差

若加持灰黄芥子或清水二十一徧可以護身若取十一塊土各加持二十一徧擲十方餘一成護身路行作此法者盜賊不劫

若加持緤線作結滿二十一帶之護身小男女爲鬼魅所中作此法差

若七色種子名香和水盛瓶中加持一百八徧浴之增福衆人樂見

若療鬼魅立方壇以香水灑之燒安息香坐病人加持之又加持水七徧灑彼面彼大叫被撲如不語又灑之語矣如誑即蟻墳土塑病者形加持七徧以杵擊形首實說若言不

捨此人即小五金之類和作刀子從形脚段
段割令盡空中血下鬼死病差或進鹽於火
中一百八徧稱病者名鬼死病差或苦楝木
截進火中一百八徧鬼死病愈或芥子油和
芥子進火中一百八徧鬼族滅
若七色種子和進火中每日三時時二十五
徧迦那貴敬
若加持迦羅尾莖七徧擊伏藏七下寶自涌
出
若人門上骨或泥作杵以辟惡及業輪者准
前莖擊之杵成微塵
若一切怖畏逼身誦一十八徧止矣
若遏迦華和酥蜜酪進火中每日三時時一
百八徧王及大臣貴敬
若進苦楝葉於火中一百八徧尾娜末沙曩
若油麻稻穀華酥蜜酪和進火中一百八徧
貴敬
若除油麻餘依前一切迦那見者貴敬
若大敵來伐此國者阿嚕奚得迦枝截內酥
蜜酪中進火中一千八徧兵敵退散
若一一依前稱巳名夜半起論訟得理
若進麼蹉於火中一百八徧尾娜末沙曩
若准鼠狼薰胡毛於火中一百八徧離合
若進猴毛於稻穀稽火中一百八徧家鬪
若鵄毛野猪或鹿毛和進火中一百八徧美
女失交
若三日不食步多木合子盛白芥子寒林中
掌而加持芥子涌出上落地者不涌出别貯
之後以涌者擲打人縛撲以不涌者擊之如
故

若進阿囉嚕迦華或灰於火中一百八徧摩
囉寧
若童子合緤線一加持一結一百八結縛彼
呪師悉地
若依前線作十一結又一加持稱彼名一截
滿十一段彼七生不成悉地
若一日不食覆旋華餉迦華白胡椒和末之
制帝前加持二十一徧和蜜服之得大聰明
利智
若先亡日不食於制帝供養乃淨室中獨坐
誦一百徧先亡來現如生
若三日不食於制帝布金剛手像誦一百八
徧夜靜草上首東而睡金剛手現種種身滿
願衆人貴敬
若加持菖蒲根一十一徧口含論訟得理

若迦羅尾羅末敷華和酥蜜酪進火中每日
三時時一百八徧經七日得好婚
若安息香和酥蜜酪進火中一百八徧當家
飲食穀麥無竭
若大河中立水至腰進華於火中像其華色
得衣一事
若欲知三世未然心念而睡本尊夢中爲說
若孕過月加持水一百八徧令服産矣
若蟻墳土塑杵摩訶麼娑二十一臠臠一加
持燒熏杵烏蹉娜曩以炒稻穀華酥蜜酪和
進火中一百八徧復
若進寒林灰於火中稱毗那夜迦名一百八
徧夜迦死
若截畨銘枝進火中一百八徧福得財
若截勃羅得迦枝進火中一百八徧大富

若患熱進紅蓮華鬚於火中一百八徧差
若龍作病以龍鬚華進火中一百八徧差
若有呪師被奪却悉地者書彼尊於金剛手
像前室中以香華供養一日夜得本驗
若加持華一百八徧依前供養同上
若遭霜雹雨雪心念此密言止矣
若加持素嚕(二合)但(引)戰曩末一百八徧塗目
中隱
若月蝕加持蘇或劒或雄黃復止又加持一
百八徧貯之憶食即至
若酥酪油麻油相和內若底華進火中每日
三時時一百八徧滿七日人天夜叉或阿脩
羅女呼名即至
若三金杵於山頂加持三十萬徧持之大威
力若六十萬徧遊四天下一百萬徧遊於諸
天二百萬徧爲持明輪王六百萬徧進本尊
宮
若誦此密言作諸家事法皆驗
復次以應肘量緤畫佛像處師子座手作說
法相以觀自在及金剛手爲侍者金剛手通
身青色右持杵作問法相對此像前每日三
時時誦二十一徧滿六箇月得成就
復次烏樞瑟摩明王教法不拘淨穢恒示忿
怒相誦滿三十萬徧得驗
若進炒稻穀華於火中一千八徧王及大臣
貴敬
若進芥子於囉惹火中(此云皂莢)一千八徧彼人
貴敬
若將帥足下土左手持進火中一千八徧大
將大帥并軍人貴敬

若鹽塑彼形左手持刀割進火中一千八徧人天貴敬

若秔米粖撚彼形割一百八段進火中一切迦那貴敬

若胡椒蓽茇粖進寒林火或旃陀羅家火中一千八徧囉拏貴敬

若進婦人萎華鬘火中一千八徧一切迦那貴敬

若加持牛黄或雄黄一千八徧塗身惡人貴敬入陣辟兵

若制帝前置素嚕但戰曩或牛黄於阿說佗葉上加持一千八徧塗目中見者貴敬所至勝利

若大麥龍華鬚和進火中一千八徧丈夫貴敬

復次不拘淨穢誦三十萬烏油麻和酥進火中一千八徧得驗

若鹽塑彼形從右足割進火中令盡丈夫貴敬

若芥子和其油進火中一千八徧國王大臣貴敬

若加持華果或香七徧贈人貴敬

若加持眼藥塗之見者貴敬

若進苦楝葉於火中一千八徧烏柘吒曩

若進油麻於火中一千八徧尾娜末沙曩

若寒林灰伴水進火中一千八徧烏蹉娜曩

若截俱吒迦和油進火中一千八徧烏蹉娜曩

若水濕衣披之而日中立持密言衣乾止少沙曩

若自在天王廟中以手覆石陵加持明摩囉
寧
若於聖金剛手菩薩前持密言仍彈指勿絶
摩囉寧
若怨敵相向先誦密言乃稱吽或頗吒彼失
心或碎首
若芥子毒藥及血進火中一千八徧烏柘吒
曩或尾娜末沙曩或烏蹉曩或少沙曩或摩
囉寧
若安息香𥻘和黑狗舌爲丸三金鍱裹勃羅
得迦木漆木是合子盛之黒月八日或十四
日金剛像前加持一千八徧藥有佉吒佉吒
聲口含藏形壽千歲
若於山頂誦十萬徧復有一切枷鎖及業但
稱吽或頗吒皆開上之亦摧山裂地竭海

若吉祥門首巳身血芥子和進火中一千八
徧阿脩羅女出執行者手同入其宮
若加持素嚕但戰曩一千八徧置瓦桄中以
一瓦桄蓋之進酥於椀上月復止塗目藏形
壽千歲
若誦一萬徧彼如僮僕欲令摩囉寧亦隨意
復次密言
曩慕囉怛曩(二合)怛囉(二合)夜也(一)唵(二)嚩日囉
(二合)俱路(二合)馱(三)摩訶麼攞(四)訶曩娜訶跛者
(五)尾馱望(二合)娑也(六)烏樞瑟摩(二合)俱路(二合)馱
(七)吽(八)頗吒(半音九)娑嚩(二合引)訶(引十)
復次畫像法用應肘量緤畫大威力明王通
身黑色露出狗牙髮黃上衝忿怒舉身焰起
左持杵右擲羂黒月八日或十四日布像以
赤華赤食飲供養加持雄黃新緤被神線(天竺)

淨行以緤線循環合爲繩麤如三指名神線絡縛之或木𣓨杵輪鉞斧
劒等類若焰起成就持明仙煙生藏形變熱
當善行復次大威力明王守護密言曰
曩慕囉怛曩二合怛囉二合夜也一曩慕室戰二合
挐嚩日囉二合播挐裔二摩訶藥乞叉二合細曩
引跛多上聲裔三怛你也二合佗引四唵五嚩日囉
二合俱嚕二合馱六摩訶麼攞七阿曩娜訶跛者
麼佗八尾吉囉尾馱望二合娑也九烏樞瑟摩
俱嚕二合馱十鈝十一鈝十二鈝十三頗吒十四頗吒十五
頗吒十六馺嚩二合引訶引十七
若以淨器盛牛乳加持一華一擲於中滿二
十一徧成驗
復次觀門法以指拄額想唵字在中作赤色
次拄心鈝字在中作青色拄後足發吒字在
中作潔白色想已身同本尊誦守護密言二

十一徧隨意至處爲界成護持魔衆不近欲
眠爲之夢想清淨此三字觀門亦通諸金剛
部念誦時用

金剛恐怖集會方廣軌儀觀自在菩薩三世
最勝心明王大威力烏樞瑟摩明王經卷下

音釋

髑髏髑杜谷切髏盧侯切頂骨也　褭乃了切　忤五故切逆也　臠盧轉切塊也

佛說大乘觀想曼拏羅淨諸惡趣經

宋西天三藏朝散大夫試光祿卿明教大師法賢奉　詔譯

清刻龍藏佛說法變相圖

佛說大乘觀想曼拏羅淨諸惡趣經卷上 上下同卷

宋西天三藏朝散大夫試光祿卿明教大師法賢奉 詔譯

歸命淨諸惡趣王　如來應供正等覺
一心敬禮釋師子　說曼拏羅滅惡趣

我今爲利益諸衆生故於如來所說根本大教演說觀想淨諸惡趣大曼拏羅法阿闍梨欲作法時先擇靜處安坐澄心觀法無我得現前已然後想自頸上出大蓮華於蓮華上現出阿字復想阿字變成月輪又想月輪變成吽字吽字變成五股金剛杵又想此杵移於舌上方得名爲金剛舌此後方得自在持誦次於二手中亦想阿字阿字變成月輪月輪變成吽字吽字變爲白色五股金剛杵如是觀想得現前已方得名爲堅固金剛手然後得用此手結一切印用金剛陪

囉嚩法而作擁護用金剛室珂囉等而作金剛界以金剛圍遶如此結界利益衆生又觀想虛空亦復作結界中作曼拏羅於曼拏羅中有無數佛身量如芥子相好端嚴一一分明時阿闍梨即想塗香燒香名華及燈乃至上妙種種飲食而作供養又想虛空曼拏羅外復有天龍夜叉羅刹摩睺羅伽部多必隸多必舍左等皆來隨喜亦受供養如是作供食已將此功德懺悔迴向發願利樂衆生復以妙言讚於佛德即說偈曰

我佛最上尊　天人之大師　善哉以法力
能淨諸惡趣　衆生離惡趣　修行證菩提
天龍夜叉等　合掌禮於佛　各各禮佛已
隱身而不現

如是觀想一一分明得成就已次於心中觀想月輪於月輪上想有曼拏羅得現前已然後復想空中曼拏羅亦復分明已即結金剛鉤印攝入心中想二曼拏羅相合爲一又結印安住即成畢竟相應曼拏羅於此曼拏羅中觀想本身爲釋迦佛於佛心中復現圓月而於月中想有本尊微妙眞言名淨諸惡趣此妙眞言纔心念時於刹那頃放大光明普照一切衆生之界下至地獄餓鬼畜生之趣而彼光明所照衆生應有罪業以光威力滅盡無餘又想光明滅惡趣已召彼衆生來入相應曼拏羅中時阿闍梨口誦灌頂微妙眞言以法淨水與灌其頂令諸衆生悉成佛子又想以上妙供具普供養之時阿闍梨手持鈴杵於曼拏羅前而說讚言

稽首釋師子　善轉妙法輪　能滅三界中

一切諸惡趣　稽首金剛頂　法界真言理
演出第一義　利益諸衆生　稽首寶生頂
等觀衆生界　徧三界有情　悉施與灌頂
稽首蓮華頂　妙觀察自性　憐愍諸衆生
降甘露法雨　稽首羯磨頂　自性所作受
善作種種業　息衆生苦惱　稽首光明頂
能普照三界　惡趣中衆生　善能爲救護
稽首寶幢頂　持如意寶幢　財施諸衆生
能滿一切願　稽首利佛頂　能斷諸煩惱
降伏四魔軍　利生成正覺　稽首白繖蓋
諸相具足身　徧周三界中　唯佛一法王
戲鬘與歌舞　香華及燈塗　常奉覲如來
今至誠稽首　護門諸賢聖　鉤索與鏁鈴
各住本方位　今至誠稽首　稽首歡喜地
乃至法雲等　十地大菩薩　今至誠稽首

梵王與帝釋　摩訶自在天　日月及火風
羅刹部多等　悉能護十方　我一心稽首
作讚歎已又復觀想盡三界空於風與水際中間化成金輪於金輪上想現□宋字宋字宋字變成妙高山四寶所成四方廣闊於彼山上想現□敎龍(合二)字變成大曼拏羅名淨諸惡趣其曼拏羅四方四門門上各有樓閣以四繩爲界四門四隅有金剛寶種種嚴飾復有衆寶瓔珞及寶鈴鐸處處懸掛寶幢旛蓋四邊園遶於曼拏羅中想有八輻輪於輪中心有蓮華華中有師子寶座座上有月輪於月輪中有釋迦佛以大慈悲智慧方便利益衆生故現出真言相真言曰

唵(引)母你(引)母你(引)摩賀(引)母你(引)娑嚩(合二)(引)賀(二引)

時阿闍梨即復入三摩地名除蓋障淨諸惡趣從二摩地出已誦前真言王及結法輪印即以二手作金剛拳却從檀慧次第而開當誦真言結印之時能斷一切衆生輪迴之業

又復說偈喻曰

譬如衆蜂採蓮華　遇夜華合不能出
明旦日出其華開　彼採華蜂方得脫
衆生輪迴亦復然　常受禁縛於三有
釋迦師子大慈悲　與解禁縛令解脫

阿闍梨說此喻已復想心中月輪現前即起首持誦從金剛大佛頂至金剛鉤等真言曰

唵引那莫薩哩嚩二合訥哩誐二合底波哩輸達那囉引惹野一怛他引誐多引野二阿囉賀二合帝引三藐訖三二合沒馱引野三怛[寧*也]切身下同他引四輸達你引五尾輸達你引尾輸達你引六薩哩嚩引二合嚩囉拏尾輸達你引娑嚩引二合賀引七

誦此真言已復說真言曰

唵引嚩日囉二合吽引發吒半音一句

誦此真言時想本心中生五色光與真言同從口出普照一切世間其中衆生所有苦惱悉皆息滅光與真言合而爲一其光還復入於本心復從心中出生金剛大佛頂如來相好具足其身白色光燄熾盛手作觸地印安曼拏羅輪東輻之位復誦真言曰

唵引囉怛那二合滿怛嚩二合引一句

誦此真言時同前口門出光與真言普照一切世間息滅衆生苦惱已還復入於本心復從心中化出寶生頂如來身大青色相好具足光明熾盛手作施願印能與三界一切衆

生授其灌頂安曼拏羅輪南輻之位復誦眞言曰

唵引鉢訥謨引二合怛摩紇陵二合一句

誦此眞言時同前於口門出光與眞言普照三界一切世間息滅衆生苦惱已還復入於本心復化出蓮華頂如來身赤色相好具足光燄熾盛手作禪定印憐愍三界一切衆生安曼拏羅輪西輻之位復誦眞言曰

唵引尾沙舞二合引怛摩惡一句

誦此眞言時同前於口門出光與眞言同照三界一切世間息滅衆生苦惱已還入本心化出羯磨頂如來身緑色相好具足光燄熾盛手作施無畏印能成就種種事業救諸衆生解脫輪迴安於曼拏羅輪北輻之位

復次從心想出□唵字從唵字出生光明頂如來身赤白色相好具足光燄熾盛照於三界右手持日輪左手安腰側安曼拏羅輪東南隅輻位

復次從心想出□吽字從吽字出生寶幢頂如來身赤黑色相好具足光燄熾盛照於三界手持如意寶輪能淨衆生貪嫉之垢安於曼拏羅輪西南隅輻位

復次從心想出□提字從提字出生利佛頂如來身如虛空色相好具足光燄熾盛照於三界利益衆生右手持劒左手持經安曼拏羅輪西北隅輻位

復次從心想出□訖陵二合字從訖陵字出生白繖蓋頂如來身純白色相好具足光燄熾盛照於三界手持白繖蓋安曼拏羅輪東北隅輻位

如是輪輻之位諸如來皆坐衆寶蓮華座復
次從心想出[illegible]吽(引)[illegible]怛嚂(二合)[illegible]紇陵(二合)[illegible]
惡眞言從此眞言出生四親近菩薩其身色
儀相及手印相並依法則安於輪外四隅之
位蓮華月上坐
復次從心想出香華燈塗戲鬘歌舞八菩薩
等於曼拏羅輪外次第各依本位蓮華座上
坐如是安已次誦眞言曰
唵(引)薩哩嚩(二合)僧塞哥(二合)囉(一)波哩秫馱達
哩摩(二合)帝(二引)誐誐那三母訥誐(二合)帝(三引)摩賀(引)
那野(四)波哩嚩哩(引)娑嚩(二合引)賀(引五)
誦此眞言時又復觀想出生慈氏等十六大
菩薩是菩薩等於曼拏羅四方各安四位從
初起首於曼拏羅東門第一先安慈氏菩薩
身作黃色光燄熾盛右手執龍華樹枝左手
執軍持於蓮華月上跏趺而坐第二位安不
空見菩薩身黃色右手執蓮華左手安腰側
於蓮華上跏趺而坐第三位安除一切罪障
菩薩身白色光燄熾盛右手執鉤左手執軍
持於蓮華月上跏趺而坐第四位安破一切
憂闇菩薩身黃白色光燄熾盛右手持寶杖
左手作拳安腰側於蓮華月上跏趺而坐
復次於曼拏羅南門安四菩薩第一位安香
象菩薩身白綠色光燄熾盛右手擎香象左
手安腰側第二位安勇猛菩薩身白玻瓈月
色右手持劒左手作拳安腰側第三位安虛
空藏菩薩身如虛空色及黃白色右手持蓮
華華上有妙法藏左手安腰側能持虛空性
第四位安智幢菩薩身大青色右手持如意
寶幢左手作拳安腰側是四菩薩皆於蓮華

上跏趺而坐

復次於曼拏羅西門安四菩薩第一位安甘露光菩薩身如月色右手持甘露瓶左手作拳安腰側第二位安月光菩薩身白色右手持開敷蓮華華上有月左手作拳安腰側第三位安賢護菩薩身赤白色右手持熾盛光明寶左手作拳安腰側第四位安熾盛光菩薩身赤色二手持金剛半惹囉是四菩薩皆於蓮華月上跏趺而坐

復次於曼拏羅北門安四菩薩第一位安金剛藏菩薩身青白色右手執優鉢羅華華上有金剛杵左手安腰側第二位安無盡意菩薩身如軍那華及如月色二手持智閼伽瓶調伏諸衆生第三位安辯積菩薩身淺緑色右手持蓮華華上有寶積左手作拳安腰側第四位安普賢菩薩身黄色右手執寶樹枝左手作拳安腰側是四菩薩皆於蓮華月上跏趺而坐此十六大菩薩具大慈悲能利益衆生

復次觀想四護門菩薩初想[illegible]弱字出生金剛鉤菩薩身如軍那華及如月色安曼拏羅東門位次想[illegible]吽字出生金剛索菩薩身黄色手持金剛索安曼拏羅南門位次想[illegible]網字出生金剛鏁菩薩身赤色手持金剛鏁安曼拏羅西門位次想[illegible]呼字出生金剛鈴菩薩身如玻瓈色手持金剛鈴安曼拏羅北門位此四菩薩具大慈悲皆於蓮華月上跏趺而坐

如是觀想法名爲最上曼拏羅王三摩地亦名羯磨王三摩地釋迦師子現前安住一切

曼拏羅淨諸惡趣爲見衆生於衆苦以本來
法故分別説
復次演説印相及眞言儀軌欲結印作法事
時先誦此眞言曰
唵引 那莫薩哩嚩二合 訥哩誐二合 底一 波哩輸
馱那囉引 惹野二 怛他引 誐多引 野 阿囉曷
二合 帝引三 三藐訖三二合 沒馱引 野四 怛𩐋切身下同
他引五 唵引 輸達你引 輸達你引六 薩哩嚩二合 播
引 波尾輸達你引七 秫提引 尾秫提引八 薩哩嚩
二合 羯哩摩引二合 嚩囉拏九 尾秫提引 娑嚩二合
引 賀引十
釋迦師子三昧印以二手作禪定相內心想
眞實成印
金剛佛頂印亦名金剛堅牢印以二手緊作
金剛縛以中指頭相著成印

金剛光明佛頂印不改前印以二中指如實
形又改如蓮華如前復如金剛形餘指如熾
盛光又改作合掌成印法印不改前相以二
無名指與小指立豎二頭指作蓮華形豎二
中指如金剛半惹囉金剛杵安心又觀想於
頸上出蓮華月想印在月上成印作此法印
時誦前眞言同用
轉法輪印是釋迦佛印觸地印施願印禪定
印無畏印如是四印依法次第用光明火佛
頂印亦名三摩地印以右手如持杖勢安心
左手如持劍勢又改以左手頭指豎立右手
頭指展舒復以二手相合如繖蓋成印以前
眞言各各隨印同用
大菩提印依金剛觀想法及根本教香華燈
塗戲鬘歌舞等八菩薩及四護門菩薩各依

法用印

復次十六大菩薩印

慈氏菩薩印以二手作金剛拳相合改舒二頭指中指微屈如持華成印

不空見菩薩印以左手作拳安腰側右手頭指中指展舒如目形成印

除一切罪障菩薩印以二手作金剛拳舒二頭指微屈如鉤成印

破一切憂闇菩薩印以左手作拳安腰側右手如持寶杖勢成印

香象菩薩印以左手作拳安臍輪右手如持蓮華勢成印

勇猛菩薩印以左手作金剛拳安腰側右手如持劒勢成印

虛空藏菩薩印以左手作金剛拳安心上右手亦作金剛拳於虛空右旋成印

智幢菩薩印以二手作金剛拳復改右手如持幢勢成印

甘露光菩薩印以二手如持閼伽缾勢成印

月光菩薩印以左手作金剛拳安髀上右手亦作金剛拳安脇復改舒右拳以拇指小指相捻如月輪成印

賢護菩薩印以二手相向於心上如開敷蓮華相成印

熾盛光菩薩印以二手作金剛拳復改如甲胄安胷前成印

金剛藏菩薩印以左手作金剛拳安腰側右手亦作金剛拳安心上復舒右手中指竪立成印

無盡意菩薩印以左手作金剛拳安心上右

手作施願相成印

辯積菩薩印以左手作金剛拳安臍輪右手作彈指相成印

普賢菩薩印以左手作金剛拳安腰側右手作拳如寶形成印

如是諸印皆與前眞言同用或用慓幟若無慓幟用羯磨印當如是了知諸大印相

復次若初入曼拏羅時當先二手結金剛印幷誦眞言淨身中諸罪眞言曰

唵引薩哩嚩合二尾咄半音一嚩日囉合二阿提瑟吒合二那二三摩曳引吽引三

誦此眞言時以印印心頸兩目眉間鼻耳腰膝腨二足及隱處以爲擁護

復誦眞言鉤取身中一切罪業眞言曰

唵引輸馱你引一薩哩嚩合二播引播引那野吽引二

復誦淨身中一切罪眞言曰

唵引薩哩嚩合二尾咄半音一薩哩嚩合二播引野尾輸引馱你吽引發吒半音二

復誦淨一切惡趣眞言曰

唵引薩哩嚩合二尾咄半音一咄嚕引二合吒吽引二

佛說大乘觀想曼拏羅淨諸惡趣經卷上

佛説大乘觀想曼拏羅淨諸惡趣經卷下

宋西天三藏朝散大夫試光祿卿明教大師法賢奉　詔譯

釋迦佛眞言曰

唵引薩哩嚩二合尾咄半音一薩哩嚩二合引嚩羅拏尾輸駄你引毋吽引發吒半音二

金剛大佛頂眞言曰

唵引薩哩嚩二合尾咄半音一吽引吽引二

寶生佛頂眞言曰

唵引薩哩嚩二合尾咄半音一怛囕二合怛羅二合吒半音二

蓮華佛頂眞言曰

唵引薩哩嚩二合尾咄半音一紇陵二合引二

羯磨佛頂眞言曰

唵引薩哩嚩二合尾咄半音一惡惡二

光明佛頂眞言曰

唵引薩哩嚩二合尾咄半音一唵引唵引二

寶幢佛頂眞言曰

唵引薩哩嚩二合尾咄半音一吽引吽引二

金剛利佛頂眞言曰

唵引薩哩嚩二合尾咄半音一提發吒半音二

白繖蓋佛頂眞言曰

唵引薩哩嚩二合尾咄半音一訖梨二合發吒半音二

戲菩薩眞言曰

唵引薩哩嚩二合尾咄半音一摩賀引嚩日嚕二合引訥婆二合嚩二囉那波引囉弭多引布儞吽引三

鬘菩薩眞言曰

唵引薩哩嚩二合尾咄半音一摩賀引嚩日嚕二合引訥婆二合嚩二尸羅波引囉弭多引布儞曳二合引怛囕二合引三

歌菩薩眞言曰

唵引薩哩嚩二合尾咄半音一摩賀引嚩日嚕二合引訥娑二合嚩二羇底波引囉弭多引布儞也二合引紇陵二合引三

舞菩薩眞言曰

唵引薩哩嚩二合尾咄半音一摩賀引嚩日嚕二合訥娑二合嚩二微引哩遮二合波囉弭多引布儞也二合引惡三

香菩薩眞言曰

唵引薩哩嚩二合尾咄半音一薩哩嚩二合引播引野尾輪引馱你引一達摩達摩三度波野槃身切那波引囉弭多布儞也二合引吽引發吒半音四

華菩薩眞言曰

唵引薩哩嚩二合尾咄半音一薩哩嚩二合訥哩誐二合底輸馱你二訖里二合引輸鉢訖哩二合引設砌引那你三布瑟波二合尾嚕吉你引四鉢囉二合一倪也二合引波引囉弭多引布儞也二合引五怛嚂二合吽引發吒半音六

燈菩薩眞言曰

唵引薩哩嚩二合尾咄半音一薩哩嚩二合引播引野尾輪馱你二倪也二合引那嚕哥哥哩三鉢囉二合尾地波引囉弭多引布儞也二合引四紇陵二合引吽引發吒半音五

塗香菩薩眞言曰

唵引薩哩嚩二合尾咄半音一薩哩嚩二合引播引野巘馱那引設你二嚩日囉二合巘度播引野波引囉弭多引布儞曳二合引三惡吽引發吒半音四

金剛鉤菩薩眞言曰

唵引薩哩嚩二合尾咄半音一那囉哥誐爹引野

二阿引哥哩沙合二尼引吽嚩仁作切發吒半音三

金剛索菩薩真言曰

唵引薩哩嚩合二尾岀半音一薩哩嚩合二那囉哥

二嗢馱囉尼三吽引吽引發吒半音四

金剛鏁菩薩真言曰

唵引薩哩嚩合二尾岀半音一薩哩嚩引二合播引

野滿馱那謨左你吽引鏝發吒半音

金剛鈴菩薩真言曰

唵引薩哩嚩合二尾岀半音一薩哩嚩引二合播引

野誐底二誐賀那尾輸達你吽引呼引發吒

半音三

十六大菩薩真言

慈氏菩薩真言曰

唵引昧賀囉拏野娑嚩引二合賀引句一

不空見菩薩真言曰

唵引阿謨引祇引一阿謨引伽那哩世引二合吽

引二

除一切罪障菩薩真言曰

唵引薩哩嚩引二合播引野惹賀一薩哩嚩合二

引播引野輸引達你引吽引二

破一切憂闇菩薩真言曰

唵引薩哩嚩合二輸哥怛謨引你哩伽合二多那

摩底吽引句一

香象菩薩真言曰

唵引巘馱賀悉底合二你吽引句一

勇猛菩薩真言曰

唵引戍嚩誐彌引吽引句一

虛空藏菩薩真言曰

唵引誐誐你引一誐誐那路左你引吽引二

智幢菩薩真言曰

唵引倪也引二合那計引覩一倪也引二合那引
嚩底吽一引
甘露光菩薩眞言曰
唵引阿蜜哩合二多鉢囉合二毗引二阿蜜哩合二多
嚩底吽引
月光菩薩眞言曰
唵引賛捺囉合二悉梯引二合一賛捺囉合二藐嚩路
吉帝引娑嚩引二合賀引二
賢護菩薩眞言曰
唵引跋捺囉合二嚩底一跋捺囉合二播引里吽
一引
熾盛光菩薩眞言曰
唵引入嚩引二合里你一引摩賀引入嚩合二里你
引吽二引
金剛藏菩薩眞言曰

唵引嚩日囉合二哩毗引二合吽一句
無盡意菩薩眞言曰
唵引惡叉曳引發吒半音一惡叉野羯哩摩合二
引嚩囉拏三尾輸達你引娑嚩引二合賀引三
辯積菩薩眞言曰
唵引鉢囉合二底娑引你引一摩賀引鉢囉合二底
娑引你引二鉢囉合二底娑引那酤致引娑嚩合二
引賀引三
普賢菩薩眞言曰
唵引三滿多跋捺哩引二合吽引一句
阿闍梨每欲持誦如是諸佛及大菩薩微妙
眞言時起三種相應三摩地觀想賢聖得現
前巳方作開門印其印以二手作金剛拳舒
二頭指二小指相鉤如鑠即誦開門眞言曰
唵引薩哩嚩合二尾咄半音一嚩日囉合二訥嚩合二

引嚕訥伽引二合吒野吽二引

誦此眞言已即掣手如開鏁勢然後作説法金剛印以二手作金剛縛復改左手作彈指作此印時心想釋迦佛口誦眞言曰

唵引薩哩嚩二合尾咄一半音嚩日囉二合作訖哩二合吽二引

如是作已隨意持誦

復次阿闍梨如前所修觀想曼拏羅諸佛菩薩本身相貌眞言印契及變化等種種之法皆須日別三時作其觀想得想應已方可運心作種種法如此經一月或三月乃至六月修其先行令得精熟仍求諸佛賢聖威力加被示現境像得吉祥已然後起首擇地作曼拏羅及粉畫聖賢等復次阿闍梨欲建曼拏羅須擇勝地或寺舍或聚落園林等處或得魯結界地不須修持如非結界地當掘深至頸或至臍或至膝阿闍梨正視若有灰炭糠骨乃至砂石之類當悉去除別用香淨好土填滿平正阿闍梨誦佛眼菩薩金剛夜叉明王及甘露軍荼梨眞言加持水灑淨其地阿闍梨即於彼處入金剛發遣諸魔三摩地又想心中從眞言出生大忿怒明王二目如日月手持羯磨杵光燄熾盛作金剛步左右顧視於一剎那中能降一切魔阿闍梨即左手持鈴右手持金剛杵作金剛步行曼拏羅地乃至金剛圍又復結根本印誦遣魔眞言及稱吽字如右舞勢及如明王自在相旋遶彼地誦眞言發遣一切魔眞言曰

唵引嚩日囉二合計哩吉哩一薩哩嚩二合尾伽曩二合滿馱吽引發吒半音二

次誦金剛橛眞言以橛釘地眞言曰

唵引蝎蝎一伽引怛野伽引怛野二薩哩嚩二合訥瑟鵮引二合癹吒半音三計引羅野計引羅野四薩哩嚩二合播引謗癹吒半音五嚩日囉二合計引羅六嚩日囉二合達嚕倪也引二合鉢野底娑嚩引二合賀引七

阿闍梨作曼拏羅選得勝地已即先以所爲事量其大小若爲國王當作一百肘或五十肘若爲大臣乃至庶民可作二十五肘或十二肘若無力者可作一肘如是量度已即用瞿摩夷塗畢復用加持五淨水灑淨又用塗香塗飾畢已然後阿闍梨沐浴潔淨以香塗身著新鮮衣頂戴寶冠及以華鬘裝飾嚴潔已即於曼拏羅地先作護摩當用濕柴有刺長八指八稜者復用毒藥芥子血人骨末等以苦辣油調和與濕柴同燒作護摩以右手作彈指誦眞言曰

唵引薩哩嚩二合尾咄一嚩日囉二合三摩引惹[口*弱]仁作切作吽引鉿呼二

若得已結界地不須塡飾即先於彼地量度廣闊可一牛皮用瞿摩夷塗飾於上依法安五閼伽瓶作護摩法當用濕柴及黃松木長十二指黑油麻大麥小麥秔米飯酥等先作護摩而告地天言我今爲國王或大臣乃至弟子眷屬等於此地作曼拏羅爲利益故汝等地天發慈悲心當爲於我而作善事如是護摩已能成一切事其阿闍梨然後與其助伴執線絣量曼拏羅線用五色以香水經宿浸漬然後用金器盛二手捧持誦五佛頂眞言加持已奉獻五佛復從五佛却求此線願

佛慈悲共賜與我即以五色都合為一誦伽
陀曰
分別一切法　今正互相攝　真實理無二
此線亦如是
加持此線短長之數隨曼拏羅量都合成已
即誦真言加持真言曰
唵引嚩日囉二合素怛囉二合阿引哥哩沙二合野
曼拏哩引吽引一句
阿闍梨如是加持線已即與助伴立曼拏羅
西南隅誦真言曰
唵引嚩日囉二合素怛囉二合一麼哥哩沙二合野
末底訖囉二合摩吽二引
誦真言已阿闍梨持線一頭向東行至東南
隅立助伴持線一頭向北行至西北隅立絣
已次阿闍梨向北行至東北隅助伴向南行
至西南隅絣線如是旋繞四方絣線第二第
三重亦同此次第絣線若依法者名為具足
曼拏羅若不依法阿闍梨與助伴俱有過失
其曼拏羅四方四門門各有樓於門樓上畫
日月及寶瓔珞隨意嚴飾於中心畫八輻輪
輪外畫金剛圍先於輪心畫釋迦佛東輻位
畫金剛大佛頂如來南輻位畫寶生佛頂西
輻位畫蓮華佛頂北輻位畫羯磨佛頂如是
畫四如來已次從東南隅畫光明佛頂西南
隅畫寶幢佛頂西北隅畫金剛利佛頂東北
隅畫白繖蓋佛頂如是於輪八輻畫八如來
已次於輪四隅畫四親近菩薩於第二重四
隅畫戲鬘歌舞四菩薩於第三重四隅畫香
華燈塗四菩薩於四門畫四護門菩薩次於
四方畫十六大菩薩於四門外各於頰畫象

及師子於門二邊畫八吉祥於山圍内畫八護世東方畫帝釋天身手持金剛杵左手安腰側乘六牙白象兩邊畫天女一名設尸二名烏哩嚩尸東南方畫火天身赤色光明熾盛右手執軍持左手執寶杖乘赤色羖羊南方畫夜摩天身作緑色左手作拳安腰側右手執寶杖乘於水牛兩邊畫中天像西南方畫羅剎主身赤黒色光如火聚右手執劒左手安腰側以鬼為座西方畫水天身黄白色頭上現龍頭右手持罥索左手持妙寶乘赤色摩竭魚兩邊畫龍女及眷屬等西北隅畫風天身如虚空色手持旛乘於鹿北方畫夜叉主身如金色右手執寶樹枝左手持寶囊乘於白馬兩邊畫夜叉女東北隅畫部多主身如灰色右手持三叉左手持金剛子軍持

乘於黄牛於曼拏羅前下面畫地天身如金色二手於胷前持甘露瓶坐蓮華座於右邊畫阿脩羅身赤黒色被掛甲冑手執利劒乘酤里哥龍於左邊畫大龍王身作白色坐於本座手持寶器衆寶盈滿及畫二龍女身作黄色具端嚴相手持般若經數珠軍持及施願相於曼拏羅前上面左畫日輪右畫圓月於山圍外東南隅畫阿鼻等八地獄西南隅畫餓鬼趣西北隅畫種種畜趣東北隅畫人趣如是畫已阿闍梨於曼拏羅中獻恭俱摩香及種種香華飲食等又用滿閼伽瓶香水誦金剛夜叉真言加持及曼拏羅所用種種物各以本真言加持已奉獻諸賢聖皆悉令歡喜復用金剛夜叉真言加持曼拏羅已即誦吽字四徧取出結界金剛橛即尋以五色

粉填滿修令平正然後阿闍梨從東北隅起
首下五色粉作諸佛賢聖像當下粉時以白
青赤綠爲次中心用黄色爲八輻輪東方純
白色南方大青色西方赤色北方綠色如是
粉賢聖像畢阿闍梨復同前觀想虚空曼拏
羅先以二手金剛指作堅仰相及想眞言起
虚空曼拏羅復同前想合爲一成畢竟曼拏
羅已即復於曼拏羅南門外別建一小臺四
方廣闊可一肘量以不墮地瞿摩夷塗之後
用五淨水灑淨復以白檀香於臺中心塗曼
拏羅如圓月相於上獻香華飲食種種供養
乃至出生等復鋪青吉祥草上安閼伽瓶瓶
内盛五寶五穀五藥及挿種種華果樹枝葉
等於瓶項上繫一青衣然以本眞言加持願
以此水作大利益又誦本眞言加持白芥子

及白華等口誦眞言以白芥子及白華繫人
或繫人名及衣等復以閼伽水灌灑如是所
作息災增益等事皆獲功德無量無邊乃至
擊亡人身骨及名當使亡人離諸惡趣往生
天界眞言曰

唵引薩哩嚩二合播引波捺賀那一嚩日囉二合
吽引發吒二半音

唵引薩哩嚩二合播引彼尾輸達那一嚩日囉
二合吽引發吒二半音

唵引薩哩嚩二合羯哩摩引二合嚩囉拏引你一
跛濕彌引二合酤嚕吽引發吒二半音

唵引敎龍引二合尾那引舍野引嚩囉拏引你
一吽引發吒二半音

唵引突龍二合尾輸達野阿嚩囉拏引你一吽
引發吒二半音

唵引入嚩合二羅入嚩合二羅一達哥達哥二賀
那賀那三阿引嚩囉拏引你四吽引發吒半音
五
唵引窣龍合二娑囉娑囉一鉢囉合二娑囉鉢囉
二合娑囉二阿引嚩囉拏引你三吽引發吒半音
四
唵引吽引賀囉賀囉一薩哩嚩合二嚩囉拏引
你二引吽引發吒三半音
唵引吽引發吒半音薩哩嚩合二阿嚩囉拏引你
一塞怖引二合吒野吽引發吒二半音
唵引敎哩合二多敎哩合二多一薩哩嚩合二阿嚩
囉拏引你二吽引發吒三半音
唵引怛囉合二吒半音怛囉合二吒一半音薩哩嚩合二
阿嚩囉拏引你二吽引怛囉合二吒三半音
唵引親那親那一尾捺囉引二合鉢野尾捺囉
引二合鉢野二薩哩嚩合二阿嚩囉拏引你三吽
引發吒四半音
唵引那賀那賀一薩哩嚩合二那囉哥誐底呬
引二東吽引發吒三半音
唵引鉢佐鉢佐一薩哩嚩合二必隸引二合多誐
底二呬四引東吽發吒三半音
唵引摩他摩他一薩哩嚩引二合帝哩野合二誐
底二呬四引東吽引發吒三半音
復誦洗除罪障眞言誦眞言時以前閼伽缾
水灌灑以成洗除罪障眞言曰
唵引那謨婆誐嚩帝一引薩哩嚩合二訥哩誐合二
底二波哩輸達那囉引惹野三怛他引誐多
引野四阿羅曷合二帝引三藐訖三合三沒馱引
野五怛[寧也]身切他六引輸達你引輸達你七引薩哩
嚩合二播引波尾輸達你八引秫提引尾秫提九引

薩哩嚩二合羯哩摩二合阿嚩囉拏十尾秫提引娑嚩二合賀引十一

誦此眞言已若爲亡人者當復與誦轉生淨土及淨道等眞言若爲增益吉祥及灌頂事即不用之

轉生淨土眞言曰

唵引囉怛你二合囉怛你二合引一囉怛那二合三婆微引二囉怛那二合枳囉尾引三囉怛那二合摩引囉尾秫提引四輸達野薩哩嚩二合播引邦引五吽引怛囉二合吒半音六

淨道眞言曰

唵引鉢訥彌二合鉢訥彌二合引一鉢訥謨二合訥婆二合微引二駄珂引嚩怛羊二合引誐璨覩娑嚩二合引賀引三

復次如上建壇持誦求息災增益吉祥等事當須一日三時以香華及種種供具供養曼拏羅諸佛賢聖及以吉祥讃歎奉讃諸佛賢聖專心不懈或三日或五日或八日已方作護摩求種種願若爲弟子授灌頂者即當於安閼伽瓶地畫白蓮華華中畫八輻輪於輪中心復安白色閼伽瓶瓶中盛五寶五藥等種種物作灑淨水復以本眞言加持已然後依法引弟子入曼拏羅與授灌頂復施妙法等乃至依法作相應觀想輪迴中一切惡趣衆生悉得沐浴滅盡罪業成功德身轉生忉利天或兜率天

復次説閼伽瓶當用白色覆唇長項大腹者滿貯香水挿衆華果樹枝及盛五寶五藥五穀等鋪青吉祥草安瓶於上瓶項繫一青衣此爲瓶法若作護摩者當於曼拏羅東門如

是安瓶及上掛白繖蓋華鬘等復於四面設五首旛於前作護摩爐爐廣闊二肘下至一肘高低深淺顔色幖幟悉依根本大教法則護摩所用必利煬虞香龍華吉祥果及種種果黒油麻大麥小麥秔米飯酥蜜酪具乳濕柴等如是諸物悉具足已阿闍梨手執金剛鈴杵按諸物上各以本眞言加持一百八徧安像慶讃亦同此儀如是護摩所用諸物悉安護摩爐右唯出生鉢安於爐左阿闍梨依法作三相應觀然後以淨水灑爐作灑淨已即於爐内然火得火熾已又用閼伽水微灑火炎然後阿闍梨結印誦眞言請召火天想火天現於火内然以酥蜜酪及獻火天物三擲火中誦眞言獻於火天然後結金剛輪印以二手作金剛拳復改作金剛縛成印并誦金剛輪眞言曰

唵引薩哩嚩二合尾咄半音一嚩日囉二合作訖梨二合引悉迭底吽引二嚩賖引嚩日囉二合薩摩引嚩引那三嚩日囉二合蹉吒尾謨引又柰引四嗚轉聲呼吽引鍐呼五

結印誦眞言時心想曼拏羅現於爐中諸佛菩薩一切賢聖皆悉現前阿闍梨即度志以種種護摩物作一百八窣嚕嚩若唯用酥只擲七窣嚕嚩如是供養諸佛賢聖及作戲鬘歌舞等八供養乃至作二十五種供養阿闍梨如是作觀想曼拏羅及護摩種種之法或爲國王大臣士庶弟子等當隨所求事利益衆生乃至隨喜見聞皆獲無量功德

佛說大乘觀想曼拏羅淨諸惡趣經卷下

音釋

輻方六切輪轉也

髀部比切股也

慓幟慓卑遙切幟昌志切

佛說大方廣曼殊室利經觀自在多羅菩薩儀軌經

唐特進試鴻臚卿三藏沙門大廣智不空奉 詔譯

佛說一切佛攝相應大教王經聖觀自在菩薩念誦儀軌經

宋西天三藏朝散大夫試光祿卿明教大師法賢奉 詔譯

清刻龍藏佛說法變相圖

二經同卷

佛說大方廣曼殊室利經觀自在多羅菩
薩儀軌經

佛說一切佛攝相應大教王經聖觀自在
菩薩念誦儀軌經

佛說大方廣曼殊室利經觀自在多羅菩薩
儀軌經

唐特進試鴻臚卿三藏沙門大廣智不空奉 詔譯

受記品第一

爾時世尊復徧觀察淨居天宮告觀自在菩薩摩訶薩言善哉善哉善男子汝能愍念多衆生故住陀羅尼形而爲衆生演說安立勸進隨喜解其理趣爲修行者開示法要及諸護摩善巧方便能獲無上正等菩提及獲二乘人天之果以清淨身能爲衆生作諸佛事

示現佛身安立寂靜無住涅槃若有衆生應以摩醯首羅身得度者即現摩醯首羅身爲彼衆生演陀羅尼秘密之法乃至應以帝釋之身迦樓羅身緊那羅身摩呼羅伽悉地明仙日月星宿童男童女種種之身乃至異類二足四足多足無足有情無情三界之身而得度者即皆現之而爲演說以是義故名觀自在爾時世尊復讚觀自在菩薩摩訶薩言善哉善哉善男子汝能如是善巧方便利益有情現種種身開示演說甚爲希有是眞清淨菩提薩埵汝於來世阿僧祇世界微塵數劫於平等光明普照世界當得作佛號曰平等光明普照如來應供正徧知明行足善逝世間解無上士調御丈夫天人師佛世尊令彼衆生住於無畏無諸熱惱無有變易究竟寂滅然後方般大般涅槃爾時世尊授觀自在菩薩摩訶薩記淨居諸天及會無量菩薩摩訶薩衆以佛神力承普光明徧照之光普照十方無量世界而皆大明其中衆生遇斯光者快獲善利離諸苦惱悉發無上菩提之心一切大衆思念佛身各於本座寂然而住雨衆天華清涼香風普散大會爾時大衆於虛空中各見無量觀自在菩薩摩訶薩十方刹土靡不周徧時諸大衆同稱是言南無佛陀此是世尊威神之力一切衆會見此神變心得歡喜離諸疑惑爾時觀自在菩薩摩訶薩從座而起遶佛三匝頭面作禮瞻仰如來目不蹔瞬熙怡微笑手持白拂誠心而住時他方世界一切諸佛各雨種種雜色華雲中有天妙衣華鬘金索瓔珞幢旛兢迦尼網嚴

飾之具滿虛空中彌覆佛上又出妙聲讚言
善哉善哉如來今日爲觀自在菩薩摩訶薩
作法輪王摩訶灌頂
無量莊嚴具　及與妙音聲　過人天所讚
如是皆來現　十方諸如來　一切菩薩衆
六欲及色界　并無垢淨居　彼佛子灌頂
如是皆雲集　俱胝魔羅衆　及多類衆生
皆持妙供具　來獻佛菩薩　同願於未來
皆如觀自在
爾時觀自在菩薩摩訶薩頂禮尊足讚如來
已還就本座作如是言此陀羅尼過去諸佛
毗婆尸等及我世尊釋迦如來所共宣說隨
喜印可及於未來彌勒世尊阿僧祇等一切
諸佛亦當宣說作是語已入於普光明多羅
三昧以三昧力從其面輪右目瞳中放大光
明隨光流出現妙女形住於殊勝妙色三昧
無價雜寶而爲嚴身如融真金映瑠璃寶所
謂成就世出世間密言之要能息衆生種種
苦惱亦能喜悅一切衆生徧入諸佛法界自
性猶如虛空平等住故普告衆生作如是言
誰在變苦誰有流溺生死海中我今誓度作
是語已徧遊無量無邊世界還至佛所右遶
三帀頭面作禮觀自在菩薩摩訶薩足合掌
恭敬持青蓮華瞻仰菩薩受教而住思念如
來自在神力以清涼光普照衆生猶如世間
清涼月輪能除熱惱一切幽冥無不照了復
過於是含喜微笑憐愍衆生猶如慈母以慈
悲光普照佛剎諸天光明皆悉不現
爾時觀自在　吉祥清淨者　作禮世尊已
偈作如是說　我於俱胝劫　演說是多羅

理趣及密言　時節與方位　如是過去佛
亦皆廣宣説　如虛空無邊　無能限量者
我今於少分　隨事而演説　若人妙修行
勝願悉成就　十方與壽命　無不獲如意
若有諸衆生　現求人天果　受持是妙法
隨説而修習　無量俱胝劫　受上妙快樂
若欲求十地　滿足菩薩位　難勝與不動
善慧及法雲　受持多羅尊　俱胝與三億
隨其根利鈍　或十六洛叉　如是妙修行
必獲如上事　若欲見觀音　吉祥清淨者
誦七洛叉數　獲見無有疑　若求見勢至
無垢摩訶薩　誦滿俱胝徧　聖者必現前
若於三時中　寂靜心無染　一心常念誦
速疾滿六度　具足如來藏　涅槃及實際
光明不壞身　無等等三昧　坐於金剛座

轉無上法輪　開人天之眼　修行多羅故
如上皆圓滿　欲悟陀羅尼　儀軌諸方便
了義及修多　甚深之理趣　及息三有苦
當誦洛叉徧　若欲求梵天　及與天帝釋
轉輪人天主　誦滿洛叉徧　若欲遊雪山
及與泯提夜　須彌及鐵圍　薩醯與妙寄
摩賴妙幢山　吉祥及阿部　涅部劅羅娑
只怛俱吒等　妙色與闇錯　清涼及尸利
如是仙聖宅　皆誦洛叉徧　藥叉乾闥婆
羅刹龍宮等　乃至天宮殿　隨意皆能住
問決諸疑惑　隨事皆曉了　欲求如上願
應誦洛叉徧　欲入脩羅宮　緊那羅所住
呼召藥叉女　及持明仙女　龍女緊那梨
應念皆來至　遊戲恣娛樂　及求延壽命
不死甘露藥　豐財及僕使　一切五欲樂

應誦洛叉徧　若我及如來　於俱胝數劫
演說其功德　猶尚不能盡　持此多羅者
應受人天供　多羅大悲者　一切之慈母
天人及藥叉　無一非子者　故號世間母
及與出世間　觀音大勢至　金剛與善財
文殊須菩提　慈氏與香象　月光無盡意
離垢虛空藏　妙眼及大慧　維摩等菩薩
皆是多羅子　亦是般若母　三世諸如來
一切摩訶薩　無一非子者　皆稱是我母
慈育諸有情　安載如大地

爾時觀自在說是偈已即爲多羅菩薩說陀羅尼曰

娜慕囉怛娜(二合)怛囉(二合)夜耶娜莫阿利耶嚩魯吉帝濕嚩(二合)囉耶冐地薩埵耶摩訶薩埵耶摩訶迦路你迦耶怛姪他

唵多唎咄多唎咄唎　莎嚩(二合)訶

時觀自在菩薩說陀羅尼已以多羅菩薩威神力故一切世界所有衆生離諸苦惱皆獲安樂悉發無上菩提之心悉與法界體性相應入於出生無邊門藏一切衆會心生奇特歎未曾有

曼荼羅品第二

爾時觀自在菩薩摩訶薩告多羅菩薩言若女人爲欲成就一切種智及欲滿足世間勝願應當修習如是秘要其曼荼羅一如今日釋迦如來在淨居天宮與諸菩薩集會之位其修行者先應擇地或於山峯或於河岸或近大海華果泉池寂靜之處離諸危難及蔑戾車怨賊毒蟲旃荼羅等雜穢之處量取四肘或八肘乃至十六肘掘深一肘去諸骨髮

灰炭荆棘不淨之物取河灰土及諸淨土先以五淨灑已即誦本尊陀羅尼一百八徧加持其土用塡其地清淨隱築極令平整取黄牛糞不墮地者亦誦陀羅尼而加持已然後塗地於神通月及吉宿日或正月十五日二月八日十五日等從夜起首以青蓮華印加持壇地取五綵線拼其界道以五色粉撚畫爲之或七寶粉隨力而辦和諸香末誦陀羅尼四方三院先於中台畫釋迦牟尼佛坐寶師子座作説法相右邊應畫觀自在菩薩坐蓮華上瞻仰合掌持白蓮華身白紅色嚴飾瓔珞首戴寶冠左絡白神索左邊畫金剛藏菩薩右手持金剛杵身淺緑色次後應畫八大菩薩所謂彌勒菩薩大勢至菩薩曼殊室利菩薩地藏菩薩虚空庫菩薩除蓋障菩薩

薩陀波崙菩薩虚空藏菩薩於金剛藏菩薩下復畫降三世明王菩薩作忿怒形及畫月魘忿怒菩薩作擪掌摧伏諸魔勢近觀自在菩薩畫毗俱胝白衣觀世音馬頭明王各如本色近馬頭菩薩畫大吉祥觀世音大日觀世音月觀世音豐財觀世音名稱觀世音於釋迦如來師子座下畫蓮華池於其池中有妙寶蓮華作赤光色如紅玻瓈放大光明其蓮華中坐多羅菩薩左手持青蓮華右手仰安齊上如坐禪勢眼亦如是嚴飾瓔珞披紗縠朝霞衣怡然而住其壇四門幢旛華蓋欄檻陛楯難提商佉諸天音樂讃詠聖衆壇東面畫阿迦尼吒天衆少光天子無熱天子北邊畫妙見天子善現天子其門兩邊梵天梵輔天光音天大梵天四方各畫二天皆戴寶

冠披赤色衣或黃或白身無瓔珞坐禪而住各以左手安頂上作敬禮相外院門側畫訖哩瑟拏槃圖魔王瓔珞莊嚴少年之貌次畫化樂天及兜率夜摩帝釋天子等近門而住次畫四天王天迦樓羅天伊舍那鬼神主及畫毗紐天持輪而住次畫半支迦大藥叉將次畫染婆羅大藥叉及滿賢報賢藥叉王等及畫訶利底大藥叉女日月星宿四姊妹割底迦童子并二龍王難陀跋難陀等如是聖衆皆須一心迎請以心發遣取白華置遏伽鉢中供養一切諸佛菩薩緣覺聲聞一切呪仙世出世間皆須觀盡心供養以白檀龍腦鬱金而爲香水散灑聖衆復以此香爲末燒之當白是言惟願諸佛諸大菩薩一切聖者與我悉地令我速出生死淤泥三稱是已隨力所辦而爲供養心常繫請世出世間一切呪天願加持我一一各結其本印而相應之以八新瓶盛滿香水并置一切種子及七寶金銀并諸藥草阿磨羅樹枝并楊柳夜合松栢等葉以不截繒綵繫覆瓶上四瓶置內四角四瓶置外四角又安八瓶第一一瓶供養色界阿迦尼吒天衆第二一瓶供養淨居天衆第三一瓶供養欲界天衆第四一瓶供養諸藥叉天女及持明呪仙第五一瓶供養諸佛世尊第六一瓶供養菩薩聲聞緣覺第七一瓶於多羅前而作供養第八一瓶供養一切衆生如是一切六瓶皆須一一如法布置於壇四面各然酥燈塗香燒香華鬘珍饌一一皆如曼殊室利曼荼羅法皆以本尊陀羅尼加持諸供養物於壇西南角去四五肘應

作護摩軍吒其爐方四角或一肘二肘深可半肘爐中作蓮華形其爐穿造如擇地法取新鑽淨火以乳木作柴取一切草華及五種子和酥蜜酪先以酥三杓供養火天燒之次蜜酪各三杓然後以五種子三置火中陀羅尼曰

唵　阿秪你　莎嚩(二合)訶

誦此密言而加持之復取白檀鬱金龍腦香等相和香水盛以瓦木金銀熟銅新淨之器右邊安之請火天已取華香誦根本陀羅尼擲燒供養火天右手取香水右旋灑火及用本法先自護身次結青蓮華印想多羅菩薩誦一千八徧取諸白華置遏伽水想念本尊捧而供養先傾三滴又取白檀鬱金龍腦和酥蜜酪并取有乳木柴無節端直十二指截一千八段一誦一擲爐中燒已多羅菩薩即現其身告行者言汝求何願一切施與縱修行者有積業重障亦現警誡或放光明或聞雷震鍾磬等聲或於空中無雲而雨或香華清涼妙風觸行者身遇斯瑞已生大慶悅諸天人衆見修行者心生歡喜應知多羅菩薩不久滿願若阿闍梨爲作此者發遣聖衆獻遏伽已即於道場如常誦念一千八徧圍遶三帀隨意經行每日三時或七日二七日乃至七七日求自本願念誦念誦已即取多羅菩薩本尊前瓶供養之水結青蓮印灌修行者頂其灌頂處去壇八肘畫一蓮華而灌頂已圍遶三帀重獻遏伽誦諸讚歎結本尊印上置白蓮散於壇上以爲供養然後如常時發遣壇中蓮粉置清淨流水之中不應踐履

曼荼羅處復用瞿摩塗之供養飲食應施衆僧及諸貧者曾入曼荼羅修行之人不應食此亦不得食茄子蘿蔔蓮華根莖亦不得踐履窣堵波影及阿闍梨父母之影清淨比丘修行人影乃至七佛菩提樹影並不應履

畫像品第三

爾時釋迦牟尼佛又復觀察淨居天宮告觀自在菩薩摩訶薩言汝今次應爲多羅菩薩說畫像法時觀自在菩薩摩訶薩承佛聖旨從座而起禮佛雙足復徧觀察淨居天宮而勑天龍夜叉乾闥婆阿蘇羅迦樓羅緊那羅摩呼羅伽及一切世界明呪仙作是誓曰汝等應當聽受憶念本三昧耶勿生疑惑若當來世有修行者應當擁護若起異心執金剛大藥叉將以金剛大焰杵摧碎汝頂命終之後墮泥犂於無量劫受大苦惱爾時菩薩告誓已訖告多羅菩薩言若未來世諸修行者至求圓滿增上悉地當依我教如法畫像取新白氎及諸綃素不截幅者組織清淨無諸毛髮華及彩色必須新潔取第一畫工及發菩提心身器全者受八關戒或八肘四肘乃至一肘先於中台畫釋迦世尊坐於衆寶師子之座處淨居天宮身色如金作說法相左畫曼殊室利童子嚴飾瓔珞微作赤色著青色裙披輕縠衣絡以神索右手執白拂左手持青蓮華莖瞻仰而住右畫觀自在菩薩身淺紅色髮戴寶冠化佛帶白神索於蓮華上胡跪而坐左手執蓮華右手於頂上作敬禮勢種種瓔珞莊嚴其身作微笑貌以次復應畫多羅菩薩無價雜寶而爲莊嚴身綠黃色

如盛年形作慼念微笑觀行者貌向觀自在曲躬而住左手持青蓮華右作執吉祥果勢於觀自在菩薩下應畫行者捧香爐作頂禮勢於座右邊畫一金鉢盛熟阿摩羅果下方畫少光天子無熱天子善見天子作聽法相上方右邊畫阿迦尼吒天子左邊畫善現天子右手散華左手作敬禮相上畫寶善諸天妓樂四邊空處悉畫龍華若修行者至誠供養頂禮一禮滅除億劫生死之罪

爾時觀自在菩薩摩訶薩復告多羅菩薩言若修行人復欲成就第二畫像法者先於中台畫無量壽佛倚菩提樹左邊畫離垢菩薩白色種種莊嚴衣紗縠衣手持白拂側顧向佛右邊畫四臂觀自在菩薩右第一手作無畏印以中指大指捻數珠展手作摩頂勢第二手作執杖形左第一手持紅蓮華第二手執軍持觀自在菩薩右邊畫多羅菩薩妙寶莊嚴身緑黃色掌捧青蓮華半跏而坐作恭敬曲躬之相離垢菩薩下畫三目四手毗俱胝菩薩身著素衣左第一手執蓮華第二手執軍持右第一手作無畏印第二手執數珠多羅菩薩下畫一髻羅刹眼赤黒色襜肚垂下虵為瓔珞狗牙上出著虎皮裙蟒虵盤髮右手把鉞斧左手持虵羂索以血塗身二手合掌攢眉怒目作恐怖相爪甲纖利交絡象皮毗俱胝下畫四臂馬頭菩薩二手結根本印右手持鉞斧左手執蓮華丁字而立作忿怒相像下畫難陀跋難陀龍王左手捧蓮華莖右手作敬禮相地下畫地天捧寶盤胡跪瞻仰四方四隅畫八方神上畫日月諸天妓

樂五色雲中灑甘雨勢觀自在菩薩下畫行者著白衣執香爐胡跪瞻仰若修行人於月八日或十五日或神通月或順吉宿應食乳粥華果等食或唯食香依先持誦法三時澡浴不應睡眠常坐茅草身衣白服數限欲終三日不食無限念誦對此像前於壇四角置香水瓶中揷夜合柳等諸香樹葉亦置七珍及五穀種以不截綵覆於瓶上行者坐左邊案上置曼殊般若散華經上八方置八淨器亦盛香水又置八椀乳然百盞酥燈種種飲食盛以新器置壇四角燒沉水香燒乳木火取沉香十二指截一百八段搵蘇合油一誦一燒滿一百八徧

觀自在菩薩大悲聖者從東方來手持杖身衣白服妙寶瓔珞以爲莊嚴以黒鹿皮作右膊交絡髮戴寶冠現行者前放大光明普照地獄畜生餓鬼苦惱衆生遇斯光已身安快樂發菩提心行者見已散諸華香五體投地至誠歸命持遏伽水以獻菩薩時觀自在大悲聖者告行者言善哉行者汝等何願一切施與得印可已所求心欲無不成就或飛騰虛空或安怛陀那或聞持延壽或根不具亦得圓滿或求伏藏入修多羅窟亦得隨入觀自在宮如是等一切上願世出世間無不成就復誦此密言發遣聖者陀羅尼曰

娜慕囉怛那(二合)怛囉(二合)夜耶娜莫阿唎耶嚩魯吉帝濕嚩(二合)囉耶菩地薩埵耶摩訶薩埵耶呬唎呬唎蘇嚕蘇嚕薩嚩薩埵迦路尼迦孽蹉孽蹉阿唎耶嚩魯吉帝濕嚩(二合)囉也佗三麼耶滿努薩麼(二合)囉薩嚩(二合)訶

行者捧諸香華誦此真言七徧加持已散菩薩足下則成發遣

一髻羅刹陀羅尼

娜慕囉怛那(二合)怛囉(二合)夜耶娜莫阿唎耶嚩魯吉帝濕嚩(二合)囉耶冒地薩埵耶摩訶薩埵耶娜慕翳迦惹吒耶麼阿囉乞灑(二合)斯阿夜囉摩麼麼訶囉乞灑(二合)斯麼麼母迦薩嚩迦唎也抳迦路呬怛姪佗阿難帝薩嚩(二合)訶惹夜也薩嚩(二合)訶薩嚩微近娜尾那夜建嚕乞叉(二合)嚕乞叉(二合)薩嚩(二合)訶

此陀羅尼能令用功少成就疾亦是多羅菩薩使者故諸修行人應當誦念

佛說大方廣曼殊室利經觀自在多羅菩薩儀軌經

佛説一切佛攝相應大教王經聖觀自在菩薩念誦儀軌經

宋西天三藏朝散大夫試光禄卿明教大師法賢奉　詔譯

我今歸命佛菩薩　演彼相應大教王
略述觀音菩薩儀　能成所作利羣品

爾時世尊爲欲利益諸衆生故演説諸佛相應大教佛言若阿闍梨及與行人爲欲修行菩提分法及種種成就者當於觀自在菩薩法而修習之若修此法先求静處依於儀軌專心不懈修其先行令得精熟然後依法作其觀想及誦吽字擇地結界作法遣魔已乃於彼處敷草而坐時持誦人將欲運心觀想賢聖先須淨其三業即誦淨三業眞言曰

唵引哥引野嚩引酤半音唧多句一嚩日囉二合莎婆引嚩引怛囉二合酤引欱平郎切二

誦此眞言已復説譬喻伽陀曰

譬如清淨妙色蓮　雖生泥中不可染
如是衆生處煩惱　悉得清淨於三界

誦伽陀已自想頂戴寶冠内有無量壽佛次於本心想出開敷白蓮華於彼華上想有月輪於月輪中想現𑖌𑖼唵字體如虛空唯眞實大智然後誦開慧眞言曰

唵引唧多鉢囉二合底微鄧迦嚕彌句一

誦此眞言已復想衆寶化成八葉蓮華於彼華上想有月輪於月輪中現出𑖮𑖿𑖨𑖱𑖾紇陵字即是觀自在菩薩本身結跏趺坐其身赤色而有二臂於菩薩左邊想白衣菩薩手持蓮華次想八方賢聖第一於蓮華東葉位想現尾路吉你菩薩手持紅色蓮華菩薩眞言曰

唵引尾路吉你阿嚩路哥野娑嚩二合引賀一引

於蓮華南葉位想現多羅菩薩手持綠色蓮華菩薩眞言曰

唵引多引哩一引咄多引哩二引咄哩引娑嚩二合引賀三引

次於蓮華西葉位想部哩尼菩薩手持優鉢羅華內有八輻輪菩薩眞言曰

唵引部引哩尼一摩賀引作訖囉二合嚩哩底二合你引吽二引

次於蓮華北葉位想現顰眉菩薩手持黃色蓮華菩薩眞言曰

唵引敎哩二合酤致一怛致二末吒半音吽三引

次於蓮華東北葉位想現鉢訥摩二合嚩㮇你菩薩手持緋色蓮華菩薩眞言曰

唵引摩賀引室哩二合曳一引摩尼鉢訥彌引二合吽二引

次於蓮華東南葉位想現嚩日囉二合鉢訥摩二合說哩菩薩手持白蓮華菩薩眞言曰

唵引嚩日囉二合鉢訥彌引二合濕嚩二合哩馱囉鉢訥彌引二合吽引一句

次於蓮華西南葉位想現尾說鉢訥摩二合菩薩手持黑色蓮華菩薩眞言曰

唵引尾濕嚩二合鉢訥彌引二合紇哩二合一句引

次於蓮華西北葉位想現尾說嚩日囉二合菩薩手持羯磨杵菩薩眞言曰

唵引尾濕嚩二合嚩日哩引二合吽引一句

次於蓮華中心復想觀自在菩薩現大妙色身眞言曰

唵引紇陵引二合鉢訥摩二合那哩帝引二合濕嚩二合囉吽引一句

如是諸大菩薩及微妙眞言若持誦人依法

作其觀想及誦眞言專注不退是人當來速證佛果設受五欲樂亦能圓滿十波羅蜜及總持門乃至辟支佛十地菩薩佛寂靜句速得成就勿生疑惑

復次持誦之人亦須常服五種大乘之藥所謂冐地唧多羯哩布(二合)囉囉訖多(二合)賛捺那嚩日囉(二合)烏那哥等若能常服如是之藥及持誦不輟速離老病若增長壽命變於色相見者愛敬現世獲得成最上智

復次所有息災增益敬愛降伏乃至句召除滅諸魔發遣怨惡禁法打惡之法乃至飛空自在及諸三摩地等若修觀自在法悉皆成就觀自在菩薩根本眞言曰

唵(引)紇陵(二合引)鉢訥摩(二合)那哩帝(二合)濕嚩(二合)囉吽(引)(一句)

復次若持誦人常念此觀自在菩薩根本眞言曰誦一百八徧是人晝夜所作之罪悉皆消滅若日誦五百徧能除一切病若日誦一千徧得壽命增長若誦二千徧得衆人恭敬若持誦三千徧衆人愛敬增長富貴若持誦四千徧遠離貧苦若持誦五千徧能令一切怨家身心慌亂若持誦六千徧能降諸怨家若持誦七千徧能降四魔若持誦八千徧能降諸天及天女若持誦九千徧能降夜叉及夜叉女若持誦一萬徧能降天龍及人若持誦二萬徧諸隱身賢聖而作成就若持誦三萬徧能滿一切願若持誦四萬徧當得騰空自在若持誦五萬徧當得聖劒成就若持誦六萬徧當得持明天若持誦七萬徧得爲世間主若持誦八萬徧當得鐵輪王位若持誦

九萬徧當得金輪王位若持誦一洛叉數當得菩薩位若持誦十洛叉數當得自在滿十地位若持誦五十洛叉數當證佛位若持誦一俱胝數當得具足極樂世界無量壽佛身口意等利樂衆生爾時世尊復說白衣菩薩眞言曰

唵引半拏囉嚩引枲你一嚩囉禰引吽引一

此白衣菩薩微妙眞言若人常得持誦所有一切罪業悉皆消滅若能依法專注持誦滿一七日所有國城之內一切人民皆悉奉重若持誦一月獲大富貴如是持誦至一洛叉數當得與菩薩威力無畏復次說尾路吉你菩薩眞言曰

唵引尾路吉你一阿嚩路哥野娑嚩引二合賀引二

此菩薩微妙眞言若人依法持誦一萬徧當得聖劔成就若持誦人有所求事當取酋木加持二十一徧揩齒而卧所求之事夢中皆說凡所說事悉皆眞實復次說多羅菩薩眞言曰

唵引多引哩一引咄多引哩二引咄哩引娑嚩二合引賀三引

此菩薩微妙眞言若人依法持誦一洛叉數是人能降三界一切天龍阿脩羅持明天及彼等女來爲僕使無不隨心持誦人若欲作句召彼天龍及女等來者當想彼身赤色於其心中有金剛鉤光明熾盛鉤於彼心又想以罥索繫於項頸作怖畏相凡所句者隨持誦時必定速至有所求事悉得隨心復次說部哩尼菩薩眞言曰

唵引部哩尼摩賀引作訖囉合二嚩哩底合二你吽引

此菩薩微妙眞言若人持誦欲求成就者先當用尾拏嚩合二嚩日嚕合二那哥等藥塗曼拏羅如圓月相然後隨力備香華等於中而爲供養持誦之人然後敷座而坐一心專注持誦不懈有所求事必獲成就見受快樂命終之後當得生於極樂世界復次說顰眉菩薩眞言曰

唵引斆哩合二酤致一怛致二引末吒半音吽三引

此菩薩微妙眞言若人持誦欲作調伏法者當取怨家足下土及河兩岸土復用毒藥芥子鹽血及尾拏嚩合二嚩日嚕合二那哥等同和爲泥作怨家像用人骨爲橛釘像身分肢節盛髑髏内用髑髏蓋於尸陀林中用燒屍火炙誦眞言加持經三七晝夜決定調伏復次說鉢訥摩合二嚩枲你菩薩眞言曰

唵引摩賀引室哩合二曳引摩尼鉢訥彌引二合吽引句一

此菩薩微妙眞言若持誦時當先以香華等五種供養已方可持誦能作一切處擁護若於論義決定得勝得大自在與觀自在等若以蓮華一萬數作護摩得爲地主若用蓮華一洛叉數作護摩得輪王位復次說嚩日囉合二鉢訥摩合二說哩菩薩眞言曰

唵引嚩日囉合二鉢訥彌引二合說哩一嚩囉鉢訥彌引二合吽二引

此菩薩微妙眞言若持誦人作心念時便能降伏句召若持誦七徧能擁護已身若持誦千徧能除毒藥刀劒師子象虵火賊禁縛海

鬼等難及除瘥珂哩枯(二合)那哥訥蹉哩彌(二合)多訥哩朗(二合)儗多等病及辟除一切惡毒衆生若持誦一洛叉增長壽命老復成少身相圓滿衆人愛敬若境内亢旱當於彼處擇地畫作龍池即於池前心念龍名以白芥子及鹽作護摩即降大雨一境豐稔復次說尾說鉢訥摩(引二合)菩薩眞言曰

唵(引)尾濕嚩(二合)鉢訥彌(引二合)紇哩(三合引一句)

此菩薩微妙眞言若人專注持誦當得具足身口意業能成種種之事所謂禁伏法魑魅法釘橛法鉤他心法幻化法乃至開脩羅窟及隱身飛空自在悉能成就復次說尾說嚩日囉(二合)菩薩眞言曰

唵(引)尾說嚩日哩(二合)吽

此菩薩微妙眞言若持誦人專注不懈依法持誦常能擁護自他及得一切敬愛乃至獲大辯才能勝他辯又此菩薩能於地獄餓鬼畜生等趣救度衆生發大精進如觀自在菩薩若有信重佛法者菩薩當如其母常爲擁護佛言若復有人於此一切如來攝相應大教王經觀自在菩薩念誦儀軌心無疑惑堅固修行當得成就究竟之法又復有人不入曼拏羅乃至具煩惱兼薄福等是人隨意所欲行住坐立或語或笑不間是事恒發菩提心想眞實理常當持誦所作之法皆能成就又復持誦之人發菩提心服五種聖藥所謂摩賀囉訖當(二合)羯哩布(二合)囉囉訖多(二合)贇捺那等聖藥依觀自在菩薩儀軌持誦及供養賢聖是人雖不作佛像亦能獲得最上相應成金剛薩埵菩薩之位速證菩提如是成就

當有何相彼菩提分法及波羅蜜總持門十地等自然成就若人悉能依於一切佛相應法持誦者即與一切佛無異

復次若持誦人心未寂靜不能了解相應之法我今為彼說幀像法若持誦人欲畫幀者先求巧妙畫人預令潔淨身心修持齋戒然用上好匹帛兩頭具茸者長二肘量用上好彩色於帛上畫一月輪於月輪中畫衆色八葉蓮華於華中心畫觀自在菩薩身赤色三面六臂頂戴寶冠內有阿閦佛右面黒色微現忿怒相左面白色六臂依法執持於蓮華東葉位畫尾路吉你菩薩身白色左手持赤色蓮華右手持金剛杵南葉位畫多羅菩薩身綠色左手持綠色蓮華右手持寶西葉位畫部哩尼菩薩身金色手持優鉢羅華內有輪北葉位畫顰眉菩薩身紅白色手持黃色蓮華及持利劒東北葉位畫鉢訥摩(二合)嚩枲你菩薩身金色手持緋色蓮華東南葉位畫嚩日囉(二合)鉢訥彌(二合)說哩菩薩身如虛空色手持白蓮華及持玻瓈數珠西南葉位畫尾說鉢訥摩(二合)菩薩身秋月色手持黒色蓮華及持經法西北葉位畫尾說嚩日囉(二合)菩薩身種種色手持蓮華次於葉外四隅畫戲鬘歌舞四親近菩薩次於四門位想𑖕𑖾弱𑖮𑖳𑖽吽𑖪𑖽鑁𑖮𑖺𑖾呼等四微妙字變成鉤索鏁鈴四菩薩護於四門

復次說畫像法如前選擇巧妙畫人於素帛上畫觀自在菩薩身秋月色具相圓滿頂戴寶冠內有無量壽佛有八臂右第一手持數珠第二手執寶杖第三手執三叉第四手作

施願印左第一手執蓮華第二手執軍持第三手執羂索第四手持般若經以虎皮為衣龍為絡腋於蓮華上或立或跏趺坐於菩薩右邊畫持誦人手持閼伽鉢及香爐作恭敬相

復說畫像法如寶陀洛迦山相儀畫觀自在菩薩身白色具圓滿相白衣裝嚴右手持數珠左手揞顋作思念利益一切衆生相乘師子蓮華座左足垂下踏於蓮華右足在於蓮華座上

復說畫像法如前於素帛上畫觀自在菩薩身紅白色十臂右第一手持數珠餘四手作施無畏救衆生難相左第一手持雙莖赤蓮華上有般若經餘四手亦作施無畏救衆生難相乘師子蓮華座垂下左足以蓮華承於菩薩右面畫師子象火蛇左面畫賊禁縛海鬼等如是八難衆生遇之作菩薩救度之相

復說畫像法如前用素帛畫觀自在菩薩處月輪中現種種色有十三頭各戴寶冠內有無量壽佛正面圓滿第十三面綠色現於馬頭有百臂手持種種羯磨器仗或畫百頭千臂亦復手持種種羯磨器仗如是一切畫像皆於右邊畫持誦人作胡跪恭敬手持閼伽鉢及香爐等相

如上諸幀像持誦之人隨心所樂畫於一相一一皆須發最上殊勝之心畫得幀已即備辦殊妙種種香華飲食及一切供具於幀前敷設請阿闍梨依法作慶讚已持誦之人然後自作潔淨於此幀前安坐定心誦觀自在菩薩根本微妙真言若離諸疑惑專注不懈

一切所作決定成就

復次阿闍梨爲作慶讚及與傳授根本微妙眞言已彼持誦人以弟子禮當以種種珍寶金銀財物乃至國城及與身命皆可奉上阿闍梨以爲答謝何以故爲如上法難得值遇何況傳授是故虔心求阿闍梨願施歡喜又復此法不得傳授容易之人是人心不恭虔恐招惡報

佛說一切佛攝相應大教王經聖觀自在菩薩念誦儀軌經

音釋

鬠弋涉切　捼奴何切手挏切摩也　帔披義切裙屬　縠胡谷切縐紗也

蟒母黨切大蛇　慌戶廣切昏也　茸而由切　揩顋揩肯而切楷也

顋桑才切頷下也

瑜伽金剛頂經釋字母品

唐北天竺三藏沙門大廣智不空奉 詔譯

佛說一切如來安像三昧儀軌經

宋西天三藏朝散大夫試鴻臚少卿傳法大師施護奉 詔譯

文殊師利菩薩根本大教王金翅鳥王品

唐北天竺三藏沙門大廣智不空奉 詔譯

清刻龍藏佛說法變相圖

三經同卷

瑜伽金剛頂經釋字母品

佛說一切如來安像三昧儀軌經

文殊師利菩薩根本大教王金翅鳥王品

瑜伽金剛頂經釋字母品

唐北天竺三藏沙門大廣智不空奉 詔譯

遏 字門一切法本不生故

阿引 字門一切法寂靜故

壹 字門一切法根不可得故

翳引 字門一切法災禍不可得故

塢 字門一切法譬喻不可得故

污引 字門一切法損減不可得故

哩 字門一切法神通不可得故

梨 字門一切法類例不可得故

魯字門一切法染不可得故
盧字門一切法沈不可得故
伊字門一切法求不可得故
愛引字門一切法自在不可得故
鄔字門一切法瀑流不可得故
奧引字門一切法化生不可得故
暗字門一切法邊際不可得故
惡字門一切法遠離不可得故
葛字門一切法離作業故
渴字門一切法等虛空不可得故
吘五割切字門一切法行不可得故
竭字門一切法一合不可得故
誐迎可切字門一切法支分不可得故
拶左末切字門一切法一切離遷變故
攃七曷切字門一切法影像不可得故

惹仁左切字門一切法生不可得故
嵳非何切字門一切法戰敵不可得故
倪倪也切字門一切法智不可得故
哳陟轄切字門一切法慢不可得故
詫丑轄切字門一切法長養不可得故
痆尼轄切字門一切法怨敵不可得故
荼字門一切法執持不可得故
拏字門一切法諍不可得故
怛字門一切法如如不可得故
撻佗達切字門一切法住處不可得故
捺字門一切法施不可得故
達字門一切法法界不可得故
那字門一切法名不可得故
鉢字門一切法第一義諦不可得故
癹字門一切法不堅如聚沫故

末字門一切法縛不可得故

婆字門一切法有不可得故

摩字門一切法吾我不可得故

耶字門一切法乘不可得故

囉（孋歷切加）字門一切法離諸塵染故

羅字門一切法相不可得故

嚩字門一切法語言道斷故

沒字門一切法本性寂故

沙字門一切法性鈍故

薩字門一切法一切諦不可得故

訶字門一切法因不可得故

剎字門一切法盡不可得故

瑜伽金剛頂經釋字毋品

佛說一切如來安像三昧儀軌經

宋西天三藏朝散大夫試鴻臚少卿傳法大師施護奉　詔譯

爾時世尊入三摩地名一切如來金剛安像三昧從三昧起說彼塑畫雕造莊嚴一切佛及諸賢聖之衆安像慶讚儀軌之法欲造佛像先得了知十種法則阿闍梨復須善知佛身一切圓滿之相及停分大小之量於息災增益等眞言印法儀軌之事皆悉明了然得於彼寺舍殿塔之内造諸尊像若所造佛像儀相闕少不得安像慶讚若儀相不圓令彼衆生現世未來得大苦怖是故一心求造圓滿若圓滿已令前知法阿闍梨依眞言儀軌請佛安像供養慶讚即得如來賢聖降臨隨喜成就功德若造像畢已經久時而不行安像慶讚於其後時反獲不吉設復有人供養禮拜終無福利如無智人人相不具令彼世間而生輕慢若阿闍梨請安佛像而不知法及闕少儀軌如酥入灰欲作護摩必無果報是故造像須具相圓滿令安像慶讚儀軌具足令諸有情得大福報爾時有一菩薩而白佛言世尊佛身無相猶若虛空徧一切處云何今說令安佛像佛言汝今諦聽我爲久修行者說彼法身無相無爲徧一切處猶若虛空本自寂然不生不滅云何安像今爲初發心衆生令彼得福作如是說安像慶讚結淨之法欲建曼拏羅先揀吉星吉日於結界勝地清淨之處陳設傘蓋幢旛香華燈果然令阿闍梨依法儀軌一心召請先於結界地上下五色粉絣線作曼拏羅請五族如來及菩薩眷屬等須依此根本儀軌不得依別儀請

召又阿闍梨入佛堂殿安像之時須手腕及指帶釧鐶等莊嚴於身阿闍梨并弟子一心觀想如來一切圓滿之相然後合掌作禮瞻仰聖賢以清淨香華香水燈果依法儀軌獻閼伽香燈獻已入定心離疑念誦此眞言三徧

三摩野薩怛鍐

誦此眞言已而啓請言如一切佛安住覩史陁天亦如佛在摩耶夫人胎臟願佛慈悲住此亦然願佛恒住弟子某甲爲發菩提心受此香華供養請佛像已復與施主弟子受戒所有供養儀則等一切須依阿闍梨言教不得怠慢令彼施主得大果報請召如來安住坐位以香華燈果飲食誦眞言獻閼伽供養所有佛像面東安置用黃衣蓋覆阿闍梨作觀想想佛如一聚火誦此眞言七徧擲白芥子

唵薩哩嚩二合播引波娑普二合吒那賀曩嚩日囉引二合野薩嚩二合賀

誦此眞言已復想如來如眞實身諸相圓滿然以唵阿吽三字安在像身三處用唵字安頂上用阿字安口上用吽字安心上若誦得本尊根本眞言但安心上若請召印或金剛印或鉤印依法而作若人無力隨力令作所用器物或金銀寶玉銅石瓦器木器螺盃及樹葉皆得爲閼伽供養若法中使銅器作閼伽最上如金石等佛像故暗塗香油在上用草刷子洗刷令淨然用歌讚妓樂令童女歌舞等復誦香油眞言

唵薩哩嚩二合怛他誐哆迦野尾戍馱你引娑

嚩二合賀引

若賢瓶用五或八以白檀香塗之種種香水滿彼瓶中而即加持復令童女合線染成五色上好新鮮纏瓶周迴復用五寶五藥花果等入於賢瓶誦最勝佛頂眞言或白傘蓋眞言撥白芥子以爲加持或念息災眞言亦得若洗浴佛像先塗香油復用尼俱陁樹葉優曇樹葉爲株五穀五種淨水以銅器盛之洗浴佛像然令弟子一切衆人誦於偈讃及諸歌樂以爲吉祥之音適悦尊像如灌頂儀則乃誦佛眼菩薩眞言能除一切垢

唵薩哩嚩二合囉祖引波賀囉拏娑嚩引二合賀引

誦此眞言已阿闍梨言如佛降生之時沐浴佛身一切如來亦復如是我今以清淨最上之水洗浴佛像復誦灌頂眞言

唵薩哩嚩二合怛他引誐哆引鼻詵引迦三摩野室哩二合曳引吽

若是畫像功德以鏡照彼所畫功德用前五種淨水瀉於鏡上沐浴鏡中影像若前金銀等像及所畫幀像沐浴畢已即誦著衣眞言

唵嚩日囉二合嚩引娑細引娑嚩引二合賀

次誦安耳眞言

唵迦囉拏二合摩路引馱囉拏吽

次誦安髮髻眞言

唵薩哩嚩二合枳引娑阿嚩哆引囉拏吽娑嚩二合賀引

次誦安指甲眞言

唵薩哩嚩二合輸曩佉砌那曩囉惹娑嚩二合賀

次誦安髭鬚眞言

唵薩哩嚩二合娑摩二合酥嚕二合馱囉拏吽吽呬
凌二合
次誦獻塗香眞言
唵嚩日囉二合巘弟引娑嚩二合引賀引
次誦安莊嚴眞言
唵嚩日囉二合娑囉拏尾部瑟尼娑嚩二合賀
誦此眞言已依灌頂儀入曼拏囉與佛像誦
本尊三昧眞言
唵吽怛落仡哩惡
誦此眞言已如是戴冠而樂安置佛像令彼
施主得大福利次用香華等供養先誦獻華
眞言
唵嚩日囉二合補瑟閉二合引吽
誦此眞言已白言此華最上或水中生或陸
地生我今志心供養願佛納受次誦獻香眞
言
唵嚩日囉二合度閉
誦此眞言已白言此香最上或自然香或和
合香我今志心供養願佛納受次誦塗香眞
言
唵嚩日囉二合巘弟引娑嚩二合賀
誦此眞言已白言此是塗香最上殊勝願佛
納受次誦燈眞言
唵嚩日囉二合禰閉引娑嚩二合賀
誦此眞言已白言此是燈供養或酥燈或油
燈光明破暗我今志心供養願佛納受消除
一切愚暗次誦食眞言
唵賓努波引旦鉢囉二合底仡哩二合恨曩娑嚩
二合賀
誦此眞言已白言此是食供養最上飲食色

香美味一切具足我今志心供養願佛納受如是供養儀則既已周備復爲佛像開取之光明如點眼相似即誦開眼光眞言二道

唵作芻作芻三滿哆　作芻尾戍馱你引娑嚩賀

唵你引怛囉合二波吒路引波賀引囉拏呬淩合二

次誦佛入定眞言

唵禰𩕳切身你引曩三摩引地毗切身曩必哩合二拏你娑嚩合二賀

誦此眞言已復令施主弟子入曼拏囉阿闍梨白言汝今請我安慶佛像我今爲汝所作儀軌悉皆周畢宜應灌頂誦此眞言

三摩野薩怛鍐

次作護摩或一千或五百或二百五十徧若護摩爐宜四方作用有白乳汁者濕柴入於爐内復用酥酪蜜及五穀合和用作護摩能與自身及一切弟子息災增益即誦作護摩眞言

唵嚩日囉合二喻世引娑嚩合二賀

此是作護摩眞言次誦增壽眞言

阿誐蹉賀哩賓誐羅禰鉢哆合二嚩賀嚩合二路引呬哆引乞叉合二禰引呬那那引波野伊難左彌引迦哩焰合二俱嚕娑嚩合二賀

此是增壽眞言次誦息災增益眞言

唵嚩日囉合二布瑟吒合二曳娑嚩合二賀

此是息災增益眞言次爲火天於護摩爐安置座位作其觀想觀護摩爐三分之中空其一分爲火天座位

唵酥鉢囉合二底瑟吒合二哆嚩日囉合二娑嚩合二

賀

此是安置火天眞言次以香華等獻護世及伊舍那天即誦護世眞言

印捺囉(二合)野娑嚩(二合)賀

誦此眞言已作其妓樂歌舞等發遣白言上來廣作佛事供養多不如法所來梵天天子并諸天衆等爲其施主依此儀軌於一切處作大息災增益往彼佛刹復有請召願賜降臨地水火風神等往本界中發善心愛敬所安佛像經百千劫護持施主及子孫眷屬并阿闍梨一切弟子普獲吉祥

若作壇法吉時者正月二月三月四月五月十一月十二月若所用日於白月二日三日七日十日十三日十五日黑月亦得復須就吉星宿直日即可作法若翼星畢星斗星觜星尾星心星鬼星箕星室星此是最上吉星求一切事皆得成就若井星得作法成就所求必遂兼得外來眷屬若尾星斗星觜星得人敬愛及得財物若參星得息災若箕星得子孫長壽若室星恒得美事成就若鬼星得一切最勝若心星房星得快樂稱意若木星水星金星吉善第一若此三星和合直日作安像慶讚儀則得最上福若前第三第七第六第十及第十一星此五星若與月合同用大吉若第二第六第十及十一星與水星合同用大吉若第二第七第九及第十一星與木星合同用作召請結淨最善大吉若第六第七第十星與金星合同用大吉若第一第三第五星能破財物阿闍梨應如是善知星辰之力如作法日若得星曜和順所作之事

於剎那之頃必得成就若安像慶讚獲福最上當得轉輪王位大國王位無復疑惑又若星曜相順無一切障難所安佛像塔廟世世生生俱得成就人獲福利若造像工人及諸雜使之者俱與財帛善言慰安勿令失所方合儀法所有供養如來餘剩之食若人食者皆得滅罪阿闍梨即教化施主結緣增福施利所有金銀財帛象馬車乘隨力布施志心奉上令阿闍梨歡喜賢聖亦歡喜復於比丘比丘尼優婆塞優婆夷以其財食隨力供養令福圓滿於初夜分作大妓樂歌舞旛華螺鈸及施主眷屬圍繞恭敬曼拏囉內所有供養物色並須捨與阿闍梨不得別處破用亦不得別比丘處施與不合儀法壇法既畢即收壇物若五色粉送入河中用衢摩邪淨水洗拭壇地如法結淨功德成就

佛說一切如來安像三昧儀軌經

文殊師利菩薩根本大教王金翅鳥王品

唐北天竺三藏沙門大廣智不空奉　詔譯

爾時釋迦牟尼佛復觀淨居天宮告文殊師利童眞菩薩言文殊師利於汝大教中一切如來之所稱讚隨喜順大眞言行令一切有情入三昧耶壇故通學地水火風空五種由知此故通達一切有情語言不思議境界成得金翅鳥王眞言行以神通悟此通達方便一切世間出世間法皆得成就乃至一切旁生及諸金翅鳥王身法悉皆通達是故於菩薩大衆中金翅鳥王與無量金翅鳥圍繞從座而起往詣於文殊師利大菩薩前頭面禮足長跪合掌而白文殊師利言我住大菩薩位於此教王利益安樂諸有情故說過去百種法惟願大菩薩隨喜許說文殊師利菩薩言爲有情利益故汝今說之時金翅鳥王以佛威神力故從座而起歡喜踴躍文殊師利言汝應宣說過去百種法并甚深密法要爾時金翅鳥王即說眞言曰

曩謨三滿多没馱引南一引阿鉢囉合二底二賀多三捨薩那南四引怛你野合二佗五唵捨句娜六摩賀引捨句娜七尾旦多八跛乞叉引二合九薩嚩跛曩十誐那迦十一佉佉佉呬佉呬十二三摩十三摩奴薩麼合二囉十四吽底瑟姹二合十五冐引地薩怛舞合二十六枳孃合二跛野底十七娑嚩引二合賀引十八

爾時金翅鳥王說眞言已次當宣說過去百種法召龍調龍捉龍或有被龍嚙及不嚙者皆令神著說過去未來一切事召蛇罰讁蛇取毒戲劇不爲毒中召一切毒或纔稱意念

或意作法持誦者受齋戒三日不食或不食十二日於河岸側五色粉建立六肘曼荼羅畫八枚八葉蓮華中央畫佛作說法相佛右以粉畫大聖文殊師利菩薩作合掌瞻仰佛相佛左畫那羅延天四臂持四種幖幟器仗近那羅延畫金翅鳥王作極可畏恐怖形近金翅鳥王畫阿盧拏天於大聖文殊後畫無慧菩薩及善財童子須菩提合掌而住如是名為中壇次壇東外院以白灰撚畫金剛杵左邊以炭末畫劒北邊以黃畫棒西邊以赤畫羂索如是外院置曼荼羅畫已四邊應以三甜食而供養之於其壇上散種種華及種種塗香抹香及置閼伽賢瓶滿盛香水燒安息香誦根本眞言請一切聖衆對此壇前應作護摩爐以無煙炭然火以佉陀羅木投之於一切有情起大慈心作龍坐而坐（貼膝坐也）用蛇刺木榅三甜（酪蜜酥也）投於爐中一千八徧即成就相見即有衆蛇來集即獻閼伽當知眞言法成應誦眞言作是願言願眞言法得悉地即誦根本眞言發遣以閼伽水隨誦眞言溉灑所有供養食飲華香擲於河水中從此已後所作鉤召禁止一切毒類隨誦成就

又法欲令兩人相憎取白氎華和毒藥護摩二十一徧彼即相憎

又法欲摧毀怨家取蛇皮一枚誦眞言一徧投於火中二十一徧即彼怨摧滅

又法取烏翅護摩二十一徧彼怨人住走猶如烏跳

又法若令男女互相敬愛者以白芥子和酥護摩二十一徧即相敬順

又法欲令王敬愛者以乳粥護摩二十一徧即得隨意
又法加持土塊投於火中火即不熱若欲解加持草投火即解
又法誦眞言七徧加持江河泉一切魚不被網
又法彈指誦眞言能召諸魚
又法若一切患疾病者加持水二十一徧灌於頂上病即得差
又法加持棒二十一徧擊一切門門即自開
又法即以棒盛於青色袋中當軍陣前遥示他敵彼軍即散
又法加持衣襟二十一徧閃爍他敵彼軍所有一切刀杖弓弩悉自破壞皆禁止不能動若欲解誦眞言一徧解之即解
又法即蛇頭加持灰塞其口稱彼人名誦眞言二十一徧彼人即瘂
又法若被毒箭中者加持水揺濺其箭即出
又法欲得破他眞言誦此眞言彼即無効若欲得解即解
又法加持塼二十一徧擲彼枷杻禁縛者即解枷杻破
又法若欲降雨依前壇法建立作供養及作護摩爐取苦楝木然火以白芥子護摩一千八徧即降甘雨若要多即更作護摩乃至千倍皆得隨意
又法取蓽茇加持二十一徧手執隨方揮處諸惡霜雹即移他處
又法若屋宅被火燒作前法火災即移諸處
又法若雨雪亦作此法準前知之

又法以泥蛇加持二十一徧作是言嚙某乙
即隨處分嚙彼人也
又法以炭粉作蛇亦準前法若解彼誦真言
云令解即解
又法若欲召蛇以白芥子加持七徧擲於四
方蛇即來應結界以水灑之即成發遣
又法加持土塊二十一徧擲於龍池中即龍
來
又法加持土擲於水中龍即涌出持誦者立
於龍背上皆得自在
又法若被蛇毒中者以泥作四箇金翅鳥誦
真言以水灑彼身上即擲金翅鳥於四方彼
即各嚙蛇將來修行者作是言汝飲彼人毒
即消散便能起立
又法以小豆加持一百八徧散擲四方即龍
來化作蜂形語云螫某人其蜂即螫一切持
誦者無能解其本作法人加持水灑之即解
其毒消散
又法取弓加持箭射四方即有蛇纏箭卻來
行者作是言飲此毒其被嚙人即起立其箭
不應用鐵鏃者知之
又法若有被毒箭中者加持水箭上箭即出
又法以蟻封泥作四箇鼠狼加持水灑彼身
上其鼠狼即去嚙蛇來行者作是言飲其毒
毒即解被嚙人即起立
又法加持炭於地上畫蛇以閼伽木爲杖鞭
之其畫蛇即去嚙蛇而來即自飲其毒被嚙
人死者即起
又法加持幢蓋拂被毒中死者即卻活
又法加持樂器彈擊吹之所有被毒中死者

即活
又法若欲召龍蛇者以土染爲五色畫曼荼羅拍掌誦眞言即龍蛇從四方來入壇中不應怖畏護身結頂髻不敢爲害
又法用此眞言加持眼視瞋忿人刹那頃即倒地彼即變爲蛇欲令解則解
又法如是誦眞言若有中毒人及不著毒者皆使神驗而得自在
又法取供養那羅延天萎華誦眞言加持一百八徧擲於四衢路或擲人家化爲蛇便能嚙人若加持水灑之其被嚙人毒即解
又法加持自手經六月不被諸毒所傷
又法加持自身作是言蛇嚙彼人即嚙
又法加持頭冠瓔珞諸具帶在身上能護已身不被一切毒中
又法若被毒中死者於彼身邊誦眞言或以泥塗或以水灑或以扇扇或意誦眞言其中毒死者即活
又法若羸瘦者加持大莽嬰和酥燒薰彼人即得肥充圓滿
又法以摩奴沙骨作末烏鴟及梟燒誦眞言句中加彼名即彼喪亡
又法誦眞言加持摩難那藥於上藥中用者是也和糠燒令彼癲狂
又法以白芥子和燒誦眞言加彼人名即被難治瘧所困
又法以薏苡仁和猫兒糞燒誦眞言加持令彼人互相憎
又法以髑髏末乾蝦蟇末乾魚末和蜜燒誦眞言加持令彼人斷命

又法以牛膽人骨和酥燒摧怨家
又法以魚卵酒氎華中子相和誦眞言加持若人離别在遠稱彼名不久即歸來
又法以華豆磓破作末以鷄肉及鷄子和擣爲丸如酸棗大燒稱彼名即成鉤召
又法以蘿蔔子擣和油麻油燒此是鉤召速疾香法
又法以安息香和酥燒稱彼人名治一切病
又法以油麻和白芥子護摩七夜稱彼人名即得敬愛順伏
又法鹽芥子相和護摩一千八十徧日三時滿七日得大人敬愛
又法取屍陀林灰加持一百八徧散彼人身上即患重瘧後若發心懺悔以此眞言加持即解

又法以鼠狼毛白芥子蛇皮相和作末稱前人名加持一百八徧燒一切人共憎彼人若欲解加持油麻燒卻令成敬愛獲得財寶
又法以油麻秔米酥相和燒誦眞言加持得女人敬愛
又法以大麥油麻蝦蟇膏脂也於龍池側作護摩三夜天即降大雨
又法泥作金翅鳥形安自手合掌中入水可至胷於中夜時稱彼人名念誦一百八徧即成敬愛
又法以秔米於屍林中散卻拾取每取一粒誦眞言一徧打金翅鳥心上即得官榮禄并眷屬總得
又法以鼠狼毛及鼠毛氎華中子和燒念誦一切鬼神皆敬愛隨意驅使悉能成辦

又法以毒婆羅得和蜜燒皆得敬愛
又法以赤鵄子髑髏末以赤芥子油和燒即成敬愛
又法以波羅奢蘭香子摩難那藥華和燒即成敬愛
又法以茴香子天木蝦蟇糞等和燒即成敬愛
又法以大麥油麻茅屈蔞草和牛尿燒即成敬愛
又法以雌黄烏舌自身嚼地囉和燒稱彼人名即成瘂
又法以人髮牛肉和油麻燒令他有病
又法以烏翅梟翅苦楝油相和燒稱彼惡人名即成驅擯彼不自由即當遠去
又法以安息香酥和三果漿燒念誦一切人皆敬愛
又法以零陵香天竺桂蘇合香此三種和燒念誦令一切人隨順皆奉教命
又法以蘇合檀龍腦并安善那藥燒念誦貴人歡喜
又法於那羅延像前坐摩訶莽娑先設八徧護摩奉獻然後誦眞言一千八徧三夜作法所求皆得
又法於屍林中以屍林火作彼人形燒大蟲肉爲香坐茅薦上誦一千徧所求皆得求者皆將來所處分皆行
又法以氎華和糠烏翅護摩刹那令彼驅逐
又法於屍林中以優曇鉢木然火致劫波羅爲座燒蛇皮其家食無有盡也
又法以屍林中骨擣爲末和白芥子護摩一

千八徧稱彼人名百由旬內皆令召來於諸色欲染觸過

又法以白檀香刻作展翼金翅鳥王形一切龍瓔珞嚴具其觜及爪極令銳利作恐怖可畏形立於蓮華臺上作向下視勢或以別木或於牆壁上畫亦得其匠須受八戒倍酬其價直當令歡喜其大小可一磔量對此像前作一切事業一切所求無不成就

又法欲求增益者以尾嚩木作金翅鳥王像對前念誦所求皆得

又法欲求敬愛者以優曇鉢木作像對前念誦即成敬愛

又法欲求子及牛羣者以夜合木作像

又法欲求財者以末度迦木作像

又法以豬肉護摩果報成就

又法若求官位以馬肉護摩

又法以黑婆羅鳥肉護摩求吉祥福

又法求聲名普聞幷求女人求田地燒大蟲肉護摩

又法求論理得勝者亦同大蟲肉莽婆護摩即成就

又法求鬪戰得勝以大蟲肉護摩決定尅勝

又法求大力王愛敬以象肉護摩便得敬伏

又法若有憍寵傲慢有勢及宰臣以馬香草此云婆羅門參護摩即得敬伏

又法令彼斷命燒象毛稱彼名護摩

又法以珠摩那木刻作金翅鳥像於此像前念誦即彼斷命

又法於金像前念誦成增益法

又法於銀像前念誦求名稱普聞

又法以烏翅護摩能損害彼
又法以鷗翼護摩能作殺害
又法以梟翅護摩能令相憎
又法以孔雀羽護摩足財寶
又法以野鷄翼護摩多饒妻妾
又法以雀兒翅護摩多子息
又法若求金應燒烏翼
又法以鵄翅護摩能令彼昏迷
又法以狗肉護摩能令他斷命
又法以水牛肉護摩成鉤召
又法欲損害彼用大蟲肉護摩
又法欲息災以鹿毛護摩
又法欲摧壞城燒羖羊毛護摩
又法欲令人相憎以人上毛護摩
又法欲令損害彼亦用人毛護摩兼能摧壞怨家

如是等法三時七日護摩若纔憶念我能除一切毒若常念誦能作一切事世尊若有於此大教王修此眞言時三時念誦我常爲除一切災禍常當隨彼人後爾時金翅鳥王說自手印以二大拇指相縈繞二手如展翅勢結此印即成身印此是大摩醯首羅先已曾說一切諸龍若見此印悉皆消融不敢違命即此印低下餘指來去招即成召龍印眞言曰

唵弱

此印眞言能調伏龍亦能調伏難調伏者又以二手合掌如未敷蓮華二大拇指入便各握爲拳相合此印名調伏天上人間諸龍印能成辦一切又說印二手合掌二無名指外

又在中指背二大指相並微屈如口二頭指各鉤無名指二小指相並竪用根本真言此名金翅鳥王通光印亦名驚怖諸龍印

我所説一切真言中修行法世間金翅鳥經中軌則皆用此真言印成助辦事愍念一切有情故説此根本教王常當於此勝教求成就皆於有情作殊勝利益事當於未來末法時用此護持佛法擁護國王及國界令諸有情皆得安樂此法門應須揀擇法器淨信三寶者住菩提心深愍有情者孝順父母忠敬國王尊重和尚阿闍梨諸根圓備深信真言法現世成就無疑者深生渴仰勤求此法不惜身命者阿闍梨若見如是等人慇懃求請則令辦曼荼羅資具則爲建立如前所説曼荼羅令弟子清淨齋戒授與三歸菩提心戒引入曼荼羅擲華著佛菩薩及那羅延金翅鳥王諸天等是人堪爲法器應合得聞合受此法若擲華不著聖衆於此法亦無成就分既得著已則於此壇前以根本真言加持香水三徧作是誓言受此法後輒不得向未入曼荼羅者説於阿闍梨不應輕慢背恩若能令生不越此誓悉地現前來生當得生大聖文殊宫中若漏泄背恩則必夭壽多招災難當來墮于惡趣既發如是誓已令飲誓水從阿闍梨一一決擇受持讀誦不應以少過愆作損害法凡所作法爲多人利益匡護國界護持佛法發如是心者少用功力速疾成就獲得無量廣大功德此法甚深極須珍敬此法一切金翅鳥法中爲王最爲殊勝

若欲調伏一切竪子用鹿肉燒火

若欲令人相憎以⿰薰鳥護翅七燒火
若欲喚遠人燒水牛肉即得一日三時時別
一千八徧即得成就

文殊師利菩薩根本大教王金翅鳥王品

音釋

讁陟格切責也　濺作甸切水激灑也　螫施隻切蟲行毒也　薏苡薏於戲切苡養里切草名　⿰薰鳥許運切

十一面觀自在菩薩心密言念誦儀軌經

唐特進試鴻臚卿大興善寺三藏沙門大廣智不空奉　詔譯

清刻龍藏佛說法變相圖

十一面觀自在菩薩心密言念誦儀軌經卷上 中下同卷

唐特進試鴻臚卿大興善寺三藏沙門大廣智不空奉 詔譯

如是我聞一時薄伽梵住補陀洛山大聖觀自在宮殿中其山無量娑羅多麼羅瞻蔔無憂阿底目多迦種種華樹莊嚴與大苾芻衆八千人俱復有九十九俱胝那庾多百千菩薩俱無量百千淨居天衆自在大自在梵王天子而爲上首前後圍遶而爲說法時觀自在菩薩與無量持明仙圍遶往詣世尊所至佛所已頭面禮足右遶世尊三帀退坐一面白佛言世尊我有心密語名十一面十一俱胝如來同共宣說我今說之利益安樂一切有情能除一切疾病止諸不吉祥惡夢及制非命不淨信者令淨信能除一切障尾曩夜

迦心所希望皆稱遂故我不見於天世魔世梵世及沙門婆羅門衆以此心密語加護救濟攝受息災吉祥免治罰離刀杖毒藥故若有能違越者無有是處唯除宿業不決定心受持此密語一切如來稱讚護念一切如來隨喜世尊我念過去殑伽沙等數劫過後有如來名百蓮華眼髻無障礙無染力光王如來我於爾時爲大仙人從彼如來受此心密語纔受得已十方一切如來現前得見一切如來故便獲得無生法忍此密語有如是大功德藏若有善男子善女人以淨信心殷重心憶念作意現世得十種勝利何等爲十一者離諸疾病二者如來攝受三者任運獲得金銀財寶諸穀米等四者一切寃敵不能沮壞五者國王王子在於王宮先言慰問六者不被毒藥蠱毒寒熱等疾皆不著身七者一切刀杖所不能害八者水不能溺九者火不能燒十者不非命中夭又獲四種功德一者臨命終時得見如來二者不生惡趣三者不非命終四者從此世界得生極樂國土世尊我念過去十殑伽沙劫過後有佛名曼陀羅香如來我於是時爲長者從彼如來受此心密言超四十萬劫生死棄捨我由此密言晝夜念誦作意得一切佛住大悲智藏菩薩解脫法門所有繫縛臨當刑戮水火風賊蠱毒厭禱人非人等種種苦難由此我於一切有情能作歸依救護安慰洲渚室宅勝趣以此密言力收攝一切暴惡藥叉羅刹等先令發起慈心哀愍然後安置立於阿耨多羅三藐三菩提世尊我此密言有如是大威德由誦

一徧滅除四重皆得清淨及犯五無間罪觸除悉皆無餘何況諸罪而不除滅彼人獲得一切無量俱胝那庾多佛積集善根若聞此心密言若誦若持一切意願皆得滿足若族姓男族姓女苾芻苾芻尼近事男近事女婆羅門刹利毗舍首陀及餘類於白月十四日或十五日為我不食一日一夜清齋念誦超四萬劫生死一切有情纔稱念我名超稱百千俱胝那庾多如來名號皆得不退轉離一切病患免一切夭死災橫遠離身口意不善行若能依教相應作意觀行佛菩提如在掌中時婆伽梵讚觀自在菩薩言善哉善哉佛子汝於一切有情起大悲慜汝能以此方便安立一切有情於無上正等菩提我已授記深生隨喜汝當說之爾時觀自在菩薩摩訶薩從座而起整理衣服偏袒右肩頂禮佛足說自根本密言

曩謨囉怛曩(二合)怛囉(二合)夜(引)也曩莫阿(引)哩夜(二合)枳穰(二合引)曩娑(引)誐囉吠嚕者曩尾喻(二合)訶囉若(引)也怛佗(引)蘖多(引)夜囉訶(二合)帝三藐三沒馱(引)也曩莫薩嚩怛佗蘖帝毗庾(二合)囉訶毗藥(二合)三藐三沒馱(引)毗藥(二合)曩莫阿(引)哩夜(二合)嚩路枳帝濕嚩(二合)囉也冐地薩怛嚩(二合引)也摩訶薩怛嚩(二合)也摩訶迦(引)嚕抳迦(引)也怛你也(二合)佗娜囉娜囉地哩地哩度嚕度嚕壹知(陟奚切)嚩知者隸者隸鉢囉(二合)者隸鉢囉(二合)者隸矩蘇銘矩蘇摩嚩嚇壹里弭里止里止致惹(引)羅摩跛曩也跛羅麼秫馱薩怛嚩(二合)摩訶迦(引)嚕尼迦娑嚩(引二合)訶(引)

次說澡浴灌灑淨衣密言
曩謨囉怛曩合二怛囉合一夜引也曩莫阿引哩
夜合二嚩路枳帝濕嚩合一囉也冒地薩怛嚩合二
也摩訶薩怛嚩合二也摩訶迦嚕抳迦引也怛
你也合二佗訶訶訶訶壹里弭里止里尾里企
隸徙隸娑嚩合二訶引
以此密言加持水沐浴灌灑潔身淨服等應
誦七徧時觀自在菩薩復說獻焚香密言曰
怛你也合二佗拄陟古切下同嚕拄嚕訶訶訶訶娑
嚩引二合訶引
以此密言加持香燒奉獻時觀自在大菩薩
復說獻華密言曰
怛你也合二佗悉哩悉哩地里地里悉哩地哩
娑嚩引二合訶引
以此密言加持華及燈奉獻當誦七徧時觀
自在菩薩復說奉獻飲食密言曰
怛你也合二佗娑引嚟娑嚟悉哩悉哩素嚕素
嚕娑嚩引二合訶引
以此密言加持飲食等奉獻當誦二十一徧
復次觀自在菩薩說護摩密言曰
怛你也合二佗訶徙麼達徙者隸虎嚕虎嚕祖
嚕祖嚕蘇嚕蘇上聲嚕母嚕母嚕娑嚩引二合訶
引
以此密言加持惹底木然火以惹底木搵酥
蜜酪搵兩頭擲火中燒晝夜不食二十一徧
投火供養然後求成就事時觀自在菩薩復
說結方隅界密言曰
怛你也合二佗伊里弭里止里弭里底里呬里
娑嚩引二合訶引
以此密言加持水白芥子或灰應用結界當

誦七徧時觀自在菩薩復說奉送聖衆還宮
密言曰
怛你也(二合)佗弭致覩致止致孽縒孽縒婆誐
挽(引)曩哩夜(二合)嚩路枳帝濕嚩(二合)囉娑嚩(二合)
婆(引)嚩南娑嚩(二合引)訶(引)
誦此密言想奉送聖者歸本宮殿
我今說念誦福利先不修持能成一切事業若有人患寒熱病若一日一發或二日三日四日一發若著鬼神彌怛拏毗舍遮癲癇瘰癧白癩及蠱毒毒蟲等加持土芥子和白檀香一七徧塗即愈一切業障皆得清淨若患邪風加持油塗即愈若患耳痛以青木香油和樺皮煎滴耳中其痛即止亦能治半頭痛一切病患處纔誦加持無不除愈纔誦即成就若欲成就者以堅好無隙白檀香雕觀自在菩薩身長一尺三寸作十一頭四臂右邊第一手把念珠第二手施無畏左第一手持蓮華第二手執軍持其十一面當前三面作寂靜相左三面威怒相右三面利牙出現相後有一面作笑怒容最上一面作如來相頭冠中各有化佛觀自在菩薩身種種瓔珞裝嚴像成已於有佛舍利處安置持誦者身著淨衣若在家者持八戒三時供養無限數念誦從白月一日乃至八日後於淨處置此觀自在菩薩形像面西喫乳或穬麥燒沉香蘇合檀香隨力乃至十三日其日食三白食廣大供養取菩提樹木然火更別取菩提樹木長十指截以蘇合香油揾兩頭一千八徧投護摩爐中地即震動其像亦動聞從像最上面口中出聲讚修行者言善哉善哉佛子汝

能勤苦求願我皆令汝意願滿足賜汝成就騰空隱形持明仙轉輪法王乃至與我無異汝必現獲如是等成就

復次第二儀則從白月十五日於舍利塔中安像晝夜不食以一百八枚薏底華（蘇末那華廣府有）誦密言一徧一擲擊像即於像當前面出大吼聲行者不應怖畏則大地震動念誦不應間斷即求請願言願我能與一切無主無依衆生作大依怙能滿一切有情一切意願皆令滿足得無障礙

復次密言者於月蝕時取酥一兩置於銀器對像誦密言七徧自喫及與他一切疾病皆得除愈況能從初蝕乃至月復盈滿念誦無不獲悉地

復次密言者先澡浴清淨潔服取雄黄或牛黄對像前誦心密言一千八徧三種相現然後點額得三種成就隨其功效上中下等若以和水灌沐其身除一切障難遠離一切惡夢不祥獲得吉祥榮盛一切疾疫皆得除愈

復次法以香華奉獻聖觀自在取橪支加持一百八徧塗左微忿怒面額降伏一切他敵軍陣

復次法若人疫牛疫及餘畜疫對觀自在菩薩取苦楝木搵芥子油應作護摩以緋縷右搓作綫麤如銅箸爲兩條誦一徧作一結乃至七結繫於患者頸下或頭髻則疫病除息解脫

復次法被拏枳你等諸魅所持者取白綫如前加持繫於寂靜面經宿然後取結二十一結誦密言一徧一結繫病者頸下即得除愈

復次法若有他敵及疾疫災禍不令入國界欲結方隅界者燒薰陸香作護摩取五色綫加持繫於寂靜面即成堅固大威德方隅界

復次密言者欲共宽敵異論欲得勝者應供養觀自在菩薩以𠼝捨迦木燒芸臺子加持白綫一百八徧繫於忿怒面一切鬪諍言訟皆悉得勝除息苦繫於寂靜面能除一切障難

復次以衆香和水浴觀自在菩薩又加持浴觀自在水一百八徧浴毗那夜迦像一切障難皆悉殄滅

十一面觀自在菩薩心密言念誦儀軌經卷上

十一面觀自在菩薩心密言念誦儀軌經卷中

唐特進試鴻臚卿大興善寺三藏沙門大廣智不空奉　詔譯

此儀軌通蓮華部一切尊念誦

我今說修行儀軌通一切觀自在法結護迎請供養等修行者先應澡浴潔身淨服於清淨處對尊像當結本部三麼耶印二手合蓮華掌散餘六指如開敷蓮華觀自在蓮華部三麼耶密言曰

唵鉢納謨二合納婆二合縛引也娑嚩引二合訶引

次應加持水澡浴或於河池或於浴室加持水密言曰

曩謨囉怛曩二合怛囉二合夜也曩莫阿引哩夜二合嚩路枳帝濕嚩二合囉也冐地薩怛嚩二合也摩訶薩怛嚩二合也唵三摩曳掃銘曳二合扇帝難去聲帝薩嚩三麼夜努鉢囉二合尾瑟致二合怒囉引努伲娑婆引二合訶引

然後入池或取水澡浴結蓮華部辦事濕嚩訶印二手右押左內相叉作拳中指相合微屈初節屈二頭指附中指上節勿著如金剛形密言曰

曩謨摩訶室哩二合夜曳唵鑠計曳二合三摩曳掃去聲銘曳二合悉地悉地娑引馱也始吠帝商羯哩始鍐銘阿引嚩訶也薩嚩引囉佗二合娑馱你娑嚩二合訶引

以此印護身辟除毗那夜迦及香華飲食等除穢令光顯

次結甘露軍荼利印密言相應澡浴時應用思惟以二小指內相叉雙屈無名指押叉間豎合中指屈二頭指附中指上節背不著如

金剛大指並竪搏中指側密言曰

曩謨囉怛曩(二合)怛囉(二合)夜(引)也曩麼室戰(二合)拏嚩日囉(二合)播拏曳摩訶藥乞叉(二合)細曩(引)跛多曳曩謨嚩日囉(二合)俱嚕(二合)馱(引)也唵虎嚕虎嚕底瑟咤(二合)底瑟咤(二合)滿馱滿馱訶曩訶曩阿蜜哩(二合)帝吽發

次結加持土印右手四指握大指爲拳以印按土上其土分作三分澡浴以此密言加持密言曰

唵步(引)入嚩(二合)攞吽

入一切觸穢加護自身用觸身忿怒烏芻沙摩印以右手作拳翹大指印五處所謂額兩肩心喉各誦一徧頂上散密言曰

唵俱嚕(二合)馱曩吽弱

洗手漱口已訖應作潔淨印仰右手掌屈無名指在掌中大指頭指根相著以此印承水三飲兩度拭脣次印二目兩鼻兩耳兩肩心齊灑兩足又取水灑身密言曰

唵跓跓隷矩嚕矩嚕娑嚩(引二合)訶(引)

則於浴室或河池側分土等作三聚用一聚洗從脚至腰第二聚從腰至項第三聚從項至頭澡浴已了則運想佛法僧及本尊觀自在菩薩以印掬水運心沐浴聖衆仰二手掌以中指已下六指背合頭指甲二頭指欲相拄二大指附頭指側此印通一切觀自在菩薩澡浴密言曰

曩謨囉怛曩(二合)怛囉(二合)夜(引)也曩莫阿(引)哩也(二合)嚩路枳帝濕嚩(二合)囉也冐地薩怛嚩(二合引)也摩訶薩怛嚩(引二合)也怛你也(二合)佗惹隷麼訶惹隷娑囉跛底娑嚩(二合)訶(引)

次結閼伽印仰二手掌二大指各捻頭指掬
水獻閼伽密言曰
唵帝囉嚇沒馱𡃤嚩二合引訶引
然後以印掬水自灌頂觀想觀自在菩薩持
甘露賢瓶身出光明衆聖圍遶諸天奏妙音
樂想觀自在菩薩以甘露灌注密言者身軍
茶利印二頭指各拄中指上節背二大指附
頭指側密言曰
曩謨摩訶室哩二合夜曳二合唵訶囉訶囉摩訶
尾你曳二合度那度那播跛麼跛曩也咄瑟訖
哩二合擔覩嚕覩嚕尾特縺二合𡃤野攞乞廁泯
二合你比也二合你比帝訶曩訶曩尾覲曩尾曩
引也建麼佗攞具麼佗攞具薩嚩迦里迦魯
數跛多引半引曩室哩二合曳秫陛秫朋去聲霓
秫上聲𡃤惹曩你止哩弭哩抳鑠枳曳二合若曩
你戍馱也𡃤嚩二合訶引
澡浴既了則取淨衣以此如來衣密言加持
所著衣服皆成如來衣密言曰
唵囉乞叉二合囉乞叉二合薩嚩沒馱引地瑟恥
二合多引答莾二合止引嚩囉𡃤嚩二合引訶引
當誦七徧著衣已從澡浴處出住淨室時離
貪瞋癡不顧視穢惡雜物旃陀羅等弊惡人
當觀自身胷臆間有滿月輪即此月輪是自
性光明所或菩提心圓滿潔白如淨月輪又
於月輪面觀紇唎二合引字如紅玻瓈色放光
照曜十方世界於光明中自身成觀自在菩
薩等無差別左手金剛拳置左胯持蓮華右
手當自心如開敷蓮華勢觀一切法自性清
淨不染諸煩惱塵垢猶若蓮華身背圓光冠
有無量壽如來身被衆寶瓔珞步踐八葉蓮

華至於精室門外灌灑如前則應加持頂以
右手作拳以大指頭指相捻即印頂誦多羅
菩薩心密言曰
唵矩嚕矩隸娑嚩(二合引)訶(引)
則入淨室心念一切賢聖慇懃五體投地作
禮右膝著地徧觀十方一切如來諸大菩薩
一切賢聖如對目前發露懺悔隨喜勸請發
願迴向無上菩提則結跏趺坐即結本部三
麼耶(亦通諸觀自在菩薩念誦)先應用多羅菩薩護身毗
俱胝菩薩亦殊勝或誦餘四明王威德者亦
通聖多羅菩薩印契者二手內相叉作拳豎
合頭指如未敷青蓮華密言曰(歸命同上加持水密言)
唵多(引)隸咄多(引)隸咄隸娑嚩(二合引)訶(引)
次說毗俱胝菩薩印如上多羅印少彎屈青
蓮葉密言曰(歸命如上)

唵娑囉娑囉惹戍娑嚩(二合引)訶(引)
次說四明王印即以二手內相叉印項頂密
言曰
唵婆嚩阿(引)塞普(二合)囉
又平二手掌掩自口口印密言曰
惡(引)
次結蓮華印如上開敷蓮華印置於臍臍印
密言曰
唵跛娜謨(二合)跛娜謨(二合)摩訶跛娜謨(二合)鉢納
麼(二合)馱邏尊囉(二合)播抳誐多(引)也娑嚩(二合引)
訶(引)
次結馬頭明王印先金剛合掌豎合二中指
以二頭指各鉤無名指頭頭指各押中指上
節小指並豎入掌中二大指並豎與小指聚
密言曰

唵阿蜜哩(二合)姤納婆(二合)無納婆(二合)嚩吽癹
以此印密言辟除已次結地界及曼荼羅界
以二大指相鉤散開豎諸指揚掌如鷹翅結
方隅界密言曰
曩謨囉怛曩(二合)怛囉(二合)夜(引)也曩謨枳穰(二合)
(引)曩娑(引)誐囉吠嚕左曩尾喻(二合)賀囉惹也
怛佗孽多(引)夜囉賀(二合)帝三藐三沒馱(引)也
曩莫薩嚩怛佗(引)誐帝毗喻(二合)囉賀(二合)毗藥
(二合)三藐三沒第毗藥(二合)曩莫阿哩夜(二合)嚩路
枳帝濕嚩(二合)囉也冐地薩怛嚩(二合)也摩訶薩
怛嚩(二合)也摩訶迦嚕抳迦野怛你也(二合)佗伊
里弭里企里弭里毗里呬里娑嚩(二合)訶(引)
以此密言加持香水誦一徧結方隅界次結
曼荼羅界以二手內相叉開掌豎合頭指二
大指極下垂相合密言曰

阿(引)路力
以此印密言結曼荼羅界應用又結辟除用
密言曰
唵爾爾爾南(引)誐毗哩(二合)婆也陛你寗娑嚩
(二合)訶(引)
次說淨空界密言曰
唵鉢納冥(二合)你婆誐嚩底慕賀也慕賀也惹
孽慕賀你娑嚩(二合引)訶(引)
以此密言加持香鑪向上旋轉誦七徧先辦
閼伽器商佉或金銀熟銅及淨葉瓦與木器
等稱讚如是類閼伽器中盛滿香水及華隨
求四種事并置四色華安於壇前當觀曼荼
羅爲大乳海誦此密言曰
唵尾麼路捺地吽
以二手內相叉仰掌旋轉即成甘露大海復

於大海中觀蘇彌盧山其山四寶所成無量衆寶間錯莊嚴以二手内相叉作拳誦此密言曰

唵阿者攞吽

結此印誦密言思惟從大海中出生寶山已復於山上想寶樓閣其殿無量衆寶所成處處懸列珠鬘瓔珞鈴鐸繒旛微風揺激出和雅音間錯種種摩尼半滿月等而校飾之復有無量諸供養具徧滿樓中於其殿内觀大曼荼羅作是觀時以十指右押左初分相交誦後普供養密言即送七寶車輅送往聖者所其印以二手内相叉仰掌豎二頭指側相拄大指各附頭指側密言曰

唵覩嚕覩嚕吽

次結軍荼利印印相如前說密言曰

唵阿蜜哩(二合)帝吽發

行者觀想軍荼利金剛駕御七寶車輅至於極樂世界想請無量壽如來昇七寶車中央無量壽如來坐左大勢至右邊觀自在想阿彌陀佛前本尊坐則結奉請印二手内相叉作拳左大指入掌右大指豎屈向身招來去奉送向外撥用蓮華部觀自在菩薩心密言曰(歸命同餘自在密言)

怛你也(二合)佗鉢娜麼(二合)鉢納麼(二合)鉢納麼(二合)播抳娑囉娑囉噎係曳(二合)呬婆誐冽阿(引)哩也(二合)嚩路枳帝濕嚩(二合)囉噎迦(引)那捨目佉莽(引)嚩賀也(此加句若請諸觀自在隨稱彼名)阿(引)路力

則誦自本所尊密言獻閼伽先想淨室寶樓閣奉請聖衆入中然後獻座以前蓮華印諸指微相近密言曰

唵鉢納麽(二合)尾囉也娑嚩(二合引)訶(引)

次誦此偈敬謝聖衆伽陀曰

娑嚩(二合)誐擔娑誐挽寧呬鉢囉(二合)娑那去那(去聲)寫多(引)弭訶仡哩(二合)訶拏布惹麽娑麽(二合)多(引入聲)鉢羅娑(引)難者地夜矩嚕

此頌同真言應誦三徧或七徧應結部尊印警覺以密言相應誦三徧則成加護本尊部尊印密言先已說馬頭觀自在是也次結部母白衣觀自在菩薩印印相如多羅菩薩圓屈頭指結此印亦護本尊亦護自身念誦速疾成就密言曰

唵濕吠(二合)帝惹致你半拏囉嚩(引)悉你惹吒(引)麽矩吒馱(引)哩抳娑嚩(二合)訶(引)

則結牆界印二手內相叉豎合二頭指微屈密言曰

紇唎(引二合)度矩度矩鉢囉(二合)吉(引)囉拏(二合)嚩日囉(二合)俱致羅句致入嚩(二合)攞嚩囉嚩日囉(二合)馱囉吽發

下方界先已說用之則結大界印徧結護次應奉獻香等彼印結上方界此結大護二手內相叉並豎中指如針頭指各附中指上節下不著二大指各附頭指側密言曰

曩謨婆誐嚩帝阿鉢囉(二合)底訶姤瑟膩(二合)沙(引)也唵商羯嚇摩訶三麽焰娑嚩(二合)訶(引)

由此大三麽耶護故隣近頂輪王尚不能侵凌況諸魔等又以二手內相叉豎合二頭指二大指極下垂相合結上方界密言曰

唵爾爾爾能(引)誐莎嚩(二合)娑也陛你寧娑嚩(二合引)訶(引)

次說塗香以青木香兩分多誐羅等分比哩

孕愚四分蘇合香八分細擣篩和水再研通一切蓮華部塗香通四種法華燒香飲食燈明差別隨類應知獻時各以密言加持隨所求事心請如上五種供養二手捧當置於額各以供養印而奉獻普通供養印二手合掌諸指初分互相交二頭指各安中指上節誦眞言五徧密言曰

曩莫薩嚩沒馱引冒地薩怛嚩引二合南引薩嚩沒兎那誐二合帝娑頗二合羅係鎝誐誐曩劒娑嚩引二合訶引

則誦祕密讚王謌詠讚歎本尊讚曰

唵鉢納麼二合囉誐涅寧逸反麼攬迦引麼囉誐母答鎝二合盧迦曩佗滿馱銘薩嚩秫馱悉地者

誦讚歎已隨意發廣大願發露懺悔發菩提心先誦大部母然後誦部尊由誦部母及部尊加護則一切罪障皆得消滅智者誦七徧或三七徧若見不祥惡夢誦一百八徧則得除滅加持臂釧及茅鐶皆用部母密言如上所說部尊密言曰

嚩日哩二合阿引嚕力

蓮華部念珠用蓮華子或摩尼寶童女綖線以此密言穿貫密言曰

唵阿蜜哩二合黨誐冥室哩二合曳室唎二合摩引里你娑嚩引二合訶引

次結十一面觀自在根本印以二手右押左外相叉合掌以印置頂上即成本尊身誦根本密言七徧然後取念珠念誦欲念誦取珠蟠安手中便芙蓉合掌當心誦加持珠密言又便頂戴密言曰

唵嚩蘇麼底室哩二合曳娑嚩引二合訶引
以二手聚五指捻珠是名念珠印以此印念誦不緩不急乃至不疲懈念誦時心不異緣觀念本尊坐茅薦或瑜伽牀子以密言文字實理相應或千或百數限畢已又芙蓉合掌頂戴念珠瞻覩本尊慇懃心禮復陳供養讚歎並如前法奉獻閼伽即結阿三莾擬你印解方隅界以二手內相叉二中小指並豎合以二頭指各安中指甲密言曰
唵紇唎二合阿三莽擬你引吽
即以此印護身又結本部三摩耶印禮佛迴向等已方出道場於一淨處讀轉摩訶般若波羅蜜積集福聚迴向無上菩提隨意經行復結無能勝印一切時處加護二手內相叉作拳豎合二中指名無能勝印密言曰
曩莫薩嚩沒馱南唵虎嚕虎嚕賛拏里菾引蹬擬娑嚩二合訶
修行者每朝嚼齒木洗漱已訖潔淨灌灑以右手掬水誦此密言七徧加飲或六月先行成就法所有觸穢不祥業障皆得清淨密言曰
唵秫第訥輸馱曩也娑嚩引二合訶引

十一面觀自在菩薩心密言念誦儀軌經卷中

十一面觀自在菩薩心密言念誦儀軌經卷下

唐特進試鴻臚卿大興善寺三藏沙門大廣智不空奉 詔譯

我今說成就處依教擇得地吉日吉宿吉曜淨其地離諸過患晨朝歡喜心攝受地作辟除法應作是言所有於此地方障礙者應遠離午時面南應作辟除法然佉陀羅木以芥子油投白芥子護摩用甘露軍荼利金剛心密言曰

唵阿引密哩二合帝吽發

復以濕嚩嚩訶密言加持水七徧灑地夜應作息災護摩面向北用心中心密言一百八徧及用濕嚩嚩訶密言以右手按地誦淨地密言一百八徧密言曰

唵步引欠平聲

取地隨意大小或九肘十三肘或十肘深掘剷滌除其地中過患平治地分爲九分於中央置七寶五穀藥等好時日以印密言加持則應結十方界二手內相叉二大指頭指小指各伸相合旋轉十方密言曰

唵入嚩二合里多路者你吽

以佉陀羅木作橛加持一百八徧釘四角佉陀羅木橛密言曰

唵虎嚕虎嚕吽吽

以彼囉捨木然火以本尊密言和三甜護一百八徧則於道場中全身舍利塔東面安本尊像像面向西應習先行法念誦已了欲出道場加持處所以右手作金剛拳豎頭指旋轉十方則成堅固精室

護摩儀軌品

我今說護摩　密言諸儀則　普通令歡喜
去念誦處所　不近亦不遠　對彼道場前
護摩如契經　先應獻部尊　次供養本尊
供養火天已　然後依所求　息災作圓爐
增益應爲方　降伏應三角　敬愛如蓮葉
爐中應安置　輪金剛獨股　第四金剛鉤
次第而建立

觀自在菩薩通增益法護摩之時迎觀自在大勢至義成就大威德者安置於爐東邊并持明仙一切藥叉及吉祥天應置爐南邊又於爐北邊安佛并諸不退轉菩薩梵王并訶利底母求增益成就者應當供養次應迎觀自在密言曰

唵吠那勿微切一娑嚩引二合訶引

次大勢至密言曰

唵底瑟咤二合底瑟咤二合摩訶娑佗引二合麽吠誐三摩也麽努娑麽二合囉吽泮娑嚩二合訶引

次義成就密言曰

唵悉馱悉馱娑引馱也娑嚩引二合訶引

持明仙密言曰

唵訖哩二合拏尾訖哩二合拏尾訖哩二合尼多引也娑嚩引二合訶引

藥叉衆密言曰

藥乞叉多入聲

一切吉祥心密言曰

曩謨摩訶室哩二合夜引也唵止哩弭哩膩曳娑嚩引二合訶引

梵王密言曰

唵鉢納摩二合喻曩曳娑嚩引二合訶引

一切佛菩薩密言曰

曩莫薩嚩没馱冐地薩怛嚩引二合南引阿引
尾引囉吽欠平聲
西邊應置白衣觀自在密言曰
唵濕吠二合帝濕吠二合帝半拏囉嚩引悉你娑
嚩引二合訶引
訶唎底母密言曰
唵拏努摩引里迦呬帝娑嚩引二合訶引
如上建立名爲增益儀軌
息災面向北　南邊應置稍　西安嚩素枳
北置金剛印　爐東邊應置　三戟叉大印
各以本密言　呼召及發遣
召三戟叉密言各以大指押小指甲散餘三
指如叉便相合之
曩謨囉怛曩二合怛囉二合夜也曩莫室戰二合拏
嚩日囉二合播拏曳摩訶藥乞叉二合細曩跛多

曳曀係曳呬摩訶藥乞叉二合嚕捺囉二合娑孕
羯羅三麼焰鉢羅二合底播引攞也阿引蘖縒
嚕捺囉二合麼麼曼拏禮嚩日囉二合三麼也麼
努播攞也伊只枳弭里枳弭里娑嚩引二合訶
引
發遣密言曰
蘖縒蘖縒嚕捺囉二合娑嚩二合婆嚩南補曩囉
誐莽曩引夜引囉陀二合悉馱曳止里枳娑嚩
引二合訶引
召嚩蘇枳龍王密言印如常拳大指頭指相
捻如環密言曰
嚩引蘇枳曩引誐囉惹嚩日囉二合三麼也麼
努娑麼二合囉阿引蘖縒答多嚩引魯迦引婆
也避多麼曼荼覽勢典虎魯虎魯阿引蘖縒
娑嚩引二合訶引

發遺密言曰

蘖縒蘖縒娑嚩(引)(二合)婆嚩南曩誐囉惹枳孕(二合)迦哩麼麼迦(引)麼(引)娑密哩(三合)駮覩娑嚩(二合引)訶(引)

請金剛杵密言二手內相叉豎二中指相合豎二大指二小指屈二頭指各附二中指背不相著

阿演嚩日囉(二合)麼訶具囉薩嚩咄瑟咤(二合)娑夜跛郝阿嚩地也(二合)薩嚩泥嚩(引)南(引)嚩日囉(二合)訶娑多(二合)婆孕羯囉阿(引)蘖縒施仡囕(二合)麼麼迦(引)哩焰(二合)娑蜜哩(二合)駮覩印捺囉(二合)娑訶娑囉(引)(二合)乞叉(二合入聲)覩魯覩魯阿(引)蘖縒娑嚩(引)(二合)訶(引)

發遺金剛杵密言曰

蘖縒蘖縒娑嚩(二合)婆嚩南嚩口囉(二合)訶娑多(二合)摩訶麼羅阿鉢囉(二合)地哩(二合)沙夜(二合)阿素(上聲)囕蘖薩嚩(引)曩尾近曩(二合)覩娑那(引)婆嚩(引)跛囉爾你娑嚩(引)(二合)訶(引)

請梵天密言二手虛心合掌開屈頭中名等六指如蓮葉

比多(引)摩訶嚩覽劍麼攞嚩曩你嚩(引)從阿蘖縒嚩日囉(二合)曼拏攞(三)麼也麼努播攞也鉢納弭(二合)你那那鉢納麼(二合)嚩悉你(二合)娑嚩(二合引)訶(引)

次用請毗紐天密言加持茅爲環安爐右發遣時應解請毗紐天密言二手反相叉二大指頭相拄安右掌中

吠(微愛切)濕嚩(二合)泥嚩摩賀鉢囉(二合)訖穰(二合)摩訶尾哩也(二合)跛囉訖囉(二合)麼阿蘖縒蘖嚕拏莽(引)嚕呬也(二合)斫訖嚇(二合)拏三摩也曼拏覽

三麼也麼努播攞也娑嚩引二合訶引

行者坐處右邊應置護摩支分酪酥香華等一切器中滿置種子應安右邊以此水天密言加持水散灑密言曰

阿演嚩嚕拏烏二合曩引誐跛哩嚩引路曩引誐麼攞三麼你庾二合底入聲冥你你引寧切信者也娑吠二合底薩嚩烏那迦目佉引尾近曩二合莽引娑挽靚

次取茅草密言曰

伊冥矩鑠引你尾夜二合室者二合布多引室者二合没囉二合紇莽二合跛尾底嚇二合拏没馱達麼僧伽囉多引比哩體丁以切尾散惹引多蘖娑引莽引尾近南二合扇引井阿尾近南二合君入聲挽靚娑嚩引二合訶引

順敷吉祥茅　東方爲先首　南西最後北

當以梢壓根　勿以根壓梢　散布諸名華

徧嚴於茅上　方用毗俱胝

印密言加持曰

曩莫薩嚩怛佗蘖帝毗庾二合囉賀二合毗藥二合三藐三没第毗藥二合唵娑也曩引捨你怛囉二合娑你怛囉二合細怛囉二合娑也毗唱二合矩致多致吠多致吠多致濕吠二合帝惹致你二合娑嚩引二合訶引

印如前説以辦事密言灑火應然木依教然火密言曰

唵入嚩二合攞吽

或用濕嚩二合嚩訶密言灑火或用軍荼利依護摩儀則初中應濕嚩嚩訶及軍荼利印密言先已説以本明密言加持華觀想投於爐中如教應思惟先投三莖木先應請火天以

本印然後作護摩以右手作施無畏微屈頭指招召大指屈右掌中密言曰

三滿多入嚩引二合攞摩訶入嚩引二合攞阿引你夜也合二三麼鉢囉合二婆娑惹引多吠那迦比羅慕引羅多曳阿孽縒曼拏覽沒度歩佉者囉三娑嚩引二合訶引

請巳先以大杓三浚火然後旋灑與火天漱口次灑淨則應以小杓供養本尊次以木兩頭搵酥投火中獻次油麻次酪乳蜜等以後隨意及諸香藥應燒此中以油麻秔米和酥燒爲勝如上衆緣不具但燒酥密言後安娑嚩訶亦得一切成就護摩巳了火以水瀲灑令聖衆漱口爲令聖衆歡喜故用本部心加持閼伽而獻之定心合掌殷重心求悉地以閼伽奉送依法灑以水火用辦事密言所有護摩殘物隨意樂供養外諸天以前請火天印頭大指相捻發遣火天密言曰

孽縒入嚩引二合攞娑那嘮捻囉合二阿鉢囉合二地唱合二史也合二蘇囉蘇囉孽縒娑嚩婆嚩南入嚩引二合攞三莽扇引井婆囀底娑那引底你枳抳嘮你哩合二抳娑嚩引二合訶引

獻閼伽奉送聖衆以前大護印密言左旋解界及寶輅印密言奉送聖衆

我今次第說　護摩焰色相　密語者由知
速疾獲悉地　如虹霓白色　珊瑚光莊嚴
右旋妙滋潤　煥爛若虹霓　映赤吠瑠璃
如護摩杓形　三叉杵吉子　商佉運拂形
幢蓋羯囉捨　娑嚩悉底迦　其聲如笛鼓
妙香極悅意　若見如是焰　無垢離諸障
行者應殷重　應當求成就　焰若一峯勝

二峯爲中相　三峯下成就　求成者應察
次說不成相　弊惡障嚴飾　左旋極臭氣
屍臭驢鳴聲　數吐焰斷絶　煙聚令怖聲
糞器形乾澀　焰散牴掠形　若見護摩相
智者應審知　密言者速疾　辦事軍荼利
以水散應灑　能除不吉祥　是故一切時
應用甘露尊

爾時觀自在菩薩摩訶薩說此法已一切大衆咸共讚言善哉善哉大士乃能爲欲利益安樂諸有情故說此密語我等隨喜亦願受持爾時大衆歡喜踊躍遶佛三帀作禮而去

十一面觀自在菩薩心密言念誦儀軌經卷下

音釋

殑其陵切　戮盧谷切刑也　鐸達各切鈴屬　輅魚故切車也　澀色入切不滑也

大方廣菩薩藏文殊師利根本儀軌經

宋西天三藏朝散大夫試鴻臚少卿明教大師天息災奉 詔譯

清刻龍藏佛說法變相圖

大方廣菩薩藏文殊師利根本儀軌經卷第一

第二同卷

宋西天三藏朝散大夫試鴻臚少卿明教大師天息災奉　詔譯

序品第一之一

如是我聞一時世尊住淨光天上未曾有不思議清淨菩薩衆集會菩提道場是時世尊告淨光天子今此菩薩未曾有不思議行最上神通變化三摩地解脫道場菩薩以眞言句利益一切衆生無病壽命願一切衆生富貴圓滿爾時彼淨光天子合掌恭敬發如是言世尊所說菩薩所行最上三摩地坐金剛座降伏魔冤轉妙法輪離一切世間貧病苦惱行世間眞言令使一切所願圓滿如來一切言教爲作利益一切衆生我今思惟是事如是是時釋迦牟尼佛觀察淨光天上入三

摩地名清淨境界破暗光明入彼定時世尊眉間出大光明名開華照菩薩復出無數百千那由他俱胝光明遶佛三帀遶已往三千大千世界復過東北方百千恒河沙等世界彼有世界名曰開華彼佛世尊名開華王如來彼有童子名妙吉祥過去行大願力與菩薩摩訶薩同住彼見光明已面戴微笑告彼菩薩衆言佛子光照我等可共同去爾時妙吉祥童子菩薩摩訶薩熙怡觀察所有光明面向而住爾時彼光復照彼開華世界及彼世尊開華王如來復遶三帀然後入妙吉祥童子頂上爾時妙吉祥童子即從座起遶彼世尊開華王如來三帀頭面作禮右膝著地白開華王如來言世尊釋迦牟尼如來應供正等正覺放光召我我今欲往娑婆世界釋迦牟尼佛所恭敬頂禮隨喜一切真言行成就結壇祕密儀軌畫幢加持及一切如來灌頂祕密心印能令一切衆生所願圓滿如是說已爾時開華王如來告妙吉祥童子言汝今所有願樂之事宜速往彼若見彼佛釋迦牟尼與我問訊起居少病少惱起居輕利安樂行不爾時世尊開華王如來復告妙吉祥童子言童子此百千恒河沙如來應供正等正覺真言行結壇祕密儀軌灌頂心印畫像加持行護摩行一切所願悉皆圓滿一切衆生愛敬明珠品儀過去未來現在智王自在受記真言若有持誦國土安樂能伏他冤此儀軌法品一切世間出世間佛菩薩聲聞辟支佛菩薩地令得受行說已復說我亦如是願樂隨喜妙吉祥童子所有今事隨汝所去

於釋迦佛前聞此正法及爲汝說此眞言
曩謨三滿哆没馱引喃引摩進怛野二合引鉢
囉二合底賀哆舍引娑曩引喃引唵囉囉娑摩
二合囉阿鉢囉二合底賀哆舍引娑曩俱摩囉嚕
波馱引哩拏吽吽頗吒頗吒娑嚩二合賀
此是妙吉祥童子根本眞言一切如來心一
切如來同所宣說我亦復說汝今當說汝到
娑婆世界廣爲解說能作一切佛事復說釋
迦如來所說内心眞言
唵引嚩引吉也二合那曩莫
復說外心眞言
嚩吉也二合吽
爾時開華王如來爲妙吉祥童子說三摩地
名莊嚴一切菩薩行令得菩提是時妙吉祥
童子入此定時四方無邊上下廣博一切諸
佛滿此世界而復讚言善哉善哉佛子汝能
入此最上三摩地一切聲聞辟支佛而不能
入乃至得入十地菩薩行者亦不能入此三
摩地爾時開華王如來彼佛世尊同說此妙
吉祥童子内心祕密一切事成就眞言名一
字内祕密令一切衆生作最上事於別眞言
行亦得成就最上事爾時世尊開華王如來
須臾默然佛眼觀察一切世間一切諸佛彼
諸世尊慈意召請同說眞言
曩謨三滿哆没馱引喃引鋡
此妙吉祥内心能作一切事爾時妙吉祥童
子從彼三摩地起如壯士屈伸臂頃復得速
疾智三摩地名最上變化以神通力於刹那
間往娑婆世界於淨光天上虚空中坐大摩
尼寶地放大光明照彼淨光一切諸天入三

摩地名明珠莊嚴照妙吉祥童子入此定時現無數寶莊嚴樓閣無數寶蓋縱廣百千由旬天衣大衣諸寶瓔珞清淨莊嚴天華幢旛寶網鈴鐸出微妙音復雨天香粖香及不退位菩薩供養我世尊釋迦牟尼爾時彼淨光天子見彼菩薩神通變化怪未曾有身毛皆豎震動天宮迷悶驚怖我今云何神通俱盡思惟此相高聲唱言我佛釋迦牟尼願垂救護爾時世尊釋迦牟尼告淨光諸天子言勿生驚怖彼聖者是妙吉祥童子菩薩摩訶薩從開華王如來佛剎來於我處恭敬禮拜隨喜大事真言方廣未曾有甚深法句爾時妙吉祥童子遶世尊釋迦牟尼三帀頭面禮足熙怡瞻仰以微妙音而說讚言

歸命調御大丈夫　歸命無上大丈夫
歸命最上大丈夫　能作一切事成就
歸命師子大丈夫　能破一切諸惡事
歸命無畏大丈夫　能破一切諸惡趣
歸命白蓮大丈夫　福智馨香無邊際
歸命蓮華大丈夫　清淨超過三界泥
歸命解脫大丈夫　能離一切諸苦惱
歸命寂靜大丈夫　能善調伏一切惡
歸命成就大丈夫　善知一切真言語
歸命吉祥大丈夫　一切不祥能吉祥
歸命佛陀大丈夫　善知一切諸法藏
歸命如來一切法　善入真實無戲論
歸命如來一切智　一切智智離幻法
所有三乘無漏道　令入涅槃而安住

爾時妙吉祥童子讚歎歸命已而復告言世尊我過東北方百千恒河沙世界彼有佛剎

名曰開華彼有世尊名開華王如來應供正等覺明行足善逝世間解無上士調御丈夫天人師佛世尊說法初善中善後善其義深遠其語巧妙純一無雜圓滿清白梵行之相彼如是安住說法之相乃至復說眞言行義修菩薩藏方便救度令行三乘之道獲得甚深安樂爲彼一切衆生如是宣說我此來時開華王如來令我置敬足下問訊起居少病少惱起居輕利安樂行不釋迦牟尼佛甚爲希有於末世時示生說法於三乘道利樂人天而皆平等行大精進斷三界苦令彼有情於涅槃道得大安樂我佛世尊如是知此佛心童子復言云何能得不思議未曾有佛世尊自在變化心智意行深入法相百千那由他俱胝劫說彼一切正法善破一切色相究竟眞實通達無相如是行德世尊可知我不能知爾時妙吉祥童子以巳神力化作大寶蓮華座瞻仰釋迦世尊爾時世尊釋迦牟尼聞妙吉祥童子菩薩摩訶薩種種言說開華王如來過去之事所願演說菩薩行法深妙儀軌以迦陵頻伽梵音聲相巧應群機告妙吉祥童子言善來妙吉祥彼上人行法一切佛說爲一切菩薩令得一切眞言句祕密灌頂印壇儀軌長命少病隨意自在一切圓滿皆得成就一切智智儀軌過去未來現在略說令一切衆生所願圓滿若具戒德傳眞言行令他愛敬若求智慧若欲隱身若行虛空足不履地或復入地或降伏一切所欲皆得若夜叉及夜叉女夜叉眷屬等毗舍尼毗舍支一切部多悉皆降伏若少年盛年耆年皆

得長壽略說一切意願圓滿降伏增益息災之事如有所作皆得成就此菩薩藏大寶儀軌法品一切佛說我令汝知此眞言行儀軌法藏能清淨人能利多人天上人間一切衆生皆獲安樂爾時妙吉祥童子入菩薩三摩地名一切佛威德明珠莊嚴照入此定時放大光明照恒河沙等世界佛刹及無數清淨菩薩上至色究竟天下至阿鼻地獄所有一切罪苦衆生息除災患照一切聲聞緣覺菩薩諸佛已復入妙吉祥菩薩頂中又照東方世界所有佛刹諸佛如來爲法集會其名曰善乾闥婆耀吉祥如來藥師光王如來普照吉祥如來出生王如來娑羅王如來仁王如來無量壽如來正等智王如來無邊照王如來最上光明王如來如是等如來應供正等正覺各有菩薩圍繞皆來集會淨光天上爾時釋迦牟尼如來應供正等正覺欲爲妙吉祥童子說菩薩行眞言句義儀軌品時復有南方西方北方四維上下一切佛刹一切諸佛其光普照亦來集會彼一一佛各有菩薩聲聞侍從圍繞各欲隨佛聽受如來無能勝教眞言儀軌最上三摩地所謂妙臂菩薩妙實菩薩妙戒菩薩妙眼菩薩妙樂菩薩妙法菩薩一切義成就菩薩一切出生菩薩法出生菩薩寶生菩薩寶吉祥菩薩妙吉祥菩薩不思議吉祥菩薩光明吉祥菩薩光吉祥菩薩智吉祥菩薩一切義吉祥菩薩一切寶手菩薩寶髻菩薩寶手菩薩妙幢手菩薩徧照藏菩薩寶藏菩薩智藏菩薩妙思議藏菩薩出法藏菩薩幢旛菩薩妙幢菩薩無邊幢菩

薩光明幢菩薩無垢幢菩薩無餘幢菩薩虛空幢菩薩寶幢菩薩吼聲菩薩鼓音王菩薩無邊照智王菩薩破一切黑暗王菩薩破一切光王菩薩一切行深智王菩薩仁王菩薩深意王菩薩消除王菩薩無髻王菩薩日王菩薩無性出生王菩薩自性出生王菩薩無性自性出生王菩薩不退地王菩薩自在光菩薩福德光菩薩世間光菩薩甘露光菩薩無邊光菩薩天王光菩薩自性光菩薩無性光菩薩隱身菩薩無觸菩薩無作菩薩不究竟菩薩無垢菩薩無火菩薩須提菩薩末底菩薩誐諦菩薩安樂菩薩目佉菩薩哩彌你彌菩薩計都菩薩歡喜菩薩因光菩薩你嚩菩薩天中天菩薩曩鼻菩薩大車菩薩世間菩薩息災菩薩深喜菩薩鼓音菩薩成就菩薩白光菩薩最上菩薩淨天菩薩能忍菩薩能降菩薩難得菩薩遠行菩薩遠離菩薩遠住菩薩高菩薩極高菩薩虛空明菩薩普照菩薩自明菩薩仙人菩薩光淨菩薩不樂菩薩妙意菩薩大天菩薩清淨菩薩離垢菩薩調伏菩薩自息菩薩妙相菩薩白幢菩薩伊彌菩薩計彌菩薩童子菩薩無涼菩薩延壽菩薩妙生菩薩暗幢菩薩旛幢菩薩白幢菩薩妙幢天幢菩薩安住菩薩大祖菩薩父師菩薩善了菩薩寶瓶菩薩世現菩薩普現菩薩大現菩薩增益菩薩深光菩薩緊迦羅菩薩平等心菩薩世間利菩薩日光菩薩然燈菩薩多聞菩薩一切義成菩薩得成就菩薩開光菩薩照耀菩薩鼓音聲菩薩妙音菩薩妙聲菩薩無邊音菩薩幢音菩薩實仙人菩

薩如是等菩薩摩訶薩而來集會復有七佛
如來金仙人如來羯拘村如來飲光如來火
頂如來作變化如來勝觀如來能仁如來如
是諸佛蒙光普照來淨光天坐寶蓮華亦有
菩薩摩訶薩具眞實色相俱來會坐所謂寶
手菩薩金剛手菩薩妙手菩薩虛空手菩薩
無邊手菩薩地手菩薩世間手菩薩深清淨
菩薩妙積菩薩多積菩薩摩尼寶積菩薩寶
象菩薩普象菩薩香象菩薩妙行菩薩清淨
行菩薩世間行菩薩速行菩薩無邊行菩薩
無邊稱菩薩妙稱菩薩無垢稱菩薩行稱菩
薩離垢稱菩薩稱菩薩稱尊菩薩無尊爲尊
菩薩世尊菩薩普尊菩薩慈菩薩無邊慈菩
薩平等慈菩薩慈氏菩薩妙眼慈菩薩無量
慈菩薩三世慈菩薩眞實菩薩三寶慈菩薩
三歸慈菩薩三乘慈菩薩變化菩薩妙意殊
菩薩妙法自在菩薩無性自在菩薩普徧自
在菩薩世間自在菩薩觀自在菩薩妙觀自
在菩薩勝觀自在菩薩世間菩薩尊妙尊菩
薩鼓音吼菩薩清淨自在菩薩心自在菩薩
聖衆菩薩妙相菩薩勝尊菩薩名稱菩薩日
光菩薩光天菩薩善自在菩薩善菩薩深善
菩薩無邊吉祥菩薩普徧吉祥菩薩世吉祥
菩薩虛空虛空菩薩虛空自在藏菩薩地自
在菩薩大自在菩薩大地菩薩地藏菩薩除
一切蓋障菩薩普調伏普賢菩薩賢護菩薩
妙財菩薩妙息菩薩妙華菩薩妙虛空菩薩
虛空藏菩薩一切義藏菩薩一切出菩薩不
住菩薩不住地滅罪菩薩不退菩薩不退轉
菩薩一切法不繼菩薩如是等菩薩摩訶薩

同來淨光天上釋迦牟尼佛所復有菩薩摩訶薩行無量義變身爲女人形以世間法引導一切衆生令心堅固不退道意得不思議明句陀羅尼或變種種飛禽形夜叉形羅刹形摩尼寳形人非人等形如是所作殊異色相隨意教化一切衆生令入菩薩行於明王法隨順解了若如來蓮華金剛法部得入三昧一切世間出世間不可違犯所言眞實安住三寳威德不斷有大明王恒時守護所謂佛頂明王出生明王極高明王白傘蓋明王無邊蓋明王普蓋明王最勝明王世間高明王尊勝明王蓮華光明明王金光明明王白光明明王莊嚴尊勝明王金積明王白積明王光積明王寳積明王普積明王稱稱明王寳積明王眞稱明王無性自性積明王不虛誑稱明王如是等尊勝明王入無邊法界如我圓滿衆生之願令得具足一切佛心又此等尊勝明王具足廣大不可思議無等法力如虛空無涯經百千那庾多俱胝劫說不能盡今爲汝等略而說之又此復有明王眉明王眼明王睫明王耳明王咽明王無畏明王悲明王慈明王愍明王智慧明王光明明王意明王光明王無垢明王衣明王如是等明王變化無量無邊如來色相所謂如來鉢如來法輪如來臥具如來乘如來照耀如來言如來脣如來脞如來垢如來幢如來旛如來慓熾如是等如來色相眞言所說復有忿怒明王及諸緊迦囉緊迦哩唧吒唧致努多怒底藥叉藥叉尼人非人等明王得入最上法雲莊嚴三摩地復有無量無邊百千俱胝眷

屬圍繞供養恭敬一切明王如是等衆悉皆來會淨光天中復有蓮華族大明王衆所謂十二臂明王六臂明王四臂明王賀羅賀羅明王不空索明王馬首明王無邊頸明王妙頸明王青頸明王妙項明王白項明王青項明王世項明王光明明王觀照明王觀自在明王千光明王意明王深意明王稱意明王蓮華手明王意願明王救度明王歡喜明王妙髮明王赤髮明王星明王星王明王深善明王善神調伏明王如是等蓮華族尊勝大明王得無量無邊法雲三摩地亦來在會復有無數女身明王得三摩地色相端嚴如觀自在所謂多羅明王蘇多羅明王曩致明王部里俱胝明王阿難哆致明王路迦致明王部彌鉢囉播致明王尾左羅致明王悉多濕縛哆明王摩賀濕嚩哆明王白衣明王世衣明王無垢衣明王覺友衣明王蓮華衣明王十力衣明王稱意明王福德明王大福德明王塢路迦明王盡垢明王得清淨明王普爲明王盡苦明王逼鬼明王吉祥明王大吉祥明王塔吉祥明王無邊吉祥明王世吉祥明王名稱吉祥明王世母明王普母明王佛母明王婆詣你明王婆詣囉體明王蘇囉體明王囉他嚩諦明王曩誐難多明王捺摩你明王部多嚩諦明王阿迦里沙尼明王桉部多囉濕彌明王蘇囉娑明王蘇囉嚩諦明王鉢囉母捺明王阿里唧嚩諦明王怛致明王三滿多怛致明王光明明王深善明王大善明王孔雀明明王大財明王施財明王大天明王大世明王陽燄明明王大火明王長壽明

王高聲明王妙吼明王大地明王除病明王
離一切病明王無我明王賢聖明王德稱明
王敬愛明王速作明王無畏吉祥明王消除
不吉明王月明王妙月明王大月明王鉢囉
拏設嚩里明王沓虞隸明王末曩細明王努
多明王努諦明王唧吒明王唧致明王緊迦
囉明王緊迦里明王夜叉明王夜刹明王羅
叉娑明王羅叉細明王毗舍左明王毗舍脂
明王如是等女身明王入蓮華族三昧妙觀
無邊正法自性湛然猶若虛空行菩薩行愛
樂變化與清淨菩薩往詣淨光天上釋迦牟
尼佛所住立佛前恭敬供養

大方廣菩薩藏文殊師利根本儀軌經卷第
一

大方廣菩薩藏文殊師利根本儀軌經卷第二

宋西天三藏朝散大夫試鴻臚少卿明教大師天息災奉　詔譯

序品第一之二

爾時金剛手菩薩告自明王衆言汝等今者集會於淨光天釋迦牟尼佛所今此明王具忿怒相與摩賀努底等奉其教勑各將眷屬一念之間皆來集會所謂最上明王有明明王能成就明王妙臂明王勝軍明王離欲明王愛樂明王圓滿明王金剛軍明王能金剛明王金剛作明王金剛臂明王金剛手明王金剛幢明王金剛播明王金剛峯頂明王金剛頂明王金剛牙明王金剛清淨明王金剛毛明王金剛集明王金剛面明王金剛衣甲明王金剛頸明王金剛臆明王金剛臍明王金剛能明王金剛墙明王金剛城明王金剛器仗明王金剛弓明王金剛箭明王金剛曩囉左明王金剛鉤明王金剛鑠明王金剛地明王金剛忿怒眼明王金剛忿怒明王惹難多濕嚩囉明王部怛多濕嚩囉明王滿馱難多濕嚩囉明王摩賀曹嚕怛多濕嚩囉明王摩呬濕嚩囉怛濕嚩囉明王難曩吠捺囉多濕嚩囉明王薩哩嚩尾你野哆濕嚩囉明王具囉明王蘇具囉明王剎波明王塢剎波明王播那你剎波明王尾那野建哆剎波明王蘇尾怛野娑剎波明王塢芻瑟摩剎波明王末囉明王摩賀末囉明王娑囉摩囉明王部陵誐哩致明王骨嚕馱明王摩賀骨嚕馱明王薩哩嚩骨嚕馱明王阿惹囉明王阿惹誐囉明王入嚩囉成沙明王曩巘哆明王難拏

明王你囉難拏明王阿誐那明王囉俱誐明王嚩日囉難拏明王彌伽明王摩賀彌伽明王迦羅明王迦羅俱吒明王室制怛囉明王嚕誐明王薩哩嚩部多明王散剎鉢迦明王成羅明王摩賀成羅明王阿哩諦明王摩賀阿哩諦明王夜摩明王吠嚩濕嚩哆明王喻巘哆迦囉明王訖哩瑟拏波叉明王具囉明王具囉嚕閉明王半致婆明王都摩囉明王誐那明王鉢囉摩他曩明王誐囉婆曩明王僧賀囉明王阿哩迦明王喻巘哆里迦明王鉢囉拏賀囉明王設怛嚕近曩明王祢吠沙明王阿摩哩沙明王淨瓶明王甘露瓶明王無邊瓶明王寶瓶明王臂明王大臂明王摩賀嚕誐明王努瑟吒明王薩哩波明王尾薩哩波明王俱瑟姹明王惹野捺囉他明王尾捺囉嚩迦明王婆叉迦明王阿怛哩鉢多明王塢努摩明王等如是明王現大忿怒內含慈忍降伏有情令信佛法息除災害增益吉祥亦有百千那由他俱胝眷屬同詣佛所頂禮瞻仰釋迦牟尼及妙吉祥童子已復禮金剛手菩薩在大衆中安詳而坐又此金剛手菩薩復有恒隨親近大甘露努怛也二合等大明王善能觀察法界自性如空無礙亦與百千那由他眷屬來詣佛所所謂寶帶明王妙帶明王金剛鑠明王金剛毫明王金剛舌明王金剛眉明王金剛眼明王金剛身明王金剛韃虔明王金剛耳明王金剛隸佉明王金剛針明王金剛拳明王金剛鉤明王金剛衣明王金剛雹明王金剛索明王舍羅明王嚩諦舍羅明王尾囉致明王嚩囉致明王迦弭

你明王迦摩嚩日哩(二合)尼明王鉢世迦明王鉢世你明王摩賀鉢世你明王世法囉嚩悉你明王祕密明王密意明王密住明王門住明王欲金剛明王意速明王極速明王急速明王妙眼明王大天明王婆摩你明王婆囉摩你明王遠行明王成就明王無風明王長髮明王畔拏你明王怛哩惹你明王努帝明王娑努帝明王麼摩計明王嚩摩你明王嚕閉尼明王嚕波嚩帝明王勝明王最勝明王無能勝明王增益明王歡喜明王喜金剛明王大勢明王稱意明王大金剛明王妙壽明王三世明王敬愛明王杖明王大杖明王善言明王大愛敬明王大財明王大義明王的底哩明王財力的底哩明王白明王能化明王妙清淨明王鐘明王劒利明王能針明王

得聲明王妙衣明王柔輭明王深輭明王祕密主明王障礙明王杵明王如是降一切部多大努怛也(二合)明王等與無數努底衆眷屬俱來集會復有無數陀羅尼正意妙觀三摩地相調伏衆生斷除諸惡所謂金剛火迷惑陀羅尼妙頂樓閣陀羅尼大財陀羅尼寶山樓閣陀羅尼妙積陀羅尼多積陀羅尼華積陀羅尼難拏陀羅尼你誐囉賀陀羅尼阿迦哩沙拏陀羅尼計喻囉陀羅尼計喻囉嚩底陀羅尼特嚩惹誐囉陀羅尼囉怛曩誐囉計喻囉陀羅尼路迦誐囉計喻囉陀羅尼鉢多迦誐囉計喻囉陀羅尼怛哩鉢哩嚩哩哆陀羅尼路迦嚩哩哆陀羅尼娑賀娑囉嚩哩哆陀羅尼吠嚩濕嚩哆嚩哩哆陀羅尼薩哩嚩部哆嚩哩哆陀羅尼計都嚩帝陀羅尼囉怛

曩嚩帝陀羅尼摩尼羅怛曩怛拏陀羅尼覺支大力陀羅尼無邊幢陀羅尼普幢陀羅尼寶幢陀羅尼名稱幢陀羅尼一切部多幢陀羅尼阿吟囉嚩底陀羅尼按摩囉陀羅尼妙清淨陀羅尼六面陀羅尼無垢陀羅尼如是世稱陀羅尼等無數陀羅尼復有百千俱胝陀羅尼以爲眷屬得無邊佛威德大菩薩三摩地俱來佛會復有佛剎無諸大覺世尊唯有辟支聖衆口有劒牙住世經劫爲諸衆生輪迴生死而起大悲解說法眼令意黙然復後迴心觀察菩提復觀過去業苦蓋障得入一地二地三地四地乃至八地不退之位永斷輪迴不受衆苦與諸徒衆皆來佛所所謂香醉辟支佛普處辟支佛普光辟支佛專辟支佛時辟支佛你彌辟支佛塢波你弭辟支佛歡喜辟支佛深喜辟支佛塢波哩辟支佛薩播哩濕嚩辟支佛蘇播哩濕嚩辟支佛鼓辟支佛稱世辟支佛世光辟支佛得勝辟支佛隟塵辟支佛塵辟支佛微塵辟支佛分辟支佛極分辟支佛幖幟辟支佛妙幟辟支佛日光辟支佛妙作光明辟支佛光照辟支佛明照辟支佛善聞辟支佛妙聞辟支佛愛樂辟支佛善能調辟支佛無邊處辟支佛斷輪迴辟支佛白幢辟支佛幖幟幢辟支佛妙幢辟支佛底沙辟支佛最上蓮華辟支佛蓮華生辟支佛未曾有辟支佛妙智辟支佛意辟支佛大王辟支佛大積辟支佛寶瓶辟支佛全眼辟支佛善作辟支佛深善作辟支佛自息辟支佛善意辟支佛法辟支佛妙法辟支佛徧照辟支佛華辟支佛大青辟支佛增益

辟支佛眷屬辟支佛遠離辟支佛難忍辟支佛金辟支佛無垢辟支佛幢辟支佛月辟支佛妙月辟支佛軍辟支佛勝軍辟支佛帝釋辟支佛天王辟支佛那羅延辟支佛如是等有百千那由他俱胝辟支佛住不可思議無等無願法界自性無礙猶若虛空入中乘實行俱來釋迦佛所集會聽法復有無數百千俱胝尊者大聲聞衆及其眷屬所謂大迦葉尊者伽耶迦葉尊者優樓頻螺迦葉尊者頗羅墮惹尊者賓頭盧尊者嚩囉捺嚩惹尊者目乾連尊者大目乾連尊者舍利子尊者大舍利子尊者須菩提尊者大須菩提尊者憍梵波提尊者迦多演曩尊者大迦多演曩尊者優波離尊者波捺哩迦尊者羯賓那尊者難陀尊者阿難陀尊者孫陀羅難陀尊者塢波難陀尊者路迦部多尊者麼哩虞迦尊者塢波麼哩虞迦尊者難你迦尊者塢波難你迦尊者阿㝹樓馱尊者布囉拏尊者三布囉拏尊者塢波布囉拏尊者提灑尊者布曩哩嚩蘇尊者嚕嚕尊者勞捺囉迦尊者勞囉嚩尊者俱嚕半唧迦尊者塢波半唧迦尊者迦羅尊者蘇迦羅尊者哩嚩那尊者羅護羅尊者賀哩多尊者塢波賀哩多尊者達野曩尊者你達野以迦尊者塢波以迦尊者塢波捺以迦尊者室哩野娑尊者迦捺囉尊者尾愈補怛囉尊者深財尊者烏閉多尊者健拏尊者底沙尊者麼賀底沙尊者三滿多底沙尊者阿他野曩尊者得稱尊者名稱尊者有財尊者財海尊者多財尊者畢那嚩蹉尊者弁伽羅尊者金頗羅尊者多果尊者無邊果尊

者正果尊者童子尊者童子迦葉尊者麼護那尊者數拏舍縛陵擬迦尊者難歡喜那曩尊者深喜尊者荏麼際曩尊者降魔尊者麼呬濕縛娑尊者縛切迦尊者俱嚕俱羅尊者烏波俱嚕俱羅尊者俱胝迦羅拏尊者室囉嚩拏尊者素嚕波囉多迦尊者仰擬野迦尊者擬哩迦哩尼尊者迦俱胝迦哩尼迦尊者縛哩史迦尊者際多尊者素唋多尊者吉祥容尊者世容尊者師容尊者虞嚕迦尊者乳底囉娑尊者誐麼迦尊者賀彌迦尊者都沙儹彌迦尊者尾沙俱胝迦尊者阿曩吠那尊者烏波縛哩多曩尊者尾縛哩多曩尊者烏摩多迦尊者乳多尊者三滿多尊者跋那羅尊者蘇婆捺囉路尊者莎誐多尊者烏波誐多尊者路伽誐多尊者苦盡尊者賢劫尊者大賢尊者事行尊者尊父尊者誐底迦尊者補瑟娑羅尊者補瑟波迦尸迦尊者烏波迦尸迦尊者大藥尊者大福德尊者麼護惹尊者阿努囉馱尊者囉吠迦尊者囉尸迦尊者正梵尊者適悅尊者正世尊者徧曜尊者正曜尊者等如是尊者於無邊法界悟解脫味修三乘行獲小乘果行四無量觀三解脫威儀具足永斷輪迴清淨身心住涅槃界皆悉平等一切無礙趣淨光天大牟尼所集會聽法復有無數尊者大苾芻尼皆證涅槃觀想正道放智慧光離欲清淨恒居佛刹積德無窮人天供養爲大福田於其世間殊勝第一所有二足四足多足無足平等與慈俱獲利樂所謂耶殊陀羅尊者耶殊尊者摩賀鉢囉惹鉢囉尊者阿難多尊者蘇惹多尊者難那

尊者窣吐羅那尊者蘇難那尊者地也以你尊者孫那哩尊者尾舍佉尊者摩拏囉他尊者惹野嚩底尊者尾囉尊者祢嚩多尊者蘇祢嚩多尊者蘇祢嚩多尊者阿仡羅迦尊者室哩野尊者鉢囉嚩囉尊者鉢囉鉢哩餤嚩那尊者嚕呬尼尊者護國尊者護主尊者三摩那尊者嚩布沙尊者室囉馱尊者鉢哩摩尊者頭髻尊者妙髻尊者普髻尊者斷輪迴尊者妙觀尊者意速尊者計舍嚩尊者尾瑟女羅尊者尾瑟女末底尊者妙意尊者多意尊者增益尊者離苦尊者作業尊者業果尊者最勝尊者尊勝尊者嚩娑嚩尊者天尊者法施尊者法擔没囉尊者莎擔没囉尊者大稱尊者大意尊者歡喜尊者超三界尊者離三毒尊者除苦惱尊者你哩尾拏尊者三色尊者蓮華色尊者大蓮華尊者蓮華光尊者蓮華尊者鉢捺麽嚩底尊者三相尊者七色尊者優鉢羅色尊者如是等大尊者聲聞苾芻尼皆來佛所頭面禮足隨喜菩薩神通願聽眞言法句在大衆中安詳而坐爾時世尊釋迦牟尼觀彼一切大衆心意清淨性離諸染猶若虛空出過三界告妙吉祥童子言汝今諦聽妙吉祥汝修菩薩行佛説業果眞言行義隨意所樂皆令汝得法句業句息災句解脱句但行平等勿生疑惑亦得如來十力普力大力能降魔冤名菩薩三摩地如如觀察爾時妙吉祥童子入三摩地以巳神力震動百千微塵數三千大千世界大光普照於是如來説眞言曰

曩莫三滿哆没馱（引）喃（引）摩婆嚩娑嚩（二合）婆

引嚩三滿誐哆引喃引曩莫鉢囉二合怛野二合
迦没馱引野室囉二合嚩迦引赦曩謨引冒地
薩怛嚩二合喃引捺舍部弭鉢囉二合底瑟耻二合
諦引娑嚩二合囉拏引冒地薩怛嚩二合引喃引
摩賀薩怛嚩二合喃引怛你野二合他引唵引佉
佉佉引呬佉呬努瑟吒二合薩怛嚩二合捺摩迦
阿悉牟娑羅波囉戍波舍賀薩哆二合左覩哩
部二合惹左覩哩目二合佉沙入縛二合囉拏誐蹉
誐蹉摩賀引尾近曩二合伽哆迦尾訖哩二合哆
引曩曩薩哩嚩二合部哆婆餤迦囉阿吒吒賀
娑曩引祢你引尾也二合伽囉二合左哩摩二合你
嚩引薩曩俱嚕俱嚕薩哩嚩二合迦哩鈐二合砌
那砌那薩哩縛二合滿怛囉二合引頻那頻那波
囉母捺囉二合摩引迦哩沙二合薩哩嚩二合部旦
引你哩摩二合他你哩摩二合地薩哩嚩二合勢瑟

戅二合引鉢囉二合吠舍野鉢囉二合吠舍野曼拏
羅末地也二合吠嚩濕嚩二合尾怛哆二合哆呢囉俱
嚕俱嚕摩麽引迦哩餤二合那賀那賀鉢左鉢
左摩引尾楞嚩摩引尾楞嚩三摩野末覩娑
摩二合囉吽吽頗吒頗吒薩普二合引吒野薩普
二合引吒野薩普二合引吒野薩哩嚩二合引舍引
波哩布囉迦呬引呬引娑誐鑁引緊唧囉引
野悉摩摩薩哩嚩二合引囉探二合娑馱也娑嚩
二合引賀

爾時世尊說此眞言已妙吉祥童子化爲大忿怒明王名餤曼德迦彼餤魔王等深懷驚怖何況餘人於世尊前而自住立是時大會衆生見此忿怒明王驚怖戰慄心生憂惱而作是念無別歸命無別哀愍無別主宰唯佛世尊願垂救護作是念已爾時所有母護哩

多無邊世界四維上下胎生卵生濕生化生空居水陸一切有緣於剎那間皆來集會是時大忿怒明王而自告勑若此陀羅尼法句於佛像前舍利塔廟中供養經法處及離欲清淨人前可得讀誦若於耽欲人前持此眞言彼人不久身體乾枯而速命終若欲求事於閙亂雜處不得持誦於意云何彼持法者心不清淨後得怖畏大難必趣命終佛世尊菩薩摩訶薩起最上悲愍一向行法令諸衆生皆入一切智智安住法眼到涅槃岸通達三乘三寶不斷復以大悲力說眞言呪降伏魔王破壞障礙遠離惡事增益吉祥若復有人迷悶顛踣尋得惺悟若身體羸病必得調暢和悅長命無病富貴增勝所事成就如來大慈大悲大喜大捨威儀具足說此眞言行爲一切勝因勿得疑惑爾時復有龍大龍夜叉大夜叉羅剎毗舍左大毗舍左布單那迦吒布單那大迦吒布單曩摩多噜大摩多囉供畔拏大供畔拏尾也(二合)拏大尾也(二合)拏吠多拏大吠多拏迦冒惹婆詣都喻(二合)大婆詣都喻(二合)拏枳你喻(二合)大拏枳你喻(二合)祖史迦大祖史迦塢娑哆囉迦大塢娑哆囉迦紉譬迦大紉譬迦緊波迦噜誐大緊波迦噜誐阿波娑摩囉大阿波娑摩囉誐囉賀大誐囉賀阿迦舍摩哆噜大阿迦舍摩多噜噜閉拏大噜閉拏尾噜閉拏大尾噜閉拏訖蘭那曩大訖蘭那曩蹉野大蹉野必哩沙迦大必哩沙迦緊迦囉大緊迦囉藥剎拏大藥剎拏入嚩囉大入嚩囉左覩哩他迦大左覩哩他迦你怛也(二合)入嚩囉尾沙摩入嚩囉舍哆你迦謨

怛哩底迦縛底迦旆底迦室尼澁閉迦扇底
波唧左大唧左悉馱大悉馱喻詣曩大喻詣
曩仙仁大仙仁緊那囉大緊那囉摩護囉誐
大摩護囉誐乾達婆大乾達婆天大天人大
人聚落大聚落海大海河大河山大山庫藏
大庫藏地大地樹大樹禽大禽王大王帝釋
大天那羅延天及鬼主哩舍努酸魔梵大梵
吠嚩濕嚩哆財主持國廣目增長滿賢珠賢
般支迦金毗羅俱琵摩羅賀哩多賀哩枳舍
賀哩諦賓誐羅必哩酸迦囉阿羅他迦囉惹
陵捺囉路計捺囉塢閉捺囉祕容左羅左波
羅惹羅左羅娑哆曩詣哩金山大山積眼三
頭等如是復有無數大夜叉獸主與其百千
那由他俱胝夜叉眷屬以菩薩神通威力皆
來淨光天中集會聽法復有無數大羅刹王
與其百千那由他俱胝羅刹眷屬而來集會
所謂十頭羅刹金山羅刹能破羅刹螺耳羅
刹瓶耳羅刹普耳羅刹酸魔羅刹惡相羅刹
酡惡羅刹大惡羅刹深惡羅刹阿叉羅刹酸
魔鍾羅刹印捺囉吟羅刹路迦吟羅刹勇猛
羅刹大勇猛羅刹叉羅刹三叉羅刹三頭羅
刹無邊頭羅刹等來大衆中而爲聽法復有
無數大毗舍左亦與百千那由他俱胝眷屬
俱所謂閉努毗舍左塢波閉努毗舍左蘇閉
努毗舍左無邊閉努毗舍左意願毗舍左無
願毗舍左極惱毗舍左執持毗舍左蘇馱摩
毗舍左惡毗舍左惡形毗舍左皆來集會而
爲聽法復有無數大龍王與百千那由他俱
胝眷屬俱以忿怒明王威神之力亦來集會
所謂難陀龍王塢波難陀龍王劒末羅龍王

塢波迦末羅龍王嚩蘇枳龍王無邊龍王得叉迦龍王蓮華龍王大蓮華龍王僧伽波羅龍王商佉龍王商佉波羅龍王羯俱吒迦龍王俱隷迦龍王阿隷迦龍王摩尼龍王迦羅戍那囉龍王俱隷尸迦龍王贊閉野龍王摩尼曩誐龍王摩那婆惹龍王拏供囉龍王塢波拏供囉龍王洛俱吒龍王娑吠多龍王娑吠哆婆捺囉龍王你羅龍王你羅没那龍王阿波羅羅龍王海龍王大海龍王等各坐一面而爲聽法

大方廣菩薩藏文殊師利根本儀軌經卷第二

音釋

耠牟含切　誐五歌牛可二切　睫音接目旁毛也　瞢莫登切　奼陟嫁切　弭毋婢切　仡許乞切　戇卓絳切　鍐忙范切　蹎踣音顛踣蒲北切蹎踣仆也　紉尼倫切

大方廣菩薩藏文殊師利根本儀軌經卷第三 第四同卷

宋西天三藏朝散大夫試鴻臚少卿明教大師天息災奉　詔譯

序品第一之三

復有無數大仙之衆俱來在會所謂阿怛哩野大仙嚩悉瑟吒大仙嬌怛摩大仙婆詣囉他大仙惹恨拏大仙暗詣娑大仙阿摩悉諦大仙謨羅悉諦大仙阿誐悉諦大仙尾野娑大仙訖哩瑟拏大仙訖哩瑟拏嬌怛摩大仙暗鼻囉娑大仙夜摩捺詣曩大仙阿悉諦迦大仙牟尼大仙牟尼嚩囉大仙阿嚩囉大仙吠舍半夜曩大仙播囉舍囉大仙波囉戍大仙喻詣濕嚩囉大仙閉伽羅那大仙嚩隷閉迦大仙摩囉建拏大仙如是等大仙各與百千仙衆眷屬俱來聽法頂禮佛足退坐一面

復有羅睺羅王衆所謂鼻嚕拏羅睺羅王娑嚕尼羅睺羅王摩嚕拏羅睺羅王摩哩左羅睺羅王摩哩唧羅睺羅王祢鉢哆羅睺羅王等各與眷屬俱來集會復有無數迦樓羅之衆所謂蘇波囉拏迦樓羅濕嚩哆波囉拏大仙迦樓羅半曩誐大仙迦樓羅波囉拏誐迦樓羅蘇惹哆博叉迦樓羅阿惹哆夜叉迦樓羅摩努惹博迦樓羅半曩誐曩舍曩迦樓羅伊曩諦野迦樓羅哩曩諦野迦樓羅吠曩諦野迦樓羅婆囉馱惹迦樓羅舍俱曩迦樓羅摩賀舍俱曩禽王等各與百千眷屬皆來集會復有大緊那羅王之衆所謂捺嚕摩緊那羅王塢波捺嚕摩緊那羅王蘇捺嚕摩緊那羅王阿難陀捺嚕摩緊那羅王路迦捺嚕摩緊那羅王路捺嚕摩緊那羅王摩努囉薩迦

緊那羅王摩護囉薩迦緊那羅王摩護惹薩迦緊那羅王摩護惹野緊那羅王賀尾賀緊那羅王尾嚕哆緊那羅王蘇濕縛囉緊那羅王摩努誐也二合唧覩波捺迦囉緊那羅王塢波捺緊那羅王塢波那緊那羅王塢波多緊那羅王塢閉叉迦緊那羅王迦嚕拏緊那羅王阿嚕拏緊那羅王如是等與無數百千眷屬俱來會坐而為聽法復有娑婆世界欲色等諸天所謂梵眾天梵輔天大梵天少光天無量光天極光淨天少淨天無量淨天徧淨天廣果天福生天無雲天無想天無煩天無熱天善現天善見天色究竟天空無邊處識無邊處無所有處非想非非想處下及欲界他化自在天化樂天兜率陀天夜摩天忉利天四大王天恒憍天持鬘天堅手天或有山上住者巖嶺住者峯頂住者曠野住者城隍住者虛空住者中間住者地上住者林間住者屋舍住者及阿脩羅王鉢囉賀囉那阿脩羅王尾摩唧怛囉阿脩羅王素唧怛囉阿脩羅王乞史二合麽唧阿脩羅王祢嚩唧怛囉阿脩羅王囉護阿脩羅王天干共戰阿脩羅王麽護等無數阿脩羅王與其百千那庾多俱胝眷屬以佛菩薩神通威力俱來集會作禮恭敬亦坐一面復有世間空居大曜所謂日月大曜金大曜木大曜水大曜火大曜土大曜羅護大曜劒波大曜計都大曜阿舍你大曜你哩具多大曜哆囉大曜馱縛惹大曜軀囉大曜度沒囉大曜度摩大曜嚩日囉乙里乙叉大曜勿哩瑟吒大曜烏波勿哩瑟致大曜曩瑟吒囉他大曜你哩曩瑟吒大曜賀娑

多大曜摩瑟致大曜乙里瑟致大曜訥瑟大
曜路建多大曜乞叉野大曜尾你播多大曜
阿播多大曜怛哩迦大曜阿播多大曜怛哩
迦大曜麽娑多迦大曜俞巘多大曜濕摩舍
曩大曜閉戶多大曜嘮捺囉大曜濕吠多大
曜阿鼻吩多大曜每怛囉大曜商俱大曜路
嚩大曜嘮捺囉迦大曜度嚩曩舍大曜嚩羅
嚩曩大曜驅囉大曜阿嚕拏大曜尾賀悉多
大曜麽你瑟吒大曜塞健那大曜娑曩大曜
烏波娑曩大曜俱摩囉大曜訖哩拏曩大曜
賀娑曩大曜鉢囉賀娑曩大曜曩哩多波迦
大曜曩哩多迦大曜佉惹大曜尾嚕波大曜
等如是無數大曜與其百千眷屬承佛威德
俱來會坐復有無數空居星宿所謂阿濕尾
你星婆囉尾星訖哩底迦星嚕醯抳星沒哩

摩尸囉星阿囉捺囉星布曩哩嚩蘇星布沙
也星阿失哩沙星麽伽星烏鼻哩頗攞虞你
星賀娑多星唧怛囉星薩嚩底星尾舍伽星
阿努囉駄星介曳瑟吒星沒嚕羅星烏剖阿
星沙姹星失囉嚩拏星駄你瑟咤星設多鼻
沙星烏剖鈸捺囉播努星哩嚩帝星祢嚩帝
星阿鼻惹星布曩里嚩星祖帝星鴦擬囉尸
星曩乞叉怛迦星烏波頗攞虞星頗攞虞帝
星路迦鉢囉嚩囉星鉢囉嚩囉尼迦星失哩
野尸星路迦麽多星伊囉星惹野嚩賀星阿
囉他嚩帝星蘇左阿囉他星等與其百千眷
屬承佛威神皆來集會趺坐聽法復有三十
六宮所謂羊宮牛宮女宮蠏宮師子宮童女
宮秤宮蝎宮弓馬宮摩竭魚宮瓶宮魚宮猴
宮大瓶宮淨瓶宮螺宮象宮水牛宮天宮人

宮禽宮樂神宮世間宮衆生宮曜宮光明宮月明宮槎吒宮地宮暗宮塵宮微塵宮苦宮樂宮解脱宮菩提宮復有辟支佛宮聲聞宮天人宮福德宮大福德宮畜生宮餓鬼宮地獄宮阿蘇囉宮神鬼宮藥叉宮囉叉娑宮及一切部多宮等或有居上居中居下或有定居相應或上等中等下等如是大宮與其百千眷屬俱來佛所一心禮足趺坐聽法復有無數大藥叉女所謂妙眼藥叉女善眉藥叉女長髮藥叉女妙音藥叉女妙意藥叉女天意藥叉女化眼藥叉女圓滿藥叉女祕密藥叉女深密藥叉女寶帶藥叉女如蓮華藥叉女無畏藥叉女施無畏藥叉女得勝藥叉女最勝藥叉女哩嚩底迦藥叉女妙髮藥叉女計扇覩藥叉女阿哩囉藥叉女麽努賀囉藥叉女麽努嚩帝藥叉女俱蘇摩嚩帝藥叉女俱蘇摩布囉嚩枲你藥叉女冰誐羅藥叉女賀哩帝藥叉女尾囉摩帝藥叉女尾囉藥叉女蘇尾囉藥叉女蘇具拏藥叉女具拏嚩帝藥叉女蘇囉孫那哩藥叉女囉娑藥叉女玉呬喻多哩藥叉女嚩吒嚩悉你藥叉女阿戍迦藥叉女案馱囉蘇那哩藥叉女阿路迦藥叉女孫那哩藥叉女鉢囉婆嚩帝藥叉女阿底舍野嚩帝藥叉女嚕波嚩帝藥叉女嚕播藥叉女阿彌多藥叉女掃彌也藥叉女迦拏藥叉女彌曩藥叉女難祢祢藥叉女烏波難祢祢藥叉女出世間藥叉女等如是大藥叉女與其百千眷屬俱來詣佛頂禮聽法復有無數大毗舍支所謂曼拏哩迦毗舍支謗素毗舍支舍支毗舍支嘮捺囉毗舍支烏羅迦

毗舍支入嚩羅毗舍支婆娑母擬囉羅毗舍支閉尸多舍你毗舍支努嚩囉毗舍支普嚕麼你毗舍支毋賀你毗舍支誐哩惹你毗舍支嚕賀尼迦毗舍支虞嚕賀尼迦毗舍支路建你迦毗舍支哩婆扇底迦毗舍支閉路嚩帝毗舍支摩護囉毗舍支努哩難多毗舍支噎囉毗舍支唧賀曩底迦毗舍支度麼毗舍支底迦度摩毗舍支蘇度摩毗舍支如是等大毗舍支與其百千眷屬俱來集會復有麼多嚕大麼多嚕遊行世間採食華卉魅惑衆生所謂沒囉憾麼抳麼多嚕麼呬濕嚩嚕麼多嚕吠瑟尼麼多嚕俱麼哩麼多嚕左謨拏麼多嚕嚩羅呬麼多嚕印捺哩麼多嚕夜摩野麼多嚕阿誐曩曳麼多嚕吠嚩娑嚩帝麼多嚕路建哆迦哩麼多嚕嚩嚕尼麼多嚕愛捨你麼多嚕嚩野尾野麼多嚕鉢囉播鉢囉拏賀囉麼多嚕目佉曼尼你迦麼多嚕設俱你麼多嚕大設俱你麼多嚕布哆曩麼多嚕迦吒布哆曩麼多嚕塞建那麼多嚕如是等無數大麼哆嚕與百千眷屬皆來集會歸命世尊而作是言曩謨沒馱野如是無數百千人及非人衆生非衆生一切輪迴阿毗大地獄等可虛空界悉皆清淨是諸衆生無有憎愛佛威神力莊嚴菩薩如是一切衆生頂上皆現化佛爾時釋迦世尊觀彼一切世界嚴淨若斯告妙吉祥童子汝宜略說眞實菩薩藏眞言行義三摩地如所爲事爾時妙吉祥童子於釋迦佛前欲說菩薩藏眞言行義入三摩地名喻虛空自性金剛堅固莊嚴妙吉祥童子入此定時淨光天上金剛寶地廣無數

百千由旬爾時金剛手菩薩身如寶山具大威德安吉祥而坐觀彼一切衆生界内有無數夜叉羅刹乾闥婆摩嚕哆毗舍左互相憎嫉爾時妙吉祥童子知此無數夜叉之衆勇猛强力互有憎嫉告餤曼德迦忿怒明王言汝大忿怒相唯佛菩薩可以化爲汝今擁護此大衆會一切衆生惡者調伏善者令悟不信令信乃至我本眞言義菩薩法藏方廣總持曼拏羅儀則亦復如是宜專擁護大忿怒明王如是聞巳依勑奉行於大衆前現大忿怒相降伏彼衆擁護一切衆生復與無數百千忿怒眷屬普使四方上下諸處大吼作聲彼諸衆生攝心修善歸依三寶不得違勑如是聞者若違聖勑頭破百分如阿梨樹枝爾時妙吉祥童子承佛菩薩威力略說眞言行義法句儀軌若菩薩摩訶薩具足一法得成就眞言行云何一法若能觀見一法法無礙相而得眞言成就若菩薩摩訶薩安住二法復得成就眞言行云何二法不離菩提心於一切衆生其心平等如是二法成就眞言若菩薩摩訶薩安住三法於眞言本行而得成就云何三法於一切衆生心不捨離於菩薩戒行精進護持於眞言本行堅持不忘如是三法成就眞言若菩薩摩訶薩令初發心菩薩安住四法於眞言行而得成就云何四法所謂不捨本眞言不斷他眞言於一切衆生慈心不斷於無量大悲廣行饒益如是四法令初心菩薩成就眞言若菩薩摩訶薩安住五法得菩薩藏眞言行圓滿云何五法所謂寂靜之處攝心居止山林曠野攝心居止觀

察世間有爲之法教化衆生持戒多聞恒住正行如是具行五法於眞言行義成就圓滿若菩薩摩訶薩安住六法於眞言行義成就圓滿云何六法所謂於三寶福田淨信不斷菩提大行淨信不斷世間眞言不生謗毀所說無礙法界大乘經典甚深之義無復疑惑於眞言行精進不退恭敬善法令不斷滅如是六法皆得眞言行義成就若菩薩摩訶薩安住七法所求眞言行皆得趣入云何七法所謂觀想般若波羅蜜多甚深之法書寫讀誦爲他解說依菩薩行依時持誦默然護魔速修正行安住智慧清淨之意求大菩提趣入如來甚深之法於眞言本儀請召護持成就密行善解大慈大悲大喜大捨善觀衆生界法界實際皆無二相不捨一切不樂小乘之法上求一切智智如是七法皆得成就眞言行義若菩薩摩訶薩安住八法於眞言行義皆得成就云何八法所謂行人見未曾見微妙色果菩薩神通變化之事不生疑惑心不顛倒受持眞言崇重本師又復受持佛菩薩本行儀法或有處非處勝田之地觀己財物如夢所見皆能給施永斷嫉妬煩惱之根常勤精進供養諸佛菩薩具足善根被大甲胄破諸魔軍令得大富菩提道場成就自身福德智慧親善知識爾時妙吉祥童子略說八種行法於眞言本行皆得成就若有信敬三寶不捨菩提心設復犯戒誦持我眞言教品未曾有菩薩無邊行法發意皆得成就無復疑惑爾時佛菩薩緣覺聲聞等一切大衆說如是言善哉善哉佛子汝種種宣說眞言

法教修行儀軌爲一切衆生安心趣入了悟最上祕密之門若有人受持讀誦憶念此品法句或種種華香而用供養彼人若在軍陣及諸險難我當爾時乘象馬等現彼人前而爲降伏寃陣不久自然退散若有比丘比丘尼近事男近事女於自舍宅書寫供養獲大福報長命無病增益吉祥一切大衆聞此法已默然意解

大方廣菩薩藏文殊師利根本儀軌經卷第三

大方廣菩薩藏文殊師利根本儀軌經卷第四

宋西天三藏朝散大夫試鴻臚少卿明教大師天息災奉　詔譯

菩薩變化儀軌品第二之一

爾時妙吉祥童子觀察會中一切大衆於是妙吉祥童子入觀照三摩地入此定已從其臍輪出大光明復有無數百千那由他俱胝光明以爲眷屬普徧照耀一切衆生界及淨光天爾時金剛手菩薩摩訶薩告妙吉祥童子言汝今宣說曼拏羅法品儀軌令諸菩薩及一切衆生得入三昧復令一切衆生平等悟解眞言句所有世間出世間一切眞言行皆得成就金剛手祕密主如是說已爾時妙吉祥童子欲說最上祕密曼拏羅儀軌明照一切以神變力於其右手指端之上悉皆現起一切大衆復出無數百千那由他俱胝光明照彼淨光天上一切衆會爾時妙吉祥童子略說餤曼德迦忿怒明王心眞言具大無畏一切所作請召發遣息除災害增長吉祥降伏諸魔隱沒身形行坐虛空或行地上足不履地令他愛敬等皆得成就破一切暗如廣大明燈此大無畏三字眞言儀行法力最爲第一所求所作一切眞言義悉得成就即說大忿怒明王心眞言

唵引惡吽引

此大忿怒明王心眞言大菩薩妙吉祥善說曼拏羅眞言行能作一切事破一切障礙爾時妙吉祥童子舉其右手摩忿怒明王頭稱如是言曩摩一切佛如是說已所有十方世界諸佛世尊無量菩薩具大福德三昧來住

會中是時忿怒明王復現大忿怒相即往一切世界剎土之中所有惡心大力衆生尋遣來集淨光天上大衆之中依位安住又此衆生頂上各出熾盛光燄爾時妙吉祥童子觀彼大衆心淨瞻仰而復告言此諸大衆汝當諦聽我此三昧若不依行如有違犯令此忿怒明王現大威力而自調伏何爲不得違犯緣此祕密三昧眞言行義諸佛世尊菩薩大德平等法門汝今諦聽善思念之當爲汝説

曩謨三滿哆没馱(引)喃(引)唵(引)囉囉三麼(二合)囉阿鉢囉(二合)底賀多舍(引)娑曩俱摩囉嚕波馱哩抳吽吽發吒發吒薩嚩(引二合)賀

聖者此是我根本眞言聖妙吉祥印名爲五髻大印若用此印持誦根本眞言一切所求皆得成就

復説心眞言作一切善事令心寂靜

唵嚩枳也(二合)捺曩莫(入聲)

説此印法名爲三髻增長一切福德復説外心眞言

嚩枳也(二合)吽

説此印法亦爲三髻能降伏一切衆生

復説内心微妙眞言

曩謨三滿哆没馱喃曼

説此印法名孔雀座敬愛一切衆生

復有一切佛心大無畏八字眞言名最上增益大吉祥斷三界生死消除一切惡趣能滅一切災害作一切事皆得安樂寂靜如現在見佛此妙吉祥菩薩宣布最上祕密眞言相爲一切衆生若有憶念一切所願皆得圓滿若有持誦之者所有五逆重罪皆得清淨即

說眞言曰
唵阿尾囉吽佉左洛
聖者有此八字大無畏最上祕密心眞言與佛住世而無有異能作一切吉祥之事此大功德我今爲汝略而宣說若欲廣陳經無數百千那由他俱胝劫校量功德說不能盡若說此印法名爲大精進能圓滿一切願
復說召請衆聖眞言
唵引呬引呬引俱摩囉尾濕嚩二合嚕閉尼薩哩嚩二合嚩引羅娑史哆鉢囉二合冒馱你引阿野引呬娑誐挽曩引野呬俱摩囉吉里二合摩怛娑二合羅馱哩尼曼拏羅末地野二合底瑟姹二合底瑟姹二合三摩野摩拏娑摩二合囉阿鉢囉二合底賀哆舍娑曩吽摩引尾羅嚩嚕嚕頗吒娑嚩二合賀

此眞言是妙吉祥菩薩召請一切諸佛一切菩薩一切辟支佛聲聞天龍夜叉乾闥婆阿脩羅誐嚕拏緊那羅摩睺羅伽毗舍左羅刹娑一切部多等夫欲召請先以香水加持七徧灑淨一切廣闊四維上下一切諸佛菩薩妙吉祥并及眷屬一切世間出世間眞言一切部多衆一切衆生皆赴道場
曩謨三滿哆没馱引喃引阿鉢囉二合底賀哆舍引娑曩喃引唵度度囉度囉度波嚩引悉你度波引哩唧二合波吽底瑟姹二合三摩野摩努娑摩二合囉娑嚩二合引賀
此是獻香眞言若以白栴檀龍腦供俱摩香和合等燒此香時誦此眞言一切如來及諸菩薩一切聖衆皆受供養前召請印名最上蓮華鬘能與一切衆生作大吉祥之事若於

諸佛如來一切菩薩及聖衆等獻閼伽水所用龍腦白檀供俱摩等香復用惹帝華適意華摩梨迦華末哩師迦華龍華末俱羅華賓尼哆誐羅華如是等香華用淹水内此名獻閼伽水獻水真言

曩謨三滿哆没馱引喃引摩鉢囉二合底賀哆舍引娑曩引喃引怛你也二合他引呬引呬引摩賀引迦引嚕尼迦尾濕嚩二合嚕波馱哩尼引阿哩凝伽二合鉢囉二合底蹉鉢囉二合底蹉波野三摩野摩拏娑摩二合囉底瑟姹二合底瑟姹二合曼拏羅末地也二合鉢囉二合吠舍野薩哩嚩二合部哆引努波迦仡哩二合恨拏二合吽阿蘇囉尾左引哩尼娑嚩二合賀引

此印名圓滿印能爲一切衆生作圓滿事

復說焚香真言若彼獻香如前真言

曩謨三滿哆没馱引喃引曩謨三滿哆巘馱引嚩娑引娑室哩二合夜引野怛他引誐哆引野怛你也二合巘第巘第引巘第引巘馱引巘馱摩拏囉弭引鉢囉二合底蹉鉢囉二合底砌引難巘淡三滿哆引努左引哩尼引娑嚩二合賀引

此印名波羅嚩圓滿一切願

復說獻華真言

曩謨三滿哆没馱引喃引摩鉢囉二合底賀哆舍引娑曩喃引曩謨三俱蘇弭哆囉引惹寫怛他引誐哆寫怛你也二合他引俱蘇弭引俱蘇摩引你曳二合俱蘇摩布囉嚩引悉你俱蘇摩引嚩底娑嚩二合賀引

夫欲獻食先頂禮一切諸佛賢聖生不思議未曾有想今此真言正覺正說前後所有供

獻皆依此儀念此眞言

曩謨三滿哆没馱引喃引摩鉢囉二合底賀哆舍娑曩引喃引怛你也二合他引四引四引娑誐嚩摩賀薩哩嚩二合没馱引嚩路引吉哆摩引尾楞嚩伊難嚩隸誐哩二合恨拏二合引播野誐哩二合恨拏二合誐哩二合吽薩哩嚩二合尾濕嚩二合囉囉吒吒薩頗二合吒娑嚩二合引賀引

今此眞言印名爲大力消除一切諸惡

然燈眞言

曩謨三滿哆没馱引喃引摩鉢囉二合底賀哆舍引娑曩引喃引薩哩嚩二合怛夢引馱迦引囉尾持鍐二合悉喃引曩謨三滿哆祖底爞馱引嚩婆引娑室哩二合夜引野怛他引誐哆引野怛你也二合他引四引四引婆誐鍐祖底囉舍弭二合設哆娑賀娑囉二合鉢囉二合底曼尼哆舍哩囉尾俱哩嚩二合摩賀引冒地薩怛嚩二合三滿哆入嚩二合囉引你喻二合底哆没哩底二合具哩那二合具哩那二合阿嚩路引迦野阿嚩路迦野曼拏羅薩哩嚩二合薩怛嚩二合難左

此是然燈眞言印名曰廣開觀照一切衆生

曩謨三滿哆没馱引喃引摩鉢囉二合底賀哆舍引娑曩引喃引怛你也二合他引入嚩二合入嚩二合羅入嚩二合羅入嚩二合羅野入嚩二合羅野吽尾冒馱迦賀哩訖哩二合瑟拏二合賓誐羅

此是然火眞言印名合掌光照一切衆生過去諸佛菩薩所説

爾時妙吉祥童子告祕密主金剛手菩薩言此微妙祕密眞言汝等明王族部外現忿怒内含慈忍所有智者求一切眞言皆得成就若彼金剛蓮華族等障礙之時即説此明令

彼降伏
曩謨薩哩嚩二合没馱引喃引摩鉢囉二合底賀
哆舍引娑曩引喃引怛你也二合他引唵迦囉
迦囉俱嚕俱嚕摩摩引迦引哩餤二合伴惹伴
惹薩哩嚩二合尾近難引二合那賀那賀薩哩嚩
二合嚩日羅二合尾那野㪷引布哩嚩二合吒迦嗏
尾旦哆迦囉摩賀引尾訖哩二合哆嚕波馱哩
尼鉢左鉢左薩哩嚩二合努瑟吒二合摩賀引誐
拏鉢底嗏尾旦哆迦囉满馱满馱薩哩嚩二合
誐囉二合賀沙目佉沙部惹沙左囉拏嚕捺囉
二合摩引曩野尾瑟拏二合摩引曩野没囉二合憾
摩二合你也二合祢嚩引曩曩野摩引尾樗嚩尾
樗嚩羅護羅護曼拏羅末他也二合鉢囉二合吠
舍野三摩野摩努娑摩二合囉吽吽吽吽吽吽
頗吒頗吒

說此眞言巳告祕密主言此是大精進最上
祕密名六面大忿怒明王能破障礙若持誦
此明得自在十地菩薩猶可降伏何況諸惡
障礙若有持誦供養大作擁護說此印法名
爲大叉破滅一切障礙
復說忿怒明王心眞言
唵引佗哩二合瑟致哩二合哆引曩曩吽薩哩嚩
二合設怛嚕二合曩舍野薩旦二合婆野頗吒頗吒
若有一切寃家逼害惱亂之時依法念此眞
言令彼寃家受隔四日瘧病得大苦惱若人
恒常誦持無慈悲心所求之事不得成就若
人不信三寳誦此呪法令彼生信定得成就
印名大叉與呪同用其驗尅成
復說外心眞言
唵佗哩二合迦囉嚕波吽欠

印名大叉若此明同用能調伏一切惡者
復說內心眞言名爲一字一切佛說印名大
叉與明同用能消除一切惡事降伏一切部
多於曼拏羅中呪法成就之時定見忿怒明
王靈驗
復說發遣賢聖等眞言
曩謨薩哩嚩没馱引喃引摩鉢囉合二底賀哆
舍娑曩引喃引怛你也合二他引惹餤惹野蘇
惹野摩賀迦引嚕尼迦尾室左合二嚕閉尼引
誐蹉誐蹉娑嚩合二娑嚩喃引薩哩嚩合二没淡
引室左合二尾娑哩惹合二野薩波哩嚩引囉引
娑嚩合二娑嚩喃左怛囉合二鉢囉合二吠引舍野
滿怛囉合二娑摩合二囉薩哩嚩合二室左合二弭悉
殿覩滿怛囉合二播那引摩努囉淡左弭波哩
布囉野

此發遣眞言印名寳座亦名獻座若欲發遣
賢聖等專心忘意念一七徧依法加持所有
一切世間出世間曼拏羅眞言行皆得三昧
成就諸聖衆等歡喜而退
爾時妙吉祥童子復觀淨光天內一切大衆
說自巳明王眞言
曩謨薩哩嚩合二没馱引喃引摩鉢囉合二底賀
哆誐底喃引唵你哩致
妙吉祥說此眞言巳化爲明王名枳世你能
作一切之事印名大五髻若用此印法一切
難作之事皆得成就
曩謨三滿哆没馱引喃引摩鉢囉合二底賀哆
舍娑曩引喃引唵引你致
此眞言名塢波枳世你印名廣開一切之事
所求皆成若有一切凶惡宿曜自然退散

曩謨三滿哆没駄引喃引摩鉢囉二合底賀哆
誐底喃引唵引你入聲
此真言名曩隸你印名寶座能成一切之事
所有夜叉之衆亦能遣來
曩謨三滿哆没駄引喃引摩進部哆嚕閉赦
引唵引稍罩嚕二合
此真言名波隸你印名大力能調伏一切拏
枳你鬼妙吉祥所説一切諸佛同説
曩謨三滿哆没駄引喃引摩鉢囉二合底賀哆
誐底鉢囉二合左引哩赦引怛你也二合他引唵
引嚩囉祢引
此明名增長化相印名三髻持誦同用速得
富貴
曩謨三滿哆没駄引喃引摩進底也二合引部
哆嚕閉拏引唵引部哩

印名叉同用消除一切瘧病
曩謨三滿哆没駄引喃引摩進底也二合引部
哆嚕閉赦引唵引怛囉二合引哩
此明名哆囉印名大力能成一切事復能滅
除障礙
曩謨三滿哆没駄引喃引摩進底也二合引部
哆嚕閉赦引怛你也二合他引唵尾咯枳你
此明名大世印名嚩訖怛囉降伏一切世間
皆得快樂
曩謨三滿哆没駄引喃引摩進底也二合部哆
嚕閉赦引怛你也二合他引唵尾濕吠三合引尾
濕嚩二合三婆吠引尾濕嚩二合嚕閉尼迦賀迦
賀阿尾舍引尾舍三摩野摩努
此明名大精進印名能瑟吒囉亦名變化能
令一切衆生起大施願惠施一切有情

曩謨三滿哆没馱引喃引摩進底也二合引部
哆嚕閉赦引怛你也二合他引唵引濕吠二合諦
引室哩二合嚩布
此明名爲大化印名孔雀座具不思議未曾
有相作一切所欲之事無不成就能降伏世
間童男童女生愛敬心
曩謨三滿哆没馱引喃引摩進底也二合引部
哆嚕閉赦引怛你也二合他唵引契契哩婆虞
哩薩哩嚩二合設怛嚕二合薩旦二合婆野沓婆野
謨引賀野嚩舍摩引曩藥
此明名相應大明印名嚩訖怛囉能調伏造
惡衆生
曩謨三滿哆没馱引喃引嚤鉢底二合賀哆誐
底鉢囉二合左引哩拏引怛你也二合他引唵引
室哩入聲二合

此明名大福德印名合掌佛自宣說能令有
情得國王位
曩謨三滿哆没馱引喃引薩哩嚩二合薩怛嚩
二合婆野鉢囉二合捺引曳喃引怛你也二合他唵
引阿呩諦俱摩引哩嚕閉尼曀呬阿引誐蹉
摩摩迦引哩餤二合俱嚕入聲
此名無能勝現童女身說甘露句印名合掌
與此眞言同用遠離一切冤家
曩謨三滿哆没馱引喃引摩進底也二合引部
哆嚕閉赦引怛你也二合他引唵引惹曳引唵
引尾惹曳引唵引阿呩諦引唵引阿波囉引
呩諦
此眞言內有四姊妹親近菩薩經行大地救
度衆生令諸有情依行眞言行如度得船所
作圓滿印名祕密

曩謨三滿哆沒馱引喃引路迦引誐囉二合引
地鉢底喃引怛你也二合他唵引俱摩囉摩賀
引俱摩引囉吉哩二合拏釤摩佉冒地薩怛嚩
二合引覩惹拏二合哆摩布囉引摩布囉引娑曩
設吉曳二合引覩引你也二合哆波引尼囉訖旦
二合引誐囉訖哆二合巘馱引覩隷引鉢曩必哩
二合野佉佉佉呬佉呬吽吽涅哩二合怛也二合
涅哩二合怛也二合囉訖哆二合補瑟波二合引唧哆
沒哩底二合娑摩野摩拏娑摩二合囉部囉二合摩
部囉二合摩部囉二合摩野部囉二合引摩野羅護
羅護摩引尾覽摩薩哩嚩二合迦引哩野二合引
尼弭俱嚕尾唧怛囉二合嚕波馱引哩尼底瑟
吒二合底瑟吒二合吽吽薩哩嚩二合引沒馱引努
惹拏二合諦引娑嚩二合賀引
爾時妙吉祥菩薩說此眞言之時大地六種

震動大自在天現極惡相童子天具火曜幖
幟俱來教化調伏一切惡業衆生妙吉祥所
說大權菩薩起慈愍心行菩薩行利樂一切
愚癡衆生印名大力與眞言同用令得梵天
等大福德果何況人身
爾時妙吉祥菩薩復說眞言名爲三字爲悲
愍衆生印名大力與眞言同用令一切衆生
得大福德
唵引吽弱
此是三字眞言依法持誦所求皆成
復說外心眞言
曩謨三滿哆沒馱引喃引三滿覩引你喻二合
引底哆沒哩底喃引唵引尾訖哩二合哆誐囉
二合賀吽頗吒
妙吉祥菩薩爲親近者童子天說此眞言能

降伏一切部哆摩多羅等及一切諸惡星曜
如有部多等所著所魅及惡曜照臨依法持
誦彼等悉皆恐怖而自退散即得解脫乃至
求生天界一切皆得印名大力與彼同用
曩謨三滿哆沒馱引喃引摩鉢囉二合底賀哆
舍引娑曩引喃引怛你也二合他引唵引沒囉
二合憾摩二合蘇沒囉二合憾摩二合沒囉二合憾摩二合
嚩哩左二合細引扇引底俱嚕
此眞言大梵天菩薩所說令息災害若部多
惱亂之時誦此眞言刹那退散速得安樂印
名五髻若說大梵天調伏儀軌如四圍陀論
曩謨三滿哆沒馱引喃引摩鉢囉二合底賀哆
舍引娑曩引喃引怛你也二合他唵引誐嚕拏
嚩引賀曩作羯囉二合波引尼左覩哩部二合惹
吽吽三摩努娑摩二合囉冒地薩怛嚩二合阿惹
拏二合波野底
妙吉祥說此眞言速能作於吉祥之事印名
三髻亦能破壞部哆及那羅延此則皆是方
便攝化衆生
曩謨三滿哆沒馱引喃引摩鉢囉二合底賀哆
舍引娑曩引喃引怛你也二合他唵引摩賀引
摩呬四引室左二合囉部哆引地波底沒哩二合沙
特嚩二合惹鉢囉二合覽嚩惹吒摩俱吒馱引哩
尼悉哆婆娑摩二合度娑哩哆沒哩底二合吽頗
吒頗吒冒地薩怛冒引二合惹拏二合波野底入聲
此眞言我自宣說爲慈愍衆生印名大叉與
明同用亦破部多之衆

大方廣菩薩藏文殊師利根本儀軌經卷第
四

音釋

嘮勅交切　抳女里切　攞勒可切　槎助加切　閼烏葛切　赧奴限切　昝子感切　釤所鑑切　[口*弱]寧屹切

大方廣菩薩藏文殊師利根本儀軌經卷第五（第六同卷）

宋西天三藏朝散大夫試鴻臚少卿明教大師天息災奉　詔譯

菩薩變化儀軌品第二之二

所說眞言儀軌爲彼水陸有情及阿脩羅等令具種種功德眞言曰

曩莫三滿哆沒馱（引）喃（引）摩鉢囉（二合）底賀哆舍（引）娑曩（引）喃（引）怛你也（二合）他（引）唵舍俱曩摩賀（引）舍俱曩鉢納摩（二合）尾怛怛博訖叉（二合）薩哩嚩（二合）半曩誐曩（引）舍迦佉佉佉呬佉呬三摩野摩努娑摩（二合）囉吽底瑟吒（二合）冐地薩怛冐（二合）波野底（入聲）

此眞言行復用大印具足精進難化者能化難調者能調病苦之者速得平安消衆毒藥破諸惡事不生疑惑復次菩薩眞言行力能隨衆生普徧教化如迦樓羅經說菩薩悲愍有情隨諸衆生或現爲迦樓羅鳥形容廣大降伏毒龍令彼生善此眞言儀軌說如來眞言族及蓮華族等多方變化利益有情而無寃憎譬如慈母育養多子恩愛平等菩薩慈悲度諸衆生亦復如是我行眞言行過去佛說今我亦說妙吉祥復說爾時妙吉祥童子觀察淨光天上一切大衆不思議未曾有事入三摩地名照見一切三昧安住菩薩所行法行令諸衆生悉得利樂入此三摩地已於淨光天化出不可思議未曾有摩尼寶藏種種莊嚴曼拏羅假使一切聲聞辟支佛乃至十地得自在菩薩而不能畫此曼拏羅何況凡夫之人此最上曼拏羅平等法行妙吉祥童子而能通達唯諸佛世尊一切菩薩聲聞

辟支佛可能依法奉行得受灌頂妙吉祥童子不思議威德力行佛菩薩最上三摩地入曼拏羅心意現生之時唯自了知彼諸心智何可度量豈將有相工巧而圖畫耶爾時妙吉祥童子告諸衆言聖者諦聽入大曼拏羅三昧如來菩薩不可違犯何況别餘衆生聖與非聖爾時妙吉祥童子告金剛手祕密主言佛子三昧心法理出人情今爲如來入滅方便說之令諸衆生得入世間出世間一切眞言行皆得成就爾時金剛手祕密主告妙吉祥童子言佛子世尊若涅槃之後爲諸衆生說曼拏羅眞言行令彼隨喜修學皆得成就無上佛道若有愚癡衆生不依法行違犯三昧眞言不成雖有大福梵行不依此儀不得三昧眞言不成若不依法假使帝釋巧設方便不得三昧眞言不成何況地居之人若善知教法依法行事念誦之時世間出世間眞言三昧決定成就入妙吉祥童子曼拏羅教法之者一切所求無不圓滿爾時金剛手祕密主大菩薩請妙吉祥菩薩爲諸有情略說曼拏羅儀軌如是請已是時妙吉祥童子而爲宣說夫建曼拏羅須在三長月於此月內須得白月勿使黒月於白月中或一日或十五日復須揀擇好日有吉祥星曜方得起壇若於三長月外或建曼拏羅時得好吉祥之日早辰而可用之復須揀擇清淨之地或近城郭或近入海河岸或向海中或阿闍梨自住處皆可起壇若近城郭向東北上不近不遠即可堪用所用之地無沙石瓦礫灰炭糞土髑髏之類並須去除令其清淨阿闍梨

於此安住或七日至半月依法嚴持壇地然用無蟲五淨之水白檀香龍腦香供俱摩香和合水内用五髻大印念燄曼德迦大忿怒明王真言八千徧加持淨水灑淨十方四維上下俱令清淨所居壇地四方各十六肘或十二肘或八肘此分上中下三等一切智智說此壇法若求國位安泰登其王位可用上壇若求增益福壽可用中壇若求一切吉祥之事可用下壇八肘者復次若別爲所求之事粉彼曼拏羅於其壇地掘深二肘若有炭灰甎石瓦礫骨髮蛇蟲之類不可起壇須別覓好地而乃修辦不計山中曠野河岸一無障礙直須正意細心觀察無蟲清淨之地所掘之地復須別取上好淨土而用填之填已實築平滿所填淨土仍須用前五淨之水同和填之三等曼拏羅隨意可作又於壇四方各釘一佉祢囉木橛念忿怒明王真言七徧加持於橛復以五色線亦誦忿怒明王真言七徧以此五色線於曼拏羅四方纏繞此壇相四方中位名内院令阿闍梨居其中位念根本真言八千徧結五髻大印同用誦真言足已彼阿闍梨却出壇外旋繞曼拏羅帀已面東踞草薦而坐至心頂禮一切諸佛及諸菩薩以前五色線繫四方橛上繞壇一帀用爲界繩精熟法事持誦一夜彼曼拏羅阿闍梨堅持清齋依根本儀軌舉動用心令修大乘行者依法持戒一夜同行法事復用五色粉念六字心真言加持彼粉且按置曼拏羅中復於壇外四面莊嚴按置幢旛栽芭蕉樹及種種果樹以爲門道然令鼓樂螺鈸等齊

韻發聲此爲吉祥音音樂等止已復爲四衆略說法要復於曼拏羅四方各讀大乘經典南方讀佛母般若波羅蜜經西方讀聖月光三摩地經北方讀聖華嚴經東方讀聖金光明經如是法師讀此四本經法已阿闍梨從曼拏羅起用白檀龍腦供俱摩白色香用上好華同和一處念根本眞言加持以此香華散在曼拏羅一切處阿闍梨出外七日食酥復用二人至三人具大福德發菩提心持戒者同入曼拏羅中念根本眞言自作擁護以五色粉粉此壇上所用粉粖使金銀等五色寶微細如塵或銅等五色亦得若是國王及大福德人建造此壇上求無上菩提決定得成若有隨喜之者亦得菩提何況別餘吉祥之事無不成就若釋迦如來滅度之後惡世薄福衆生何能見聞如是大福德壇儀之法爾時大光妙吉祥童子爲諸貧苦衆生略說曼拏羅儀軌用秔米爲粖微細如麪染成五色青黃赤白黑曼拏羅阿闍梨自結五髻大印念根本眞言加持彼粉然後阿闍梨於曼拏羅東南方依法作一火壇其壇闊二肘深一肘周迴如蓮華葉相用波羅舍木及吉祥果樹木爲濕柴可長一尺俱得濕潤者可用復使酥酪蜜三種揾濕柴兩頭結野瑟致印念根本眞言請召火天復念一字心根本眞言八百徧即作護摩即是燒前柴也次與巧妙畫人同行法事曼拏羅阿闍梨自戴頭冠内心至意想像諸佛菩薩如對目前復念獻香眞言合掌恭敬頂禮諸佛菩薩頂禮妙吉祥童子已將前五色粉與彼畫人同共粉畫壇面先

於曼拏羅中間畫釋迦牟尼佛坐寶師子座諸相具足如在淨光天上作說法相曼拏羅阿闍梨及同事畫人復念根本真言自作擁護次與一切鬼神出其生食於此壇外四方上下散施飲食令彼飽滿阿闍梨復須洗浴身體著潔淨衣近於火壇作擁護法復用酥供俱摩香和爲團食作八千箇阿闍梨坐吉祥淨草座上念根本真言用前團食而作護摩又用白芥子復誦燄曼德迦忿怒明王真言八百徧加持芥子合在淨器中或有不祥諸惡形相或有惡聲或暴惡風雨或日有惡相及種種障難但用前白芥子作護摩七徧諸惡自滅若有人爲障難以芥子作護摩五徧彼人障難不成而自降伏經一刹那復得鬼魅所著假使天帝釋爲其障難亦乃不久而得無常何況惡心者人及非人等作其障難此燄曼德迦忿怒明王破壞怖畏其事如是又彼持誦者坐吉祥草座誦燄曼德迦忿怒明王已於釋迦牟尼佛像右邊畫二辟支佛於蓮華座上結跏趺坐又於彼佛足前畫二大聲聞作聽法相彼聲聞右邊畫觀自在菩薩一切莊嚴如秋滿月坐蓮華座左手執蓮華右手作施願相彼觀自在右邊畫白衣尊勝左手執蓮華右手頂禮世尊釋迦牟尼亦坐蓮華首戴寶冠偏袒右肩如是復畫多羅菩薩部哩俱胝菩薩各各如法而坐於彼菩薩之上復畫佛母般若波羅蜜多佛眼佛頂尊勝王及畫十六大菩薩所謂普賢菩薩地藏菩薩虛空藏菩薩除蓋障菩薩滅罪菩薩慈氏菩薩手執白拂瞻仰世尊清淨行菩

薩無垢幢菩薩妙財菩薩月光菩薩無垢稱菩薩除一切病菩薩一切法自在王菩薩世間行菩薩大慧菩薩持慧菩薩如是十六大菩薩莊嚴色相普皆圓滿又於向上復畫忿怒大明王及諸明王蓮華部族依法結印隨處安住於壇四面各空閑位唯畫蓮華請召賢聖於此安排又於釋迦牟尼佛右邊畫二辟支佛一名巘馱摩捺曩二名塢波哩瑟吒於佛左邊復畫二辟支佛一名賛捺曩二名悉馱於佛足下畫二大聲聞大迦葉波大迦多演曩所有一切壇向東開門又於聲聞左邊畫聖金剛手如優波羅色一切莊嚴色相圓滿右手執拂左手摩忿怒明王頂金剛拳明王金剛鈎明王金剛鏁明王妙臂明王金剛軍明王隨相幖幟逐位而坐一切忿怒明王及諸明王并其眷屬各各依法結印於彼左邊復畫羯磨金剛杵印於壇四面皆爾阿闍梨請召明王眷屬於此安居於彼壇上復畫八尊勝佛頂體有金色徧身光明各結印法似大輪明王相貌圓滿莊嚴瞻仰觀佛所謂大輪尊勝佛頂白傘蓋佛頂尊勝佛頂最勝佛頂光聚佛頂高佛頂等於前辟支佛左邊畫門於門外右邊畫一大菩薩名出世間行作持髮髻頭冠右手持數珠左手持淨瓶面向門作喜怒顰蹙色門左邊畫一大菩薩名無能勝相儀清淨亦戴頭冠左手持瓶杖右手持數珠作施願相面向門亦作喜怒顰蹙相又於寶殿內有法輪法輪下有師子座彼有大菩薩即妙吉祥現童子相身如供俱摩香色相儀清淨面戴喜怒左手持優鉢羅

華右手作施願持吉祥果頭有五髻真珠瓔珞著憍尸迦天衣偏袒右肩光明徧照一切莊嚴皆作童子之相坐蓮華座面向曼拏羅門觀瞻焰曼德迦忿怒明王彼菩薩右邊蓮華座下復畫焰曼德迦忿怒明王作大惡相徧身光明瞻仰菩薩如受勑相於右邊蓮華下畫五大菩薩作淨光天子相所謂無垢菩薩深善菩薩清淨菩薩滅障菩薩普照菩薩一切如彼淨光天上普徧有無數珍寶光明散種種華殊勝莊嚴復以五色粉於曼拏羅四方畫四門樓於曼拏羅東北畫上界開華王如來宜小畫佛身坐蓮華座作觀瞻釋迦佛相普放光明結跏趺坐作施願手彼佛右邊畫大輪佛頂尊勝印左邊光明聚印佛眼印般若波羅蜜多印聖觀自在上般若波羅

蜜多印世尊右邊畫無量壽觀瞻如來作施願手坐蓮華座普徧光明彼佛右邊安衣鉢印如是次第有閑空之處復畫開華王如來及蓮華印右邊畫佛頂光明聚印普徧光明彼右邊安寶幢如來坐寶山上而作說法相於彼佛身出種種光焰作青綠紅色普徧光明彼佛左邊粉畫尊勝佛頂印轉法輪印皆有光明照曜左邊復有錫杖淨瓶數珠及寶座印依次粉之復於門頰粉三股金剛杵普徧光明於妙吉祥足下安五髻大印優鉢羅華印皆具光明如是壇相並須具足所有入曼拏羅門或東或西安置俱得於曼拏羅外用五色細粉粉彼四隅及四方門樓於內曼拏羅外四方各空二肘於此粉畫大梵天具四頭面著白天衣偏袒右肩以白線絡腋身

貌金色髻戴金冠左右兩手俱持瓶杖復於左邊畫極光淨天子身有金色著嬌閣耶衣天仙衣作禪定相面含喜色髮髻戴冠白線絡腋結跏趺坐右手作施願相右邊色究竟天子著嬌閣耶衣天仙衣一切莊嚴面含喜相結跏趺坐如在禪定白線絡腋右手作施願相依次復粉忉利天子夜摩天子覩史天子化樂天子他化自在天子所有儀相皆依次第一一周備又於帝釋足下畫四大王天子恒嬌天子持鬘天子堅手天子依其次第儀相具足南方畫少光天福生天無熱天善見天善現天等天子隨其相儀普令具足及西方界位俱畫如是諸天又於第二重曼拏羅外第三重曼拏羅四面依次畫四天王北方入曼拏羅門右邊畫財主及諸寶藏一切莊嚴如夜叉相儀右邊依次復畫寶賢滿賢夜叉主及訶利帝母大夜叉女懷抱愛童子作瞻仰曼拏羅相復有半支迦賓誐羅鼻沙拏等夜叉各近夜叉印位次有水天手執羂索又於四方畫八大龍王難陀龍王跋難陀龍王德叉迦龍王嚩蘇枳龍王等如是依其次第排兩位畫之次畫夜叉羅叉乾達婆緊那羅摩睺羅伽仙人聖人餓鬼毗舍左迦樓羅人非人等復畫最上大藥最上摩尼寶最大高山最大江河最大州城並須最大第一南方畫七箇摩哆羅并諸眷屬東南方畫火天普徧光明手持瓶杖數珠髮髻戴冠著白衣天仙衣偏袒右肩白線絡腋身作金色種種莊嚴幖幟形相亦作兩位畫之此曼拏羅外大自在天乘牛手執三股叉及烏摩天女

身有金色種種嚴飾次有童子天形如童子乘於孔雀手執槍六箇頭面面色紅著黃衣天仙衣左手執鈴紅旛次排部陵儗哩致大衆主作極瘦相難祢枳濕嚩囉大黑神七箇摩哆囉隨其幖幟相儀一一莊嚴復畫八天七仙人那羅延天四臂執寶棒螺劒乘金翅鳥一切莊嚴復安八宿曜二十七星宿臨行大地復有入小曜依位粉畫復畫十五日黑白之相十二宮分十二月年四妹乘船五兄弟住其水中其餘部類等但畫其印所有賢聖作兩位排列三重曼拏羅各列賢聖之位三重曼拏羅俱作四方相佛世尊衆聖中第一須畫右邊蓮華族聖觀自在左邊金剛族金剛手一一須畫普賢菩薩妙吉祥童子此是菩薩中第一依次須畫其餘但畫其印內曼拏羅外中曼拏羅處於東位上畫娑婆世界主大梵天王及極光淨天南方畫色究竟天及無色界四天畫無形色位北方帝釋天主夜摩天主覩史天主樂變化天主他化天主及少光天子一一須畫天主其餘諸天但畫其印於第三重曼拏羅北方畫伊沙曩部多主并護摩第二重近門畫童子天及妙吉祥乘孔雀手執槍身紅色著黃衣偏袒右肩右手執鈴紅旛作童子相儀瞻仰曼拏羅東方畫飛禽摩哩建拏仙人其餘畫印東南方畫四妹及五兄弟同乘船在大海中行及火天如是南方畫尾鼻沙拏羅刹主住楞伽山中次畫金毗羅神如夜叉形在大樹下此是菩薩次畫餓鬼王及毗舍左王作醜惡相其餘但畫印次南方畫難陀烏波難陀龍王及

日天子宿曜中第一西方畫迦毗羅牟尼仙人及尼乾子外道仙人皆作外道相依其次第復畫彼印西北方畫財主夜叉王五髻乾達婆王大樹緊那羅王其餘畫印第四重曼拏羅外畫五色緣道及印相具足曼拏羅四方畫四門樓及四大天王如前所有印相具足入門右邊畫優鉢羅華左邊畫蓮華及金剛斧劍槍三股叉寶棒寶輪婆縛悉底迦寶瓶魚螺軍持淨瓶幢旛羂索鈴刀弓箭金鎚如是種種幖幟相狀印法四方俱畫於四方壇外復畫四大印又於曼拏羅北方復安五股金剛杵普徧光明東方作小曼拏羅作三角相安蓮華普徧光明南方曼拏羅作半月相安鉢普徧光明西方曼拏羅團圓相安青蓮華并莖葉普徧光明復於四隅有四印西北角曼拏羅作團圓相安羂索普徧光明西南角曼拏羅作半月相安杖普徧光明東南隅曼拏羅作三角相安鉞斧普徧光明東北方曼拏羅作四方相安劍普徧光明於曼拏羅門外用五色粉畫上中下三印所謂衣鉢華屣普徧光明爲利益一切衆生依此曼拏羅儀軌教說

大方廣菩薩藏文殊師利根本儀軌經卷第五

大方廣菩薩藏文殊師利根本儀軌經卷第六

宋西天三藏朝散大夫試鴻臚少卿明教大師天息災奉　詔譯

菩薩變化儀軌品第二之三

復次妙吉祥菩薩說言若曼拏羅阿闍梨攝受弟子須得六根圓滿人相具足若婆羅門剎帝利毗舍首陀發菩提心行大乘行不求小果持菩薩戒信善堅固樂求廣大國王福報等者而可度之若比丘比丘尼優婆塞優婆夷求受壇法棄捨上族清淨自性求大菩提讀誦經典欲入曼拏羅潔淨身心持戒一晝夜著淨衣服首髮塗香一日三時洗浴洗已默然食龍腦香丁香恭俱摩等細妙之香於曼拏羅外不近不遠坐吉祥草座冥心持誦自作擁護若是先受灌頂剎帝利大國王子及有大勢力者一人至八人或童男或童女未知世法者妙吉祥菩薩自作童子形相與彼王童同爲嬉樂因此誘引令入曼拏羅或所求王位長壽無病富貴自在增長最上之事以此曼拏羅眞言之力此等童子決定成就吉祥之事如前求大乘行者既安置已曼拏羅阿闍梨燒龍腦香依法出外以無蟲淨水隨意多少結五髻大印念根本眞言八百徧加持此水用此淨水以自洗浴著清淨衣近於火壇面向東北坐吉祥草座然用稻穀華龍腦香恭俱摩香白檀香和作摶食七千箇而作護摩依前儀則請召火天復用發遣阿闍梨却入曼拏羅復用八賢瓶並以繒綵莊嚴插華枝果子五穀更用金銀等五寶俱徧瓶上一瓶獻世尊釋迦牟尼第二瓶獻

一切諸佛第三瓶獻辟支佛聲聞之衆第四瓶獻諸大菩薩第五瓶獻妙吉祥菩薩第六瓶獻一切諸天於第二重曼拏羅門内安置二瓶一瓶獻一切部多之衆一瓶獻一切衆生運心平等普施一切然後結五髻大印持誦真言召請一切諸佛諸大菩薩一切聲聞辟支佛妙吉祥童子及一切部多召請儀軌如前所說召請訖已復用華果粖香塗香然燈獻食一切依前次第所獻飲食用酥酪蜜等制造若是乳粥酥蜜糖等精妙之食甘味具足供獻一切如來及一切諸大菩薩聲聞緣覺天人之衆復用油蜜食等作歡喜團誦根本真言依法加持獻彼一切部多之衆復以殊妙香華惹底華多誐嚕華龍華奔曩誐華等先獻諸佛菩薩聲聞緣覺聖非聖衆若惹底華獻如來族蓮華獻蓮華族摩俱羅華獻金剛手及諸凡聖之衆龍腦香於如來族前燒白檀香於蓮華族前燒安息香於祕密主金剛手菩薩前燒復然酥燈油燈等而用供養一切賢聖然須一一依法誦本部真言具足儀軌密行方成如觀自在及金剛手所說真言行法並在此經儀軌之内宜可依行所有曼拏羅阿闍梨於此請召供養種種儀則須廣學深解即可爲師爲部多等速用潔淨素食列排彼位之前然以鼓樂螺鈸發吉祥音聲以香華燈鬘四維上下普伸供養阿闍梨於曼拏羅外旋繞一帀用前飲食念根本真言祭彼一切部多等阿闍梨復自洗浴又以酪蜜酥秔米和爲團食八千箇念六字根本真言而作護摩與現在曼拏羅弟子作

擁護法若曼拏羅阿闍梨所受弟子如前所說發菩提心持大乘戒捨自上位承事諸佛菩薩成就智慧爲諸衆生心行平等於無上菩提道場一切智智志求不退此等有情入曼拏羅隨喜刹那之間斷諸煩惱即得解脱若先有五逆重罪亦得解脱又曼拏羅阿闍梨以無垢新淨衣念根本眞言七徧加持已復用白檀香恭俱摩香和合熏度衣上入曼拏羅者以此淨衣覆其頭面若前所說受灌頂位刹帝利王子或年三歲上至年十六歲者頭結五髻須齊整端嚴或一髻裹頭亦得乃至有大福力之人求最上位或求長壽等事以前香沐淨衣蓋其頭面引入第二曼拏羅中結優鉢羅印誦妙吉祥童子根本眞言復以白檀香恭俱摩香和合香水塗淨於手合掌捧華向曼拏羅擲之華落之處受彼本尊眞言生生持誦恒作菩提善友彼人不久得大菩提圓滿一切智智若人別求最上大富長壽之事決定成就三昧滅罪之法亦得成就受灌頂阿闍梨先於曼拏羅外不近不遠面向東方觀想受法弟子眉間復誦根本眞言受法者至心專注如受國王灌頂位時深信佛法僧三寶發菩提心行大乘行諸根清淨離妄攀緣於眞言行恒生愛樂所求之事速得圓滿若復有人心生疑惑試驗儀軌不得攝受令行壇法如前法信即得度脱五種灌頂之法皆須具大智慧心離邪妄行最上乘即與受法若非此等不得與受阿闍梨傳教之時發歡喜心依法至誠如與刹帝利授灌頂之位然可執持幢旛傘蓋白拂清淨

供養之具螺鈸鼓樂妓舞讚歎出種種吉祥音聲令受法者旋繞曼拏羅而伸供養復須至心頂禮諸佛菩薩禮阿闍梨足發如是言我發勝心所有一切諸佛菩薩眞言法行一切世間出世間祕密解脫令我得入一切法王成佛曼拏羅願令得入令我成佛發此願已坐吉祥草座面向東瞻仰曼拏羅先與受本尊灌頂令彼手結五髻大印彼人隨意樂誦眞言法於樺皮上用牛黃水書之然用白檀恭俱摩香塗手及塗一椀器中用所寫樺皮眞言安此椀內將向妙吉祥童子足下安置誦彼坐上明王根本眞言八百徧令彼端坐吉祥草座與受五瓶灌頂先撿外曼拏羅近門安置者獻一切衆生平等賢瓶阿闍梨誦根本眞言依法灌頂灌頂水足已將前樺皮眞言授與令念如念得精熟眞言行法速便成就若別眞言祕密行法一念之間亦得成就或先有忘失文句法義速得現前明記不忘阿闍梨五種灌頂之法決定成就先授本尊灌頂其事如是第二曼拏羅灌頂者用第二曼拏羅所獻一切諸天賢瓶如前依法與受灌頂儀則無異受灌頂已阿闍梨言汝得一切佛勅一切煩惱而得解脫一切世間出世間曼拏羅三昧一切眞言印法皆得成就一切菩薩加持護念其事如是第三曼拏羅灌頂是阿闍梨自受灌頂法用第三曼拏羅所獻一切聲聞辟支佛賢瓶依前儀軌於頭上灌頂灌頂訖已阿闍梨言汝得諸佛諸大菩薩教勅所有一切世間出世間眞言書寫念誦及祕密曼拏羅眞言儀軌印法之行

皆得成就令生自行隨喜及過去所作乃至未來決定成佛次最勝灌頂儀軌法事一切如前令用獻佛者賢瓶及獻菩薩賢瓶與彼灌頂灌水足已阿闍梨作如是言汝得一切佛勅及一切諸大菩薩衆聖之勅所有一切部多不見於汝不可惱害於一切衆生得無能勝最上第一於一切眞言行隨意所求皆得成就時曼拏羅阿闍梨一一與受五種灌頂若有隨喜來者依其次第引入曼拏羅令彼頂禮供養一切佛及諸菩薩復令旋繞曼拏羅三帀然令却退從此阿闍梨却教授前灌頂弟子眞言行經暫時間復捻獻妙吉祥大菩薩賢瓶令入曼拏羅者面向東飲水三掌阿闍梨復言此是大菩薩妙吉祥童子祕密三昧此得大福不得違犯一切眞言不得毀謗一切諸佛菩薩皆須尊重隨順修學若不順者得違犯失眞言不成而無福利是故汝等宜應信受復於曼拏羅以酪蜜酥秔米合和爲其團食誦念八字心眞言而爲護摩作護摩已阿闍梨復入曼拏羅依前儀軌至心思惟所作法事獻華獻閼伽水燒香然於一切佛菩薩辟支佛一切天龍夜叉乾闥婆阿脩羅迦樓羅緊那羅摩睺羅伽羅刹毗舍左部多聖人仙人及一切衆生處散華供養復用白檀恭俱摩香水一一灑淨仍須內心觀想一切賢聖如對目前後依前儀發遣賢聖然後曼拏羅阿闍梨以所獻賢聖飲食及鬼神生食兼塗壇五色粉並須去除送入河中或施貧者亦得所有壇地以淨沙填平淨土爲泥塗拭又用淨水掃灑清淨復用牛糞

塗拭然使香水灑淨所有入曼拏羅受灌頂者長以酥酪素食潔淨齋戒

曼拏羅儀則品第三

爾時妙吉祥童子觀彼淨光天上所集衆會巳頂禮一切諸佛及大菩薩復說一字真言最上祕密能消一切諸毒能作一切善事此明雖少能成就得一切曼拏羅法能成就一切降伏法真言曰

曩莫三滿哆没馱(引)喃(引)怛你也(一合)他(引)唵(引)[口+弱](入聲)

妙吉祥童子說此真言巳白言一切聖衆及一切部多衆汝等諦聽此一字真言爲第二種曼拏羅儀軌今且略說所建壇地或八肘或四肘先須潔淨地位四方平正隨處無妨用五色粉須阿闍梨自巳粉畫不許別人粉畫其曼拏羅須三重具足先畫五髻大印妙吉祥印優鉢羅印牙印輪印杖印於内曼拏羅東方上畫前印相又於曼拏羅門外畫蓮華金剛杵優鉢羅華幢旛繒蓋門樓車象馬牛水牛娑嚩悉諦迦孔雀山羊白羊人物童子依位排畫安置三重曼拏羅然用濕阿波摩哩誐木爲柴八百條用酥酪蜜相和搵柴兩頭於曼拏羅東南方念一字真言加持彼柴每拈一條誦一徧真言而作護摩作護摩巳隨其緣力獻閼伽華賢聖前飯鬼神前生食然燈燒香皆念一字真言及請召發遣亦念此真言行此法教其曼拏羅若是求大福德於聚落中建置若求富貴於尼俱陀樹下建置若求子息及求妻妾於菩提樹下建置若求象馬於象馬廐中建置若求伏龍於大

龍池邊建置若除一日及四日瘧病於空舍或聚落南面寂靜之處可建置若除羅刹執魅於尸陀林中或空舍建置若除毗舍左執魅於尾鼻多迦樹下建置或畢麻樹下亦得若除摩多羅及一切宿曜執魅於四衢道建置或近有死尸舍亦得若除沒囉撼摩羅刹所魅於多羅樹下建置若除諸毒所中於曼拏羅内念一字眞言加持水七徧令彼飲之毒自消散如是或男或女若別有所求之事於四衢道或淨舍之内或果樹下或白乳樹下或稻田之中或林野樹下無妨礙處皆可起壇粉畫或有種種病苦或女人所作之病或諸惡鬼神等所作大病皆作擁護或一切拏枳你所作一切病及沒囉撼摩迦波隸等所作病或空舍或無人住處或深隱處皆可起壇若欲建壇須得吉祥好日或於夜半或日中亦得餘時不可於其檀中獻閼伽華及發遣等事皆須念一字眞言若前一切所求之事但飲曼拏羅賢瓶之水一切皆獲吉祥一切病苦皆得解脫若求最上位速得國位若無子息令得子息惡業清淨貧者得富或男或女乃至於曼拏羅隨喜之間所求種種之事無不成就

上品幢像儀則品第四之一

復次妙吉祥童子觀察淨光天上所集大衆已五體投地禮釋迦牟尼足熈怡合掌白佛言善哉世尊廣爲利益一切衆生成就眞言儀則法行法雲降雨所求皆得所有畫像法則最上正等福田令得出生菩提種子一切智智略爲解說一切所願皆使圓滿一切眞

言正行皆令得果難成就者速得成就一切菩薩大行令得圓滿一切魔王令彼降伏唯願世尊悲愍有情普爲宣演願樂欲聞爾時世尊釋迦牟尼告妙吉祥童子言善哉善哉妙吉祥汝爲慈愍一切衆生樂問如來儀則之法汝等諦聽善思念之我爲汝說若欲求成一切眞言行須依儀則具幰像功德所作所求皆得成就過去諸佛所說我今亦說先於無塵清淨之地用潔淨兜羅綿授與入三昧人於其清淨之地令曼拏羅阿闍梨念此眞言八百徧加持此綿眞言曰

曩莫薩哩嚩(二合)沒馱冒地薩怛嚩(二合引)喃(引)阿鉢囉(二合)底賀哆誐底摩底鉢囉(二合)左(引)哩赧曩莫僧戍馱曩曩耨伽鉢囉(二合)舍摩你(引)捺囉(二合)囉惹野怛他(引)誐哆(引)野(引)囉賀(二合)帝(引)三摩野(二合)三沒馱野怛你也(二合)他(引)唵(引)僧戍馱野薩哩嚩(二合)尾近曩(二合)伽(引)哆迦摩賀(引)迦(引)嚕尼迦俱摩(引)囉嚕波馱(引)哩尼(引)尾俱哩嚩(二合)尾俱哩嚩(二合)三摩野摩努娑摩(二合)囉底瑟姹(二合)底瑟姹(二合)吽吽頗吒頗吒(入聲)

以此眞言加持已復令有未知世法者童女婆羅門姓或刹帝利姓或毗舍姓亦得餘下姓者不用又須諸根具足身相端嚴容貌白色作餘色者不用復得父母聽許不許者不用又此童女須受十戒發菩提心慈愍衆生方可依法復揀擇白月白星宿吉祥之日又須天色晴朗無其陰暗風雨方可作法令前童女洗浴清淨著新淨衣服阿闍梨結眞言大印作擁護法用無蟲淨水入白檀香恭俱

摩香誦眞言加持灑淨童女身上及兜羅綿及將此水於四維上下普皆灑淨復以白檀恭俱摩龍腦等香焚燒供養阿闍梨及同法事者依法獻香再三迎請諸佛世尊住十地大自在菩薩既迎請賢聖到阿闍梨至心供養香華次或有孔雀鴛鴦鵝鴨鶴鴈如此吉祥之禽或從空來或水中來或地行來出微妙音發和雅聲持誦者知是吉祥感應必得諸佛菩薩降臨加被我所求事決定成就造幢之線亦得成就又復聞其鼓聲螺鈸聲鈴聲磬聲琴瑟方響種種樂聲或向空中或在地上亦是吉祥之瑞又或有男子女人童男童女時時說言此是聖人所作此最殊勝大有增益堪受此法當獲勝果如是之言皆是吉祥之聲阿闍梨唯自了知必得諸佛菩薩威德加被此所求法無不成就或如有人言挺喫不和合可破壞苦事無有是處如是之言皆是不祥之聲又或見猿猴水牛狐狼驢畜猫兒等醜惡之獸二足四足等及聞彼作聲持誦者自然了知壇法不就求事不成持誦者阿闍梨須重結淨壇再作法如是直至七徧誦持人設有五逆罪至第七徧決定須得成就壇既成就令前童女面向東或向北坐吉祥草座阿闍梨持誦眞言與作擁護令童女素食結齋將前兜羅綿教授童女令彼撚為綿線或一兩三兩五兩八兩至十六兩須得最上勻好兩數決定若上等壇法十六兩中等八兩下等五兩至一兩若作降伏法隨其自力臨時不定此壇若成如有過去宿業經剎那間而自消除前童女所撚綿線安

淨器中一心觀注更不異緣復用龍腦香白檀香恭俱摩香同入淨器之中和裛綿線以摩梨迦華瞻蔔迦華而用供養令作擁護若誦真言及一切事不得散亂所用器物並須清淨無其蟲蟻

大方廣菩薩藏文殊師利根本儀軌經卷第六

音釋

搵（烏没切，手揾按物也）撚（尼展切，以指撚物也）裛（音邑，香襲衣也）

大方廣菩薩藏文殊師利根本儀軌經卷第七 第八同卷

宋西天三藏朝散大夫試鴻臚少卿明教大師天息災奉　詔譯

上品㡧像儀則品第四之二

復次線法既成而求造㡧之者彼所作人須身貌端正不肥不瘦無病無苦不老不弱不惡不醜喘息不麤瘡疥不患諸根具足形色端嚴復須心意柔和樂修善行智慧通達功巧最上可令作㡧若得此人造其㡧像利益第一又此㡧像有三品別上品㡧像有上品福利中品㡧像中品福利下品㡧像下品福利若得前造㡧之人所要功價不計多少不得怖懼悋惜依價令作善自之財方便求告令彼作㡧必得成就㡧像功德如得成就而用最上殊勝香華及人天愛樂珍玩寶器飲食衣服臥具湯藥一一供養令一切有情獲大利益正覺正說又阿闍梨復先爲彼作㡧之人受其齋戒又須揀擇吉日須得三長善月白月白日吉星宿曜可令造㡧如要別月須值二月或三月華卉開芳春和之景日初出時即令制造所有造㡧使用器物繩線等物並須用牛糞淨土和水同洗洗已復用五種無蟲淨水重洗於寂靜之地用白檀恭俱摩香水作法灑淨用前造㡧器物於此安置復以香華至心供養阿闍梨洗浴清淨著新淨衣戴冠服食白檀恭俱摩龍腦等香離飢渴想心懷歡喜持白芥子誦真言八百徧擲於芥子向四方四維上下復結五髻大印持其芥子於造㡧人頂上加持得大擁護若上品㡧闊四肘長八肘中品㡧闊二肘長五肘

下品幢闊佛尺一尺長三肘半佛尺者即身長八尺者一肘爲佛尺也此是三品幢之定量又上品幢能成就最上入聖之事等中品幢佛滅度後求最上位求最上福德俱獲成就下品幢求人天快樂財帛珍寶及降伏之事俱獲成就若依此法決定成就若不依此法直如天帝亦不成就依法奉行賤下之人亦得成就諸佛世尊宣布法教眞言密行利益一切衆生爲菩提因若人於此眞言法教至意受持所有一切世間出世間曼拏羅無不成就彼人不久得大菩提此法若不利益菩提行者佛則不爲宣說又妙吉祥童子所說幢像法則此中亦有日限次第若造其幢至心制造或五日成八日成十六日成若人專意經一晝夜成此名最上成就利益甚多

若彼作人大小便利離其幢地百步之餘其事訖已淨水洗浴別著淨衣復用白檀塗其身體及於手足然須專心至意細密堅牢如法爲幢又須尺量合宜不得剩少所剩線頭如法繫結用好幢竿平正懸挂就於白月吉辰令造了畢與彼價直勿使欠少令彼安心如法受用阿闍梨以此幢身於清淨處如法安置用上妙香花加持供養擁護自身及於線幢大力妙吉祥眞言所說過去諸佛亦說如是我今亦爲宣說如是一切眞言行眞言相具大精進有大勢力能作能成種種佛事復能救度南閻浮提愚迷衆生邪見顚倒棄背聖言輪迴黑暗令得解脫若有信樂眞言依法受持發大勇猛行大精進上求菩提決定成就如佛所說若有不信衆生不能種彼

菩提種子譬如鹹鹵之地不能生於百穀之苗集其種子信爲萬善之根本而能出生一切智種於此眞言信解受持所求之事皆得成就若彼阿闍梨求彼畫者畫於幪像亦須自解裝畫所用畫人須最上巧妙諸相具足柔和慈善形色端嚴離諸過失還令受戒加持一如造幪之儀則所用彩色並須上好光淨離其塵垢然用龍腦白檀恭俱摩等香熏裛彩色誦眞言八百徧加持彼色復以龍華奔曩誐華嚩俱羅華雨華馱覩瑟迦哩華摩隸迦華俱蘇摩華等用散幪上令彼畫人面向東坐吉祥草座一心想念諸佛菩薩以求加被然可細意精心描畫功德勿生疲倦先畫釋迦牟尼佛一切諸相並須具足三十二相八十種好坐寶蓮華圓光熾盛面貌熈怡光明徧體作說法相所坐蓮華瑠璃爲莖於蓮華下復有大池池中有二龍王一名難陀二名跋難陀左手執蓮華莖右手頂禮瞻仰如來半如人相半如蛇形身白色具諸莊嚴又彼蓮池多有蓮華荷葉水族飛禽具相莊嚴殊妙端正又彼如來所坐蓮莖上下周迴出無數蓮華次第高低一一得所世尊左邊復有八大菩薩各坐蓮華座第一妙吉祥菩薩如白蓮色或恭俱摩色或金色作童子相頭有五髻具足莊嚴端正殊妙左手執優鉢羅華右手頂禮如來面戴喜怒身具圓光結跏趺坐第二蓮華聖月光菩薩亦作童子相第三蓮華妙財菩薩第四蓮華上菩薩能除一切蓋障第五虛空藏菩薩第六地藏菩薩第七無價菩薩第八妙眼意菩薩此諸菩薩

皆作童子之相一一圓滿莊嚴彼佛右邊復有八大菩薩具種種莊嚴第一慈氏菩薩最近佛坐作梵行相頭戴寶冠身真金色體著紅衣復挂紅仙衣身相端嚴具三種幖幟左手持瓶杖於肩上挂黑鹿皮右手執數珠頂禮如來瞻仰世尊心如在定第二蓮華聖普賢菩薩身作紫緑色具一切莊嚴相左手執如意摩尼寶右手持吉祥果作施願相第三聖觀自在菩薩身如中秋月色具一切莊嚴頂戴寶冠白衣絡腋頂中復戴化無量壽佛端嚴而坐左手執蓮華右手作施願相徧身光明如心作觀想第四聖金剛手菩薩身作金色一切莊嚴左手執金剛杵右手作施願相執果身挂瓔珞頭戴寶冠冠有光明真珠絡腋體著白衣復挂白仙衣偏袒右肩如觀自在第五蓮華大聖意菩薩第六善意菩薩第七徧照藏菩薩第八滅罪菩薩如是彼諸菩薩各各手執經果身挂仙衣諸相具足一切莊嚴彼菩薩上復畫八辟支佛作僧形相身著紅衣於寶蓮華上結跏趺坐如大丈夫面有善相徧身光明手作散華相散摩隸華雨華馱覩瑟迦里華龍華奔拏迦華一一畫之普散幢上

復於釋迦牟尼佛左邊聖妙吉祥上畫妙高山宮殿樓閣以無數妙寶莊嚴優鉢羅華徧滿其上於彼山中復畫八佛世尊第一寶頂如來頂有瑠璃寶紅蓮華寶帝青寶大青寶石藏寶等如是大寶普放光明猶如日出彼佛身著黃衣偏袒右肩結跏趺坐具三十二相八十種好一切莊嚴作說法相第二開華

王如來身眞金色放大寶光散適意華龍華嚩俱羅等華結跏趺坐觀察聖妙吉祥菩薩第三娑陵捺囉王如來身如金蓮華色作說法相第四妙眼如來第五耨鉢囉娑憾如來第六徧照如來第七藥師瑠璃王如來第八斷一切苦王如來如是八佛普皆金色目視釋迦如來手作無畏之相又於如來上空中有雲雨諸香華於㡧二角畫二淨光天子住虛空中頂禮聲聞緣覺菩薩諸佛前說八辟支佛者所謂巘馱辟支佛摩捺曩辟支佛賛捺曩辟支佛烏鉢哩瑟吒辟支佛濕吐多辟支佛悉多計覩辟支佛你弭辟支佛蘇你弭辟支佛於辟支佛後復畫八大聲聞尊者所謂尊者舍利弗尊者大目乾連尊者大迦葉尊者須菩提尊者羅睺羅尊者難陀尊者婆

捺哩迦尊者劫賓那如是等聲聞緣覺諸相具足福德端嚴合掌虔恭瞻仰世尊又於釋迦佛上面別畫二淨光天子身著華鬘衣手執寶蓋用眞珠瓔珞寶鬘蓮華大青寶等珠妙莊嚴覆釋迦如來頭頂又於佛足下有蓮華池與妙吉祥及烏跋難陀龍王相近畫一寶山從蓮池出上有寶巖周迴寶樹挂珊瑚蔓草木華果皆是珍寶莊嚴有大仙人於山居止此山北邊畫餤曼德迦忿怒明王作大惡相右手執索左手執杖面戴顰眉腹形廣大身如墨色可喻黑雲髭髮俱長作黃赤色兩眼俱紅十指甲長一切莊嚴挂虎皮衣瞻仰妙吉祥如受勑相徧體光餤能破壞一切障難於其山下坐大石上又近難陀龍王畫持誦者隨彼身貌衣服畫之右膝著地手執

香爐世尊釋迦牟尼足下右邊從蓮華池出大寶山莊嚴殊妙亦如前山之相於山北面亦畫忿怒明王又於聖觀自在下復畫其山作紅蓮華色亦以珍寶莊嚴以瑠璃寶作山峯頂聖觀自在菩薩化一聖多羅菩薩居此山峯身眞金色不肥不瘦不老不少著種種衣最上著紅仙衣作女人相種種莊嚴左手執優鉢羅華右手作施願相面戴喜怒色結跏趺坐徧身光明瞻仰聖觀自在於前瑠璃峯上復畫龍華樹其華殊妙滿樹開敷枝葉四垂在菩薩頂上如彼傘蓋於菩薩前種種珍寶光明嚴飾此菩薩能破一切障難斷諸怖畏若持誦之者與作擁護作天女像亦是佛所變化能施一切衆生所求之願皆得滿足復爲妙吉祥童子之母利益一切有情於此山中亦畫忿怒明王諸佛說言此大明王有大功能有大勢力具大暴惡作大忿怒能破一切障難若有毀謗聖教剛强衆生能善調伏令彼信受若有持誦之者而作擁護復有毀謗眞言輕慢三寶及造一切罪業或在空居或住地上或居地下並令調伏隨順修學於此所畫幢像令四方四角上下周正於幢下面近縁畫大海龍王形如人相身體白色端嚴殊妙以摩尼珍寶莊飾於身徧身光明於其頂髻戴七龍頭具大福德行大精進名阿難多亦名大龍面北合掌瞻仰如來奉佛教勑利益世間一切衆生破諸障難此幢儀則最爲殊勝過去如來隨機演說我今略說若有持誦之者彼人得無邊福復有俱胝劫所作重罪於一剎那中速得消散若有十

惡五逆破戒造惡輪迴惡趣爲下賤類不曾於法受持隨喜若遇此幀隨喜瞻仰於刹那間令罪速滅何況持誦之者於此眞言妙法常行成就若復有人經俱胝劫供養一切佛所得福德而無有量彼持誦者及有畫幀功德者亦復如是福德無量若復有人以香華飲食供養恒河沙數無量諸佛及諸菩薩聲聞辟支迦彼獲福果不可稱量若人於此眞言儀軌讀誦供養所獲功德亦復如是不可稱量又復若有受法弟子於此幀前成就一切眞言行求彼聲聞辟支佛及大菩薩彼人決定速得成就

中品幀像儀則品第五

爾時世尊釋迦牟尼佛觀彼一切大衆願樂欲聞告妙吉祥童子言我爲汝等說彼中等幀像法則汝今諦聽善思念之無復忘失妙吉祥若使工巧之人令造綿線及制畫幀像加持軌範種種法則並如前說上等之事今此中等所有幀像尺量停分及彼佛菩薩聲聞等執持儀則少有不同今於幀上先畫淨光天以頗胝迦寶爲地白眞珠瓔珞普爲嚴飾寬廣平正殊妙第一於此天中畫世尊釋迦牟尼佛坐七寶師子之座一切諸相具足莊嚴對彼人天作說法相於佛右邊畫聖妙吉祥身如紅蓮華色或恭俱摩色或如日色左肩連挂優鉢羅華頭有五髻爲童子形面戴喜色合掌恭敬坐立右膝瞻仰世尊復於世尊左邊畫聖觀自在面如秋天滿月諸相莊嚴具如前說復加手執白拂拂世尊身相次畫慈氏菩薩普賢菩薩金剛手菩薩大意

菩薩善意菩薩虛空藏菩薩除蓋障菩薩皆如觀自在菩薩一一莊嚴又彼菩薩上畫八佛世尊所謂開華王如來寶頂如來毗舍浮如來羯俱忖曩如來金仙人如來迦葉如來妙眼如來俱那含牟尼如來彼等如來著淺紅衣右手作施願相左手執袈裟角偏袒右肩徧身光明諸相具足於世尊右邊近聖妙吉祥菩薩畫大會衆復畫八辟支佛八大聲聞名號如前其中大目乾連與舍利弗各執白拂侍立佛邊依次復畫欲界四天王帝釋天主夜摩天主覩史天主樂變化天主他化天主及色界大梵天王淨光天子乃至色究竟天次第畫之又世尊師子座下直至幢緣畫大海水出大寶山近幢一角畫持誦者依彼相儀右膝著地手執香爐至意低頭又寶山中畫燄曼德迦忿怒明王亦如前儀復於世尊左邊師子座下聖觀自在足下於寶山上畫多羅菩薩坐亦如前儀於幢上二角相近畫三淨光天子其身白色於上空中乘雲而住作雨華相雨下瞻蔔迦華優鉢羅華蓮華摩梨迦華雨華馱覩迦里迦華龍華奔曩誐華妙華如是種種香華具種種色相佛說此中等幢像於其世間成就中等增益利樂之事若有衆生愚暗邪迷輪迴諸趣不能知彼妙吉祥中等幢像但造五逆十惡一切重罪若刹那中隨喜瞻禮是諸罪業速得清淨復令病者得愈貧者得財無子得子若有受持讀誦書寫供養此人得大功德於人天中受福快樂彼人命終之後當得成於無上佛道若有令他書寫隨喜受持供養彼人獲福

經俱胝劫說不能盡

下品幢像儀則品第六

爾時世尊釋迦牟尼佛復告妙吉祥童子言我今說彼第三下等幢像祕密儀則若有一切衆生懶墮懈怠不勤修習於此幢像隨喜瞻禮亦能成就殊勝利益若造幢法則所有綿線造幢畫像加持大體儀軌亦如前說今此幢内先畫妙吉祥於師子座上結跏趺坐爲童子形諸相端嚴光明普照作說法相左邊畫聖普賢菩薩坐優鉢羅華座右手執拂左手執如意寶身作紫緑色右邊畫聖觀自在菩薩右手執拂左手持蓮華徧身光明於妙吉祥師子座下至幢縁畫金山復於師子座右邊畫焰曼德迦忿怒明王彼明王下畫持誦者手執香爐亦如前說於妙吉祥上畫開華王如來彼佛身長十六指座寶山巖猶如樓閣彼幢四面俱有寶山幢上面山峯令高於上虛空畫二淨光天子一名清淨二名妙淨降雨種種香華亦如前說儀則無別令此第三下品幢像有大增益若諸有情經百千俱胝劫所作諸惡重罪若能至心隨喜瞻禮一切業障皆得消散若復有人供養諸佛經百千俱胝劫所得功德不及依下品幢法持誦之者十六分中一分功德所以者何此幢像法勢力殊妙所作所求皆得成就復能降伏梵王仙人水天日天俱吠囉天羅刹財主阿修羅王摩睺羅伽月天風天焰魔天及那羅延等以此幢像眞言皆來降伏若求息災增益吉祥無不成就若欲調伏破壞情物不得用之佛不許作

大方廣菩薩藏文殊師利根本儀軌經卷第七

大方廣菩薩藏文殊師利根本儀軌經卷第八

宋西天三藏朝散大夫試鴻臚少卿明教大師天息災奉　詔譯

第四幰像儀則品第七

爾時妙吉祥童子即從座起繞佛三帀頂禮佛足而白佛言善哉善哉如來應供正等正覺爲利益世間一切衆生善能說此正法眞言一切明義令諸有情依此道法方便修習成就一切菩薩眞言行當得最上菩提涅槃令此眞言甚深祕密拔濟世間利益廣大若佛滅後惡世之中一切聲聞緣覺菩薩聖賢普皆隱没是時衆生懈怠放逸不信經法親近惡友虛妄姦詐邪見顛倒若聞此法驚怖疑惑此人命終入阿鼻獄流浪生死求不解脱唯願世尊慈悲憐愍方便解說眞言相應幰像儀則令諸衆生降伏其心到無畏地爾時釋迦如來告妙吉祥童子言善哉善哉妙吉祥汝能爲於末世衆生問於如來最上祕密眞言行義成就幰像要妙儀則汝等諦聽當爲汝說我有六字眞言名微妙心是一切眞言最上祕密大義藏汝等信受無復疑惑若彼衆生成就此法降伏其心決定成就佛果菩提過去七十六俱胝佛同所宣說我今爲汝及末世衆生略而說之

唵引嚩引拙切身替引惹藥

唵引嚩引拙切身世引誐引娑嚩入聲二合

唵引嚩引拙切身欠惹藥

唵引嚩引拙切身你瑟致二合引藥

唵引嚩引拙切身捺摩諾

唵引嚩引拙切身摩曩索

爾時世尊說此眞言已告妙吉祥言此六道六字微妙心眞言具足大力大精進最上無等一切諸佛同所宣說最勝殊妙若此眞言流布世間利樂衆生如佛住世而無有異又此法教有上中下今微妙心最上第一開菩提道入如來族成正覺乘得無上果若如來法教將欲滅時今此眞言能爲擁護令得久住若復有人依此軌儀至心持誦求於世間最上福德無不成就設復有人心未諦信於此壇儀試驗建置所求之事亦得成就何況至誠依法持誦爾時世尊說此幢像儀則眞言法教爲未來世五濁衆生短命貧窮懈怠癡愚不能精進修廣大行隨彼淺機而略說之先令修合白線或一兩或半兩以線織幢幢長一肘闊半肘下留少許線脚或以絹帛爲幢亦得如要幢大或長二肘四肘六肘八肘至十肘亦得所有髮毛等並須去之潔淨護持無令點汙用白檀龍腦恭俱摩等香熏裛其幢然於淨潔之地安置一清淨器物以幢盛彼器中然後用白檀恭俱摩龍腦等香入無蟲淨水之內相和灑裛線幢依法安置三日作其擁護阿闍梨至心清淨於白月十五日向幢前面東坐吉祥草座誦此眞言八千徧

怛你也(二合)他(引)唵(引)呬(引)呬(引)娑誐鍐嚩護嚕鉢馱囉尾你也(二合)作芻訖(引)阿嚩路(引)迦野阿嚩路(引)迦野鉿(引)三摩野摩努娑摩(二合)俱摩(引)囉嚕波馱哩尼摩賀(引)冐地薩怛嚩(二合)緊進囉(引)野細吽頗吒頗吒

阿闍梨持此眞言足已只於幢邊眠睡如夢

中見好祥瑞憕法必成堪令畫像如所夢不祥憕法未成復於器中取出憕身而令陰乾其憕乾已別用圓滿潔淨之器盛憕在中於清淨之地祕密之處依法安置令持誦者復念六字微妙心真言一洛叉作其擁護彼憕決定成就滿三日後取出憕身就三長月令畫此憕若欲別月修建之時須就白月吉日復得吉星曜直日仍至夜半子時令彼畫人持受戒品至於天明就清淨之地燒龍腦香然令畫憕先畫聖妙吉祥童子作小童子相頭有五髻金色嚴身體著青衣復以青仙衣披挂身上於師子座上半跏趺坐右足踏於寶座寶座之下復有白蓮華作說法相上下端嚴諸相圓滿面戴喜怒之相觀視持誦之者右邊聖普賢坐白蓮華諸相具足一切莊嚴身紫綠色著於青衣真珠瓔珞以爲絡腋左手執如意寶珠右手執白拂妙吉祥右邊畫聖觀自在亦坐白蓮身如中秋月色諸相具足一切莊嚴亦著青衣還以真珠瓔珞以爲絡腋左手執白蓮華右手執金柄拂面戴喜相瞻仰於妙吉祥又此所坐白蓮從池水生於一莖幹有三枝蓮華中枝白蓮華坐妙吉祥兩邊白蓮華右坐普賢左坐觀自在其蓮華莖作大綠寶色於大無熱惱池出二大龍王一名難陀二名跋難陀身作白色一切莊嚴各於頭上戴七龍頭上半如人相下半如蛇形於此池中捧白蓮華莖舉頭瞻視妙吉祥菩薩其池之內無數蓮華或開未開而用莊嚴又於聖妙吉祥右邊近憕角畫持誦者如彼相儀畫之右膝著地手執香爐瞻仰

道場會又於聖妙吉祥上近㡧二角畫二天子乘雲空中往來飛行作雨華相雨下殊妙之華徧於㡧上種種開敷如前儀則所有聖妙吉祥普賢觀自在及彼執持之物兼持誦阿闍梨並須依法周足畫之如不依法闕少一事壇法不成所求無就若人無力或可隨緣建置其法不定如所得造㡧疋帛或一尺或一肘或半肘亦得爲㡧畫人或信法或不信法或持戒或不持戒或淨或不淨亦可得畫若彼持誦者或自或他須信重佛法持戒清淨發菩提心如是彼人於眞言行必得成就若人於外道邪論及彼小乘而不樂著於此大乘信樂修習必得成於無上佛道若於白法而不信者於菩提種終無出生之用譬如焦穀求絶其芽若人信受依法持誦所有世間出世間一切眞言及諸賢聖無不成就我今所說上中下品及彼小㡧法則之事一切所求皆得成就

第一成就最上法品第八

爾時世尊釋迦牟尼佛告妙吉祥童子言我爲衆生說此廣大殊勝㡧像法則能令少善衆生成就廣大功德今欲爲汝分別較量福德業報汝今諦聽善思念之爾時妙吉祥童子白佛言世尊善哉善哉今爲我等分別較量眞言法行所得功德唯願世尊慈悲憐愍方便解說爾時釋迦如來於其面門放大光明其光四色青黃赤白普照大衆復照三千大千世界一切魔王失大威力所有摩尼珠寶一切宿曜日月光明皆所映蔽而無照燭於是佛光却入面門爾時金剛手菩薩摩訶

薩在大衆中即從座起頭面禮足白佛言世尊以何因緣放大光明普照三千一切世界必有因緣願佛爲說世尊告言金剛手如是如是如來現瑞必有所因今爲汝等說此妙吉祥根本儀軌眞言經王令彼有情所作所求皆得成就一切平等令入法行若有信敬受持讀誦書寫禮拜以龍腦香塗香及燒香華鬘繖蓋幢旛妓樂螺鈸妙音如是隨緣供養發迴向心欲求大福或聞法教依法奉行或隨喜恭敬我與彼人皆受阿耨多羅三藐三菩提記如是放光而宣此事若有先入三昧淨持戒品受灌頂者於此儀軌王根本心眞言外心眞言或别眞言及一字眞言去曠野處以水果子及藥等根葉用充齋食潔淨身心隨意誦前眞言三十洛叉復上山峯上面西安置前第四幢像阿闍梨面東坐吉祥草座用白檀恭俱摩香水浸白蓮華一洛叉向幢前獻釋迦牟尼佛及諸佛菩薩緣覺聲聞一切賢聖又以龍腦香諸雜名華隨緣供獻天龍神等於幢前作護摩爐如蓮華相就三長月十五日夜半子時用白檀爲柴燒火復用恭俱摩龍腦和合作團數可八千用作護摩而爲擁護時釋迦牟尼佛徧身出光猶如火聚即時阿闍梨以恭俱摩白檀水淹白蓮華獻閼伽水速繞幢三帀即頂禮一切諸佛菩薩聲聞緣覺旣頂禮已即收幢受持不久之間速得神通經一彈指頃過梵天界到開華佛刹得見開華王如來及無數百千菩薩供養恭敬於妙吉祥前親得聽法住彼佛會壽命一劫所持幢像亦在彼處諸佛菩薩

恒爲護念諸佛法藏皆悉通達復得無量神通大力入千佛刹徧現千身與妙吉祥而爲善知識此人決定成無上覺

第二成就最上法品第九

爾時一切大衆安詳而坐世尊釋迦牟尼佛於大衆中告彼天衆言汝等諦聽聖妙吉祥童子所行結壇眞言成就法若有持誦之者能作擁護令最上祕密微妙心大明王眞言一切佛說若誦此明如誦一切眞言汝等天衆不得違犯此明王眞言若依法持誦請召降伏假使聖妙吉祥尚不敢違何況別諸菩薩能破一切障難亦能破一切世間出世間眞言今一字眞言具大精進有大勢力唯一字眞言於一切眞言中最上無畏而得第一天衆問言今此眞言云何名爲一字復有何力世尊說言今此一字能具一切義能作一切事能斷一切呪能破一切罪業亦能圓滿一切眞言於一切世間出世間眞言中而爲最上爲一切如來心圓滿一切願更無能勝此眞言者

唵(引)瑟致陵(合)(三)

此爲聖者最上祕密能作一切事名爲一字明王不得違犯能藏護衆生身令一切部多不能得見無能得便爲一切佛之吉祥能成就一切眞言能作一切世間師能作一切自在心能悲愍一切有情能破壞一切障難如意所作皆得成就一切眞言先所未念亦得精熟而不忘失自著衣服誦此眞言衣上加持見者愛敬加持齒木刷牙無患白迦囉尾囉木加持七徧若用刷齒所欲之者不求自

得如有眼病用其鹽粖加持七徧然將點眼速得除差若患耳病用象糞内所生菌子及吉沒迦樹葉用慢火燒燒已去皮令溫和更入鹽粖都共合和一處加持七徧以藥點耳剎那中即差若女人難產生者而受痛苦用阿吒嚕沙迦藥根以無蟲淨水磨藥塗於臍上自然生下母子俱安若人傷刀箭惡瘡用陳酥加持八徧喫此酥兼塗瘡上彼瘡立差若患氣病及瀉痢青鹽或紅鹽或別鹽加持七徧然喫此鹽彼病立差若人患吐逆用麽覩籠誐藥根以無蟲淨水磨誦此真言加持或加持一徧二徧俱得除差又女人難產用阿濕嚩囐馱藥根以黃牛酥煎已復用黃牛乳同磨加持二十五徧女人月水後三日喫不得邪染夫自亦然若行邪染其藥無力若所生子於母腹内或一年二年三年五年或多年不生或被他人禁呪不生或藥法制伏不生或自有病不生或所患病進退不恒令不產生如是種種障礙生產不得以加持力皆得產生俱獲安樂若是寃家作法障礙難生用陳酥孔雀尾加持二十七徧合和同研細研已丸如訶子大復用白乳糖酥加持二徧然後同喫服食七日而得平善若患頭疼用烏翅加持七徧以翅拂患人頭速得安樂若男女孩子所患諸病用阿覽誐根你梨迦根使乳汁同磨加持八百徧然後服食即得安樂若有患隔四日瘧病或三日二日恒日如是惡病用乳粥與酥同和加持八百徧與喫即得安樂若值捺吉你鬼執者自口念八百徧觀視病人即得安樂若一切人所值惡

鬼執者所謂摩多羅布單曩吠多拏童子鬼等加持自手八百徧以自手摩患人頂即得安樂若誦一徧自身得擁護若誦兩徧同行者得擁護若誦三徧一家得擁護誦四徧聚落得擁護若誦五徧一州得擁護如是若誦千徧一國得擁護如是皆能擁護及彼調伏一切能作若有忘失文句還得明記今此眞言雖具調伏逼害之力佛不許作恐害情物又復建壇之法於彼無人淨處或近河岸海岸或恒河岸或别餘江河之岸所有清淨之處持誦者一日三時洗浴換衣默然乞食以菜果爲食食已志心念眞言至十洛叉如有祥瑞時即所求成就便於加持之處安置第一幢像排列供養或用金器或銀器或銅器或瓦器或磁器等陳列香華而用供養復令一洛叉人然燈一洛叉用都嚕瑟(二合)香油盞内滿盛以白氎布等爲其燈心於彼像前普徧然之照曜一切相次之間幢出光燄猶如火聚即時空中忽有鼓聲讚言善哉持誦阿闍梨若聞此聲速向幢前獻閼伽水旋繞三帀頂禮一切諸佛賢聖即收捧幢像而作受持不久之間及然燈之人得大神通於虛空中有一洛叉一天宫來迎此人復有諸天妓樂歌舞作唱天女讚歎復得持明輪王與彼持誦之者受於灌頂諸然燈者種種天衣而得嚴身徧體光明喻如日出住一大劫若阿闍梨爲天輪王壽命延長得諸同行及諸天人以爲侍者身體細妙下位難見於一切賢聖之中最上最尊天人愛敬於剎那中過於梵天持一切物供養諸佛及衆菩薩天帝之

德亦不可及何况別諸天人與聖妙吉祥爲善知識於未來世當得成佛復有成就之法先須於大曠野寂靜之地離諸喧閙人物之類復有蓮華池池畔須有山於此山上所有妙吉祥儀軌經中一字眞言及諸佛菩薩所說眞言彼人隨意受持作法者食蓮華根爲齋至心誦持眞言三十六洛叉課誦畢已持執前儀軌所說第一幢安置山上用蓮華白檀恭俱摩香水浸佉禰囉木柴先安置蓮華三萬六千莖於爐内以所浸佉禰羅木同作護摩若護摩畢已世尊釋迦牟尼佛像於幢中放光照持誦者照已復入幢内令持誦者得五神通入菩薩地光淨如日隨意自在壽三十六劫復過三十六洛叉佛剎彼佛威力令得見三十六俱胝佛持彼教法於彼佛所而作供養與聖妙吉祥爲善知識於未來世得無上菩提究竟涅槃

大方廣菩薩藏文殊師利根本儀軌經卷第八

音釋

鹵音魯　巘語偃切　顰毗賓切蹙眉也　詘吉也切

大方廣菩薩藏文殊師利根本儀軌經卷第九 第十同卷

宋西天三藏朝散大夫試鴻臚少卿明教大師天息災奉　詔譯

第三成就最上法品第十

爾時世尊釋迦牟尼佛復說此儀軌王最上成就法若彼誦者作法之時乘船入大恒河住河中間以乳爲食誦眞言三十洛叉別諸眞言誦之皆得若誦數足見一切龍即作護摩爐如蓮華相用前第一㡧面西安置獻大供養持誦者面東坐吉祥草座以白檀恭俱摩香熏裛龍華復用佉禰囉木爲柴入在爐中每一龍華加持七徧而作護摩如是護摩數滿三萬作護摩時如有龍現或持香藥或持寶物而與持誦者不得受之若護摩畢已得持明輪王速具神通一切龍王皆悉降伏如同侍從隨意自在無有能勝之者壽命三十中劫親見聖妙吉祥尋以摩頂具五神通不久當來得成佛果復有成就最上法亦於大恒河中作法先用吉祥果木一段爲其舟船牢固造作復用吉祥果木爲於篙棹所用船工心須巧妙多有方便運彼舟船往來安穩恒在中流持誦者所有受持根本眞言或六字眞言三字眞言一字眞言及明王眷屬眞言爲成就法於船中面西安㡧持誦者面東持於齋戒以乳果子藥苗藥根等爲食一日三時洗浴三時換衣默然至心於彼㡧前誦前眞言六十洛叉持誦畢已船自往於大海所用之物隨行受持入大海時不得怕怖唯持誦者一人可得迴船餘者皆否須臾之間可行百千由旬然就海中作成就法先作

護摩爐如甕用佉禰囉木為柴用白檀龍腦龍華合和為團以瓦器內盛或大或小臨時俱得團數須滿六十洛叉加持作護摩亦然於護摩時有楞伽國住者羅叉變醜惡形復有龍宮名大富貴彼有大龍王從龍宮出變種種身現善惡相與彼羅刹發如是言汝起汝起為我作主如是復有阿修羅夜叉天人摩護羅伽及一切聖者發善輭言勸請令起不得便起亦不得驚怖持誦者即誦真言左手結祈克印祈克彼等即生怕怖尋便退散護摩作畢龍鬼既無持誦者并所有船剎那中間往色究竟天及諸剎土往來自在發菩提心見聖妙吉祥獲得五通大力所有一切龍一切羅叉一切夜叉一切阿脩羅一切天人一切衆生皆悉降伏受誦者勑復得一切諸佛菩薩聖賢慈心護念所有摩多鬼及一切鬼神不見其身何況能為惱亂

復有成就最上法用吉祥果木一段於恒河灘製作舟船復令一百二十人執燈身著白衣作於擁護然將第一燈如前儀則安置獻大供養復用龍華白檀恭俱摩龍腦合和為團數作三萬以佉禰囉木為柴用作護摩作護摩畢已人及舟船剎那中間往彼梵世隨意自在復見聖妙吉祥得菩薩地具大五通住壽一劫作大持明輪王彼執燈者得持明天同為侍從常供諸佛於未來世當成正覺

復有成就最上法或於河岸海岸及大海中離於喧閙寂靜之處起檀持誦求最上法皆得成就或雪山香山香醉山阿沒禰山三峯山及有華果樹林之處如佛所說應是山川

林野深淨之處離諸雜穢衆惡之類忻樂誦持眞言法行皆得成就若南印度或於吉祥山吉祥舍利塔等亦得成就法若北印度迦濕彌羅國佽波羅國迦尾尸國以次小支那國大支那國所有山林河海清淨之處皆得成就眞言行法若於聚落城邑而作法者須是國王重臣信敬佛法人民士庶孝養父母恭敬賢聖無諸外道邪見衆生如是國土於寂靜處或於舍下或於露地皆可起壇求成就法若於中天大印度內所有殑伽河岸餤母曩河岸信度河岸捺哩摩(二合)那河岸嚩訖史(二合)河岸賛捺囉(二合)婆誐河岸淨岸迦嚩哩河岸娑囉莎底河岸枲多大河岸如是勝地可得成就最上法復有勝地金剛座大塔中轉法輪處安瑞像塔中及迦毗羅成摩耶天人生太子處鷲峯山中華氏大城倶尸那城末度囉城曲女城塢濟你城廣嚴城如是國土聚落皆是福德吉祥勝地所作所求皆得成就若有天人住處或屍陀林或有一堂一殿安尊像處或有華果大樹下或山頂高顯處或優樓頻螺大池上或摩嚕波國滿城中及佽奔拏河恒河入處海門邊鉢囉野誐大尸陀林及佛寺塔廟一切世間殊勝之地倶獲成就最上祕密法所有邊陲之地野外無諸華果樹木之地不得作法所有惡人集聚不律儀處暫住即得久住持誦結壇作法終不成就若佛菩薩緣覺聲聞一切聖賢經行之處最爲殊勝其阿闍梨先須於眞言儀軌法則道業並須精熟復須持戒清淨離諸貪欲智慧通達利益衆生然可依法持明結壇

誦呪作於護摩所求滅罪其罪皆除所求吉祥一切成就如起首作法先面西安置幡像持誦者面東座用蟻子所運之土恒河岸上土復用白檀恭俱摩龍腦等香合和爲泥於彼幡前作一孔雀於淨地生者長吉祥草於彼幡前作如車輪形令持誦者右手執其輪左手執孔雀於白月十五日夜幡前作大供養燒龍腦香至天明日出時彼泥孔雀變成大孔雀王輪亦出光持誦者現作天身身有光明如日初出著最上衣莊嚴於身即時頂禮諸佛菩薩旋繞幡像已即自收幡經須臾之間乘彼孔雀過於梵天有無數百千那由他俱胝天人爲其眷屬自作天輪王壽命六十中劫隨意自在富貴具足無能勝者親見聖妙吉祥爲善知識此人不久當得成佛復有成就法如是所樂拄杖淨瓶齒刷絡腋雄黃眼藥刀劍弓箭鉞斧種種器仗等或二足四足駝騾象馬師子龍虎等或飛禽之類孔雀白鶴鸞鳳等禽用白蟻所運之土或河岸土及諸妙香合和爲泥如前器仗生類隨意所樂以泥作之或坐具臥具傘蓋頭冠一切莊嚴之具亦隨意作之或是僧家所用之物數珠革屣衣鉢錫杖剪刀針匙等物若是錫杖刀斧等並用上好鑌鐵作之其餘之物用前香泥修製修製既成復用五淨之水洗過然用閼伽水灑淨或一字眞言或別眞言誦八百徧以爲結淨自作擁護以次如前所說於清淨祕密之處面西安置第一幡像持誦者面東坐於彼像前獻大供養燒龍腦香等於十五日夜執持所造物像至心誦前根本

眞言至於天明日出之時幰出大光所有前
香泥象馬及彼鸞鳳乘之即可騰空自在若
刀劒器仗乃至數珠革屣等執之亦然身如
日出放大光明作天輪王爲一切天主壽一
大劫有無數百千那由他俱胝天人爲其眷
屬居最上摩尼寶殿前所乘象馬等類恒自
隨身具大勢力自己眞言常得成就他所呪
法亦能破之於自誦者作大擁護令彼阿闍
梨有大勢力具大精進成廣大身得聖妙吉
祥讃言善哉以手摩頂爲善知識乃至當得
坐菩提道場成就佛身得一切衆生尊重供
養令諸有情到眞實際獲不退位是故我今
略說最上成就法行於最上寂靜之地建置
最上第一幰像作大最上殊勝供養行大最
上眞言事業所以持誦者乘空自在得天輪
王大菩薩位具五神通往千佛刹於聖妙吉
祥前成就一切智智復能布大法雲降甘露
法雨普潤世間利樂有情以最上成就法力
而能現作諸佛菩薩緣覺聲聞一切賢聖如
是殊勝一切所欲吉祥之事皆得成就

第四淨行觀想護摩成就法品第十一之一
爾時世尊釋迦牟尼佛觀察淨光天中大會
之衆根機成熟純善相應告妙吉祥童子言
我爲汝等欲說中品幰像儀則之事有中品
事業中品成就法善哉汝等諦聽善思念之
爾時妙吉祥童子白佛言世尊如來爲一切
世間天人師利樂有情救拔羣品唯願世尊
悲愍我等及末世衆生今所有法略爲宣說
世尊告妙吉祥汝今諦聽若有持誦阿闍梨
若能修諸梵行持戒清淨身心柔輭悲愍有

情若安居處於此一切眞言成就法作其觀想持誦護摩決定不虛皆得成就如儀軌王所說若曼拏羅阿闍梨攝受弟子令入曼拏羅與彼灌頂所受弟子依法進修恒入三昧身心平等智慧明達所言誠諦離諸妄念勇猛不退恭敬孝順不老不少於諸利養而無愛著於自戒行亦無缺犯悲愍有情一切平等如是之者於此眞言密行先作精熟而後求法又此阿闍梨於妙吉祥曼拏羅眞言密行深入無礙得大總持善能分別三密妙行於法界性無畏無著人相具足生貴族家勇猛精進善療衆病斷貪嗔癡有如是德是名曼拏羅阿闍梨與彼爲師其行無等若彼弟子夫欲求法於妙吉祥童子儀軌三昧深懷愛樂發恭敬心五體投地誠心告白我今願樂求受灌頂唯願闍梨慈悲攝受阿闍梨觀彼弟子威儀梵行戒品身心得如前說者即時攝受依法軌儀試驗彼等與彼灌頂教授眞言令入三昧學祕密印如斯堅固信樂不退即爲解說一切眞言成就儀軌若非此人於此儀軌不得爲說若彼弟子得阿闍梨歡喜隨自力緣如法供養時阿闍梨教授養育如同父子所業旣就復令隨處建置道場所有儀軌如前所說揀好壇地無諸雜穢瓦礫骸骨清淨之處安置幢像召請賢聖以香華燈燭種種供養獻閼伽水獻座及發遣一日三時洗浴著新淨衣持誦等日日如是復次阿闍梨精進持戒審諦思惟微妙法界深猒世間遠離幻法於諸眞言通達無二成就甚深最上法行自作擁護如佛所說此眞言王

若人依行必獲聖道又持誦者善能分別三世業報於微細罪生廣大怖所有世間呪法諸佛眞言金剛部族蓮華部族如是法教不憚辛勤勇猛修習學令成就如得成就於寂靜處如理思惟至心持誦利益有情植衆德本有如是行德而可於師若有學者書寫受持眞言法行作曼拏羅求受灌頂如得成就利益無盡復自隨其緣力供養於師以飲食衣服卧具湯藥香華燈果恭敬供養如供諸佛而無有異於四威儀無令缺犯保重於師如保已命所學成就長壽無病一切所願皆得滿足若彼弟子尊重事師得師歡喜所有過去現在諸佛世尊聲聞緣覺及諸菩薩一切天人皆生歡喜若師有德無德有梵行無梵行不得毀謗又師自道法如法解說無復悋惜令彼修學長養法眼使一切衆生歸依有處如是弟子依阿闍梨得入諸佛祕密法藏如是阿闍梨依彼弟子傳通聖法令下善種是故師資相應成就佛法不斷三寶相續若無弟子付受法教恒行慈愍貧苦衆生與彼宣說入聖法財大乘儀軌眞言法教上中下品修行要道最上希有難得之法漸次誘引令得修習熏生智種而得通達最上法行依教奉行隨處還修曼拏羅法如前儀說揀擇勝地於恒河岸信度河岸或大海或大野或高山或近山或深山或樹下或林中或中國聚落如是殊勝清淨之處至誠持誦心離散亂隨緣乞食食已黙然冥心密誦降魔息災無不成就若復爲人所爲之者亦須信重愛樂忍辱柔和諸根無缺人相具足一切法

事次第教授令彼早起於大河中取彼河水濾過無蟲用自洗浴令身無垢復用粖香至意加持然用塗身即令入壇彼阿闍梨亦自洗浴於河岸坐復用淨土洗手二十一徧然後刷牙整頓衣服於其佛前頭面作禮以香華飲食種種供養種種讚歎重用香華獻閼伽水獻已禮敬復自白言某甲弟子無始流浪罪業無邊身口七支其過不一今對佛前至誠發露願罪消滅如是懺悔復從座起於彼懺前坐吉祥草座手執數珠一心持誦所誦真言須是依師傳受文言決定即許持誦若非傳受若句義差錯及別真言不得持誦恐不成就

又此壇法有上中下今唯說中品法事誦課儀軌真言梵韻皆作中品又所發音韻亦不得高亦不得低聲調和雅文句分明此爲中等懺像亦然過去諸佛同所宣說又每誦真言勿令異人聽聞恐彼疑惑返成墜墮須於寂靜之處結界安居至心持誦若持誦時於夜第四分或半夜時趺坐持誦至早辰日出以次中午獻閼伽水發遣賢聖其事訖已宣揚義理解說法句以次讀誦經典讀十地經般若波羅蜜經等如是讀誦恭敬供養投地作禮復誦根本真言調伏諸根專心佛道即得成就最上之法復次阿闍梨若入聚落求化食時默然淨行密誦法句顧瞻道路無蟲之地而得行之所乞之舍人有道心正見重佛即得乞食若無道心邪見顛倒非因計因不得往彼恐生疑謗墜墮彼等又於聚落若見美妙色聲等境不得貪著妄生適悅如入

軍陣勇猛無畏破彼强敵如過寃家深懷嫌猒若見女人想觀不淨臭惡膿血蛆蟲爛壞如屍陀林種種枯骸深生猒離若彼愚盲生顛倒見苦處執樂非淨計淨於彼女色耽著不捨業繩纏縛隨六趣中輪迴往來無有窮盡生死相續苦惱不斷譬如有人執索鞦韆往復高低繩不離手業繩亦爾六趣昇沉業不離身如輪給水如蟻循環而無窮盡佛說女人爲苦根本由是諸苦相續而生是故行人宜心遠離若阿闍梨如爲女人喻若得病無其增益所求不成上品中品乃至下品成就之法皆不成就爲破戒罪諸佛菩薩而無護念一切眞言都無勝力人天福報少分快樂亦不可有何況眞言最上之法又若親近女人於未來世欲求菩提涅槃永不成就何以故女色壞人障聖道故譬如有人截多羅樹頭於其截處芽永不生智種亦然女刀截故善芽不發是故女人過失既深切要遠離若彼智者心不邪亂離妄清淨觀彼女色如空中華如水中月不貪不著無得無捨於曼拏羅成最上法是名曼拏羅阿闍梨清淨乞食之行

大方廣菩薩藏文殊師利根本儀軌經卷第九

大方廣菩薩藏文殊師利根本儀軌經卷第十

宋西天三藏朝散大夫試鴻臚少卿明教大師天息災奉　詔譯

第四淨行觀想護摩成就法品第十一之二

如是阿闍梨於彼王城聚落乞食歸已於清淨處安置其鉢即出房外用無蟲淨水舉其左手以洗雙足足既淨已復取淨土以洗於手持誦眞言七徧而爲加持然用清淨器物盛新退下黄牛糞以無蟲淨水相和調合於其佛前作七曼拏羅四方平正或一肘或半肘第一曼拏羅廣闊一肘獻釋迦牟尼佛第二曼拏羅獻菩薩第三曼拏羅獻本尊眞言第四曼拏羅獻辟支佛第五曼拏羅獻三寶第六曼拏羅獻一切賢聖第七曼拏羅獻一切衆生令獲利益如是儀法日日修作不得缺犯作曼拏羅已復於寂靜之處密誦眞言而重懺悔懺訖而起令彼淨人於河於泉等取無蟲淨水盛淨器內一心洗手復洗頭面耳鼻等皆令潔淨然漱口三二徧持誦五徧或七徧即捧空鉢往詣流泉河澗等處如法洗鉢洗已歸院以鉢盛前所求之飯少許而供養佛及本尊法教復誦眞言所受用鉢或金作銀作銅作或瓦作或樹葉皆可爲其應器所持鉢飯作供養已復分一分與後來者或客人或貧苦者不得多與量力施之恐自不足減於氣力有妨持誦及焚修事若是獻佛之食自不得喫轉施貧人或飛禽等若自喫食不得傷飽持誦成患餘剩之食施諸貧苦如是佛說一切衆生以食爲命皆依食住假使天人阿脩羅乾闥婆龍夜叉緊那羅羅

又餓鬼毗舍左部多烏娑哆羅迦及諸星曜等未有不依食住而不食者或自然飲食或造作段食若欲界人天唯是段食若色界諸天飲食細妙以禪定爲食若無色四空香爲食故是故佛說令諸衆生依食資身進修道法持誦法教修諸梵行恭敬聖賢孝養父母乃至無上佛道成就不難譬如有人食所資故勇猛强力擔負重擔遠行前路不以爲難行者亦然身力安健上求菩提下度有情作大利樂亦不爲難是故於過去世有佛世尊名曰迦葉如來應正等覺爲彼一切貧苦衆生於其飲食恒所乏少令心逼迫常受飢苦利益彼等而爲宣說最上眞言令得具足種種飲食消除飢病佛言一切聲聞之輩有菩提行而欲進修須假段食以支身命汝今諦聽當爲汝說是時會中聲聞之衆廣大歡喜而白佛言世尊法王甚爲希有慈愍衆生三界第一唯願饒益我等說此最上眞言是時釋迦牟尼即受其請發迦陵頻伽聲響如雷鼓告部多衆言汝今諦聽所有十方世界現在會者二足四足多足無足及過去未來一切衆生我今利樂於彼令得飲食豐足即說往昔迦葉世尊所說眞言

曩莫三滿哆没馱引喃引阿鉢囉二合底賀哆舍引娑曩引喃怛你野二合他唵引誐誐你引誐誐曩巘嗏引阿引曩野薩哩縛二合護盧護盧三摩野摩努娑摩二合囉阿引迦里沙二合尼摩引尾楞嚩摩引尾楞嚩野體引悉弭二合旦弭引三波引捺野娑嚩二合賀引

爾時迦葉世尊正等正覺說此廣大眞言法

時於虛空中起大飲食雲徧覆三千大千世界於其雲中降彼種種美食令彼衆生隨意取食皆獲飽滿離諸飢苦復有渴者於其雲中降八功德水於刹那間普皆充足時彼會中一切大衆歎未曾有何故雲中有斯美膳是佛世尊所說微妙秘密眞言威力所置我得隨喜頂戴奉行即從座起五體投地禮足歡喜而退一面我釋迦世尊亦爲饒益愍念衆生說此儀軌王最上眞言令彼一切飢渴衆生充足飲食若持誦者先須依法求成眞言勝妙之行於山頂上安置聖妙吉祥中品幢像以種種香華飲食獻大供養持誦者每日喫三白食或只乳食亦得即誦迦葉如來正等正覺所說眞言七洛叉然用佉禰囉濕木優曇鉢濕木吉祥果濕木皆長一尺以酥酪蜜搵令滋潤誦前眞言作於護摩八千徧於夜半已來於其天中起黑風雲彼持誦者不得怕怖亦不得起但誦聖妙吉祥八字心眞言與彼同伴法事之者作其擁護彼黑風雲即便自散又於空中現女人相一切莊嚴光明照耀向誦者言我得成就汝上人起誦者用惹帝華香獻閼伽水作此法時女人不現如是自身與其同伴二十五人所求飲食天自雨下及隨意受用之物皆得充足持誦者獻閼伽水發遣賢聖旋繞幢像三帀畢已作禮諸佛一切菩薩

復次作虛空行等成就法如先所說種種清淨之地或山或海等地持誦者及同伴人依前儀則持誦眞言作其擁護用中品幢面西安置持誦者面東坐吉祥草座用佉禰囉木

爲柴以白蓮華酥酪蜜合和爲團作八千護摩每日三時而作護摩如是至二十一日到夜半時作護摩法畢持誦者即見聖妙吉祥所求皆得或虛空中行或隱没身形或大福長壽或王所愛敬乃至成就聲聞辟支佛菩薩之地於五神通亦得成就令此壇法有大勝力所欲皆得請召聖賢發遣神鬼呪成仙藥及無智愚迷作種種過失以眞言威力亦得解脱

復次釋迦牟尼說中品成就法如前所說清淨勝地面西安置㡧像持誦者面東坐吉祥草座以香華供養廣作法事每日三時至念眞言如是數滿六洛叉念誦畢已以迦尼迦囉華白檀恭俱摩香合和爲團作百千護摩其數足已㡧自震動復出光明普徧照耀不久之間得三十三天帝釋之位若以此㡧頂戴受持得入三地具五神通爲生說法復至七地乃至未來得成正覺若持誦者依前儀軌作法持誦皆得成就如迦葉世尊所說眞言依法持誦所求美食八功德水決定成就隨意豐足若依妙吉祥根本儀軌結界持誦所求金銀珍寶摩尼珠寶上妙仙藥等無不成就如上儀軌法行若彼阿闍梨勤誦修習常得成就又持誦者若依法持誦所乞得者種種飲食若欲食時先供聖賢深生慚愧然可自食若有餘食送在河中或無人淨處施諸畜類有情施已洗鉢一心專注若是瓦鉢洗已熏乾其餘木鉢金銀等鉢洗淨無垢即得受用若稍不淨不得使用如佛教勑若乞食之鉢不得雜用盛物亦不得喫食乃至香

藥果子等皆不得盛又諸比丘如無應器或用荷葉喫食或用蓮華葉優鉢羅葉妙香華葉最上華葉布羅叉葉優曇鉢葉若尼俱陀樹葉及根莖枝條俱不得用娑羅樹葉阿沒羅樹葉波吒羅樹葉室里沙樹葉菩提樹葉並不得於葉中盛食喫食復有釋迦如來行住坐卧之處所有華果樹木並不得受用若有違犯破自三昧離前葉外其餘樹葉許用喫食若瓦器銅器銀器金器水精瑠璃之器及鐵石等器皆得喫食又若蓮華若諸樹葉或以供養諸佛菩薩及聲聞緣覺者亦不得用若持誦者如前所說樹葉及供獻佛衆聖者華葉樹葉並不得受用喫食若有求法持誦者受用供佛之葉喫食之時下品成就之法決定不成何況中品上品吉祥增益息災降伏一切所願之事定不成就若有樂修淨行精勤持戒得成就一切眞言者許共同食若非此輩不得同食亦不得互相招喚往來同食如所乞之食雖少須作豐足之想若諸持誦之者依此儀軌如是而行於一切眞言求成就法如觀掌中必得成就汝等諦聽我今復說潔淨眞言威力廣大若持誦者念此眞言七徧所有一切飲食以手按之成潔淨食可得自喫天人及部多衆於彼身上以手摩觸按之皆成潔淨眞言曰

曩莫三滿哆沒馱(引)喃(引)阿鉢囉(二合)底賀哆舍(引)娑曩(引)喃(引)怛你野(二合)他(引)唵(引)薩里嚩(二合)緊唧沙曩(引)舍你曩(引)舍野曩(引)舍野薩里嚩(二合)訥瑟吒(二合)鉢囉(二合)喻訖旦(二合)三摩野拏娑摩(二合)囉吽弱娑嚩(引二合)賀

此眞言若喫食已復誦七徧以手摩觸自身及頭頂上然經頃刻之間於彼㡧前讀誦一切經典佛母般若經聖月燈經三摩地經十地經金光明經孔雀王經寶幢陀羅尼經如是等經早晨讀誦至於午時隨讀多少即時迴向收經桉上以淨衣葢覆作禮經卷往於河岸手捻淨土誦此眞言七徧然後洗浴復說眞言曰

曩莫三滿哆沒馱(引)喃(引)阿鉢囉(二合)底賀哆舍(引)娑曩(引)喃(引)怛你野(二合)他(引)唵(引)薩里嚩(二合)訥瑟站(二合引)鉢囉(二合)訥瑟站(二合)娑旦(二合)婆野吽印你達囉達里尼俱摩囉吉里(二合)拏嚕閉尼滿馱滿馱三摩野摩拏娑摩(二合)囉頗吒娑嚩(二合引)賀

令此眞言於曼拏羅能結界擁護降伏一切障難若以線上加持七徧繫在身上一切處行作一切事皆得擁護若結五髻大印誦一洛叉所求之事無不成就若以瞿摩夷淨土用無蟲水持誦者洗浴身上及塗壇地兼所用器物並成潔淨不得用不流死水惡水亦不得戲論衆生又須觀想自身爲苦爲空無常無我無主無宰無救無歸輪迴無已深懷苦想如入深水一心專注若離此觀如鴛鴦去伴恒增痛苦又彼誦者恒須觀想諸佛境界七寶蓮池青黃赤白蓮華荷葉滿池開敷於池四邊種種嚴飾世尊於彼坐師子座金色光明圓滿相好悉皆具足於佛右邊有聖妙吉祥諸相莊嚴坐蓮華座手執白拂或坐或立或紅或白或金色如是觀想彼佛左邊有聖觀自在如中秋月色手執白拂復有八

菩薩慈氏普賢地藏虛空藏除蓋障滅罪金剛手妙財并前為十菩薩右邊八辟支佛賛那曩辟支佛巘摩那曩辟支佛計都辟支佛妙計都辟支佛白計都辟支佛哩瑟吒辟支佛烏波哩瑟吒辟支佛你彌辟支佛及八大聲聞大目乾連舍利弗憍梵波提賓頭盧頗羅墮畢陵伽婆蹉羅睺羅大迦葉阿難陀如是觀想又彼大聲聞相近有無邊比丘眾於辟支佛相近有無邊辟支佛眾八大菩薩相近有無邊菩薩眾乃至大眾徧虛空界如是作其觀想又持誦者復觀自身在池水之中水至於臍以天上人間種種名華曼陀羅華大曼陀羅華馱覩瑟迦里華雨華印你嚩囉華蓮華大蓮華如是之華積如妙高山及種種幢旛寶蓋天衣妙香然百千那由他俱胝燈而用供養一切諸佛及諸菩薩聲聞緣覺兼與一切衆生施食供養復想世尊眉間放白毫光照一切有情若持誦者如是依法儀軌作此觀行不久成就菩提大果又佛說此觀行法則利益一切衆生於持誦者勝行第一又如佛說三種曼拏羅三品成就法三等幢像儀則彼持誦者依法次第審用淨心作其觀想能斷一切根隨煩惱然後獻閼伽水發遣賢聖復想自身却出水中方得觀行周圓汝誦眞言者恒令修習無復忘失若欲持誦如前儀軌還於淨處安排幢像結界請召供養加持作護摩求其擁護一如前說令此儀中更令讚歎諸佛菩薩賢聖若欲大小便利遠離壇場無風容處白日面東夜間面南亦不得思惟佛法等事非潔淨處如是事訖

用淨土無蟲淨水洗手誦前眞言三十徧小便誦七徧或穪鼻洟唾去壇不近不遠亦須洗淨兩手然於每日洗足先洗右足後洗左足不得兩足相觸然以塗香結淨又持誦者復有五種清淨第一身業清淨第二口業清淨第三意業清淨第四行眞實清淨第五説眞實清淨法復能通達微妙第一甚深之法遠離殺生偷盜邪婬妄語惡口兩舌貪瞋邪見破戒非法若行非法殺生偷盜愚癡邪見謗毀正法是人永劫墮彼餓魔羅界爲傍生餓鬼或入黑繩等活乃至阿鼻大地獄中受種種大苦設得人身諸根不具愚迷闇鈍何能成就最上之法是故持誦之者遠離諸惡親近善友依法勤修於諸眞言必得成就最上之法

又此儀軌有上中下若持誦者一一依其儀軌至心行法法事和合人法具足所求之事一切成就又眞言之行所成之果全在儀軌儀軌圓滿是事相應即眞言有力功利殊常所欲所求決定成就雖誦眞言若虧儀軌行不相應即眞言法無其勝用若求大果必不成就又此三品儀軌一一依法不得雜用若上品中用中品儀若中品内用上品法若下品中行中品事若下品中行上品法如是互有雜用三品所求皆不成就若彼行者起首作法如法行儀如儀作法心無二緣是行正法成就眞言復能利樂一切衆生若異此儀而行於法法成非法眞言不成行有唐捐福無所獲過去諸佛説此三昧福利羣生若彼佛子於此儀軌王善能通達依法持誦即眞

言相爲菩提道此人不久而坐道場圓成大覺復次誦法之者於眞言法則深妙之事祕密之行雖得成就亦須恒持戒品長作禪觀不斷持誦如壇法未成闕少供物可得暫住壇法周足勇猛精進課誦相續三昧不間累劫之罪而得除滅一切衆生皆獲功德譬如大轉輪王一切財寶悉皆具足隨意受用而無有盡今此眞言如來所說一切功德皆悉具足隨諸有情利樂無盡

大方廣菩薩藏文殊師利根本儀軌經卷第十

音釋

枲 想里切

鑌 必隣切鐵中最利者

鞦韆 鞦音秋 韆音遷

𪖐 虛里切鼻去涕也

大方廣菩薩藏文殊師利根本儀軌經卷第十一 第十二同卷

宋西天三藏朝散大夫試鴻臚少卿明教大師天息災奉　詔譯

數珠儀則品第十二

爾時世尊釋迦牟尼觀察諸淨光天衆告妙吉祥童子言妙吉祥汝今諦聽明眞言行修行行人爲一切有情持誦眞言及諸經法平等成就法數珠儀則一切眞言汝當諦聽深心諦受爾時妙吉祥童子聞是說已白世尊言善哉世尊願爲說彼一切眞言行當令諸修行人及一切有情聞如是已皆悉能令獲得三昧爾時世尊告妙吉祥童子言妙吉祥諦聽諦聽我今爲汝分別廣說所有一切樂眞言行諸有情等若能清淨受持一心專精於一切義皆得成就我今說最初眞言曰

曩莫三滿哆没馱引喃引阿進怛野引二合訥部二合哆嚕閉赦引怛你也二合他引唵引俱嚕俱嚕薩哩嚩引二合囉他引二合娑引馱野娑馱野薩哩嚩二合努瑟吒二合尾謨引賀你誐誐曩引末羅濕吠引二合尾戍引馱野娑嚩二合賀引

此眞言若有行人凡欲造作數珠一切諸事所求清淨至於鑽磨貫穿種種受持凡所作事皆悉成就初覩珠樹將欲放取先當加持彼樹及擁護自身須專注誠心念此眞言三十七徧然於樹下眠宿一夜以求前相善惡之應彼人若於夢中見彼非人現醜惡相彼持課人如實知已復更日日於晨朝時往彼樹下瞻觀或更不見彼欲所採之珠此者乃是大不吉相彼持課人速當遠離彼樹往詣

別處求吉祥樹珠樹數種第一金剛子第二印捺囉子第三菩提子第四槵子及別樹等子具足者若得此等諸子樹已當先使同行人上樹若無同行人當自上樹選最上枝有子具足者念前真言加持之彼上樹人每上樹時心不迷倒乃至身及杪枝直至收得其子此爲最上珠我說此珠爲最上用得最上法成就若至中枝獲中等珠得中法成就若至下枝獲下珠者當成就最下果報其子若是瘦屑及有蟲蝕皆不堪用若得西枝子爲珠者得法成就當獲財富若得北枝子爲珠者當得聖賢愛重夜叉及一切部多皆悉降伏至於天人乃至乾闥婆緊那羅羅刹等皆悉降伏若依儀軌作諸事業一切正事皆得增益復得一切成就所求皆得若得東枝復見彼枝有果見在若得彼子爲珠者凡所修行持課行人得持明成就作種種事皆得圓滿專心受持亦獲長壽若得南枝長而無葉彼雖有子不可爲珠若爲珠者害衆生命故彼持課人當一心遠離彼南枝若不長及有葉彼或有子堪爲珠者彼持課人亦須捨離何以故猶能殺冤家故若捨而不取乃獲福無量若得下枝長而下指乃至入地彼枝有子得爲珠者彼持課人當依儀軌專注受持念誦者凡是地中山間所有空窟有脩羅住處是持課人皆悉能入與脩羅男女同住於脩羅宮中經於一劫受最上快樂初於樹上得珠子已下樹之時彼持課人誦前真言而作擁護當求清淨之處次第成作或自或他隨心所欲隨彼遠近樂住之處或恒住處將

欲辨造宜先一一清潔身心專注然執取珠子鑽持磨瑩一一逐件各念眞言或三徧或五徧或二十一徧誦眞言已智者說言令爲某事一一言述呪願畢已乃得珠體清淨復令童女合線而用五色絲合色如華鬘或三合或五合隨珠所受當須緊合智者選子切須勻好不得朽損及與缺減並須圓滿仍細爲上彼菩提子金剛子印捺囉子槵子等及用別子一一揀選殊妙上等彼持課人要當一心專注成辦此外或用金銀眞珠水精硨磲碼碯及以珊瑚種種諸寶或用最上摩尼寶等必須圓滿肥潤勿令缺減凡貫穿時攝心專注不得散亂珠成之後所有求願疾得靈應若無前來諸色樹子珍寶等物秖用吉祥草結作亦得珠數不定亦有三品上品一百八中品五十四下品二十七別有最上品當用一千八十爲數復有用金銀銅鐵鍮石鉛錫等鑄或一種二種三種鑄成唯求堅牢圓滿勿令缺減仍須光明瑩淨如寶瓔珞凡持課行人當須持戒清淨然更就長流河水及別淨水清淨澡浴竟然將數珠先以淨土揩摩後用水洗然後復用五香水洗復以上妙塗香及上色白栴檀香及恭俱摩等香水摩拭竟彼持課行人將此珠就詣佛像處其佛像或塑或畫當求最上嚴飾第一等像釋迦牟尼佛人天之師依於佛言結其地界安置佛像於彼佛前端身正坐一心專注誦眞言一千八十徧或一百八徧以兩手捧奉上本師釋迦牟尼佛奉獻佛竟秖於佛前安置此珠放此珠時如圓壇相或如蛇盤相纏相

彼持課行人至夜秪於佛前地上布草眠宿以求前相若於夢中得見佛及辟支佛聲聞等相彼人所求決定成就若見童子及見幼小童子種種相貌復得施獻數珠彼持課人於陀羅尼得一切成就或别見善相而於所求一切易得

護摩品第十三

爾時世尊釋迦牟尼佛復觀察諸淨光天衆告妙吉祥童子言妙吉祥今當廣説妙真言句護摩等事最上儀則若有依行得持明成就所有安居火天微妙諸行最上儀則我今當説云何彼一切行人持明修行等事我今先説祕密火心真言曰

唵烏底瑟姹二合賀哩冰誐羅路呬哆引乞叉二合禰呬捺那引波野吽唆吒唆吒薩哩嚩尾覲曩二合曩舍野薩嚩二合引賀引

妙吉祥此是火天最上心明若有所作欲得一切成就常當先須持念此大火天心明三加持酥作護摩事請於火天必能來降若有行人依法修行作三種事所謂息災增益降伏等事所使乾濕柴木長短厚薄用不用法凡息災法當用無憂樹柴其柴可長一尺二尺厚可三指仍須潤澤依法使用必獲吉祥若是枯朽及與半燒兼或蟲蝕皆不堪用或使葉者須得緑色及白色者若是黒色及有半燒蟲竅等亦不可使用作護摩爐亦不得太高凡作爐處須選勝地清淨之處或就山間或河岸邊或安居地或寒林或空舍並可爲作或是深山頂空伽藍大曠野處亦得此等處是諸佛如來所説最上修行之處選得

處已其地先須掘深一肘或三四肘已來除去其中一切不祥之物若是一生清淨之地無諸雜穢秖掘一肘已來更求好土用填其内其爐秖闊二肘或圓或方或半月樣周迴泥飾作蓮華緣於中間安三股金剛杵安置杵已仍備一切護摩所用之物復作草座薦去壇一肘安置持課行人於薦上坐作護摩事彼人求最上事速成就者先須自心決定不生疑慮

若作息災當面東坐作增益者當面北坐若作降伏當面南坐彼持課人若欲所作成就者常須持誦勿令間斷作護摩時使用尾羅樹柴阿哩迦柴布羅叉柴你乞嚕馱柴如上諸木皆須潤濕爲息災增益等用若作降伏用乾枯者若阿摩樹柴及一頭尖者一切皆不得用若作增益息災等事無濕柴者即用乾者用時即使輭嫩青吉祥草周徧纏裹緑色柔潤如孔雀頸如是法則以爲恒式其草若赤及乾枯者亦不得用若使用者我説此人獲無量罪作護摩時求恒常清淨無蟲之水以爲灑淨當周徧灑三帀已著火天處復以草一握已來爲一束著近手處要點火其未著不得口吹及用觸衣觸葉及用手等扇火須用扇子及清淨衣物扇火其火著已持課行人爲護摩等引三徧時得灑淨以右手作護摩取團食三擲弁酥乳食等擲獻已誦根本真言禮本師釋迦牟尼佛及一切佛隨意作禮次持誦火天心真言一七徧請彼火天復以上妙香華獻請彼持誦人與智者坐位坐更不别用真言先以稻穀華蜜酪等相

和揾濕柴三片作護摩火天若爲增益事及眞言事當揾兩頭將欲作法事誦眞言或一洛叉或一千八或一百八自初起首持誦一誦一擲柴物入火直至數滿不得間斷所使柴及酥乳蜜等須預備辦臨事不得闕用作護摩者先須知火煙焰色相吉祥成就不成就法若作息災護摩者火焰熾盛復一聚者兼得無煙者是吉祥相增益亦然有煙者降伏法非吉祥相佛所不護若是息災得火焰白色是最上吉祥之相所作成就得眞言成就若赤色者得增益成就若是煙作赤黑色者亦得三種成就若作雲色及種種相彼所作事及眞言皆不能成就其火焰熾盛時於中或見大地色及種種相復如初起首依法復作持誦及護摩等如吉相現當得眞言成就先所說曼拏羅儀則及作護摩請召發遣火天等事所有眞言皆是過去諸佛如來親所宣說若有行人能於彼佛像前以猛利心不生疑慮誦彼眞言如數滿足決定成就彼持課行人若是身邊先有世間一切罪業不清淨事佛未加護當須重重懺謝誠心持誦後必能成就若於像前心不間斷恒時持誦或作護摩一切前事皆悉能知當來獲得菩薩位及五通天轉輪聖王等亦得爲地下主亦得爲虛空長壽抱（也切摩身）天及得夜叉夜叉女及阿脩羅衆降伏及能調伏諸鬼神等及得諸大天乃至菩薩摩訶薩十地之位彼持課行人若恒持誦不間斷及作護摩者而於世間所作成就至於增益息災降伏三種之事決定獲得最上成就得見果報中下品事

不爲難也彼行人作護摩時當結五髻印誦枳世你眞言作一切事擁護自身誦此眞言七徧或八徧此爲恒式眞言曰

曩莫薩哩嚩二合沒馱冒地薩怛嚩二合引曩引摩鉢囉二合底賀哆誐穀切身誐哆引喃引怛他切身他引唵引入嚩二合羅底瑟吒二合吽牛鳴音呼嚕嚕尾濕嚩二合三婆嚩三婆吠引娑嚩二合引賀引

此眞言用加持柴及華香塗香一切護摩物等二徧或七徧擲入火爐一誦一擲乃至灑淨水亦須加持凡所作念誦護摩一切諸事依起首次第不失當求成就先結五髻大印及誦枳世你眞言而作擁護起首誦持當獲一切成就智若或得見祥瑞及妙善聲彼人得成就眞言施願彼諸行人先所求事作誦持眞言者彼人當得一切成就若護摩中得鼓音殊勝妙聲彼持誦人得說護摩事一切處成就若復有祥瑞殊勝妙音飛禽種種聲相我說此聲是善吉祥復聞諸天適悅種種言音及現天蓋幢旛天女莊嚴之相及得閼伽滿瓶之瑞乃至復見世間最上無數色相此是種種眞言法成就之相

曼拏羅成就法大輪一字明王畫像儀則品第十四

爾時世尊復觀察淨光天衆告妙吉祥童子言汝妙吉祥有祕密明成就法是一切眞言中大眞言智如來法藏法雲入一切眞言自性虛空於世間出世間爲最上師妙吉祥譬如如來正等正覺調御丈夫天人師佛世尊於一切有情中爲最尊第一之師童子如是

一切真言中此明王為第一乃是過去恒河沙等無數如來最上之說佛世尊寶幢如來内心最上祕密一切吉祥法諸佛讚歎能施一切衆生無畏滅一切罪令一切衆生所願圓滿云何世尊釋迦牟尼眉間毫相放大光明請召十方一切如來彼光所照十方上下一切佛刹彼中依住一切衆生蒙光所照皆受快樂其光復還入世尊釋迦牟尼佛頂世尊頂上大光焰相普徧照耀一切衆生出忿怒大力種種色相圓光莊嚴身大輪一字王明王出巳光照一切虛空上下一切明王復有百千俱胝那由他眷屬圍繞以一切世間出世間供養奉獻讚歎大輪明王為一切真言力安住一切佛安住一切十地菩薩以最上寶滿一切虛空上下悉皆莊嚴復以大摩尼寶莊嚴身化百千俱胝那由他種種相光淨端嚴自稱說一字聲放大光明焰大光明於世尊釋迦牟尼佛上面前虛空中瞻敬而住而彼光明照淨光天一切大衆爾時世尊釋迦牟尼佛言我此大輪一字明是一切寶幢如來内心最上祕密能於彼佛像前以猛利心不生疑慮誦彼真言如數滿足決定成就彼持課行人若是身邊先有世間一切罪業不清淨事佛未加護當須重重懺謝誠心持誦後必能得成就若於像前心不間斷恒時持誦或作護摩一切前事皆悉能知當來獲得菩薩位及五通天轉輪聖王等亦得為地下主亦得為虛空長壽抱[摩乜]身切天及得夜叉夜叉女及阿脩羅衆降伏及能調伏諸鬼神等及得諸大天乃至菩薩摩訶薩十地之

位彼持課行人若恒持誦不間斷及作護摩者而於世間所作成就至於增益息災降伏三種之事決定獲得最上成就得見果報中下品事不爲難也彼行人作護摩時當結五髻印誦枳世你眞言作一切事擁護自身誦此眞言七徧或八徧此爲恒式眞言曰

曩莫薩哩嚩(二合)没馱冐地薩怛嚩(引二合)曩(引)摩鉢囉(二合)底賀哆誐誶(切身)誐哆(引)喃(引)怛儞(切身)他(引)唵(引)入嚩(二合)羅底瑟咤(二合)吽(牛鳴音呼)嚕嚕尾濕嚩(二合)三婆嚩三婆吠(引)娑嚩(引二合)賀(引)

此眞言用加持柴及華香塗香一切擁護我於一切寶幢如來處得彼娑陵捺囉王佛無量壽佛努鉢囉娑賀佛妙眼佛妙幢佛華王佛蘇閉那多佛路迦牟尼佛金光佛等及一切過去應正等覺悉皆隨喜宣說彼一字大輪明彼明云何所謂

唵部林(二合)

妙吉祥此是一切如來第一微妙内心名大吉祥大輪一字明若有求者得一切眞言成就汝妙吉祥此最上儀軌王是一切眞言最上秘密勅若持誦者所有一切業障皆得清淨誦者當先誦三洛叉徧數滿足時童子汝此儀軌王於一切世出世一切法一切眞言儀軌皆得成就若作擁護能隱身入一切部多中無所障礙於世間出世間不能爲害

爾時世尊釋迦牟尼佛說是大輪一字明王持誦儀軌時三千大千一切世界六種震動光照一切佛刹彼諸佛刹一切如來悉皆集會彼淨光天衆會而坐彼一切佛刹所有衆

生之類光所照者得大福德及得聲聞辟支佛乃至令得菩薩十地不退轉位乃至無上正等正覺復有無量無邊世界無數衆生在於地獄餓鬼傍生苦趣住者蒙彼大明王大光明所照觸者皆得苦惱解脱受大快樂歡喜無量當來決定獲得三乘之位爾時世尊釋迦牟尼佛復觀察彼大衆告妙吉祥童子言童子諦聽此大輪明王有大力勢一切無畏凡持誦行人所願圓滿得入一切眞言法廣大儀軌能得一切眞言成就能令衆生具足平等有大精進解諸方便成最上智趣於菩提坐於道場得大涅槃

復次說廣大畫像儀則曼拏羅成就法若有如前安住眞言行人求成就大輪明王未曾有法於一切眞言最上自在有大力勢能滿一切所願能破壞世間一切災難如佛現世若求中下品事一切成就得大安樂極善寂靜破諸罪業童子此大輪明王於諸世間是天中天最上佛曰名一切法自性智眞如際最上儀軌凡所行人宜應諦受若欲畫者先當以正心專注求最上白氎匀細新好鮮白無垢凡蠶絲所織皆不得用其氎闊一肘長二肘若無當用樹皮無蟲蝕者所求畫人必須長者清淨之士不得酬價所索便與起首畫日須就三長月吉祥之日畫人當先沐浴清淨著鮮潔衣内外相應淳善專注仍與受三歸五戒然後起首先畫本尊佛相身如金色圓光周徧坐於大寶山大寶龕中廣博相稱而用眞珠雜寶瓔珞寶鬘莊嚴周徧内外衆寶嚴飾於佛頂上獨畫繖蓋以衆寶莊嚴

蓋上畫二飛仙持蓋於佛右邊畫於行人其
寶山根下周迴四面畫大海水山從海出像
前周徧畫曩誐枳娑羅華奔曩誐華嚩俱羅
華喻體迦華摩羅迦華俱蘇摩華必哩焰虞
華俱嚕嚩華印捺嚩藍華爍誐地華奔拏哩
迦等種種華卉復以如是等華及衆妙香和
合作閼伽奉獻供養所畫本尊當如迦尼迦
華瞻蔔迦華色相具足或如金色殊妙無比
或畫寶勝佛或畫大福最上寶幢牟尼佛得
一切法寶自在佛於大寶山大寶龕中結跏
趺坐用優鉢羅華莊嚴寶龕彼佛面相慈悲
端嚴作說法印施無畏相於龕外畫持誦人
偏袒右肩右膝著地手執香爐瞻仰供養山
根四面畫大海水山從海出此畫像彼持誦
人當依儀則如法念誦作彼增益所求皆得

我今說彼曼拏羅天彼持誦人若持誦時皆
悉能解所持誦眞言恒須精熟及得灌頂眞
言儀軌妙吉祥此所說曼拏羅具足受灌頂
法此灌頂曼拏羅一切眞言皆能知解恒時
持誦擁護自身及擁護同行之人灌頂大師
阿闍梨必須戒行具足有大智慧具福德相
身心柔輭悲愍含識恒爲一切有情說於大
乘凡所攝受弟子不過八人多即遠離如前
所說曼拏羅儀軌皆是一切如來之所宣說
汝須敬重常所修行

大方廣菩薩藏文殊師利根本儀軌經卷第
十一

大方廣菩薩藏文殊師利根本儀軌經卷第十二

宋西天三藏朝散大夫試鴻臚少卿明教大師天息災奉　詔譯

大輪明王畫像儀則曼拏羅成就法品第十四之餘

妙吉祥我今更說粉壇曼拏羅可二肘作或四肘或八肘不越此儀如前法度求河岸山頂及別最上清淨之處擘畫壇位作四方相開四門四隅四緣方停端正以五色粉作或間雜五色種種色相微妙莊嚴彼同事人當須慇懃專注心無煩惱無罪業行如法知事恒誦持者嘿然依法起首若作息災增益當於中心粉作大寶山大寶龕龕中作大寶光幢如來結跏趺坐轉法輪相於像前作三重供養及作光焰印如法莊嚴用彼光焰普徧蓋覆晃耀皆滿於中所粉本尊三界大師如日初出喻恭俱摩華色如輪王相頭戴寶冠身著天衣及種種殊妙華鬘莊嚴作大笑面如大精進大力那羅延天妙色端嚴非老非少右手作齅縛俱羅華左手持光焰熾盛輪坐大寶山座翹一足垂一足有光周徧火焰如火熾盛復如風吹如是莊嚴已彼持誦人於此像前所有求願一切成就及得一切真言成就至於諸有情等若有煩惱及五逆罪犯諸禁戒諸無智人造一切罪若依法修行皆得解脫若得見曼拏羅及持輪天尊於一刹那間虔心隨喜者一切重罪皆得消滅於曼拏羅東門作芭蕉等莊嚴及作門額於門外誦真言作灑淨及獻果食香燈及五香華鬘等皆最上精潔虔心鄭重於天尊前安最

上殊勝賢缾不得觸動彼護摩爐如前儀則安置然作護摩事所用柴當用佉你囉木波羅舍木吉祥木優曇鉢羅木阿哩迦木阿波末哩誐木等爲柴作八千片或一千八十復以胡麻及稻穀華與酪相和訖作護摩事彼行人就吉祥星日先當澡浴著新淨衣食三白食如是清淨已然作護摩誦大輪一字明及作法事依法滿足所求大願悉皆獲得大力具足一切無畏若末劫時持誦行人恒持誦者於世間及出世間一切事皆得成就是大明力得大精進乃至十力者及梵天帝釋護世等那羅延天日月天等至於夜叉羅刹摩睺羅緊那羅誐嚕拏摩多囉人及仙人一切有情所說眞言皆得成就彼如是等此中請召皆悉集會若誦此大輪一字明王能降伏一切部多能召一切賢聖能得一切善師及得一切有情信樂若依法行如法畫像求河岸山頂最清淨處安置若欲作息災增益者凡是所用並先安置持誦者於此像前面東於草座上坐專心持誦不得散亂持誦聲不得太高亦不得太低若降伏部多速得成就若慈心悲愍世間有情所有憂苦逼迫無主無依及在惡趣輪迴諸苦者爲作救護皆得成就但於像前一心思惟想作人間所有最上供養而奉獻之復於像前依法作護摩事以清淨團食與白檀龍腦恭俱摩等香合和作一百八團以此食擲於火中而作供養每一團一擲一誦眞言以佉你囉木鉢洛叉木他（你身切）誐嚕駄木波羅舍木以此等木爲柴若無此等木可用別木凡是蟲蝕及乾枯爛

木皆不得用一切有刺木亦不得用若用者自獲重罪此廣說一字眞言儀軌於一切眞言中最上於一切事使用得成無疑至於請召此皆召得若護摩事當用不洛叉優曇鉢羅尼俱陀等柴酥蜜酪等搵柴兩頭專心作護摩當爲王家作護國事若爲求生天作護摩者當用恭俱摩及白檀等若求爲持明天主作護摩着用蓮華三十六洛叉作護摩後復作閼伽獻佛若得彼佛像上徧有光焰者於彼必得爲主乃至得生梵天及色究竟天乃至阿脩羅中此後一切聖人中恒得爲主能破壞一切部多等以精進力大堅固力得法成就於持明天中恒得爲王壽命一劫命終之後決定趣於無上菩提

又復有法略說若用白蓮華白檀同作護摩一百洛叉數滿功成決定得見寶幢佛得見佛已得五神通獲得長壽住一大劫時得近佛復得見無量世界諸佛於彼佛所恒作供養與佛同居復有大寶世界彼有世尊號最上牟尼最上第一寶幢如來於中而住彼持誦者得住彼中決定無疑

又復有最上法是如來最上之說用曩誐枳娑羅華及龍腦白檀恭俱摩等和合持誦者作護摩七十八洛叉作護摩後所欲召請皆得來至得大歡喜所求皆得彼持誦人得佛摩頂於摩頂間證七地菩薩位名眞佛子得授記已決證菩提彼有知見皆從佛智修一切眞言行作大供養得五神通於一念間作眞言王具種種相亦令他人具一切相樂法供養於一刹那中發菩提心於諸佛刹百千

世界皆能得到得見彼佛及諸菩薩親近供養得聞法要

又復有法若有行人以清淨心專注誠諦以金銀器或銅瓦器盛酥然燈滿一洛叉數定百千不剩不少唯以男子爲同執事不得使女人執事彼燈一一執持於佛大輪王前供養奉獻一一皆徧每一燈誦眞言一徧不得少剩如是供養竟於刹那間得所求成就聞鼓音普徧吼聲有無數天衆及佛菩薩住虛空中讚言善哉善哉汝誠智者善能修行汝定不復沉淪苦海獲大安樂寂靜無畏最上清淨八正之道善者所行汝已能行必趣涅槃成於佛道

復有法修眞言行求大輪一字相正覺所説是最上行大智法用你摩樹木作三股金剛杵兩頭中間作其停分常時安置像前若持誦時執持一心專注滿十六洛叉或八洛叉誦數滿已得法成就若得彼奉獻供養及金剛杵上徧有光焰熾盛者彼持誦人能往梵世及別天界於一切聖人中得爲主宰得爲持明天及得天上轉輪王等得轉自身作種種相妙色端嚴得延壽命住十中刧受尊勝快樂

又復以菩提心修平等行遠離苦趣一切罪業得爲聖天命終之後復來人間亦受大快樂若是依法修行精進不退決定當證菩提之果

復有種種法若爲人作持誦供養修此大輪王廣大儀軌者或求帝釋轉輪聖王持明天等諸殊勝事當誠心專注一切成就若已得

先行法成就者於一夜中結跏趺坐持誦不斷直至早晨者彼人得五神通若於屍陀林中守不壞屍專心持誦一字明一夜不間斷者早晨得所作成就

又復若於屍陀林中持誦忿怒大力一字明王六箇月得法成就者所求願滿

又復欲成就一切莊嚴具者所謂白傘蓋革屣耳環瓔珞腕釧乃至衣鹿皮衣天衣淨瓶齒木及兜鍪鎧甲寶劒寶帶乃至數珠蓮華等世間一切莊嚴皆得成就但於像前安前件種種物等乃至寶莊嚴諸器仗等當灑淨持誦八洛叉徧若得前件種種之物皆有光焰出觸持誦人者是法得最上成就隨觸之頃持誦之人獲得神通

又復持誦人或將泥土所造莊嚴所成器仗之類或有情衆禽之類乃至有想無想及種種界種種有命物類及一切部多等或自作或教他作但於像前如前儀法灑淨持誦滿六洛叉乃至七洛叉徧誦數滿已若於彼種種物上有光焰現觸持誦人彼人於所觸之頃獲得神通亦得最上成就能遊四方得長壽快樂轉身復得生於天上如是所作所求之事皆得成就亦得大力明王無量歡喜

又復持誦之人如是修行廣大儀軌求大明力速成就者凡所作事必求清淨當用淨人身心清淨遠離憒鬧好樂淨處恒常安住當用此人助修法事得法成就者得上品之果若用中下品人助修法事復自無上品專精之心所獲果報秖成中下品事若不爲大事不作護摩至於少時專心持誦者亦獲福德

國王大人見者歡喜若恒持誦罪障消除此眞言王若恒持誦每日誦二徧或七八徧擁護自身於一切處常獲吉祥若所著衣經三加持著若有著者能除病苦若加持三衣有患鬼病者以衣觸之病自除差若有嗔怒之人想彼面目而加持之彼人若見嗔怒自息若是部多惡衆與人爲害作惱亂者但想被惱之人面目誦眞言王三十徧以自手口加持之彼人自免無所傷害若有人間一切嬰孩於睡眠食飲之間或被摩多囉鬼等恒爲驚怖惱亂者以眞言王加持六十徧鬼自遠離驚怖悉除若或有人住江河邊恒持誦眞言王者水中鬼神有毒無毒之類一切不能爲害如是大地人間有種種之事以大明加之無不獲驗

若復有人恒誦持此眞言王者或於見受苦惱速得安樂至於有大災難亦速獲消除若以青蓮華稻華及諸妙香和蜜作護摩者誦大輪明六百徧或一千八十徧者亦得退寃家之難逼惱息除若以摩利迦華白檀龍腦恭俱摩等作護摩者當得鬼神敬愛若恒誦持恒作護摩者於一切事無不獲得至於三品靈驗在持誦之人心所專注及不專注

一切法行義品第十五

爾時金剛手菩薩摩訶薩於大衆中從座而起遶佛三帀頂禮佛足白世尊言善哉世尊善能演說一切明最上眞言相應大法雲一切如來心大輪明王大儀軌法令彼行人於一切義得圓滿果行無上道持誦護摩入於三昧得因果相現證大十力未曾有法決定

得坐菩提道場善哉世尊惟願說彼修真言行人求成就者於彼夢中見吉祥相於一切明而得成就

又復為彼行人與諸衆生作大饒益修諸法行而夢中見吉祥相知彼所作決定成就世尊云何成就吉祥之瑞願為演說

爾時世尊釋迦牟尼佛告金剛手菩薩言善哉善哉金剛手汝大悲愍作夜叉王為於世間衆多有情利益安樂復為諸修行人而問於我彼於夢中見何祥瑞乃為吉祥於一切明定獲成就金剛手諦聽諦聽汝善憶念我今為汝一一宣說金剛手我先說言欲作法者先求清淨無礙之處所謂山中山頂山巖之處或河岸處清淨無礙作安居已安置佛像獻大供養然後取三長月白月吉祥日於夜初分用白檀龍腦恭俱摩等香合和用佉你囉木柴著火於佛像前地上離佛四肘坐以團食一千作護摩若大火燄清淨無煙者復以蓮華八千作護摩以白檀搵蓮華護摩後結寶座印獻座作護摩時用火天根本真言或用此真言

曩莫三滿哆沒馱引喃引摩鉢囉二合底賀哆舍娑曩引喃引怛他切身他引唵引俱摩引囉嚕閉尼引捺哩舍二合野捺哩舍二合野阿引怛摩二合努引訥部二合底謨婆引嚩野娑嚩二合半喃二合弭引你吠引捺野野他引部旦吽吽頗吒頗吒娑嚩引二合賀引

此真言能為擁護若作一切護摩事竟求成就應吉祥前相者當於像前不近不遠布吉祥草於夜初分不睡作相應觀想一切佛及

菩薩等分明見已頂禮懺悔仍捨自身奉一切佛然後以頭向東隨意而卧若於夜初分時所得之夢當知是陰所得於第二分時所得之夢此陽所得第三分時所得之夢是風所得俱非吉祥若是第四分時所得之夢此爲眞實從陰所得夢者如是見摩尼水精眞珠瓔珞之聚或見大海大河大地處處水滿仍復流泒浮於自身或見水難水無邊際乘屋而渡或見雪山玉山水精山及見大雨又復見白繖蓋衆白莊嚴及眞珠綱眞珠蓋及白象白馬等此夢是從陰所現

又復見白色人白衣白拂及靚羅綿絹布白銀及鹽等

又復見砂糖菉豆油麻之類如上之物或觸或受

又復或夢食餅食粥及酥乳油蜜種種所食之物如上之類或觸或食

又復見鞍馬騎乘或坐或卧或觸或騎如上種種之夢相似之類皆是從陰所變非是眞實吉祥之應於夜第二分時若夢見火及大火焰熾照於四方及見閃電光照一切此是陽之所變

又或見鉢納摩囉誐寶及見種種寶皆如火色又夢近火及復身觸以致熱惱又夢喫黄色種種之食

又見天色昏暗不見日光又見虛空兼及大地乃至山石皆悉黄色

又見車馬騎乘兼及大象一切莊嚴皆作金色或坐或卧及以手觸皆是從陽所得

又復見華鬘衣服及彼絡腋乃至自身悉皆

金色有光有香如是乃至夢見種種異相並皆黃色此者皆是從陽所得於夜第三分時夢見光明照於虛空徧於四方

又夢大地廣闊恒徧行履又夢上樹及上有刺之樹亦是從風所得

又夢喫苦物及一切辛辣之物或復喫食果子或生或熟亦皆辛辣

又復夢見急性之人與之言語互相忤觸或見一切部多作舞或見自身作舞至於見種種惡相種種亂言此者皆是從風所變

又復有三種法合陰陽風三種所謂貪嗔癡三種貪爲陰嗔爲陽癡爲風及雜亂極雜亂相若樂於世法女人之相是陰所生樂於嗔恚多於鬬諍是陽所生癡者黑闇忘失樂多雜亂是風所生如是諸夢境三法所生凡求成就當隨夢境之相

又隨順陰說衆生色相若人顏色鮮白端嚴光潤不愚不鈍有智有慧執志不迴復多勇猛有道心恒愛語長壽命最得陰人奉重生遇吉星復生魚宮必主軍兵爲護國重臣得大富貴所有求事非離眞言非因眞言隨自業果當求成就得成就已求大福德求第一品事皆得成就凡飲食自陰所發一切恒不得食

又隨順陽說其行相恒嗔之相色多黑瘦好作惡事多爲邪行然有勇猛精進復有智力多好朋友多學問巧言說有道心學業不退意多怨念愛說瞋事多知世法有我見於苦無畏修眞言行精進不退必得成就所有求事隨業得成作降伏法速得成就一切誦者

皆來奉重所有於他衆生或殺或害或侵或奪或爲已或爲他然於法得成佛所不許嗔相之人顔色多黑或紫色或雜色或艶色或黄赤色遠離最上眞金之色此人若蠍宫生是大曜阿室隸史星或木星處生宜食素愛酸辛之味壽命延長得宿命智

又復隨順風説衆生行相順風之人身肢澁惡不太肥瘦性不聰明志不決定多有忘失住不恒所多有涕唾便痢觸穢處所又貪食多病心好嫉妬於諸有情多有嫌怨或得爲王多損佛法生陰星之處難知眞實此人若恒持誦作降伏敬愛求法必成若有衆生心發風狂迷倒之者此人持誦制之便退若作别善事業難得成就前已説陰陽風三種所得夢境又合貪嗔癡等三法所受身色心性所好可修可作諸事業等若復於夜第四分時得眞實夢境一切眞實於諸事業咸得成就

又復有多種宫事所謂羊宫牛宫男女宫蟹宫師子宫秤宫童女宫蠍宫人馬宫摩竭魚宫寶瓶宫魚宫天人宫阿脩羅宫乾闥婆夜叉等宫乃至聖人等宫種種宫處種種有情而應受生稟種種形相有種種義業如來所説彼求一切業果修行得吉祥宫吉祥星相應者當獲廣大果報若無因業果報不成若法義具足得眞言成就彼持誦人須具功德知眞如理分别因果此有功德此無功德若具足業行得法成就如前業行依法所説乃是過去如來行業功德爲諸有情求種種夢境見種種形相獲得祥瑞適意愛見或復見

彼障難形相大惡夢境彼持誦人必有上中下品三種修習應須以最上大精進力求彼成就於決定事業離成就不成就疑惑之見求離障難者當更依法作彼觀行想四字大明童子化作六面六臂大明王大忿怒之相此明王形色如大𤉶摩菩薩著豹皮衣蛇作莊嚴手執利劍現大威力破諸障難如日出世黑暗消除所有一切作大障難諸惡部多見此明王悉皆恐怖不敢更作諸障難事持誦行人障難悉除得法成就六臂大明王説此除障大明大陀羅尼彼諸部多及諸天衆悉皆諦聽陀羅尼曰

曩莫三滿哆没馱(引)喃(引)摩鉢囉(二合)底賀哆舍(引)娑曩(引)喃(引)怛𠼤也(切身)他(引)呬呬摩賀(引)骨嚕(二合引)馱彭目佉沙吒左(二合引)囉拏薩哩嚩(二合)尾覲曩伽(引)哆迦吽吽(牛鳴音呼)緊唧囉(引)野悉尾曩(引)夜迦唅尾多(引)迦囉耨娑嚩(二合)半喃(二合)弭(引)曩(引)舍野羅護羅護三摩野摩努娑摩(二合)囉頗吒頗吒娑嚩(二合引)賀

大忿怒明王説此陀羅尼已所有一切作障難者驚懼怖畏身心戰動是時妙吉祥童子頂禮世尊釋迦牟尼佛足作禮敬已即入三昧

爾時世尊釋迦牟尼佛觀察彼淨光天一切大衆作如是言汝等天衆此忿怒明王有大威力所有持誦行人求一切世及出世間眞言成就者被部多等及惡衆生作諸障難行不饒益者彼忿怒王令其自族而調伏之不斷其命當令疾病受於苦惱擁護誦者令得安住兼獲福德增長彼障難者若不順其命

頭破七分如阿梨樹枝爾時世尊作是説時彼妙吉祥童子即出三昧佛告言童子汝所真言義深廣大諸儀軌中最上尊勝此忿怒王大陀羅尼於諸世間令持誦人心常憶念於晝夜中息彼宪心障難自退常自擁護所作成就

大方廣菩薩藏文殊師利根本儀軌經卷第十二

音釋

鍮（託侯切）蝕（音食侵也）鍪（莫侯切兜鍪首鎧也）黤（七磬切青黑色也）

大方廣菩薩藏文殊師利根本儀軌經卷第十三（第十四同卷）

宋西天三藏朝散大夫試鴻臚少卿明教大師天息災奉 詔譯

一切法行義品第十五之餘

我今復說善人相貌持誦修行於真言行得成就義上中下品法若復有人族望尊高種姓清淨身相殊異色如真金頭如傘蓋髮色紺青面如滿月額相廣平眉不雜亂眼長而紅睫不交雜鼻如截筒脣色赤好舌如蓮葉牙齒齊白髭相青密頰圓齶深頂髮右旋耳相垂下有精神復勇猛愛語無嗔少貪離欲常好清淨樂著妙衣好食上味淨行自居所言誠諦歸重三寶供養賢聖孝順父母悲愍有情智慧高深復長壽命修行決志精進不退樂求菩薩摩訶薩位乃至無上正等覺位斯等之人決定成就上品之法必能了解一切儀軌甚深之義又復有人或剎帝利及婆羅門諸清淨種族人相具足身紫色或白色胷臆圓滿乳相高起毛毫右旋大腹深臍其腰廣闊兩肩平滿兩腋兩肋如師子王手臂膊長筋脉不現上下相稱不痤不長具勇猛心好祕密行樂於持戒復好布施言行真實悲愍一切學法無畏恒樂世間出世間智發菩提心常供養三寶亦具大福德勤行精進修持不退此之相人於中品法決定成就又復有人種姓清淨身肢具足無缺無減或紫色或白色光澤肥好不太肥瘦偏順下分而有殊特腰身廣闊腿相圓滿脛膝上下不曲不戾如鹿王踹二隱密相具足圓滿足掌之內紅色滋潤有吉祥輪相幢相門樓相魚相

旛相優鉢羅華相如是諸相悉皆嚴好又復好樂清淨不雜惡人少貪嗔癡有大福德常行慈愍好行布施供養三寶亦復供養三十三天於世出世法精進修習斯等相人於第三品法決定成就又復有人發菩提心修菩提行總具如上三品妙相又具種種功德慈悲喜捨勇猛精進修習大明大陀羅尼志行不退無怖無畏決定超越諸修行人獲得最上第一成就之法我前已說持誦行人以宿福故具諸妙相而於修行決定成就又復有吉祥星宿吉祥時分於一剎那一瞬息間輪轉天際臨顧世間所有衆生於此時分生時遇者有大吉祥獲大福德修諸大法決定成就若有衆生無宿善根多惡業故即於生時遇惡星宿決定無福諸根缺減人相不具所修大法決定不能得成就故若復生時在於晨朝遇於鬼宿奎宿張宿星宿亢宿房宿角宿畢宿昴宿等及日初出同時臨顧此人所作所修皆得成就又於晨朝及日中時兼在白月遇金星木星水星此等宿曜有大刀勢臨顧世間一切衆生於此之時人若生者所修善業及修行持誦大明大陀羅尼一切事業決定成就又復此金星木星水星隨有一星與日與月同居方所臨顧生者此人生後必大富貴壽命長遠得大自在一切見重又復有人於日中後日沒時生而彼生者於此時分多遇惡星臨顧方所惡星者所謂土星火星羅睺星計都星多囉星及黒暗哩瑟吒等星如是等星亦非實惡若是上上品人宿善根力福慧具足生時遇者於大福德轉增

威勢若是中品於善惡事各減其半若是下品善根微劣及有宿業如是之人生時遇者無有福德兼無智慧不修善業多貪瞋癡又於此時遇天晦暝風雨暴惡電閃晃耀雷霆大震雨雹俱下於中雲色或變紅赤斯皆大惡若於生時遇著此者其人諸根缺減顏貌醜陋受身屈曲瘡癩莊嚴無主無依貧窮微賤或受戒律違犯不守聖賢悲愍傷其墜墮如是之人於惡增上於善轉退一切吉祥全無少分於諸修習真言行業如盲聾人不見不聞設遇聞見不能生信如是之事說不可盡又復如是衆生以少福故或被一切部多及摩多囉等諸惡鬼神住於身中而作惱亂復有衆生歸向三寶奉重賢聖乃至於佛十地菩薩辟支聲聞等處曾種善本以貪瞋重故不得解脫雖復有得生於天上乃至得生無色界天盡三界際未免輪迴還復墮落閻浮生聚亦復受身或愚或癡又被部多及摩多囉等諸惡鬼神住於身中而作惱亂諸有智者及彼聖人見此事已廣說行相令彼持誦行人一一解了彼持誦人以常誦大陀羅尼大明力故諸鬼神等不能障礙彼持誦人心不昏迷威德具足於陀羅尼得大自在於此大地所有部多及哆囉等住人身中作惱亂者皆能呼召使來集現各各令其如實自說以陀羅尼力離彼人身又復與彼說深妙法令其調伏彼部多等去離人已恒病之人而得解脫以陀羅尼力調伏惡者增益善者於善於惡而得自在又前說陰陽風三種界合貪瞋癡三種法由貪瞋癡法不息滅故合

陰陽風而有增盛又合地爲四大地與水合火與風合又有虚空而爲第五於上之數人所恒知彼醫病人於四大界心生疑惑身雖四大病從何生若不從生病自誰有於生不生起二種疑爲四大外别有所作此人天人乃至非人及諸有情所有增損唯除過去現在未來三世諸佛正徧知覺皆同所説無二無别如是善惡隨因得果種種苦惱皆自業作此下品人無福無依諸非人類乃得其便若是上品之人善力殊勝生合吉星唯有奇特祥瑞之應諸非人類及諸惡事悉皆遠離恒善寂靜得大安樂彼有所求大明大陀羅尼最上儀軌速得成就至於過去現在未來諸正徧知於經法中説於世間最上第一無我之法眞如解脱最寂靜句無上句眞言大陀羅尼一切儀軌成就之法使諸行人得一切智智我釋迦牟尼佛所説如是大儀軌法諸儀軌中王若有情等依法修行當得無病無盡句恒寂靜句無煩惱句菩提涅槃句乃至一切眞言句義三種菩提一切智智所得因業諸儀軌中不能見聞乃是佛菩薩等爲利益一切世間諸有情故所説所傳佛説如是廣大眞言王儀軌時於三界中所有諸眞言王無不降伏若復牟尼月没世間空時佛教滅盡此儀軌王乃住不行妙吉祥童子此大力眞言王儀軌佛所宣説若有衆生後時聞已虔心信重志願求者於世間出世間諸所有法皆得成就諸佛所説無虚妄説若有行人於眞言王恒持誦者及樂護摩法者彼同三世一切智智之所傳授安住眞言王儀

軌法中無疑所有世間一切衆生無有智慧於善惡事非善惡事吉不吉事於如是事生疑惑者當爲此等說於如來應正等覺世出世間最上一切解脫之法令作種種世間所重眞言王法爲於一切衆生之聚妙吉祥童子汝所求我說彼世間善惡之事及諸法要但爲利益一切衆生過去諸佛亦同所說可使未來佛種不斷若持誦者於此所說一切智力深生信重精進無疑所行之行同一切智智若持誦人於過去世曾作諸惡業障未盡而於今生所作事業不成就者當依諸佛所說悔法至心懺悔必得業障除滅復更依法修行速得成就或是愚迷之人輪迴業重不能依法懺悔修行所作所求不能成就於諸有情無由利樂又復諸持誦人須修定業若不修定不能趣入解脫之門若能修定與法爲緣決定解脫速證菩提

法義品第十六

爾時世尊釋迦牟尼佛復觀察淨光天告妙吉祥童子言汝妙吉祥諦聽彼夜叉王金剛手菩薩於大衆中問我畫像法廣大事業我已先說又復問我一切眞言行人所得之夢是善是惡我爲持誦之者說此一切夢應之時彼夜叉王金剛手菩薩心喜合掌以彼頭頂禮我足已白言世尊佛今所說利益世間及爲於我利益衆生使得快樂彼持誦者所得之夢善惡行相所得功德衆生求作若有恒行最上行業所得因果并過去未來現在一切善惡及一切智乃至所得無相無著無礙清淨最上眞言相應善寂淨句及佛一切

威力及說行人持真言法行稟上品形相與
夢符契種種之事彼夜叉王復言最上師子
釋迦牟尼於賢劫中第四成佛坐樹降魔現
大威力具大精進顯大智慧示大福德爲世
所尊彼夜叉王金剛手菩薩以如是言伸讃
歎已頂禮佛足還復本座黙然而住爾時大
智妙吉祥童子而發問言釋迦牟尼佛及過
去佛善哉世尊應正等覺彼廣大事智乃至
衆多有情生處星宿善惡行相事智因果及
修行所求增益事業彼持誦人心有所疑得
成不成乃至求世間福最尊最高自在快樂
求一切聖位乃至一切智智惟願世尊略而
解說爾時世尊釋迦牟尼佛聞此說已爲彼
佛子發清淨梵音大精進法鼓之音又如迦
陵頻伽微妙之音告彼童子妙吉祥言童子
若有行人爲於世間利益一切求成就者當
須誠諦專注慈心悲愍發大誓願清淨之心
如是之人爲利他故決定成就妙吉祥童子
若彼行人於最上大明大陁羅尼恒樂受持
彼人是轉法輪降伏魔羅得最上適悅若復
衆生耳聞目覩心生愛樂決定獲得殊勝快
樂妙吉祥童子白佛言如來威力及最上智
無能知者而彼佛子亦復如是佛言妙吉祥
彼佛子若行此行得相應成就至於一切世
間最上之人不能知其威德智力乃至欲界
天及色界無色界天及彼天主亦不能知其
威德智力乃至初地至於十地亦皆不知妙
吉祥唯佛如來能了知故汝妙吉祥最上儀
軌過去未來及彼現在一切諸佛皆同名故
若有聞者清淨修行無諸異緣攝心不亂彼

之行人得寂靜住得最上善趣所作上法無諸障礙修眞言行速得成就求成佛道得大圓滿於菩提樹若行若坐爲諸衆生轉於法輪而此功德諸佛所說妙吉祥汝之名號若有念者佛說功德不可思議恒現威力所有過去一切佛無數眞言儀軌無能說者汝清淨妙吉祥童子能說一切諸佛眞言之行童子汝以佛智教於一切此淨光天一切大衆皆隨汝教無敢違者

隨業因果品第十七

爾時釋迦牟尼佛入一切如來神通變化三摩地而於眉間放大光明作青黃紅白玻瓈色等照於十方諸佛刹土一切世界於諸世界光明普照於須臾間普召一切天諸宿曜彼諸宿曜隨召而至到衆會已禮敬而住佛之光明威蓋衆會普徧照已還從世尊眉間而入彼諸宿曜及其眷屬見佛世尊眉光入時各各合掌戰懼歸命須臾之間迷悶倒地承佛慈力還自穌息爾時世尊釋迦牟尼佛告一切宿曜幷諸眷屬言汝等勿怖誠心諦聽諸星宿天汝聖天衆我念衆生愚癡無智不識我意我欲如是諸衆生等於諸世間起種種心修種種行利益自他趣求如來第一金剛堅固之身以迷倒故樂求人天阿脩羅等復入輪迴曠野種種諸趣隨彼所作善惡之業受於世間種種之身所受之身無有主宰若復所作最上爲人天主除隨業緣餘無所有彼之業緣要假因吉祥合爲諸具足一切諸法皆是方便唯以一業而爲最上彼若無業身無所住何得祥瑞若具如是祥瑞行

相及以生族方知彼得種種善業若於相於業無所有者而於中間無能知者又如病人氣力羸少顏容瘦悴方知是患又復見衆生業得如是身是善是惡果報祥瑞說爲生相星宿天我先已說一切衆生所生時節及彼吉日隨業所感合吉祥星又見飛禽種種之相復聞語言微妙之聲及於夢中得吉祥相如是祥瑞因緣行相彼持誦人於諸眞言法中求成就者當須了知是成就相又須知一切障難諸不吉相及惡夢寐諸星宿天往昔過去娑陵捺囉王佛正徧知者於菩提道場說大眞言王破一切障難及諸惡夢不祥等事皆得消滅令得菩提一切智智時彼魔王常興惡心作諸障難現彼種種大惡之相令彼見者生大怖畏於諸修行而令退屈彼魔福力久時而住彼持誦者以眞言王具佛威德大進精力大神通生彼因所生要從緣立如是因緣互相和合是生四大四大生蘊趣無邊行行趣他界是故分別無量出生後復命終以無智火業風作故性皆燒然蓋爲不行平等三乘無礙之行大乘長時作隨因緣中乘辟支佛行自爲智不利他故小乘聲聞樂住斷見執心不迴無別求趣又復愚癡迷惑之時作種種業住於世間求世間成就若復於此寂靜無病句無煩惱句八正清淨無礙之道於如是法當勤修習離於不善諸惡之業彼自得住無礙三乘之行又復告星宿天彼息災者有三種法持誦行人修三種業得三種果於此三種當須了知又彼二種顛倒之業亦得見三種族彼復得見八種族又

復見一種族一切眞言住佛清淨心寂靜涅槃族如是所説因業皆是眞言之相彼陰陽亦然説爲世間成就彼如是所作之業所得因果猶如種穀見苗當知結實彼成就法亦復如是若得祥瑞定知成就譬如白色説爲最上陰陽亦然若力於須臾間破諸障難消滅一切惡夢惡相及惡衆生種種之事星宿天汝當諦聽彼過去娑陵捺囉王如來爲調伏諸惡星宿及惡天魔一切部多等幷諸眷屬乃至地居二足四足無足多足諸惡之類種種衆生以大眞言王調伏教化令生善心於他有情不生惱亂汝當聽説眞言王曰

曩莫三滿哆没馱(引)喃(引)阿鉢囉(二合)底賀哆舍(引)娑曩(引)喃(引)怛他(切身)他唵(引)佉佉佉呬佉呬吽吽入嚩(二合)囉入嚩(二合)囉鉢囉(二合)入嚩(二合)囉鉢囉(二合)入嚩(二合)囉底瑟姹(二合)底瑟姹(二合)瑟致哩(二合)頗吒頗吒

佛言此眞言王名爲大佛頂熾盛光若有常持誦者能消滅一切諸惡不吉祥事能降伏一切部多能破一切障難能成就八十千種種吉祥之事若誦持者於持誦時心不散亂虔誠專注我天中天正等正覺須臾之間到彼諸星宿天及一切部多作惡之者所住之處以大佛頂眞言王無等精進力大精進力而降伏之令彼作惡之者見此無數大佛頂王怕怖無量與諸眷屬悉皆求入三摩地而爲救護

大方廣菩薩藏文殊師利根本儀軌經卷第十三

大方廣菩薩藏文殊師利根本儀軌經卷第十四

宋西天三藏朝散大夫試鴻臚少卿明教大師天息災奉　詔譯

陰陽善惡徵應品第十八

爾時世尊釋迦牟尼佛告一切世界所有一切十方住者一切大力最上諸宿曜天言聖者汝當諦聽我今演說一切眞言法義有諸求成就者秉承汝等宿曜之力當獲成就諸宿曜天今此妙吉祥大儀軌王教勑及諸儀軌汝等當住亦當依行爾時世尊釋迦牟尼佛爲利益一切衆生說彼宿曜運行合於善惡彼持誦行人於眞言義及一切智求成就者或得成就及不成就事星宿天若彼羊宮奎宿婁宿胃宿此三宿直又合火星直日彼持誦人於上中下三品之事一切所求皆不成就何以故緣彼惡星所障礙故若復昴宿畢宿觜宿參宿井宿鬼宿柳宿星宿張宿翼宿軫宿角宿亢宿氐宿房宿心宿尾宿箕宿斗宿牛宿女宿如上衆宿悉皆吉善於持誦人而有利益若危宿室宿壁宿此三宿直日若爲惡事當得成就又復奎宿直日人若生者具大福德有大勇猛及多所知又若虛宿直日福德正行皆得成就餘有最上星宿末法之時不爲災福所謂帝灑野(二合)烏波波捺星迦你瑟吒(二合)星你瑟吒(二合)星阿路迦星部誐捺星輪婆捺星阿你嚕馱星夜輸星帝惹囉吒星囉惹星及路迦星如是衆多星等數有六萬四千此星等於末法時彼無有力我今所說大儀軌王當有大力利益衆生而彼世間劫初成時一切衆生於虛空中自在行

住而於彼時無老無死又彼之時無宿曜無日月亦無時節亦無陰陽亦無天人阿脩羅等又彼之時雖有衆生未有族姓人皆清淨無善無惡亦無所食亦無食者亦無持齋亦無呪法彼多衆生但有世間之想以過去業牽因墮於地不能飛空是時便有所食便有貪恪身既重濁大力乃失是時便有日月星宿遂分晝夜乃有時節及與陰陽乃說天上人間勝劣有異故有天人阿脩羅等我於爾時身爲菩薩見彼衆生有如是已心悲愍故而現異身所謂現作此人之身或現梵王之身大自在天身那羅延身迦樓羅身乃至夜叉羅刹毗舍左等種種之身於生生中爲一切衆生恒常解說菩提行義又復我於過去爲菩薩時世間一切衆生愚癡黒闇無智無慧我爲此等說於世間一切工巧技藝陰陽筭數圍陁典籍正法邪法戒律本行乃至聲明論等我雖如是過去之世爲於世間說如此事我亦無有所得所知但爲菩提及解脱等如是雖在輪迴中行而彼輪迴不能繫縛於是久久之間樂求寂靜涅槃無著無滅眞正之句常依於法修其因行乃得自生之智成解脱業得佛菩提又復過去爲於菩提猶如饑饉於外道處求脱輪迴而不能得於菩提道倍復甚難我以樂行善業得自生智復得涅槃依此修行而恒說於諸論誘喻衆生得解脱成就彼不知法人被此輪迴業緣長繩所縛以此業力不能解脱善惡因果我故說此一法陰陽星宿分於善惡及說四護世等地水火風而此四大和合所作發生衆生

種種集因而爲彼時修真言行令得成就彼持誦人專心護持修善破惡於諸世間最尊最上於末法時得真言成就又令帝釋及自在天等之所出現於如是時佛亦現汝大智妙吉祥童子相行於世間悲愍一切衆生爲令衆生於時時中得法成就妙吉祥有陰陽宿曜法二十八宿十二宫分各各分别彼宿曜等與宫相合隨諸有情各各生處宫分之位彼宿曜等或行或住或逆或順生善惡果若有衆生生於羊宫合於婁宿胃宿此等諸宿有力最宜貨易財寶豐溢若彼具足遇者得富貴自在若生時或值日没彼人得惡事多歷險難受身瘦薄又好綺語若生時見日作紅色及大地紅色刹那瞬息之間彼有重德若復生背宿曜無所見者是彼種種衆生

叢雜生處雜行所生亦得叢雜快樂富盛又如是時生處説三十種善惡果報若火星直日是惡生處然彼人大腹姿容潤澤長眼愛語又足心力若木星直日卯時生者及得日月星宿於晝夜分合其本位乃是賢聖生處若復生時宿曜逆倒果感不實事多邪惡若復生時得其正順必感善果於彼生地而得安住若復身相白色是其上人若有衆生生於牛宫合於昴宿畢宿此爲上宫吉星所照須臾之間而彼衆生生者得富貴吉祥忍辱具足長壽多子豐饒財寶復得爲君主此之生人作成就法於須臾間而知善惡若遇參宿有法知解爲世間人之所愛見若遇昴宿者於三海中爲主若生時宿曜分明得爲一小國之主若生時宿曜具足重重臨照得爲

大地主或五年或十年處彼大位若於陰陽宮生合於婆里誐嚩星直日又與觜宿參宿井宿合日生者此人癡愚善惡不分好樂女人復多邪染受身黑色或復紫色然不慳悋好大捨財若土星直日於此宮中生者於彼日中或復夜中隨彼時分乃至須臾得值遇者大富自在有大心力其餘善惡稱量說之若於蟹宮合鬼宿柳宿生者此所生人而有尊重是第一生處若得夜半時生是最上人此人受身金色或紫色清淨吉祥殊妙有異秉有大智若依法爲因得一切義成就至於大財大位皆不難得若於師子宮合於星宿張宿及得太陽直日生者此人有大勇猛復貪肉食亦復於深山險難之處得爲其王亦獲自在若具如上之事及於彼處爲王者此決定是日出時生若於雙女宮生合於翼宿及軫宿者此人有勇猛好爲盜心常散亂樂行邪染亦得爲王或得爲軍主若依此宮生者或得木星合者及得木爲本命者此爲最上常得護持遇惡皆吉若於秤宮合於角宿亢宿氐宿生者此之生人注短仁義此宮非善若得月照及得金土同此宿分生者又在夜初分生者或得爲王或有富貴若人生時不定或不貴者爲性貪愛亦多瞋怒若於禁呪好於飲愽亦得大人愛樂見重若人生於蠍宮合房宿心宿尾宿生者又得火星爲本命此人主慈心學業成就復多勇猛不怖危難能忍勞苦若得於日中時生者或得王於大戰陣決定得勝若彼火星如童子形一剎那間臨照此宮彼地彼時所有人主而誕異

子宜應護持必具大智聰明多記孝順有力復好朋友壽命延長若火星逆倒事即差異若人生於人馬宫合箕宿斗宿生者及得木爲本命若人於午後及夜分生者或求王位必破自族然後得成當在中年而得富貴雖得富貴須在小處譬如人過中年如日過午而於大位大財稍更難得若是宿曜逆倒而見生之人事宜種種差異若生於摩竭宫合於牛宿女宿生者及得土爲本命又或得在初夜及中夜早晨生者又更别有大吉星曜同照臨者當得王位又此人生處不擇一切貴賤之族稟性柔和法主眼赤受身紫色或黑色有勇猛不怖畏或得王位合在多水之國而爲其主然長壽能忍勞苦若或星曜逆倒所有之事而必差忒若人於寶瓶宫生合

於虚宿危宿生者又得土爲本命此人若得生於夜分及早晨時又得月或金星臨照者是人得惡業清淨有大智慧富貴自在受用快樂如是星曜逆倒所臨照人得貧病苦惱若人生雙魚宫合於室宿畢宿奎宿生者又得金爲本命又在夜半及日中時或過中少分已來生者及得金星及别吉曜同照臨者法合梵行清淨有大智慧具最上善知法吉祥此之生人身黄白色顔貌殊妙稟性仁孝眷屬和睦凡所爲事精進堅固長壽大福一切稱意合於東小國爲主彼地少寒及地多甲濕多居水中以宫分所主之故若得土木臨照此爲最上或得爲大國主若如是者此乃決定知其生時宫中多有最上吉祥種種之星

又復更說年月日時壽命之量初一日至十五日為白月十五日至三十日為黑月二半月成一月十二月為一年於此一年分六時或分三時末法之時人正壽命百歲於此壽量之數亦或短或長中夭不定又復人間多有非人侵害壽命行諸惡事而作驚怖又彼天人阿脩羅等若行不善相鬭戰時此時人間現諸惡相所謂非時地動忽作風雹閃電異常天火黑煙處處皆起是彼計都星作日月蝕共有如是種種諸惡相現所現之國必定衆生感有重重疾病饑饉夭枉國王崩喪一切人民皆大憂惶諸出家人亦大怖畏又復分別說諸地動若復婁宿井宿星宿此等宿日及宮分之地方所地動者彼之國內盜賊惡人處處皆起而為侵害南方國王注有大災又復胃宿昴宿畢宿參宿此等宿日及彼宮分有地動者人民大怖及彼邊方一切惡人競為賊盜國外四境諸小王等互相侵害而為寃家病疾流行死者非數又主西方國王崩喪又復觜宿鬼宿柳宿張宿及彼翼宿此等宿日及彼宮分若地動者國內大亂人民不安因彼饑饉互相侵奪還被繫縛受大苦惱又復軫宿角宿亢宿氐宿房宿心宿此等宿日及彼宮分有地動者雪山周迴徧有惡人及你波羅國境內邊地一切小王決定互相侵奪相殺又復尾宿箕宿此等宿日及彼宮分有地動者於彼東方滿城國烏吒國迦摩嚕國鍐誐羅國如是諸國王等崩喪不疑又矯拏國主侵犯他國自致其病或復崩喪又海岸及恒河岸住者一切人民注有

漂沉及一切疾疫若斗宿牛宿女宿危宿室宿壁宿奎宿此等宿日及宫分之地若日中時有地動者分野之地所有衆山一切崩壞彼北印土西印土南印土周迴四境住者互相侵奪有大災起處處饑饉以至國破若早晨動者國内災息人民安樂若上時有惡地動者彼摩竭陀國中内外上人皆受苦惱國王有難若過午後或晚際若有動者國境之内一切出家之人有病疾起或瘧病或瘡癬等苦惱之事七晝夜後災沴乃退若日過時地動者四姓修行上人受苦惱事或王及重臣知法者有災又或婆羅門刹帝利毗舍首陀乃至最上工巧之人於第一義善能分别了解及脩行乃至多聞多記之者皆得病苦若晚後日没之時地動者雜類畜生等疲死若初夜分時地動者及彼初夜前後動者兼現不祥有大風雨及降大雹者必有他兵侵擾逼奪大位若初夜第二分時地動者他兵入境自患腹病及陽毒陰毒諸疾疫病乃至致死自境人民逃亡異地若夜第二分中間時地動及有大風者帝宫之内樓閣臺榭皆悉傾壞及彼樹木亦皆摧折乃至城壁及寺舍殿堂及以山間傍生住處皆悉破壞若夜半時地動者東方國主有子大災兼彼國内人民饑饉若過半夜後地動者大地災息一切安樂若半夜後分地動者中國王必病至崩後有苦惱惡事互相侵害若夜第三分時動者凡是微賤之人而得快樂唯蚊蝱蛺蝶之類一切皆死唯得時熟若早晨地動者國中有大火災若一切州日出時地動者中國

一切處賊起互有侵奪乃至國中七日後有王崩喪若是過七日不定若地動時或兼霹靂電光白色者亦大不祥若無地動恒常霹靂電光白者吉善若地動時電光赤色有火及有黑煙者王當崩喪若地動時霹靂電光作黃色及黃赤雜間色者有大災難彼持誦人若於國中行時聞美妙音有所魔難若聞鼓聲美善者即善若聲惡者即惡而彼地處有極惡事將來必定有穀貴饑饉之事若持誦之人行於人間遇斯徵祥及宿曜之者宜以成就之法而爲利益若作法者須求吉善宿曜直日方可作法吉善星者婁宿胃宿鬼宿室宿壁宿奎宿房宿如上宿曜直日爲最上吉善若得此日修成就法有成就義或結壇亦得此宿曜中黃白色星直日最爲上吉若十五日及月盡日或出往他處所爲不成亦不得作一切眞言曼拏羅儀軌必不得成就此日於眞言必有魔難若月一日三日五日及十三日十七日結壇吉若作護摩求法成就者若得吉日吉星當獲成就若得木星金星月星水星者吉合此等吉星宜爲一切事常四日臨照世間所有大地作成就法處障難不成諸惡解脫翻惡爲善今說時分之量自一彈指至一百彈指爲一初分時四初分時爲一中分時四中分時爲一移分時四移分時爲一日倍此爲一晝夜分我今復說時分之量入滅眴息最爲疾速以十入息爲一滅分十滅爲一刹那分十刹那爲一須臾分一百須臾爲一晝夜分彼知法者當須了知此時分之量又復以一日分爲三時若作

念誦護摩求成就者所有坐卧洗浴及彼食飲如是時分當須了知又一晝一夜名爲一日十五日爲半月兩半月爲一月陰陽者當了知如是六月爲羅睺障時十二月爲一年十二年爲大年如是一切星曜及阿脩羅於此大年之中或順或逆作諸善惡又白月分十五日月滿之時羅睺阿脩羅王現全蝕日月者大地中有大刀兵會當須了知如是之事若現如是大惡相時有無數障難至末法後世間之人不修福事是令日月全被障蝕若於尾宿之分或日沒之際或月沒之際或日月中時如是之時蝕者乃是羅睺阿脩羅王影之所障東方之王決定崩喪必有東方邊地之主而來侵害若婁宿畢宿胃宿此等星宿之分日月蝕者彼鳥蛇國主及一切人生種種病所謂陰病陽病風病及發衆病若星宿張宿翼宿軫宿亢宿氐宿此等宿分若日月蝕者亦決定羅睺爲障此東方羅拏國王鑁誐吒國及摩竭陀國等王患眼病王子有大災仍有惡心怨家來集極甚怖畏若參宿觜宿井宿鬼宿柳宿如是星宿之分若見日月蝕者彼摩竭陀國王而被侵害及忠臣乃至人民等合有病苦怖畏之事若房宿心宿之分若見蝕者一切人民合有疫病一切上人有種種苦惱及禁縛侵害之事若箕宿斗宿女宿如是之分有日蝕者及月有赤暈者彼地分定有饑饉若斗宿牛宿室宿危宿如是之分若有蝕者是羅睺障蝕一切人民有王所逼迫及賊盜之怖及國界之內處處饑饉人民憂苦若奎宿壁宿之分若有蝕者

若先月蝕後有日蝕者於半月中摩竭陀國王位損失今此所說大地動處兼羅睺所現禎祥星宿之分日月之蝕於彼彼處國界之內生起禎應作大災難顯其善惡若地動處有煙起及大陰雨若如是者五日中部嚩國有大災難彼恒河北邊一切人民疫病亡歿乃至人王亦有崩喪乃至雪山四周深山之內彼有國土君主及大臣等有種種憂苦崩喪乃至王子妃后亦主亡歿若星宿之分有地動彼處有煙現無雨過五日不晴或多日人互不相見及不見人所住處彼人互相各大驚怖者彼國及王俱說崩喪若地動時或有霹靂驚怖一切或有所說二三大惡夜中或現白虹工若於白月時現白色烏或見怪異飛禽及不吉時節現飛禽怪異彼之所在有大怖畏復有二足四足無足多足飛禽傍生之類而爲怪者令人大怖必有大禍如是衆多無數怪異所現之時起諸災難所有如是善惡禎祥感應之事無不皆因衆生過去之時所作所修之業

大方廣菩薩藏文殊師利根本儀軌經卷第十四

音釋

頞何開切顒頷也　齶吾各切齒內上下肉也　腨市兗切脛腸也　沴力霽切陰陽氣亂也　榭詞夜切臺有屋也　暈禹慍切日月氣也

大方廣菩薩藏文殊師利根本儀軌經卷第十五第十六同卷

宋西天三藏朝散大夫試鴻臚少卿明教大師天息災奉　詔譯

略說大輪一字品第十九

爾時世尊釋迦牟尼佛復告諸宿曜天并諸眷屬言汝等諦聽此妙吉祥童子真言儀軌灌頂曼拏羅法護摩儀則汝等一切不得違犯彼持誦行人於最上儀軌求明成就者汝陰陽行步日辰星宿會遇之者汝等宿曜勿令無智諸惡等輩而爲障礙當令佛法一切奉行汝諸天衆爲作擁護所有一切諸惡等輩當須降伏發遣勿使得便令諸行人依法而住爾時世尊釋迦牟尼佛入三摩地名爲出生一切佛頂消除一切衆生諸惡障難是時世尊釋迦牟尼佛入三摩地已乃有十方世界一切如來集諸淨光天上來集會已咸共觀見世尊釋迦牟尼佛在三摩地是時諸佛各各前詣世尊釋迦牟尼佛所同聲讃請世尊不可思議大威德者以大無畏利益世間善說一切真言儀軌與諸如來所說無異世尊彼佛頂大輪一字明王具大精進有大力勢最尊最上於末法時能於世間作大利益決定能破一切部多及惡星宿乃至摩多囉等起於惡心作障難者當宜宣說復爲悲愍一切衆生又復擁護持誦行人令得如願彼佛頂大輪一字明王具大精進一切自在唯願如來爲利樂故說彼明王及與儀軌彼諸如來作是請已默然而住是時佛會及三千大千世界佛神力故現大光明如大火聚於諸世間光所照處無一有情不快樂者爾

時世尊釋迦牟尼佛周徧觀察告淨光天所住一切天衆并一切聲聞辟支佛等及諸菩薩摩訶薩乃至在會諸如來言一切大衆善聽此佛頂大輪一字明王儀軌乃是一切如來無邊威力無能勝最上大輪大明王我今當說爾時佛言我三界大師於末法時能調難調一切天龍夜叉乾闥婆阿脩羅緊曩羅摩睺羅伽等乃至種種異類諸惡衆生所有供養及種種事能令行人一切皆得我說佛頂大輪一字明王於末法時法欲滅時爲法擁護若有於此大輪一字明王得成就者乃至於諸如來法欲滅時能爲佛事復能擁護諸佛如來一切法藏汝諸天衆及一切衆生當以深心諦聽諦受即說佛頂大輪一字明曰

部林合二

天等此大輪一字明王乃是諸佛世尊一切智智眞言之相住大悲行一切衆生之師爲吉祥眞言之主此佛頂一字法界如摩尼珠隨色變異佛說二種界謂有漏無漏界如來之身具足相界生於世間爲有相尊說有漏色身分法界無相說爲最上是無相界爲住大悲行於世間而彼法界說爲無漏分諸天等此眞言之相摩尼無異一切智智亦復如是而此眞言諸佛皆說若爲大地一切之事皆能成就我今略說若能依法作一切事所求皆得

復次此大輪佛頂一字明王於佛滅後末法之時行於世間爲無能勝諸眞言亦諸佛菩薩悉所受持乃是過去佛菩薩等之所傳說

此最上儀軌我今略說若復所在有彼行人專心持誦此大明者於彼所在五由旬內地界之中所有一切諸惡宿曜不能侵近乃至一切諸惡不能爲害至於天人聖人亦不敢近彼持誦者當自隨意若復更有他人於世間出世間求成就者彼人所有法則種種呪法悉能解除或以吉祥草一把握已誦眞言八百徧得數滿已以刀截斷或令自斷若爲呪法彼皆得斷若以吉祥草縛爲人用紅線繫彼人必縛若將瓦器呪八百徧瓦器破壞彼亦破壞若將芥子以人血染散於地上復以迦尾囉木枝打彼人受打先所說一切調伏法可依法作若爲息災當以乳汁作護摩用酥亦得或增益法亦同此作若作拳可禁一切眞言若欲解者心念自解或欲求眞言

成就者如彼禁成一切皆得成就或求別儀軌成就者同此亦得若此眞言成就當用請召或用發遣乃至擁護悉皆可得至於隱身亦可能得若不依呪勑事不成者以酥蜜酪幷油麻合和作護摩八千徧一日三時至七日必得成就必依呪勑

若求成天人用濕松木柴八百片作護摩七夜得成若爲降龍用酥蜜酪作護摩來降若降夜叉用酪飯作護摩來降若降夜叉女所用亦然若降一切乾闥婆用無憂樹木柴及必哩演虞木柴兼華得降及降夜叉女龍女等法同若爲星曜用白芥子若爲王事亦同若爲婆羅門用華若爲吠舍用酥乳酪爲首陀用糠及塵土爲女人用鹽作護摩若爲童女用米綠豆同煑粥護摩若以稻穀華幷脂

麻和酥作護摩得一切降伏若一日三時作護摩滿七日七夜於一切事皆得如願如是作已如佛頂如來教彼天衆

爾時釋迦牟尼佛爲於世間說清淨法告最上第一佛子言妙吉祥大菩薩我此所說大輪一字明王一分儀軌廣大尊勝如來天中天若經劫數說不能盡我今爲利益諸衆生故略而宣說爾時妙吉祥大菩薩及十方一切諸如來等於彼淨光天上請大無畏正等正覺兩足之尊爲利益末法一切衆生故請說如是廣大無畏大明王眞言所有儀則速得成就

略說一字大輪王畫像成就品第二十

爾時世尊釋迦牟尼佛觀察淨光天告妙吉祥童子言妙吉祥諦聽所有最上大輪一字明王儀軌先已廣說我今復爲末法之時懈怠衆生鈍根無智不能修習廣大儀法而求成就今爲悲愍諸衆生故更略宣說同最上法當得成就妙吉祥童子若有持誦行人求最上成就者先求新帛不截茸線者當去塵髮令絕清淨以上妙綵色畫一切世間主最上法王調御丈夫二足世尊寶幢如來轉法輪相圓光晃耀周徧莊嚴於佛前左面畫聖金剛手菩薩次畫梵王右面畫持鬘天人次畫持誦行人於此像前每日三時燒沉水香誦眞言十洛叉數圓滿已然後成辦諸法若有行人求輪成就者先用鑌鐵作輪具十二輻就三長月吉日起首於像前一日三時燒沉水香誦眞言滿十洛叉數滿畢已於十五日獻種種供養燒沉香以手按輪誦眞言直

至輪上光出其功得成就彼持誦人執輪爲持明輪王若他人於光出時得見者彼人亦得神通若人求繖蓋成就者作清淨殊妙白繖蓋上安金輪如法作已於像前繖蓋下坐誦眞言直至自起日日三時燒沉香誦眞言十洛叉數滿畢已於十五日獻種種供養手擎繖蓋誦眞言直至光焰出手執得成持明大輪王但是三長月就五日或十五日皆得成就於此成就之間得了知一切法得一切神通得諸佛菩薩護念一切衆生尊重於世間中得千輪王爲眷屬若有求佛頂成就者當作杖可長一肘用金銀或銅或摩尼等作已手按誦眞言直至光出長受持得隨意爲一切衆生説法壽命一大劫或求寶瓶成就者用金作瓶滿盛五寶五穀五藥用白繒蓋

口於三長月吉日起首作法於次月得成就於彼瓶中所求皆得無盡或求如意寶成就者當以金作珠或以玻胝迦珠以白繒蓋如儀誦持得成就於所思求皆得如願如是得住天人中若有持佛無能勝眞言滿一俱胝獲得神通身如淨光天人壽命一大劫世尊此佛頂王白傘蓋等若誦十洛叉凡所作事皆得成就如是無能勝佛頂依别經中儀軌所作所求皆亦得成就次以佛頂大輪誦十洛叉能成一切眞言明大輪王若有求金剛杵成就者當用赤檀作獨股金剛杵或作鑌鐵金剛杵作成已於三長月十五日先以五淨水自洗浴訖於像前獻種種供養然酥燈一百盞然後復以香水浴金剛杵訖然以自身奉上諸佛菩薩及此佛頂王白繖蓋及光

聚等眷屬然更結界自作擁護亦擁護同修行人作擁護已右手執金剛杵於像前坐澄寂身心過夜初分於夜第二分時專注虔誠誦真言直至杵上光出彼一切持明天及龍藥叉乃至一切天人皆來集會讚歎迎請歸於天上作天輪王得身如金剛手菩薩金剛力等於一刹那或須臾間直上色究竟天上住壽一大劫得見慈氏菩薩瞻禮聽法彼命終後隨願得生或有求劒成就者當求第一妙好之劒鋒利無缺者得已收掌先持戒然後就善月吉日於佛獻大供養手執如前誦法直至光出是得成就得成就已并及助伴皆得神通復變自身如十五六歲得飛行自在住壽一劫或有求雄黃成就者以無畏心於鬼宿直日收買上好雄黃不得酬價隨索

便與得已於三晝夜淨持戒行復設食齋僧已求哀呪願如是作已更獻種種供養然酥燈一千盞又三晝夜齋戒於一切有情發慈悲心以自身奉獻諸佛并大菩薩然誦真言加持雄黃直至三種相現是法成就所謂熱相煙相光焰相思惟如前某事成就若熱相成就者以芥子大點於眉間得一切天龍藥叉部多畢舍遮等住南贍部洲者常來擁護猶如侍從壽命千歲若煙出成就者以芥子大點眉間得隱身成就若欲入天龍之中隱身即入得於一切隱身中為王壽命三千歲若光焰出用點眉間得成持明天王變身如天童子相端正第一超過一切天人并諸眷屬皆得神通住壽一劫命終之後生兜率天若求三戟叉成就者當用鑌鐵作三戟叉

先誦眞言受持一年後起一沙塔獻大供養別奉天王會施一切可受此食者然結跏趺坐右手持三戟叉誦眞言直至所座振動百千光明出現是法成就於須臾間轉身如第二大自在天爲持明天王面有三目具大神通威德自在得大自在天及一切天人等來雨華供養又得一切持明天及一切天人悉來雨華供養彼天人等皆共圍遶住壽一大劫命終之後得生極樂世界若有人見此成就之時能瞻禮者亦獲得神通或是起惡心者彼瞻視之間即皆自退或有求屍成就者於屍林中收一屍未損壞者於徧身亦不得有瘢痕仍須身肢具足者得已用佉禰囉木四橛釘之彼持誦人於屍上坐用寶秣作護摩擲秣入口中彼屍從舌出如意寶見寶出已收之收得寶已成天輪王或所欲諸般器仗心所思惟皆悉能得寶光明出照百由旬皆悉晃耀得大隨意若壽命盡隨樂得生若生人間得四輪王位命終之後復生無垢世界復有屍成就法當求如前不壞之屍用四棗木橛釘之擲秣入口中作護摩得舌出已截取收得已與一百眷屬同得神通住壽一中劫居妙高山頂受大快樂命終之後復生人間得大自在若有求鉤成就者以吉祥草作鉤可長一肘作已取黑月一日夜用五淨水洗一夜得潔淨已於佛弁金剛手菩薩獻大供養然酥燈一百盞或求金剛鉤亦然以光聚白繖蓋先自作擁護依曼拏羅儀則結界先加持橛誦七徧然取四方下位釘之結界訖於夜第二分時一心專注結跏趺坐以

鉤及香華弁種種供養禮拜奉獻諸佛菩薩已右手執鉤誦眞言直至地獄一切有情罪苦消滅已自得神通再禮諸佛菩薩禮已手執聖鉤行如是人一切天龍藥叉等遥見作禮住壽一劫命終之後得見金剛手菩薩住金剛手宮若求幰成就若得光明出得天輪王若求眞言成就誦彼大輪一字明滿一洛叉畢已一夜清淨身心無諸雜亂獻大供養已用阿里迦木柴著火用脂麻及酥蜜酪等和作八千團作護摩護摩畢眞言王自來常如侍從或有求大自在天成就者於大自在天獻大供養以阿里迦木柴八千片著火作護摩彼大自在天即來來時作大惡聲不得驚怖有言問行人何求誦者白言大自在天我求一切明成就天言如汝所求一切皆得言訖不現如是所求那羅延天及大梵天等皆得如願先所説彼天等成就儀則若作時先深自擁護或有求降夜叉女念彼夜叉女名七晝夜用無憂樹華作護摩即來降伏作七晝夜竟決定須來來時或求作母或求作姉妹或求作妻或若不來得病頭裂或降龍女亦同夜叉女儀則若降夜叉當三月用酪飯作護摩畢已一夜身心清淨不得雜亂作大供養獻佛復出大衆生食奉夜叉但意中作念令彼夜叉降我若以酥蜜酪和合八千團近尼俱陀樹作護摩彼毗沙門等夜叉來現當奉獻阿里迦華閼伽水等毗沙門問言欲何所求誦者言當日日遣一夜叉來當要役使我於百由旬内凡有所須當隨我願我所樂去處要當隨意及藥成就所要皆作彼

報言一切皆得或有求見金剛手菩薩得願成就者當先持誦精熟已依法修行或三或七重重求法成就於三長月十五日作大供養奉獻如來及獻金剛手菩薩齋設衆僧如是作已過夜初分於夜第二分時澄心思惟觀想金剛手菩薩如在目前以安息香丸如蓮子大作護摩成夜一分時若得菩薩衣動及地震動或聞雷聲是諸天人先來下降雨華次金剛手菩薩與一切明王及最上明王等眷屬乃至一切天龍藥叉彥達縛緊那羅等前後圍遶來至誦所菩薩來已彼在地獄一切有情受大苦惱者於一刹那頃皆得解脫誦者得見菩薩祥瑞便禮拜獻閼伽水請菩薩住彼菩薩乃謂誦者言汝求何事誦者曰或求作天輪王或求入脩羅窟或求一切天人中輪王乃至求金剛身及菩薩住處亦得至於求金剛手一切器仗思惟之間悉得生出住壽一大劫命終之後得生金剛世界乃至諸天悉得如願

大方廣菩薩藏文殊師利根本儀軌經卷第十五

大方廣菩薩藏文殊師利根本儀軌經卷第十六

宋西天三藏朝散大夫試鴻臚少卿明教大師天息災奉　詔譯

略說一字大輪明王畫像成就品第二十之餘

如是略說儀則所有金剛手儀則及觀自在儀則乃至求梵天大自在天等世間出世間一切眞言成就者若不得成就當以此眞言同誦決定當得成就若更不成就當於如上大自在天等前持誦七晝夜內須現彼若不現頭破七分若求藥成就者或以酥及墨作點眼藥或求雄黃雌黃等成就先得彼藥巳然求人乳同磨作五丸及與沉香白芥子等同丸於日月直日作大供養及出生供養彼日月天若得芥子作聲是最上第一成就當得世間一切衆生愛重及世間一切降伏所求皆得若得藥有煙出當於一切隱身中爲王壽命一中劫若得光焰出得變身如十五六童子顏貌如日初出得爲天中王壽命一大劫或求點眼藥用素嚕(二合)丹惹曩藥青蓮華木香白檀香等和合爲藥於一赤銅器中盛於太陰直日誦眞言加持直至煙出彼藥點眼得神通及隱身轉身如欲色界天人之相於一切隱身中爲王或求金剛杵用鑌鐵作三股長十六指或求劒等乃至三叉輪箭一切器仗及衣鉢革屣絡腋等當於二月十三日或十九日於舍利塔所安像作大供養然酥燈百盞復出生食供養巳於像前坐吉祥草然後手執器仗及諸物等誦眞言直至振動得一切天人中王若得光出得天輪王

如金剛手等力壽命一大劫命終生金剛世界彼助伴等見者亦得神通若求息災作爐如蓮華相依法用濕柴著火作護摩以滿杓酥同著火爲上復以酥蜜酪食等作團數滿八千作護摩若三晝夜者得身及助伴息災若七晝夜得一聚落息大災難若以舍你羅木八千或優曇木亦得以酥蜜酪和合作護摩息一切災及救天旱若乞食先誦三洛叉數就三長月十五日太陰直日起首三晝夜專注身心清淨無染以黑牛乳汁作護摩誦百徧已得安居若以捺黑嚩草和酥蜜酪作護摩八千滿十晝夜得息中夭兼得延壽若加持幢及螺等於軍陣前執持吹作聲彼軍若見若聞當自退散若以五穀及諸香作閼伽水滿瓶當加持八百徧應有魔所執持作障難者以水洗浴決定解脫當得吉祥若作曼拏羅以此水作灌頂者滅一切罪若被星曜執持者當加持孔雀尾拂身當得除解若眼病用加持水洗即差若瘧病加持線繫即差若誦真言與印同用當破壞阿脩羅禁鑰若以佉你囉木濕柴八千片兩頭搵酥蜜酪等作護摩得大伏藏若入海及河以赤檀香搵蓮華百千擲入海及河中得蓮華爲積聚得大珍寶庫藏使用無盡若以吉祥果搵酥蜜酪八千作護摩得大富貴或求成天人當用濕沉香木柴搵酥蜜酪八千作護摩日三時滿二十一晝夜滿已獲得若以酥蜜酪和合秔米作護摩得夜叉調伏又降伏夜叉用安息香作丸搵酥蜜酪護摩得成就若降伏乾闥婆用乳香作護摩降餓鬼用吉祥香作

護摩若緊曩羅用娑哩惹羅娑香作護摩若爲一切各各作障難各逐所用物八百作護摩滿七日當得除滅若求囉惹奉重以上好白芥子和油八百作護摩一日三時滿七晝夜成就若面向日誦一洛叉得滅一切罪若求一切明增益成就者當清齋以烏世囉草作形相已用白華作供養以乳汁八百徧作護摩亦以乳汁洗浴燒沉香誦眞言得增益若一作法得自擁護第二作法得擁護他人第三作法當擁護一聚落若有被他禁呪損壞者以烏世囉草作形相以白華作供養於佛頂王像前以白芥子酥蜜酪等和八千作護摩彼爲呪者解除若不解除必當自損若有持誦行人於所持誦微少及有忘失者 取最上樺皮用牛黃書彼明誦八百徧於明王獻大供養以一字明同誦八千徧於像前布吉祥草臥於所求事夢中一一來說或有求蓮華成就以赤檀香作蓮華於明王獻大供養於三晝夜清淨專注已右手執蓮華誦眞言直至光焰出得天輪王成無能勝行命終之後生極樂世界或求成金剛杵者用白蟻土或沙土作獨股金剛杵作已黙然乞食心不疑慮執金剛杵誦眞言八十洛叉以杵安白芥子中取太陰直日誦眞言直至芥子作聲是得成就然誦者執此金剛杵已能作一切事無不隨意欲破大山頂者擬之即破若擬龍龍即心破可使河泉來潮一切龍毒指即消滅或有魑魅惱亂有情者心想即除所有世間一切禁鏁悉能破壞此佛頂大輪成就獨股金剛杵凡有所作無有能障難者每

持誦時以決定心依佛頂儀則持誦恒先誦佛眼明如是誦持皆得成就若於本尊獻蓮華誦一洛叉或入河海所要珍寶皆得或獻蓮華誦三洛叉得一切人尊重若獻蓮華誦五洛叉得南閻浮提人尊重或欲入山窟於窟前安像誦三洛叉一切不能障礙入中無疑於窟求聖藥得已却出或住其中一切不怖乃至那羅延天輪亦能破壞若於白月一日起首一日三時持誦以惹帝起華著足大指下踏誦眞言直至足指光出彼光迴旋却入誦者身彼誦人於一刹那間轉身如童子爲天中王幷諸眷屬皆得神通住壽一大劫若於海岸邊安像面西以龍木柴燒火以龍華一洛叉作護摩海水來潮現諸祥瑞不得怖畏直至海中有一人出如婆羅門相來問

言欲我何作誦者報言降我每來之時令作皆得遣畫地作千葉蓮華誦者於中坐誦大明一千徧地即破裂誦者得神通得一千眷屬住壽一大劫得天中爲王身具光明照於他人可五十由旬悉皆晃耀或有於三長月白月一日起首以惹帝華獻佛頂誦一洛叉直至佛頂光出入持誦者身中於一刹那間得五神通若誦十洛叉求謚如如皆得成就此佛頂若與彼明同誦若召彼明決定得來彼若不來當自破壞此佛頂大輪一字眞言乃是如來眞實最上祕密天上人間一切眞言明王亦是如來白傘蓋及光聚等眷屬一切佛頂王成就儀軌諸佛頂王於一切眞言得用當成就一切儀軌是最上成就法若於非處不得用若用不得成就或有欲開伏藏

者到彼處已用白色賢瓶用白檀作水滿盛復以諸香作塗香塗瓶誦八千徧已於伏藏處安置若有伏藏彼地自裂掘深一肘已來可見彼物若有多人來者皆各見水或有求師子成就者以白蟻土揑作師子用牛黃塗師子身於座上安置作大供養誦眞言直至振動是得成就得成就已才乘師子得轉身如童子與五眷屬俱得神通得爲梵天壽命千歲能往一切天中若求象馬牛等亦爾若師子吼者震動一切天人之座若或於蓮華池側以蓮華一洛叉作供養得最上尊貴一切所求得最上成就此天輪佛頂王若至帝釋天帝釋離座迎接一切天人遠見驚怖於一由旬内一切天人隱除光明此大輪佛頂王同於如來天上人間一切儀軌王悉皆降伏

一字根本心眞言儀則品第二十一

爾時世尊釋迦牟尼佛復觀察淨光天一切天衆及菩薩辟支聲聞等告妙吉祥童子言妙吉祥一切如來咸說此根本眞實法藏同如意寶爲滿世間一切願故而彼佛剎諸佛如來入涅槃時及末法時法欲滅時爲令擁護如來一切眞言之藏童子汝眞言儀軌王猶如伏藏能令一切衆生各各平等意願圓滿童子汝儀軌王於諸如來儀軌王中得爲第一若有念此大輪一字明王猶如誦彼一切如來大明王已童子汝一字儀軌王是第一句是最上句乃往過去六十二殑伽沙數劫彼時有佛號無量壽智決定光明王如來應供正等覺明行足善逝世間解無上士調

御丈夫天人師佛世尊若有衆生暫得聞此如來名者消除五逆之罪若有念此如來名者決定當得無上菩提何況更於眞言以決定心求成就者若有一切持誦行人欲得眞言成就者先當於此無量壽智決定王如來作如是念言歸依世尊無量壽智決定王如來應供正等正覺及無量光佛寶幢佛等一切如來而於諸佛各各作禮已隨意誦眞言所求皆得若爲增長福德當念三如來名號及禮一切如來決定獲得無量福德彼持誦行人若得眞言成就者於一切善法當得圓滿得菩薩位當來決定獲得無上菩提得見無量壽智決定王如來應供正等正覺此一字眞言是一切如來心於一切儀軌中最尊最上能成就一切事業妙吉祥汝儀軌王最尊最上祕密甚深爲於世間作大利益若是衆生非佛弟子及無正心不信如來所說之教又於佛法而加毁謗者此大乘儀軌不得傳授復有我慢惡人不信如來所說經教唯於聲聞辟支佛而興供養如此人輩亦不得傳授此人於眞言成就無有見分若復有人發最上善心信於大乘於佛菩薩心常供養如此人輩是眞行人乃可傳授此如來所說妙吉祥大輪一字王眞言儀軌而此眞言能與快樂此眞言王是一切佛心一切眞言此中生出復是過去六十七俱胝佛之所宣說能爲衆生作大利益常爲衆生滅諸罪業常與衆生斷諸迷倒當令安住眞言妙覺法界之相傳此大力一字明王令久住世爲令法服常觀世間此一字王能成就一切事能除

滅一切罪若有依法作廣大善事常持誦一千八徧決定獲得種種吉祥彼昔無量壽智決定王佛說妙吉祥心𤚥字種子義兼烏字合爲一號與爲種子流傳世間佛滅度後末法之時依法念誦速得成就彼無量壽智決定王如來住彼佛刹名無量壽於彼刹中住無量劫轉妙法輪而彼如來以此眞言付最上第一佛子大力大精進大勤勇菩薩彼菩薩復付普賢彼普賢付佛子妙吉祥令我如來復爲汝說此眞言第一儀軌王最上法王之所宣說我爲利益一切有情復說佛名曩謨無量壽決定智王如來應正等覺曩謨娑羅華王如來應正等覺曩謨無量壽無量光如來應正等覺乃至寶幢如來應正等覺如是歸命頂禮三徧然後持誦一字眞言云何

彼聖衆彼無量壽智決定王如來應正等覺說無量壽世界中爲利益一切衆生使得快樂復悲愍未來衆多衆生法末之後法欲滅時有諸惡人毀謗三寶爲欲調伏如是之人彼一切如來有第一佛子得大勤勇菩薩摩訶薩復傳普賢菩薩摩訶薩彼普賢菩薩摩訶薩傳付妙吉祥童子童子我今復爲一切衆生深生悲愍復想未來法末之時法欲滅時爲令擁護如來法藏令修如是最上眞言儀軌童子諦聽我今復說汝眞言大力儀軌若欲成就諸事業者先於山上清淨之處誦眞言三十洛叉爲先行法爲令身心法行俱得純熟以乳爲食黙然持誦不得於別眞言法而起思想當須發菩提心歸命三尊清淨持戒復更請受菩薩戒如是修清淨已方得

作諸最上成就之法欲作法者先求畫人心本清淨兼與受戒兼求上好第一彩色如是得已方可作㡧其㡧闊佛一肘量長四尺如是作已用檀香龍腦恭俱摩等香水灑淨訖其畫人令潔淨食三白食著新淨衣取白月吉星直日或十五日於日初出時起首畫至午時午後便住日日如是直至畢手其㡧上先畫無量壽世界其地徧畫諸寶蓮華或大青寶或頗胝迦寶大綠色寶以如是寶上下嚴飾中畫大寶宮殿幢旛繖蓋諸供養具皆悉殊妙復有光焰各各覆上嚴麗第一殿內中心畫師子座座上畫無量壽智決定王如來作說法相佛身紅色光明四照左邊畫寶優鉢羅華座座上畫大勤勇菩薩摩訶薩作瞻仰如來相右手執白拂左手持天果作淺綠色光明普徧以種種莊嚴而嚴飾之右邊畫普賢菩薩摩訶薩坐寶優鉢羅華座身淺綠色頂戴寶冠著上妙青衣眞珠瓔珞寶鬘絡腋光焰普徧一切莊嚴右邊次畫聖妙吉祥菩薩坐寶優鉢羅華座身黃金色如童子相首有五髻面目端嚴諸相具足著妙青衣以眞珠寶而爲瓔珞及爲絡腋莊嚴身相歡喜合掌瞻仰如來次下畫持誦行人隨自儀容莊嚴鮮潔右膝著地手持蓮華鬘低頭作奉獻相次前於㡧角上右邊畫二佛一名無量光二名福光左邊畫二佛一名娑羅華王二名寶幢此四如來身如金色光明晃耀坐白蓮華座衆華莊嚴種種嚴飾微妙第一結跏趺坐作說法相於諸佛上畫種種雲雲中畫一菩薩名爲妙眼身相具足光明普照右

手作施願左手執袈裟角如彼行相而於雲中雨種種華供養如來之相此世尊無量壽智決定王如來應正等覺晝幰儀則與彼一字眞言及最上佛頂王大輪佛頂王力等精進等不可思議廣大功德最上之力我已略說我先廣說一切佛頂王大輪一字所有儀軌一切所作皆能成就若有行人欲作成就之法至於不修先行所作念誦一切能成何況於先行法而有功績凡有修持隨意得果或求富貴一切皆得若有於此世尊無量壽智決定王如來成就像前虔心一隨喜者此人當來決定證得無上菩提以此無量壽智決定王如來及一切如來心威德故此爲一切佛頂大輪王此爲妙吉祥童子心一字大輪王略說如來力不思議威德不思議神通變化不思議若有行人作調伏法或不修先行或不持戒乃至食酒肉等亦得法成就除不發菩提心及不信重乃至毀謗三寶如是等人若作破壞并調伏法必不能成何況修中品上品之事凡持誦人一持念擁護自身二持念擁護他人三持念作大擁護已至於十地菩薩亦不能動何況餘力而能得動若四持念可救一切衆生諸苦惱事若五持念已觀想佛世尊所求皆得若於月星吉日依法於佛菩薩像前或經法及舍利塔前先沐浴著新淨衣預持戒一晝夜然後取無蟲清淨新水白香華等於作法處地位作灑淨燒白檀香恭俱摩香龍腦香燒如是等香作護摩法若爲刹帝利用阿濕嚩他濕柴著火若爲婆羅門用鉢羅舍濕柴著火若爲毗舍用

佉你囉濕柴著火若爲首陀用阿波摩里誐濕柴著火如是等皆隨力兼用稻穀華同作護摩作降伏法最爲第一於後作法准此應知若爲降伏怨家各隨彼彼所用濕柴八千片作護摩後用酥八千作護摩後復捻灰擲彼惡心怨家安居方所又擲灰時結佛頂大輪一字王印更用優鉢羅印得怨家退壞或別有大災難及有心苦惱事以此得迴如是更有別事隨意作法如有病人與加持衣令著得身安樂若加持眼藥點眼得一切人愛重若面南加持七徧一切怒面觀察皆悉善心愛重或以華果及彼妙香加持七徧奉與他人彼人觀之心自降重或更有他人見者亦皆降重一切病者及身疼痛加持溫水洗浴當得安樂此調伏法於苦惱衆生皆不得作或無主無依之人持誦者亦須悲愍於女人愚人病人貧者苦惱者乃至賤人及二根人皆不得作若於上人有勇猛精進者大慳貪者大財大力者極我慢者如是人處可得爲作復有惡人毀謗賢善壞亂正法偷盜他財作諸惡事者亦可爲作復有不信一切眞言及相應法等惡心邪見如是等處當可爲作若有歸命三寶具正見有道心處不得用作復有法若有遠離佛僧常作嗔怒當於彼處擲灰加持自然迴向若是大力怨家亦可破壞若有大災難不得作此法當作三七日內得成就法可破逆一切怨家初一七日彼得心煩二七日已彼自受病若至三七日彼自破壞遠離及去他處不相遇會若有能作此法如是一向爲化衆生不爲他故可得爲

作若違佛意害於有情作一切事佛所不許諸佛所說種種大業黑白二果若作黑不善叢雜之業定得不善叢雜之報持誦之人宜應遠離叢雜黑業當修清淨善白之業得成善白清淨果報若害衆生當感地獄彼持誦人當勤憶念斷如是法持誦之人遠離殺生感最上報當生天上得解脫樂又持誦者若得眞言成就得天中天得一切智爲教化衆生起種種行修種種因作千事業隨意成就若作調伏法專心念誦依法護摩得下品成就於中品法少許成就但持誦法說上中下若持誦最上得最上報若持誦得中獲中品報若持誦下品得下品報於護摩法亦說三種稱量時節凡持誦護摩當勤修習最上無等等事業

大方廣菩薩藏文殊師利根本儀軌經卷第十六

音釋

茸（如容切）瘢（蒲官切瘡痕也）橛（其月切杙也）績（則力切事業也）捻（諾協切指捻也）

大方廣菩薩藏文殊師利根本儀軌經卷第十七 第十八同卷

宋西天三藏朝散大夫試鴻臚少卿明教大師天息災奉　詔譯

妙吉祥心麼字唵字成就法儀則品第二十二

爾時世尊釋迦牟尼佛復觀察淨光天衆告妙吉祥童子言妙吉祥汝別有畫像儀則成就法能成就一切事業妙吉祥汝一字心眞言或汝六字根本麼字眞言或六字心或唵字眞言如是等眞言儀軌王於佛滅後末法之時佛刹空虛世間無主無人救度此儀軌王爲主救度令得安住妙吉祥我今宣說儀軌次第如前用不截茸線新帛清淨無垢長七肘闊三肘以白檀龍腦水調彩色畫我世尊釋迦牟尼佛坐蓮華座作說法相觀妙吉祥童子相於右邊次第畫妙財菩薩眞實菩薩聖無盡意菩薩妙吉祥童子頂禮世尊相右邊次第畫普賢菩薩聖觀自在菩薩賢護菩薩等所有如來相好一一具足諸菩薩相殊妙最上佛菩薩身量隨檻相稱其聖觀自在及妙財二菩薩手執白拂諸餘菩薩各各執華瞻仰如來種種莊嚴微妙第一於前下面畫一地天手捧寶匣從地涌出半身出地半身不現於上面空中畫二天人手持華鬘雨散天華如上佛菩薩等各有身光互相晃耀內外輝映一一嚴潔彩畫畢已持此畫像就舍利塔所如法安置畫像訖彼持誦行人內外嚴潔心不散亂於此像前面西而坐誦妙吉祥心或根本等眞言滿一洛叉自初起首直至成就一日三時洗浴三時換衣持戒

清淨默然乞食或菜或果無諸葷雜所乞得食分作四分一分奉獻三寶一分奉獻妙吉祥菩薩一分施一切有情一分充自食勿令身心有所苦惱發如來意爲諸衆生不起少心獨爲自已作是觀想求願圓滿念眞言獻香華燈塗乃至食等及沐浴諸聖沐浴者以香水沐浴諸聖像影然後於佛像前以諸華香食等恒常供獻每獻食供養先普獻三寶後獻慈氏次觀自在次普賢乃至虛空藏無盡意月光童子除蓋障聖金剛手聖多羅大孔雀明王聖無能勝佛母般若波羅蜜多香華塗香食等一切如是彼先獻已然後施從外一重地位一切駝驢象馬形作障礙者以白蟻封土作彼形像作形像已與種種飲食及菜果等如是施已發遣遠離然後以吉祥草爲座坐已發最上善心念一切佛名號然後只於側近清淨處布吉祥草於上卧及喫食來往經行等遠離尋常諸卧具等一日三時念佛名號及作觀想若是得見殊勝好夢不得去他人處說可於佛前言白如是依次第速疾誦眞言一洛叉餘時常讀誦佛母般若波羅蜜多若念誦時瞻仰妙吉祥童子若作念誦莫令文句闕少若徧數滿足已然起作禮復以種種供養獻佛如是儀則先行精熟已持彼畫像隨於處所求諸成就

此先行成已復以白檀作妙吉祥菩薩坐蓮華座左手執佛母般若波羅蜜多經右手執果如是作已於殊勝清淨之地面西安置於彼像前作護摩爐爲一切法作四方爐深二尺用五穀作泥飾護摩爐如是儀則用阿濕

嚩他木濕柴或用無憂樹木濕柴以如是等柴著火復用秔米和酥乳酪蜜等都盛一銅器中然後誦眞言八千徧滿杓作護摩如是作已然後爲所求事取月一日起首作法用尼俱陀樹濕柴著火得見無煙已用眞言請召火天眞言曰

阿誐蹉賀里閉訥婆羅儞鉢哆(二合)吽賀嚩(二合)路呬哆叉禰呬捺捺(引)賀

誦此眞言三徧請召護摩已然後請召妙吉祥菩薩眞言曰

阿誐蹉誐蹉俱摩(引)囉部多薩里嚩(二合)薩怛嚩(二合引)囉他(二合)毋儞野(二合)覩憾娑賀焰迦囉波(二合)野獻淡補瑟半度半左鉢囉(二合)底仡里(二合)恨拏(二合)娑嚩(二合引)賀

誦此眞言伸請召已獻諸供養香華閼伽水等然後作護摩七徧七擲團食如是滿七日復用秔米油麻及酥乳等作粥奉獻及常自食足此後決定得見妙吉祥童子後用濕白檀長二指作柴八千片作護摩日日燒一百片至數滿足決定受人間最上施主供養或用惹帝華一洛叉作護摩決定得最七施主愛重或以蓮華一千搵酥蜜酪作護摩得大財寶若以三弭木濕柴著火油麻作護摩得大財主若早晨於河中以水作護摩得一切人愛重或以阿里迦木濕柴搵酥蜜酪一洛叉作護摩得千人受用豐足或用阿波末里誐木濕柴作護摩得一切病消除或用有乳木濕柴著火用油麻作團食一洛叉作護摩所求皆得若有國王求國土用蓮華一洛叉作護摩得願滿足或用大麥一洛叉作護摩

得五穀受用無盡或用安息香必里焰虞香和酥作護摩得子息若以惹帝華揜一一華水中作護摩以餘華與人彼人齅之得愛重或以供俱摩華麝香丁香口含之念誦人所見皆愛重或以胡椒誦八千徧已口含作瞋怒言彼自愛重若以結界得成隱身若見怨家意念之怨心自息若恒持誦得一切人愛重若於早晨以惹帝華并淨水地上作護摩得真言成就無敢違犯若有怖畏者意念即除若有怨怒者覩面自息若為他人以一切香華作護摩彼獲愛重或以水誦七徧早晨飲惡業苦惱決定除滅或將清水誦七徧洗面世間一切見者悉皆愛重若加持華與人得彼人愛重若以秔米作護摩一洛叉得人間第一尊貴以油麻及蓮華一千作護摩得錢一千若不酬價買安息香并娑惹囉娑香及吉祥香等與香水和合作護摩五日六箇月內得一千功德若一七日三時用曼陀羅華作護摩得牛用阿里迦華得穀用世里沙華得馬用無憂華得金用尾部里多吉華得衣又復若以惹帝華護摩及諸上妙華於水中作護摩但心中所求一切上衣皆得若加持眼藥七徧點眼貧者亦得大富若於夜分坐持誦於眠睡中得吉祥夢境若求極貴人愛重者求足下土與白芥子油麻和合作護摩七日每日三時作必得若求貴重之人愛重者用婆羅恒迦和油麻作護摩七日七夜獲得或求婆羅門愛重者用乳粥并酥作護摩一切皆得若欲毗舍愛重者用大麥砂糖作護摩若欲首陀愛重者用團食作護摩即

得若爲救病誦八百徧摩病若頂一切得差一切病加持線繫身皆差若瘿病加持白蟻土塗之即差

復有七種儀則第一畫像儀則最上法如先所說求新帛清淨無雜畫聖妙吉祥菩薩如童子相身肉紅色坐蓮華座種種莊嚴右邊畫聖觀自在菩薩左邊畫普賢菩薩身量小如妙吉祥菩薩畫像成已求清淨之地及佛舍利塔處如法念誦滿一俱胝已得囉惹之福若用濕白檀柴搵供俱摩香水護摩一洛叉同前若用濕沉香柴搵酥蜜酪護摩同前若以惹帝華和酥蜜酪作護摩同前若用蓮華聚作護摩得錢如華聚太小若用尾部里哆吉果一洛叉作護摩得大財主若用濕柴安息香同護摩八千得穀若恒以脂麻護摩得穀無盡若以秔米一洛叉護摩得衣食瘡疪千人若以多子者果子及舍弭果子作護摩得妙童女供事若以舍弭樹葉作護摩一切如意以阿誐悉帝華搵乳作護摩得淨行者奉重若用白迦囉尾囉華及迦尼迦囉華作護摩得最上人愛重用曼陀羅華作護摩得一切首陀愛重用阿里迦華搵酥蜜酪作護摩救一切病若以如是儀則用香華一洛叉獻佛足下常受快樂若以菩提樹濕柴著火用舍弭華一千作護摩能除一切星曜所執若以牛黄書眞言頂戴入軍陣一切器仗不傷若以眞言成就妙吉祥菩薩乘象在軍陣前他軍見之自退若以童子相菩薩坐金孔雀安幢上攀於陣前他軍見之自退若以惹帝華一洛叉獻佛足即於彼處布吉祥草

卧於夢中所求皆見若然燈一千盞其中一盞用藕絲纏甘草爲心然燈供養彼人決定得見妙吉祥菩薩如一切讚歎殊妙之相

又有求成第二儀則用一生金銀未曾別用者作妙吉祥童子右手作施願左手持佛母般若波羅蜜多經如是作已於舍利塔前安置對像誦眞言一洛叉滿已於晨朝獻大供養以童男童女作諸歌舞自讀誦大乘經法供養畢獻三朶妙華及閼伽水獻已發遣先所說儀法有請召發遣等印若念誦時結蓮華印若請召用幢印若獻座用吉祥印若獻閼伽用滿印若獻華用一尊印若獻燈用願印獻香用合掌印獻塗香用孔雀坐印獻食用杖印凡作念誦前諸儀軌皆用此諸印法自初起首至法成就應是請召及諸供養發遣皆用印法直至畢日若以惹帝華獻佛及獻閼伽已於佛前卧於夢中得見佛作說法相有菩薩圍遶若爲作如是種種之事當須持戒不得散亂於白月一日起首以吉祥香和蜜作護摩得最上尊貴若誦一俱胝得親見妙吉祥如人語話若得說法及得光照得不退菩薩位

復有第三儀則用赤檀作童子相一邊作愛子次摩耶夫人手攀無憂樹一邊安置鹽及白黑芥子和合以赤檀作彼形相作已截斷作護摩彼自愛重或以尼俱律陀樹子作護摩若爲他作他得愛重或以優鉢羅子若爲他作護摩他得愛重或用棗子爲人作護摩彼人得愛重若以烏曇鉢羅子爲彼人作護摩彼人得愛重若以悉哩巘吒迦木作護摩

得婆羅門愛重若以藕作護摩得刹帝利愛重若以龍華作護摩得毗舍愛重若以稻穀作護摩得首陀愛重若以鹽及乳糖和為團八千作護摩一日三時七日滿畢若為他作彼得愛重若以苦楝華芥子和油護摩一日三時七日為滿得彼愛重若以蓮華一洛叉作護摩得金若以迦羅惹里迦華八千作護摩得大聚落若以波吒羅華作護摩得穀無盡若以吉祥華作護摩得金若以菖蒲根搵酥蜜酪作護摩與一切論者論議得勝或沒囉憾弭藥酥和盛銅器中誦真言直至一萬然後自契得於一切論者中得勝若有瞋怒者誦八千已觀彼自息

復有第四儀則如前以新帛清淨無垢已令畫人持戒用最上彩色畫聖妙吉祥菩薩坐蓮座作說法相右邊畫聖大彌佉羅左邊畫聖佛母般若波羅蜜多菩薩端嚴相身著白衣一切嚴飾下面畫蓮華池池中蓮華種種繁滿畫龍王出半身相手執蓮華莖右邊畫消除障難聖無能勝大明王相口出火焰作顰眉相左邊畫聖鉢囉拏舍嚩里明王手執羂索鉞斧眼紅黑色擁護持誦行人次畫持誦人隨自顏色形相手捧蓮華鬘作瞻仰妙吉祥菩薩相於上面畫持華鬘散華天人以此畫像於有佛舍利塔處面西安置行人於此像前誦真言一俱胝滿已獻大燈供養獻已復誦聖般若波羅蜜多菩薩滿一萬徧注意瞻仰妙吉祥菩薩相若得此畫像動者得人間第一尊貴若得眼動得作天人若笑得輪囉惹若得言語證得初地菩薩位入諸佛

會聽法若於此像前犂有犢黃牛乳取酥得
酥已盛於銅器中誦眞言直至三種相現若
得熱相誦者得大智慧大聞持等若得煙出
證隱身自在若是焰出當獲神通復有以菖
蒲根用惹帝華纏用坏器盛已誦眞言直至
苗出誦人取喫得聞持誦一俱胝得親見妙
吉祥聽聞說法若以金作百葉蓮華已於像
前右膝著地誦眞言直至焰出手執得天輪
王他人不能得見若以雄黃或雌黃合眼藥
用吉祥果盛誦眞言直至作聲用少許點眼
中所有地行一切夜叉羅刹及毗舍左等類
中當得爲主若以上等匈無損缺者於像前
手按誦眞言直至如蛇起頭若執之得天輪
王住壽一劫若復以雄黃用三種金裹雄黃
丸子口中含誦眞言直至振動誦人得隱身
復得六天自在若作此儀者其持誦行人當
須一切善法具足不得貪欲復有取合弭樹
子及菩提樹子三金裹已口中含誦眞言直
至振動得隱身復得神通壽命千歲復以銀
作輪持於脩羅窟前誦直至輪聲脩羅窟門
開入中無障彼脩羅女出迎誦者入中壽命
一劫復有用鐵作三戟叉持誦行人若持於
阿脩羅窟前作念誦一切障難破壞彼自出
迎若欲住彼得壽一劫當得見於彌勒世尊
復有第五儀則若用白阿里迦木作拇指大
妙吉祥菩薩作已獻阿里迦華一洛叉得貴
人之位若用白迦囉尾囉根拇指許大作妙
吉祥菩薩以迦囉尾囉華獻一洛叉得眞言
成就若以迦囉賀吒木作妙吉祥菩薩一尺
許大以賀吒華獻一洛叉得多人愛重得爲

軍主若用白檀作五寸大妙吉祥菩薩以慈帝華獻一洛叉得貴人位若以菩提樹木作一指長像獻淨水一甕得多人愛重若以一切香作像獻一切香華所求皆得若恒時以沉香木濕柴作護摩一切持誦人中得尊重恒時持誦除大五逆罪命終之後得親見妙吉祥聽法若急誦八百於一切衆生中得隱身得爲持念主一切瞻仰愛重若爲他作一切皆得如是童子儀則種種之事皆悉得作唯除貪欲

復有第六調伏儀則如是所說於末法時當爲利益衆生使得成就我更與說第七儀則當爲濁惡之時利益薄福衆生與傳此法令得菩薩三乘之道令解方便上下品事復爲末法時一切衆生貪愛迷惑及瞋濁重者及爲所繫縛者當爲解脱道勝善果報如來所說眞言儀軌有大力勢具大精進當爲廣大利益末法之時一切衆生使得不空成就我釋師子人中最上天中之天當於妙吉祥法中略說如是最上利益之法令得一切所作成就

大方廣菩薩藏文殊師利根本儀軌經卷第十七

大方廣菩薩藏文殊師利根本儀軌經卷第十八

宋西天三藏朝散大夫試鴻臚少卿明教大師天息災奉　詔譯

妙吉祥六字心真言品第二十三

爾時世尊釋迦牟尼佛復觀察淨光天告妙吉祥童子言妙吉祥復有第七儀則不空成就法彼有得成得大果報利益安樂所有一切惡業惡趣苦惱皆得消除當來決定獲得無上菩提妙吉祥我今說汝六字心真言此真言微妙不可思議力無等等解脫六道一切輪迴及免三苦大海久久沉溺解脫一切纏縛不染世間一切有情一切部多無能得見於輪迴道而得清淨得佛法分諸佛隨喜於一切真言最尊最上復於一切爲大富貴即說六字心真言曰

唵嚩引枳曳引二合那曩摩

妙吉祥我今說此六字心成就法若有求成就者當以菜果爲食或乞食一日三時澡浴三時換衣身心清淨不得散亂誦真言一洛叉爲先行不得中闕一徧若是闕少法不成就須是專注心不異緣如是先行成已用織成帛不截茸頭大小應量不剩不少如是得已然覓畫人仍令清淨持戒如是潔淨已用上好彩色畫此聖像於幢內先畫妙吉祥菩薩作童子相坐蓮華座說法之相偏袒右肩以種種微妙而爲嚴飾左邊畫聖觀自在菩薩左手持蓮華右手執白拂右邊畫聖普賢菩薩上面畫雲雲中畫天人持鬘雨華而作供養於前下面畫持誦行人隨自相扶手執香鑪作瞻仰妙吉祥菩薩相周帀畫山下面

畫蓮池於內隨意種種嚴飾畫像畢已於舍利塔所面西安置就白月吉日獻大供養以酥然燈復以惹帝華八千一誦一擲散妙吉祥面直至散畫若得成就或聞吽字聲或得像振動若得聞吽字聲即得最上尊貴若得像振動即於一切論者中得爲最上又能了知世間一切義論若不得如上成就者當於一切持誦法中得力若以濕沉香木爲柴如中指長復以佉禰囉木柴於黒月夜搵都魯瑟迦(二合)油作護摩直至日出必定當得見於聖妙吉祥菩薩若得見已持誦行人所有勝願求者必得唯於貪欲不得求乞或於黒月夜燒白檀不間斷直至日出得菩薩來說甚深法而令信解得信解已於一切病當得解脫決定獲得菩薩之地復有法用赤檀木刻作蓮華可六指量并莖皆赤檀作塗以千葉加持千徧已於月十五日就像前著荷葉上安置手按誦眞言至焰出執之須臾轉身如十五六男子色如眞金瑩淨光明過日天子得一切天人奉重供養住壽一大劫命終之後往生極樂世界復有法取太陰直日以白菖蒲根五淨水洗得清淨已於菩提葉上安置誦眞言直至三相現若得熱相得一切人愛重於一切論者中得勝若得煙相獲隱身成就住壽三萬歲若焰出得虛空行住壽一大劫復有法用有犢黄牛乳取酥以銅器盛於七菩提葉上安置誦眞言直至三相現若熱得聞持煙隱身焰虛空行如前無異復有法以蓮子口含於太陰直日誦眞言直至振動復以三金裹口中含如前誦至振動得隱

身若出口中蓮子一切人得見若以丁香口含誦六洛叉已凡與人言一切愛重若食酥誦十二洛叉得爲天人若乞食默誦一洛叉得隱身若誦百俱胝得説法如妙吉祥菩薩復如十地菩薩若恒誦持得一切義增長復有法以一切香藥作人形像斷之作護摩七夜内得愛重復有法以安息香作丸如小蓮子大搵酥百千作護摩得錢一洛叉又法持誦人或入河海以蓮華百千擲水中作護摩得大藏伏不可窮盡若以白芥子供俱摩香和合八千作護摩得囉惹愛重若以油麻和酥蜜酪作團百千作護摩得大長者一切施與復有法若以不墮地衢摩夷作曼拏羅以阿提目訖多華獻大供養誦八百徧然讀誦大乘經法一月之内得大智慧復以牛黄誦八百已點於眉間得一切人愛重若加持頭頂誦七徧一切人不輕慢若用枳里華一方作護摩得一切病除若日日誦七徧一切惡業決定滅盡若臨命終時誦八百徧得妙吉祥菩薩面前出現

修行地位時節儀則品第二十四

爾時世尊釋迦牟尼佛復觀察淨光天告妙吉祥童子言妙吉祥汝有大輪明王等及諸佛頂等一切眞言儀則成就地位我今略説諸明王得成就處彼支那國及大支那國妙吉祥菩薩眞言而得成就彼龜茲國中烏尼也(二合)曩國中迦濕彌羅國中及西印度并雪山四面北方一境得佛頂王最上成就所有過去佛説今佛所傳當來佛亦説若爲息災前一切處得成就彼雪山及中國人間善心

之地作息災者於蓮華族金剛族及寶族等眞言而得成就又半支迦藥叉及訶利帝藥叉女巘達哩嚩等所有眞言亦得成就又迦徹國及摩伽陀國周徧内外迦摩嚕播國周徧内外路呬你也二合引適悦河岸而彼諸處亦得成就東印度一切處金毗羅神及寶賢大將得成就海岸洲一切多水際處師子國適悦之地得一切眞言成就彼賢聖多囉毗俱胝大吉祥白傘蓋等一切眞言四童女大海中得成就又東印度周徧地位泯地也二合大野山中及摩呬捺囉二合山周徧彼童子天及妙吉祥得成就或有與持誦人作諸障難者變形如象一牙大力或作馬等形狀及種種相貌或作伊舍那天子最上種種相貌亦說眞言法得成就地如上作障者於一切深山大野中能爲障難仍說種種麽多羅極惡宿曜及餓鬼趣餓鬼王樂人食者成就之地又復說一切部多成就之地復有南方鬼王住處閻魔眞言而得成就幷諸外道求極惡法之地彼金剛手亦說作惡法眞言於南方求得成就當感罪業得不善果又彼南方唯日天所說眞言及伊舍那天所說眞言乃可於彼而求成就西方得最上成就大力藥叉王是一切財主得一切部多愚癡迷惑者施財若有行人依法修所求法得成當爲財主得大富貴又此大地中金剛手藥叉菩薩眞言得最上成就十地菩薩之位金剛手一切眞言得生蓮華族如是八族眞言八方得成就佛所說眞言北方得成就及東方亦得成就蓮華族所說眞言南方得成就金剛族西

方得成就彼那吒不定方所彼寶賢族西北方得成就西南方一切藥叉族得成就東南方一切聲聞大德族得成就東北方辟支佛族得成就復有上方一切善行得成就下方世間一切入地眞言得成就彼八族中彼佛頂及出世間一切眞言得成就

又佛頂大輪等於上方一切處亦得成就又金剛手於一切處得成就如是別眞言王一切金剛族蓮華族生者於一切時中亦決定得成就我以說一切成就地位今復說得生時節若於一切佛眞言求成就者及欲生蓮華族金剛族者當須三生中專注誠諦持誦修行得最上成就乃往生彼又或一心愛樂歸信三寶發菩提心修行大智又於眞言儀軌一一了知又復持菩薩戒行菩薩行專心無二稟信奉行於一生中亦能生彼而此眞言如佛所說一切愚癡衆生永不能見聞何況於法而得成就此眞言王廣大儀軌我最上佛月第七如來之所宣說妙吉祥汝當諦聽汝爲第一佛子是大菩薩有大威力汝之眞言大力行義同佛世尊恒在於世如佛所說大輪佛頂王光聚佛頂王最勝白傘蓋如是等佛頂王在於世間如轉輪王於南閻浮提出生之時復如法王正等正覺二足之尊在於世間所說眞言於一切事皆得成就

執魅者儀則品第二十五

爾時世尊釋迦牟尼佛復觀察淨光天告妙吉祥童子言諦聽童子我先所說衆生之句今復說彼所行之事善惡祥瑞是時童子即從座起以彼頭頂禮世尊足合掌恭敬信白

世尊言善哉世尊願爲說彼衆多衆生變於己身生於他身而作惱亂所謂聖人天人乾闥婆夜叉羅刹毗舍左摩睺羅伽乃至部多等及諸人非人類種種乘法所作之身住種種心行三昧有無數幖幟種種之相世尊天中之天今正是時願爲說之彼妙吉祥童子如是請已還復本座黙然而住爾時世尊釋迦牟尼佛說於衆生種種根本心行祥瑞幖幟時節及呼召徧入他身一切衆生眞言之法斯有衆生以貪食故執魅於人者復有會遇過去怨家恨心瞋怒執魅人者乃至世間大地之中惱亂於人一切極惡之者彼有離欲最上善人住悲愍心降臨世間而爲救度彼最上善人法相具足有大力勢爲救世間行於教化臨照於世如彼日天若復有人具最上善業知其法要具足清淨精勤修習於白月時日沒之際或初夜分見彼降臨彼大力離欲上人或在世間清淨國土以白月或圓滿月十五日或白星宿時吉日吉辰來降世間而有幖幟若來之時形如多羅樹住虛空中不至於地結跏趺坐而乃發聲猶如梵音言說最上無等等法而彼上人頂相具足住刹那間降於大地彼持誦者如是見已用惹帝華白檀供俱摩等和合作閼伽水禮拜奉獻復以妓樂而爲供養誦者發虔志心唯爲利益求其所願彼離欲上人慈心清淨乃爲言說無數最上所樂正法得聞是已分明了知慈心悲愍不得生怖但念妙吉祥菩薩及結五髻印及别頂印而作結果亦結上下界彼如是時所有一切言說初中後善至於

過去現在未來皆如實知彼天上人目視不眴觀照慈愍凡所言說眞實不虛所求眞言成就藥物成就及生善趣至於應供乃至決定證大菩提所有求問如前祥瑞時節等事彼大力上人一切皆說彼持誦人如實知已於一刹那中作相應觀於自所求一切皆得至於所求眞言速疾成就及一切富貴隨意皆得誦者然後獻閼伽水禮拜發遣此後如是作諸擁護依於儀則無不成就若或有人忽然倒地不自穌醒者用佛所說眞言及頂印或五髻印而作擁護被執之人須臾即起而得安樂一切衆生無大力勢無福威德被此諸惡衆生而作執魅彼大力上人與作擁護又大力上人言彼色界究竟天乃至欲界自在天等有諸天人欲來下趣生人國中所有色相及與幖幟一一皆見生在彼地宮殿之處所有言語一一辯察可知眞實若彼迦尸國弃摩迦陀國所有執魅乃至言語是夜叉執魅若摩睺羅伽若緊曩羅等者皆作東印度語彼大力迦樓羅生東印度亦作東印度語彼緊曩羅亦作東印度語若是聖人天人及辟支迦乃至諸五通仙等皆作滿城語所有舍里摩多河邊言語及賀里計羅城言語不分明及不正多以羅字爲言以捺字爲語末此是毗舍左語若有作曩尼計羅州嚩嚕沙州裸形外道及海中舍婆國及諸州國住者衆生言語不正多以羅字爲言語澀及不分明此爲瞋怒鬼語若有作南印度阿捺囉國迦囉拏吒國捺羅弭拏國俱薩羅國等及師子國及别海洲所生衆生多以拏字爲

言此爲羅刹語若有作西印度吠你世國及摩羅嚩國語言唯愛勇猛此是大力摩多囉語若有作捺舍羅嚩山吉祥山矯惹里山如是諸山言者此是日天及諸星曜語若有作西印度阿里部捺國及香醉山及邊地生者人言乃至作隨方之言彼是俱瑟摩拏語若以設字爲語此是仙人語若以野囉羅嚩此四字爲語以伽字爲添句彼是阿脩羅語若迦濕彌羅國及迦尾國是最上眞言族及金剛手族生彼國中作彼中語若有作中印度族姓儀則言行幖幟者是蓮華族生彼國中作彼國語若欲驗知者當用佛部眞言而試驗之又恒河北岸一切雪地是夜叉及乾闥婆仙人等變彼人身作彼地語又恒河南岸大野之地及吉祥山中是羅刹烏多迦餓鬼及惡形作障難者摩多囉等乃至大惡星宿害人命者變彼人身作彼中語復次彼離欲上人於上所說一切皆知一切悉同諸佛如來如先所說諸國土中所有衆多作惡惱亂人者諸惡之輩所有本形及彼言語善惡幖幟及種種心行種種生地乃至時節我已具說若於衆生有如是惱亂之事者彼離欲大上人而來擁護與作安樂當以妙吉祥童子六字心眞言而作種種儀法復用五髻大印同作擁護使衆生等獲得無量最上快樂

大方廣菩薩藏文殊師利根本儀軌經卷第十八

音釋

瘿（庚頃切頃瘤也）鉞（王伐切大斧也）犛（居候切取牛羊乳也）拇（音母大指也）枳（諸氏切）魅（明祕切鬼魅也）裸（郎果切赤體也）

大方廣菩薩藏文殊師利根本儀軌經卷第十九第二十同卷

宋西天三藏朝散大夫試鴻臚少卿明教大師天息災奉 詔譯

如來藏大法寶法界相無數功德祥瑞品第二十六

爾時世尊釋迦牟尼佛復觀察淨光天衆告妙吉祥童子言童子彼如來藏法界相大法寶最上祕密勑當令衆生一一依行所有求成智證祥瑞標幟稱量種種之事及成就受用之物識一切部多等語非想等衆生音聲及知見在不在一切眞言法則種種之事乃至佛一切法中用最上聲具眞實義用非常聲具無常義於如是義要離繁雜又諸眞言所闕重輕及中三種之事若音聲殊妙乃是持明天音得文句全足於經典語及世俗語中揀別眞實義具眞言義及別法行離諸繁雜於諸世間所有眞言或以一字二字成於文句言音殊妙或以六七八字或九字十字乃至十重字得成眞言音義具足或二十字至於百字此眞言量隨彼文字多少結眞言句乃至了解一字之義即全一切眞言之義如來所說乃成上品廣大眞言若彼佛子所說是爲中品若彼世間一切人天所說斯爲下品或以佛之所說一字或二字斯有千義此是佛菩薩等眞言之量彼眞言法所用文字音聲皆具眞實之義善法嚴持彼眞言行人或求成就用音聲相作成就法依彼五音離諸訛略不正言音若得言音具足方爲圓滿乃得相應成就若不依法及聲義不全於諸眞言不得成就而彼行人長時不間黙然

持誦久久之間必得不空成就至於他世於法易得若持誦行人於三品修行事業要當悉知乃至下品一切世間所有人及非人一切部多等嫉妬之者所說眞言文字一二三數或種種邊地之語及中國語各如本行結自語聲各各所語有百千種或一四句偈頌文義有定體式及定伽陀句義亦然各隨本義互相依用而得爲上或缺少文字是爲聲義闕或訛略不正是爲不分明闕或文字不全是爲點畫闕彼諸智者當須遠離如是諸國土中隨方言音於眞言中少有闕減於一切法不能成就今此復說有漏無漏一切眞言相若眞言多含字以唵字爲上義怛字爲其相此決定於中品得成就若眞言先用唵字後用摩字以含字爲添句此聲相具足決定於最上得成就左字具四方相別無添句字多字囉字二音具足彼二乘者多以多字等眞言爲成就法吽字爲德生左字四方義者蓋有能成就眞言之義若婆字囉字相合摩字爲後音合於摩字或合曩字等此眞言者亦說爲最上若一切眞言中有多字多者此眞言說爲最善若吽字是焰魔天若多字多眞言是帝釋天及風天若縛字是水天能利益世間而作增益若眞言噎字多者是摩呬捺囉天若眞言有先歸命三寶語此是息災作諸快樂若歸命別一切天各用彼天本師眞言作一切事若眞言多用捺字及頗吒字吽字等者此爲大忿怒有大力勢當於一切極惡衆生而爲使用爲能作破壞及斷命故彼諸持誦行人當一心遠離若輒有所作

當感重罪作有二義若爲息災及增益事可剎那之中爲作彼持誦人於此眞言先須念誦有大功力若爲一切息災增益可於倶迦河岸調伏一切罪業之處作不得於金剛族中作調伏法佛所不許若夜叉王所說眞言爲調伏衆生而能變現大力爲降伏相又一切法中所說有三種族復有八種族唯如來亦自成就三種而得配上中下品三種所謂息災法增益法調伏法此眞言儀軌所修行力唯說不得爲調伏用蓋此下品事以斷衆生命故我一切智之所不許今此所說儀軌王中眞言體相大力功用甚深廣大若依作法無有闕事者得大聖力超越世間及出世間一切眞言等彼恒當得無數功德眞言成就妙吉祥我今顯說無數之數乃至唯佛如來智所知量我今具說數始之一自一至十乃至二十三十次四十五十次六十七十八十九十直至滿百妙吉祥百數滿已十十說之十百爲千十千爲摩庚多十摩庚多爲一洛叉十洛叉爲大洛叉十大洛叉爲倶胝十倶胝爲大倶胝十大倶胝爲阿里没捺十阿里没捺爲大阿里没捺十大阿里没捺爲渴誐十渴誐爲大渴誐十大渴誐爲渴里嚩十渴里嚩爲大渴里嚩十大渴里嚩爲鉢納摩十鉢納摩爲大鉢納摩十大鉢納摩爲尾嚩賀十尾嚩賀爲大尾嚩賀十大尾嚩賀爲摩野十摩野爲大摩野十大摩野爲三母捺囉如上爲智筭數十三母捺囉爲大三母捺囉十大三母捺囉爲娑誐囉十娑誐囉爲大娑誐囉十大娑誐囉爲鉢囉伽囉十鉢囉伽囉

為大鉢囉伽囉十大鉢囉伽囉為阿世沙十
阿世沙為大阿世沙十大阿世沙為僧鉈（切身）
如上是量筭數十僧鉈（同上）為大僧鉈十大僧
鉈為阿弭旦十阿弭旦為大阿弭旦十大阿
弭旦為路迦十路迦為大路迦十大路迦為
娑摩娑十娑摩娑為大娑摩娑十大娑摩娑
為祖底十祖底為大祖底十大祖底為摩賀
囉世十摩賀囉世為深十深為體囉十體囉
為大體囉十大體囉為嚩護摩怛十嚩護摩
怛為他曩十他曩為大他曩如上為勇猛智
筭數十大他曩為阿弭多乃至弭多為摩賀
囉貪摩賀囉貪為酥酥嚕多酥酥嚕多為摩
賀囉拏嚩摩賀囉拏嚩為鉢囉他摩鉢囉他
摩為摩賀鉢囉他摩摩賀鉢囉他摩為悉里
瑟姹悉里瑟姹為濟瑟姹濟瑟姹為曼你囉

娑曼你囉娑為阿進忚（怛也切下同）阿進忚為大
阿進忚大阿進忚為具囉具囉為捺囉⿱埶也（惹也
切）捺囉⿱埶也為你⿺辶地（切身）鉢多你⿺辶地鉢多為輸娑
輸娑為大地多大地多為弭多弭多為唧多
唧多為尾剎波尾剎波為阿鼻路⿰氵⿺辶地（切身）阿鼻
路⿰氵⿺辶地為曩鼻囉⿰氵⿺辶地曩鼻囉⿰氵⿺辶地為辟（切身）摩辟摩
為大辟摩大辟摩為闇嚩囉闇嚩囉為大闇
嚩囉大闇嚩囉為佉里嚩佉里嚩為大佉里
嚩如上是息災增益之處功德筭數後大智
者於沒里瑟吒及烏捺迦心生迷處是為最
上極最上乃至佛剎最上如是筭數非世間
人所能知故唯佛如來筭知其數復以佛剎
最上者以恒河沙等佛剎微塵之數為譬喻
法而為筭數此筭數量是一切智智為礙之
所知量妙吉祥我於如是數量過去諸正覺

所已曾供養復於不思議劫而爲菩薩爲諸衆生令得成佛我今所說眞言最上第一儀軌較量功德乃至過去未來現在一切正覺亦同此說童子我於末法之時爲於世間說此眞言廣大儀軌王若能依此修行所有一切天人阿脩羅乃至大力那羅延天及世間出世間一切大力賢聖與此相應者皆得成就妙吉祥所有世間及出世間一切功巧技能虛空界相種種筭數內明法儀軌等陰陽法吉凶祥瑞一切部多言語善惡心行幖幟界處乃至一切衆生因果及韋陀典籍歌戲等事香藥方術種種之事我於過去爲菩薩時爲利益一切衆生常說如是之事而爲教導又爲一切衆生處於輪迴及在饑饉久久住者隨彼衆生之所好樂我皆爲作使得如心妙吉祥如我爲善住作利益法彼善住種種業成就受種種衆生身我爲彼說相應義法令得破壞種種衆生身業彼如法作獲得色相具足富貴壽命妙吉祥我所利益皆悉如是又復我於過去之時用大悲心大慈心大願心愍諸衆生持誦種種法以利益心轉諸色相或作梵王相或作帝釋相或作大自在天或若那羅延天及彼財主乃至多天又作星宿種種形相知衆生心隨所好樂一一次第令得安居寂靜快樂我於長時輪轉遊行觀察世間一切衆生而爲宣說了義祕密眞言之相復依儀軌次第修行觀智於久遠時轉生佛族又住無我決定之行如是依行成佛菩提得最上安樂無諸病惱無事無憂寂靜涅槃一切解脫我今爲諸衆生現生此

界轉於法輪爲諸行人演說如是眞言之法廣大儀軌而彼誦者於此廣大儀軌不得虛妄傳授乃至世間眞言儀軌皆須信重供養遠離一切輕慢毀謗又諸行人於此廣大儀軌陰陽祥瑞吉祥法義不得妄說當住正心譬如諸藥物等得其成就是得果報是故於佛最上伽陀說吉祥義微細了解白月吉日合白星宿起首持誦求眞言成就衆善法則當須遠離諸不善事是故我於過去爲持誦者乃至所有了解世間陰陽術法及解諸儀法因果正論調伏法等我說如是種種諸法當爲利益一切衆生令彼一切受持眞言行人因此成就之法得趣佛道於諸法中皆得解脫如是受持眞言行人所有成就之法不得妄作乃至所有世間及出世間一切最上

眞言明不得以不正心而加毀謗當以誠諦心恭信供養又此眞言三昧諸有教師行佛等引調諸佛子入佛曼拏羅及與三昧當使決定滅除過去見在未來三世諸不善業於他所得非聖眞言亦不得輕慢況於不空成就之者乃至世間大力眞言若有煩惱所生邪道色相彼不空成就者不得妄與傳授至於心常瞋怒多於言語亦不得傳於此法若或傳授及與爲作決定不得所求果報若或心住寂靜恒修等引依法念誦一眞言者定獲果報若復一一如所儀則起決定最上殊勝之心持誦爲作之者於一切法無不成就又復有人久修善業心恒清淨於佛法中發殊勝心信重三寶者若求成就決定獲得最上成就功德

大方廣菩薩藏文殊師利根本儀軌經卷第十九

大方廣菩薩藏文殊師利根本儀軌經卷第二十

宋西天三藏朝散大夫試鴻臚少卿明教大師天息災奉　詔譯

生無量功德果報品第二十七

爾時世尊釋迦牟尼佛復觀察淨光天告妙吉祥童子言妙吉祥所有一切眞言廣大儀軌一切祕密明若有修行者生無量功德獲一切果報我今爲修行者稱量成就速疾之義若有多生於此儀軌曾修行者法易成就而此成就爲最爲上童子若有衆生能依次第修習祕密明法者是最上修行是大智者若不依法無以得成若依法修行相應和合得最上句若依法修行誦眞言者不得令口有聲若口有聲誦爲非誦須默然持誦當得成就彼持誦行人求法成就者當須食三白食及諸果藥若如是食者決定得最上法成就又若一心觀想決定當得安靜無惱若食不依法及不專注所求眞言不得成就至於梵王及彼帝釋所有眞言不能成就何況諸佛菩薩所有眞言及彼慳貪我慢及性懈怠恒樂世法不能離慾如此之人無成就分至於天人阿脩羅等眞言之法若不依儀則及不專注亦不得作降伏等法若作者返得迷惑及與愚癡或作法人有如是相者將來當感惡趣之果若或見有如是等者當以佛部眞言作降伏法而與救護得解脫已彼人復以專注次第再持誦者亦得成就以彼眞言威德力故及得大善寂靜復得不空成就與作降伏救護者我說此人是衆生善友速能成就三乘平等寂靜之道又有專注身心依

法念誦難成就者是人宿有輪迴之業更須重重懺悔求罪消滅必得解脫過是已後於悔求罪消滅必得解脫過是已後於眞言中當得成就得見果報所作不虛若有因即有果若無因者定是無果因果和合有生有滅因儀則法生寂靜界以彼專心親近善友行於佛法作大佛事生大善性彼持誦行人若於末法之世人心顛倒之時於此法中得成就者於當來世亦得成就乃至究竟大善寂靜爲於世間宣說無造無作寂靜之句諸佛如來清淨之義一切諸佛不可言說而於其中說於祕密成就之句彼祕密句是佛如來無性自性之所生出以大法力爲於世間當令衆生決定成就若復衆生於末法時修眞言行求佛菩提於眞如空相不能成就者當宜疾速於時時中不得間斷依於儀則作法修行承眞言功決定成就此教法中有諸行人於佛在時修眞言行速得最上成就於佛滅後像法之時修眞言行得中品成就於末法時得下品成就於諸時中善能修習眞言法行必定獲得三種大果若佛在時於如來族恒得成就於佛滅後唯蓮華族而得成就於末法時唯金剛族最得成就彼觀自在菩薩妙吉祥菩薩多羅菩薩部里俱胝菩薩金剛手菩薩如是等菩薩以願力故令諸衆生於眞言中得決定成就若一切時有諸行人於眞言中深心愛樂決定修習若爲求諸聖賢及降伏一切夜叉羅刹用上品心決定成就若有行人於末法時依標幟說世間所有諸仙人阿脩羅夜叉羅刹迦樓羅毗舍左乃

至部多衆及彼宿曜人非人類住欲界者於人世間作不饒益者而作調伏決定成就所有大福德者梵王帝釋及嚕捺囉乃至伊舍那大那羅延天如是大福大力天等於諸行人一切所作皆悉隨願至於一切極惡部多於諸人中作惱亂者以眞言力而調伏之皆得隨願若於末法之時大怖之中於諸眞言無上品心不能於法精勤修習不得果報者於他世中亦不成就妙吉祥我今與汝授記汝於末法大怖之世可於是時救度化導善根衆生於佛法僧歸信供養之者乃至於彼修眞言行人而作擁護

說印儀則品第二十八

爾時世尊釋迦牟尼佛復觀察淨光天衆告妙吉祥童子言妙吉祥諦聽汝最上祕密眞言及彼印法不得爲無信衆生及於佛教無信重者宣說乃至不入曼拏羅三昧者斷三寶族者不親近善友者無福無德者親近惡人者親近罪友者遠離佛法者一切虛妄者於此儀軌不依阿闍梨教者不受灌頂者於汝童子最上祕密曼拏羅三昧不見者不依如來族者如是人等皆不得爲說何以故如是之人所持眞言一切部多而不信受及不依行故爲以心不信佛法遠離菩提道故所有印法儀軌不得傳付如是等人復不得於是人等而顯現故或有大愚迷者深貪愛者亦不得傳付若妄傳付者彼人於法不得成就彼持誦人是心顚倒彼人若得或輒有爲作乃於自身速得破壞若是心信善者於三昧眞如而獲得者歸重三寶常供養者於佛

法中行儀軌者或有發菩提心知莊嚴菩提心恒行菩提道如是人等可與宣說印法儀則又有行於眞言儀軌法求三昧次第者爲欲求成大菩提道又復發菩薩辟支佛聲聞等心求正法者得爲宣說祕密印法若以信心離大慳妬依於佛法行無礙行者當與宣說祕密印法妙吉祥我說眞言印法定量正滿八百不增不減乃至過去諸佛亦同此量汝妙吉祥大儀軌法平等無別所有一切佛眞言藏所說亦爾妙吉祥凡有所作利益成就當須眞言及印一一和合如車二輪不得闕一若闕一者無能運轉一切眞言無印所作亦復如是若眞言及印相應和合事速成就轉彼三界一切天人阿脩羅等不爲難事何況求作人間之事若依法修行決定得果

印有眞言二種相應求清淨儀則制伏部多若依第一佛子眞言及印脩行者於三種事如在掌中誦者得大地富貴一切隨意所有眞言定印及印定眞言眞言不得闕印印亦不得闕於眞言印及眞言須具和合凡所作事必獲果證彼眞言印互相依倚如因成果如果酬因持誦行人若依法用作無法不成若依儀則以一切定印所印眞言作請召事無有不成乃至最上世界及輪迴中所有衆生用請召者亦無不成若或於此請召之事有不成者當依儀則請六力諸菩薩乃至十地菩薩爲作擁護使一切部多等作障難者不能得見不能得近當令行人得法成就若具此一切佛眞言法印於行住中得爲擁護又一切眞言中有印一切印中亦有眞言印

與真言互相生出若修行者依法念誦及作護摩一切聖道此中生出若彼行人精勤修習不懈不怠復不退屈得一切真言不空成就佛之所言言不虛妄若依儀軌恒修行者有大利益妙吉祥童子此儀軌王真言印法我皆重重宣說所有廣大利益果報亦重重宣說如是宣說此最上祕密廣大真言印決定法時彼妙吉祥以童子相現熈怡顏問於世尊最上牟尼何因菩薩變化所生得大精進十地之位又此廣大真言義法過去諸佛之所宣說今釋師子為何亦說我今有疑唯願開示爾時如來最上牟尼以迦陵頻伽微妙梵音說於菩薩得十地位又說真言利益等事妙吉祥我於過去多劫之前為菩薩時有佛號開華王如來我於彼佛得此祕密大儀軌王即為衆生作其利益以悲愍心發其大願願於最上如來佛法中生於末法時以此教法轉彼法輪我以如是經無量時為於衆生得十地位於次後時此儀軌王我傳於汝我入滅後世間空虛南閻浮提遠離如是佛法之藏汝於是時末法之中教彼衆生作此儀軌汝以此廣大儀軌王為於衆生發起大行若於末法大怖之時或有衆生無正道心及有人王不行正法恒以惡心惱害衆生又有一切惡人非人於此大教欲作破壞妄加毀謗當為此等不饒益者說此一切調伏法藏祕密真言童子汝此過去為利益故發菩薩行求於儀軌乃至於彼佛涅槃後以佛遺教而作佛事於世世中作童子形隨我行處以真言相教化衆生童子此是汝之過去

所作願力汝今復爲童子得我爲說童子汝復又於别佛刹土無佛世時爲於衆生以真言相爲於一切愚癡之者教導開化使知佛法求解脫道當復施與一切富貴童子我滅度後末法之時爲於世間一切衆生現汝最上童子之形當於大野雪地及適悅地乃至跋提河岸我涅槃處如是諸處隨大願心而作佛事

大方廣菩薩藏文殊師利根本儀軌經卷第二十

音釋

幖幟　幖甲遙切幟昌志切並旗之類也

軌　矩鮪切法度也

佛說持明藏瑜伽大教尊那菩薩大明成就儀軌經

宋西天三藏朝散大夫試光祿卿明教大師法賢奉詔譯

清刻龍藏佛說法變相圖

佛說持明藏瑜伽大教尊那菩薩大明成就儀軌經卷第一同卷第二

龍樹菩薩於持明藏略出

宋西天三藏朝散大夫試光祿卿明教大師法賢奉詔譯

大明成就分第一

爾時世尊言此大毗盧遮那如來瑜伽大教若有善男子樂欲修習諸成就法者應於是教尊那菩薩大明法中一心專注精勤修習於所願求無不成就若有行人欲作最上殊勝成就者先於大海岸邊誦尊那菩薩根本大明造沙塔六洛叉得數滿已於所求事必獲成就復次若欲求見觀自在菩薩或多羅菩薩或金剛手菩薩等如前修習是諸菩薩必爲現身安慰行人與滿所願乃至或作敬愛等法或求種種聖藥或求阿蘇囉王位或

求持明天位如是之事必獲成就若久久修習專注不退乃至菩薩之位亦可獲得復次行人若於佛塔前或菩提道場所持誦大明一俱胝誦數滿已得阿羅漢現身與語獲大利益此後與阿羅漢同行亦同其威德又復行人往前正覺山頂於佛塔前常持鉢食誦大明一俱胝誦數滿已得見金剛手菩薩菩薩自引行人入吉祥門告行人言汝入此門無諸魔難所求願滿離一切怖受大快樂而於將來得見慈氏聞説妙法證菩薩地乃至或得阿吠縛哩底迦菩薩之位又復行人或往尾補羅山頂一切潔淨常持鉢食於有舍利像前隨力備辦香花燈塗而作供養誦大明三洛叉至數滿已行人別備廣大供養行人倍加潔淨齋戒至十五日竟日連夜持誦不輟金剛手菩薩決定現身引接行人往自本宮及遊吉祥門令行人入得延壽命齊於日月又復行人往三道寶階佛塔之處常持鉢食右遶佛塔誦大明一俱胝誦數滿已得見無能勝及訶利帝等所求如意其訶利帝接引行人往自本宮與種種聖藥其無能勝現身爲行人説法令證菩提道及授與聖藥變行人身具殊勝相及得一切菩薩接引證道乃至速坐菩提道場此尊那大明乃是一切如來及諸菩薩同所宣説能與衆生作大利益乃至獲得無上正等正覺復次若有衆生作大惡業無有善種於菩提心無由生起菩提分法永不獲得如是之人忽遇知識誦此大明一歷耳根重罪滅劣善種即生何況行人恒常持誦專注精懃如是之人求成就

者決定獲得

觀智成就分第二之一

復次行人若欲修習諸成就法者先須修習觀智及諸印相皆令精熟無使謬誤方可求諸悉地若於尊那菩薩法中求悉地者先觀尊那菩薩根本微妙字輪安自身分所謂觀唵字安頭上觀左字安兩目觀隷字安項頸觀祖字安兩臂復觀隷字安心上觀尊字安於臍中觀禰字安兩股觀莎字安兩腨行人觀此尊那根本微妙字相於已身分一一分明已是人先身所作一切罪業悉能除滅所求悉地決得成就或作息災增益敬愛調伏等法所誦大明各各差別作息災法所誦大明曰

唵引左隷一引祖隷二引尊禰引莎引賀三引

作增益法所誦大明曰

唵引左隷一引祖隷二引尊禰引冐沙吒半音三

作敬愛法大明曰

唵引左隷引祖隷二引尊禰引曩莫三

作調伏法大明曰

唵引左隷一引祖隷二引尊禰引弱呬吽發吒半音三若作如上四法必須請召本尊及衆賢聖作法竟却發遣勾召大明曰

唵引左隷一引祖隷二引尊禰引紇哩二合引三

發遣大明曰

唵引左隷一引祖隷二引尊禰引吽三引

復次行人作曼拏羅時欲請本尊及勾召壇中賢聖者先誦枳里枳里金剛大明而作潔淨大明曰

唵引枳里枳里一嚩日囉二合吽引發吒半音二

誦此明作潔淨已行人觀想本尊尊那菩薩於色究竟天下降來入曼拏羅中又想曼拏羅中有師子之座蓮花普徧種種裝嚴即結獻座印及誦獻座明請菩薩坐已即結菩薩根本印及誦根本大明供養菩薩行人即言菩薩善來及獻閼伽等然後作法持誦又復行人依法作曼拏羅及結界灑淨已行人於曼拏羅前端坐正念作於觀想想前根本微妙字輪安諸身分初想一切如來在於頂上作此想時用結三昧印次想左字在於兩目當用佛眼印又想此字轉變成輪王有大力勢次想隷字作黑色在於項頸用結螺印即轉變成大忿怒不動尊明王手執劒及罥索次想祖字現於心上即變成佛身作赤色有四臂二手作合掌頂禮相二手作說法印降伏諸魔相復想隷字現於兩臂當用莎悉帝迦印一臂上變成不空罥索菩薩面有三目一臂上變成觀自在菩薩身作黃色次想尊字現於臍輪當用尊那本印變成本尊尊那菩薩若觀十八臂身作白色若觀六臂身作黃色若觀四臂身作赤色隨所觀相得現前已想此菩薩能於三界作大利益次想禰字現於兩股用吉祥印即變成佛及菩薩能成辦一切事次想莎字現於兩腨復用螺印劒印左腨上變成仡囉賀覲禰右腨上變成惹致禰次想賀字現於兩足用蓮花印即變成嚩日囉曩埶明王手執罥索次用佛眼菩薩印及佛眼菩薩大明加持五處明曰

唵(引)嚕嚕娑普(二合)囉(一)入嚩(二合)攞底瑟吒(二)悉馱路左儞(三引)薩哩嚩(二合引)哩他(二合)娑(引)達

儞娑縛引二合賀引四

復次行人作觀智已從座起立作合掌頂禮印及誦大明曰

曩莫颯鉢多二合喃引一三藐訖三二合沒馱俱胝喃引二曩莫左隷引三尊禰引曩莫四

此大明力能破衆魔無有魔及魔天敢違逆者次用發遣印發遣諸魔使於行人無諸難事發遣魔印以左手展舒作摇動令去勢右手作三昧金剛相安在腰右側以左足踏地作忿怒誦大明曰

曩莫一阿左隷引二祖隷引三尊禰引四賀曩五那賀六孽他七尾特網二合薩踰娑引囉野多八吽引發吒半音九

次作結界印以二手於虛空十方上下旋動如風相成印即誦大明曰

唵引左隷引一祖隷二尊禰引三達迦達迦四入嚩二合攞入嚩二合攞五薩哩嚩二合禰輸六滿馱滿馱七吽引八

此明可於一切處用結界 次用一切成就明加持塗香及淨水入曼拏羅灑淨已即結樓閣印以二手平仰相叉微屈舒二頭指二拇指附二頭指側成印結此印時想最上殊妙宮殿樓閣得現前已復想微妙字化成種種殊妙蓮花裝嚴師子之座作觀成已即誦請召大明請召本尊及衆賢聖入中處座隨以本部安爲中座若以尊那爲本部即以尊那爲中座即觀想尊那菩薩一十八臂身白如秋月色著於白衣種種裝嚴以硨磲爲腕釧十指皆有環裝嚴面有三目最上左右二手作說法相右第二手作施無畏相第三手持

劒第四手執寶鐸第五手執尾惹布羅果第六手執鉞斧第七手持鉤第八手執金剛杵第九手持數珠左第二手持如意寶幢第王手持蓮花第四手持軍尼第五手持羂索第六手持輪第七手持螺第八手持賢瓶第九手持般若波羅蜜多經於右邊安佛眼菩薩及衆賢聖左邊安金剛手菩薩觀自在菩薩諸餘菩薩及衆賢聖隨意安布已復用一切成就明及佛眼菩薩明加持閼伽及香花焚香奉上本尊及衆賢聖即白言菩薩及諸賢聖以我信心及依三昧力所奉上閼伽香花等唯願慈悲受我供養其閼伽水若作息災法用乳汁大麥同作若作增益法加脂麻若作調伏法加血及蕎麥同作閼伽所用威閼伽器亦差別即說請召印以沐浴印改二拇指附頭指側如鉤相成印請召大明曰

曩莫三藐訖二合三没馱俱胝喃一引伊呬婆誐嚩底二壹瑟吒引二合彌引嚩多引地瑟致二合帝引三唵引左隸四引祖隸五引尊禰六引弱弱婆嚩二合引賀七引

誦此明已當誦獻座大明曰

唵引迦摩攞婆嚩引二合賀一引

次說劒印亦爲不動尊明王印以左手拇指無名指小指作拳舒頭指中指以右手頭指中指入左拳中餘指亦作拳成印不動尊大明曰

曩莫三滿多嚩日囉引二合赧一引唵引阿左攞迦引拏二贊先噥女江切婆引達野吽引發吒半音三

次說三昧耶印以右手拇指捏小指甲餘指如金剛杵相成印結此印誦三昧耶大明曰

唵引商羯哩一引三摩曳娑嚩引二合賀引二

次獻閼伽印以沐浴印只改磔大拇指安頭指側作合掌相成印大明曰

唵引左隷一祖隷二尊禰三阿哩伽二合婆誐嚩底四鉢囉二合帝引蹉娑嚩引二合賀引五

獻閼伽已行人合掌作是言大菩薩唯願慈悲受此供養行人復以金剛橛印結界除魔以金剛杵爲界所結界隨法作用或作大惡法時結此印以右手頭指如鉤拇指如針安於下面此是橛印大明曰

唵引尊禰你一計引攞野娑嚩引二合賀引二

結金剛界印不改前印以右手頭指如鉤左手頭指直竪成印於虛空中旋動結金剛界大明曰

唵引尊禰引你一鉢囉引二合迦囉野娑嚩二合引賀引二

復次結金剛半惹囉印不改前印以二頭指二中指相捻於頭上動摇成印大明曰

唵引尊禰你一半惹囉娑嚩引二合賀引二

次結根本印念根本大明三徧次結大印及誦大明七徧次結三叉印以二手作拳各舒頭指中指無名指如三叉成印大明曰

唵引尊娑嚩引二合賀引一句

次結羯杵印以二手作拳以二拇指相交成印大明曰

唵引左隷引吽引一句

次結旛印以左手頭指中指各竪立而作動摇成印大明曰

唵引尊

次結幢印以右手作拳直竪頭指中指成印

大明曰

唵(引)尊

次誦不動尊心明及金剛曩佉心明加持香花等爲潔淨供養不動尊心明曰

唵(引)欱(呼即切)(引一)吽(引)癹吒(半音)(二)

次誦金剛曩佉心明曰

唵(引)⿰口尔曩⿰口尔俱(半音)(一)

次結塗香印以右手拇指捏頭指頭展舒餘指結此印及誦明加持塗香奉上本尊及衆賢聖大明曰

唵(引)隸(引)娑嚩(引二合)賀(句引一)

次結花印即不改前印誦大明曰

唵(引)尊娑嚩(引二合)賀(引一)

次結香印以右手拇指捏中指頭節成印誦大明曰

唵(引)隸(引)娑嚩(合引二)賀(句引一)

次結出生印以左手拇指與頭指相捻成印即誦獻食明曰

唵(引)尊娑嚩(引二合)賀(句引一)

次結獻燈印以右手拇指捏中指第一節成印大明曰

唵(引)禰(引)娑嚩(引二合)賀(句引一)

如上所説奉獻佛及賢聖諸供養具乃至飲食香花等所有印及大明各隨本部先後次第施設若作息災等法先用塗香等然後結獻供養印或作觀想或内或外一切供養奉上賢聖

次結大印以二手各作拳安於心想二掌内各有阿字成印以此印獻諸賢聖

次結蓮花印以二手相合八指各相離竪如

蓮花相二拇指屈入掌成印結此印獻諸賢
聖大明曰
唵引左隸一引祖隸二引尊禰三引室哩引二合洛刹
彌引二合冐沙吒半音四
次結根本印以二手作合掌舒二拇指入掌
中成印根本明曰
唵引尊怛囉引二合野引阿娑怛囉二合劒一唵
引祖底娑普二合囉二阿鉢娑怛覽二合唵引尊
賀曩曩引囉贊三
次結八輻輪印以二手相倒展舒磔開十指
以右手壓左手背成印於頂上動搖誦大明
曰
唵引尊一鉢囉二合娑普二合囉作訖覽二合二
次結罥索印以二手相合以二無名指如鎖
成印誦大明曰
唵引尊吽引發吒半音一
次結鉤印以左手拇指無名指小指頭指屈
如鉤成印誦大明曰
唵引左隸一引祖隸二引尊禰引紇哩二合引三
次結獻廣大供養印以二手合掌十指屈第
三節各不相著成印安頂上行人結此印時
發不可思議心無我所心無取捨心復觀想
世間一切殊妙香花珍寶乃至寶山及大海
中寶藏一切之物悉皆現前用獻一切佛及
菩薩以此功德迴施眞如法界復運心以我
所作如是供養所獲福力展轉變成無量供
養奉獻十方一切如來及諸菩薩大會之衆
願佛菩薩不捨大慈攝受供養廣大普供養
明曰
曩莫薩哩嚩二合一怛他引誐帝引毗踰引二合二

尾濕嚩二合目契引毗藥二合三薩哩嚩二合他引四

竭五三毋捺誐二合帝引六娑頗二合囉呬鈴七誐

誐曩劍娑嚩二合引賀引八

佛說持明藏瑜伽大教尊那菩薩大明成就

儀軌經卷第一

佛説持明藏瑜伽大教尊那菩薩大明成就儀軌經卷第二

龍樹菩薩於持明藏略出

宋西天三藏朝散大夫試光禄卿明教大師法賢奉詔譯

觀智成就分第二之二

復次讚歎三寶及諸賢聖讚佛曰

我佛以大悲　調伏諸衆生　成福功德海

是故我讚禮

讚法曰

眞如之妙理　能壞諸惡趣　利生住寂靜

是故我讚禮

讚僧曰

堅固持戒行　證入解脱門　住最功德刹

是故我讚禮

讚尊那菩薩及諸賢聖

唵引洛乞吒彌三合攞乞叉二合拏禰尾引一薩哩
嚩二合洛乞叉二合拏曼尼多引二奔拏也二合鈐誐
攞鈐誐攞也二合三設囉拏惹誐多必哩二合野
引四騷摩也二合蘇摩曩娑引禰嚩也二合五
嚩囉引賀嚩囉那引一必哩二合野引二鉢訥摩二合
引娑曩引鉢訥摩二合目契引三尾摩攞引尾摩
隸乞叉二合拏四
俱摩引哩引迦引稅引多引娑引娑引一烏那
野引哩迦二合三摩鉢囉二合娑引二惹曩你引誐
哩惹二合你鼻摩引三摩賀引彌引具引伽嚩哩
沙二合尼引四
阿彌多引阿蜜哩二合多引婆引娑引一阿惹囉
引阿摩囉引度嚕二合嚩引二悉馱引悉馱引攞
野引傲哩引三播引怛囉二合賀娑多二合引吩帝
寅二合涅哩二合野引四

捺舍波(引)囉彌多(引)鉢囉(二合引)鉢多(一)捺舍
部(引)彌數僧悉體(二合)多(引二)底哩(二合)路迦惹曩
你(引)達你也(二合引三)阿彌多(引)哩他(二合)鉢囉(二合)
娑(引)達你(引四)
惹誐娑囉乞叉(二合)女捺喻(二合)訖多(二合引一)鉢囉
野(引)訖哩(二合)鉢野(引)禰多(引二)誐(引)野底哩(二)
(引)薩哩嚩(二合)没馱(引)喃(引三)娑(引)尾底哩(二合)左
吽拏囉娑(引四)
怛囉(二合引)拏部(引)多(引)惹誐馱(引)底哩(二合一)
莎哩誐(二合)摩(引)哩誐(二合)鉢囉(二合)捺哩沙(二合)喃
(二)壹蹉(引)嚕波摩賀(引)摩(引)野(引三)曩(引)曩(引)
你哩摩(二合引)拏嚕閉尼(引四)
鉢囉(二合引)帝賀(引)哩野(二合)摩護(引)娑(引)賀(引)
奔尼也(一)三婆(引)囉三敎哩(二合)多(引二)惡乞叉
(二合)野(引)惡乞叉(二合)囉(引)戍你也(二合引三)扇(引)多

(引)建(引)多怛閉(引)悉體(二合)多(引四)
瞉(切身引)曩(引)賀(引)囉摩賀(引)薩埵(引一)薩埵(引)
曩(引)必哩(二合引)底嚩娑攞(引二)建(引)多(引)囉多
(引)囉尼(引)訥哩誐(二合引三)薩哩嚩(二合)商迦(引)鉢
囉(二合)謨左你(引四)
惹演帝(引)惹(引)多吠(引)那(引)左(一)没囉(二合)憾
摩(二合)羯臘波(二合)摩努惹嚩(引二)散瞉(切身引)迦(引)
播(引)里你(引)寫(引)摩(引三)摩曩娑(引)摩(引)曩細
部多(引四)
昝(惹敢切)虞梨曩(引)擬你(引)虞呬也(二合一)蘇婆
誐(引)必哩(二合)野捺哩沙(二合)曩(引二)達囉尼(引)馱
(引)囉尼(引)尊那(引)嚩你也(二合引三)底哩(二合)部(引)
嚩你(引)莎哩(引四)
旛(引)波室祖(二合引)多(引)囉尼(引)布(引)瑟尼(二合)
(引一)紇哩(二合)瑟致(二合)那(引)扇(引)底那(引)以你(引二)

達哩摩二合誐哩婆引二合毋你嚩囉二引彌引馱
引沒提薩囉莎帝護乞叉二合尼四引
薩哩嚩二合薩埵引喃一引那引攞你引薩哩嚩
二合枳攞尾二合沙二引砌引那你引婆嚩鉢舍引
喃三引星賀沒囉二合多鉢吒沒哩二合多四引
阿波囉引吽多引路迦羯哩一引薩哩嚩二合訥
哩誐二合底你嚩引囉尼二引騷引婆引誐也二合
那引嚩虎部惹三引底哩二合路迦惹曩你引室
嚩四引
訖哩二合瑟拏引二合吽曩嚩底引阿引哩也二合
一引薩哩嚩二合摩引囉鉢囉二合摩哩那二合你二引
薩哩嚩二合沒提引鉢囉二合設娑多引二合野三
三敎哩二合多引野虞尼引哩虞二合嚨四
阿嚩路吉多僧倪也二合野一曩謨引鞊身切怛
也二合訖哩二合播引怛摩二合你二引摩賀引嚩囉
引野賛拏引野三尾爾也二合囉引惹引野
娑引達吠四引訥哩難引二合多那摩迦引夜引
野五曩莫悉帝引二合嚩日囉二合播引拏曳六引

復次行人如是讚三寶及本尊尊那菩薩已合掌志心發露懺悔云某甲自從無始已來至於今日輪迴諸趣作大惡業行不善法自作教他見聞隨喜如是之業無量無邊對佛菩薩發露懺悔從今已去更不敢作願佛菩薩大慈大悲受我懺悔又復説言我某甲從今已後直至坐於菩提道場誓畢歸依正等正覺無上如來寂靜法界乃至歸依四方所有阿吠嚩哩底迦大菩薩衆乃至爲佛菩薩捨於身命無所悔悋惟願慈悲攝受於我又復説言我某甲從今已去直至坐於菩提道場於蘊處界諸所有法一切無我無取無捨

離一切相自性虛空本來平等亦復不生虛空之心唯如諸佛及諸菩薩發菩提心又如諸佛從初覺心知最上福謂以諸佛菩薩緣覺聲聞等乃至盡衆生界諸所有福悉皆隨喜我亦隨喜以此功德願我當來亦於一切衆生之界如佛大悲降大法雨種種方便於諸世間作大利益利樂衆生以勇猛心速於事業何以故此凡夫界是其難地而不究竟我於此界一切衆生願皆令得安樂寂靜出世間道已得道者我更令得最上功德阿耨多羅三藐三菩提行人如是讚歎懺悔隨喜迴向發願已即結大印結已復結三昧印以二手作拳相並二中指如針二頭指外如金剛杵相二拇指安頭指側成印結此印誦大明曰

唵引商羯哩一引摩賀引三摩曳引娑嚩引二合賀引二

次結三摩地印以左手安臍輪右手安左手內二拇指與二頭指相著成印誦大明曰

唵引尊句一

結三摩地印誦明已即入三摩地觀自心中如前出生一大蓮花衆寶所成於蓮花上有尊那菩薩具五分法身於彼身中出大光明其所出光隨所作法或白或黃或赤或黑隨現一色徧滿其身想彼光中出微妙字於微妙字出大光明其光變爲金剛界行人自想已身與賢聖無異然後又觀鼻尖上有物專注其心作堅固慈微微出息正坐令頭頸腰微側低復於自心內觀有如來又觀如來心中現於日輪於日輪中現一開敷蓮花衆寶

所成於蓮花中現尊那菩薩身如金色著白色衣種種裝嚴於尊那兩脇出大光明又想耳目口中出大熾焰作如是觀想得一一現前已使其分明無有錯謬然後收光頂禮奉上閼伽復誦佛眼菩薩大明七徧或二十一徧或作法時在曼拏羅内眠卧或得惡夢即誦佛眼菩薩大明八百徧當誦明時右手持珠左手執金剛杵大明曰

唵引度曩嚩日囉二合赧一句

復次説加持數珠印以二手中指展舒以二頭指捏中指背以二拇指與二無名指小指持珠誦大明曰

唵引阿訥部二合帝一引尾惹曳二引悉提引悉馱哩替引二合娑嚩引二合賀三引

復以二手合掌安頂次安心上誦大明曰

唵引曩謨引娑誐嚩底一悉提二引娑達野三娑引達野四悉馱引二合哩替引二合娑嚩引二合賀五引

復次説造數珠法或用菩提子或硨磲玻瓈等當用一百八爲數用童女合線以二十一條合成一條穿珠或持誦時以大拇指掐每掐一珠一誦大明其大明字亦有三種或用心月輪中大明字或用頂禮微妙字行人持誦時志心專注勿暫懈怠若作息災增益法時輕輕誦吽字及發吒字若作調伏法亦用吽字及發吒字唯起忿怒心厲聲持誦此爲常則每作法持誦畢常誦佛眼大明而獻閼伽隨有所願至心祈求復作供養讚歎懺謝其甲上來供養絶無殊妙唯願菩薩布施歡喜又獻閼伽而作頂禮作法畢已發遣賢聖

却用勾召印只以拇指而三搖動爲發遣大明曰

野引呬野引呬底一尾摩引曩引嚕棖二尾薩哩惹二合曳三引

發遣賢聖已行人復作曼拏羅縛印擁護自身次作阿三鉿儗你印即以三昧印礫開拇指各如針左旋誦大明曰

唵引紇哩引二合阿三鉿儗你吽引一發吒半音二

復結三昧印亦作擁護復誦無能勝大明此明能成就一切事大明曰

曩莫三滿多 沒馱引喃一唵二引虎盧三賛拏引哩四摩燈儗娑嚩引二合賀五引

結印誦明作擁護已而作頂禮行人當持誦畢起出道場唯得讀般若波羅蜜多經及造佛像佛塔及塗曼拏羅等餘即止息行人每於食時常用大明加持八徧然後可食加持食大明曰

唵引嚩蘭捺祢一引帝引吩摩引里你娑嚩二合賀二引

每食畢已餘食用大明加持已用獻不動尊明王大明曰

曩莫三滿多一嚩日囉引二合赧怛囉二合吒半音二阿謨伽賛拏三嚕引沙拏娑怖引二合吒野四吽引怛囉二合吒半音欱呼郎切鉿五引

持誦行人作五藥淨水每一作半月爲限日飲三兩以波羅舍葉爲器飲水五藥者謂黃牛乳汁瞿毋怛囉瞿摩耶酪吉祥草水合和成已即誦大明加持已然後方飲大明曰

曩謨引婆誐嚩帝一引烏瑟膩引二合沙引野二唵三引尾戍提引尾囉吩四引始叱五引扇引底迦

哩六娑嚩引二合賀引七

行人以紅花染線用童女合以大明加持一千徧結七結已繫於腰側大明曰

唵引賀囉一賀囉二滿提戍訖囉二合馱引哩尼三悉提引娑嚩引二合賀引四

此明亦能禁伏戍訖囉及能破設咄嚕如是儀軌持誦行人可三時爲限

復次行人於瑜伽法門若欲修習求諸悉地者先於自身種種作法懺除宿業令無障難若不如此聖道難就又復行人欲作法時先須澄心離諸諠鬧於巳身分想微妙字使諸字相一一現前若得現前一切罪垢皆得消滅微妙字者先於口門想其鉿字於右肩上想暗字於左肩上想惡字於頭上復想暗字於右肩上想阿引字左臂上想嚩字於臍輪中想吽字復於徧身想阿引字如是微妙字皆是梵字復次行人每想如是字於身分現時即復誦大明曰

吽引左隸祖隸引尊禰引吽引一句

此明若誦至一洛叉能除一切罪

又誦大明曰

唵引左隸祖隸尊禰引癹吒半音二

此明若誦至一洛叉得大智慧

又誦大明曰

曩莫左隸引祖隸尊禰引曩莫

此明常持能除一切塵垢

復次說佛菩薩根本微妙字所謂牟字是妙吉祥菩薩根本昧字是慈氏菩薩根本室哩字爲如來根本又爲哩吠賢聖根本暗字爲普賢菩薩根本惡字爲虛空藏菩薩根本阿

引字爲一切如來根本勃嚨字爲大輪明王根本阿字又爲觀自在菩薩根本又爲金剛手菩薩根本吽字爲焰鬘得迦忿怒明王根本唵字爲毗盧遮那佛根本左字爲大輪明王根本隸字爲不動尊明王根本又爲馬頭明王根本尊字爲大尊那菩薩根本禰字爲金剛薩埵菩薩根本莎字爲伊迦惹吒根本賀引字爲嚩日囉曩佉根本復次演說諸印所謂擇地印犁印方位印蓮花印三叉印鉢哩伽印羂索印鉤印擣杵印勃遜尼印寶杖印座印金剛座印及賢座印莎悉帝迦印惹嚩曩印師子座印說法輪印師子步印師子卧印旛印扇印白拂印金剛鈴真珠瓔珞印法鼓印吉祥子印螺印優鉢羅花鬘印經印忿怒寶印持世印迦牟迦印僧伽梨衣鉢印無畏印法輪印花印塗香印燈印食印請召本尊印發遣印供養印閼伽印衣服莊嚴印賢瓶印花鬘印神通印惹嚩曩舍印七彌盧印菩提樹印安三昧印除魔印頭頂器仗印定印佛眼印摩摩枳印惹羅播波尼印涅哩怛也鉢你印怛羅輸達你印淨燈像印軍持印迦羅也拏印傘蓋印革屣印頂禮印沐浴印如是等八十四印於所求事能施成就

復次說諸印相使諸行人修習圓满得法成就行人欲作法時先須潔淨身心然後復用塗香塗其二手方可結於印契行人面東正立合掌安頂上頂禮三寶後頂禮本尊大尊那菩薩次頂禮觀自在菩薩次頂禮金剛手菩薩如是頂禮諸佛菩薩已方可結印經印以二手相合左手頭指中指直竪拇指無名

指小指入右掌内以左手指相結成印此印於入三昧時及作成就法時用

方位印先正立作右舞勢右轉以右手作施願左手作三旛相安額上復作右舞勢復作左舞勢成印此印能伏師子龍虎及部多必舍左鬼等乃至賊盜等

次説法印二手合掌二拇指如針成印此印於供養本尊時用當得諸佛菩薩及天龍夜叉巘達哩嚩阿蘇囉誐嚕拏緊那囉摩護囉誐及諸持明天等皆悉歡喜能施成就

次蓮花印以二手相合如八葉蓮花相令手指相離以二拇指入掌中成印結此印時能令大威德諸天皆悉歡喜能施行人大吉祥事所願成就

次三叉印以左手作拳舒頭指中指無名指成印此印有大威力於作息災法時用

次鉢哩伽印以二手各安臂上各竪頭指成印此印能除一切瘧病

次羂索印以二手相並以無名指與拇指相鉤如鏁成印此印於敬愛法中作勾召有大功德

次鉤印以左手拇指頭指無名指小指屈節如鉤成印此印亦於敬愛法中作勾召用

次擣杵印以二手作拳相合以拇指相交成印此印當用息除大惡宿曜

次勃遜尼印以二手相並復相顛倒爲拳二頭指頭相並内入二拇指如一成印此印能息除宿曜及退一切惡鬼

次誐那印以二手相並復顛倒各作拳復中指徽屈入拇指内成印此印作調伏法中用

能破壞設咄嚕及息除大惡宿曜夜叉等
次鉢致娑印以右手拇指與小指安於頭指
頭成印此印能降伏阿蘇囉
次座印以右手屈無名指展舒餘指微屈拇
指成印結此印時想成寶座獻諸賢聖
次金剛座印以二手相並作拳復作如針縛
以拇指入於針下成印結此印時想成金剛
座奉獻佛世尊
次賢座印先以左手平展安臍輪下以右手
平展相倒安左手上成印此印作曼拏羅時
及入定時用獻尊那菩薩及金剛手菩薩
次莎悉帝迦印先在蓮花座上坐以右足越
於左足復用右手磔開捏左手拇指成印此
印於作成就法時用能與行人悉地
次惹嚩曩印先正足立後却作右旋轉以二
手各作拳舒中指作動摇成印此印若行人
於大難中或被禁縛時用彼一切事無能爲
害
次師子卧印先想蓮花上安坐作右顧視復
却背坐後以右足越於左足以手觸地成印
此印於作觀想時用
次旛印以左手頭指與中指直竪作動摇成
印此印作供養時用
次幢印以右手作拳直竪中指成印此印鬭
戰時或有大怖時用
次師子座印先以二手相並復如合掌以中
指與小指如針無名指頭指如環拇指直上
而竪成印此印是世尊印爲降伏大夜叉用
次法印先作加趺坐以左手作拳直竪拇指
以右手執左手拇指安於臍輪成印此印求

解脱用一切天人皆悉稱讃

次八輻輪印以二手展舒手指各相離於頭上旋轉如輪相成印此印威力能斷除一切大惡

次師子步印先正立如師子後以左手安背後復安右邊竪小指如針微屈二頭指展舒相著以拇指安頭指側成印此印於敬愛法中作勾召及發遣用

次尊那菩薩諸根本印以諸印想在菩薩身分頂禮印先正立作合掌頂禮相成印此印是尊那頂禮爲最上印

次蓮花印不改前相合掌安尊那心即以兩足相顛倒成印此亦名最上印

次頭印先翹左足後以右膝著地右手安額上作動摇復以四指相並以拇指安掌中成印

次頂印以中指如針與右拇指相捻成印此印若以甲胄大明同用亦名甲胄印

次尊那本印先以二手拇指動摇然以二手合掌以右拇指入掌内成印安於心上

次花印以二手作拳復二手竪如針以頭指與拇指俱合成印

次大印以二手相並指不相著以拇指安小指第三節後作堅固拳成印以此印安本心即誦大明七徧能作一切法

次第二印即以前印竪二拇指展舒餘指各不相著成印

次第三印以前印以頭指各安中指第三節成印

第四印以二手指展舒復各屈中節復以中

指無名指安拇指上復以中指無名指安中節成印

次經印以左右手拇指各捏小指甲復右手指安左手上成印

次螺印以二手頭指中指相著展舒小指捻拇指甲堅固成印

次定印先加趺坐以二手展舒以右手在左手上二拇指甲相著安臍輪下成印

如是諸印相亦隨分演説修行行人虔心記憶習令精熟於作法時無令誤失若稍疑誤不成印契不成印契即賢聖不喜凡所祈求不獲成就

佛説持明藏瑜伽大教尊那菩薩大明成就儀軌經卷第二

音釋

禰乃禮切 股果五切髀幹也 腨市兗切腓腸也 閼伽梵語也此云水 閼烏葛切 罥扃縣切罯也 颯悉合切 腕烏貫切臂腕也 釧樞絹切臂鐶也 赧乃版切 磔竹革切開伸也 朅居謁切 鉿牟合切 郝黑各切 搯苦洽切爪刺也 棖直庚切 嚨盧紅切 鬘莫班切 幀諸孟切開張畫繒也 翹祈堯切舉也 捻奴協切指捻也 胄直又切兜鍪也

佛說持明藏瑜伽大教尊那菩薩大明成就儀軌經卷第三 同卷第四

龍樹菩薩於持明藏略出

宋西天三藏朝散大夫試光祿卿明教大師法賢奉詔譯

造㡧像分第三

爾時佛言此大毗盧遮那如來瑜伽大教我已略說諸印相畢今復宣說畫像儀式若有行人於尊那法中修習求成就者亦復先須了達畫像儀式次第行人若欲畫像先須用上好純素疋帛其帛不得令有毛髮及間雜之物若從他買隨所索價便與其直不得論訓多少若得已即先須於稻穀聚中安七晝夜然後用五藥淨水浸三日或五日七日爲上即別用淨水濯出復用香水浸一晝夜取出復以五淨水灑淨了又以五寶水洗方可上㡧安排已行人自作歸命云南無七十七俱胝正等正覺亦令畫人預先潔淨至時同此歸命已方乃起首畫諸賢聖其㡧行人先誦大明加持已然用白土及粉相和塗㡧塗已安清淨處此後直至彩畫畢工常以香花閼伽供養若如是依法作者是最上品作所起首壁畫界道並須右旋先於㡧下面畫蓮華池滿中蓮華仍有種種水族魚螺蚌黿之類兼有鴛鴦飛禽等即於池上面畫三蓮華座衆寶所成於中心蓮華上畫白佛頂世尊光焰普徧熾盛照耀右手作施願印左手作說法印圓光白色於臍輪中出大光明於其光中現尊那菩薩於佛右邊蓮華上畫第三佛頂有六臂右第一手作施願第二手執蓮花第三手持數珠左第一手執金剛杵第二

手持經第三手作説法印身徧光明熾盛圍遶左邊蓮華上畫不空羂索四面八臂以虎皮爲衣復爲絡腋復以鹿皮爲天衣面有三目頂戴寶冠髮髻下垂右第一手作施願印第二手持數珠第三手執羂索第四手作施無畏印左第一手持白蓮華第二手持經第三手作拳竪立頭指作期尅印第四手執鉤光炎徧身照耀熾盛下面畫難陀烏波難陀二龍王皆有七頭手執佛座及蓮華莖於右邊畫寶賢頂戴天冠身有種種裝嚴手持寶珠以畫滿賢亦戴天冠身有光明種種裝飾於上面左右畫五佛塔塔中畫諸吉祥如來第一畫海吉祥如來第二畫天寶髻吉祥如來第三畫頂冠藏吉祥如來諸如來身皆作金色手作施無畏印又於左右各畫寶山於左面寶山上畫摩摩枳菩薩坐蓮華座手執金剛杵次後畫無能勝於上面畫吒枳明王執金剛杵又於左邊畫金剛鉤明王於佛世尊上左右畫雲現閃電相雲内畫諸天降珍寶雨又畫諸天獻歌樂相復於上面畫日月天又於空中降下衆華如雨次於右邊寶藏山上畫三界最勝聖觀自在菩薩手執蓮華於次右邊畫聖多羅菩薩手執青優鉢羅華次於右邊畫佛母摩耶於次後面畫大孔雀明王於次後左右畫舞孔雀又於上面右邊畫五如來第一畫法海行吉祥王如來第二畫善光明王如來第三慈氏裝嚴吉祥如來第四燈光王如來第五眉間毫相吉祥如來如是五如來各坐蓮華座次畫一夜叉主次畫帝釋天持傘蓋如是依法次第畫佛菩薩

及衆賢聖悉令圓滿威德自在使諸世間天龍鬼神見皆降伏如是畫像畢已持誦行人即於此幀像作安像慶讚行人於月初一日或十五日起首於一切聖賢求承威力即然後潔淨已身著新淨衣受持齋戒三晝夜或一晝夜或清齋不食或食菜或食乳等餘時常持鉢食復受八戒已然備種種香花塗香淨水復然酥燈及用種種上妙衣服裝嚴寶飾等又用五閼伽瓶盛妙香水及盛五寶水五藥水以爲閼伽乃至種種飲食等爲供養行人即立起其幀安於所欲持誦之處即以上來供養之具供養所畫幀像如是作安像已行人此後逐便依法修行復次又說尊那菩薩畫像法持誦行人若欲畫本尊尊那菩薩像者先求新帛清淨純白者求得帛已即令畫師預前潔淨至起首日令受八戒然後令用新器調上好彩色畫尊那菩薩身如秋月色面有三目有一十八臂著白衣種種裝嚴以阿蹉爲天衣硨磲寶爲手釧十指有寶環上二手作說法印右第二手作施無畏印第三手執劒第四手執寶鐸第五手執尾惹布羅果第六手執鉞斧第七手執鉤第八手執金剛杵第九手持數珠左第二手執如意寶幢第三手執蓮華第四手執軍持第五手執羂索第六手持輪第七手執螺第八手持賢瓶第九手持般若波羅蜜多經於菩薩下面畫蓮華池於彼池内出生一大蓮華畫難陀烏波難陀二龍王手持蓮華莖華上畫尊那菩薩有大圓光熾盛徧滿菩薩面前畫持誦人手執香爐作瞻仰本尊相於上面畫淨

居天人作雨華雨寶相如是畫像唯以潔淨專志爲上於此像前作法者無不成就

作曼拏羅法分第四

復次行人於尊那法中修習成就作曼拏羅者先依法擇得勝地已即掘去惡土砂礫灰炭及毛髮諸骨等別以好土塡築令實使極平正然後於上分擘作曼拏羅其曼拏羅或十六肘或八肘或四肘三種不定所作大小皆須嚴飾其曼拏羅四方開四門門中各安法輪於中以五色線絣作內曼拏羅布八賢聖位所用粉作賢聖像當用五色寶粖如闕即以五色粉代之此曼拏羅中有三十三俱胝天於曼拏羅上分布閼伽瓶於一一閼伽瓶內想有一俱胝天又於曼拏羅門內安八大龍王於內曼拏羅中畫尊那菩薩諸餘賢聖次第安布於東北方安大輪明王於東南方安不動尊明王南方安金剛手菩薩北方安觀自在菩薩西北方安不空羂索菩薩西方安伊迦惹吒菩薩西南方安嚩日囉曩契菩薩於曼拏羅東邊安前幢像又於幢前地上畫八葉蓮華上作護摩爐行人於此爐中依法作其護摩行人先用稻穀花徧散其上然用五藥水灑淨然後安外供養供養賢聖用香花塗香螺貝衣服幢旛等乃至閼伽瓶種種供具供養賢聖復用五寶水獻於本部潔淨已然用三白食謂酥乳酪調和爲食食亦爲三品若作上品法用上品供養若作中品用中品供養第三品法用第三供養雖云三品並須上味用獻曼拏羅內賢聖若有此會諸毋鬼羅刹娑部多必舍左隨其勾召自

十方来者並須平等與其祭食勿得令其有所不足獻食器用亦各不同若獻曼拏羅中八如來及尊那等即各先獻如拇指大一金蓮華然用銅鉢滿盛酪蜜等及諸食奉獻佛菩薩已然用新瓦器盛祭食與彼十方來者必舍左等其祭食者用酒肉及魚或用全魚爲祭所獻聖賢及必舍左等並須身心專注處至供養賢聖歡喜所求成就如是作已行人即入觀想想自已鼻尖上有物得現前已專注不散成堅固慈令出入息微細端坐低頭自顧已足即想心中現一日輪想日輪中有開敷蓮華諸寶所成於蓮華中有尊那菩薩身作金色著潔白衣種種莊嚴又想菩薩於五分身中出大光明又想菩薩於九流門亦出光明其光熾盛照耀一切作觀成已收光而起復以香華及閼伽等奉上賢聖已恭敬作禮復次行人畫像及作曼拏羅安布賢聖位種種所作皆禀阿闍黎指教一一不得違逆於此儀軌皆悉記憶無令差謬弟子即依教如儀安布賢聖備辦香華及種種之具供養賢聖已阿闍黎以帛覆弟子面令弟子捧華拋於曼拏羅上認華所著處尊像永爲擁護自身之主此後常誦此賢聖本明求其加護如是拋華認本尊已弟子即以鉢器盛滿五寶奉上阿闍黎用伸勞謝弟子於阿闍黎此後奉重過父千倍乃至以曼拏羅所供養物及諸寶貝施一切沙門此後於具德之人及諸尊長常加敬重亦不得於曼拏羅所用諸物乃至火及酥酪等而生輕慢亦不得足踏蓮華阿闍黎如是誡約弟子已弟子禮

謝此後弟子所欲作法依儀修習無不成就

護摩法分第五

復次行人若欲修習尊那護摩法者當於尊那菩薩及曼拏羅賢聖作大供養先備薝蔔華摩梨華及種種名華與妙香等而爲供養然後隨意依法作其護摩而是行人欲得所求一切成就者先於護摩爐中燒吉木柴然復用白檀龍腦及别妙香合和酥乳以青蓮華搵燒誦大明作護摩者即得如願大明曰

曩莫颯鉢多(引二合)喃(一引)三藐訖三(二合)没馱俱胝(引)喃(二引)唵(引)左隷(三引)祖隷(四引)尊禰(五引)

若爲息災用阿没羅樹葉搵酥乳同燒作護摩者即得如願若爲增益當用阿説他木或鉢邏舍木烏訥麽囉木如是等木爲柴搵酥蜜酪同燒作護摩者即得如願大明曰

唵(引)左隷(一引)祖隷(二引)尊禰(三引)唵(引)發吒(四半音)

若爲發遣設咄嚕者用凶木爲柴搵油燒火復用誐哩陀婆鍊拏一阿庚多誦大明作護摩者即得如願大明曰

吽(引)發吒(半音)左隷(一引)祖隷(二引)發吒(三半音)尊禰(四引)吽(引)發吒(引半音五)

若爲破壞設咄嚕及禁其心者燒左袒攞木柴以血和芥子油用頞摩木樹葉及尾螺木針一阿庚多誦前發遣大明作護摩即得如意復次欲一切成就者先須受其灌頂然後發堅固心常持尊那菩薩後作法者皆得成就

持誦法分第六之一

復次行人欲於尊那法中修習持誦者即須先受三昧然結曼拏羅方可起首持誦當持

誦時行人於每日平旦時先用大力明王大
明加持拇指七徧擁護身已或往便利亦加
持頂及兩臂心喉五處已即入觸大力明王
大明曰
囉怛曩二合嚩日囉二合曩底一唵引骨嚕二合達
曩吽引[口*弱]二
入觸已用淨土及瞿摩夷作淨復誦甘露軍
荼利大明七徧加持土洗身分并臍輪下及
用洗下衣已又更洗手方得清淨取土誦大
明曰
唵引你佉曩一嚩蘇達娑嚩引二合賀引二
取得土已安於淨處或用作淨即捻少許土
洗手及洗足即誦作淨大明曰
曩莫三滿多一沒馱引喃二引唵引秫提三引哩
訥二合輪達曩引野娑嚩引二合賀引四

誦此淨大明已作拳竪立拇指即誦甘露軍
荼利大明加持身五處甘露軍荼利大明曰
曩莫囉怛曩二合怛囉二合夜引野一曩莫室賛二合
拏二摩賀引骨嚕二合馱引野三唵引虎盧
四虎盧五底瑟吒二合六底瑟吒二合七滿馱八
滿馱九賀曩十賀曩十一阿蜜哩二合帝引吽引
發吒半音娑嚩引二合賀引十二
誦此明已復誦三昧大明三徧或七徧三昧
大明曰
曩莫薩哩嚩二合沒馱一冒地薩埵引喃二阿
引尾囉吽三阿引尾囉吽四摩賀引嚩日哩
二合舍多五舍引多六娑引囉帝七引娑引囉帝
八引怛囉二合曳九怛囉二合曳十尾達摩你十一三
婆惹你十二賀囉摩底十三悉馱引屹哩二合引十四
怛囉二合吒半音娑嚩引二合賀引十五

誦此明已取水一合用前甘露軍荼利大明
加持已自灌其頂及淨其手用水之時復誦
本部大明七徧大明曰
唵引卒紇哩二合引一句
誦明作淨已復作拳以拇指安心誦心大明
曰
唵引尊發吒半音一句
誦心明已復誦甲冑大明擁護自身五處甲
冑大明曰
唵尊滿馱
誦此明已復誦甘露軍荼利大明加持水七
掬灑淨及遣魔障復誦土甲冑大明加持身
五處以爲甲冑如得金剛手菩薩親自擁護
無異土甲冑大明曰
曩莫三滿多一沒馱引喃二引唵引部引入嚩
二合引囉吽引三
誦此明已復誦如來部心明加持水三掬獻
於三寶如來部心大明曰
曩莫三滿多一沒馱引喃二引[口*尒]曩[口*尒]俱三
誦此明已復誦佛眼大明加持水三掬用灌
自頂佛眼大明曰
曩莫薩哩嚩二合一怛他引誐帝引毗藥二合二
唵引嚕嚕娑普二合嚕三入嚩二合囉底瑟吒二合
四悉馱路左你五引薩哩嚩二合哩他引二合六娑達
你娑嚩二合引賀七引
復誦甘露軍荼利心大明加持水三掬用灌
頂即成沐浴心大明曰
唵引阿蜜哩二合帝引吽引一句
復誦前淨大明如前護身已復誦前心大明
二十一徧加持水用灑淨及遣魔障然後隨

意沐浴所用拭巾亦濯令清淨又洗二手作潔淨已却入道場近於賢聖行人所著衣亦用甘露軍荼利大明加持又用常受衣大明加持三徧或七徧已如常受用加持衣大明曰

曩莫三滿多一没馱喃引二唵引嚕乞叉二合三薩哩嚩二合怛他引誐多四阿地瑟胝二合多引野唧嚩囉娑嚩二合引賀引五

行人如是種種潔淨已方再入賢聖道場於賢聖前發志誠心合掌恭敬乃至作禮然以五淨水灑吉祥草作座而坐復用塗香塗二手依儀結印擁護自身即先結諸部三昧印

佛部三昧印以二手相並復合掌次以二頭指安中指側第三節成印結此印隨印誦佛部三昧大明曰

唵引怛他引誐覩引訥婆二合嚩引野娑嚩二合引賀引一句

次結蓮華部三昧印先以二手作合掌復散二手却以二中指相合如蓮華相成印隨印誦蓮華部三昧大明曰

唵引鉢訥謨二合引訥婆二合嚩引野娑嚩二合賀引一

次結金剛部三昧印以二手背相合二拇指二小指相捻直竪餘指成印隨印誦金剛部三昧大明曰

唵引嚩日嚕二合引一訥婆二合嚩引野娑嚩二合引賀引二

誦此明已復結甘露軍荼利印以二手平仰二小指顛倒相交二無名指與二中指屈入掌二頭指如金剛相二拇指如針成印誦安

於頂上隨印前甘露軍荼利大明作自擁護

佛說持明藏瑜伽大教尊那菩薩大明成就儀軌經卷第三

佛説持明藏瑜伽大教尊那菩薩大明成就儀軌經卷第四

龍樹菩薩於持明藏略出

宋西天三藏朝散大夫試光禄卿明教大師法賢奉詔譯

持誦法分第六之二

次又結如來部三昧印以二手作拳竪二拇指成印隨印誦前如來部三昧明作自擁護

次結尊那菩薩根本印以二手作拳二中指如針二頭指安中指節二拇指安頭指側安頂上成印結此印時誦尊那菩薩根本大明而於自身作大擁護時行人於結印誦明時得尊那菩薩歡喜顧視次結頭印以二手作合掌二拇指入掌中成印隨印誦頭大明曰

唵(引)尊紇哩(二合引)(一句)

次結頂印以前印改右手拇指捻中指中節成印隨印誦頂大明曰

唵(引)尊吽

次結心印以二手作拳微舒二頭指成印隨印誦心大明曰

唵(引)尊發吒(半音)(一句)

次結甲冑印用前頂印復散手成印隨印誦甲冑大明曰

唵(引)尊滿馱(一句)

次結本部母印亦名佛眼印以二手作合掌頂禮屈二頭指捻中指節二拇指入掌内成印隨印誦前甘露軍茶利大明

次結本部尊印以二無名指入掌動揺次以二中指如針直舒二頭指安中指背舒二拇指安頭指第一節成印隨印誦本部尊大明曰

曩莫三滿多一沒馱喃二引俱攞紇哩二合俱攞紇哩二合那野四

誦此明已取潔淨鉢滿盛香水復用甘露軍茶利大明加持七徧於道場東北隅起首四方灑淨及發遣魔障次結請召印用前根本印改二拇指屈如鉤成印以此印請召賢聖隨印誦請召大明曰

伊四婆誐嚩底一尊那引馱引囉尼二阿引誐蹉三阿引誐蹉四摩摩薄訖怛也五二合怛三摩曳引曩佐引哩伽六二合鉢囉二合帝引砌引難七鉢囉二合細引那彌八引

誦此明已想諸賢聖隨召而至即誦甘露軍茶利大明安住賢聖已次結三昧印及誦大明獻賢聖座三昧印以右手拇指捏頭指甲餘指如金剛相成印隨印誦三昧大明曰

唵引商羯哩引三摩曳引娑嚩引二合賀引一句

誦此明已行人即言惟願菩薩處此座已安住道場受我供養

次誦本部大明七徧加持香水用為閼伽誦本部大明曰

唵引左隸一引祖隸二引尊禰三引阿哩伽二合婆誐嚩底四鉢囉二合帝引蹉娑嚩引二合賀五引

次結根本印密結二拇指平舒成印及誦大明三徧加持前閼伽水然後面東胡跪奉獻賢聖大明曰

唵引迦摩攞娑嚩引二合賀引一句

獻閼伽已復用甘露軍茶利印及誦甘露軍茶利大明結金剛界而作擁護

次結十方界以二手相並先用右手中指無名指及左手頭指安左手小指第一節却以

左手中指無名指及右手頭指安右手小指第一節餘頭指小指如針復以拇指安頭指第一節成印結此印時隨印誦結十方金剛界大明曰

囉怛曩(二合)嚩日囉(二合)曩底(一)唵(引)娑囉(二)娑囉(三)嚩日囉(二合)鉢囉(二合)迦囉吽(引)癹吒(半音)娑嚩(二合引)賀(引四)

次結金剛半惹囉印即用前印磔開拇指成印隨印誦半惹囉大明曰

囉怛曩(二合)嚩日囉(二合)曩底(一)唵(引)尾娑普(二合)囉(二合)洛乞叉(二合)嚩日囉(二合)播(引)囉(三)吽(引)癹吒(半音四)

次下方結界印用前印改二拇指直下如針成印隨印誦結下方界大明曰

囉怛曩(二合)嚩日囉(二合)曩底(一)唵(引)枳哩(二)枳哩(三)嚩日囉(二合)嚩日哩(四)部晚達你(引五)吽(引)癹吒(半音六)

次結大烏瑟膩沙印以二手相並二無名指屈入掌二中指如針安二拇指第三節復以拇指無名指如針以小指捏第三節復以小指如針安頭指如金剛相成印隨印誦烏瑟膩沙大明曰

唵(引)商羯哩(引)摩賀(引)三摩曳(引)娑嚩(二合引)賀(引句一)

以如是等印及大明作結界已行人向於本尊賢聖恭敬作禮

次結根本印以二手拇指屈中節成印結此印誦大明胡跪獻閼伽用灌沐賢聖大明曰

唵(引)左娑嚩(二合引)賀(引句一)

次結塗香印以右手拇指安頭指第一節復

展舒成印結此印誦塗香大明曰
唵引尊娑嚩引二合賀引一句
次結華印以右手拇指與頭指第一節相捻
成印以此印獻華誦華大明曰
唵引尊娑嚩引二合賀引一句
次結香印以右手中指與拇指相捻成印以
此印獻燒香誦香大明曰
唵引隸引娑嚩引二合賀引二句
次結燈印以左手拇指捏中指節成印結此
印誦獻燈大明曰
唵引禰引娑嚩引二合賀引一句
次結出生印以左手拇指安中指第一節成
印結此印獻食誦獻食大明曰
唵引祖娑嚩引二合賀引一句
如是結印誦明作種種供養奉獻曼拏羅中
一切賢聖已復作觀想於一切世間見聞所
有一切供具行人運心以此供養十方一切
賢聖復結普供養印先合掌頂禮已復以二
手指相交成印隨印誦普供養大明曰
曩莫薩哩嚩二合没馱一冐地薩埵引喃引二薩
哩嚩二合他引三烏訥誐二合帝引娑婆二合囉呬鈐
四誐誐曩劒娑嚩引二合賀引五
如是普供養已次以偈讃三寶及觀自在金
剛手菩薩等
讃佛曰
我佛大慈悲　調伏諸有情　住福功德海
是故我讃禮
讃法曰
離欲樂寂靜　能斷諸惡趣　純一眞如理
是故我讃禮

讃僧曰

堅固持尸羅　證得解脫道　住最功德刹

是故我讃禮

讃諸賢聖曰

怛鑁(二合引)禰(引)尾颯鉢多(二合)吤曩俱胝囉呲鉢囉(二合)瑜(引)誐(引一)捺也(二合)娑多(一合)捺也(二合)他(引)鉢那欲帝(引)曩左隸(引)祖隸曩(二)欲訖多摩試沙訥哩多鉢囉(二合)舍摩(引)野尊禰(引三)莎(引)賀(引)嚩帝(引)三摩囉底怛寫俱覩(引)尾鉢底(四)薩哩嚩(二合)沒馱曳(二合)鉢囉(二合)設娑多(二合引)野三勃哩(二合引)路(引)野虞尼(引)哩虞(二合)嚕(五)阿嚩路吉多塞倪也(二合)野曩謨(引)黠(身切)怛也(二合)摩賀(引)怛摩(二合)你(引六)摩賀(引)摩攞(引)野賛拏(引)野尾你也(二合引)囉(引)惹(引)野娑(引)達吠(引七)訥哩難(二合引)多那摩迦(引)野室左(二合)曩摩悉帝(二合引)嚩日囉(二合)播(引)拏曳(引八)

復次行人如是讃歎已復說懺悔云弟子某甲自從無始已來至於今日在輪迴中造不善業或自作或教他乃至見聞隨喜一切不善今對三寶發露懺悔從今已去奉持禁戒更不復作又復今日已去所有諸大菩薩緣覺聲聞乃至一切衆生所作善法我悉隨喜作是說已即結根本印誦根本明三徧行人復合掌白言某甲上來所作供養多不周備或忘失次第不依法則惟願菩薩及衆賢聖大慈大悲布施歡喜

次結閼伽印用前根本印改拇指安頭指第一節成印隨印誦閼伽大明曰

唵左隸(引一)祖隸(引二)尊禰(引三)阿哩伽(二合)娑誐嚩底鉢囉(二合)帝(引)蹉娑嚩(二合引)賀(引四)

復次行人觀想已身爲尊那菩薩先結印以二手作金剛拳以二頭指與小指如針次舒餘指亦如針成印結此印時觀想已身成尊那菩薩於頭上現唵字爲如來烏瑟膩沙次於兩眼現左字成烏瑟膩沙大輪次於頸上現隷字成不動尊明王手執螺及罥索次於心中現卒字成觀自在菩薩次於兩臂復現隷字成光積明王次於心中復現隷字成於賢聖面有三目手執蓮華罥索軍持等次於臍輪中復現卒字成本尊那菩薩次於兩股現禰字成金剛手菩薩次於兩腨現莎字成伊迦惹吒菩薩面有三目六臂身青色以象皮爲衣次於兩足現賀字成嚩日囉曩契菩薩如玻瓈色如是觀想已次即持誦持誦之法亦有二種一無相二有相無相持誦者先結禪定印加趺而坐端身澄心項頸微低於鼻尖上想出入息非麤非細不緩不急心緣大明專注持誦勿令間斷亦勿令心有所勞倦如是持誦名爲最上有相持誦者即持珠定數每一持誦須及元數直至獲得悉地不得闕少一數若闕一數名爲間斷於所求事不獲成就每欲持誦先結數珠印以無名指頭指屈中節與中指中節相捻成印隨印誦大明曰

唵引遏訥部二合帝引一尾惹曳引二悉提引三悉馱引哩替二合引娑嚩二合引賀引四

誦此明已即二手合掌捧珠誦大明七徧加持其珠大明曰

唵引曩謨引婆誐嚩底一悉提引二娑引達野三娑達野四薩哩嚩二合引哩他二合娑引達你

五悉馱引哩替引二合娑嚩引二合賀引六

誦此明已即持珠頂禮三賢聖然後依法持誦誦數滿足復誦佛眼大明七徧結根本印復誦佛眼明三徧獻賢聖閼伽又復白言我今盡此持誦奉獻菩薩又獻香華燈塗而作供養次復用佛眼大明而自擁護及結界次用阿三鈐儗你印護身五處阿三鈐儗你印以二手相並二無名指相顛倒入掌內二中指與小指如針復頭指如針安側二拇指直下復無名指入掌成印隨印誦阿三鈐儗你大明曰

唵引阿三鈐儗你引尾引囉一捺曳帝引二吽引發吒半音娑嚩引二合賀引三

次結根本印及誦大明以爲發遣印相如前大明曰

誐蹉底一仡哩二合係恒吠引二合鈐二巘唐補瑟半二合三度半末陵四鉢囉二合禰引半左五咯乞叉引二合鉢囉二合底賀多六嚩攞鉢囉引訖囉二合彌引娑嚩引二合賀引七

如是發遣已復持數珠向心前作擁護又結甘露軍荼利印而自擁護已然後頂禮諸佛菩薩而起出於道場唯得讀誦大乘方廣華嚴及佛母般若波羅蜜多經或塗曼拏羅及造塔像不得談說世俗典籍此爲恒式行人食時恒用尊那菩薩根本大明加持已然後可食或睡眠時亦誦根本大明作擁護已即可睡眠根本大明曰

曩莫三滿多一沒馱引喃二引唵引嚩蘭那禰引三帝引唹蹫二合摩引里你娑嚩引二合賀引四

復次宣說佛及賢聖微妙字觀想法此字皆

是諸佛賢聖根本表眞實理乃至無相持誦及息災等四種之法皆於尊那法中之所演說行人若作息災增益敬愛降伏等法於此諸法應須一一如儀了知今當略說微妙字於曼拏羅中安布九位次第之法第一於東北隅安唵字第二於東南隅安左字次隸字次卒字如是四隅安已次於中位安尊字次安隸字次安禰字次安莎字次安賀字此九字乃是根本大明成九賢聖復次唵字爲無相法界左字爲大輪隸字爲不動尊卒字爲觀自在又隸字爲不空羂索菩薩尊字爲尊那菩薩禰字爲金剛手菩薩莎字爲伊迦惹吒菩薩賀字爲嚩日囉曩契菩薩如是等微妙字於一切大明若以唵字爲首者能成就一切法若左字於息災增益降伏三法有大威力隸字能破壞設咄嚕亦作發遣及擁護法功力最大卒字能作破壞及散他軍如金翅鳥能食於龍隸字破諸大惡有最勝力尊字能成就一切事能破堅固禁縛禰字能破魔惌及諸大惡亦能作入寤法莎字能自擁護及能破惌亦能令作鉢入寤法賀字能除大毒及一切病如是等字猶八正道能使有情解脫輪迴後得寂滅復次行人觀想如是微妙字相於己身分一一現前或變色相或變形儀若得如是現前能滅身中一切罪業斷除煩惱初想唵字現於頭上作黃金色次想左字現於兩目亦作金色次想隸字現於頸上作深黑色次想卒字現於臍輪如紅蓮色或大青色其色所現隨彼作法次想隸字現於兩臂變賢聖像或作金色或作赤色次

想尊字現於心上變成尊那菩薩身作白色想禰字現於兩股想莎字現於兩腨想賀字現於兩足想如是字於已身分一一現前得現前已斷諸煩惱滅一切罪乃至能使內心皎潔如塵霞像隨拂清淨精進諸天皆悉敬愛復次觀微妙字變成本位賢聖觀字成尊那菩薩本身者身作白色面有三目有一十八臂熾焰徧身坐白蓮花而於身中能生諸佛若觀字成多羅菩薩者身大青色現忿怒相利牙外出象皮爲衣一手執劒一手執髑髏滿中盛血若觀字成伊迦惹吒菩薩者右第一手執寶棒第二手執罥索左第一手執揭椿誐第二手執瀝血人頭若觀字成嚩日囉曩契者身色如月右二手執劒及鉞斧左二手執罥索及蓮花此嚩日囉曩契是馬頭明王所化有大威力若有被得叉迦龍所螫者一切諸力無能救度唯嚩日囉曩契可爲救濟若復行人處處用者皆得成就等如意寶一切隨心復次於諸大明加字所用各各成就法若加唵字能爲警覺及作發遣若加唵隸吽三字力能斷截若加唵羅吽發吒五字者力能驚怖及能破壞亦能擁護若加唵祖曩莫四字者能成就敬愛法若加唵祖吽三字者能退他軍若加唵隸發吒四字者息大鬪戰

若作息災法用此大明曰

唵引尊阿毋羯寫扇鼎俱嚕娑嚩二合賀引一句

若作增益法用此大明曰

唵引尊阿毋羯寫洛叉彌俱嚕娑嚩二合賀一引

若作敬愛法用此大明曰

唵尊曩莫句一

若為息大鬬戰用此大明曰

唵尊禰吽發吒句一

又作息災法隨誦大明兼稱彼名說所求事

大明曰

左隸祖隸尊禰阿毋羯寫扇鼎俱嚕娑嚩合二賀引句一

又作增益法隨誦大明兼稱彼名說所求事

大明曰

唵左隸祖隸尊禰娑嚩合二賀引句一

又作敬愛法隨誦大明兼稱彼名說所求事

大明同增益法

又作降伏法隨誦大明兼稱彼名說所為事

大明曰

曩莫左隸祖隸尊禰阿毋羯嚩尸俱嚕娑嚩合二賀引句一

又作勾召法誦大明曰

唵左隸祖隸尊禰阿毋羯摩羯哩沙野紇哩二合句一

又驅逐怨家隨誦大明兼稱彼名說所為事

大明曰

唵左隸祖隸尊禰阿毋羯毋佐吒野吽引句一

又破壞魔怨法大明曰

唵左隸祖隸尊禰阿毋羯摩羅野吽發吒半音

又作極破壞魔怨法大明曰

唵左隸祖隸尊禰阿顛多摩羅尼娑嚩合二賀引句一

又作大息災法隨誦大明稱彼所成就事大明曰

唵左隸祖隸尊禰娑嚩合二賀引句

又作大敬愛法隨誦大明稱彼名字說所成
就事大明曰
曩莫左隸祖隸尊禰曩莫阿顛多嚩尸曳紇
哩(二合)一句
又作大勾召法大明曰
左隸祖隸尊禰紇哩(二合)一句
又作極壞大怨法隨誦大明兼稱彼名說所
爲事
吽唵左隸祖隸尊禰吽阿顛覩左吒你發吒
左隸祖隸尊禰發吒(半音)一句
如是等大明各各隨所作法稱說其事無不
成就
諸佛所說大尊那教能滿一切衆生之願以
頌讚曰
尊那功德聚　寂靜心常持　一切諸大難
無能侵是人　天上及世間　受福如佛等
從兹如意寶　定獲無等等

佛說持明藏瑜伽大教尊那菩薩大明成就
儀軌經卷第四

音釋
擘畫(擘博厄切分也畫胡麥切畫界也)　蚌(步項切蛤屬)　絣(補耕切以繩直物也)　搵(烏困切以手捺也)　⿰寧頁(乃項切)　屹(魚乞切)　鑁(亡敢切)　巘(魚蹇切)　髑髏(髑徒木切髏盧侯切髑髏頂骨也)　椿(株江切)　蠚(呼各切毒也)

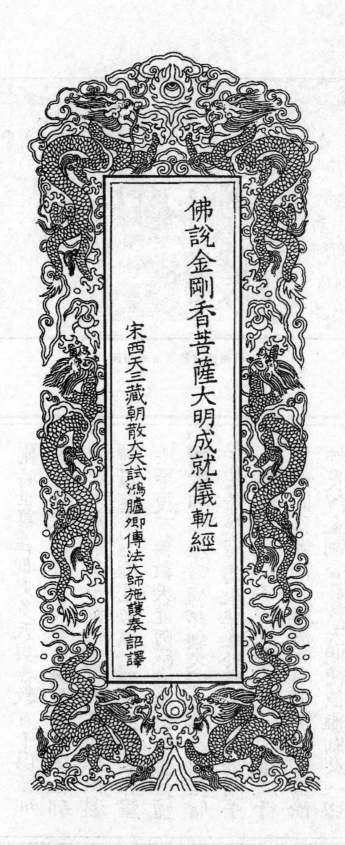

佛説金剛香菩薩大明成就儀軌經

宋西天三藏朝散大夫試鴻臚卿傳法大師施護奉詔譯

清刻龍藏佛說法變相圖

佛說金剛香菩薩大明成就儀軌經卷上 中同卷

宋西天三藏朝散大夫試鴻臚卿傳法大師施護奉詔譯

爾時世尊在覩史多天與無數百千俱胝那由他菩薩共會一處時有無數百千俱胝那由他天所謂娑多儗哩呬摩嚩多難你枳濕嚩囉摩訶迦攞摩醯濕嚩囉吠惹演多那羅延等復有無數天龍阿蘇囉誐嚕拏巘達哩嚩緊那囉摩護囉誐藥叉囉叉娑及諸星曜如是等衆皆悉來集在於佛會爾時金剛手菩薩摩訶薩白佛言世尊今有一切羅剎行於世間作大怖畏惟願世尊愍於世間爲除怖畏說金剛香菩薩大明使彼羅剎及一切天龍八部乃至一切星曜行不饒益者見彼大明皆悉迷悶怖畏馳散於諸衆生不能爲害世尊豈唯如是等衆見已怖畏乃至帝釋

亦失威力彼一切魔障現大忿怒諸惡相者悉皆破壞於諸有情不能侵害爾時金剛手菩薩摩訶薩重白佛言世尊今正是時何以故一切魔等見在此會唯願世尊宣說金剛香菩薩大明是時世尊即入三摩地名普徧熾盛光大忿怒入此三摩地已即於眼中放大光明作種種色其光普照一切世界照已旋還於佛前住如大火聚即於光中化出大忿怒身光焰熾盛住於佛前現大惡相見者怖畏所有一切天龍藥叉囉叉娑獻達哩嚩阿蘇囉誐嚕拏緊那囉摩護囉誐等及一切部多所有威力悉皆破壞復次金剛手菩薩白佛言世尊如我所請願爲宣說亦令當來持誦行人一切所作皆得成就一切部多皆悉降伏凡有所求皆來給與乃至地中伏藏悉皆獲得世尊此大明威德之力降伏加臨一切人非人等令其入寤使作歌舞及爲給使無不隨意乃至破彼身分以充食噉亦不敢違世尊此大明力乃至加臨山石無情之類亦可震動現入寤相何況一切天龍八部人非人等如是等衆若違逆者皆令頭破爾時化忿怒像於剎那頃現身光明如日照曜於金剛手菩薩前立即說金剛香大明曰

曩麽室戰(二合)拏(引一)嚩日囉(二合)播(引)拏曳(引二)摩賀(引)藥乞叉(二合)枲曩(引)鉢多曳(引三)唵(引)曩謨(引)婆誐嚩帝(引四)阿(引)哩也(二合五)嚩日囉(二合)囐(引)馱(引)哩(引六)阿你(引)迦囉濕彌(二合七)設多娑賀娑囉(二合八)鉢囉(二合)入嚩(二合)禮多(九)捻鉢多(二合)帝(引)惹(引)曳(十)沃仡囉(二合)鼻摩(十一)婆野(引)曩迦(引)曳(引十二)嘮(引)捺囉(二合)那哩舍(二合)曩(引)

曳引十三尾迦囉引攞引曳引十四賛拏引曳引十五撥波攞引曳十六喻引藝引濕嚩二合哩引曳引十七鼻引瑟麽二合婆野引曩迦引曳引十八沙吒目二合佉引曳引十九訥嚩二合引那舍普惹引曳引一十訥嚩二合引那舍你引怛囉二合引曳引二十一尾枳引囉拏二合計引舍引曳引二十二阿你引迦嚕引波二十三尾尾馱吠引舍馱引哩抳引曳引二十四噎呬曳二合引呬婆誐嚩底二十五麽賀引嚩日囉二合孅引馱引哩引怛囉二合野引喃引二十六囉怛曩二合引南引薩帝曳二合引曩二十七怛你也二合他引二十八唵引二十九阿引迦茶野阿引迦茶野三十嚩攞禰引嚩麽呬引濕嚩二合嚂二十一誐嚕拏江二合三十二尾瑟女唵三合三十三倶麽引嚂三十四沒囉二合憾麽二合喃引三十五即摖嚂二合三十六賛摖嚂二合阿引禰底様二合三十七藥孅咯

乞叉二合僧三十八普引璫三十九畢哩二合引璫四十閉舍引戚四十一矩伴引喃四十二阿佗寧二合四十三嚩引踴四十四野莽四十五嚩嚕喃四十六馱曩能四十七矩吠嚂四十八鉢囉二合惹引鉢底四十九地哩二合多囉引瑟吒嚂三合五十尾嚕茶釰五十一尾嚕播引乞栩二合五十二吠武每切引室囉二合麽喃五十三商矩迦囉喃二合五十四訥尾二合迦囉喃二合五十五怛哩二合迦囉喃二合五十六尾迦囉喃二合五十七沒哩二合賀迦囉喃二合五十八健吒引迦囉喃二合五十九訥嚕二合拏迦囉喃二合六十虞迦囉喃二合六十一摩賀引迦囉喃二合六十二麽賀引迦引朗六十三難你計引濕嚩二合嚂六十四勃陵二合儗哩引知盈二合六十五曩引野釰六十六尾曩引野釰六十七半唧釰六十八那麽釰六十九路賀釰七十謨引賀釰七十一沙瑟恥二合禰引吠孕二合引七十二唵

引七十三迦引陵七十四矩引知盈二合七十五儗哩引
劔引七十六訥哩誐二合七十七憍麽引哩引七十八迦麽
也二合引以寧引七十九贊拏迦引底也二合引以寧
引八十麽賀引迦引底也二合引以寧二合八十一野
舍濕彌二合寧引八十二愛舍引寧八十三乃哩底樣
二合引八十四迦引禮引八十五麽賀引迦引禮引八十六乞
芻二合捺囉二合迦引禮引八十七嚩日囉二合迦引禮
引八十八跛捺囉二合迦禮引八十九祖攞迦引禮引九十
阿儗你二合引樣引九十一嚩引野尾焰二合引九十二舍
引禮引舍引禮引迦嚩引哩底二合引九十三囉引
怛哩二合九十四扇底盈二合九十五爍訖鼎二合九十六
設多引乞曬二合引九十七麽賀引設多引乞曬二合
引印捺囉二合引抳九十八沒囉二合憾麽二合引抳
九十九嬌引麽引哩引百一麽引呬引濕嚩二合哩
引一吠引瑟拏下尼所切二合尾引二酥婆誐引三左捫抳

引四嘮引捺哩二合五嚩引囉引呬引六嬌吠引哩
引七曳引左引你曳二合引八三麽曳引曩
底瑟姹演三合底九擔引薩哩網二合引阿引嚩
引賀十以沙也二合引彌十一尸伽覽二合伽哩二合
恨拏二合伽哩引恨拏二合十二佉哩二合恨拏二合跛
野佉哩二合恨拏二合跛野十三攞攞攞攞十四唵
引十五虞魯虞魯十六虎魯虎魯十七祖魯祖魯十八
毋魯毋魯十九度努度努二十嚩麽嚩麽二十一達
麽達麽二十二馱囉馱囉二十三摩囉摩囉二十四
馱迦馱迦二十五攞虎攞虎二十六覽誐覽誐二十
七覽誐跛野二十八惹臘波二合惹臘波二十九惹
臘播二合引跛野惹臘播二合引跛野三十布囉
布囉三十一布引囉野布囉野三十二布引囉引
跛野布引囉引跛野三十三攞虎攞虎三十四阿
引曩野阿引曩野十阿引尾舍阿尾舍三十

六阿引吠引舍野阿引吠舍野三十七唵引三十八曩謨引婆誐嚩帝引三十九麽賀引嚩日囉二合歉引馱引哩引四十阿你引迦囉濕彌二合四十一設多娑賀薩囉二合鉢囉二合入嚩二合禮多四十二捻鉢多二合帝引惹洗引四十三悉馱室贊二合拏嚩日囉二合播引抳四十四囉引俔也二合引跛野底四十五唵引四十六紇哩二合四十七唵四十八郝郝郝郝郝四十九斛引五十紇哩二合五十一吽五十二發吒半音五十三覽覽覽覽五十四娑嚩二合引賀引五十五

爾時化忿怒像說此大明已復說金剛香菩薩大明諸成就法若以此明加持安息香燒之能令一切入窟所有天人藥叉乃至魑魅等所執悉能除解復次行者於大自在天像前誦此明復以忿怒相觀天像又以五淨水沐浴天像又用白檀香作塗香塗天像身以諸香華而作供養然以二手按像誦大明從初夜至明旦誦聲不輟其大自在天決定化身作外道形相來誦者前默然而立誦者見已即禮拜告言聖者善來其化像報言善來善來誦者即以所願求之天即與願一切皆得天像與行者願已隱沒不現行者得悉地已此後一切所作悉得遂意或作息災增益敬愛降伏及句召者決定成就若作息災當用不墮地瞿摩夷塗四方曼拏羅成已用銀鉢一口先磨白檀作塗香塗鉢內外令徧即盛淨水令滿安曼拏羅中誦大明一百八徧加持彼鉢鉢即入窟或起離壇或動或顫知法成就即以此水灌於人頂或令人飲一切災難皆得息滅若以此水灑於城邑聚落其中人民災難皆息一切有情皆獲利益

復次若爲國王及大軍衆作息災者當用酪白麻子白粳米牛乳等相和作護摩一誦大明一稱王名一名護摩至千徧王及軍衆災難皆息

又法或畫金剛香菩薩身白色作爲衆生降甘露雨相於此像前日三時誦大明復觀想此像得現前已後念斛字一切災難無不息滅或有寃家來相淩逼者當用牛乳作護摩誦大明千徧寃自退散災難息滅或用安息香白麻子并酥同作護摩息一切災

又法或作增益者當畫大羅刹女身作黄色有十六臂手中各有執捉一切殊妙嚴飾其身畫像成已用諸香華而作供養於此像前誦大明不輟至羅刹女自現可使句召一切夜叉羅刹并諸眷屬能滿行者一切所求財穀亦能出於地中伏藏隨意使用

復次畫夜叉像身作白色復以白色香作塗香塗彼像身以白華供養於此像前口誦大明手持白華一誦一擲打彼像身日三時滿七日誦明數滿八千徧彼夜叉出現爲誦人僕從一切役使不敢違逆或時自送一切財寶或出地中伏藏當令誦人獲大富盛

復次作敬愛法畫金剛香菩薩像身作赤色有十二臂各有執捉以上妙天衣裝嚴其身畫像成已行人於像前作觀想觀畫像身放大赤光刹那之頃徧照三界其中一切天人羅刹乃至一切人非人等皆悉敬愛作觀成已方可求事行人欲求敬愛者先誦大明滿一千徧然用赤檀木作彼形像安於金剛香菩薩像前行人取迦囉尾囉華於菩薩像前

一誦大明一稱彼名一擲彼像誦滿七徧決定獲得彼之敬愛

又法用吉祥木造男女像或作童男童女像稱彼名用白芥子擲彼像至七晝夜必得敬愛

又法用白芥子白檀香相和誦大明八十萬徧令一切人頂戴得一切敬愛

又法若欲令冤家失心狂亂者用人骨作金剛橛長八指以安息香及牛肉同燒熏橛埋冤家門前彼即三日內失心離家狂走或用牛肉狗肉牛尿相和爲泥作冤家像埋尸陁林中彼即并諸眷屬出離千由旬外

又法欲令冤家出本國者亦用人骨作金剛橛以人血染線纏橛打摩醯濕嚩囉頭上行人用左足踏摩呬濕嚩囉天用十四日或用八日行人誦大明不輟直至彼天出大苦聲其冤家失心狂亂并諸眷屬出於曠野由如獸羣

又法欲極破冤家者當畫金剛香菩薩身黑色百臂作忿怒相手執旗旛金剛杵金剛鎚罥索三叉劍弓箭鉞斧大斧骨朶金剛鉤枯尸人頭髑髏等種種器仗及百千妙好嚴飾其身放大光明踰於日月作破一切冤家相彼一切藥叉羅剎娑及一切大惡鬼神皆悉破壞驚怖馳散若欲破壞冤家至死者行者先誦大明八千徧然後以人骨作金剛橛長二指作忿怒心晝夜不輟誦大明八千徧加持橛已用牛肉爲泥作冤家形像長八指用前橛釘其頂或口脅耳臍或陰及膝足等處經一七日彼冤家身決定破壞如阿梨樹枝

乃至一切大惡悉能破壞

又法欲破壞寃家至極者用牛尿并鹽醋同煎成泥與淨土瞿摩夷或吉祥草相和作寃家像復用白芥子徧塗彼像以火炙至寃家得病決定至死

又法用佉你羅木作橛長八指加持八百徧稱寃家名釘彼形像於剎那頃彼自禁縛或用尸灰作寃家像以人骨作金剛橛釘彼身分當得熱病乃至殞歿

又法用鐵作橛長二指加持百徧埋於寃家門外三日內定離本家或將前橛埋於大自在天廟中埋時稱寃家名彼即得大自在天魅或稱名埋於空舍中彼即得畢舍左魅或取黑蛇口中沫塗坯器內令寃家食之須臾即死

又法或用鐵作骨朶長六指先稱寃家名誦大明七徧加持安息香用燒熏骨朶埋寃家舍中彼即得大苦惱若出去骨朶苦惱即解

又法用顆摩木作橛長十二指打頭臂脅三處及稱名又用牛毛爲香稱名燒之彼得毋鬼所魅

又法用阿栗迦木作寃家形像於腹中書本名以人骨作釘釘於頭臂脅三處彼即苦惱若去釘如故

又法用瞿摩夷作寃家形像用白芥子徧塗像身口誦大明直至像乾埋所尸陀林中於上誦大明八百徧加持白芥子散擲於上行者所求皆得成就

又法同前造像取人牛狗三肉并白芥子塗像安寃家本舍中彼即迷倒永不入舍

復次行人若欲求現女鬼者往尸陀林中用毒藥及鹽并血相和誦大明作護摩日三時滿七日至夜於護摩爐内現一女鬼相貌端正光明照耀立行者前行者即備白食出生及閼伽等時女鬼言我甚飢行者即報言我已爲汝辦訖即出生食及閼伽等與之云此依佛勑汝受隨意女鬼得食已告行者言汝所求事我悉令汝皆得成就女鬼言訖即隱身不現

復次説禁縛法用雌黃作寃家形像以尸灰徧塗像身及塗金剛杵行人以左足踏金剛杵右足踏彼像誦大明須臾寃家及眷屬失心狂亂去離本處

復次説發遣寃家法行者先持誦大明一百徧然後觀想根本微妙字化成駱駝復觀前字乘彼駱駝又想一人以骨朶打彼寃家然想自身在風輪内面南坐誦普字發遣誦聲不輟直至寃家隱没不現此觀想法亦可發遣金剛薩埵豈況寃家若用白芥子安息香相和加持一百遍作護摩者一切寃家速離本處

復説成就法行者先於帛上或髑髏上畫金剛香菩薩身赤色於足下畫寃家像踏之行者作忿怒相誦大明不輟復以棘柴白芥子鹽用作護摩寃家速得失心狂亂

又法於青帛上用人血調青畫寃家形像行者於八日或七日至中夜時出生食祭祀有來受此食者報行者言使我何作時行者即以寃家報之復以忿怒相稱寃家名誦大明作護摩至七日彼即破壞命終

又法用䫜摩木作冤家像段段截之別用䫜摩木為柴與像身同作護摩誦大明一誦一燒彼冤家其身破壞

復次於尸陀林中收取華鬘燒安息香誦大明八百徧加持彼鬘散於冤家舍彼并眷屬悉患三日瘧或將鬘埋於冤家門前彼冤家速趣命終或用燒安息香熏牛肉以此肉作護摩一誦大明一稱冤家名一擲火中至三夜彼冤家即患四日瘧若欲解除用乳汁作護摩即痊可如故

又法用尸灰塗曼拏羅又用尸灰作冤家像安曼拏羅中用紅色華打彼像一誦一擲至三日擲像於火中其冤家身即破壞

佛說金剛香菩薩大明成就儀軌經卷上

佛說金剛香菩薩大明成就儀軌經卷中

宋西天三藏朝散大夫試鴻臚少卿傳法大師施護奉詔譯

復次作禁伏法先畫金剛香菩薩作圓滿相身黃色放大光明照虛空界住大山頂足踏冤家像行者於此像前作觀想得現前已一切冤家皆悉禁縛

又法於鑑上同前畫金剛香菩薩以上妙香華而作供養用雌黃及淨土與水和泥作冤家像行者於菩薩鑑前手執五股金剛杵作忿怒相足踏冤家誦大明一千徧一切冤家皆悉禁伏

又法用黃臘作冤家像行者以左足踏復作觀想彼冤家在百千由旬內復觀聖賢徧滿虛空得此觀現前已彼冤自然如癡不能為害此成就法若向諸佛作者諸佛亦不欲違何況一切聖賢及人非人等即說降伏大明

曰

唵引一曩謨婆誐嚩帝引二摩賀引縛日囉二合𪢸引駄引哩摩賀引末攞三塞你也二合娑擔二合婆你引四攞攞攞攞娑擔二合婆野薩哩嚩二合設咄籠二合五曩引舍薩野六娑普引二合吒野七尾捺囉二合引鉢野八薩哩嚩二合曩引舍野九薩哩嚩二合訥瑟吒二合引你伽引怛野十摩摩薩哩嚩二合迦引哩也二合抳十一矩嚕十二矩嚕十三虎盧十四虎盧十五祖盧十六祖盧十七毋盧十八毋盧十九達摩二十達摩二十一覽誐二十二覽誐二十三尾捺囉二合引鉢野二十四尾捺囉二合引鉢野二十五薩哩嚩二合迦引哩也二合引抳彌引二十六彌哩二合引荼矩嚕二十七薩哩嚩二合悉地孕二合彌引二十八鉢囉二合野嗟二十九伊呬曳二合引呬婆誐嚩帝

引三十摩賀引嚩日囉合二孅引馱引哩引三十一郝入聲郝郝郝吽引發吒半音娑嚩二合引賀引三十二

由誦此明能成就一切事能破一切寃家復説成就法於月一日或初七日初八日行者食赤色食著潔淨衣誦大明千徧或百徧若得身毛喜竪或於夜分得見種種吉夢已此後當依金剛香菩薩作法一切皆得成就欲令婆羅門敬愛者用生酥作婆羅門像然誦大明八百徧加持白芥子稱婆羅門名以白芥子打像彼則敬愛

又法用鹽加持八百徧當稱毗舍名每一稱名一誦大明用鹽一打彼像彼毗舍則敬愛

又法用黒豆誦大明加持八百徧用炭灰作首陁像然後一誦大明一稱彼名以豆一擲彼像滿八百徧彼自來敬愛

復次説金剛香菩薩成就根本大明印以二手各作金剛拳二小指相交二頭指相交如鉤二拇指展舒成印此印有大威力能成就一切最上事能破一切寃家一切天人乃至宿曜見此印已驚怖欲死唯稱念佛以求覆護即説根本大明曰

唵引曩謨婆誐嚩帝一引摩賀引嚩日囉合二孅馱引哩二引入嚩合二攞三入嚩合二攞四阿引迦哩沙合二野五阿引迦哩沙合二野六引娑擔合二婆野七娑擔合二婆野八悉馱路左顐九引吽引發吒半音

復説句召印不解前印以二頭指如鉤動揺成印此印能句召一切天龍藥叉囉叉娑及一切鬼神并宿曜等皆來可爲僮僕乃至或有諸菩薩聞此大明句召之者於刹那之間

即至即誦句召大明曰

唵引曩謨婆誐嚩帝引一摩賀引嚩日囉二合巘引駄引哩引二伊呬曳二合引呬阿引誐蹉二合三阿引誐蹉四摩摩三摩野五摩耨播引攞野六悉駄室賛二合拏嚩日囉二合播引捉引七囉引倪鉢野底八紇哩二合引九郝郝郝郝郝十攞攞攞攞斛十一

若有行人爲作種種饒益之事作曼拏羅已欲請本尊金剛香菩薩者當誦此明結印句召菩薩行人復於曼拏羅前瞑目作觀想菩薩於剎那頃菩薩即來菩薩來時現忿怒相而有六面利牙外出種種嚴身光焰熾盛如日初出而有百臂手中各各執於器仗欲破一切寃家之相行人審知菩薩來已即想奉上衆寶蓮華之座菩薩坐已觀知行人具眞實意即時爲説諸佛微妙三昧行人聞已歡喜禮謝

復次説三昧印以二手作金剛合掌舒二拇指二小指相交二頭指如環成印若結此印三昧現前

復説沐浴印以二手合掌屈二頭指以二拇指捻二頭指甲如環成印每沐浴諸佛賢聖結此印即誦明曰

唵引曩謨引婆誐嚩帝引一蘇嚕二蘇嚕三捺囉二合嚩四捺囉二合嚩五娑嚩二合賀引六

復説獻香印二手合掌屈二頭指如月竪二拇指成印每獻香時結此印即誦明曰

唵引曩謨引婆誐嚩帝引一摩賀引嚩日囉二合巘引駄引哩引二娑囉三娑囉四尾娑囉五尾娑囉六尾捺踰二合引多野七尾捺踰二合引多

野八娑摩引迦引舍嚩底娑嚩引二合賀九

復說獻華印以二手合掌舒二拇指倒舒二無名指如針成印每獻華時結此印復誦明曰

曩謨引婆誐嚩帝一引摩賀引嚩日囉合一𡅏引駄引哩二引虎嚧三虎嚧四祖嚧五祖嚧六母嚧七母嚧八補瑟波二合嚩底娑嚩引二合賀九引

復說獻燈印以二手並作拳竪二拇指成印每獻燈時結此印誦此明曰

唵曩謨引婆誐嚩帝一引摩賀引嚩日囉二合𡅏駄引哩二引入嚩二合羅入嚩二合羅三唧致唧致娑嚩二合賀四引

唵引曩謨引婆誐嚩帝一引三滿多𡅏駄娑嚩二合賀二引

復說出生印以二手作金剛縛二中指竪如針屈二頭指以二拇指相按二頭指附中指成印每出生時結此印復誦明曰

唵引曩謨引婆誐嚩帝一引摩賀引嚩日囉二合𡅏駄引哩二引娑囉三娑囉四尾娑囉五尾娑囉六佉引捺七佉引捺八婆入聲乞叉二合引鉢野九婆入聲乞叉二合引鉢野十嘮捺囉二合十一引嘮捺囉二合十二引曩曩並入聲娑嚩二合引賀十三引

復說大金剛香菩薩成就大明曰

唵引曩謨引婆誐嚩帝一引摩賀引嚩日嚩二合𡅏引駄引哩二引阿儞迦囉濕彌二合三設多薩賀娑囉二合四鉢囉二合入嚩隸多五祛去鉢多二合帝引惹引曳六引沃誐囉二合鼻摩七䟦野引

曩迦引曳引八鼻澁摩二合跛野引你引迦引曳
引九摩賀引踰藝濕嚩二合哩引曳引十沙吒目二合
佉引曳引十一訥嚩二合引捺舍部惹引曳引十二
訥嚩二合引捺舍你引怛囉二合引曳引十三尾枳
引蘭拏二合計引舍引曳引十四阿你引迦嚕引
波十五尾尾馱吠武尾切沙馱引哩尾引曳引十六
噎呬四曳二合引呬四婆誐嚩底十七摩賀引嚩日囉
二合巘引馱引哩引十八怛囉二合夜引郝引囉怛
曩二合引喃引十九薩帝曳二合引曩二十怛你也二合
引他引二十一唵引阿引羯荼二十二阿羯荼二十三
末朗禰去聲鍐二十四摩呬引濕嚩二合覽二十五誐
嚕嚢汝江切二十六尾瑟穠女功切二十七俱摩引覽二十八
沒囉二合引憾摩二合引赦二十九印捺覽二合三十贊
捺覽二合三十一阿引禰怛㨮二合三十二藥羼三十三
囉陵覺切乞叉二合僧三十四巘達哩挽二合三十五部

旦三十六必哩二合旦三十七必舍引贊三十八恭畔
引赦三十九阿蘇覽四十阿屹顭四十一耶蟒四十二
嚩嚕赦四十三嚩引踊四十四俱吠引覽四十五達
曩難四十六特哩二合多囉引瑟吒覽二合四十七尾
魯荼劒四十八尾嚕播引羼四十九商俱迦蘭赦
二合五十尾迦蘭赦二合五十一底哩二合迦囉赦二合五十
二沒哩二合訶怛迦蘭赦二合五十三健吒引迦蘭
赦二合五十四訥嚕二合引拏迦蘭赦二合五十五賀悉
底二合迦蘭赦二合五十六件引迦蘭赦二合五十七薩
兎二合攞迦蘭赦二合五十八摩賀引迦引朗五十九
難禰計引濕嚩二合覽六十勃陵二合儗哩二合知孕
二合六十一曩引野劒六十二尾曩引野劒六十三般
引唧劒六十四那引摩劒六十五路賀劒六十六謨
賀劒六十七沙瑟恥二合禰去聲嚩俱致六十八儗哩
劒引六十九唵引迦引哩引七十訥哩誐二合迦引怛

也(二合引)以顙(引七十一)贊拏迦(引)怛也(二合)以顙(七十二)乃哩怛㨾(二合引七十三)迦(引)陵(七十四)摩賀(引)迦(引)陵(七十五)嚩日囉(二合)迦(引)陵(七十六)拽舍戍顙(七十七)伊舍(引)顙(七十八)蘇迦(引)陵(七十九)跋捺囉(二合)迦(引)陵(八十)祖(去聲)攞迦(引)陵(八十一)阿(引)屹你(二合引)夜㨾(二合引八十二)嚩(引)野麽㨾(二合引八十三)舍棃迦(引)嚩哩底(二合八十四)扇(引)鼎(八十五)囉(引)底陵(二合八十六)爍訖鼎(八十七)設多(引)稱(八十八)摩賀(引)設多(引)稱(八十九)印捺囉(二合引)尼(尼盈切九十)没囉憾摩(二合引)尼(同上九十一)憍吠(引)聆(引九十二)摩賀(引)憍吠(引)聆(九十三)摩賀(引)摩係(引)濕嚩(二合)哩(引九十四)吠(引)瑟拏(二合)微(引九十五)蘇娑誐(引九十六)訥哩(二合)娑誐(引九十七)佐(引)捫拏(引九十八)嘮捺哩(二合引九十九)嚩(引)囉(引)呬(一百)憍(引)吠(引)隸(引一)愛(引)舍(引)你(二)乃哩怛㨾(二合三)曳(引)佐(引)曩曳(二合引四)摩摩

三摩曳(引五)曩底瑟姹(二合)底(六)曰(引)薩哩鍐(二合引七)阿(引)嚩(引)賀以沙也(二合引)彌(八)尸伽覽(二合九)乞哩(二合)恨拏(二合十)仡哩(二合)恨拏(二合十一)仡哩(二合)恨拏(二合引)鉢野(十二)仡哩(二合)恨拏(二合引)鉢野(十三)唵(引)攞攞攞攞(十四)唵(引)虎盧(十五)虎盧(十六)母盧(十七)母盧(十八)祖盧(十九)祖盧(二十)達摩(二十一)達摩(二十二)度摩(二十三)度摩(二十四)達曩(二十五)達曩(二十六)達囉(二十七)達囉(二十八)囉摩(二十九)囉摩(三十)覽誐(三十一)覽誐(引三十二)鉢野(三十三)覽誐(引)鉢野(三十四)惹攞波(三十五)惹攞波(三十六)惹攞播(二合引)鉢野(三十七)惹囉播(二合引)鉢野(三十八)布囉(三十九)布囉(四十)布囉野(四十一)布囉野(四十二)攞具(四十三)攞具(四十四)阿(引)曩野(四十五)阿(引)曩野(四十六)阿(引)尾舍(四十七)阿(引)尾舍(四十八)阿(引)吠(引)舍野(四十九)阿(引)吠(引)舍野(五十)唵(引)曩謨(引)娑誐嚩

底(五十一)摩賀(引)嚩日囉(二合)𡃈(引)馱(引)哩(引五十二)
悉馱室賛(二合)拏(五十三)嚩日囉(二合)播(引)尼(五十四)
囉(引)儞也(二合引)鉢野底(五十五)怛你也(二合)他(引五
十六)唵(引)紇哩(二合引五十七)係(引)賀(引)賀(引)郝郝郝
郝(五十八)嚩覽嚩覽嚩覽(五十九)伊護(六十)吽吽吽發吒
(半音)娑嚩(二合引)賀(引六十一)曩謨(引)娑誐嚩底(六十二)
摩賀(引)嚩日囉(二合)𡃈(引)馱(引)哩(引六十三)阿你(引)
迦囉濕彌(二合六十四)設多薩賀娑日囉(二合)鉢囉
(二合)底曼尼多(六十五)設嚇(引)哩(引六十六)悉馱室賛
(二合)拏(六十七)嚩日囉(二合)播(引)尼(六十八)囉儞也(二合)
(引)鉢野底(六十九)唵(引)紇哩(二合七十)(引)係(引)賀(引)
賀(引)賀(引)賀(引七十一)護護護護(七十二)吽郝(七十三)
吽吽吽(七十四)發吒(半音七十五)囉囉囉囉(七十六)吽
郝娑嚩(二合)賀(引七十七)唵(引)娑擔(二合)婆你(七十八)娑
擔(二合)婆你(七十九)娑嚩(二合)賀(引八十)唵(引)薩哩嚩

(二合)嚕(去聲)沙(八十一)鉢囉(二合)設摩你娑嚩(二合引)賀
(引八十二)唵(引)吽吽吽娑嚩(二合)賀(引八十三)唵吽郝娑
嚩(二合引)賀(引八十四)唵(引)紇哩(二合引八十五)賀(引)係(引)
護吽發吒(半音)娑嚩(二合)賀(引八十六)唵(引)紇哩(二合引八
十七)阿(引)羯哩沙(二合)尼曳(引)娑嚩(二合引)賀(引八十八)
唵(引)左攞(八十九)左攞(二合九十)娑嚩(二合引)賀(引九十一)
唵(引)阿(引)虎攞(九十二)阿(引)虎攞(九十三)紇哩(二合)
唵(引)娑嚩(二合引)賀(引九十四)唵(引)惹攞波(二合九十五)惹
攞波(二合九十六)娑嚩(二合引)賀(引九十七)唵(引)唐唐唐
(九十)唐迦(引)哩(引)拏你哩(二合)怛野(二合引)鉢野
娑嚩(二合引)賀(引九十九)唵(引)惹(仁感切下三字同)惹惹惹
(二百)惹婆你曳(引)娑嚩(二合引)賀(引一)唵(引)娑璫(二合)
娑璫娑璫(二合引)娑璫(二合)婆你(引)曳(引二)娑嚩(二合)
(引)賀(引三)伊鉿(引)薩哩嚩(二合)訥瑟吒(二合引)喃娑
嚩(二合引)賀(引四)唵(引)遏吒吒賀(引)娑(五)捫左捫

左六摩賀引捫左娑嚩二合引賀引七唵引度曩八度曩九勃籠二合十伴惹十一伴惹十二怛賴二合路枳也二合尾摖囉二合引鉢尼引娑嚩二合引賀二百十三

如是大明於佛族中猶如明月能破一切諸惡黑暗復能擁護佛法離諸障難

復次說大金剛香菩薩成就儀法如前持誦大明八千徧精熟已然後誦明加持安息香焚此香煙凡所觸人並得入寤使說善惡若有天人及藥叉等所魅者悉能解除乃至不淨鬼及作熱病瘧病小小鬼等所執持者纔誦大明速得除解若欲令彼一切入寤者亦須結界擁護已身及擁護入寤者所有諸惡星曜作災害者誦此大明亦速退解能成已事能斷他呪所有一切難事皆得成就是大明力悉得隨意

復次若有行人欲作諸成就法者行人潔淨常食赤色飲食然後備種種香華供養佛及本尊用白月一日起首滿七晝夜誦大明滿八千徧作先行已此後一切所作皆得成就

若欲作敬愛者當稱彼名誦大明即獲敬愛

若誦大明八千徧加持白芥子用芥子觸者皆得敬愛若誦大明八千徧加持麥觸刹帝利者則獲敬愛若欲婆羅門敬愛者誦大明八千徧加持炭灰散婆羅門彼自敬愛若誦大明八千徧加持油與毗舍者彼自敬愛若誦大明八千徧加持鹽與首陁者彼自敬愛若有貴族夫妻不睦者誦大明八千徧加持白芥子用觸身者即得和睦互相敬愛若誦大明加持柳枝作齒木用至一年者即得一

切所言誠實言無蹇訥若軍人誦大明七徧加持頭髮者入陣得勝若誦大明加持白芥子作護摩者得一切敬愛若誦大明加持脂麻作護摩者得一切增益若誦大明加持酥作護摩者當息滅一切災若誦大明加持乳作護摩者當令牛馬及諸畜等無諸瘴疫

復次說摩摩枳菩薩印相若有一切宿曜於諸衆生作災害者持誦行人立身作舞勢想如釘金剛橛以右手執金剛杵安於胷側成印此印一切宿曜見者所作災害皆悉退散

又不改前舞勢以二手頭指作鉤舒左足是名一切叉印此印能成就一切事

復次說金剛香菩薩觀想根本大明字相安諸身分行人欲觀字相先立身作右舞勢心住三昧以二手作金剛鉤安於心上此是金剛香菩薩常相印若欲觀根本大明字莊嚴者當觀金剛香菩薩或觀自身如彼金剛香菩薩身得現前已即觀賀賀二字現於二足次觀係係二字現於二膝次觀吽吽二字現於心上次觀呬呬二字現於口門次觀護嚕二字現於頂上次觀憾郝二字現於二手次觀憾賀二字爲笑容次觀吽吽二字能令他來作於承事次觀護嚕二字能化爲種種形相已

復誦根本大明曰

唵引吽引吽引吽引吽引吽引

郝曩莫叉觀智法觀護嚕二字現於心觀憾一字現於兩眼係一字現於頭上吽一字現於頂上復觀憾字爲甲冑

郝字爲器仗此觀智法門凡諸持誦行人欲持誦求諸成就者先須於此二種觀智習令精熟然誦根本大明滿一洛叉而爲先行誦數滿已然後可作種種成就之法若欲成就一切事作護摩者用迦囉尾囉木柴然火用酥八百合誦大明作於護摩所作成就此法可使三界之内一切皆令入𥨊來住虛空之中說於過去未來現在之事又或以瞿摩夷塗四方曼拏羅於四隅安鉢出生於中心安諸形像或閼伽瓶及鈴等磨赤檀塗像身及鈴等已然後燒安息香誦大明千徧彼鈴等即入𥨊然後更結金剛印作忿怒相高聲誦吽字即時虛空中有聲說三世之事若燒觀曾瑟迦香誦根本大明千徧至於江河大山亦可振搖現入𥨊相若於曼拏羅中安髑髏行人誦大明滿千徧燒安息香作忿怒相高聲誦吽字髑髏即入𥨊起離曼拏羅住虛空中說善惡事又復於有伏藏處以不墮地瞿摩夷塗曼拏羅於上面中心燒安息香誦大明滿一千徧行人作忿怒相結忿怒印以金剛杵擊伏藏之地伏藏自現

佛說金剛香菩薩大明成就儀軌經卷中

音釋

拶子括切 瞖壹計切 呬火利切 剏楚亮切 魑魅魑丑知切魅明祕切魑魅老精物也 顫之膳切顫掉也 鎚直垂切 桗都和切 坯鋪杯切未燒瓦器也 羼初限切 蟒母黨切 蹇訥蹇紀偃切吃也訥奴骨切言難也 嗥乎高切

佛說金剛香菩薩大明成就儀軌經卷下

宋西天三藏朝散大夫試鴻臚少卿傳法大師施護奉詔譯

復次行人欲作最上曼拏羅轉法輪相者行人先須自運志誠之心迴向無上菩提然後擇取勝地勝地者謂聖賢住處或聖賢古跡之地或古寺天祠或近有寶之處或河岸或池側是諸清淨之地得是地已發歡喜心即於阿闍梨起如佛想作禮供養請於建曼拏羅處誦明結界已然後可於此地作曼拏羅於曼拏羅中畫本尊金剛香菩薩作忿怒相或大笑相有四面面有三目目放大光光如劫火有十二臂以八大龍王及衆寶衣裝嚴其身光焰熾盛現大惡相或大笑相以二手頭指直竪安當心餘手執投器仗謂金剛杵鉤槍劍弓箭寶瓶三叉髑髏冒索等如是畫降三界相於菩薩東邊畫摩醯濕嚩囉天南邊畫那羅延天西邊畫迦哩底枳野天北邊畫烏摩女天於内四隅畫大梵天吉祥天帝釋天及部多主於曼拏羅外四隅畫七母鬼及曩致濕嚩嚩覽摩賀迦攞尾曩野迦等復畫部多及龍夜叉必舍左吠多拏塞建度烏摩倈阿鉢娑摩囉誐嚕拏等如是依法次第畫曼拏羅及菩薩已即行人自潔淨著赤色衣入曼拏羅請本尊及諸賢聖先結金剛香菩薩印及誦大明請菩薩降臨曼拏羅次句召曼拏羅内諸天及賢聖等各依次第結印誦大明句召想降臨已即奉獻閼伽及香華等已然後說所求事以求成就初得勝地結界大明曰

唵(引)曩謨(引)娑誐嚩底(一)嚩日(二合)囉獻(引)馱

(引)哩(二引)咯叉(三)咯叉(四)摩賀(引)咯叉(五)烏哩
馱(二合)滿馱(六)遏唐滿馱(七)禰舍(引)滿馱(八)娑
羅(九)娑囉(十)嚩日囉(二合)入嚩(引二合)攞(引)摩(引)
里禰(引十一)吽(引)發吒(半音十二)

結界作曼拏羅畫像已行人初入曼拏羅誦
此大明此明亦名句召明

曩謨(引)囉怛曩(二合)怛囉(二合)夜(引)野摩賀(引)嚩
日囉(二合)孍(引)馱(引)哩(引一)阿謨(引)伽伊係曳(二合)
(引)呬(二)阿鉢囉(二合)底賀多伊呬(三)阿(引)誐蹉
婆誐嚩底尸伽嚂(二合四)阿(引)尾舍阿(引)尾舍
(五)鉢囉(二合)尾舍鉢囉(二合)尾舍(六)吽(引)弱吽(引)
發吒(半音)娑嚩(二合)賀(引七)

誦此明已復誦根本大明曰

唵(引一)訖哩(引二合二)吽(引三)

誦此明已復誦根本心明曰

唵(引一)吽(引二)阿(烏當切引)吽(引三)

誦此明已復誦句召大明曰

唵(引)曩謨(引)囉怛曩(二合)怛囉(二合)夜(引)野(引一)曩
莫室贊(二合)拏嚩日囉(二合)播(引)拏曳(引二)摩賀(引)
藥叉臬(引)曩(引)鉢多曳(引三)唵(引)阿謨伽俱舍
(引)曳(引四)阿鉢囉(二合)底賀多舍(引)娑曩(引)曳(引五)
紇哩(引二合六)羯囉(七)羯囉(八)羯茶(九)羯茶(十)吽
弱吽發吒(半音十一)

誦此明已想菩薩降臨曼拏羅已又想菩薩
有種種字輪莊嚴其身初想

唵勃哩吒娑嚩賀在菩薩頂次想

吽發吒字在菩薩頭次想

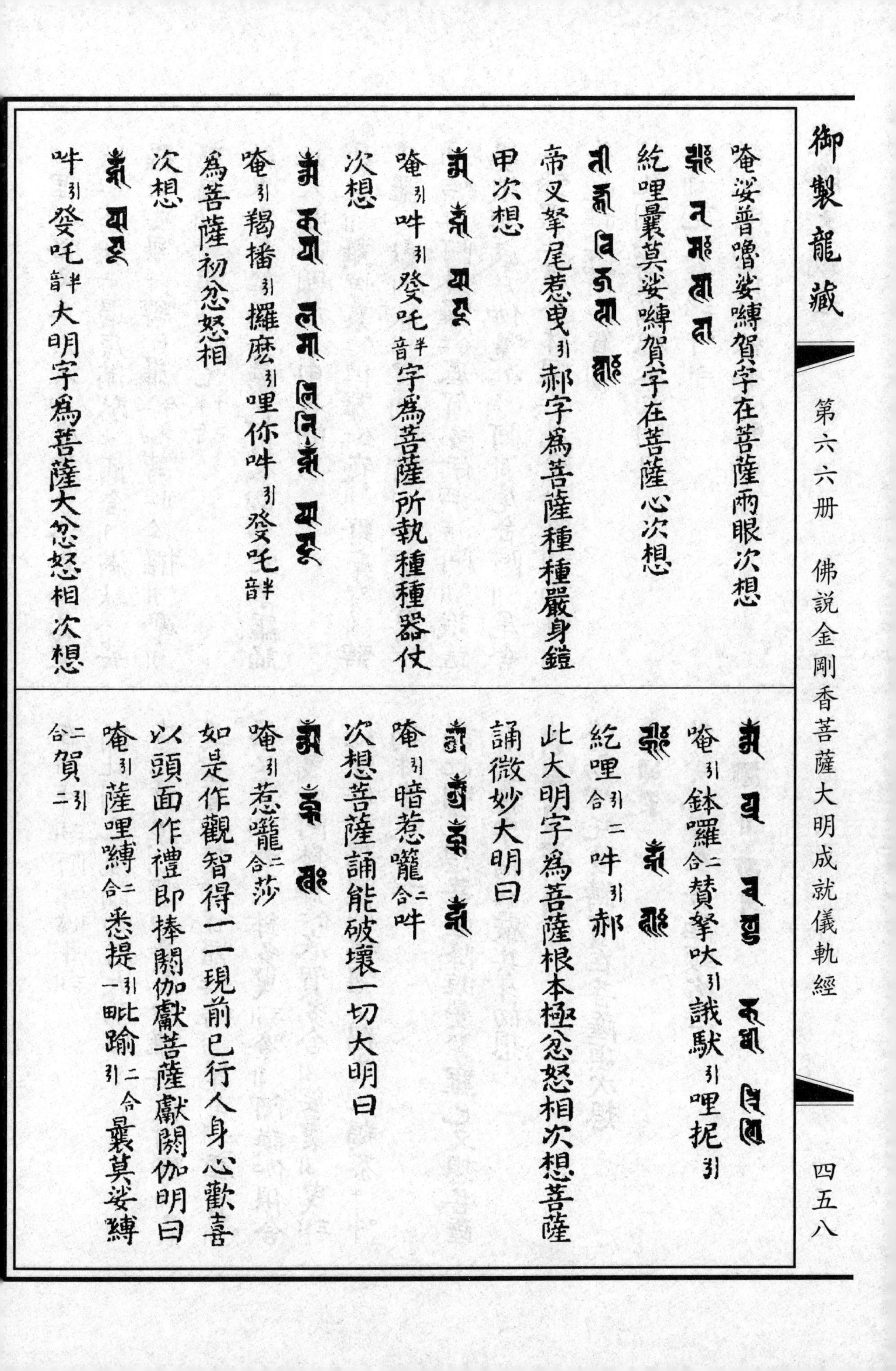

唵娑普嚕娑嚩賀字在菩薩兩眼次想

紇哩曩莫娑嚩賀字在菩薩心次想

帝叉拏尾惹曳引郝字爲菩薩種種嚴身鎧甲次想

唵引吽引發吒半音字爲菩薩所執種種器仗次想

唵引羯播引攞麽引哩你吽引發吒半音爲菩薩初忿怒相次想

吽引發吒半音大明字爲菩薩大忿怒相次想

唵引鉢囉合二賛拏吠引誐馱引哩抳引

紇哩合引二吽引郝

此大明字爲菩薩根本極忿怒相次想菩薩誦微妙大明曰

唵引暗惹囕合二吽

次想菩薩誦能破壞一切大明曰

唵引惹囕合二莎

如是作觀智得一一現前已行人身心歡喜以頭面作禮即捧閼伽獻菩薩獻閼伽明曰

唵引薩哩嚩合二悉提一引毗踰引二合曩莫娑嚩二合引賀二引

燒香獻菩薩明曰

唵引曩謨婆誐嚩底一度半佗哩二合恨拏二合二悉馱三摩曳引三吽引曩莫娑嚩二合賀引四

獻花明曰

唵引室哩二合引攞剎彌二合引一鉢囉二合底佗哩二合恨拏二合鎝切身二踰鉢你擔三補澁波二合娑嚩二合賀引四

獻燈明曰

唵引入嚩二合攞娑嚩二合引賀引一句

獻塗香明曰

唵引戍毗引一戍毗引二孃馱嚩引悉你引三孃馱引哩四孃馱必哩二合曳引娑嚩二合賀引五

獻食明曰

唵引禰麽也二合末隸引囉引惹引野一禰引呬禰呬二娑嚩二合賀引三

如是種種奉獻供養已次求菩薩施於歡喜

誦明曰

唵引曩謨嚩日囉二合孃引馱引哩一虎盧二虎盧三底瑟姹一合四底瑟姹二合五吽發吒半音六

誦此明已想於菩薩得施歡喜然後行人隨意作法所求意願悉獲成就復説能調難調大忿怒印相

頂印

以二手平掌二中指如鉢二無名指安中指第三節二拇指屈入掌作拳成印結此印時即想大明字相在菩薩頂

眼印

不改前印舒二頭指成印結此印時想大明字相在菩薩兩眼

鎧甲印

以二手作拳想如鵝翅相成印結此印時想大明成鎧甲被本尊身而爲莊嚴器仗印
以右手作拳以拇指捏頭指甲成印結此印時想大明成諸器仗在本尊手此亦名心印
亦名根本忿怒印
決定金剛鉤印
以二手作拳二小指相結二中指展舒相交右頭指屈如鉤成印
金剛索印
以無名指與頭指作執索勢成印
金剛鈴印
以右手作拳作摇動勢成印
獻閼伽印
以二手合掌如捧物勢成印
獻華印
以二手作合掌屈二中指入掌内成印
獻香印
不改前印相屈二中指頭成印
獻塗香印
以左手平掌展舒成印
獻燈印
以二手屈指展舒二小指成印
獻華鬘印
以二手仰掌如嫩蓮華成印
破壞一切魔障印
以二手當心各作拳復以左手拇指捏小指甲展舒餘指成印
根本忿怒印
立身如舞勢以左手拇指捻小指作如軍持相安於心上右手竪立展指作如敎相口誦

吽字成印此印能除大魔亦能句召能開修羅窟能驚怖諸龍能却他軍能斷他呪

大忿怒印

立身如舞勢以二手各作拳二臂相交竪左拳安心上右拳亦竪立作忿怒相口誦吽字成印此印作大降伏用能怖一切大魔及大夜叉羅叉等

持數珠印

以二手各以拇指與頭指相捻成印結此印時誦根本心明同用能令梵天或那羅延天或摩醯濕縛囉天等出現或令入寤如是最上曼拏羅法及能調難調諸印相等阿闍梨所欲傳授者必須審察不許授與諸不忠不孝不敬三寶不修衆善及患諸惡疾者是等之人亦不許令聞何以故如是之人以惡業故若聞是法返生輕謗於當來世獲大苦報

復説金剛香三昧大明成就法即説三昧大明曰

曩謨囉怛曩(三合)怛囉(二合)夜(引)野(一)曩莫室賛(二合)拏縛日囉(二合)播(引)拏曳(引二)摩賀(引)藥叉枲(引)曩(引)鉢多曳(引三)祖攞祖攞(四)誐蹉誐蹉(五)摩賀(引)末棃(引)娑縛(三合引)賀(引六)布曩囉(引)誐摩曩(引)野(七)倶嚕倶嚕(八)誐蹉誐蹉娑縛(二合引)賀(引九)摩賀(引)末棃娑縛(二合)賀(引十)嚩曩阿(引)羯哩沙(二合)野(十一)阿(引)迦哩沙(二合)野(十二)仡哩(二合)恨拏(二合)仡哩(二合)恨拏(二合十三)尸伽覽(二合)阿(引)尾舍(十四)阿(引)尾舍娑縛(二合引)賀(引十五)摩摩嚩攞禰(引)鍐(十六)阿(引)誐蹉阿(引)誐蹉(十七)毋訥誐(二合)哩(引)拏(十八)多(引)拏野(十九)沒囉(二合)撼摩(二合)赦(二十)阿(引)吠(引)舍(二十一)阿(引)吠(引)舍(二十二)惡乞叉

(二合)蘇底哩(二合)拏(二十三)扇(引)底俱嚕(二十四)摩係
(引)濕嚩(二合)囕(二十五)底哩(二合)戍梨(引)曩(二十六)紇
哩(二合)那焰尾那(引)囉野(二十七)阿耨囉(引)倪(引)
拏(二十八)薩哩嚩(二合)薩怛鍐(二合)嚩尸俱嚕(二十九)
迦(引)攞俱吒尾試(引)拏(三十)謨賀野(三十一)謨賀
野(三十二)麽(引)囉野(三十三)麼(引)囉野(三十四)俱麽
(引)哩(引)赦覩(三十五)囉(引)誐野(三十六)囉(引)誐野
(三十七)印捺哩(二合)拏(三十八)達拏嚩訥尾(引二合)波
野(三十九)賛捺哩(引二合)拏羯盧沙(四十)枳攞尾(二合)
沙(四十一)曩(引)舍野曩(引)舍野(四十二)阿(引)禰帝
曳(引二合)曩(四十三)薩哩嚩(二合)嚕(去聲)昂(引)鉢囉(二合)
賀(引)曩野(四十四)鉢囉(二合)賀(引)曩野藥乞吒(二合)
(引)拏(四十五)薩哩嚩(二合)必隸(引二合)多(引)曩(引四十六)
摩哩那(二合)野(四十七)摩哩那(二合四十八)囉(陵覺切引)刹
枲(引)曩(四十九)薩哩嚩(二合)捺囉(二合)麽也(引二合)拏

(五十)跛乞叉(二合)野(五十一)跛乞叉(二合)野(五十二)必舍
(引)左(引)喃(引五十三)捺四也(二合)摩(引)曩(五十四)薩哩
嚩(二合)烏底瑟姹(二合五十五)仡哩(二合)恨拏(二合)仡哩
(二合)恨拏(二合五十六)必嚩必嚩(五十七)恭畔(引)拏(女江
切五十八)薩哩嚩(二合)訖隸(引二合)舍(引)鉢馱(引)曩(引)
野(五十九)阿屹你(二合)薩哩嚩(引二合)虎鼎(六十)薩哩
嚩(二合)部多(六十一)薩哩嚩(二合)率嚕(二合)鼎(六十二)曩
(引)舍野(六十三)曩(引)舍野(六十四)野莽薩哩嚩(二合)
摩囉婆嚩曩(六十五)阿蜜哩(二合)旦馱(引)囉野(引六十
六)馱(引)囉野(六十七)嚩(引)踊薩哩嚩(二合)帝(引)惹
(仁頼切六十八)馱(引)囉野(六十九)馱(引)囉野(七十)俱吠(引)
覽薩哩嚩(二合)囉(引)昂覩(引)沙野(七十一)覩(引)沙
野(七十二)達曩能薩哩嚩(二合)嚩哩鈔(二合引七十三)薩
哩嚩(二合)囉怛曩(引二合)嚩哩沙(二合)野(七十四)嚩哩
沙(二合)野(七十五)特哩(二合)多羅(引)瑟吒覽(二合七十六)

捺瑟吒囉(三合)羯囉(引)隸(引)曩(七十七)薩哩嚩(二合)訥瑟吒(二合七十八)跛乞叉(二合)野(七十九)跛乞叉(二合)野(八十)尾嚕播(引)乞叉(八十一)你嚕波地尸(引)試(引)拏(八十二)覩(引)沙野(八十三)覩(引)沙野(八十四)摩賀(引)隸(引)曩(八十五)薩哩嚩(二合)入嚩(二合)哩(引)拏(八十六)仡哩(二合)恨拏(二合)仡哩(二合)恨拏(二合八十七)難禰計(引)濕嚩(二合)囉(八十八)薩哩嚩(二合)佉(去葛切)拏誐(二合)娑擔(二合)婆野(八十九)尾曩(引)野計(引)曩(九十)薩哩嚩(二合)尾覲曩(引二合)尾曩(引)舍野(九十一)尾曩(引)舍野(九十二)半體鎉薩哩嚩(二合)鉢賀(引)囉(九十三)室躁(引二合)囉(引)赦(九十四)摩哩那(二合)野(九十五)摩哩那(二合)野(九十六)那(引)摩鎉薩哩嚩(二合)誤咄嚨(二合九十七)曩(引)舍野(九十八)曩(引)舍野(九十九)路(引)賀鎉(一百)薩哩嚩(二合)捺囉(引二合)嚩野(一)捺囉(引二合)嚩野(二)沙瑟致(二合)禰(引)尾(引)阿(引)羯

哩沙(一合)野(三)阿(引)羯哩沙(二合)野(四)唵(引)迦(引)哩(五)薩哩嚩(二合)誐旦佐(引)攞野(六)佐(引)攞野(七)俱(引)致儗哩(八)迦(引)摩畔惹(仁左切)野(九)畔惹(上同)野(十)訥哩誐(二合)迦(引)怛也(引二合)以你(十一)摩呬寅(二合)捺覽(二合)跛乞叉(二合)野(十二)跛乞叉(二合)野(十三)賛拏迦(引)怛也(引二合)以你(十四)莎婆嚩曩(十五)阿(引)曩野(十六)阿(引)曩野(十七)迦(引)陵(十八)摩賀(引)迦攞路(引)拏野(十九)路(引)拏野(二十)摩賀(引)迦(引)陵(二十一)摩賀(引)曩(引)昂(引)覩(引)沙野(二十二)覩(引一)沙野(二十三)嚩日囉(二合)迦(引)陵(二十四)嚩(引)喻吠(引)詣(引)曩(二十五)阿(引)吠(引)舍野(二十六)阿(引)吠(引)舍野(二十七)拽舍戍你(二十八)訥哩婆(二合)誐(引)路(引)拏野(二十九)路(引)拏野(三十)蘇迦(引)陵(三十一)訥哩苾(二合)乞芻(二合)嚩哩沙(二合)馱(引)覽(引)捫左(三十二)捫左(三十三)蘇迦(引)陵(三十四)薩哩嚩

(二合)薩𡎺(引)哩他(二合)(三十五)蘇佉鉢囉(二合)那(引)鉢
野(三十六)鉢囉(二合)那(引)鉢野(三十七)跛捺囉(二合)迦
(引)陵(三十八)薩哩嚩(二合)覩(引)(三十九)跛捺囉(引二合)摩
(引)曩野(四十)摩(引)曩野(四十一)祖(引)攞迦(引)陵(四十
二)薩哩嚩(二合)尾覩曩(二合引)(四十三)祖(引)蘭拏(二合)野
(四十四)祖蘭拏(二合)野(四十五)阿(引)屹你(引二合)様(引四
十六)薩哩嚩(二合)薩𡎺(引)哩他(二合)阿訶邏(二合)捺曩
(四十七)羯哩(引)曳(引)娑嚩(引二合)賀(引)(四十八)舍(引)梨
劒(引)(四十九)薩哩嚩(二合)達曩(五十)馱(引)你也(二合)嚩哩
達(二合)你(引)曳(引)娑嚩(引二合)賀(引)(五十一)扇(引)底劒
(引)(五十二)薩哩嚩(二合)囉(引)誐訥吠(二合)沙(五十三)謨(引)
賀砌(引)那曩(五十四)羯哩(引)曳(引)娑嚩(引二合)賀
(引)(五十五)設訖底(五十六)薩哩嚩(二合)欲馱(引)曩舍野
娑嚩(引二合)賀(引)(五十七)設跢(引)儞(五十八)薩哩嚩(二合)
怛嚂(二合引)(五十九)薩哩嚩(二合)摩也(引二合)提(六十)捫尢

(六十一)捫左(六十二)娑嚩(引二合)賀(引)(六十三)摩賀(引)設
多(引)儞(六十四)翳怛踰(二合)鉢捺囉(二合)鍐(引)(六十五)曩
(引)舍野(六十六)曩(引)舍野娑嚩(引二合)賀(引)(六十七)印
捺囉(引二合)捉(六十八)尾覩曩(引二合)俱嚕娑嚩(二合)
(引)賀(引)(六十九)没囉(引二合)憾摩(二合)尼(引)(七十)没囉(二合)
憾摩(二合)尾覩曩(引二合)野娑嚩(二合)賀(引)(七十一)憍(引)
摩(引)哩(引)(七十二)建你也(引二合)摩(引)迦哩沙(二合)野
娑嚩(引二合)賀(引)(七十三)摩賀(引)憍(引)摩(引)哩(引)(七十四)
嗷(五勞切)鉢戍(七十五)摩呬彭(引)(七十六)薩哩嚩(二合)嚕
(引)昂(引)曩(引)舍野(七十七)曩(引)舍野娑嚩(引二合)
賀(七十八)摩呬(引)濕嚩(二合)哩(引)(七十九)薩哩嚩(二合)帝
(引)喋體(二合)迦訥瑟鴟(二合)(八十)(引)跛乞叉(二合)野(八十
一)跛乞叉(二合)野(八十二)吠(武毎切)瑟拏(二合)微(引)(八十三)
訥哩娑(二合)昂(引)(八十四)怛哩惹(二合)野(八十五)怛哩惹
(二合)野(八十六)蘇婆昂(引)(八十七)冐地唧旦(八十八)鉢囉

捫左野八十九鉢囉二合捫左野九十佐引捫拏二合九十
引九十一薩哩嚩二合嘮捺囉二合引囉八訖璫二合九十
二必嚩九十三必嚩九十四囉引底陵二合九十五底
哩散聧切身引囉乞叉二合野九十六囉乞叉二合野
九十四愛引舍引你引九十八囉乞叉二合野九十九囉
乞叉二合野二百乃哩帝引一乃囉引藍麼也二合播
引攞野二播引攞野二百三

如是三昧大明能成就一切事若有行人欲
作種種成就法者先須受此三昧如法修習
已即於十四日持齋戒潔淨已至夜分時於
舍利塔前誦大明一千八徧然後作種種法
者皆得成就若有行人欲起曼拏囉者先須
揀擇清淨之處或塔前或尸陁林中或大樹
下或四衢道中揀得地已用瞿摩夷塗曼拏
羅用五色粉作界道成四方開四門依金剛
香菩薩儀安布賢聖位於賢聖位處各安幖
幟安布位已隨力備辦種種香華而爲供養
於四門外各安一所寶瓶瓶中滿貯香水復
備殊妙飲食於四門外各置一分而爲供養
如是種種安布定已行人即於曼拏羅前東
南位右膝著地結金剛鉤印誦心明一百八
徧彼大自在天及一切天等隨其句召速來
入曼拏羅中歡喜而住其金剛鉤印以左手
展舒以頭指如鉤安腰側成印結此印時即
誦句召心明曰

唵引曩謨嚩日囉二合播引拏曳引一唵引伊係
曳二合引吧四二覩嚕覩嚕三嚩日覽二合引倶始
娑嚩二合賀引四係引鉿切身引倶始娑嚩二合引賀
引五

誦此明時當結前印兼加吽字加於童男童

女頸及頭者彼男女即入寤若以鉢安曼拏羅中於諸賢聖前設諸香華而作供養若欲令訥哩誐天女來入鉢中者行人立身如舞勢燒安息香誦心明及結句召印彼天女即速來入鉢中說所求事若求本尊金剛香菩薩降臨者如前結印誦明專注心不散亂觀想菩薩菩薩須臾來降鉢中身赤色面相圓滿種種莊嚴作歡喜相觀於行人目不暫捨持誦行人得菩薩如是降臨歡喜已即別設上妙香華而為供養說所求事必獲成就行人即誦金剛鑠明以求安住金剛鑠明曰

曩謨囉怛曩(二合)怛囉(二合)夜(引)野(一)曩莫室戰(二合)拏(二)嚩日囉(二合)播拏曳(引三)摩賀(引)藥乞叉(二合四)枲曩(引)鉢多曳(引五)俱嚕俱嚕(六)拶吒拶吒(七)拶攞拶攞(八)娑囉娑囉(九)底瑟吒底瑟吒(十)摩賀(引)嚩攞(十一)三摩曳(引)滿耨娑摩(二合)囉(十二)悉馱室戰(二合)拏(十三)嚩日囉(二合)播(引)尼(十四)囉娓也(二合引)鉢野你娑嚩(二合引)賀(引十五)

若以此明加持安息香作三丸如蓮子用丸搵芥子油擲火中作護摩者得一切成就得成就已然後禮謝菩薩依法發遣奉送又復若以此明加持華及水散灑宿曜者即速禁縛復說大明曰

曩謨(引)嚩日囉(二合)播(引)抳(一)攞攞賀(引)枲(二)賀(引三)嚩日哩(二合)尼(四)嚕囉嚕囉(五)劒波劒波(六)左攞左攞(七)惹攞波(二合)惹攞波(八)娑嚩(二合引)賀(引)惹(九)

若欲令鉢說一切事者誦大明七徧加持香水灑鉢鉢即有聲說一切事或被宿曜執持不說事者即復加誦此明必有聲說事明曰

唵引嚩日囉二合引地播引一怛囉二合怛囉二合吒半音

誦此明時并用印以二手作金剛拳打鉢彼
執持宿曜以大明威力即速現身得出現已
復以二手作金剛拳當心作忿怒相如欲打
勢復報言汝應作舞後當説事彼即作舞舞
已説事復以氷誐攞大明加持水三合灑宿
曜身即得解脱復用妙華獻彼宿曜復用氷
誐攞大明發遣令還本宮氷誐攞大明曰

曩謨引囉怛曩二合怛囉二合夜引野一曩謨室
戰二合拏嚩日囉二合播拏曳二引摩賀引藥叉枲
引曩引鉢多曳三引祖盧祖盧四誐蹉誐蹉五
摩賀引佐攞娑嚩二合賀六引布曩囉引誐摩曩
引野七俱嚕俱嚕八誐蹉誐蹉娑嚩引二合賀
引九

誦此七徧加持沉香焚燒同用發遣
復説金剛香菩薩速行大明曰

曩謨引嚩日囉二合播引拏曳一引鉢野鉢野二
誐蹉誐蹉三娑誐嚩底四摩賀引藥叉引地
鉢底五尾引哩六引唧哩唧哩七呬哩呬哩八
阿尾覲曩二合俱嚕娑嚩引二合賀引九

復説大明曰

曩謨引囉怛曩二合怛囉二合夜引野一曩莫室
戰二合拏二嚩日囉二合播引拏曳三引摩賀引藥
叉枲引曩引鉢多曳四引曩謨引婆誐嚩怛曳
二合引五摩賀引嚩日囉二合孅引馱引哩曳二合引六
阿你引迦囉濕彌二合七設多娑賀娑囉二合八
鉢囉二合入嚩二合隷多九禰鉢多二合帝引惹引
曳十嘮捺囉二合捺哩沙二合曩引曳一引十尾迦
囉引攞引曳二引十替拏引曳三引十撥波攞曳

引十四 摩賀引 瑜引 藝濕嚩二合 哩引 曳引十五 沃
仡羅二合 鼻引 摩十六 婆野引 曩引 曳引十七 沙吒
目二合 佉引 曳引十八 訥嚩引二合 捺舍部惹引 曳
引十九 訥嚩引二合 捺舍你引 怛囉引二合 曳引二十
尾枳引 蘭拏二合 計引 舍引 曳引二十一 阿你引 迦
嚕波尾尾馱二十二 尾唧怛囉二合 吠引 沙馱引
哩抳引 曳引二十三 曩謨引 窣覩二合 帝引二十四 婆誐
嚩帝引二十五 怛囉二合 夜引 赦引 囉怛曩引二合 喃
引二十六 薩帝曳引二合 曩阿引 羯荼野二十七 阿引
羯荼野二十八 嚩攞禰引 嚩二十九 摩呬引 濕嚩
二合 囉三十 誐嚕嚷三十一 尾瑟禳二合三十二 俱摩引
覽三十三 沒囉引二合 憾摩二合 赦三十四 印捺覽二合
三十五 贊捺覽二合三十六 阿引 你怛檬二合三十七 阿
仡顊二合三十八 嚩嚕赦三十九 嚩引 踊四十 俱吠引
覽四十一 藥羼四十二 囉引 乞叉二合 僧四十三 部旦

四十四 必囉引二合 旦四十五 必舍引 贊四十六 恭畔
引 赦四十七 特哩二合 底囉引 瑟吒覽二合四十八 尾
嚕荼劍四十九 尾嚕播引 羼五十 商俱羯蘭赦二合
五十一 底哩二合 羯囉赦五十二 薩免攞羯蘭被二合
五十三 摩賀引 迦朗五十四 難禰枳引 濕嚩二合 覽
五十五 勃陵二合 凝哩引 知孕二合五十六 曩引 野劍
五十七 尾曩引 野劍五十八 那引 摩劍五十九 路引
賀劍六十 沙瑟恥引二合 禰引 尾引 俱引 胝引六十一
凝哩迦引六十二 訥哩誐引二合 迦引 怛也引二合 野
你引六十三 摩賀引 迦引 怛也引二合 野你引六十四 愛
舍引 你引六十五 乃哩帝引六十六 迦隸六十七 摩賀引
迦引 隸六十八 跛捺囉二合 迦引 隸六十九 嚕捺囉
二合 迦引 隸七十 祖囉迦引 哩七十一 蘇迦引 隸七十
二 拽舍戍你七十三 阿仡顊引二合 夜引七十四 嚩引
野麽也二合七十五 舍引 隸迦引 嚩哩底二合 設訖

底(二合七十六)摩賀(引)設訖底(二合七十七)設多(引)儞(七十八)摩賀(引)設多(引)儞(七十九)印捺囉(引二合)抳(八十)沒囉(二合)憾摩(二合)抳(引八十一)儞吠(引)哩(引八十二)摩賀(引)儞吠(引)哩(引八十三)摩呬(引)濕嚩(二合)哩(引八十四)吠(引)瑟拏(二合)微(引八十五)蘇婆昂(引八十六)佐(引)捫拏(引八十七)嘮捺哩(二合八十八)嚩(引)囉(引)呬(引八十九)曳(引)佐(引)你曳(二合九十)三摩曳(引九十一)曩底瑟姹(二合)底(九十二)旦(引)薩哩鍐(二合九十三)阿(引)嚩(引)賀野(九十四)三摩野(九十五)薩他(引二合)鉢野(九十六)虎盧虎盧(九十七)祖盧祖盧(九十八)左囉左囉(九十九)度摩度摩(一百)摩賀(引)嚩日囉(二合)孅(引)馱(引)哩(引一)尾你也(二合引)囉倪鉢野野底娑嚩(二合引)賀(引一百二)

此大明力不可思議若有行人欲作諸成就者於月一日起首作法食赤色食復以香華供養於佛誦大明至初八日持誦大明滿一千八徧若志心專注一切所作皆得成就或有宿曜所執者誦此明加持彼人即解若欲令宿曜來降入瘖者行人如前專注持誦數滿復立身如舞勢結金剛鉤印觀想吽字變爲金剛杵熾焰徧滿已燒安息香誦大明彼宿曜在百千由旬外聞召即至即誦金剛鏁大明令住然後使入瘖說諸善惡說事已即燒沉香誦氷誐羅大明加持水灑宿曜身即解縛令去

復次若復有人被星曜所執魅者行人立身如舞勢右手執金剛杵先安心上想自心如日輪照耀熾盛作忿怒相復移金剛杵安腰側即口誦捫左捫唧彼星曜所執自解復說破一切所執魅大明曰

難禰枳(引)濕嚩(二合)覽(一)勃陵(二合)儗哩(引)致(二)

曩引野迦三尾曩引野迦四那摩迦五路引
賀迦六謨賀迦七沙瑟恥二合引禰引微引八俱
摩引哩引俱致擬哩引迦引九訥哩誐二合迦引
怛也二合引野你十贊拏迦引怛也二合引野你
引十一迦引隸十二摩賀引迦引隸引十三嚩日囉
二合迦引隸十四捘舍戍你十五蘇迦引隸十六祖攞
迦引隸十七阿仡頞二合夜引十八扇引底引迦引
嚩哩底十九設訖底二合二十設多引俤二十一印捺
囉二合引抳二十二沒囉二合憾摩二合引抳二十三憍
摩引哩引二十四摩呬引濕嚩二合哩引二十五吠引瑟
拏二合微引二十六蘇婆誐引二十七佉引捫拏二十八嘮
捺哩二合引二十九嚩引囉引呬引三十憍引吠引哩
引三十一愛舍引你引三十二乃哩帝引三十三曳引佐引
你曳二合三十四三摩曳引曩底瑟吒二合底三十五
跢引阿引嚩引賀以沙也二合彌三十六尸伽嚫

二合仡哩二合恨拏二合仡哩二合恨拏二合三十七唵引
虎盧虎盧三十八攞攞攞攞三十九虎盧虎盧四十
祖盧祖盧四十一母盧母盧四十二喻盧喻盧四十
三達囉達囉四十四度摩度摩四十五鉢囉鉢囉
四十六嚩誐嚩誐四十七嚩誐引鉢野四十八嚩誐
引鉢野四十九惹攞波二合惹攞波二合五十惹攞播
二合鉢野五十一惹攞播二合鉢野五十二布引囉布
引囉五十三布引囉野布引囉野五十四攞具攞
具五十五阿引曩野五十六阿曩野五十七阿引尾
舍五十八阿引尾舍五十九阿引吠引合野六十阿
引吠引舍野六十一娑誐嚩底六十二摩賀引嚩
日囉二合獻馱引哩引六十三悉馱室戰二合拏六十四
嚩日囉二合播引抳囉引俔鉢野底六十五紇哩
二合引六十六郝郝郝郝六十七吽引吽引吽引發吒
半音發吒半音發吒半音六十八囉囉囉囉六十九娑嚩

二合引賀引七十

如是大明有大威力若有行人欲作諸成就法者但專注持誦依法修習皆得成就爾時世尊說是金剛香菩薩成就儀軌已時金剛手菩薩及無數俱胝菩薩摩訶薩及無數天龍阿蘇囉誐嚕拏𧆛達哩嚩緊那囉摩護囉誐藥叉囉叉娑及宿曜等聞佛所說奉教信受作禮而退

佛說金剛香菩薩大明成就儀軌經卷下

音釋

敋古獲切與摑同 傰蚩陵切 釤所鑑切 鵮苦咸切 慓懴慓卑遙切懴昌志切

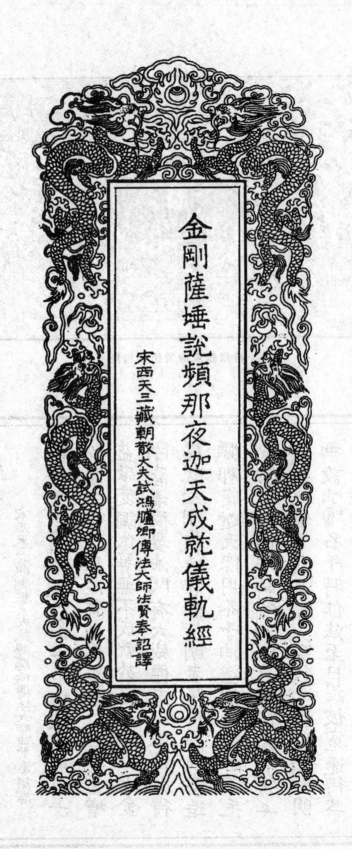

金剛薩埵說頻那夜迦天成就儀軌經

宋西天三藏朝散大夫試鴻臚卿傳法大師法賢奉詔譯

清刻龍藏佛說法變相圖

金剛薩埵說頻那夜迦天成就儀軌經卷第一

第二同卷

宋西天三藏朝散大夫試鴻臚卿傳法大師法賢奉詔譯

爾時金剛薩埵說此最上第一儀軌能於一切衆生作種種成就利益之事乃至息災增益敬愛調伏等無不成就於意云何此大金剛薩埵祕要法門有大威德志心依法必得成就金剛薩埵言若持明者降伏設咄嚕造頻那夜迦天像用芥子油塗彼天像以羊毛合繩繫彼像項持明者以身躶形於木架上懸彼天像下焚屍柴火炙彼天像即誦大明稱設咄嚕名午時作法至日沒彼寃速得禁縛一切所為隨行人意若欲止息解下天像彼得如常

復用前像以尼俱陀樹乳沒過復用阿嚛迦

樹乳塗彼天像即誦大明及稱設咄嚕名彼
寃不久速患疥癩疾病若欲除病用漿水淨
洗像身以酥塗之燒安息香熏彼天像速得
除差
復次成就法用顊摩木作頻那夜迦天像長
三指二臂三目頂戴冠髮髻清潤坐於蓮華
用生產衣裹彼天像將往大自在天祠內播
竿上以索繫懸持明者稱彼人名即誦大明
已彼人速離本國乃至百歲更不還家直至
命終若欲令歸用酥蜜洗彼天像即得如故
復用前像持明者依觀自在教法先作觀想
然後用摩度迦華粖塗天像身復用毒藥芥
子鹽及曼陀羅華等和合一處燒熏彼像已
埋設咄嚕舍內或彼聚落之中持明者即誦
大明彼設咄嚕悉得身心迷悶若欲救彼用
金剛淨水沐浴彼像即得如故
復用前像持明者往大自在天祠前作一坑
以像合面埋之即誦大明稱設咄嚕名已彼
得瘖瘂若欲救彼取出天像彼復如故
復用前像用脂麻秔米顊摩樹葉同入酒內
細研塗彼天像以五淨水灑淨用毛繩繫於
天像將往空舍中持明者臝形被髮即誦大
明稱彼人名用左手牽拽天像彼設咄嚕速
得繫縛枷鏁在身作大怖畏若人如是作法
假使帝釋天主亦須驚怖何況常人若欲止
息以酒潩像復得如故
復用前像用樺皮纏於像身持明者密藏身
中往彼囉惹處得天供養及財寶等若密戴
身中常日受持於一切之處經行往來如捧
王勑見者恭敬承事供養

復用前像於白月八日對天像前依本法受三昧法以飲食供養已持明者左膝著地合掌供養即誦大明求一切事隨意成就如是天像行人頂戴入於囉惹仡哩賀時彼囉惹及與眷屬恭敬瞻仰生大敬愛

復次成就法用燒屍柴作頻那夜迦天像長十二指二臂三目頂戴頭冠髑髏嚴身以齒齩脣作忿怒相著人皮衣右手執利劒左手作奇尅印復用必隸多萎華鬘纏天像身持明者以屍灰塗自身中於臥床頭邊用摩賀囉訖多作曼拏羅燒摩賀滿娑香即誦大明時彼天人現於人前持明人獻閼伽酒天人歡喜即說過去未來現在之事行人告曰於某甲人令生重病如是言已於三日內彼得疾病乃至殺害發遣句召降伏等隨行人意皆得成就若欲止息用酥塗像燒安息香熏復得如故

復用前像掘地坑深至膝以像面合下埋之持明者著黃色衣及黃絡腋持誦大明稱設咄嚕名彼處聚落人皆鬬戰若欲止息取出天像鬬戰自止

復用前像安置於酒肆旛竿之上若人遥見彼竿其酒悉壞持明者於旛竿上書彼人名執往聚落次第循行竿到之處其酒皆壞若欲止息用羖羊角洗彼天像復如故若欲求端正童女以彼天像埋童女門前彼之童女不樂嫁於別人

復用前像以芥子油塗彼天像以屍火燒佉你囉柴炙於天像時彼童女生大熱病夢嫁彼人行人以乳汁沐像而得成就

復用前像以俱舍草繩繫像安彼牛欄内以繩牽拽所有牛畜悉皆生病若欲止息用一器物滿盛乳汁安像在中復得如故

復用前像以繩繫像於市肆牽行所有街市人民悉皆躶形被髮作舞

復用前像持明者以左手密持見負水女人時自作舞旋轉彼女見之躶形負水及作舞旋轉經兩箇月若欲止息用水浴像即得如故

復用前像以屍衣纏裹用屍火炙稱彼人名及誦大明彼人速得大病無人救得若以金剛淨水沐浴天像即得平復

復次成就法持明者用佉你囉木作頻那夜迦天像四面八臂右第一手執利劒第二手執鉞斧第三手執金剛杵第四手執箭左第一手執三叉第二手執契吒迦第三手執拏摩嚕迦第四手執弓如是作此像已於二陣交戰之時以水沐浴天像兵戰自止

復用前像以佉你囉木粖爲塗彼天像已用羖羊乳煑彼天像即誦大明告所求之事而彼天像於城邑聚落一切人民悉皆託夢有某甲持明人今來此處宜應迎待恭敬供養如是言已悉皆承迎如法供養

復用前像用蘿蔔枝葉擣如泥塗彼天像已復用漿水浸彼天像即誦大明得一切婆羅門敬愛

復用前像用脂麻粖白秔米訥哩嚩草同和合如泥塗彼天像已用鉢羅舍木燒火炙即誦大明得刹帝利及囉惹等皆生敬愛尊重供養

復用前像用粆糖塗像以火炙即誦大明復用魚煙熏即得吠舍首陀等悉皆敬愛

復次成就法用顈摩樹上寄生木作頻那夜迦天像長如大拇指四臂三目右第一手執利劒第二手執鉞斧左第一手執罥索第二手執歡喜摶食蛇作絡腋口出千牙如是作已用黑豆粖爲泥塗彼天像即誦大明已以此像窰埋他人門前所有二足四足等見於大惡之相蹵踢驚怖無人可止持明人得大財利即與止住

復用前像持明者加持已窰埋寺門外令苾芻衆作大惡夢悉皆驚怖若取天像以漿水洗淨即得如故

復用前像加持已窰埋牛欄内令彼牛畜等見怖畏相終不入欄内取出彼像即得如故

復用前像懸木架下用蕎麥稈火炙彼天像即誦大明令諸寡女皆生敬愛

復次成就法用吉祥果樹上寄生木作頻那夜迦天像二臂三目安牛角内用毒藥鹽芥子及五種甘露藥塗之以帛纒裹誦大明加持已窰埋於婬舍門前一切人民並皆不入

復用前像加持已窰埋於酒肆門前並無一人入彼酒肆乃至油醋店等一切行鋪門首埋此天像頓無買賣人皆不來若取出天像即得如故

復次成就法用籖木作頻那夜迦天像用毒藥鹽芥子及五種甘露藥同和如泥塗彼天像即誦大明已復用屍衣上畫八葉蓮華安天像於蓮華内於他人舍下安置已持明者未還本處彼人速來敬愛

復用前像以屍衣裹用佉你囉木火炙彼天像誦大明加持經須臾間起大風雨若欲止息用金剛水沐浴彼像然於酥燈即復如故

復用前像以毒藥塗之持明者躶形被髮於木架上懸掛天像以麥糖火炙已用佉你囉木橛釘彼天像即誦大明稱彼人名須臾之間彼人速來隨行人意所欲成就

復用前像用羖羊毛爲繩繫彼像項持明者以繩牽像或行或坐稱彼人名誦大明一百八徧彼人速得熱病復以火炙彼天像於八時中經一時間即得命終

復用前像以俱舍草爲繩繫彼天像懸於木架下以煎油炙彼天像即誦大明稱彼人名至一時已來彼人速得禁縛身心驚怖以水洗像即得如故

復用前像持明者用牛骨爲橛橛上作六以毒藥芥子及天像同入橛内或出行時繫於臂上即誦大明得一切人見者歡喜若入軍陣禁彼器仗皆無作用若有諍訟論其公理常得勝他乃至諸惡之人見者適悦

復次成就法用蘇伴惹曩木根作頻那夜迦天像以胡椒粖爲泥塗彼天像用末羅木津及芥子油灌於像口以屍火炙已用三辣味及芥子鹽屍灰曼陀羅華果同和如泥塗彼天像於四衢道路深埋彼像持明者觀想焰鬘得迦明王立作右舞勢用芥子油塗自身左足蹋像誦此大明曰

唵(引)仡哩(引二合)瑟致哩(引二合)尾訖哩(二合)多(引)曩曩阿毋迦摩(引)囉野吽⿸疒言

誦此大明已復誦大明曰

唵引迦引嚕波吽發吒半音

誦此大明已於七日至半月内發遣彼冤速得大病不久命終持明者運慈悲心取出彼像復得如故

復用前像安置枯髑髏内復用毒藥塡滿已用一枯髑髏蓋之以繩繫縛懸木架下用火炙像持明者入於河内即誦大明以前髑髏欱水所有設咄嚕等或自走去或得重病悉皆除滅並無蹤跡誦此大明曰

唵引迦引羅努帝吽發吒半音

誦大明已時持明者志心依法必得成就或持明者用燒瓦器灰塗自身以屍衣裹頭往入海者江河内以右手持前天像左手持人骨數珠誦大明一阿庚多持明者得爲地主或爲囉惹或爲軍主等

復用前像持明者用俱舍草作指環安像於環中復坐俱舍草持大明一阿庚多得囉惹迦你也敬愛或與大富貴若彼不依用葦繩繫彼天像煎漿水淋之持誦者觀想自身作炎鬘得迦明王得囉惹驚怖與前迦你也隨行人意如未成就用黄蠟裹彼天像以針釘像用佉你囉木火炙彼像身三日之内王與迦你也同獲快樂

復次成就法用華鐵作頻那夜迦天像用芥子油毒藥和如泥塗彼天像以鉗夾像於枯木火上炙即誦大明令彼冤人得大疾病若持明者將於天像往他舍中經須臾時却還本舍於一日中供養句召彼人速來現前承事供給一切隨意

復次成就法用衢摩夷作頻那夜迦天像持

明者安於枕而睡之所有城隍聚落過去未來現在之事悉能說之若持明者以手持像入大軍陣槍劍器仗等悉不能傷乃至一切惡人皆不能害

復用前像安於屍灰中持明者以金剛水灑淨已身及飲彼水已即誦此大明曰

唵引迦引囉嚕波吽發吒半音

誦此大明已及稱所求之事時彼聚落人民一切心亂如患風癲罔知善惡持明者若取出彼像即得如故

復次成就法用騷伴惹曩木作頻那夜迦天像十二臂四足手執種種器仗麤恃捺哩虫皮爲衣以齒齩脣作大惡相作此像已用水牛肉於屍火內誦大明作護摩一萬徧已持明者食五種甘露藥及塗自身以左手持酒右手持水牛肉觀想自身如甘露軍荼利明王諸相具足交足而立以利劍截斷彼像即時設咄嚕等身皆兩段此成就法亦能於彼交戰之處託夢和勸速令息諍

復用前像持明者以繩繫像左足懸於木架之下即誦大明亦能降伏設咄嚕等隨行人意若解前像即得如故

復用前像用鐵索繫縛寄埋囉惹門前彼舍僕從皆如繩縛而不能動取出彼像即得如故

復次成就法用菩提樹上寄生木作頻那夜迦天像長八指四臂三目頂戴頭冠右第一手執金剛杵第二手持數珠左第一手摸捺迦第二手執建捺迦作此像已用瞿摩夷作四方曼拏羅於曼拏羅內覆面安置天像持

明者以左足蹋像一日三時持誦大明至一月已復取天像安庫藏内能令庫藏財寶盈滿復用左足蹋像稱名持誦得成無盡藏永世受用無所乏少若不用足蹋作於災難持明者即告像言若不依我教令炎鬘得迦明王大金剛杵破碎汝頭如是言已復於庫藏内一日三時獻閼伽香華等如法供養復告像言休三昧住此如劫火不得超越如是言已行人持此天像往田野中穀麥場内乃至市肆行鋪等所到之處常念炎鬘得迦明王一切財寶悉皆豐足受用無盡

復用前像持明者若隨身受持將往諸處城邑聚落乃至乘船江海經營求利倍獲財利無諸障難一切隨心如還於本舍常以香華飲食及閼伽等如法供養保護敬重如父母等若不供養敬重必作災難

復用前像以繩繫像懸木架下用豆萁火炙持明者躶形被髮作大忿怒相用毛繩打像所求之事必得成就

復用前像用麥麨火炙從此後日日能得上味飲食乃至所有眷屬悉得充足若不隨意必爲災難越於三昧成就之法

復次成就法持明人用佉你囉木作彼天像長十指身有一十二臂手執種種器仗立作舞勢二手持蘇囉摩娑如是作已持明者往尸陁林或空舍内或大自在天祠内用左足蹋彼天像一日三時持誦大明曰

唵引紇哩二合瑟窒哩引三合一尾訖哩二合多引曩二阿目崗三摩引囉野四滿馱野五輸沙野六烏蹉引那野七誐囉二合娑八誐囉引二合

娑野九唵引吽吽癈

持明者誦此大明加持天像滿三箇月所有百由旬外設咄嚕速令除滅持明者所作成就

復用前像用毒藥芥子鹽曼陀羅子同和如泥塗於像身持明者用屍灰塗自身飲酒少許作忿怒明王大無畏相以青石兩片合像石中行人如甘露軍拏利明王安住其身誦大明滿三箇月所有設咄嚕等如帝釋威力者亦須滅亡

復用前像用毛繩繫彼像項以物蓋像頭目已覆面埋於屍灰之內持誦大明稱設咄嚕名持明者觀想自身如炎鬘得迦明王立於像前剎那之間四大洲界所有人民默然如瘂禁閉眼目都無所見乃至囉左所有惡人殺其妻子亦不能言如被禁縛若欲止息取出天像即得如故

復用前像於黑月十四日或八日持明者往尸陀林中用一髑髏滿盛酒以口潠像一日三時即誦大明至第七日囉惹及與眷屬悉來供給種種供養及財寶等

復用前像用樺皮纏裹以像搵於乳蜜即誦大明彼囉惹等作大敬愛如父無異

復用前像用米粉塗像入酥內煎已用佉你囉木燒火炙彼天像得囉惹女承事供給

復用前像持明者用鐵針徧針像身以芥子油灌彼像懸一竿上誦大明已持明者以此像竿立於他軍陣前彼軍衆等見大煙霧罔知方隅

復次成就法用娑羅多迦木作一臼盛滿乳

汁用佉你囉木作杵於杵頭作童女相端正莊嚴以杵擣乳即誦此梵讚曰

阿三摩佐羅一引薩摩多二娑囉達哩弭合二拏三迦嚕拏引怛摩引二合迦引四惹誐底毱佉賀引哩拏五阿三滿多六薩哩嚩合二虞拏七悉地那引曳你八阿三摩引左羅九引薩摩嚩囉引誐囉合二達哩弭合二拏十

誦此讚已即擣乳至一日二日降大風雨晝夜不絶滿七日若欲止息燒安息香其雨自止

復次成就法用前天像令童女合線用繫天像頭髻以乳灌像及塗像身持明者以其梵音誦鉢邏羅龍王得叉迦龍王等名已用水乳毒藥一處和合復令數人童男童女塗藥身上入江河内手執鐵棒打於水面稱前龍王名即誦大明每日三時如是作法十方世界聞大雷聲降澍大雨充滿國界若欲止息解彼天像髮髻用灰塗之須臾即止

復次成就法用阿波摩哩誐木作頻那夜迦天像長如拇指二臂三目右手執稈捺迦左手執謨捺剛用阿羅訖多迦葉裹彼天像以漿水煑即誦大明已持明者於道路行時見有人來即自下路以手旋轉天像彼路上人速得迷惑罔知天地至於七日若欲止息沐浴彼像即得如故

復用前像以牛皮裹之擲於井内一切聚落皆有大水悉皆漂没若欲止息取出天像其水自止

復用前像埋於酤酒家酒甕之下忽有水入漂流酒甕人救不及若取出彼像其水自止

金剛薩埵說頻那夜迦天成就儀軌經卷第一

金剛薩埵説頻那夜迦天成就儀軌經卷第二

宋西天譯經三藏朝散大夫試光祿卿明教大師法賢奉詔譯

復次成就法用白檀香作頻那夜迦天像長四指八臂三目六足右第一手執劒第二手執金剛杵第三手執箭第四手執劒左第一手作奇尅印第二手執弓第三手執揭椿誐第四手執拏摩嚕迦如是天像用上好色裝畫持明者以左手持像往流至海者江河内水至項頸已即誦大明一洛叉得見祥瑞復誦吽字能引河水隨行入流

復次成就法持明者或見聚落内及山野中有大火起持明者作奇尅印即誦大明彼火速移別處

復次成就法所有諸惡象馬等傷害於人難以禁止持明者作奇尅印尅於彼舌彼惡象等速自馳走如鼠入穴更不可見

復次前像繫於猨猴項上即誦大明已放往州城之内及彼野外如是一切人民各見沒囉賀摩羅刹皆悉馳走作大驚怖若解下天像即得如故復用前像繫麤惡人項上游行城邑一切人民皆見必舍佐徧於舍宅若解下彼像即得如故

復次成就法用水牛角作頻那夜迦天像長四指四臂三目右第一手持數珠第二手執捍難迦左第一手執三叉第二手執謨那剛面如滿月白色如法裝畫已用猪毛爲繩穿天像鼻選一旃陀羅童子以像繫童子右足上令彼經行城邑所有人民悉皆禁口如彼瘂人扃戶不出經八日後方得出門皆作悲

泣復用前像安於船頭其船旋轉猶如水輪終不前行若去彼天像即得如故
復用前像以繩繫於象馬項上乃至有千里脚者悉不能動如彼塑像若解去彼像即得如故
復用前像如兩陣交戰之時以像繫於馬項擊大鼓聲他兵聞者皆不能動如彼癡人
復用前像用芥子油塗像持明者收不落地瞿摩夷作四方曼拏羅於曼拏羅内燒猛火炙彼天像已用熱水灑像即誦大明稱彼人名某甲速得熱病如是言已速得重病若取天像以水沐浴即得如故即誦此大明曰

唵引呬四嚂摩娑嚩二合引弭你一引摩賀引誐拏鉢多曳引二酤酤三尾酤酤四佗囉二合悉佗囉二合五悉瘧吽發乇半音六紇哩二合引瑟窒哩二合七尾佗哩二合多引八曩曩九吽發吒半音娑嚩二合引賀引十

如是誦大明已悉得息災若誦發字當作殺冤法誦吽字當作驚怖及禁冤求雨止雨等悉皆同用

復次成就法持明者用吉祥木作頻那夜迦天像長四指三目頂戴頭冠右第一手執金剛杵第二手持數珠左第一手執謨捺剛第二手執蘿蔔如是作已用猫兒皮繫像懸於木架上用水牛血塗彼天像至黑月八日或十四日於四衢道中掘土一肘深埋彼天像即誦大明所有女鬼行過此路悉皆禁住若欲止息取出天像復得如故

復次成就法持明者於屍衣上畫四方曼拏羅分為九位每一位上書一誐字中位書一

識字及書彼人名外畫揭摩杵以爲結界外復畫須彌盧山圍遶用黄色粉塡於像腹持明者依法觀想摩呬捺囉摩拏羅已埋像於四衢道中若他軍至此悉能禁住所有隨身器仗並不能用

復次成就法用米粉爲搏作頻那夜迦天像以水牛生酥塡於像腹復用吥踰(二合)底瑟摩油煎彼天像即誦大明已持明者食彼天像誦此大明曰

唵(引)痽摩摩目契底(一)摩摩嚕你底(二)摩摩嚩舍摩(引)曩野(三)阿目剛痽娑嚩(引二合)賀(引四)

若依此法志心持誦能殺一切魔寃決定成就

復次成就法用蕎麥及三種蜜同作頻那夜迦天像以芥子油煎彼天像取僕從脚下土與像同埋於四衢道中所有百由旬外或男或女勾召速來永不還於住處持明人如是依法亦能去除虎狼惡獸等難

復次成就法用紅秔米作頻那夜迦天像用蜜灌於像腹復用紅秔米作自妻形已即誦大明用水牛生酥塗彼天像及自妻形已持明者即食彼二像常得自妻愛敬親近承事而不暫離

復用前像用進唧迦果塡滿像腹即誦大明已用油煎像亦自食之或與他人論義常得勝他

復用前像以酥煎復用米粉作一瓠子用芥子油煎已誦此大明即用米粉像入瓠子內埋於灰中稱彼人名經須臾間得大腹痛若欲止息取出彼像即得如故

復次成就法用薩惹囉娑藥作頻那夜迦天像用粆糖塗彼像已於丸器内畫八葉蓮華於蓮華上書大明連一吽字及誐字書彼人名用前天像安於蓮華器内復用一丸器蓋覆天像持明者持此天像入於水内至項頸已來於泥下埋彼天像所有彼人或在本國或在外方悉禁彼口而不能言如彼瘂人

復用前像及鹽擣羅爲粖以芥子油煎所有男子女人等狂亂放逸用前藥粖入於飲食内令彼食已即寧靜身心調柔

復次成就法用白俱枳羅叉藥根迦蝎惹伽藥囉惹樹皮及白秔米同擣羅爲粖用肉裹以酥煎已持明人自食其藥若有瘂者令彼能言乃至羅刹部多毗舍佐等所作執魅亦能去除令彼遠離一切所作隨行人意

復次成就法用一人屍脚腨骨作一穴入前四味合和之藥即誦大明用左手執此腨骨之藥晝夜經行以藥於自頭上旋轉得隱身法無人能見

復次成就法用尾毗多枳滿惹藥酥嚩囉拏祖拏頗羅滿惹藥及喻鐵同擣羅用蝦蟇脂和作頻那夜迦天像如一藥丸復用蛇血和前藥粖別作一頻那夜迦天像亦如藥丸持明者用二手各執天像一丸復用瞿摩夷相並作二曼拏羅廣闊四肘或五肘第一曼拏羅於四隅各安劍一口第二曼拏羅内安四劍鞘持明者手執二像漸漸起立作左舞勢已漸漸相並二手所有第一曼拏羅四劍飛入第二曼拏羅内劍鞘之中以像藥爲香燒熏幡像像乃震動法既成就持明者能作廣

大希有之事此成就法有大威力一切所爲皆得隨意

復用前藥及用毒柴藥依法句召無不來者乃至江河大水亦須逆流而來何況常人

復次成就法用稗子作頻那夜迦天像於彼像腹塡三辣藥以鐵籤籤像用火炙熱以進佐藥重裹塑前像即誦大明稱彼人名令彼有情聞於自身大臭穢氣或用芥子油煎彼天像稱名某甲我當食汝言已即食至一時之間彼人速自降伏供給承事若不降伏速得命終

復次成就法用粟米或蕎麥或稗子作頻那夜迦天像即誦大明以利劒切斷於屍火内作護摩稱彼人名速得身分疼痛此名下品成就法

復次成就法用鉢羅舍木燒火以阿濕縛他樹枝兩頭搵於二蜜作護摩一千八徧得羅惹敬愛乃至轉輪聖亦生敬愛尊重供養

復次用阿哩瑟吒樹枝燒火以白芥子白秔米作護摩一百徧亦得刹帝利降伏及敬愛等

復次用阿波摩哩誐藥樹枝燒火以蕎麥鹽同作護摩一萬徧得吠舍降伏

復次用惹衍帝藥樹枝及秔米鹽同作護摩一萬徧得首陁降伏

復次成就法持明人於白月一日起首持誦至白月八日用五種甘露作曼拏羅持明者觀想自身在曼拏羅中間睡即持誦大明至七日内時頻那夜迦天現身而來告持明人言汝起與汝成就法時持明人尋時起已用

五種甘露藥獻誐伽後第二日以上味飲食齋同三昧持誦者三五人已來於成就先擇鬼宿直日或太陽太陰直日用獨牙象歷出白阿嘌迦藥根作頻那夜迦天像長如拇指節二臂三目蛇爲絡腋右手執蘿蔔左手執椀器身作金色鼻赤色坐寶蓮華頂戴頭冠髮髻青潤腹形廣大諸相具足安前曼拏羅内持明者堅持齋戒即誦大明六洛叉如是精熟得一切所願皆獲成就

復用前像持明者以自頂戴入囉惹舍中速得敬愛或奉王事遠出往來一切所爲常得已勝乃至道路所有狼虎賊盜等見此行人悉皆驚怖避路遠去如是持明者能離一切怖畏得囉惹等一切敬愛供給承事悉皆豐足若持明者依法儀軌令法精熟必得成就若不精熟終不能成

復次成就法用羖羊肉作頻那夜迦天像用三辣藥塗像以酥煎即觀想觀自在菩薩已食彼天像復飲於酒所有閻浮提内一切人民悉皆狂亂若用此法經剎那之間一時止住至十二年

復用前像用鹿肉猪肉以三辣藥搵過用芥子油煎已作八大龍王用人脂研塗彼龍王

復用芥子油煎已書彼名入像腹内持明者用雲母石貼已身上觀想已身如大力明王即食彼天像及飲甘露藥不久之間降澍大雨

復依前法持明者選於旃陀羅女往尸陀林中如前食像亦降大雨

復用前像持明者往龍潭内或山中有龍神

居處先觀想自身如焰鬘得迦明王已即稱彼龍名我今食汝如是言已不久之間即降大雨

復用前像以水牛肉作一龍王入天像腹内持明者往深山寂靜之處鋪俱舍草安坐持誦已觀想自身如甘露軍荼利明王即食天像及飲甘露藥不久之間降大風雨

復用前像用嚕呬魚肉裹呵波邏羅龍王像入天像腹内用酥煎持明者於舍利塔前或佛像用五種甘露藥作曼拏羅以彼天像安曼拏羅中用香華飲食如法供養恭敬旋遶至七日内降大風雨摧山拔樹等若依此法及誦吽字能枯竭江海如是頻那夜迦天像祕密儀軌能成一切事乃至那羅延天大自在天悉能禁縛令彼降伏若持明者於斯儀軌寡識虚謬不善法教設用志誠供養持誦終不成就復生災難是故持明之人通達祕密持法精熟依教修習無不成就

復次成就法持明者於白月八日或十四日收不到地瞿摩夷作四方曼拏羅以香華供養已用白阿嘌迦根作頻那夜迦天像安曼拏羅内復安閼伽瓶揷華果緑枝復獻上妙飲食種種名華持明者敷俱舍草座持齋三日誦大明三洛叉然後不食誦大明四洛叉如是精熟必得現前所求成就若彼行人無我人分别依法所作無不滿願

復次成就法用赤檀香作頻那夜迦天像長如拇指節用樺皮裹密藏身内志心受持得大敬愛衆人恭敬乃至彼人親眷悉皆歸仰持明者觀想自身如太虚空觀想虚空即是

我身我與虛空不一不異凡所作法無諸魔難於意云何既觀色空平等離諸分別無我無著是名眞持明者成就一切微妙之法純一無雜不缺不賸於最上道究竟解脫如此行人設不依法及持誦印相亦得一切所欲滿願如佛說言無爲大智體離分別無有二法若分別取相即爲外法令此儀軌引發觀智能與衆生出生勝行是故行人依法儀則作曼拏羅幢像及彼護摩二種圓滿皆獲成就

復次成就法用屍骨作頻那夜迦天像長八指四臂三目右第一手作施願印第二手執滿髑髏血左第一手執羯椿誐第二手執人頭如是作像已用三辣毒藥芥子鹽曼陀羅子同和如泥塗彼天像作三角護摩爐燒佉你囉木火以人肉作護摩於此火上炙彼天像不久之間所有他軍自各馳走悉皆除滅

復用前像用毒藥塗像以屍火炙稱彼名字得吠多拏鬼執魅彼人受大苦惱

復用前像用獼猴皮裹於屍火中炙稱彼名着即得執魅

復用前像以粆糖芥子油塗懸木架上持明者稱彼名字令得大怖而自降伏若欲止息取像用乳及水洗浴即得如故

復用前像用人脂油塗已燒天祠內萎華熏彼像或男或女等速得敬愛

復用前像用雞肉裹前脂麻油熏彼像已於彼人門前埋於天像彼人於舍內躶形被髪東西馳走如風狂人復取出像即得如故

復用前像用黑鵄梟肉裹燒人屍熏持誦者

於紙上書彼名字及書大明然後躶形被髮以左手執彼天像稱彼人名用稗草稈打於天像已至半夜中金剛拏吉你於設咄嚕身作大災害令彼驚怖受大苦惱至明旦時未能除愈若沐浴天像即得如故

復次前像以繩繫彼像項用三辣藥塗已用油煎持明者於黑月内以皂帛皂線纒裹天像用左手持像往詣諸處得隱身法令一切人不能得見

復用前像於白月内用白檀香秣塗彼天像持明者身著白衣隨意經行亦得隱身無人能見乃至天像不蓋衣服亦不能見持明者依頻那夜迦天如是作法必得成就

復用前像用五種甘露沐浴及塗像身復用象馬牛驢駱駝五種肉爲香燒熏彼天像或用狗肉爲香亦得如是香熏已安像於曼拏羅内持明者用左足蹋即誦大明稱彼人名某甲爲我作如是如是事三稱述已隨行人意作一切事

復次成就法用人骨作頻那夜迦天像以八大龍王爲嚴飾復用不落地瞿摩夷及吠嚕左曩裹塑彼像次用七處白蟻土裹塑後用淨土裹塑以金剛淨水灑淨用乾吠嚕左曩燒熏天像以栴陀羅萎華獻閼伽即誦大明於龍潭前作大音樂用天像擲於潭内經須臾間潭内出大音聲猶如雷震空中讃言善哉善哉持明人聞是語已即還本處未至之間降大風雨充滿大地時彼龍女化作人形來問持明者善解妙法有何所欲我當隨意持明者言如我所欲願施成就龍女復言滿

汝所願言已不現
復用前像用尸陁林中土塗彼天像以逆刺棘針打於彼像稱彼人名所有象馬等當生疾病如是言已彼象馬等即生疾病若以酥人肉作護摩即得如故
復用前像用蜜塗像於木架上倒懸以猛火炙稱彼人名而能息災若用乳煑得大增益若用鹹水煑得愛別離用蜜粆糖煑得降伏敬愛
復次成就法用人肋骨作頻那夜迦天像長八指八臂三目四足右第一手執鉤第二手執髑髏第三手執拏摩嚕剛第四手作施願印左第一手執朅樁誐第二手執髑髏第三手執鉞斧第四手執惹誐羅如是作像已持明人用五種藥塗自身上即誦大明一洛叉隨意所欲無不滿願若持明者口誦大明心冥眞理依理起行離諸法相能作一切出世間事何況世間之事所有衆生見者恭敬尊重承事猶如僕從如是眞實最上甘露廣濟有情諸持明者如實了知
復次成就法用人肋骨作頻那夜迦天像二臂一足一目髑髏爲嚴飾右手執三股金剛杵左手作奇尅印如是作像已持明者以右手持像觀想自身虛空界即誦誐字能令大海離此岸地五牛吼遠持明者復往彼海誦於賀字彼海轉離遠處依如是法或遇狂象即誦誐字象作惡聲怖畏馳走或遇虎狼賊難當誦誐字亦復恐怖自然遠去復依前法持明者入江河内觀想空想大智想無盡智作此觀時彼河上面有水於水下面廣至由

句地無水流持明者復入河内如前作觀河即乾枯水流別處

復用前法持明者入大自在天祠中以左足蹋於天像作大惡聲誦於吽字時彼天像即離本位如蝦蟇竄馳走而去

復次如前依法持明人入於毋鬼舍中作奇尅印於毋鬼頭上旋轉已作奇尅相彼毋鬼等即離本舍馳走十方如前依法持明人入那羅延天祠中用左手作奇尅相以左足蹋彼天像像之身分自然破裂如前依法持明人入於佛殿内作觀想法已佛及菩薩各自轉身相背而坐

復次持明者入頻那夜迦天祠内不得速出至得成就以手持天像出於舍外入囉惹舍誦吧吧字彼囉惹及其眷屬胡跪合掌恭敬承事如僕從等持明者言囉惹諦聽自從今後歸依三寶信重佛法於苾芻僧莫生輕慢囉惹白言我依教旨凡有所作隨行人意

復次持明者如前作法或遇大雨手持天像於自頭上旋轉已顧視虛空所降大雨忽然頓止

復次持明者欲要降雨作龍王像以五種甘露藥及五種三昧藥白蟻子土作百頭龍王亦是頻那夜迦天化以此龍王安自臥牀頭邊燒人肉熏刹那中間即降大雨持明者作是念言請龍王於某處地中降大風雨流澍漂溺作是念已是時龍王即往彼處降大風雨隨行人意如是南閻浮提作法餘三洲中皆得降雨此成就法能作一切事頻那夜迦天變化甘露軍拏利明王行菩薩行見諸有

情少聞小智少福少慧於大祕密持明法門未能曉了以慈悲利益故說最上成就法真實不虛不得越此三昧此大明法亦不得於愚癡邪見人中爲他宣說彼得聞已心生疑惑而懷輕慢彼人不久得大疾病盲聾瘖瘂不可醫救

金剛薩埵說頻那夜迦天成就儀軌經卷第二

音釋

躶郎果切赤體也　潠蘇困切噴也　樺胡化切木名　齩女巧切噬也　萎邕危切蔫也　羖果五切羝羊也　擣都皓切舂也　秔古行切稻之不粘者曰秔　蹵蹋蹵子六切蹋達合切　稈古旱切禾莖也　辣郎葛切　舀以沼切抒水也　瘨丁年切狂病也　瓠胡故切匏也　噏許及切　鞘仙妙切刀室也　稗旁卦切稊稗也　籤七廉切　塑蘇故切捏土容也　豗呼恢切相擊也　賸石證切餘也　鴟梟鴟處脂切梟許堯切鴟梟恠鳥也　竄取亂切

金剛薩埵說頻那夜迦天成就儀軌經卷第三 第四同卷

宋西天三藏朝散大夫試光祿卿明教大師法賢奉詔譯

復次成就法用五種甘露藥五種三昧藥同和一處用塗自身餐五味食然後持明者觀想自身本尊已至黑月八日或十四日用前天像入於酒器內將往尸陀林中三度白言尸陀林中諸鬼神等當來買酒如是言已時彼林中所有鬼神必舍佐羅刹及羅刹女等各現本形悉來買酒持明者見彼惡相不得驚怖於酒內取出天像羅刹鬼等見此天像一切倒地而即問言持明者有何所欲行人即問過去未來現在之事或言隨我所欲皆得成就羅刹等言滿汝所願

復用前像以芥子油塗及用灑淨用佉你囉木火炙稱彼人名即誦發吒字除佛像功德其餘所有一切廟宇鬼神及大自在天祠等悉皆下淚徧身出汗乃至龍神尼乾天等塑畫之像作大哭聲不住本舍往彼修像施主處託夢而言有某甲持明人今來我舍破壞於我我今馳走遠避大難

復次用前像於國城中間掘坑深至膝以像覆面埋之經一時之間持明者得爲城邑之主若取埋像長爲彼主

復用前像持明者作一地坑安蓮華座用彼天像仰面安蓮華上如是天像常在坑內持明者子孫等常爲城邑之主

復次成就法持明者以樺皮裹於天像於囉惹門外掘坑埋之時囉惹所有國事不問他人唯問持明者如是一切人間天上悉爲行

人作成就事持明者如是依法持誦所有夜叉女等獻閼伽已當日即得成就法若持明者了知頻那夜迦天本像成就法不久即得大持明天

復次成就法用前天像持明者面向天像持誦滿一洛叉心念一洛叉是名洛叉數持明者先須冥契眞理入祕密門於一切明無不成就長得作爲世間之主是故持明人了知出世眞法依頻那夜迦天最上儀軌出世妙法行大乘行必得成就若有毁本三昧謗阿闍黎少聞少智心不眞實輕慢三寶如是下劣人等不得爲說此法若復有人持本三昧達無相除持戒堅固喜捨慈悲除小根聲聞及闡提補特伽羅依法修習無不成就

復次成就法持明者用尾師輪上泥作頻那夜迦天像十二臂十二目六足髑髏爲莊嚴人皮爲衣乘必隸多作大惡相右第一手執輪羅第二手執鉞斧第三手執拏摩嚕迦第四手執剛迦羅第五手執人頭第六手執劒左第一手執劒第二手執三叉第三手執人肉第四手執髑髏第五手執骨朶第六手作奇尅印如是頻那夜迦天像用六種色裝畫諸天覩之怖畏如來見之歡喜持明者至黑月八日或十四日用五種三昧藥及五種甘露藥持明者即觀想諸法唯一眞理體離分別然後以此藥作大供養安像於自臥牀頭邊以飲食獻於天像已即自之決定成就而無虛謬

復次成就法用人骨作頻那夜迦天像四臂三面面各三目頂戴頭冠髮髻青潤人皮爲

衣現大惡相奇尅十方持明者於彼像前用吠嚕左曩藥作曼拏羅用羖羊肉以芥子油煎已而自作念我今當食其甲及彼眷屬血肉如是念已即食羖羊肉等一日三時如是作法三日之内彼人速得身分乾枯不久命終如是成就之法諸持明者志心修習所求隨意

復次成就法若有狂惡象馬等奔衝傷人及他軍兵欲來侵害用前頻那夜迦天像懸掛竿上即得禁止不敢傷害獲得安隱

復用前像持明者見彼國城聚落有大災難人民不安用一器物滿盛其乳以三蜜塗像入此乳器内用屍灰外畫羯磨杵圍界以香華供養如法持誦至第二日國城聚落所有諸惡災難悉得消除

復用前像持明者以酥塗像用乳内煮彼囉惹及其眷屬皆生敬愛

復用前像持明者用鉢囉舍木爲臼滿盛酥蜜復用阿羅羯多葉裹彼天像安此臼内經一宿已取彼天像稱囉惹名埋像泥中時囉惹及彼眷屬常作恭敬種種供養

復用前像持明者用屍衣及人皮裹彼天像入於軍陣作奇尅相他軍見已心生恐怖四散馳走無所禁止

復次成就法持明者作於二象用頭相對心自作念令令二象鬬戰令此象鬬退彼象作念之間象自相鬬彼象即退隨行人意

復次成就法持明者令二童男或二童女使彼鬬戰持明者心自作念令彼童男爲二囉惹相對鬬戰願此囉惹鬬退彼人作念之間

彼人即敗此人得勝隨行人意

復次成就法用前天像以脂麻油塗用末度梨蟲皮纏裹天像以麥麩火炙當稱名者得必舍左執魅

復次成就法持明人用水牛肉作油餅子以酥煎稱設咄嚕名而作心念令拏吉你毋鬼食彼設咄嚕如是念已食於油餅及飲於酒所有百由旬外設咄嚕等至半月内必得命終

復次成就法用雞肉作天像如烏形以芥子油煎稱設咄嚕名第一日彼得熱病第二日作喘息大哭聲第三日即彼命終

復次成就法持明者用人肉作頻那夜迦天像如鷲鳥形用芥子油煎已持明者先食像右手時設咄嚕雙手自落次食像頭腹臍輪等彼人速得命終

復次成就法持明者用雜肉作頻那夜迦天像八箇皆如雀形至黑月八日或十四日持明者食彼天像及少飲酒至七日内彼設咄嚕有大勢力如天帝釋亦須命終若欲止息用粆糖水灑設咄嚕身即得如故

復用前像以素摩囉油塗用猛火炙所稱名者即得癩病若欲止息用乳洗像即得如故

復用前像以猫兒血塗用童子衣繫像安槃水器内懸掛架上彼人即得鬼魅所執若欲止息以乳洗像即得如故

復次成就法持明者用没囉憾摩野瑟致樂根作大自在天像四臂二目頂戴天冠垂髮髻右第一手持數珠第二手執滿髑髏血左第一手執三叉第二手執朅椿誐作此像已

用前頻那夜迦天像乘大自在天背用三辣藥塗之持明者以迦羅尾羅樹枝打彼天像稱設咄嚕名令彼得大疾病

復次成就法用孔雀肉作頻那夜迦天像如鯉魚形用鹽及三辣藥塡像腹内用芥子油煎持明者躶形被髮塗芥子油獨往四衢道中食前天像飲酒少許觀想虛空大智徧滿如是作法至三日内所有百由旬外設咄嚕速得命終

復次成就法持明者用人肉作頻那夜迦天像如魚形用酥煎以芥子塡滿像腹持明者躶形被髮食前天像飲酒少許稱名者至二日内速得命終

復次成就法用鴿肉作頻那夜迦天像如猫兒形作二十一摶用芥子油煎持明者當自食之隨摶飲酒少許所稱名者速得破壞

復次成就法用鳩肉作二十一頻那夜迦天像如雀形用紅色麻油煎彼天像至黑月八日或十四日持明者往旃陀羅舍中躶形被髮行繞旃陀羅食彼天像及飲酒所稱名者即自馳走不能還於本處於三日内速得命終

復次成就法用馬肉作頻那夜迦天像至黑月八日或十四日持明者著青色衣及青絡腋往設咄嚕門前左脅而卧食前天像及飲酒所稱名者經須臾之間速得命終

復次成就法用旃陀羅等下賤人肉作頻那夜迦天像長一磔手用苦辣藥塡彼像腹持明者於黑月八日或十四日用屍灰塗身躶形被髮往尸陀林中觀想一切衆生如彼虛

空然後食彼天像五百由旬內所有設咄嚕經須臾間速得命終持明者若作此法乃至設咄嚕居大海底深山中隔大恒河亦須命終勿生疑惑

復次成就法用染師肉及皮作人肉作頻那夜迦天像長一磔手用辣油塗像以芥子油煎於黑月八日或十四日持明者以吠嚕左曩藥塗於自身往皮作人舍內左手持天像於口左腮食彼天像稱設咄嚕名而作是念我今食某血肉作念已即食彼像所有設咄嚕須臾之間即得命終

復次成就法如前人肉作頻那夜迦天像長一磔手四臂如狗形持明者用左手小指甲掐破天像臍輪以三辣藥塡像臍中於黑月八日或十四日往尸陀林中用紅麻油煎彼天像持誦大明及稱大惡設咄嚕名持明者漸漸食天像及飲酒所有輕慢三寶謗阿闍黎斷善根滅佛法者須臾中間速令命終此無解法

復次成就法用邊方人肉作頻那夜迦天像長八指用鹽芥子塗像以辣油煎持明者往四衢道中躶形被髮用辣油塗身而作是念我今食彼某甲設咄嚕血肉作是念已即食天像及飲血經一夜內彼設咄嚕身血肉都盡唯有骨鏁至日出時即得命終彼設咄嚕在一由旬外當作此法

復次成就法用前肉作七箇頻那夜迦天像如油餅形第一像用粆糖芥子塗第二像用水牛生酥塗第三像用羖羊生酥塗第四像用黃牛生酥塗第五像用欝金自然汁塗第

六像用酥糖滓塗第七像用阿羅訖怛迦藥自然汁塗復次第一像用辣油煎第二像用麻油煎第三像用黄牛生酥煎第四像用熱酥煎第五像用羖羊生酥煎第六像用紅麻油煎第七像煎酥油内隨取一般煎彼天像持明者往四衢道中而自作念我今當食某甲設咄嚕作是念已即食第一像彼設咄嚕經一時中命終持明者躶形乗象以二足展舒手持第二像顧視設咄嚕方位作是念云我今令彼設咄嚕怖畏馳走作念已食第三像經七日内彼設咄嚕怖畏馳走持明者於月四日或五日八日以一足而立作念云我今當食某甲設咄嚕作念已即用二足立地食第三像至三日内能破壞設咄嚕持明者復作念云我今當食某甲設咄嚕令得大病如是念已往彼舍中躶形被髪食第四像於當日内得大疾病持明者往四衢道中並足正立作念云我今禁縛某甲設咄嚕作是念已剎那中間即得禁縛持明者用不到地瞿摩夷於婬女門前作曼拏羅持明者作曼拏羅步作是念云我今當與某甲人作於息災如是念已即食第六像當日即得息災持明者用吠嚕左曩藥及五種三昧藥作曼拏羅用香華等供養曼拏羅賢聖已持明者發寂靜心作念云我今一日内作降伏敬愛法如是念已食第七像及飲酒已當日得一切見者降伏敬愛供給供養

復次頻那夜迦天持明者隨意作息災增益等法内心觀想護摩無性之火有大勢力是故教中所說内心護摩能禁他軍

復次持明者先觀想他軍象馬人物甲仗等然後以右手無名指與拇指安自舌尖上復想彼軍人馬等入自腹內如是想已彼軍人馬等悉皆禁止一無施勇

復次成就法持明者欲破他軍用髑髏滿盛尾謨怛羅室隸沙摩僧賀拏及酒肉等持明者躶形被髮乘獨牙象用右手持此髑髏往奔他軍處面向軍住以左手取髑髏內物擲自舌上以舌上物唾向他軍不過二十五唾彼軍人馬等各見五股金剛杵來打已身悉皆倒地

復次成就法用象馬牛驢及人肉等持明者食此肉已及飲酒復用前肉塗於自身往彼陣前面向他軍作舞彼軍見已悉皆禁止不能征戰自軍獲勝還歸已持明者復更作舞以二手不住相拍彼軍自相交戰馳走遠去

復次成就法用甘露藥及鉢囉他摩布瑟鞞多贊拏隸迦囉設多畫頻那夜迦天像四臂右第一手作施願第二手持囉訖多左第一手執三叉第二手執髑髏復用淨行人囉訖多畫一天像二臂三目與前天像同掛竿上立彼陣前彼軍見者悉皆驚怖四散馳走經六箇月不能歸還本國

復次成就法持明者見二軍列陣將欲交戰如前作法畫二幢像用頭髮爲繩以二幢相背縛之掛一竿上於兩陣中間掘坑深一人量埋立幢竿彼軍若見此竿可一箭地悉皆馳走或持明者執幢竿右旋轉之時彼二軍自然鬭戰幢竿若住二軍亦止

復次成就法用前藥法畫頻那夜迦天像一

頭四身各有四臂四手執設咄嚕頭餘手執種種器仗作破壞相持明者於黑月十四日如前用甘露藥及三昧藥等塗自身已用物裹此幡像持明者手持幡像隨意經行得隱身法乃至諸天亦不能見何況凡人持明者於此法中勿生疑惑若生疑者是人破金剛薩埵勅此成就法是頻那夜迦親說有大威力

復次成就法持明者用猫兒肉雞肉同作頻那夜迦天像依前法煎已食彼天像於竟夜不思惟所作善惡之事復觀想自身作甘露軍拏利頻那夜迦天依金剛薩埵勅能作一切事

復次成就法持明者於幡像前用屍灰辣油塗自身兩乳用屍火熨當稱名者即得瘧病

復次成就法持明者用吠嚕左曩藥塗於自身已取前幡像用帛裹已稱囉惹名心念句召於彼復用屍火熨二十二徧至須臾時得囉惹等速來供給隨行人意

復次成就法依法如前用牛血畫頻那夜迦天像持明者用甘露藥及三昧藥塗於自身手持幡像食於牛肉次以手旋肉夜至明旦所有見者悉皆敬愛

復次成就法用牛肉及五種甘露藥三昧藥同和作曼拏羅用前幡像鋪展曼拏羅內持明者幡像上坐食獯狐及烏肉已稱童女名顧視十方心作觀想從夜至旦法得成就彼之童女不欲事於他人愛敬持明者

復次持明者用人血於屍衣上畫頻那夜迦天像八臂四面四足面各兩目被頭髮於天

像一邊畫囉惹形天像右第一手執金剛杵第二手執劒第三手覩摩囉第四手作無畏印左第一手執髑髏第二手執弓第三手執羂索第四手執契吒迦如是畫已用童女血出眼光持明者於寂靜處安彼𢡖像如法供養已躶形被髮加持紅華以華打像得囉惹等尊重敬愛持明者如前作法用白華打像速得息災用黃華打像能作禁法用青華打像能作調伏用煙色華打像能作發遣用黑色華打像能作觀想若以前法殺寃乃至有大威力如帝釋天亦須命終

復次成就法持明者用羊肉安息香及五種甘露藥同和作丸持明者口含藥丸手持𢡖像隨意經行他人見者皆得魑魅眼不見物耳不聞聲心無分別如憨癡者乃至自家妻子男女他人取去亦不顧録

復次成就法持明者作頻那夜迦天像十二臂六足獨髻右第一手執撥嚕迦第二手執鉞斧第三手執輸羅第四手執箭第五手作施願第六手執弩摩嚕迦左第一手執三叉第二手執劒第三手執揭椿誐第四手執人頭瀝血第五手執髑髏第六手執人皮如是畫已持明者安寂靜無人處乃至父母妻子男女及一切人皆不得令見方得成就持明者觀想食於人肉及火已復言我令於某處聚落舍宅等悉皆焚燒如是言已彼人舍宅悉皆焚燒

復次持明者於𢡖像前食於人肉牛肉已及飲酒二十口稱設咄嚕舍以火焚燒言已即作哭聲經須臾間即得焚燒此名火難成就

法

復次水難成就法持明者令旃陀羅童女合線淨去除毛髮等織成疋帛長三肘闊一肘半具茸頭者當作幢像用旃陀羅童女血於幢四邊畫三重金剛杵爲界中間畫頻那夜迦天像六臂六面一面如焰鬘得迦明王作大忿怒相一面作甘露軍拏利明王相一面作大黑神相一面作頻那夜迦天相餘二面作頭明王相口出利牙復作一幢亦用童女血畫嚩嚕迦相如是二幢内書名字相並懸掛持明者於幢像前觀想十方有大水漂溺如是想已食水牛肉及人肉飲酒如是此法於黑月八日起首至後月八日法成能作大水漂溺人物水不能竭

復次成就法用羖羊肉及雞猪兎肉等作頻那夜迦天像或二箇或四箇持明者同前肉及乳同研塗於自身以辣油洗於手足及塗頭上至黑月八日或十四日持明者行次食前天像至七日内所有大水悉皆乾枯

復次成就法持明者於黑月十四日持一狗頭往尸陀林中埋之於埋狗地上種白芥子候熟收子及曩泥左子紅華子麻羅鉢怛囉藥毋娑多藥後用哩覩嚩底輸泥多同合爲眼藥若人得此藥點眼速得隱身能作種種事有大勢力猶如王子隨意自在所欲勾召一切皆來見者歡喜

金剛薩埵説頻那夜迦天成就儀軌經卷第三

金剛薩埵說頻那夜迦天成就儀軌經卷第四

宋西天三藏朝散大夫試光祿卿明教大師法賢奉　詔譯

復次成就法持明者用牛肉人肉同和爲第一分雞肉羖羊猫兒馲駝等肉爲第二分象馬驢狗鷲狐狼鼠牛肉等爲第三分弩摩賛拏撥哩摩迦羅肉等爲第四分如是等肉得周備已持明者觀想自身即作五如來之體或四親近菩薩身若依頻那夜迦天法我身即是一切如來之體心離二相如虛空界持明者無復疑惑如是觀想眞實空法人法俱無絶諸戲論是名善作法者若持明人樂大乘法身心寂靜三業相應無二智相所作之法無不成就依諸佛如來大智教相用前四分藥及吠嚕左曩藥同作頻那夜迦天像爲四面以酥煎持明者著白衣於其舍內就一隅坐食此天像當稱名者速得息災若用前藥作一人形長一磔手於舍內經行之次即食彼像當稱名者速得增益復用前藥別入一分金剛水作於天像用麻油三辣藥同和塗彼天像復用三辣油煎持明者當稱國城聚落人民婆羅門等名已持明者作是念云我今當食噉彼等作是念已以右顋牙嚼嚙天像如是一切所欲隨持明人意

復次用前藥別入一分血同作天像如雞形後用乾薑及蓽茇粿塡於像腹用芥子油煎持明者對佛像前食彼天像及飲酒所稱名者得阿波娑摩囉病若欲止息令童男童女飲此乳即得如故

復次用前藥及甘露藥同和作男子女人二

像長一磔手一像用酥煎一像用辣油煎持明者作念云我今於某甲二人作愛別離苦作是念已從頭食噉彼像未食一半即得愛別離苦

復次成就法持明者先作觀想觀自心爲匹帛想帛爲八幅輪於輪中間有毗盧遮那如來及八大明能作一切事如是想已然後依觀畫輪幨像持明者用街道中人棄故帛及生產衣或尸陀林中衣得此衣已作八幅輪同囉惹娑嚩隷囉訖多用吠嚕左曩及甘露於前帛上畫毗盧遮那如來及八大明如是畫已能作一切事若用此幨安曼拏羅南方作法能除設咄嚕若安西方能作息災若安北方能發遣設咄嚕若安東方能作愛別離苦若安東南隅能作一切事若安西南隅能作魑魅於此曼拏羅方隅等安前輪像持明者所作之法決定成就諸持明者隨儀作法須要了知二種曼拏羅內心觀空爲出世法外畫作法即世間法如是二諦眞俗等觀是則善解如來最上大乘儀軌能作一切方便利益之事

復次成就法持明者用摩蹬伽女屍行人於黑月十四日往尸陀林中作八箇佉你囉木橛以油及牛皮裹於木橛打於八方用屍坑內屍礫屍灰屍炭作三角曼拏羅每角上畫一三叉豎立於曼拏羅中間畫必隷多主三面六臂眉赤黃色眼目瑩淨利牙齩脣作驚畏十方相復於曼拏羅中依法安前摩蹬伽女巳持明者以五如來三昧藥及吠嚕左曩等藥塗自身已起首作成就法持明者用五

箇魚殺羊肉人肉於曼拏羅前安坐食魚肉等及飲酒已即誦大明求隨意成就法時摩蹬伽女經一時間作於大笑時有鬼等所化鷲鳥野狐獯狐及鼠等圍遶曼拏羅作種種惡聲持明者見聞如是大惡祥瑞不得怖畏即告彼言善來汝女持明者用五種三昧藥及五甘露獻閼伽彼女受閼伽已現本相而住持明者告彼女言施我一切成就所有聖劒聖鉞斧罥索骨朶頻尼波羅輪羯拏野槍擣杵旗旛花鬘聖藥眼藥吠嚕左曩藥塗足藥及囉惹位乃至降伏夜叉夜叉女部多部多女巘馱哩嚩女天女龍女及羅刹女等如是一切願得成就

爾時持明者復獻閼伽已所欲之事悉得隨意諸持明人得成就已勿爲自身利益安樂一切衆生如是持明者清淨勇猛心無畏者於諸佛前安慰稱讚唯發菩提心諸佛見已讚美行人善哉善哉汝能得於最上成就之法世間無有能破汝者

復次成就法持明者先收一端正福相不損壞者人屍然後於黑月八日或十四日往尸陀林中或寺院内用屍炭屍灰瓦礫人骨同爲粉畫一曼拏羅作四方四隅安四門樓用必隷多髮爲嚴飾以人肉爲幢安前人屍以紅色花供養然後求最上成就持明者於黑月八日或十四日躶形被髮用油及前藥等塗於自身即内觀空智不生不滅離於取捨外觀儀軌依法具足如是於黑月八日或十四日起首作法持明者手執利劒作大無畏相以左足蹋前屍脅上專心顧視如前持誦

已食於酒肉內心志求成就或半時一時二時中於曼拏羅四門次第出現必嚇多及必嚇多鬘內亦有諸必隸多各各現自本形作大惡貿貿等聲白持明者言汝於此處求何成就當爲我說時持明者聞是語已作念所求中間時諸必嚇多悉皆起立身長百千多羅樹高作大惡相持明者見此惡相不得恐怖但依三時而住告彼頻那夜迦天言汝今善來依我所願當施成就所有十方夜叉羅刹鬼神等降伏承事皆隨我意乃至囉惹之位及彼聖劒寶棒箭鉤種種聖藥隱身通入大龍宮降阿蘇囉女巘馱哩嚩女夜叉女天女持明天女等種種所求之事與我成就作是語已時持明者所願圓滿悉能句召降伏阿蘇囉等一切鬼神一切天女及聖藥等皆

得自在無有難作如金剛薩埵而無有異復次成就法持明不先擇作法成就之地或尸陀林中鬭戰之地或努摩舍旃陀羅舍或四衢道三衢道或大自在天神祠內如是等處當須寂靜持明者畫一最上曼拏羅已求一無損壞摩蹬伽女屍莊嚴其身用尾目怛羅塗彼女屍安於曼拏羅中心於曼拏羅東西二方安撥嚕迦南北二方安賀娑多周帀安烏那囉鬘外畫金剛界圍四隅安立四箭持明者如是作曼拏羅已食五種三昧藥及飲酒已獨自作法若用同伴人依法揀擇心無怖畏斷除疑惑言行眞實樂行布施堅固不退具大智慧明了祕密先受灌頂住此三昧者可得同作成就之法若不具前行非三昧住者終不成就譬如食風而無所濟因行

既斷果報寧有是故持明者依此儀軌持法精熟必得成就時持明人於摩蹬伽女前起首作法先用葷辛飲食爲十方鬼神出生已即用毗盧遮那五如來等五種三昧藥以爲飲食及塗自身已發清淨心勇猛無畏裸形被髮於摩蹬伽女左邊而坐食人肉殺羊肉飲酒持明者於此飲食心無二相離妄分别食如非食作成就法彼摩蹬伽女心思馳走時持明者知此法成復作儀法彼摩蹬伽女忽然而立告持明者言善哉善哉善解妙法持明者聞已不得共語時同作法人作大無畏相問彼女言汝作何事彼女荅言持明者未有教旨我無所作時摩蹬伽女見彼默然作大戲笑所有十方必隷多鬘一切亦作大笑告持明者言何不與意旨如是言時同伴作法者手執人骨劒亦作大笑作金剛步經行十方以劒盤旋時一切鬼神等見大聖劒滿虚空界從空來下各斷本身作大怖畏時持明者即誦發吒當食人肉及殺羊肉飲酒已前一切鬼神等告持明者言救護我等時持明者面向鬼神以左手撫背而作安慰如前復食時摩蹬伽女言汝得成就法一切所欲隨行人意持明者即誦三吽字已復食如前時摩蹬伽女歡喜親近推拓行人持明者發菩提心安住三昧心無二相作此法已告同伴人言汝持座來彼人聞已誦紇哩紇哩字而作歡喜之間現自本身帶甲騎馬以手執劒即取劒出鞘作大忿怒利牙齩脣誦三吽字時持明者即舒右手向前接劒劒既入手具大神通騰空往復一切自在所有眷屬

及同伴人俱得神通隨持明者往諸天界入彼八十俱胝持明天女宫中彼諸天女與同伴人爲眷屬承事當得灌頂王位及其眷屬當受快樂騰空自在於瞬息間從閻浮提界往西瞿耶尼北俱盧洲東勝身洲已復過七重大海及七金山日宫月宫至妙高山上乃至他化自在天那羅延天如是復至崑崙山中入補陀落迦山見觀自在菩薩於菩薩處聽聞妙法因緣成熟得於世間最上成就所有世間虚空界内聖劒持明天中此持明人得爲彼主

復次成就法持明者用佉你囉木爲劒或人骨爲劒以手執劒及婆哩也同三布吒已於黑月八日或十四日選風雨日作成就法令持明者速得成就若復有人殺十婆羅門及屠殺牛羊等乃至獵師種種殺害如是罪惡之人或遇善緣見聞佛教迴心向善依法儀軌作成就者於半時中即得成就除小根衆生不見佛不聞法邪魔外道少智寡聞不受佛勑不受灌頂妄言我受灌頂及得師旨不樂大乘毀謗真理如是等人於此一切智智甚深祕密成就之法不得見聞及隨喜等

復次説成就法持明者於黑月八日或十四日起首作法用染家女或皮作家女或旃陁羅家女或拏摩等女所用皆得持明者往摩蹬伽舍中用吠嚕左曩等五種藥及酒人肉狗肉猪雞等肉復用囉惹莎隸囉訖多如是同和作曼拏羅闊五弓量形如圓月用前具相摩蹬伽女安曼拏羅中令彼女手執利刀及滿髑髏血於曼拏羅周帀作人肉幢於四

方各安一酒瓶復用前肉安曼拏羅五處持明者躶形被髮誦於吽字繞曼拏羅次食於前肉及飲酒灑彼女口高聲唱言此地國城聚落所住鬼神等我今請召飲食供養如是三召已持明者作舞時國城聚落所有部多及部多女唧吒唧致羅刹羅刹女剛胃吩你必舍唧夜叉女等悉來告言童女汝今速起食此飲食如是言已童女即起與彼衆會同食飲饌皆生歡喜告持明人言呼我何作復言汝爲驚怖耶求童女耶汝即小根無上品成就法即得下品法時持明者即作是念我身即是頻那夜迦天依法承事作成就法云何與我下品法作是念已即誦吽字巘彼閼伽即皆驚怖所有夜叉女巘馱哩嚩女部多及部多女必舍左如是鬼神等悉皆施與持明行人成就之法各還本位已持明者發大無畏心坐摩蹬伽女身上食於酒肉至須臾間聞空中言當求何事持明者聞已觀想所求之事用左手小指按彼女身時頻那夜迦天白持明者言汝得成就法時持明者聞是語已用左手抱彼女身即得騰空神通自在往巘馱哩縛城彼有無數百千那由多巘馱哩嚩持明者得爲彼王此成就法若有不持齋戒福德尠薄作大罪業不得師教者但能了知三昧通善儀軌者作頻那夜迦天成就法所作皆成何況受持禁戒違師教旨豈不成耶

復次成就法持明者用氎衣於衣上畫頻那夜迦天像八臂三目頂戴冠髮髻青潤右第一手持金剛杵第二手執金剛鑠第三手執

箭第四手執鉤左第一手執輸羅第二手執弓第三手執鉞斧第四手執罥索及骨朶坐必隸多身上食於寃家作驚怖三界大惡相能守護諸佛三昧能施行人一切成就除小根衆生不得成就非此大乘儀軌之器若持明者畫前像已於此像前依本法儀軌著紅色衣以紅香塗身獻紅色花先於內心作護摩求降伏敬愛然後用阿鉢摩哩誐木燒火用阿羅訖多迦葉八百以酥搵過作護摩八百徧所稱名者至三日內速得降伏敬愛若用鉢羅舍木如前作護摩所稱名者即得熱病若要止息用蜜作護摩速得如故若用燒屍柴搵芥子油作護摩八千徧所稱名者速自馳走不久除滅復用酥作護摩復得如故

復次用顉摩木燒火以獯狐烏及曼陀羅子辣油同和作護摩所稱名者即得心風身分乾枯東西馳走不久命終

復次用屍柴燒火以酥滿杓作護摩一百徧後用毒藥鹽芥子曼陀羅子顉摩樹葉同和作護摩至七日滿所稱名者得愛別離苦

復次用骨搵芥子油作護摩至七日內彼得命終

復次用阿說他木燒火以油麻蕎麥用毒藥水同和已作護摩八百徧彼設咄嚕速得惡瘡疾病若用象皮爲粖以酪同和作護摩亦得前病此護摩儀是中成就法諸持明者欲作此法以慈悲爲本利樂爲先饒益有情方便攝化可作成就若用寃親之見取捨之情而作此法定不成就復招重罪

復次護摩成就法爲持明者出世之行持明

者先受五如來五種三昧藥當自食及塗身已用前藥於屍火內作護摩所稱名者速來敬愛若用羖羊肉持明者自食及塗身已復用餘肉作護摩所稱名者乃至囉惹與其眷屬及人民等皆悉降伏尊重敬愛復用人肉持明者自食及塗身已餘者爲香燒及作護摩所稱名者當得敬愛

復次持明者食象肉及作護摩所稱名者得於魑魅家財隨散人物別離都無顧視

復次持明者食於馬肉及塗身餘爲香燒及作護摩所稱名者速得敬愛如是作法若滿七日得設咄嚕速離本國永不得還

復次持明者用驢牛等肉自食塗身及作護摩心所求願悉得滿足

復次持明者用猪血雞肉及五種三昧藥同和作護摩所稱名者得大怖畏來求意旨欲作何事隨行人意

復次持明者用孔雀雞鴿頭及指爪及馬膽水牛舌同以屍柴燒爲灰當用塗身得天人夜叉等降伏敬愛

復用松脂必哩焰虞香雄黃娑哩惹囉娑香象脂酥以羖羊尿和合陰乾爲香燒熏瘧病者所有隔一日二日三日四日乃至隔一月者瘧及常發者瘧速得消除如是等香是頻那夜迦天祕密儀法作大利益覩聞之者勿生疑惑

復次隱身成就法用蘇嚕多惹曩藥俱惹哩吒及頻婆果兔眼馬汗沫同和爲香用屍火燒香煙初起而得隱身乃至天眼亦不能見何況凡人

復次隱身法於黒月内用黒水牛胎衣黒沉香黒牛馬膽用漿水和爲香以屍火燒於黒月内游行即得隱身如前無異

復次白月内隱身法於白月内用白水牛膽及衣及白沉香亦用漿水和爲香如前法燒持明者於白月内而自游行速得隱身

復次成就法用黄牛胎衣陰乾以麻油和爲五丸復用五種三昧藥搵彼五丸藥後用旃脂搵過復用三鐵裹前藥丸持明者含藥一陀羅迦（你也切）鉢囉他摩布瑟波囉訖多以燕丸隨意游行所在之處而得隱身無人能見唯聞語聲若以藥丸戴在身邊得囉惹心生敬愛

復次持明者此頻那夜迦天成就之法若人不依儀軌受持我法自非了知而生謗毀非是上法得不成就此是愚癡寡學根器淺劣非法器者我於千界所説經法種種性相皆歸一義一義湛然入眞實際非世間心思量所及是無上法與一切諸佛所説妙法不增不減本來無二是故佛説無上金剛薩埵頻那夜迦天成就儀軌

金剛薩埵説頻那夜迦天成就儀軌經卷第四

音釋

麧（與力切麥糠也）喘（尺兗切疾息也）憨（火含切癡也）嚼嗀（嚼疾雀切咀嚼也嗀去擊切與喫同）蓽茇（蓽壁吉切茇蒲末切）蹬（唐亘切）拓（他各切開也）尠（息淺切少也）隳（許規切毀壞也）

佛說大悲空智金剛大教王儀軌經

宋西天三藏銀青光祿大夫試光祿卿普明慈覺傳梵大師法護奉詔譯

清刻龍藏佛說法變相圖

佛說大悲空智金剛大教王儀軌經卷第一

大幻化普通儀軌三十一分中略出二無我法

宋西天三藏銀青光祿大夫試光祿卿普明慈覺傳梵大師法護奉詔譯

金剛部序品第一

如是我聞一時薄伽梵住一切如來身語心金剛喻施婆倪數祕密中祕密出生妙三摩地時彼世尊從是三摩地起讚言善哉善哉金剛藏菩薩摩訶薩奇哉金剛薩埵大薩埵三昧耶薩埵悉從大悲空智金剛大菩提心之所開示

爾時金剛藏菩薩聞是語已即白佛言世尊云何金剛薩埵云何大薩埵云何三昧耶薩埵唯願世尊為我解說佛告金剛藏菩薩金剛者謂不可破壞薩埵者謂三有一性勝慧相應是名金剛薩埵謂於大智勝味充滿是

名大薩埵謂常行三昧是名三昧耶薩埵時金剛藏菩薩重白佛言世尊空智金剛者於如是名云何攝受云何名空智何等名金剛佛告金剛藏菩薩空智者謂即大悲空智金剛者體即勝慧以勝慧方便成就儀軌於彼見聞有大力能種種成辦謂降伏禁止或却他軍及瑜儗尼如其正理生住因緣以識智成辦如其出現諸佛聖賢是為空智最初出生行相又復於大悲性如是解脫則於縛性縛遍能了知悉皆解脫所以者何彼勝慧性及所知性悉非性故彼空智性亦非性故以本然智決諸疑網照解諸法本然不起時金剛藏菩薩重白佛言世尊如是空智云何而有血脉之相佛告金剛藏菩薩彼血脉相有三十二種是名三十二菩提之心又此漏法於大樂處總有三種謂羅羅拏辣娑拏阿嚩底羅羅拏者即勝慧自性辣娑拏者謂善方便阿嚩底者是中說離能取所取又此三種即是任持不動清淨智月彼三十二種血脉者謂一者不可破壞二者微妙色相三者天四者左邊際五者短六者酤摩惹七者性八者施迦九者過失十者阿尾吒十一者本母十二者設哩嚩梨十三者清涼十四者餤熾十五者羅羅拏十六者辣娑拏十七者阿嚩底十八者量十九者青色二十者平等二十一者因二十二者相應二十三者喜二十四者成就二十五者煩二十六者蘇末他二十七者轉二十八者欲二十九者忿怒三十者迦多演尼三十一者童子三十二者施設是名三十二種血脉之相

復次金剛藏菩薩白佛言世尊此何因緣有如是相佛告金剛藏菩薩謂欲成熟三有遠離一切能取所取以諸方便了別性相爲持戒者分別解說諸佛聖賢智慧方便三身三業及伊鏝摩野謂伊者佛眼毋菩薩鏝者摩摩枳菩薩摩者白衣菩薩野者多羅菩薩又復法身輪者具八輻相報身輪者具十六輻化身輪者具蓮華相六十四葉大樂輪者具三十二幅建此輪者如是次第有四剎那謂莊嚴果報作觀離相依四聖諦謂苦集滅道依四真實謂身真實智真實持明真實聖賢真實有四歡喜謂喜勝喜離喜俱生喜等依四種律謂上座部大衆部正量部一切有部日月時分晝夜增減謂於八時有十六分三十二點六十四刻如是一切四種最初贊拏黎明妃從彼臍輪發大智火焚棄五蘊以佛眼毋焚燼諸漏除妄因緣故

拏吉尼熾盛威儀真言品第二

施一切地上飲食真言曰

唵(引一)阿吽(引三)發吒(半音)莎(引)賀(引下同四)

佛言唵阿者作一切法出生門故五如來種子者所謂

捫(一)盎(二)吽陵(二合引三)龕(四)吽(引五)

空智金剛心真言曰

唵(引一)禰嚩畢祖(二)嚩惹囉(一合)吽(引三)吽(引四)吽(引五)發吒(半音)莎賀(六)

佛言一切真言句首當安唵字次置吽發吒字後用莎賀字

阿閦如來真言曰

唵(引一)遏(二)葛(三)拶(四)吒(五)多(六)波(七)野設莎

賀八

佛言一切瑜儗尼種子字

遏一阿引二壹三翳引四嗢五汚引六哩七梨八嚕九盧十伊十一愛引十二鄔十三奧引十四暗十五惡十六

二臂明王真言曰

唵引一怛懶二合路引歌引二叱波各引三吽引四吽引五

吽引六發吒半音莎賀七

四臂明王真言曰

唵引一入嚩二合囉二入嚩二合囉毗喻二合引三吽引四

吽引五吽引六發吒半音莎賀七

六臂明王真言曰

唵引一吉胝吉胝二嚩惹囉二合吽引三吽引四吽引五

發吒半音莎賀六

加持真言曰

唵引一阿引二吽引三

淨地真言曰

唵引一犖叉上呂角切下同犖叉犖叉吽引三吽引四吽引五發吒半音莎賀六

禁止真言曰

唵引一吽引二莎賀三

發遣真言曰

唵引一龕二莎賀三

忿怒真言曰

唵引一紇陵二合引二莎賀三

降伏真言曰

唵引一吽引二莎賀三

鉤召真言曰

唵引一枯二莎賀三

又降伏真言曰

唵引一捫二莎賀三

信愛真言曰

唵(引一)酤嚕棃(引二)紇哩(二合引三)莎賀(四)

佛言若天旱時欲請雨者先建曼荼羅用寒林線絣量界道於壇中心以寒林中五色粉骨作白粉炭作黑粉甎作赤粉雄黄作黄粉陬羅葉作緑粉(以石碌代之)粉畫空智金剛大明王八面四足一十六臂面各三目作忿怒相踏阿難陁龍王復以香泥揑造阿難陁龍王像其龍王及妃種子字並用朴堊以五甘露沐浴散黒色花次以龍華樹汁塗之(或以白蒿汁代之)復以象䏶塗龍王頂上於黒月十四日取黒牛乳盛滿器中令黒色童女合青色線於壇西北隅開一小池以阿難陁龍王安彼池中然後阿闍棃依法厲聲無間誦此請雨真言曰

唵(引一)苦嚕苦嚕(二)渴疟(女轄切下同)渴疟(三)末娑末娑(四)渴吒渴吒(五)枯吒野枯吒野(六)阿難多(七)閼婆葛囉(引)野(八)那(引)誐(引)提鉢多曳(九)呬呬嚕嚕紺(十)薩鉢多(二合)播(引)多(引)羅誐馱(引十一)那(引)誐(引)那(引)歌(引)哩沙(二合)野(十二)末哩沙(二合)野(十三)誐哩葸(二合)野(十四)扑(十五)扑(十六)扑(十七)扑(十八)扑(十九)扑(二十)扑(二十一)扑(二十二)吽(引二十三)吽(引二十四)吽(二十五)莎賀(二十六)

誦此真言若時不雨即當倒誦此呪降霔大雨又若不雨令彼龍王頭破七分如蘭香梢若欲止雨取寒林衣置於坐下誦此真言即能止雨止雨真言曰

唵(引一)阿哩也(二合二)設摩(二合)舍(引)那畢哩(二合)夜(引)野(三)吽(引四)吽(引五)吽(引六)發吒(半音七)

復次成就法謂降伏他軍速令破壞當用畫

石爲末入五甘露以斷鐵草和合爲丸加持
誦此真言曰
唵引一嚩惹囉二合葛哩多二合哩二呬嚩惹囉二合
引野三吽引四吽引五吽引六發吒半音七
應先誦此真言一十萬遍或一百萬遍得成
就已即用前藥丸畫餅器頂悉令周帀無使
斷絕即得他軍速皆破壞
若欲成就底羅紺法當用末羅摩子白色曼
度迦華及斷鐵草阿閦毗藥於日蝕時和合
作鉞斧形蹈兩足下誦此真言曰
唵引一嚩惹囉二合酤吒引囉二播引吒野播引
吒野三吒吒四吽引五吽引六吽引七發吒莎賀八
誦此真言一百萬遍即得成就一切聖賢尚
不違越何況破壞餓魔羅界
復次成就法若欲作諸瘧病於阿哩迦樹葉

上用唧多迦毒辣藥書彼設覩嚕名字棄擲
稻糠火中誦此真言曰
唵引一呬引嚩惹囉二合二入嚩二合囉入嚩二合囉
三設咄龍二合四勃龍二合五吽引六吽引七吽引八發
吒莎賀
誦此真言一阿庾多即得成就
若欲成就開摩黏法於自臍輪作是觀想或
於腹上觀想成辦然後乃見摩黏自開若欲
作信愛法於月八日分詣無憂樹下著赤色
衣食末捺那果以肝摩唧歌藥汁塗於額上
誦此真言曰
唵引一阿目計引弭二紇哩二合引嚩施引三婆鍐
覩四娑引賀引五
誦此真言一阿庾多無令間斷即得成就
若欲制止日月當用阿闍棃飯作日月狀置

金剛水中誦此真言曰

唵引一嚩惹囉二合哩葛二合引二摩引左羅三摩引左羅四底瑟吒二合五底瑟吒二合六呬嚩惹囉二合引七野吽引八吽引九吽引十登吒十一莎賀十二

誦此真言七百萬遍即得日月制止於彼晝夜無能分別又金剛喻沙多成就法於日後分令一具相童女以諸香華供養念此真言一百八遍然後用油沐浴取多羅樹汁塗於童女大拇指上及用此真言加持即時應現乃問三世之事時彼童女隨問為說誦真言

唵引一那誐囉二合引二那誐囉二合引三

又成就法

尾盧野引尾盧野引

誦此真言時象即犇走

曼摩引曼摩引

誦此呪時虎即犇走

底棃野引底棃野引

誦此呪時熊即犇走

伊棃弭棃扑扑

誦此呪時蛇即犇走

佛告金剛藏菩薩如我往昔亦以是法調伏護藏醉象悉令犇走此遨哩明妃設嚩哩明妃金剛拏吉尼即無我義彼地行空行鉤召發遣悉相應故

一切如來身語心聖賢品第三

最初觀於慈　次即觀於悲　第三當觀喜
一切處學捨　初空性菩提　第二集種子
三成辦形像　後當觀字義　現前觀囉字
成熾盛日輪　於彼日輪中　吽字金剛業
又復觀杵形　牆綱悉周遍　先觀沒哩多

成法界智者　行人坐其上　自體即空智
自心想囉字　成輝曜日輪　於中觀吽字
惠方便自性　青色大忿怒　金剛吽歌囉
以内心真實　猶若金剛杵　又復觀吽字
出生忿怒相　謂大悲金剛　猶如青蓮色
此大悲金剛　或如日暉色　見彼若虛空
當如是信解　持諸莊嚴具　供養八明妃
遨哩鹿郎蹉　陬哩摩痆器　尾多棃者水
渴三摩哩藥　卜葛西獻杵　設嚩哩六味
賛拏哩音樂　供養於本尊　努拜哩歌舞
彼妙樂大樂　隨日月晝夜　住是種子中
說如是有情　勝歡喜自性　轉現大神通
廣覆虛空壇　漸略一心中　悉成忿怒相
青色日輪中　眼紅曼度迦　髮纏金色髻
用五印莊嚴　輪環及瓔珞　手劍金色帶

表五佛清淨　說此名印契　見彼忿怒相
十六童女形　左手持金剛　及彼葛波羅
竭椿誐亦然　右手青色杵　應詣寒林中
成就本所尊　口誦吽迦囉　八明妃圍繞
隨其方便說　自身即寒林　四臂謂四魔
令降伏清淨　應誦於吽字　色相如前說
彼左第一臂　手執葛波羅　以天阿脩羅
盛甘露充滿　次右第一臂　手執金剛杵
次左第二臂　及右第二手　般若蜜多教
或即佛形像　次三面六臂　左手持甘露
右手或日月　彼最初青色　臂相如前說
都無有是相　清淨波羅蜜　彼左第一臂
手執三戟叉　次右第一臂　手執金剛杵
左第二臂鈴　右第二執刀　餘左右二臂
金剛星伽羅　以二種和合　佛像般若教

或復左右手　刀及葛波羅　應於空寂處
成辦三界事
賢聖灌頂部品第四
先於自心及自種子出生黑色熾然光焰左
手執鉤右手期剋如佛住三界中鉤召八大
明妃隨其供養本尊先以唵字得一切如來
灌頂即以彼佛成空智明王相持五甘露成
辦五如來賢餅作五種灌頂當灌頂時散衆
名華及欝金香擊鼓歌詠供養金剛部佛眼
母等而能成辦空智三界加持於四威儀如
彼聖賢當如是知
大真實品第五
一切法自性　於此悉皆無　謂非色非聲
即無聞無見　及非香味觸　亦無能觸等
善解瑜伽者　非心非所緣　於諸母姊妹
亦應常供養　彼努弭明妃　如那羝染師
賛拏哩明妃　猶若淨行女　勝慧方便中
依供養儀軌　如其不分別　當勤策親近
若非祕密者　當獲如是苦　墮咩拏賊中
履猛火地上　此五部印呪　說爲解脫因
而復說此印　名金剛祕密　謂金剛蓮華
事業如來寶　說如是五部　爲最上大悲
金剛努彌印　蓮華舞亦然　事業爲染師
如來清淨女　寶部賛拏哩　此五印決定
如來部亦然　總略而分別　去即如來行
來即吉祥座　以勝慧相應　是如來所說
開說爲六種　總略唯五部　後復有三事
謂身語意業　又說此五部　即五蘊自性
如是出生身　是說爲此部　無所觀聖像
亦無能觀者　無真言住處　成五種自性

大毘盧遮那　及阿閦如來　不空成就佛
寶生無量壽　梵王尾瑟拏　及與大自在
一切眷屬等　故真實開示　梵王成正覺
尾瑟努信愛　大自在吉祥　一切常安住
廣大真常樂　開悟令愛樂　如是自身中
出生諸賢聖　是人有福智　猶如薄伽梵
自在熾盛等　具足六種德　又如佛世尊
破諸煩惱魔　亦如大智母　出生諸有性
勝慧諸姊妹　能分別顯現　復如染師女
作歌詠舞戲　念彼如染師　親近諸衆生
說彼如女人　出生諸功德　歌詠如勝慧
旋轉成大悲　說努拜明妃　故不受諸觸
於彼諸聖賢　說多種稱讚　當畫曼拏羅
行相如前說　如其以指縛　或作掣開印
於彼靜思惟　隨應成觀行　獲如是妙樂
於自常受用　淨盡生老門　說名安樂定

佛說大悲空智金剛大教王儀軌經卷第一

音釋

燼徐刃切火餘也　盎於黨切　陬將侯切　眵充之切目汁也　朴普卜弼角二切　黏尼占切　犇逋昆切疾走也　咩迷爾切　掣昌列切挽也　埿烏故切塗也飾也

佛說大悲空智金剛大教王儀軌經卷第二

第三同卷

宋西天三藏銀青光祿大夫試光祿卿普明慈覺傳梵大師法護奉詔譯

行品第六

爾時佛告金剛藏菩薩言我今復說最上到彼岸行於此先行畢竟成辦由是成就金剛空智彼修觀者當如是行謂頂想寶輪耳帶寶鐶手串寶釧腰垂寶帶足繫寶鐸及妙臂釧頸嚴寶鬘衣虎皮衣嘗五甘露又修觀者爲於空智作相應故此五色相平等和合亦無分別以無量相即一色相是故分別了不可得於一樹下或塚壙間乃至夜分空寂舍中清淨安住而作觀想於佛智慧隨有悟入如是勝行乃可爲說又若樂求成就如是行故應以廣大莊嚴詣阿闍梨爲極悲愍求灌頂法於如是行隨其攝受彼阿闍梨爲作開悟於金剛部觀想本尊而作部主設復於別部中出生菩提種智亦令安住有爲隨其攝受謂金剛歌舞事業等令生歡喜令生喜已於金剛嬉戲因是解脫由作舞故引金剛步而能隨證三摩呬多輪者表阿閦如來鐶者無量壽如來頸上鬘者寶生如來手寶釧者大毗盧遮那如來腰寶帶者不空成就如來於是色相而生念住金剛渴椿誐杖者表勝慧相奎樓鼓者即善方便故瑜伽行者瞋業清淨住金剛歌詠者真言清淨又復不應爲求利養作是金剛歌舞事業是故瑜伽者當如是行飲食醫藥隨樂服行而常真實護持不爲老死之所逼惱又瑜伽者作髮髻冠以吽字儀軌持五佛葛波羅或五指量作葛波

羅器已以雙寶帶繫髮冠中即是勝惠方便自性又瑜伽者灰塗髮線作絡腋衣以奎樓鼓聲而作念誦觀想金剛渴椿識杖而爲勝惠於金剛葛波羅觀想念誦知貪瞋癡極可畏故於戲論事悉能遠離設復睡眠速應勤策於所行行勿懷疑惑捨是身已修平等觀於福非福如實尋伺是故非施亦非受者又諸飲食如其所得而自受用於美不美無堅執取亦無分別此應食者不應食者如是伺察又於同行阿闍棃所不起分別是可往者不可往者有學弟子爲說正智令得成就於自師尊常行禮敬無令因是退失成就墮無間獄及慼惡事亦復如是諸有自性悉是大悲相應之行護魔等事勿妄施設真言靜慮常修出離諸三昧門而求解脫於所作行悉妙相應而得現前決定同彼勝天爍迦羅主如師子王於彼處處不生怖畏設於飲食而生愛樂修瑜伽者不應迷亂而常發悲愍心因是利樂諸衆生故

說密印品第七

佛告金剛藏言祕密印品我今當說爲修習瑜伽者恭敬問訊得生勝解無復疑惑謂示一指爲印二指爲印或以左大拇指捻無名指爲印捻小拇指爲印捻中指爲印示方所爲印示無名指爲印示頸處爲印示所著衣爲印示三戟叉爲印示胷臆爲印示髮際爲印示地爲印示輪爲印示顰眉爲印示解脫學處爲印示額爲印示頸後爲印示足心爲印示金剛嬉戲爲印我說修瑜伽者爲對治時印所印處而能善解大悲空智示獻華鬘

手者即延請義及住三昧耶戒於餘積集不應遠離而常依止最上境界是故修瑜伽者一切所作應知寂印復次金剛藏白佛言世尊於何等處而求成就佛言當有一十二處遠離魔事爲所尊重餘不復說何等十二一者惹藍馱嚩國歌摩嚕國或酤羅山清淨園林二者摩羅鍐國或信度河城三者蒙牟尼國俱摩羅鉢吒國及天后城四者酤羅城阿哩毋城虞那哩河及四末河五者訶棃國藍婆國韶國金色城或鹹海中六者迦陵誐國洲子國彌佉羅國矜羯那國七者八者梵本元闕九者韓羅嚩城廣大聚落十者善行城憍薩羅城泯陁城俱摩羅布哩城十一者衆所樂處或大海邊十二者華果園林清淨池沼佛告金剛藏言我今爲廣利益諸衆生故爲瑜伽者於金剛空智儀軌日月時分我今當說取黑月分於第八日或十四日建曼拏羅以諸幢旛莊嚴寶伎於七日中施妙飲食起大悲心恭敬供養設惡來者倍生憐愍勿復於彼生下劣想令魔得便不能成就是故於此常勤悲念諸有所作畢竟成就應如是知於晝夜分以慧決擇無復餘事無非時食不起邪思於他善惡勿樂宣傳觀察他身如護巳有修瑜伽者應善籌量乃至身分飲食不雜亂出生語誠實所有眞言印契皆住吉祥四嚕歌義吉祥者謂不二智故四者空性本因故嚕者離染勝莊嚴故歌者無所住故如是修瑜伽者設復毀戒然彼衆生亦常信敬以有智故於金剛葛波羅悉相應故

大相應輪品第八

復次相應輪　我今當廣說　最先空界中
作如是觀想　其次輪壇內　出生諸聖衆
又於輪圍角　觀想大風輪　水輪如其次
火大亦復爾　出生正法輪　清涼無病惱
八葉具臺蘂　如三角壇相　曠寂一心中
布諸賢聖位　如彼淨月輪　是中安種智
後以日覆之　集二種大樂　住於月色相
及與日時分　以二種相應　遨哩善稱讚
月大圓照智　及餘平等性　或慓幟本尊
及種子法位　說名妙觀察　唯諸作用中
名成所作智　及清淨法性　彼五智次第
觀想如是說　又修瑜伽者　於日月時分
及金剛薩埵　繫念悉平等　文字出生身
住吽發吒義　彼薩埵影像　等真實出生
作意而觀想　如前慓幟輪　以摩尼妙光
惠方便自性　一切速成就

爾時佛告金剛藏菩薩言彼日月時分者謂以勝惠而能揀擇最初遨哩明妃者分別色相而各有異於中五位安五明妃即五蘊自性修瑜伽者當如是觀初帝釋方安金剛明妃次燄魔方安最初遨哩明妃於水天方安嚩哩明妃酤尾羅方安金剛拏吉尼明妃中方安無我明妃於次外院安八明妃所謂遨哩明妃𠽃哩明妃尾多哩明妃渇三摩哩明妃十葛西明妃設嚩哩明妃賛拏哩明妃弩弭尼明妃於上下方安空行明妃及地居明妃住大悲空智輪者悉於三有從自觀想之所變現此諸明妃皆以黑色大忿怒相用前五印之所莊嚴各有一面面安三目左右二臂執持寶刀及葛波羅器前五印者即是輪

鐶寶釧寶鬘寶帶以五佛清淨故即五印清淨此諸明妃已如上說無我明妃右執寶刀左持葛波羅器及金剛渴樁誐杖衣虎皮衣立蓮華上足如舞勢智光熾盛如大火聚髪髻金色微忿怒相執寶刀者爲斷一切慢過慢等葛波羅器者爲破四魔令善成就金剛渴樁誐杖者即空智性及諸方便於此儀軌觀想輪法成就者最初觀想黒色第二赤色第三黄色第四緑色第五青色第六白色然於六分觀想相應亦復猒離謂出生次第非出生次第於此二種平等依止是金剛部隨其生滅所說法故諸佛世尊說是空界蓮華種智觀想三摩鉢底及妙樂輪如是次第爲自領納從菩提心如是觀想出生聖賢是二種輪悉俱生故所說勝惠出生義故所說方便士夫用故後於勝義世俗二種分別彼二種輪者說勝惠輪如妙樂故是中於無量義分別有四是四種者即俱生分出生次第一者喜謂於此先行少分妙樂有進求故二者勝喜於此相應漸令增勝說妙樂故三者離喜於此妙樂猒離諸根息除貪染無衆生可喜愛故四者俱生喜一切平等真實觀想故又此妙樂具諸方便唯勝喜中如實遠離餘不復說於非有中無可得故於他了知身所有福尊重稱歎方便附近諸薄德人彼少睡眠若飲若食爲境思念及餘一切如其所見於上中下平等一味真實觀想勿應於下劣品少略句義於最上品而作觀想於中品者離此二種如是六根諸有動息淨盡無餘共所修作等彼一味彼妙樂輪等同開示真實

觀想如是所說出生三有及諸世間如我所見一切觀照是故於三摩呬多畢竟修習於此成就無復疑惑設於大印畢竟進求觀想世間諸所作意悉非觀想觀諸法智亦非觀想諸所動植枝葉蔓草及自他身一切色相是大妙樂悉非有性於自所得成就觀想所生業用如王者尊隨自取捨一切無礙貪瞋嫉妬及我慢等諸所愛樂乃至十六分中不及其一以智慧方便自性出生諸法及彼三世猶若虛空如來所說彼妙樂輪於一刹那而得降伏於自境界悉能棄捨諸了悟智及語言道加持次第唯用趣向一切智智自他了知地水火風及餘空等於刹那頃悉能破壞天上人間乃至地際於刹那頃皆同一相離諸分別不爲自他之所侵撓成就持明諸業用等設復於生死中而常清淨譬如河流亦如燈炷於晝夜中真實不斷彼無智者於是儀軌徒設疲勞此世他世無能成就

清淨品第九

佛告金剛藏言清淨品我今當說

由說是清淨　一切無疑惑　一一賢聖位
後當分別說　五蘊五大種　六根及六處
無知煩惱闇　自性悉清淨　謂自身領納
及餘他所作　說妙樂相應　境界等清淨
故佛善巧說　一切性清淨

時金剛藏菩薩白佛言世尊爲何等清淨佛言於色等境觀想遠離能取所取所謂眼取色耳取聲鼻取香舌取味身取觸意取妙樂應知是等無餘親近是即清淨說金剛明妃即色蘊清淨遨哩明妃即受蘊清淨嚩哩明

妃即想藴清淨金剛拏吉尼明妃即行藴清淨無我明妃即識藴清淨外第二重四方上下成就清淨者謂帝釋方邀哩明妃即色境清淨焰魔方陬哩明妃即聲境清淨水天方尾多梨明妃即香境清淨酤尾羅天方渴三摩哩明妃即味境清淨下方地行明妃即觸境清淨上方空行明妃即法境清淨又地行空行二種明妃從是輪回涅槃自性之所出生外第二重四隅成就清淨者謂伊舍那方十葛西明妃即地大清淨火天方設嚩哩明妃即水大清淨嚩廼哩底方賛拏哩明妃即火大清淨風天方弩彌尼明妃即風大清淨一十六臂者即一十六空清淨四足即四魔清淨八面即八解脱清淨三目即三金剛清淨説金剛空智者即瞋清淨嚩哩明妃即貪清淨金剛拏吉尼明妃即嫉妬清淨邀哩明妃即兩舌清淨金剛明妃即癡清淨如是藴等清淨出生次第彼於是法棄捨真實無能成就則爲藴等之所纒縛若於世間癡闇真實了知即於是縛而得解脱是故非色非聲非香非味非觸非法亦非世間心清淨故即一切清淨

灌頂品第十

佛告金剛藏言復次弟子灌頂曼拏羅法如其次第我今當説修瑜伽者先清淨地或殊妙園林菩薩聖賢得道之處以吽字儀軌作警覺已然後於殿閣中以五寶末或米粉末粉畫最上大曼拏羅其壇作三肘三指量或增四指量指明者入已於五部出生乃至童子亦應親近是輪壇中先令弟子以帛覆面

及為說此難得親近希有之相如是平等作用境界自他領納悉能棄捨於有無性遠離塵染等若虛空以智慧方便染無染等衆生緣力最上文字諸所安住一切觀照又彼世間有性無性之所建立及餘所有我人衆生色者受者命者士夫補特伽羅如是諸有自性悉幻化相時會聽者於金剛藏及一切如來前歡喜踴躍作是唱言我於喜最上喜離喜如是三種世間色相悉無所得及俱生喜無復疑惑時金剛藏讚言善哉善哉是中非貪非離及彼中間皆不可得如是俱生喜遠離三種說名正覺佛言金剛藏而知喜等三種遠離如現浮雲猶成幻化於俱生喜如睡夢覺破一切相得無分別瑜伽印契悉能成就以我四方曼荼羅放熾盛光明而調御之

四門樓閣珠纓半纓雜色交暎無量間錯莊嚴八柱以金剛線平等相應種種妙華燒香塗香及妙燈明八大賢缾殊妙莊嚴於彼缾中插波羅葉吉祥樹枝入五寶末上妙繒氎繫覆缾項隨自本尊作第九賢缾殊妙相應如前嚴飾線及智線應善抨量於輪壇所誦一洛叉及阿庾多數所誦真言如前已說又瑜伽者先擇淨地施諸飲食作護已身如其所見觀想處所於自壇中示灌頂法供養祈請皆如上說內外兩重善巧安布遨哩明妃如次粉畫先於東方粉畫寶刀南西北方四維上下亦復如是時金剛薩埵清淨澡浴身塗妙香華鬘珠寶極勝莊嚴勇猛決定引離荼步入阿闍棃大曼拏羅兩稱吽字作勇猛勢復誦呬呬字辟除怖畏與二臂空智金剛

相應然後爲說真實平等清淨智相不壞他教息除輪轉於無所觀無能觀者無取無不取離二相故

又瑜伽者諸有飲食無復淨穢不生癡猒無有三毒兩舌嫉妬慢過慢等若寃若親心無所動何意於中得生我相自性清淨本然故爾彼金剛拏吉尼等與是妙樂身諸色相悉無所動金剛藏白佛言世尊云何五大種佛言是菩提心之所容受觸堅硬法即是地大彼濕潤性即是水大彼溫熱性即是火大彼動轉性即是風大說妙樂性即是空大此五大種能爲繫縛若於妙樂發俱生喜說是自性一切所作是即持戒以大悲方便之所相應設不護魔粉布輪壇猶於色相心心平等

佛說大悲空智金剛大教王儀軌經卷第二

佛說大悲空智金剛大教王儀軌經卷第三

宋西天三藏銀青光祿大夫試光祿卿普明慈覺大師法護奉詔譯

金剛藏菩薩現證儀軌王品第十一

佛告金剛藏言顰眉顧視名忿怒眼二目向左顧視名信愛眼向右顧視或二目仰視並鉤召眼二目平視或視鼻準上觀出息或屏氣並信愛用觀入息鉤召用說鬼宿日觀乳木樹名信愛用以金剛杵止草木動並息災鉤召用於六月分修習相應成就無礙以佛神力不思議故得成就已令諸衆生入佛知見不應降伏作損惱事又此三昧不應分別得大罪咎諸所作事乃至語言畢竟利益若於衆生少分損害如是法印不能成就服三昧藥者住歌詠舞戲三摩呬多是所對治自他飲食如五甘露又說是相於七日中應知成就離喜過失或有殊妙言音眼目修淨身出妙香影長七步大身人來見是相已即知聖賢修瑜伽者觸彼少分得剎那頃作持明仙我今於十二廣大儀軌中略說酤羅菩薩於諸衆生速疾成就信愛之法從紇哩字觀想本尊紅色四臂手執弓箭持優鉢羅華及蓮華鉤如是觀想於三界中而爲信愛於剎帝利誦真言十萬遍宰官誦一百遍於世間衆生誦一萬遍諸天誦二十萬遍阿脩羅七十萬遍藥叉傍生誦一俱胝如其所說住清淨相諸佛世尊金剛堅固之身普能攝受作曼拏羅及護摩時於彼晨朝承事佛像作加持已觀想諸佛徧滿虛空隨屬本尊入已心內於真言行應當善解種種供養皆從吽字出生彼彼真言曰

唵引嚩日囉二合補瑟閉二合阿引吽引薩嚩二合訶

唵引嚩日囉二合度閉引阿引吽引薩嚩二合訶

唵引嚩日囉二合禰引閉引阿吽引薩嚩二合訶

唵引嚩日囉二合嚧提阿引吽引薩嚩二合訶

唵引嚩日囉二合廼尾你引阿引吽引薩嚩二合訶

獻阿伽水儀軌次第如前已說我今復說成就護魔法息災圓爐白色廣一肘半深等半增益四方黃色廣二肘深一肘降伏三角黑色廣十指深五指信愛紅色鉤召如信愛同忿怒與降伏同息災用脂麻增益用酪降伏用羯諾迦木忿怒用棘木信愛鉤召並用紅優鉢羅華火天歡喜真言曰

唵引阿枿那二合曳摩訶引帝惹薩哩嚩二合歌引摩鉢囉二合娑引馱各歌引嚕拏也二合訖哩二合多薩埵引囉他二合遏悉銘二合散你呬都娑嚩阿枿那也三合嚩引喝那怛鍐二合你尾索引叱部引多引枲呬嚩日囉二合酤引馱布引吟底那引那引囉怛那二合馱哩引馱引底哩二合引阿毋酤引欣曼拏朗栗契多莎哩覃二合撥嚩鉢囉二合哩覃二合撥娑引提阬枿撡賀咩部葛阿引枿弭奢悉野他引歌引棃薩哩嚩二合悉提酤嚕薩嚩二合彌

獻閼伽水真言曰

唵引嗡吽引鍐斛龕覽

淨水真言曰

唵引棃引棃引吽引怛

獻食真言曰

唵引探探

熾盛拏吉尼所說成就品第十二

復次金剛藏言世尊於諸法海云何爲求成就者略說如是本尊色相佛言爲於無我明妃或吉祥呬嚕迦一刹那頃知彼安住及於廣大清淨儀軌若時若處最初修習是故略說復次持真言者一心成就三摩呬多於巳住舍或夜時分發勤勇心以勝慧相應觀想吉祥呬嚕迦像澡浴塵穢著新淨衣以栴檀香塗瑩手足嚼荳蔻齒木及妙香果無非時食如佛世尊求出離想親近智者觀想行人於刹那頃忽起異相於所持明心難調柔爾時行者不應止息決定精勤趣求成就

佛告金剛藏言我說禪定心能壞煩惱毒求成就者極善籌量於一月分心存聖像離諸攀緣或一日中相續觀想隨其所辦得大果利所有輪轉自他二利非餘方便速能修習於所持明而常現前求成就者如是煩惱迷醉憂悲病苦熾然三毒說刹那頃如實相應而得不墮五無間處設有屠膾卑賤醜陋身不具足造惡業者思求成就應修十善尊重愛樂密護根門是人決定離瞋慢習而得成就三摩呬多設此時分於祕密行乃至法印未得成就自然得是持明智者或瑜儗尼而來爲說攝受其印執金剛杵利益衆生或得廣大莊嚴具相童子以悉囉訶香和合龍腦以菩提心加持散之應當一心觀彼聖像彼或爲說十善等法知實明了得彼成就無復疑惑或勝那哩及自眷屬亦應觀想若天若人阿修羅緊那羅夜叉女等彼亦領解自所行行當生信敬勿起邪思瞋怒色相復次金

剛藏言世尊於無我理已具足説復何印所印處二種成就佛言如來大悲隨所應現具相明妃住蓮華族捨幻化相而能照解勝惠方便二種生滅是二邊際非生非滅即真實性又此滅處處無有性滅無盡故瑜伽生滅次第如是又修觀者從戲論生如夢所作了如幻覺實無戲論是中所説如曼拏羅現諸色相和合出生灌頂大印及大妙樂如是了知唯大威力青黄赤緑及黒白色行非行等勝惠方便二種相因説金剛薩埵有妙樂性於曼拏羅餘無作用時金剛藏白佛言世尊是大妙樂自所相應出生次第若非有性復何所用佛言快哉大士以信除疑我説世間身所妙樂能觀所觀如華有香華性若無香不可得身相妙樂亦復如是於性無性如佛知覺癡暗無知及餘怯弱悉能破壞彼金剛喻沙三摩地極妙樂行唯一體相爲佛實藏我所説法聞自功德信順世出世間爲調御者離喜俱生喜等即我自性如以燈明破諸黒暗三十二相八十種好皆樂輪之所安住彼相若無是義非有於諸聖天不應棄捨是故覺非有性色亦無性諸相非相皆勝妙樂又諸世間自他色相悉俱生故心相清淨即名還滅若於本尊相應出生威儀色相及安住處如彈指頃而執著者譬少毒藥能害多命知彼毒已還能壞毒又於分別而强分別以清淨有破煩惱有如風病人食摩沙豆發病愈風名顛倒藥於相決定而常尋伺而爲分別一切法性譬如有人少水入耳還以水取又諸衆生貪火所燒爲諸惡業之所纏縛

我以方便爲説貪火而令解脱如若有人爲火燒烙還炙以火即以是貪令斷貪縛而不能知是顛倒觀想者是人名爲佛法中外道又蓮華部相應分別此五大種觸堅硬性而生執着對治癡法是即地界毘盧遮那如來爲菩提心之所容受色身業用是即水界阿閦如來水地相搖熱觸生火對治貪熾是即火界無量壽如來思惟餘部有動轉相對治嫉妬是即風界不空成就如來於此妙樂而生愛樂即虛空相對治兩舌是即空界寶生如來此五大種於刹那頃心能了知等同一味是故於勝喜中分別貪等五火與大妙樂同一本性有十殑伽沙數如來衆同是一部於是一部復有百萬無數大俱胝部是勝喜中得如是部

説方便品第十三

復次宣説一切金剛儀軌瑜儗尼方便灌頂戒謂分別刹那飲食喜等諸佛如來安住鍐字正等一相得灌頂成就復次金剛薩埵白佛言世尊如是鍐字云何説爲拏吉尼戒如來爲調御師願爲我説如其次第佛言是中鍐字唯一體性最上莊嚴爲阿賴耶諸佛寶藏於初喜等分別刹那住妙樂智謂莊嚴果報作觀離相修瑜伽者於四刹那正行當如是知莊嚴者即初喜中方便爲説種種理事果報者謂即勝喜知妙樂觸作觀者謂即離喜我所受用爲説尋伺離相者即俱生喜遠離三種貪與無貪及彼中間復次灌頂阿闍梨以四種祕密觀想次第發清淨心熙怡顧視知具福慧滅除煩惱於諸衆生因緣成熟

爲說四種澡沐灌頂以二手執金剛鈴杵其灌頂者面目熈怡莊嚴色相以大拇指無名指施設種種供養已爲說攝受大印知彼弟子是大種族遠離瞋恚及我慢習調御教誨執金剛杵隨其本尊說灌頂作用相應契印見自師尊恭敬供養如佛世尊具大寂靜於此金剛瑜伽出生成就印法不應分別又應如我以大威力於生死泥援濟沉溺作大歸救爾時弟子執金剛杵以盡世甘美廣大飲食燒香塗香幢幡寶鐸及妙華鬘是等供養於種種勝喜妙樂剎那遠離乃至菩提最後邊際持金剛杵利諸含識又爲弟子說大悲智安住一切是身非身無有二相觀動植等皆幻化相輪壇方便畢竟無疑諸同學者如已眷屬時金剛藏白佛言世尊云何名諸佛身最上輪壇如其次第爲我除疑佛言是曼拏羅者堅固菩提心作大施會如虛空輪清淨境界應知是名金剛瑜伽蓮華部義

時金剛藏復白佛言世尊持何等戒住何三昧佛言一者不應殺害衆生當共一心如護已有二者無不與故取他人翫好三者無欲邪行知本性空故四者無虛妄語世出世間發最上願時諸瑜伽者於佛世尊作如是言

云何名根境　云何十二處　何等名蘊界
復何爲自性　佛言根有六　謂眼耳鼻根
與身舌意等　內外根癡俱　以金剛解脫
又境有六塵　謂色聲香味　及與觸境界
并法界自性　是名爲六境　即前根境二
翻名十二處　五蘊謂色等　及大悲行性
如是根境識　說名十八界　是故瑜伽者

於此能悟了　彼自性不生　真實無妄失
一切盡知解　猶如水中月　又如撚箭手
云何生火相　是火非箭出　亦非撚人手
諸相盡度量　俱時無所得　又此所生火
非假亦非實　是故諸法中　應如是作意

佛說大悲空智金剛大教王儀軌經卷第三

音釋

奎傾圭切　鞞駢迷切　泯弭盡切　蔓無販切葛屬　繒慈陵切帛也　氎徒協切毛布也　抨補耕切以繩直物也　閉必計切　栫魚割切　欻呼郎切　覃徒含切　眈都含切　蔲呼豆切荳蔲草實　硬魚孟切坚本也

佛說大悲空智金剛大教王儀軌經卷第四

宋西天三藏銀青光祿大夫試光祿卿普明慈覺傳梵大師法護奉詔譯

第五同卷

說方便品第十三之餘

爾時無我明妃而爲上首與一切金剛拏吉尼等俱持五甘露相應供養世尊金剛薩埵已飲金剛甘露味現大威神發歡喜心語汝金剛拏吉尼等我此真實極爲秘密供養禮敬一切佛已於金剛本性我今開示時諸明妃得大歡喜右膝著地合掌恭敬聽佛所說

佛言如得飲食於美不美勿生猒離澡浴塵穢無起淨想設復不修禪定不誦呪句不捨睡眠不護根門於五淨食平等服行一切眷屬心無愛著無怨親想木石塑像不行禮事於世間法悉能遠離又於刹帝利婆羅門吠舍戍陀羅等不樂親近穢行旃陀羅皮作廁人等亦不遠離或以摩黏及藿香葉毒辣藥等酸鹹苦淡及香美味殘觸飲食以菩提心不二智故世間少分無不食者又得自然生酤蘇摩華置蓮華器中入尸利沙及星伽拏藥而爲甘露以寒林灰塗身著雜色弊衣畢利多華結鬘嚴飾復次金剛藏言六根清淨故即一切境界廣大清淨世尊豈不說此諸根清淨是大勇健身所甲冑金剛藏白佛言世尊諸聲聞人所不能知是大三昧耶佛語決定如刹那頃離諸煩惱如來於四種教理不作是說云何名方便說佛言金剛藏汝一心聽我今爲大心者以方便說大三昧耶如說摩黏即果實義如說彌羅即鉤召義如說珂吒畢利珂喃即去來義如說阿薩多婆囉

喃即珠寶義如說曼拏嚕即鼓音義如說努囉努囉即薄德人如說歌陵惹囉即福善人如說顊抳鉿即無觸義如說葛波羅即蓮華嚚如義底望鉢多即飲食義如說摩羅頂即菜食義如說卂探即四平等義如說毋多羅即妙香義如說悉羅紺即自然生義如說輸葛囉即造作義如說末娑即白色義如說瑜即相應義如說謨羅紺即金剛義如說酤羅紺即蓮華義如說酤覽即部類義如說嚩囉拏即有分別無分別義於佛五部亦如是說如說努彌即金剛部如說那胝即蓮華部如說賛拏棃即是寶部如說挼惹多即如來部如說辣惹計即羯磨部如說毋陀羅即妙成就義又修觀者得金剛水成就作供養已而自服行佛言金剛大薩埵我為汝說非彼一切但應尊重而攝受之於此金剛空智灌頂大真實句三昧方便勿妄宣說得大罪咎畢竟無疑或為鬼魅怨賊侵嬈瘧病蠱毒乃至是人速趣命終設復有人於此三昧如世醫王及佛導師於是方便亦勿為說彼不動使者及四大明妃發大忿怒是名一切儀軌中

義集一切儀軌部品第十四

爾時金剛藏而為上首與一切金剛拏吉尼心生疑惑得大憂惱而白佛言世尊前行品中說金剛歌舞成就者云何為歌舞云何本尊灌頂於何等印說瞋等作用又真言品說無我明妃種子者云何種子從何出生金剛部品說三十二血脉之相談彼清淨唯願世尊為我除疑佛言金剛歌舞者所謂

酤引羅以哩胝阿冒引羅引蒙毋抳哩哥引

酤引羅引佉吉畢吒斛引末惹伊葛嚕尼吉
阿伊路引羅引怛呬左羅渴惹伊誐引遲摩
野拏引畢惹阿伊喝隸歌引陵惹囉鉢捉阿
伊訥努嚕末吩阿伊撥烏三摩葛芻哩悉羅
歌引二合葛卜嚕羅引伊阿伊摩引羅伊印馱
拏娑隸怛呬娑嚕呵引壹阿伊畢陵二合渴拏
契吒葛陵諦戍馱戍馱奴惹捉阿伊捉嚫戍
盎栴左拏引尾阿伊耽呬吩薩囉引縛阿尾
鉢捉阿伊末隸野吩翁努嚕末吒伊顊捉末
多馨末惹阿伊哩

金剛舞者於呬嚕迦相勿應妄念心生愛樂相續觀想又金剛明妃及瑜儗尼等如諸佛毋是金剛歌舞而常真實護持自身及餘眷屬此諸世間所持誦處能生信愛是故於此極生尊重如月愛相勿復疑惑時金剛藏白佛言世尊是俱生喜自性何所棄捨而能出生一切相應譬若虛空無有窮盡佛言如是如是如汝所說金剛藏言云何菩提心出生方便佛言謂此輪壇以自威力加持次第名菩提心出生方便世非世俗有二種相如俱那花處白月影世間妙樂亦復如是謂佛菩薩如是住持信解輪迴無復涅槃所說色聲等是輪迴受等是輪迴根等是輪迴瞋等是輪迴即以是法而名涅槃謂無癡是涅槃無迷亂是涅槃清淨是涅槃若非世俗菩提心以具相童子是上種族性行調柔殊妙莊嚴以悉羅訶香和合龍腦及妙飲食隨分供養於自他身成就義利又金剛蓮華而作相應出生次第不應遠離以蓮華器或白螺貝而作甘露如是正理有大力能即無我明妃以

大印曼拏羅住臍輪中從阿字音自性及彼提字説是勝慧出生相應次第非長短方圓而俱生喜如是出生受用妙樂及與大印而得成就彼色聲香味觸法界自性智慧方便及大妙樂即彼輪壇五智自性謂大圓鏡智平等性智妙觀察智成所作智清淨法界此無我明妃法界本性如我爲曼拏羅王等無有異復次金剛藏言於輪壇觀想道如其出生諸佛聖賢唯佛世尊先爲我等説是戒相佛言先於身中住阿字門金剛蓮華大印方便學處此内外戒我今開示以阿字理趣祕密三摩鉢底令煩惱縛外不現起了知法報化三身輪及大樂輪義如是住心意喉頂出生無量諸佛聖賢彼化身輪依上座部律出變化身法身輪者依一切有部律宣説法故

報身輪者依正量部律爲所受用一切飲食味故大樂輪者依大衆部律住妙樂故世尊分别四種不動果等以勝慧業而作教誡是法輪者如其受用説無所動而得大果於妙樂輪具大力能有士夫用相應出生清淨果報是等義類説名聖胎爲遊止處若人心離貪等設處胎藏如被法服觀所生毋即諸佛毋慈愍訓育曲躬禮敬如親教師猶我往昔順生世間從阿字輪出生欱字圓頂潔膚若苾芻相又衆生十月始生地上我於爾時滿十地行大自在位故阿字門積集衆生如佛無疑爾時無我明妃等聞佛語已心生疑惑得大恐怖悶絶躃地時會見已語金剛明妃等言是地水火風空此五大種唯佛知覺時無我明妃如夢所聞從地而起白言世尊如

是衆生云何爲諸垢染之所覆藏能除是等名正覺者世尊如是真實無有虛妄佛言如無智人飲栟㘓羅拏藥極生惛醉若離癡愛是即解脫若人於金剛空智信樂多聞了知出離方便斷無明縛不生執取於天人阿脩羅地獄餓鬼畜生起大覺悟無衆生相當成正覺又糞穢諸蟲常樂自體而尚不知有天人等樂此覺性者隨心所現非餘世界得成正覺設旃陁羅諸殺業者是人無智愚夫執著不知是行爲極癡冥於六趣中發行取有支之所輪轉若於金剛空智得是方便除我慢習清淨境界得無上道於此勝行成就無疑說卜葛西明妃是即地界彼堅硬體是即癡義佛言身依心出生若於餘處定不可得是故毗盧遮那如來部說設嚩哩明妃是即水界彼濕潤性本尊理趣佛言心依身出生若於餘處不應現起是故阿閦如來部說賛拏哩明妃是即火界即貪理趣佛言說貪愛火以赤色爲自相由貪起兩舌故寶生如來部說努彌尼明妃是即風界本尊理趣佛言由貪故起嫉妬不空成就如來部如是遨哩明妃䟦哩明妃尾多哩明妃渴三摩哩明妃亦如上說於金剛空智如是住持三摩鉢底復次無我菩薩於平等相爲利衆生請問末隣大供養真言句時金剛薩埵於諸衆生令護他命爲作障者一切頻那夜迦說末隣大供養明曰

唵印捺野摩惹羅惹刹普嚩嚩嚩喝尼一合嚩引喻囉刹賛捺蘇惹摩捺嚩鉢多羅鉢多引棃遏吒薩鉢伊喃末隣遙惹仍伽補澁波二合度

(引)波莽(引)娑(引)尾覲喃(二合)盎喝歌(引)惹薩縛
娑(引)達侃底枯尼譬痆枡(引)捺唵(引)遏歌(引)
嚕(引)牟抗薩哩嚩(二合)達哩摩(引二合)拏摩鑁(切身)
那庾(二合)怛半(二合)那怛嚩(二合)多唵(引)阿(引)吽(引)
發吒(半音)薩嚩(引二合)賀(引)

如是末隣大供養明善解瑜伽者供養一切部多等得大吉祥若求信愛護世諸天生大歡喜若作降伏速破寃敵若作鉤召能遣諸魔若作息災增益得大富樂相續不斷復次金剛藏言如來先說地行空行明妃我今不知當何部主佛言爲身語意三密輪中以我住處及無我菩薩住上中下此中開示部有三種五種或開六種即五如來爲對治彼貪瞋愚癡兩舌嫉妬又於五種隨其次第觀想出生金剛薩埵清淨妙樂又三種者即如來部蓮華部金剛部爲對治彼貪瞋癡等又復一部謂阿閦如來金剛威德現忿怒相對治瞋法

金剛王出現品第十五

爾時空智大金剛王開示一切本尊一切自性身曼拏羅住極妙樂金剛心種子出生一切自相曼拏羅王一十六臂八面四足帶髑髏鬘現忿怒相執持五印得大無畏時無我菩薩白如是言我先不知是曼拏羅一十五位眷愛種智願爲我說時金剛王如是嗟咨持葛波羅擲金剛杵摧伏魔已說是如前曼拏羅輪四隅四門及金剛線珠纓半纓無量雜寶間飾莊嚴以我吽阿字種智放青色熾盛光燄出生八面一十六臂足踏四魔現忿怒相帶髑髏鬘及妙瓔珞得大無畏住日輪

中立如舞勢頂戴善巧金剛杵黑色忿怒以灰塗身口誦吽發吒字入樂寂靜離煩惱縛妙三摩地正面大黑色右面如白色俱那華左面紅色大忿怒相上面笑容餘四面並青黑色共二十四目如是相續復入樂嬉戲三摩地從唵字門出生遨哩明妃住於東門復入滿他那相應三摩地從尊字門出生厫哩明妃住於南門爲護門者復入金剛蓮華相應三摩地從鍐字門出生尾多哩明妃住於西門復入破大煩惱闇三摩地從紺字門出生渴三摩哩明妃住於北門爲壞魔者從奔字門出生卜葛西明妃住伊舍那方復入滿他那相應三摩地從商字門出生設嚩哩明妃住火天方從賛字門出生賛拏黎明妃住羅刹方從農字門出生努彌尼明妃住風天方爲樂忿怒者

爾時空智大金剛王復虛空性三昧忽然不現彼四大種明妃以種種金剛歌詠供養地大遨哩明妃曰

善哉金剛王　速起大悲意　欲護諸衆生
不應住空性

水大設嚩哩明妃曰

起空空智主　住空非利樂　爲求成就者
不應住空性

火大賛拏黎明妃曰

云何住空性　而不見方所　我請大悲尊
速成諸利樂

風大努彌尼明妃曰

我知空智心　身從幻化有　不斷大悲者
勿作如是意

時空智大金剛王復從吽阿字種智出現大金剛身柔輭智相莊嚴殊妙作勇猛勢忿怒微笑得大無畏内懷悲愍希有寂靜勝味理趣現九種舞戲左右一十六臂各各持一大蓮華器所謂地水火風日月多聞天王及燄摩天主象馬渴囉牛駞意生師子貓兒足履地上作期尅天阿脩羅勢遨哩明妃右手握寶刀左手持磨竭魚陬哩明妃右手持夆婁鼓左手持縛囉賀尾多哩明妃右手掌龜左手執蓮華器渴三摩哩明妃右手持蚤龍左手執蓮華器卜葛西明妃右手持師子左手執鉞斧設嚩哩明妃右手掌比丘像左手持錫杖賛拏哩明妃右手持八輻輪左手執犂具努彌尼明妃右手執金剛杵左手作期尅印

佛説大悲空智金剛大教王儀軌經卷第四

佛説大悲空智金剛大教王儀軌經卷第五

宋西天三藏銀青光祿大夫試光祿卿普明慈覺傳梵大師法護奉　詔譯

金剛王出現品第十五之餘

復次金剛藏菩薩是諸明妃右半跏趺立如舞勢二臂三目竪忿怒髻皆用如前五印莊嚴遨哩明妃黑色賀哩明妃紅色尾多哩明妃黃赤色渴三摩哩明妃綠色卜葛西明妃帝青珠色設嚩哩明妃珂月色贊拏哩明妃虛空青色努彌尼明妃具種種色又諸明妃足履八魔謂梵釋那羅延大自在吠濕嚩多尾怛那乃哩底毘摩質多羅天等各以最上供具於金剛部生適悅心尊重供養

復次無我菩薩問言是大祕密及信愛法鉤召諸龍天阿蘇羅以何等真言期尅摧伏諸難調者時金剛王答如是言汝聽我說是妙樂輪諸佛菩薩我及餘處不妄開示若有如實金剛薩埵等於是真言無少慳惜如是慇懃當為汝說先以熾盛華鬘周徧間錯粉布曼拏羅已於金剛藏為授灌頂用上妙黑色脂麻厲聲加持念吒一萬遍於空智金剛相應即得鉤召一切念十萬遍是人諸有所作於瑜伽相應離諸疑惑即說真言曰

唵(引)尾捺(引)喃(引)阿(引)顇載嚩(引)哩馱(二合)贊涅哩(二合)訥普始耽鉢室左(引二合)捺瑟吒(引二合)那那(引)曳底氷(甲孕切)吳哩馱(二合)計設末哩多摩(二合)泥挼覩哩吻(二合下尾頡切)設底泥怛囉(引二合)野怛捺砮數疕(尼轄切)設普惹(引)野訖哩(二合)瑟拏(二合)蘻(仁際切)年怛嚩補熾(引)葛播(引)羅摩(引)賴(引)歌馱(引)哩尼阿馱摩(二合)怛骨嚕(引二合)囉唧多(引)野阿哩提(引二合)耨能瑟致哩(三合)乍摩

引囉野摩引囉野歌引囉野歌引囉野怛哩
惹合二野怛哩惹合二野成引沙野成引沙野薩
鉢多合二娑引誐囉引那滿馱滿馱那引誐引
瑟吒合二歌那屹哩合二恨拏合二屹哩合二恨拏合二
設咄嚕合二那喝訶引呬醯引虎呼二引奚引孩
胡號引憾引憾赫發吒半音薩嚩合訶引
復次無我菩薩悶是智所至處相應起適悅
意悶是最上堅固祕密妙曼拏羅爾時大智
調御師生大歡喜住三摩呬多以金剛蓮華
大相應門而自粉畫其曼拏羅一重四門四
峯樓閣五色界道金剛智線正等相應周徧
光明種種嚴飾八大賢瓶如次粉畫以寶末
或五粉末寒林塼炭末中位畫八葉蓮於臺
藥中粉畫白色三分葛波羅相伊舍那方畫
師子火天方苾芻像乃哩底方畫輪風天方

金剛杵東門寶刀南門奎樓鼓西門畫龜北
門畫龍明妃色相已如前說是名八種幖幟
中位白色畫善巧金剛杵別置一瓶名曰最
勝頸繫妙繒插鉢羅嚩吉祥樹枝入五寶末
及五穀等一切圓滿廣說如眞實攝曼拏羅
儀軌當如是知入是曼拏羅者觀想八種大
明如十二或十六童子相瓔珞妙繒殊勝嚴
飾謂惹那末佗哩訥呬多末佗尼摩摩寫末
哩耶摩覩末佗尼是名八種大明修瑜伽者
先以龍腦水散洒供養已於是八種速獲成
就復次曼拏羅中以上妙法食及妙衣服爲
解脫故以金剛蓮華歌詠舞戲而供養之如
實相應然後於中夜分引諸弟子入火壇中
除去面衣視曼拏華所隨處爲作灌頂爾時
灌頂阿闍梨如其爲說別別行相稱讚供養

亦説是爲牟尼如來清淨學者如是遠離貪等邊際顯示真實於諸儀軌少分開示復次無我菩薩問言彼金剛相應作供養已一剎那頃云何如是説名本尊以偈答曰

是法非三世　非輪迴涅槃　無自亦無他
斯最上大樂　如人自舉手　拇指及無名
二指竪相捻　二報斯決定　如本無是相
云何生有想　設後智生時　如啞所受夢
此最勝邊際　由遠離貪故　依空實際中
是即名空智

金剛空智熾盛拏吉尼畫像儀式品第十六

復次五印我今當説謂頂相寶輪者唯常敬禮教授阿闍梨及自師尊耳寶鐶者不樂聞説持金剛者及自師尊一切過失麤惡語故頸寶鬘者唯常誦持大明呪故手寶釧者乃至不殺蠕動諸衆生故腰寶帶者遠離一切欲邪行故以五佛印常所印身是則清淨

復次空智金剛畫像儀式我當開示求成就者受三昧耶戒彼工畫師亦受三昧畫像繒帛清淨細密擇去髮毛以蓮華器成五彩色於像幪下畫自師尊或先以絲線加持供養如其大小織作幪樣復以廣大三昧耶相應加持於黑月分十四日或空寂舍中日分時起勇悍心以上味法食服妙繒綵爲解脱故衆寶嚴飾住是三昧者設飲食已不須漱滌塵穢故作淨相然後求一具相童子性行調柔衆所愛敬住於左邊散妙香華爲成就者

飲食品第十七

復次書寫受持我今當説用樺皮葉等長十二指書此經者亦令受三昧耶戒用最上香

墨或復剌血以骨爲筆又此經及前幪像或不受三昧耶戒及餘惡人若令見者不能成就乃至他世隨諸惡趣又此經法而常頂戴或置餘部大乘經中密令護持復次飲食我今當說或眼目脩廣如是人來於曼拏羅所以上味法食而供養者於諸義利而獲成就或塚壙間清淨山林衆所住處及大海岸如是飲食布座九位以虎皮爲座或寒林衣中位分布空智金剛諸瑜伽尼等隨知方隅安虎皮座以三昧耶食或供王者饌一心供養於眷屬曼拏羅廣大成就又復用一蓮華器滿中盛酪作蓮華印契手奉自師尊作大禮敬取已自食獲大福報求成就者當如是恭敬

教授品第十八

復次於世俗相擇法弟子我今當說身不狹長亦不矬陋不白不黒如蓮華敷具諸相好或出入息如青蓮香身腋汗濡如出微妙栴檀沉水悉羅訶等及妙華香智者如實應善觀察又復尊重不樂戲笑出言慈愛意處寂靜髮紺殊妙諸相具足於如是法器速獲成就時無我菩薩問言於俱生喜及自本誓云何奉行佛言謂常行三昧無諸過失金剛空智及自師尊大悲憐愍生勝族中執金剛鈴誦持深法

復次無我菩薩重白佛言是惡人輩多諸弊惡云何教授佛言應先布薩淨住律儀教授經法瑜伽觀行大毘婆沙及中論等一切真言理趣如實知已然後爲說吉祥金剛空智

復次欲作降伏法者向佛如來及自師尊先

作白已如其所見極惡衆生毀佛形像破滅聖教令生意樂作彼觀想頂踵顛倒是人首飾速生顫動行道路中思入火聚心火種子應時現行如是見已刹那降伏是大儀軌不須護摩及印縛法三昧呪句隨念成就又此所說清淨最上最勝祕密於其成就不應分別得大罪咎猶如大寶光明鬘聚於此通達或未通達及不相應悉生愛樂若於三寶功德著世五欲是不清淨譬如得淨甘露轉成毒藥衆生輪迴及佛彼岸體無二故復次聽我所說於祕密乘出生行相謂信愛眼者即大悲所生身黑色者慈心所現四足者四攝事所生八面者八解脫所生一十六臂者一十六空所顯五印者即五如來所生忿怒相者摧伏諸難調者所起乃至皮骨脂肉血脈等相即四明妃七等覺支及四真諦所生諸八部真言曰

唵(引)阿吽(引)癹吒(半音)薩嚩(引二合)賀

持念品第十九

復次金剛薩埵說諸法律儀持念境界我今開示禁止法用乳汁以水精爲念珠信愛法用璨拏摩藥以赤栴檀爲念珠二種降伏法並用悉羅訶香以木槵子或水牛角爲念珠忿怒法用白米飯以真珠爲念珠鉤召法用四種妙香以末囉多木爲念珠發遣用麝香或自止出入息以碼磁爲念珠又求雨法及忿怒法並真珠爲念珠

俱生義品第二十

復次於此薩埵部中安住是謂八輻輪或般若波羅蜜多梵夾求成就者無名指節如九

鈷杵黑色相者於阿閦如來部而爲本尊手如輪相大白色者毘盧遮那如來部而爲本尊如蓮華文紅色相者無量壽如來部而爲本尊如寶劔相大緑色者不空成就如來部而爲本尊如妙寶珠金色相者寶生如來部而爲本尊淡黄色者金剛薩埵部而爲本尊修瑜伽者或無是相具大知見慈心相應不生悔慢即諸如來之所建立時無我菩薩聞是説已得大了悟作諸供養於勝園林寂靜方所而自安住若諸求成就者依如上説飲食衣服及諸法具清淨莊嚴常修禮敬悉獲如來廣大成就爾時金剛藏菩薩説灌頂四種伽陀曰

善哉金剛阿闍梨　普令攝受諸學者
執大金剛大妙鈴　安住金剛大壇界
以我祕密灌諸頂　由灌頂故心所持
如佛菩提大導師　成就無邊真法子
哀愍哀愍大薩埵　極哀愍故受供養
善巧無邊色相中　隨其意樂皆圓滿
金剛輪圍若虚空　離諸塵染體清淨
是稱慈父解脱門　斯大智中希少分

加持金剛蓮華真言曰

唵(引)鉢訥摩(二合)蘇珂(引)馱(引)囉摩訶(引)囉(引)誐蘇龕捺捺拶覩囉(引)喃捺婆(引)摩葛尾説吽(引)吽(引)歌哩也酤嚕薩嚩(二合)彌唵(引)嚩惹囉(二合)摩訶(引)按(奴回切)沙拶覩囉(引)難捺拏(引)野各渴誐目鐙葛囉素(引)那(引)他吽(引)吽(引)歌(引)哩闍(二合)酤囉薩嚩(二合)彌尸囉細唵(引)歌(引)嚩緊拶桼計(二合)阿(引)歌犖(力角切)

復説伽陀曰

若不知空智　超勝諸儀軌　希求染欲心
順世間輪轉　彼彼部出生　隨現諸色相
是故瑜伽者　供養悉明了　若親近一切
彼成就吉祥　回向大深心　自他俱利樂

佛說大悲空智金剛大教王儀軌經卷第五

音釋

厠初吏切　爹端耶切　兀五忽切　嬈乃了切亂也　蠱果五切蠱毒也　蜃時軫切似蛟無足蚰所化也　蠕乳兖切蟲動貌　矬才何切矮也

佛說幻化網大瑜伽教十忿怒明王大明觀想儀軌經

宋西天三藏朝散大夫試光祿卿明教大師法賢奉 詔譯

清刻龍藏佛說法變相圖

佛說幻化網大瑜伽教十忿怒明王大明觀想儀軌經

宋西天三藏朝散大夫試光祿卿明教大師法賢奉 詔譯

爾時世尊在淨光天清淨大樓閣之中於彼樓閣以金剛柱及最上珍寶種種莊嚴如是嚴飾供養悉是如來神通變化爾時會中有如是阿閦寶生無量壽不空成就等如來爾時大毗盧遮那如來胎藏於四面門出生諸大菩薩衆及諸大明者無數賢聖復有忿怒明王與其眷屬唧吒唧致訥多訥帝緊羯囉緊羯哩等復有天龍夜叉巘達哩嚩阿蘇囉誐嚕拏緊那囉摩護囉誐等無數之衆俱來在會圍繞世尊爾時大毗盧遮那如來常住安樂三摩地常不離大智大行大慈大悲救度衆生爾時大毗盧遮那如來於大會中觀

彼金剛手菩薩已放大光明照於衆會時金剛手菩薩從座而起偏袒右肩瞻仰如來以右手擲金剛杵右膝著地合掌作禮而白佛言何因何緣如來放大光明若無因緣佛非放光我見此光心生疑惑時會大衆懷疑亦然唯願世尊作師子吼善説妙法斷我疑網

爾時世尊毗盧遮那如來受金剛手菩薩請已告言我今放光欲説此大智大自在幻化網瑜伽大教王金剛手此金剛大智方便行一切義海所作最勝於一切教中上中最上能善安樂一切有情如是説已即入智慧方便大自在金剛救度大樂金剛三摩地從定出已説大幻化網瑜伽大教三昧曼拏羅中十忿怒明王觀想儀軌法復次持明行人以吽字爲大智想此吽字化成焰鬘得迦忿怒大明王光如劫火身作大青雲色六面六臂六足身短腹大作大忿怒相利牙如金剛面各三目以八大龍王而爲嚴飾虎皮爲衣髑髏爲冠乘於水牛足踏蓮華鬚赤黄色有大辯才頂戴阿閦佛自在而坐大惡相顧視正面笑容右面黄色舌相出外左面白色齩脣是妙吉祥菩薩化身右第一手執劍第二手執金剛杵第三手執箭左第一手執羂索復竪頭指第二手持般若波羅蜜多經第三手執弓於此明王下想諸天魔怖畏作禮身有日輪圓光變化諸佛如雲若持明者如是依法觀想及誦大明彼人行住坐卧常受五欲快樂而無過失譬如虚空物不能著此名能成壞大智金剛調伏三摩地復次世尊大毗盧遮那如來爲一切如來之首入大智

大毗盧遮那如來金剛三摩地從定出已以
三金剛門說此焰鬘得迦大忿怒明王大明
曰
曩莫悉底哩三合中一字丁逸切嚩日囉二合引赦引一唵
引竭切身竭二佉引呬佉引呬三薩哩嚩二合訥
瑟吒二合四薩埵那摩迦五阿西毋娑攞六鉢
囉成七播引舍賀娑多二合八拶覩哩部二合惹
九拶覩哩目二合佉十沙吒左二合引囉拏十一阿
誐蹉阿引誐蹉十二薩哩嚩二合訥瑟吒二合十三鉢
囉二合引拏引鉢賀引哩拏十四摩賀引尾覲曩
二合十五伽引怛迦十六尾訖哩二合路引曩曩十七薩
哩嚩二合部引多十八嚩商羯囉十九阿吒吒賀引
安二十曩引祢祢引二十一麼也二合引伽囉二合左哩
摩二合二十二你嚩引娑曩二十三俱嚕俱嚕二十四
薩哩嚩二合羯哩摩二合覩曩覩曩二十五薩哩嚩
二合滿怛囉二合引頻那頻那二十六波囉毋捺囉
二合引二十七阿引羯哩沙二合野二十八阿羯哩沙二合
野二十九薩哩嚩二合部引旦引三十你哩摩二合他
三十一你哩摩二合他三十二薩哩嚩二合訥瑟鵮二合
引三十三鉢囉二合吠引武毋切舍野三十四鉢囉二合吠引
舍野三十五曩拏攞滿提曳二合引三十六吠引嚩莎
多三十七吽去尾旦引怛羯囉三十八俱嚕俱嚕
三十九摩摩引迦引哩煬二合四十賀曩賀曩四十一
那賀那賀四十二鉢左鉢左四十三摩引尾藍麼
野四十四摩引尾藍麼野四十五摩摩三摩野四十
六摩努娑摩二合囉四十七吽引吽引四十八發吒半音
發吒半音四十九娑怖二合引吒野五十娑怖引二合吒
野五十一薩哩嚩二合引商引五十二波哩布引囉迦
五十三呬引呬引婆誐鍐五十四緊唧囉引野洗
五十五摩摩薩哩嚩二合引哩他二合五十六娑引達

野娑嚩引二合賀引五十七

爾時大毗盧遮那如來說此大明已一切諸佛大威德菩薩歎未曾有唯念大金剛毗盧遮那佛如見此大智大變化金剛大忿怒焰鬘得迦大威力出世如是持明者依法結界能除諸惡而為最上復次持明者作成就法當用自死人髑髏取只一片圓滿而成者及兩耳通過者堪為作法若兩片成髑髏及兩耳不通過不堪作法取設咄嚕足下土為泥作設咄嚕形入於髑髏內持明者以足蹋之誦此大明勾召速來依此觀想而自降伏爾時世尊大毗盧遮那金剛如來復說無能勝大忿怒明王觀想法缽囉𑖨字為大智觀想缽囉𑖨字化成無能勝大忿怒明王三面各三目六臂身黃色日輪圓光廣大照耀自在而住以八大龍王為莊嚴正面笑容右面大青色微有忿怒相左面白色皺唇現大惡相右第一手執金剛杵第二手執寶杖第三手執箭左第一手執羂索復豎頭指第二手持般若波羅蜜多經第三手執弓如是觀想而作成壞之相頂戴阿閦佛若依法持誦速成正覺此名無能勝大智金剛三摩地爾時世尊大毗盧遮那如來說此觀想已入大不空成就金剛首甘露忿怒金剛三摩地從定出已以三金剛門說此無能勝大忿怒明王大明曰

曩莫三滿多沒馱引喃引一曩謨引囉日囉二合骨嚕二合馱引野二摩賀引能瑟吒嚕引二合怛羯二合吒三陪囉嚩引野四遏西毋娑攞五缽囉戍播引舍六賀娑跢引二合野七唵引阿蜜

哩二合多八軍拏梨九揭揭十佉引呬佉引呬十一底瑟吒二合底瑟吒二合十二滿馱滿馱十三賀曩賀曩十四誐哩惹二合誐哩惹二合十五尾娑怖二合引吒野十六尾娑怖二合引吒野十七薩哩嚩二合尾覲曩二合十八尾曩曩引野劒引十九摩賀引誐拏鉢底二十吤上聲尾旦引怛羯囉引野二十一吽發吒半音娑嚩二合引賀引二十二

爾時世尊大毗盧遮那如來說此無能勝大忿怒明王大明已一切諸佛大威德菩薩皆悉讚歎一切邪魔外道等作大驚怖身心顫掉唯念大毗盧遮那佛復次持明者作成就法用旋風內樹葉及設咄嚕足下土相和作頻那夜迦形持明者以足蹋之依法誦此大明以吽𑖮𑖳𑖽字發𑖣𑖘𑖿字與明同用亦能發遣諸佛菩薩何況設咄嚕復次觀想法吽𑖮𑖳𑖽字為大智觀想化成鉢訥曼得迦大忿怒明王三面各三目八臂正面笑容右面大青色舌相出外如金剛杵左面黃色利牙齩脣虎皮為衣右第一手執金剛杵第二手執寶杖第三手執迦那野第四手執箭左第一手執羂索豎頭指第二手持般若波羅蜜多經第三手持蓮華第四手執弓觀想如成壞相能變化無數頂戴阿閦佛若依法觀想必得成就此名最上馬頭金剛三摩地爾時寶生大金剛如來入寶化大智金剛三摩地從定出已說此鉢訥曼得迦大忿怒明王大明曰

曩莫三滿多沒馱引喃引一唵引吤曩哩胝二吒吽引吽引二發吒半音娑嚩二合引賀引四

爾時世尊大毗盧遮那如來說此鉢訥曼得迦大忿怒明王大明已諸佛菩薩皆悉讚歎

囉叉娑部多拏枳你娑建馱諸宿曜等悉皆驚怖恐畏顫掉彼持明者依法持誦而作一切成壞之相復次說此尾覲難得迦大忿怒明王觀想法吽字爲大智觀想化成尾覲難得迦大忿怒明王大青雲色三面六臂面各三目正面笑容右面白色左面黃色作忿怒相齩脣右足蹋諸魔左足蹋蓮華右第一手執利劒第二手執鉞斧第三手執箭左第一手執羂索竪頭指第二手持般若波羅蜜多經第三手執弓頂戴阿閦佛具大神通能降一切魔變大慈悲雨如是依法觀想除一切魔此名最勝大金剛三摩地爾時世尊無量壽大金剛如來入無量功德寶藏大金剛三摩地從定出已說此尾覲難得迦大忿怒明王大明曰

曩莫三滿多沒馱引喃引一唵引吽引吽引吽引引一跢引嚕攞三尾嚕羅四薩哩嚩二合尾沙伽引怛迦五入嚩二合里多尾娑普二合陵誐六遏吒吒賀引娑七計引娑里八娑吒引誅波九鵮迦引囉十嚩日囉二合祛囉你哩伽二合引多十一左里多十二嚩蘇馱引怛攞十三你濕嚩二合娑十四摩引嚕姤得吒二合鉢多二合十五達囉尼引十六達囉毗引沙拏十七過吒吒賀引娑十八阿波哩彌多末攞十九波囉引訖囉二合摩二十阿引哩也二合毗引多二十一部引多誐拏二十二達踰二合始多二十三沒皺亭夜切沒皺二十四賀野誐哩二合引嚩二十五佉引那佉引那二十六鉢囉滿怛嚂二合引二十七親那親那二十八悉地孕二合彌引祢舍二十九阿引吠引舍野三十薩哩嚩二合入嚩二合囉三十一必舍引左喃三十二薩哩嚩二合誐囉二合呬引

數阿鉢囉(二合)底賀覩(引)婆嚩(三十三)嚩日囉(二合)能瑟吒囉(二合)緊唧囉(引)野洗(三十四)伊難訥瑟吒(二合)誐囉(二合)憾(三十五)訥瑟吒(二合)薩哩謗(二合)嚩(引三十六)度曩度曩(三十七)摩他摩他(三十八)摩吒摩吒(三十九)鉢吒鉢吒(四十)播(引)吒野播(引)吒野(四十一)滿馱滿馱(四十二)沒馱達哩摩(二合四十三)僧伽(引)努倪也(二合引)旦(四十四)羯哩豁俱嚕尸伽囕(二合四十五)賀野仡哩(二合引)嚩(引)野發吒(半音四十六)嚩日囉(二合引)野發吒(半音四十七)嚩日囉(二合)誐(引)怛囉(二合引)野發吒(半音四十八)嚩日囉(二合)你怛囉(二合引)野發吒(半音四十九)嚩日囉(二合)能瑟吒囉(三合引)野發吒(半音五十)嚩日囉(三合)祛囉(引)野發吒(半音五十一)嚩日囉(二合)祛囉(五十二)你哩伽(二合引)多曩(引)野發吒(半音五十三)波囉滿怛囉(二合)尾曩(引)設曩(引)野發吒(半音五十四)怛嚩(二合)路枳也(二合五十五)

婆煬羯囉(引)野發吒(半音五十六)薩哩嚩(二合)羯哩彌(二合引)數(五十七)阿鉢囉(二合)底賀路(引)野發吒(半音五十八)嚩日囉(二合)俱攞(五十九)怛囉(二合引)娑曩羯囉(引)野發吒(半音六十)吽(引)吽(引)吽(引六十一)發吒(半音)發吒(半音六十二)

爾時世尊無量壽如來說此尾覲難得迦大忿怒明王大明巳時大衆會悉皆驚怖唯念大智大金剛大慈悲毗盧遮那佛若持明者觀想掌內有蓮華於蓮華中想其吽(𑖮𑖳𑖽)字有大熾焰徧滿如是依忿怒明王三摩地能除三界一切諸毒復次世尊大毗盧遮那如來說此不動尊大忿怒明王觀想法憾(𑖮𑖯𑖽)字爲大智觀想化爲不動尊大忿怒明王眇目童子相六臂三面各三目作童子莊嚴正面笑容右面黃色舌相出外上有血色左面白色

忿怒相而作吽字聲身作翡翠色足蹋蓮華及寶山立作舞勢能除一切魔徧身熾焰日輪圓光右第一手執劒第二手執金剛杵第三手執箭左第一手執羂索竪頭指第二手持般若波羅蜜多經第三手執弓頂戴佛冠是阿閦如來所化廣大神通變化諸佛如雲彼持明者如是觀想無上菩提不久成就此名發生一切諸佛如來不動大智大自在金剛三摩地爾時世尊大毗盧遮那如來入金剛燈熾盛大光明金剛三摩地從定出已說此不動尊大忿怒明王大明曰

曩莫三滿多沒馱引喃引一唵引阿左攞迦引拏拏二曩吒曩吒三謨引吒謨引吒四娑吒娑吒五怛吒怛吒六咄吒咄吒七謨引賀謨引賀八娑賀娑賀九賀曩賀曩十底瑟吒二合

底瑟吒二合十阿引尾舍阿引尾舍十摩賀引末踄引播引攞十三度曩曩度曩曩十四底尼底尼十五佉引那佉引那十六尾覲曩引二合摩引羅野十七摩引囉野十八訥瑟鴿引二合婆乞叉二合野十九婆乞叉二合野二十薩哩鑁二合俱嚕俱嚕二十一枳哩枳哩二十二摩賀引尾沙摩二十三嚩日囉二合娑怖引二合吒野二十四娑怖引二合吒野二十五吽引吽引吽引二十六底哩二合嚩里多嚩誐曩哩多二合迦二十七暗引烏當切暗引同上暗引二十八欱引呼郎切下同欱引欱引二十九阿左攞唧引吒三十娑怖引二合吒野三十一娑怖引二合吒野三十二吽引三十三阿三滿底迦怛囉二合吒半音三十四摩賀引末攞三十五舍引怛野三十六三摩煬三十七鈐引怛嚩引二合欱引難引三十八戍迭覲路迦窣覲二合三十九沙也二合覲嚩日哩二合四十引曩謨引窣覲二合四十一阿鉢囉

二合底賀多末𠼝引毗藥二合四十二入嚩二合引攞野怛囉二合吒半音四十三阿婆賀曩莫婆嚩二合引賀引四十四

爾時世尊大毗盧遮那如來說此不動尊大忿怒明王大明已所有一切天龍夜叉囉叉娑緊那囉及諸魔等皆大怖畏如大火燒迷悶躃地唯念大毗盧遮那佛如是不動尊大忿怒明王能勾召諸天童女令皆怖畏速作種種所欲之事即是毗盧遮那如來神通所化復次大毗盧遮那如來說此吒枳大忿怒明王觀想法吽字為大智觀想化為吒枳大忿怒明王三面各三目六臂頂戴寶冠冠上有佛明王垂髮正面笑容右面黃色顰眉左面白色忿怒相齩脣身青雲色日輪圓光左右二手結於本印右第二手執金剛杵第三手執箭左第二手持般若波羅蜜多經第三手執弓足蹋蓮華立如舞勢變化一切佛下面諸魔作怖畏彼持明者依法觀想速證菩提此名勾召一切最勝金剛三摩地爾時世尊毗盧遮那如來入普徧熾盛藏金剛三摩地從定出已說此吒枳大忿怒明王大明曰

曩莫三滿多沒馱引喃一引唵引吒枳二吽引弱三

爾時世尊大毗盧遮那如來說此吒枳大忿怒明王大明已所有一切諸佛菩薩悉皆讚歎一切諸魔悉皆迷悶不覺躃地復次說成就法時持明者依不空成就佛作法以右足蹋設咄嚕形發大忿怒相顰眉能勾召一切諸魔及破一切呪法令諸眾生發敬愛心故

爾時世尊不空成就大金剛如來說此你羅難拏大忿怒明王觀想法吽[悉曇]字為大智觀想化成你羅難拏大忿怒明王三面各三目六臂正面青色作笑容左面黃色右面白色齩唇身青雲色以八大龍王為莊嚴髮髻青潤頂戴於佛足蹋蓮華立如舞勢右第一手執金剛杵第二手執寶杖第三手執箭左第一手執羂索竪頭指第二手持般若波羅蜜多經第三手執弓日輪圓光變化諸佛如雲此名降除魔怨大智金剛三摩地爾時世尊不空成就大金剛如來入不空出生最上寶幢大摩尼大金剛三摩地從定出已說此大你羅難拏大忿怒明王大明曰

曩莫三滿多沒馱引喃引一唵引伊係曳二合引呬婆誐鍐二嚩日囉二合二你引攞難拏三覲嚕覲嚕四攞虎攞虎五賀引賀引六虞盧虞盧七虞攞引波野八虞攞引波野九訖囉二合摩十訖囉二合摩十一婆誐鍐嚩引喻吠引詣引曩十二部引路引尸伽嚩二合十三那賀那賀十四那囉那囉十五嚩賀嚩賀十六鉢左鉢左十七鉢吒鉢吒十八播引吒野播引吒野十九摩吒摩吒二十摩吒引波野二十一摩吒引波野二十二薩哩嚩二合羯哩摩二合引抳二十三親那親那二十四頻那頻那二十五婆乞叉二合婆乞叉二合二十六彌引那摩寫二十七嚕提囉滿引娑二十八彌引那摩惹二十九嚕提囉必哩二合野三十伊係曳二合引呬婆誐鍐三十一薩哩嚩二合尾覲曩二合引你三十二薩哩嚩二合尾你也二合引你三十三薩哩嚩二合滿怛囉二合引抳三十四薩哩嚩二合迦哩摩二合引抳三十五薩哩嚩二合暮攞誐囉二合賀引三十六賀曩賀曩三十七吽

惹畔惹三十八摩哩那二合摩哩那二合三十九伊難彌引迦引哩煬二合娑引達野四十吽引你引攞引野四十一你引攞嚩日囉二合難拏引野四十二覩嚕覩嚕四十三尾覲曩二合尾曩引野迦四十四曩引舍迦引野四十五虎嚕虎嚕四十六祢引鉢多二合賛拏引野四十七薩哩嚩二合設咄嚕二合赦引四十八紇哩二合那野引你閉引拏野四十九親那親那五十尾你也二合尾你也二合引喃引砌引那迦吽引五十一尾你也二合喃引始瑟吒二合羯哩摩二合娑摩二合囉五十二三摩煬五十三嚩日囉二合達囉嚩左喃引五十四摩哩摩二合引抳你訖凌二合多野五十五吽引吽引五十六賀曩賀曩五十七那賀那賀五十八覩嚕覩嚕五十九俱嚕俱嚕六十虎嚕虎嚕六十一發吒半音發吒半音六十二吽引吽引六十三訖哩二合旦引怛曳引六十四祢引嚩哩始六十五尾捺囉二合引鉢曩迦引野六十六賀曩賀曩六十七嚩日囉二合難抳引曩娑嚩二合引賀引六十八

爾時世尊不空成就大金剛如來說此你羅難拏明王大明已所有十方刹土一切魔宮皆大震動唯念三金剛大毗盧遮那佛彼持明者依一切印及此大明作法皆得成就若持此大明八百徧能殺一切魔怨復次說大力忿怒明王觀想法吽𑖮𑖳𑖽字為大智觀想化成大力大忿怒明王三面各三目八臂身作青雲色以八大龍王而為莊嚴熾焰徧身髮皆豎立目作大赤色頂戴阿閦佛正面笑容右面金色左面白色齩脣足蹋蓮華作大忿怒相諸天怖畏馳散諸方日輪圓光右第一手執金剛杵第二手執寶杖第三手執劒第四手執箭左第一手執羂索豎頭指第二手

持般若波羅蜜多經第三手執骨朶第四手執弓變化諸佛如雲此觀想名大力大智最勝大金剛三摩地爾時世尊阿閦大金剛如來入普徧變化莊嚴大金剛三摩地從定出已說此大力大忿怒明王大明曰

曩莫三滿多沒馱引喃一引唵引吽引吽引吽引二登吒半音登吒半音登吒半音三唵引唵引沃仡囉二合戍引攞播引抳四吽引吽引吽引五登吒半音登吒半音登吒半音六唵引吤踰引二合底你哩曩二合那七吽引吽引吽引八登吒半音登吒半音登吒半音九摩賀引末攞引野娑嚩二合賀引十

爾時世尊阿閦如來說此大力大忿怒明王大明已一切天魔悉皆怖畏唯念大毗盧遮那金剛如來持明者誦此大明能施一切願乃至止雨求雨無不隨意復次大毗盧遮那大金剛如來說此送婆大忿怒明王觀想法吽字爲大智觀想化爲送婆大忿怒明王身大青色以左右二手結於本印右第二手執劒第三手執箭左第二手持般若波羅蜜多經第三手執弓此大明王於三界之內威力最勝爾時世尊大毗盧遮那如來說此送婆大忿怒明王大明曰

曩莫三滿多沒馱引喃一引唵引送婆你送婆吽二引仡哩二合恨拏二合仡哩二合恨拏二合吽三仡哩二合恨拏引二合鉢野四仡哩二合恨拏引二合鉢野吽五阿引曩野護婆誐鍐六引尾你也二合囉引惹吽引登吒七半音

爾時世尊大毗盧遮那如來說此送婆大忿怒明王大明已所有一切天女悉皆驚怖捧明王足唯念大智大毗盧遮那佛而此大明

有大威力能爲金剛索金剛鉤鉤牽一切天女等無不速來於鉤召法中此明最勝爾時世尊大毗盧遮那如來復說嚩日囉播多羅大忿怒明王觀想法度𑖮𑖳𑖽字爲大智觀想化成縛日囉播多羅大忿怒明王身白乳色六臂右第一手執金剛杵第二手執金剛鉤第三手執箭左第一手執羂索竪頭指第二手持般若波羅蜜多經第三手執弓作調伏一切阿蘇囉相爾時世尊大毗盧遮那如來說此嚩日囉播多羅大忿怒明王大明曰

唵引吽惹一薩哩嚩二合播引跢引攞乃怛也二合誐拏二吽引吽引吽引發吒半音三

爾時世尊大毗盧遮那金剛如來說此十大忿怒明王各有三面面各三目目大赤色作忿怒顧視相以黑色難那龍王及俱梨迦龍王繫於髮髻以金色得叉迦龍王爲耳環如赤金色摩賀鉢訥摩龍王爲手釧以白色羯哩俱吒迦龍王爲絡腋如紅蓮華色嚩蘇枳龍王爲繫腰白色如螺鉢訥摩龍王爲足上鈴鐸如是八大龍王以爲莊嚴如是十大明王皆作大惡相以虎皮爲衣髑髏爲冠髮髻竪立作赤黃色頂戴阿閦如來各有日輪圓光及座正面笑容右面微現忿怒相左面大惡相利牙齩脣顰眉立如舞勢如是持明之者依法觀想一切所願無不成就

佛說幻化網大瑜伽教十大忿怒明王大明觀想儀軌經

音釋

巘語偃切 齩五狡切齧也 赧奴板切 佉丘迦切 鵮苦咸切 煬音陽 鍐亡敢切 顫音戰動也 祛去魚切 憾胡紺切 眇弭沼切一目小也 [illegible]年含切 弜音弱 抳乃倚切 紇下沒切 釧尺絹切鐶釧也 絡腋絡音落腋音亦肘腋也

佛說妙吉祥瑜伽大教金剛陪囉嚩輪觀想成就儀軌經

宋西天三藏朝散大夫試光祿卿明教大師法賢奉 詔譯

清刻龍藏佛說法變相圖

佛說妙吉祥瑜伽大教金剛陪囉嚩輪觀想成就儀軌經

宋西天三藏朝散大夫試光祿卿明教大師法賢奉 詔譯

曼拏羅分第一

爾時金剛陪囉嚩白佛言世尊我今為欲利益諸眾生故演說一切成就之法願佛大慈賜我無畏佛言善哉陪囉嚩為利益者恣汝宣說時陪囉嚩受佛勅已即於一切人天之會現大惡相演說一切成就之法若有持明之人為欲修習我此法者先於一切眾生發於廣大利益之心即於金剛阿闍梨求受灌頂得灌頂已然於儀軌作種種法決定成就復次持明之人若見惡業眾生悖逆王命恣為禍亂不孝父母於阿闍梨及於師長心存狠戾破滅三寶毀謗大乘及秘密法以輕慢

心逾越三昧於諸有情輙生危害如是之人當用此法而調伏之或得悛心即與解釋又復持明之人自心不得愚癡憎嫉於諸有情具衆善人輙作是法爲惱害者當來感果入於號呌大地獄中受於衆苦經無量劫持明之人當須遠離如是過惡方可修習作曼拏羅求諸成就欲作曼拏羅者先須選擇勝地勝地者所謂大自在天像前或山頂或空舍或諸天祠或毋鬼廟或尸陀林或河岸或大樹下或大戰地或四衢道或聚落中選得如是諸勝地已乃於此地建曼拏羅求諸成就成就法者所謂息災增益敬愛調伏乃至發遣禁縛等法又復求彼聖藥聖劒眼藥入龍宫聖藥及出伏藏又復降伏吠多拏必舍左夜叉夜叉女乃至降龍等法如是諸法持明

之人若是專註依於儀軌定獲成就復次持明人建曼拏羅者於前所得勝地當依摩呬沙目佉法於尸陀林取夜分時祼身被髮用屍灰作四方曼拏羅作於四門上作重樓以金剛寶及半月等乃至鈴鐸幢旛華鬘等種種嚴飾於曼拏羅中心畫八幅輪於輪中心分擘九位作圓月相唯開一門餘門作閉相於輪中心安一舍嚩東位安室囉南位安賀娑多西位安頞怛囉北位安波捺東北隅安羯播羅東南隅安拨沙迦西南隅安蘇摩舍曩羯哩鉢吒西北隅安輪羅苾曩布嚕沙以如是標幟安於輪中次於輪外東方安羯吒哩頻尼波羅没娑誐維措哩迦迦拏野葢俱舍等南方安俱荼嚾設囉誐捺竭樁誐作訖囉播舍等西方安嚩日囉拏摩嚕迦契吒迦駄

努健吒馬多羯哩鉢吒北方安多哩惹禰帝哩鉢多迦誐惹掇哩摩嚩日囉没捺誐囉軍多阿儗你軍拏等於四門四隅安摩賀吠多羅當用摩賀設嚩油然燈曩囉佉囉烏荼悉哩誐羅摩呬沙誐惹阿説噳弭沙没哩誐蘇迦囉等必尸多為食獻曼拏羅復用訖哩馱囉烏路迦迦羯細曩嚩迦室致娑娑囉娑摩喻囉摩賀你怛哩摩賀設俱曩等必尸多為食復獻曼拏羅如是持明人於獻食時虔心專註乃至作護摩時出生皆亦如是又復於曼拏羅外周徧用嚕地囉灑淨持明人如是依摩呬沙目佉法受其齋戒與彼助伴并已四人常須專註不得懈怠唯持明人獨用吠嚕左曩塗身裸形被髮於夜半時手執拏摩嚕迦擊作高聲其持明人口稱賀賀作勇猛專註入曼拏羅以求成就時持明人依法入曼拏羅已即用前所辦食奉獻本尊大金剛陪囉嚩其持明人即觀想陪囉嚩在曼拏羅中受彼所獻飲食供養如是觀想得現前已持明人即於曼拏羅前立身作左舞勢作無畏相專心誦十字大明不得間斷直至陪囉嚩出現本身而於中間若有種種魔境現可畏相欲作障難者持明之人勿得怕怖若有怖心魔即得便當令所求法不成就若無怖畏時金剛陪囉嚩歡喜出現告持明人言汝求何願我今與汝持明人白言我求聖劒及入龍宮種種聖藥等願施於我時陪囉嚩告持明人言汝所求者我悉施與時持明人或無福德於如是上品法不獲成就者於中下品事亦獲成就

一切成就法分第二

持明之人欲作調伏設咄嚕者先想自身如金剛陪囉嚩大忿怒相或遜婆曩依摩呬沙目佉法取屍衣用毒藥及血鹽芥子苦楝木汁曼陀羅華汁合和爲彩色以烏翅爲筆於前屍衣上畫金剛陪囉嚩曼拏羅於中分十六位中位畫陪囉嚩像面南裸形被髮於此像前畫二火爐於二爐中間書設咄嚕名復書十字大明爲界名字在中又書八吽字圍於彼名又於四隅書發吒字如是書已安髑髏内復以髑髏覆之後作三角爐以髑髏安上下用燒屍柴然火燒之持明之人作前大忿怒相以左足踏髑髏誦十字大明彼設咄嚕速趣除滅復次如前用種種藥物合和於屍衣上書設咄嚕名復加三十二字大明圍名書之又用迦鶵殘食及吠嚕左曩塗於衣上後埋尸陀林中其設咄嚕亦速除滅若埋大樹下即爲發遣若大自在天像前即速脱愛别離苦若沉於水底即速禁伏若爲息災埋於舍中若取彼衣洗淨一切如常復次持明人取屍衣書焰摩大明已於尸陀林中或四衢道或大樹下或白蟻二土聚間或大自在天像前或囉惹門前於如是等處取土復用吠嚕左曩嚩日嚕捺迦及燒屍炭和合作設咄嚕形長八指將前大明安於心内復於形五處用人骨作橛釘之復用棘針於身分肢節徧刺已安在髑髏内復以髑髏覆之然後取日中時或半夜時於七處取白蟻聚土作焰摩形長一肘面大惡相有二臂右手執劒被髮於此焰摩心中安設咄嚕形取夜半

或日中時於燒屍坑中頭南覆面以深埋之其持明人還歸本處依摩呬沙法誦十字大明及稱設咄嚕名至滿三日決定除滅若出彼形像用牛乳洗淨即獲如常復次同前用藥物等和合於麤忖努哩蟲皮上書十字大明後於設咄嚕足下取土及於母怛囉處取泥相和塡於皮内用人髮繫後用佉囉毋怛囉及吠嚕左曩同入於一瓶内於燒屍坑中深埋持明人作忿怒相依摩呬沙目佉法誦十字大明滿一日能令作遜婆此法不可解復次於七處取白蟻聚土作水牛及馬形像作互相騎狀用水牛及馬血相和同前書大明安於牛馬心内埋在顉摩樹下然後持明人作觀想想彼設咄嚕愛別離於三日内定如所作復次同前於七處取白蟻聚土作駞駞形同前法書大明安駞駝心内持明人觀想邦字成於風輪如半月相在駞駝上又想設咄嚕坐風輪上又想焰摩在設咄嚕後執杖打趂彼設咄嚕南去於七日内其設咄嚕自然遠去復次持明人取芥子油於太陽直日以油塗於象身繫象於顉摩樹下𨚫用蚌蛤刮取塗象身油後於大自在天廟中取旛燒之勿令作焰收此煙與前油相和塗設咄嚕足或衣等須臾遠去復次持明人取烏翅爲筆以烏血爲墨於樺皮上畫風輪於風輪中心書設咄嚕名繫於烏項持明人依摩呬沙目佉法作觀想向南放烏彼設咄嚕猶如烏飛須臾遠去復次持明人用大小便相和作設咄嚕像復用骨粖塗彼像身持明人於夜半時裸形入尸陀林中將前像段段截之

依摩呬沙目佉法於燒屍坑内或就焚屍火作護摩彼設咄嚕即自除滅復次持明人用前諸藥爲墨於屍衣上書焰曼得迦明王大明復用摩賀鉢囉你波及吠嚕左曩相和作設咄嚕像將前所書大明安像心内持明人依摩呬沙目佉法身塗吠嚕左曩往尸陁林中以利刀斷彼形像於燒屍坑前面南坐作護摩彼自除滅復次持明人取烏皮或獯狐皮於此皮上用鐵筆書十字大明及書彼名其持明人於寂靜處稱設咄嚕名誦十字大明彼自離散復次持明人用前藥物調和於屍衣上畫焰摩王曼拏羅復用屍炭作女像面醜惡相於像心内安前大明持明人以足踏像依摩呬沙目佉法稱彼女名誦十字大明速令禁縛

觀想分第三

復次持明人欲作觀想者先誦淨三業大明淨三業已然後以無我心於一切法作無我觀觀一切法得無我已稱眞如理觀於賢聖及於自心想出邦字邦字現已變成風輪復想風輪其色如煙於彼輪上現第一字想第一字變成印捺囉曼拏羅於曼拏羅上想現提字又想提字成妙吉祥童子相又復於妙吉祥童子心中想現阿字變成日輪從日輪中出大光明徧往十方無邊刹土照於彼土佛及菩薩乃至持明王等於彼刹土普照耀已還復入於日輪之内如是觀想妙吉祥童子與諸如來無異無別在日輪内放大光明照耀百千由旬又想吽字黒色現日輪上有五色光周徧圍遶復想光中吽字變成大金

剛杵黑色有大光明復想金剛杵化生諸佛如來及諸明王細如胡麻徧滿虚空具諸相好光明圍遶復想如是諸佛如來各度衆生皆成正覺度生畢已還復入於金剛杵内又復觀想從金剛杵化出大金剛陪囉嚩而有九面第一正面如摩呬沙目怯相作大黑色於右邊設哩誐上有三面中面青色右面赤色左面黄色皆忿怒相左邊設哩誐上亦三面中面白色右面煙色左面黑色皆忿怒相二設哩誐中間作第八面大赤色忿怒相次上作第九面作忿怒童子相黄色頭有五髻作童子莊嚴如是九面皆有三目現大惡相或大笑相吐舌外出眉相顰蹙裸身大腹頭髮豎立象皮爲衣髑髏莊嚴具三十四臂右第一手執刀第二手執頻泥波羅第三手執擣杵第四手執麤哩迦第五手執迦拏野第六手執斧第七手執槍第八手執羽箭第九手執鉤第十手執寳棒第十一手執朅椿誐第十二手執輪第十三手執金剛杵第十四手執金剛骨朶第十五手執劒第十六手執拏摩嚕迦左第一手執髑髏第二手執人頭第三手執契吒迦第四手執人足第五手執羂索第六手執弓第七手執頞怛囉第八手執鈴第九手執人手第十手執屍衣第十一手執籖人第十二手執火爐第十三手執撥沙迦第十四手作期剋印第十五手執旛第十六手執帆左右二手執象皮有一十六足右第一足踏人第二足踏水牛第三足踏黄牛第四足踏驢第五足踏馲駝第六足踏狗第七足踏羊第八足踏野狐左第一足踏鷺

烏第二足踏獯狐第三足踏烏第四足踏師子第五足踏細曩第六足踏你怛囉第七足踏摩賀俱曩第八足踏鶴身有光焰猶如劫火照耀熾盛有大威力口稱發吒字聲如雷震人天聞見皆大怖畏此金剛陪囉嚩不唯食人血肉髓腦乃至三界諸天亦怖食噉持明之人作觀想時於寂靜處屏絶異境正念專註稱眞如理觀想賢聖得現前已想賢聖身即是我身已獲如是住於無畏復觀心中現一日輪於日輪上觀大明字得字現已放光四照持明之人如是觀想得成就已乃可持誦持誦之時常食五種甘露之藥及摩賀鉢囉你波持誦根本大明滿三洛叉得數滿已方於此後作成就法若依儀軌無差謬者於一切法決定成就

畫像儀軌分第四

持明之人欲畫本尊大金剛陪囉嚩像者當先訪求巧妙畫匠而彼畫匠須是清淨無有懈怠輕慢之過兼具慈悲忍信之心求得如是有德人已持明之人隨彼畫人所索工直隨索便與不得詶價得畫匠已持明之人方可求彼勇猛正直人衣或求女人隱觸之衣或求女人產生衣若無如是等衣即用屍衣求得衣已即於寂靜無人到處令彼畫人擇日起首作幪畫像除持明人及畫匠外諸餘之人並不得見若令人見作法不成大金剛陪囉嚩相者一身九面裸形黑色三十四臂一十六足第一面者黑色摩呬沙目佉相右邊設哩誐上有三面中青色右赤色左黃色皆忿怒相左邊設哩誐上亦三面中白色右

煙色左黑色二設哩誐中間畫第八面赤色於第八面次上畫第九面作妙吉祥童子相黃色如是九面皆忿怒相具三十四手右第一手執刀第二手執頻泥波羅第三手執擣杵第四手執麤哩迦第五手執迦拏野第六手執大斧第七手執槍第八手執箭第九手執鉤第十手執寶棒第十一手執朅椿誐第十二手執輪第十三手執金剛杵第十四手執骨朵第十五手執利劒第十六手執拏摩嚕迦左第一手執髑髏第二手執人頭第三手執契吒第四手執人足第五手執羂索第六手執弓第七手執頞怛囉第八手執鈴第九手執人手第十手執屍衣第十一手執戟人第十二手執火爐第十三手執拶沙迦第十四手作期剋印第十五手執旛第十六手執帆左右二手執象皮右第一足踏人第二足踏水牛第三足踏黃牛第四足踏驢第五足踏駱駝第六足踏狗第七足踏羊第八足踏野狐左第一足踏鷲第二足踏焦狐第三足踏烏第四足踏師子第五足踏細曩鳥第六足踏你怛囉第七足踏摩賀設俱曩鳥第八足踏娑囉娑於像前畫尸陀林中有種種囉叉娑鬼神吠多拏等又畫尼俱陀樹樹上有懸掛人屍及有戟屍復於林下畫衆人屍有雜類飛鳥及狐狗等食衆屍相於本尊前畫持明人裸身被髮以髑髏為冠以五種甘露藥塗身手持拏摩嚕迦及髑髏朅椿誐等作瞻顧本尊陪囉嚩面復大笑行入尸陀林相如是畫像畢已將此幁安於深密寂靜之處常燒人肉為香供養持明人用人骨為數

珠於此像前以虔心專註一日三時持誦大明滿三洛叉然後隨意作法決定成就此畫幪像不得寄於他人亦不得輒於人前開展令人瞻見持明之人以酒肉爲食又復一日三時以吠嚕左曩及人血相和爲香於幪前焚燒以爲供養如是至誠不退者決定獲得最上成就

護摩法分第五

復次持明人欲作護摩求成就者先須預前持誦本尊根本大明先行滿足然後如儀備辦所用柴及一切物等具足已持明人然後於夜分時將諸護魔物獨往尸陁林中依法求其成就得悉地已此後隨意作一切法復次持明之人於金剛陪囉嚩前用人肉和酒誦大明日日作護摩一百八徧滿六箇月持明人當得摩賀三滿多復次持明人欲求大力囉惹及人民敬愛者當依摩呬沙目佉法端坐觀想已身爲陪囉嚩手執鉤及羂索復想此身中化出妙吉祥往彼所降人處牽引彼人來入身中又想十字大明赤色現彼人心中如大智相持明之人作是法時至於極大力者亦可敬愛乃至盡生一切隨意復次持明人欲作息災者當於陪囉嚩像前作爐面東坐於爐中燒鉢羅舍木柴用酥蜜及訥哩嚩草相和誦大明作護摩一百八徧乃至國城皆得災息復次持明人作增益法者當面東坐觀想本尊得現前已即於爐中燒烏曇麼木柴用脂麻白秔米酥相和日三時作護摩千徧速得增益復次持明人欲作調伏者用孔雀獯狐蛇烏馬水牛等必尸多及頭

髮穀糠等物爲藥於燒屍火內稱名誦大明作護摩者速令調伏或取燒屍殘柴及於旃陀羅家取火於自舍內稱彼名誦大明作護摩者於七日內亦得調伏作此法者金剛薩埵亦可調伏復次持明人爲設咄嚕者當用人骨吠嚕左曩誐囉捺婆羅拏濕嚩那羅拏及棘針頭髮指甲等用油相和然後於燒屍坑前面南坐稱名誦大明一百八徧彼設咄嚕三日內除滅或於深密寂靜之處作三角爐一切同前用諸物等作護摩一百八徧亦可除滅復次持明人欲發遣設咄嚕者當用烏肉及馲駝糞以酒相和持明人裸形被髮入尸陀林中於燒屍坑前面南坐先想風輪復想風輪上有設咄嚕得觀現前已將前諸物於燒屍火中作護摩一千徧速自遠去復次作發遣設咄嚕者用烏肉及米糠相和燒曼陀羅柴同作護摩七日自去又用烏肉同前作護摩一千徧三日自去復次持明人取牛肉及血稱名誦大明作護摩一千徧彼所稱名人速來降伏承事或用狗肉和金剛水於夜分時作護摩一百八徧亦速來降伏及奉珍寶或用馬肉及吠嚕左曩相和於深密處夜分時作護摩一百八徧至七日得囉惹及一切人悉皆降伏或用象肉及輸迦羅相和於夜分時作護摩七日內一切人降伏復次持明人用肉及魚和酒作護摩一切悉怛哩皆來降伏復次持明人觀想男女二人身紅色稱名誦大明面西坐燒佉你羅木柴用脂麻及白秔米以金剛水和作護摩七日自來降伏親近承事復次作勾召用芥子作彼

像於佉你囉木火中作護摩至七日所召必至或用五種甘露藥和酥於佉你囉木火中作護摩一百八徧所召速來

觀想成就分第六

復次持明之人欲作此法者先須習此觀想令其精熟然後作法復次持明人欲除滅設咄嚕者依摩呬沙目佉法觀想囉字得分明現前已即復變成火輪火焰熾盛於火輪上想設咄嚕裸形被髮羸弱相持明人又於已身中化出忿怒明王手執利劒斷截設咄嚕身血肉而噉食之其設咄嚕決定除滅如是作觀想法誦大明至於七日非唯凡夫乃至金剛薩埵亦可除滅復次持明人先觀自身如摩呬沙目佉已即同前想大火輪於火輪上想設咄嚕作怖畏顫掉相又想有惡羅刹食彼設咄嚕次想烏鷲狐狗之類競來食噉之相彼設咄嚕當自除滅復次持明人作發遣法先觀想鉢字得現前已即變成半日風輪想設咄嚕在風輪上裸身被髮羸弱之相持明人想自身如摩呬沙目佉亦在風輪上次想風輪變成馲駞想設咄嚕乘馲駞南去相復想有焰摩王被髮手執寶杖隨後擊之如是觀想若經七日非獨凡夫乃至聖賢亦可發遣復次持明人依摩呬沙目佉法端坐觀想設咄嚕或乘鷲或乘烏復想有焰摩王右手執杖左手捉髮擲於向南作如是想經於七日發遣一切無不去者復次持明人爲與除解蛇蠱大毒者即先觀想自心成八葉白蓮華上想有第三音字却變成已身白色復想一字現於頂上從一字中流出甘露灌

被蠱之人又想八葉蓮華於八葉中現八大
龍王於龍眼中復出甘露灌蛇蠱人身作此
法時至於大毒滿於三界亦可除退持明之
人若作此法乃至自食大毒亦無所害爾時
大金剛陪囉嚩說是種種儀軌法已復告衆
言我先所誡勿得違犯若違犯者現獲殃咎
後受地獄無量之報陪囉嚩說是語已禮佛
而退

佛說妙吉祥瑜伽大教金剛陪囉嚩輪觀想
成就儀軌經

音釋

悛此緣切改也　椿株江切　獯音薰獯狐正作訓狐鵂鶹也　懵孟陵切開張畫繪也　粇古行切不粘稻也　蠚黑各切蟲毒也

底哩三昧耶不動尊威怒王使者念誦法

唐三藏沙門大廣智不空譯

清刻龍藏佛說法變相圖

底哩三昧耶不動尊威怒王使者念誦法

唐三藏沙門大廣智不空譯

爾時釋迦牟尼佛告執金剛菩薩言我今爲汝說無量力神通無動使者甚能利益成就一切事業先洗心防患除諸亂想制心一處先頂禮一切諸佛菩薩懺悔等令三業清淨然後作一切事業若妄念闕法師即犯三昧耶應每日三時誦此明即滅前所犯諸罪障明曰

曩莫薩底哩耶合四地尾合二迦喃一薩嚩怛陀引蘖多喃二唵三微囉喃四摩訶斫羯囉合二嚩日哩合二薩多薩多五娑囉帝娑囉帝六怛囉合二怛囉合二異尾異七陀摩你八三畔闍你九多囉摩底十悉馱孽㗚合二野十一怛嚂合二焰娑嚩二合引訶引十二

若欲便易去當誦次明七徧以杵印護身五
處額兩肩心喉頂上散之明曰
唵一阿者邏迦曩二戰拏娑馱耶吽泮吒半音
三
便易了當洗淨出已洗手漱口即往精舍准
前禮佛懺悔已然以清淨心合掌以二大指
按於額上定意誦三昧耶明曰
曩莫薩嚩毋地薩怛嚩二合喃一曩莫蘇悉悌
娑達你二阿孽嚛迦嚕妳三嚩囉禰多異阿
瞞曳四阿底莽嚛五曩莽素覩二合婆囉莽悉
悌馱耶六計鼻喻二合莽賀訖哩二合閉弊娑嚩
二合引訶引七
次以安穩明印護身二小指內相叉於大指
虎口中出並竪二中指二無名指於中指背
以二頭指各握無名指竪二大指捻中指即
成明曰
曩莫三滿多沒馱南一唵二賀囉賀囉二莽
賀彌你多吽泮吒半音四
行者次應淨其業障洗除身心無始垢穢使
得清淨洗有二種一內二外內爲於諸有情
上起慈悲喜捨四無量心清淨無我等觀外
者即以水洗令得清淨即結三昧耶印誦三
昧明次即以杵印明除其垢穢以右手捻頭
指甲上餘三指散竪如金剛杵明曰
唵一阿者羅二迦曩戰荼娑馱野吽泮吒半音
三
次說加持水土令清淨用先洗胥已下及浴
衣并洗手漱口等其印先合掌屈二大指入
掌中攪水右轉即土等亦爾明曰
曩莫三滿多嚩囉二合拏一去聲怛囉二合吒二阿

毋伽戰拏莽賀嚕沙上聲拏三娑頗二合吒野四
吽吽五怛囉二合娑野怛囉二合娑野六吽怛囉
二合吒七唅八鋡九
内外洗已身心清淨行者次應結界即以右
手中巳下三指握大指爲拳直竪頭指以印
右轉即成結界左轉成解界亦成辟除便成
十方界明曰
唵一吽二莽賀四摩畔馱你三滿馱滿馱四
嚩日嚟二合嚩日唎二合尼五吽泮吒半音六
次結被甲印先合掌各屈頭指無名指入掌
中即磔開竪大小中指等如三鈷金剛杵是
名無能勝金剛甲印明曰
唵一吽二嚩日囉二合莽曳三嚩日囉二合迦嚩
制斛引四嚩日囉二合吽泮吒半音五
以印印五處成被甲已然後隨意洗浴訖次

作灌頂印以左右無名指小指相叉入掌中
便結爲拳二中指直竪頭相拄二頭指各押
中指甲二大指亦各捻無名指即成灌頂印
明曰
曩莫悉底哩三合野地吠二合蘖多引南一薩嚩
怛他引蘖多南二紇唎二合三没馱曩避也二合
囉濕彌二合鼻曬㔍四鼻詵者怛毋二合努憏膳
嚩囉嚩底五末囉二合者隷娑嚩二合引訶引六
次又以甲印護身洗浴著衣時誦此明曰
唵一吽二娑多二合吒野三娑呬吽四洛乞叉
二合鋡泮吒半音五
次結金剛座印以此印明加持住處便成不
可壞金剛地印於此地想有金剛座其印平
舒兩手仰掌向上以右手押左手誦此明曰
唵一吽二嚩日囉二合娑引你鍐三吽泮吒半音

四

即以如來所生印於此金剛座布列安置諸佛聖衆以印加持其印仰左右手指内相叉結爲拳散豎二小指誦此明曰

曩莫薩嚩没馱毋地薩怛嚩二合南一阿引莽邏尾迦囉二合多二帝爾你阿囉逝娑嚩二合引訶三引

布置聖衆已即用如來所生印想閼伽奉獻諸佛菩薩及佛頂等若能常作此法供養念誦速得成就復覲不動尊住於本位中用前灌頂明印奉獻即誦本明三七徧已頂禮諸聖衆即應用前結界印左轉解所結界又結三昧耶印已即當定意起往精舍如常禮懺至道場已取杵印身五處除垢如前結界加持本尊然後安坐又以如來所生印獻閼伽誦本尊明三七徧如前灌頂法供養本尊即安坐自定身心然後結牆等界

先結牆界其印側二手豎二小指側相拄屈二無名指中指入掌中曲二頭指於中指側如鉤二大指屈押頭指下節以印頂上右三轉即成不可壞金剛牆明曰

唵一吽二嚩日囉二合曼荼隸三滿馱四吽泮吒上音五

次結金剛網印先合掌屈二頭指二無名指内相叉右押左二大指二中指二小指各頭拄礫開即成以印於頂上右三轉便成金剛網明曰

唵一吽二嚩日囉二合薩囉二合步嚩禰慕三吽泮吒半音四

次結金剛火焰界此火焰光明以印加持威

德於金剛牆外四面上下成大火聚光明一切障不敢前進其印二手相背十指相叉如火焰明曰

唵一吽二嚩日囉二合惹嚩二合䂁三吽泮吒半音四

結界畢已應加持飲食香華燈明等供養其印合掌十指各微屈令甲相拄以此印置所供養食等上觸之誦明七徧供養已即能速滿一切成就復應以此明印定心坐想於世界中所有水陸所生諸雜華及諸上妙華果樹并諸山大海中珍寶摩尼異香等如雲集來爲供養即誦妙伽他加持定中爲供養伽他曰

以我福德力　諸佛加持力　願此香華雲
徧滿諸佛刹　供養一切佛　及諸大菩薩
復應更思惟　陳其五供養　令福德增長
滿足悉地願　能成佛菩提　見說塗香明
供養佛功德　能除行者身　惡毒熱煩惱
業淨證菩提

明曰

曩摩悉底哩三合野那嚩二合蘖多南一薩嚩怛他引蘖多南二阿三莽彥引度怛誐三蘇彥引馱嚩底四娑頗二合囉呬唅五誐誐南莽引呼六曩曳泥去聲尾薩嚩遏他二合娑馱彌娑嚩二合訶引七引

次說華供養　福資於行者　三世諸垢穢
悉淨無有餘　佛果當剋證　皆由此福業

明曰

曩摩悉底哩三合野娜嚩二合蘖多引南一薩嚩怛他引蘖多南二阿引嚩路枳多二合莽賀布

瑟波二合嚩磨娑嚩引二合訶三引

次說焚香福　能使此加持　業障煩惱盡
行者修福業　遠聞佗方佛　悉來共加持
法身香氣雲　徧滿十方界　供養佛菩薩

明曰

曩摩悉底哩三合娜嚩二合孽多引南一引薩嚩怛佗引孽多南二唵三阿孽哩二合始弃始弃始弃四度莽始弃度莽始弃娑嚩引二合訶五引

次說飲食明　供養佛功德　能使於行者
速證三脫門　永離三苦縛　常資於慧命
圓滿證三身

明曰

曩摩悉底哩二合野娜嚩二合孽多引南一薩嚩怛佗引孽多引南二唵三嚩鄰曩馱思四莽賀嚩里娑嚩引二合訶五引

次說燈供養　功德力莊嚴　能令於行者
念誦速成就　如意菩提果　光明徧法界
能破三界中　一切諸衆生　無明業煩惱

明曰

曩摩悉底哩二合野娜嚩二合孽多引南一薩嚩怛佗引蘖多引南二阿藍帝三嚩藍帝四你馳儒底始弃娑嚩引二合訶五引

上說五供養　塗華焚食燈　其明各八徧
能令供養物　如雲徧法界　復應更加持
令此供養具　以明加威力　能成眞實物
供養諸聖衆　散施諸有情　皆得實受用
誦此明八徧　以此加持力　滿檀波羅蜜

明曰

曩莫薩嚩没馱冐地薩怛嚩二合喃一薩嚩佗烏那二合誐帝娑頗二合囉呬𤚥二誐誐曩劍娑

嚩二合引訶引三

復應更思惟　發於眞實願　即作如是言
以我修行福　令此諸妙供　徧至十方界
一切聖衆前　願受此微供　誦明加持之
便成眞實福

明曰

曩摩薩嚩沒馱冐地薩怛嚩二合南一　薩嚩怛囉二合僧句素彌多鼻惹囉始吠二　曩麽素覩二合帝娑嚩二合引訶引三

次應更結不動尊根本印即誦本明三徧能令聖者歡喜加持速得願滿爾時行者復應更當諦心思惟外財所捨恐是輕微今應更當捨自內財所有身命供養諸佛菩薩聖衆即應發願作如是言伏願諸聖衆與我作大護加持常攝受如是三白請聖衆不違願便即懺諸罪

無始十惡業　願皆盡銷滅　復應更迴向
今我所修善　念誦諸功德　迴與諸有情
迴向菩提果　誦此明加持　令願不虛發

其明誦八徧

明曰

曩摩薩嚩沒馱冐地薩怛嚩二合南一　曩謨素覩二合帝莽賀嚩日囉二合二　薩嚩呬蹬迦囉三　底瑟侘二合薩嚟謎二合囉麽二合怛囉二合四　薩嚟謎二合殺達麼拏莽地瑟侘二合野娑嚩二合引訶五引

次應更當結前灌頂印誦明自灌頂已次結虛空眼印護自身及護本尊其印虛心合掌屈二頭指頭至中指第一節二大指並竪即成誦此明曰

曩摩悉底哩合三野娜嚩合二努孽帝馳一薩嚩
怛佗引孽多馳二唵三誐誐曩者你四誐誐
曩三麽薩嚩覩嚕合二誐多底五娑囉三婆吠
入嚩合二囉六曩謨阿伽南娑嚩引二合訶引七
誦明結印護身訖即仰開此印向上如捧狀
便成捧念珠印即誦此明用加持念誦速成
就明曰
曩謨嚩日囉合二目契一薩嚩怛佗引孽帝毗
庾二合二娑誐鎫特嚩合二毗藥二合三怛你也合二
佗引四矯唎五彥馱唎六戰荼里七麽蹬祇八
賓引誐里九怛佗引孽多微曳合二使多荼底
十吽一十入嚩合二里多帝逝二十伊能迦囉焰句
嚕二合娑嚩引二合訶引十三
次結法界生印自加持令諸障不生其印以
左右頭指二無名指屈入於掌中面相鉤豎
二大指二中指二小指頭相拄開以印按左
臂次右至頂上散每按處誦此明一徧明曰
曩莫薩嚩沒馱冐地薩怛嚩合二南一阿引二薩
嚩佗薩嚩怛囉合二路計娑嚩引二合訶引三
次即更當結前虛空眼印誦明七徧亦名部心誦
已即當諦觀諸佛菩薩歷然滿空本尊聖衆
親對在已自前安心定意兩手執持念珠當
心徐徐念誦乃至疲極徧數任意每日三時
念誦不令間斷徧數至極下少不得下於一
百八徧念誦數訖已即誦虛空眼明加持結
護念珠置於本處次即却結根印誦百字明
加持自身令速成就明曰
唵一阿三麽三麽二三曼多覩娜多去聲怛嚩
必底合二舍薩你三賀囉賀囉四娑麽合二囉拏
娑麽合二囉拏五微誐多沒馱達麽帝六娑囉

娑囉七 三摩嚩囉八 荷囉荷囉九 怛囉二合 野
怛囉二合 野十 伽那伽那十一 摩賀末攞咯乞叉
二合 你十二 入嚩二合 囉入嚩二合 囉十三 那娑伽嚇娑
嚩二合引 訶引十四
誦百字加持已復當想前所觀本尊諸佛聖
衆歷然攝受於我在已目前即應更陳前諸
種種廣大供養定中所見一切聖衆供養畢
已復應更當至心迴向發願作如是言
願我所修行　一切諸善業　念誦加持力
迴施諸有情　出離三界苦　速證於菩提
迴向發願已　即應結前印
所結諸界印左轉即便解已復結前灌頂印
竪二小指頭相拄即誦燈焰如來明以印左
轉之一切諸聖衆各歸本淨土明曰
曩莫悉底哩三合 野娜嚩二合 努誐多南一 唵二

紇哩二合三
次結前三昧耶頂禮諸聖衆起出於道場轉
誦摩訶衍華嚴等經典任意自經行行者若
自喫飲食及諸藥物當即以此明加持食誦
明八徧然後取喫障者不能爲害明曰
曩麼薩嚩沒馱冐地薩怛嚩二合 南引一 唵二 嚩
引三 藍娜泥帝儒莽利你娑嚩二合引 訶引四
行者若能常行供養應每自喫飲食茶藥等
皆留少殘置一別器中即結聖者本劒印加
持食上誦明七徧送置淨處至心供養之其
印右手作金剛拳直並伸中頭二指大指無
名指甲側加持上明曰
曩莫三滿多嚩日囉二合 拏去聲 怛囉二合 吒二
阿目伽戰拏三 摩訶嚕殺拏四 娑頗二合 吒野
五 吽六 怛囉二合 麼野怛囉二合 麼野七 吽怛囉

二合吒八唅九䤸十
所用飲食供養聖者此尊本願大悲捨身奉
侍一切持誦者身如奴僕現無一目相受此
殘食供養行者若每食之時心不忘者我當
晝夜常隨擁護不令諸魔毗那夜迦作諸障
難令不隨意速滿成就行者若夜分寢息時
即當先結淨室莊嚴印先彎左手背持按心
上後彎右手於左手上掌相合舉印置頂上
便分開二手順身下摩當誦此明曰
曩麼悉底哩三合野娜嚩二合努誐多南一薩嚩
怛佗引蘗多南二摩賀三麼引野三蘗帝三
麼蘗囉二合麼麼佗蘗囉二合四麼怛囉二合路計
達麼馱怛嚩二合五店多僧伽諦娑嚩二合引訶
引六
淨加持已即合掌長舒兩臂於頂上向東方
面著地亦舒二足至心作禮禮時觀想一切
諸佛菩薩各在本刹作是念言我今捨此身
爲奴僕供養奉侍一切佛惟願攝受哀愍於
我爲我作最上成就如是三白已然後隨意
寢息常念明相作速起意又不動尊法品云
佛言不動使者能利益成就一切事業行者
若欲修行作諸法者先行誦十萬徧已即於
月八日或十五日一日一夜大作供養於像
前以苦楝一千八枚和酥燒一誦取一枚燒
滿一千八徧已後所作法皆得成就行者所
有言說人皆敬重無敢違者若欲縛撲問事
策使崩摧任意皆應又於月蝕日取未著地
牛糞塗曼茶羅隨其大小於其壇上散種種
雜華壇中置大般若經夾取純色犢子毋牛
酥一兩置熟銅椀中取佉陀羅木如齒木大

長十二指攬之於道場前加持念誦不限徧
數令三相現蝕畢即止
又於山峯上塗壇斷食念誦滿十萬徧即見
地中一切諸伏藏
又法取乳續續投火中護摩念誦滿一千徧
能除疫病又取俱屢草和酥乳蜜等沃火中
燒誦十萬徧能除大疫病
又法取蓮華和酥酪蜜沃火中燒誦十萬徧
蓮華吉祥天女等能與滿願
又臨河海口入水至胷誦三十萬徧得尾沙
耶
又取雜華擲火中燒隨華色得衣燒五穀子
得穀米隨意受用又取尾囉嚩(二合)木擲火中
燒念誦十萬徧即得囉闍王愛敬又取必哩
啇隅木擲火中燒能令一切人敬愛燒啇木
即得無量僕從燒木麥即爲長者已上念誦
各滿十萬徧
次說畫不動尊像法取好淨氎畫不動尊著
赤土色裙左垂辮髮髻眼斜視左手執劒右
手執索坐寶蓮華蹙眉面瞋相作降三世狀
如是畫已將此像於河海岸上如法塗壇安
像行者亦著赤色衣心不染著寂靜安心乞
食爲活即於像前念誦五十萬徧已即於夜
中取詹木一萬段一誦一擲火中燒之滿已
即不動尊自現其身滿行者願所作皆得成
就行者自身爲如來使者證三摩地共諸菩
薩同位
又欲得降伏一切惡人者取尸陀林帛畫不
動尊以自己血淡作像色像置西向行者東
面坐念誦每日三時洗浴著淨衣於像前誦

滿十萬徧已即一切所作皆隨成就仍每日施一切鬼神食

又法黑月八日夜於寒林中取毋那摩奴沙坐其上念誦滿一萬徧彼摩奴沙即動耳必不得怕彼便開口出大開敷蓮華即便把取能令已身如十六童子髮如連環升空遊於梵天得大明王主又於像前每日三時念誦隨力供養燒沉水香如是供養滿於六月至心不斷即得毘沙耶至

又法欲令佗軍陣破散者如持自軍旌一千徧執出在軍前彼軍陣破散退走

又法欲禁佗軍陣衆令不動者於自旌上畫不動尊四面四臂身作黃色上下出牙作大忿怒瞋怖畏狀徧身火光作吞兵勢行者以旌示彼軍衆復想聖者以羂索縛彼兵衆即彼軍衆盡不能動又法欲令他軍衆自鬬諍退散者取老鵄鵶梟鴿毛誦明加持擲火中燒滿一千徧彼軍衆即自相鬬諍

又法欲令捨覩嚕死亡者取稻糠誦明加持擲火中燒又想彼捨覩嚕被使者以索縛將向南方悶苦吐血而死彼等族類皆不得痊一無存在

又法欲令佗軍主死亡者取鹽土蠟苦楝葉和擣爲泥作彼形狀置於地上誦明加持斫斷彼即死

又法欲令佗軍貧窮絕粮者取稻穀加持彼即貧矣

又法欲令佗軍降伏來者即結不動尊眼印作瞋怒聲稱吽字想聖者使諸鬼神捉縛將來彼即自降

又法欲令大人愛樂者以鹽作彼形狀段段斷之念誦滿七日彼即愛樂
又取俱蘇摩華燒誦明十萬徧得藥叉女來於三事中所求皆得
又取曼陀羅華稱彼人名加持即令荒亂又取鹽加持燒即得天女來所使隨意又加持安息香燒即得王臣憶念又說畫像法中畫釋迦牟尼佛左畫曼殊童子右畫執金剛菩薩作微笑面手執金剛杵於執金剛下畫不動尊種種莊嚴即於像前誦五十萬徧然後作一切事業皆得隨意
又法取燒屍灰誦明七徧與彼人即得愛樂
又法取牛黃加持七徧點巳額上能令衆人所見皆生敬重毗那夜迦不能損害熾盛成就又於巳身上布明梵字彼羅刹衆諸作障者百由旬内皆悉退散
又法若人被蛇蛟經六月不差誦明加持於其臂上畫劒契立差又法畫律迦大蛇纏劒上劒圍遶畫火焰誦明加持滿一千徧以示病者即自下語若誦加持病者一百八徧即常蒙聖者擁護若每日加持殘食置淨處供養使者常如願
又法若惡風雨行者瞋怒心大聲稱吽字惡雲退散又取荊刺和羅視迦油加持擲火中燒能止大雨亦令行者成大結護亦成就一切事業
又法畫不動尊著赤土色衣左垂辮髮眼斜視童子形右手執金剛杵當心左手執寶棒眼微赤坐蓮華上瞋怒相徧身火焰於像前結所愛樂印念誦一切皆得成就依前念誦

升空隱形一切愛樂事皆隨意成就若無畫
像獨處閑靜或於寺中或在山窟離雜鬧處
求一切事法皆亦成就
又法加持瘧病令自縛下語又加持鏡於中
聖者現問事皆語又取一童子或童女令淨
洗浴著鮮淨衣置道場中召請聖者入道場
加持被此童子問一切事皆得
又法若欲成就繫迦嚕法者於白月一日日
中時於像前著種種香華供養不歇誦明一
百八徧想念壇中一切諸佛菩薩攝受每日
如是念誦滿一月又取苦楝木燒香又取遏
迦木以酥塗上和白芥子加持擲火中燒從
戌至子乃至寅時繫迦嚕即來語行者言使
我作何事行者攝受已後常隨行者意所使
隨順供給所須飲食齒木淨水等常在左右
乃至使往上天取天女亦即將來
又更說根本印明等其根本印以二中指內
相叉爲鉤二頭指側相拄二大指各捻自無
名指甲上明曰
曩麽三曼多嚩日囉(二合)拏(一去聲)吽(二)尾吉哩(二合)
多尾迦囉(三)麽賀畢嚇(二合)多尾瑟侘(二合)契
怒(四)始瑟侘(二合)賀嚧案怛囉(二合)麽囉馱囉(五)
者咄囉目佉入嚩(二合)邏那比路囉墮計舍吽
(六)嚩日囉(二合引)蘖囉(二合)吽泮吒(半音七)
次說心印以二小指(二)無名指內相叉二中
指豎頭相拄二頭指於中指後曲如鉤二大
指並捻中指中節明曰
曩摩三曼多嚩日囉(二合)拏(一)怛囉(二合)吒(二)阿
毋伽戰拏摩賀嚕殺拏(三)娑頗(二合)吒野(四)吽
怛囉(二合)麽野怛囉(二合)麽野(五)吽怛囉(二合)吒(半音)

六唅七鉿
次說劍印左手大指捻無名指小指甲直頭
中二指右手頭中二指入左掌中握以爲拳
右無名小二指大指捻其甲上又云左頭指
屈捻大指如環明曰
唵一娜阿者邏二迦拏没馱制吒迦三吽吽四
佉呬佉呬五伊能魚哩二合呬鉿六賀唎尾沙
素鉢多二合惡七紇哩二合賀八泮吒半音九阿哩
野二合者邏阿蘗車緊旨囉夜思十伊引能迦
引哩野二合句嚕曩麼娑嚩二合引訶引一引
次說金剛杵印以右手大指捻頭指甲如環
散開餘三指亦名成就一切事業印明曰
曩莫三曼多嚩日囉二合引拏一唵二娜者邏
迦引拏者嚕婆引馱野吽泮吒半音三
次說寶山印以兩手十指內相叉合結爲拳

次說頭印左手以四指握大指爲拳置頭上
次說垂辮髮髻印以二無名指內相叉竪二
中指頭側合二頭指各捻中指甲上二大指
入無名指小指間甲相背合二小指合而竪
以印置頭左角上即成又用此印翻頭向內
倒垂置額上便成聖者眼印
次說口印以二小指內相交以二無名指握
之二中指側相拄二頭指各捻中指甲二大
指向外並直竪置口上
次說甲印合掌二頭指二無名指背相著二
大指二中指二小指合而磔開
次說師子奮迅印先合以無名二指屈入掌
中背相著二頭指於中指後屈如鉤二大指
二小指各並直向外伸即起作頻申舞勢遶
壇行道

次說火焰印左手大指屈押中指餘三指直豎頭拄右掌心右手五指散開

次說制火焰印二手各爲拳二大指於頭指間出頭拳相合次說商佉印以二小指內相交二中指二無名指頭相拄左頭指直伸附中指背右頭指屈捻中指上節二大指各捻無名指從寶山以下諸印取本部中所愛樂明加持用之必驗成就

次說索印二手各作金剛拳各豎頭指右頭指內入左掌中握之豎印當心誦加持明曰

曩麽三曼多嚩日囉(二合引)拏(一) 阿波舍伴闍

曩吽泮吒(半音二)

底哩三昧耶不動尊威怒王使者念誦法

音釋

捻(奴協切指捻也) 攪(古巧切手攪動也) 磔(陟格切張也) 鈷(公户切) 閼伽(梵語也此云水閼阿葛切) 𪖐(切鼻也) 蝕(音食侵虧也) 辮髮(辮婢典切交也) 鵄梟(鵄抽知切梟許堯切鵄梟鳥名)

聖迦柅忿怒金剛童子菩薩成就儀軌經

唐三藏沙門大廣智不空譯

清刻龍藏佛說法變相圖

聖迦柅忿怒金剛童子菩薩成就儀軌經卷上 出蘇悉地經大明王教中第六品

唐三藏沙門大廣智不空譯

爾時金剛手菩薩從座而起頂禮佛足退坐一面合掌向佛而白佛言世尊世尊哀愍加持於我已說蘇悉地諸眞言軌則律儀教法我今欲爲未來有情及末法時無福德者以於前世不修善品作諸罪業致於今生招感貧匱逢遇惡人鬬諍言訟殺害有情亦爲未來有諸國王正法治國生清淨信尊敬三寶爲鄰國小王侵擾國界不遵正法或有外道不信因果毀謗三寶滅壞佛教有如是等種種有情今於佛前爲彼等類說以息災增益愛敬降伏等法令知佛法有大威德神通自在知諸菩薩具一切智或復有諸修眞言行

者見有衆生常懷惡心欲破佛法與師害善大悲愍念作降伏法而令彼人不逐惡業亦遮未來墮之惡趣是故說此無比大威德聖迦柅忿怒之法修此法者當於有舍利搭前或於河岸清流水側或於空閑及天廟山間於如是處或時飲乳食菜或復乞食專誦眞言滿六十萬徧即先行法皆得成就有大効驗或能縛摧諸鬼魅滅除邪見毀謗正法壞國之人闡提等類眞言威力悉能令彼發于善心毒蟲毒藥不能傷害

又復不爲餘部諸持誦者能破此法若持誦者設有不能依此法則或增或減亦得滿足

又能開諸伏藏破阿脩羅關鍵枯竭江河迴止流水又先行法取自身嚕地囉及牛黃酥相和然千盞燈供養聖金剛童子空中有聲言汝法已成便可取閼伽香水當額奉獻從此已後所求之事無不成就

又往阿脩羅窟門以茅草作鉤誦眞言加持徧茅鉤於門邊空中右旋轉專誦眞言勿令間斷窟中生大火聚彼中脩羅男女等皆被燒然一一皆出現身告持誦者言惟願尊者入我窟中恣意遊戲入已住一大劫受天妙樂又欲取伏藏不擇日時於彼伏藏邊翹一足立誦眞言右旋顧視徧於四方即成結界作大壇亦準此法專心翹足立誦眞言一百八徧守伏藏者若作障難即被燒成火聚持誦者即告彼言汝等開此伏藏藏中所有皆悉與我若彼不與即作是言梵王那羅延摩醯首羅及鬪戰女神訥伽等來厭汝伏藏汝等應速與我此物若不然者忿怒聖者金剛童子滅

汝家族彼等聞已皆悉順伏即告彼言汝等可自開藏與我彼則開藏恭敬持與

又法取雌黃或雄黃安膳那眼藥置金銀或熟銅器中對有舍利塔前以香塗一方壇置聖金剛童子像於壇中以種種香華飲食閼伽依教迎請而供養之對此壇前誦眞言八千徧加持前藥若煖相現用點額上或塗眼中一切人見者親附心生歡喜若煙相現如前用之即得安怛但那成就若光相現亦如前即得騰空自在又法至於恒河或入海之河於此河側而持誦者或淨食或不食誦眞言三十萬徧至於阿脩羅窟結印契誦眞言其阿脩羅關鍵自然而破窟門即開阿脩羅王引入宮中食天甘露壽命一劫又法若於大海岸邊結印誦眞言擬大海水其水即減二十五肘隨其減處地即乾燥又於海岸閒閉目以綿塞其兩耳結印誦眞言一千徧則見自身至楞伽山頂又誦一千徧有羅刹王微毗師那示現端嚴身至任誦者驅役若不伏使即想彼羅刹在左足下舉足踏地其羅刹王悶絕至死所住楞伽之城悉皆被燒如大火聚持誦者起慈愍心於眞言句中加娑嚩賀字其羅刹等即穌息歸伏任驅使

又於俱摩羅天前乘孔雀天不食誦眞言三十萬徧天當現身與行者願行者即取閼伽加持七徧以獻作言善來俱摩羅惟願令我於俱摩羅摩醯首羅天所說眞言皆得成就彼言願汝成就語已不現從此已後一切金剛部中及餘天所說眞言皆得成就

又法至摩醯首羅天廟不食誦眞言十萬徧

心所願求皆得滿足

又於梵天那羅延天摩醯首羅天帝釋天俱摩羅天日天諸餘天等形像之前誦眞言十萬徧心所求願悉皆成就

又欲降伏惡人者取芥子共鹽相和護摩誦眞言十萬徧一徧一稱彼名投於火中天脩羅等尚被損壞何況諸餘人類興惡心者而不損壞雖先未有功業隨誦隨成何況常受持者又欲變啰里得迦成爲金寶者取啰里得迦以左脚踏頭上以手印打之眞言中并吽字其啰哩得迦即自起用補沙鐵刀劒斫之即全身變成金若不爾持誦者告言速吐速吐即吐如意寶珠懸自頸下所思之事皆得滿足

又法對舍利塔前誦眞言六十萬徧即先行成就然以補沙鐵作劒長六指或八指十六指三十二指量以五淨洗之右手把劒於道場中念誦乃至劒現光焰得變身爲持明仙飛騰虛空名持劒明仙或以補沙鐵作金剛杵量如蘇婆呼經說念誦如前則變爲毗那夜迦主仙於諸魔衆而得自在或以作輪念誦如前爲持輪仙於諸明仙得爲主宰若作鉞斧念誦如前則爲鬼神主仙於諸鬼神得爲主宰若作刀子爲天女主仙於諸天女而得自在若作羂索則爲龍主仙於諸龍中而得自在若作爍底則得勇健大力能敵俱摩羅天若佉吒網迦則得如摩醯首羅天於三界中而得自在於前諸法若一法成就則能成入一切壇場亦能成就一切諸法所有明仙共彼來往壽命一大劫

又於曾經所入脩羅窟前誦眞言十萬徧先窟中持誦成就者出迎頂禮引入宮中若下來即至摩醯首羅天廟中并稱吽字誦眞言一千徧先入宮者皆出來

又法取所獻摩醯首羅萎華又取畫摩醯首羅像以左脚踏其頭上投萎華作護摩則吉祥天女與脩羅女從窟而出至行者前作如是言終身奉事尊者行者拍掌三徧告言汝隨順我師起慈心於眞言句中加婆嚩賀字彼皆醒悟若作此法由不入者即閉目誦眞言則金剛童子現身告行者言汝來入并眷屬亦得入

又欲召羅刹使者先入曼荼羅受灌頂然則離怖畏心常觀念諸佛菩薩聲聞緣覺三時懺悔隨喜勸請迴向發願將像於塚間作猛利壇身著赤衣赤色華作鬘莊嚴自身頭上安人劫波羅誦眞言無限常以甲冑擐身於猛利壇中畫四印曼荼羅初念誦時見惡形狗牙上出或有惡形豎鬢或一足三足或八臂或二頭四頭或見大風雷雨第二七日見美貌女人嚴身幻惑起慈心觀彼退不現第三七日即見毗那夜伽及見羅刹極惡形容即降伏爲使者見餘成就持明人得悉地者所彼起少忿怒視彼人彼人所有成就法悉皆退失彼羅刹等立誓所爲所作一切所驅使處皆悉成辦而爲使者

又法於故園中或向一樹下或池側或山間隨所愛樂處不語或乞食或飲乳或食菜或支持身命三時懺悔像前誦眞言八十萬徧所爲所作皆得成就

又欲止佗敵不能爲害者三日不食應畫四
印曼茶羅隨供養於壇中一髻尊菩薩位處
置竹竿青旛上取自魯地囉和毒及白芥子
畫作三股底里俱金剛杵杵心畫忿怒金剛
童子形於竿下地上以劔波羅末和泥揑作
獨股金剛杵形作護摩鑪鑪中又揑作一小
獨股金剛杵棘刺木然火取骨末和毒一誦
眞言一稱彼名擲鑪中對軍陣前作法令彼
軍衆皆盲手中器仗自落或於當處不動如
杌
又法彼軍欲逼且縱相近近已如前作四印
壇餘壇亦得竪前青旛對彼軍前作護摩鑪
行者裸形被髮結印被甲護身取摩訶莾婆
和毒及血日三時念誦各一百八徧稱彼名
投火中七日中互相殺害互相間構悉皆殞
命二七日間磨滅無餘念誦時不得語寢息
時應卧牛皮
又法於自頭上五脉處刺血作護摩佗敵須
臾頑癡如杌任捉殺害若順伏即起悲愍心
取酥和蜜以龍華蘂揑稱彼名眞言一徧一
擲火中彼苦皆息於前諸法若一法成就則
能成入一切壇場亦得成就一切諸法所有
明仙共彼來往壽一大劫
又欲帝釋擁護者取七蚯蚓糞作彼天形以
右脚踏心上取毒藥和嚕地囉及白芥子誦
眞言一千徧護摩一徧一擲火中得天帝敬
愛天眷屬常來擁護
又若華果眞言七徧加持以將與人則能歡
喜此金剛童子眞言對舍利塔前念誦餘處
不應念誦作法不成若常念誦不間斷者一

切所求皆得成就應發菩提心離慳悋想遠離無益世間談話一切勝願皆得現前不被諸魔之所得便不應與人治病及治鬼魅以妨大法

眞言印契念誦次第法

根本印以二中指相背竪二無名指於中指中節外横交二頭指鉤二無名指頭二大指於中指前中節頭相拄二小指頭相合向下竪如針眞言曰

曩謨引囉怛曩二合怛囉二合夜引野一曩莫窒戰二合拏嚩日囉二合播引拏上聲二摩訶藥乞灑二合細曩引鉢多上聲曳三怛你也二合佗去聲引四唵五迦抳度纈六吽引發吒半音娑嚩二合引賀七引

又第二根本眞言開脩羅宮用前根本印眞言曰

曩謨引囉怛曩二合怛囉二合夜引野一曩莫窒戰二合拏嚩日囉二合播引拏上聲二摩訶藥乞灑二合細曩引鉢多上聲曳三怛你也二合佗去聲引四唵引五度曩尾度曩六迦抳矩嚕二合引駄七薩嚩演怛囉二合引抳吽八

次結獨股杵印二手内相叉作拳二大指互捻二小指甲上頭指並竪合用前第一根本眞言

次結護身印用前根本印印身五處眞言曰

唵引一薩嚩努瑟吒二合嚩向識量切羯囉二迦抳矩嚕二合引駄三囉乞灑二合囉乞灑二合鉿引娑嚩二合引賀四引

次結甲冑印準前根本印舒二頭指相拄二大指捻二頭指下第一文印身五處眞言曰

唵引一紇哩入聲二合引迦抳野二摩諾賀吽發吒

半音娑嚩引二合賀引三
次結寶山印準前杵印二頭指微屈頭相拄
安頭上即成眞言曰
唵一引阿佐羅吽二引
次結牆界印準前根本印直舒二頭指頭相
去一寸許眞言曰
唵一引紇哩二合迦泥二諾賀諾賀三鉢者鉢者
四吽五發吒六
次結網印準前根本印印二大指向外散開
眞言曰
唵一引縛日囉二合半惹囉吽發吒二
次結縛毗那夜迦印準前根本印二頭指二
中指屈入掌二大指各押二中指於掌中伸
相背合爲拳眞言曰
唵一引度曩尾度曩怛囉二合娑引野二戍引灑

野三薩嚩尾曩引野迦引南四引吽五引娑嚩二合
賀引六
次結迎請聖者印準前根本以二大指向身
招眞言曰
唵一引度䫂發吒二
次結請聖者眷屬用前印眞言曰
唵一引娑跛哩嚩引囉二麼引嚩引賀野娑去聲
誐鏤三迦抳矩嚕引馱四三麼野麼弩鼻聲娑
摩囉娑嚩引二合賀引五
次結獻閼伽印準根本印二大指捻二頭指
下第一文眞言曰
唵一引嚩日嚕引二合娜迦吽二引
次結獻座印準前獨股杵印二大指捻二頭
指下文頭向外出少許眞言曰
唵一引嚩日囉二合尾引囉引野二娑嚩引二合賀

三引

次結獻塗香印準前杵印二大指微屈捻頭指下文二大指相去二寸許能滿所闕儀軌眞言曰

唵一引迦抳矩嚕引二合馱二薩嚩薩怛嚩引二合娑去聲羯囉三囉乞灑二合薩嚩產馱引[寧*頁]娑嚩引賀引四

次結獻華印準前杵印出右指眞言曰

唵一引迦抳捕澀波合二毋納婆合二嚩吽引二

次結燒印準前杵印二大指面相合眞言曰

唵一引迦抳矩嚕引二合馱二塢孽囉合二能上聲瑟吒嚕引三合得羯合二吒佩引囉嚩三孽囉合二恨拏合二孽囉合二恨拏四二合度奔娑嚩引二合賀引五

次結獻食印準前杵印出二大指二小指頭相拄餘六指內相叉作拳眞言曰

唵一引迦抳二吽吽三娑嚩引二合賀引四

次結燈明印準前杵印二大指向身並竪眞言曰

唵一引迦抳你泥以切引跛你跛野二吽三發吒娑嚩引二合賀引四

次結頭印準前根本印二大指捻二無名指甲上眞言曰

唵一引吽引吽二引麼麼發吒三

次結頂印準前根本印二頭指直舒頭相柱眞言曰

唵一引紇哩引二合二戰拏迦抳三諾賀鉢者四吽引五發吒娑嚩引二合賀引六

次結前根本印安於心上以心眞言加持心眞言曰

唵一引迦[寧*頁]吽發吒二

次結甲冑印如多羅菩薩印二頭微開用前
甲冑眞言
次結最勝印二手内相叉作拳二小指頭相
合用前第二根本眞言次捧念珠當心以隨
心眞言加持七徧隨心眞言曰
唵一引迦頞麼麼二吽引三登吒四
次結奉送聖者印準前根本印二大指向外
撥眞言曰
唵一引迦抳娑嚩二合引賀引二
今復說開阿脩羅窟門立印持誦者當迅速
踏地行步喜躍恐悚頻伸蹙眉鼓其兩頰二
手高舉曲其十指爲師子爪二目向下如師
子顧視時時以兩手兩師子爪更互上下以
踏其地師子行作阿里荼立舞而旋遶想自
身如本尊此印一切印中最勝能摧一切阿
脩羅宮闢鍵
金剛手菩薩說畫像法取不截白氎畫又受
八戒畫菩薩身種種瓔珞以莊嚴身如火色
偏身流出火焰以右手持金剛杵鋒舉向上
右手作施願手脚爲里荼立踏磐石上施願
手下畫持誦者右膝著地手執香爐像成已
當於像前種種供養燒安息香無間念誦乃
至聞空中聲及聞鈴聲復有光現光如流星
墜下壇内聲如雷震即獻閼伽其像或動或
放光當知即有功効已後對像念誦隨意皆
成
又法取白氎用牛尿洗復用香水濯淨於閑
靜處對佛前或舍利塔前不應用皮膠和彩
色畫筆色盞須新者畫匠澡浴著新淨衣受
八齋戒勿吐氣以衝其像亦不與畫人論其

價直其像獨身從海涌出如吠瑠璃色身有六臂臂膊臃停相貌充滿面有三目其目赤色首戴寶冠狗牙上出口齩下脣顰眉威怒又於海中畫一寶山像以左足踏於寶山山上有妙蓮華以承其足右足在海水中立沒其半膝右第一手持底里賞俱金剛杵作直勢第二手持母娑羅棒謂棒一頭如鐵杵形第三手執鉞斧左第一手把棒第二手如擬勢作金剛拳舒頭指第三手持劒以大蛇於身上角絡繫又以一切毒蛇膊釧臂釧膂條瓔珞及耳璫繫髮又以一大蛇遶膂三帀身背圓光火焰圍遶於火焰外有其雲電以相輔翼畫已持於河岸或向樹下或天廟中或於池側若念誦時常須乞食默然不與人語乃至成就常起慈心三時發露懺悔專自策勵生勇健心不應怯弱常樂捨施每月受灌頂護身於念誦處應結方隅界及結曼荼羅界加持香水灑身衣服每日三時迎請聖者獻閼伽及塗飲食燈燭對像誦真言九十萬徧作先行法正持誦時有惡人來作障難者以忿怒誦真言而顧視彼即癲癎狂亂若稱彼名念誦視之其人身肉片片把裂或致死世醫不救須臾以右脚大指極按其地誦真言即空中雨火熾然燒之若起慈心念誦如水滅火即得惺悟若外賊侵境稱兜師師念誦者彼軍盡皆疫病或波迸逃竄或當枯死或癲癎病惱彼若順伏當慈念誦還得如故又欲求成就殊勝果者於神通日月白分就趣海河側印沙印泥為塔中置緣起偈即法身舍利偈置像於塔前念誦行者以水和麨食之取

遏迦木搵酥投火護摩十萬徧已地動轉身飛騰爲忉利天主若徧地有火炬則爲四天王主若大雲注雨大地所有伏藏一時踊出若金色光徧現則爲菩薩壽命一劫一切有大威力無能沮壞若見一切有情身出光焰即證悟一切三乘佛法菩提心成就若像及塔放光則得一切持明仙中爲王若徧十方光焰即見普賢菩薩所求世間出世間一切勝願悉皆滿足此法不應無智慧少悲愍者不敬師長多口過者掉舉散亂多事務者不入曼茶羅不受灌頂者如是等人念誦則招顛狂夭壽金剛手菩薩如是說

又若鄰國侵境惡臣作亂者對像前取人劫波羅搗爲末揑作彼人形當於塚間或於池側以像面北持誦者面南坐於三角壇中安像斷語乞食忿怒作無悲愍心以右手作金剛拳舒小指刺彼人形心上誦眞言無間斷由此威力令彼得大病即於壇中忿怒王現身如大拇指節如火聚融金色周圓流出金剛火焰以右手頭指作期剋勢即迅速至於彼處告言某甲持誦者使我來令斷汝命汝命不存彼聞是語即吐熱血即命盡若歸順悔過應起慈心速加持香水灑彼頭上即離苦惱得穌息若見餘成就人得悉地者於彼起少忿怒視彼人彼所有成就法悉皆退失

又法欲驅惡人令遠去者取朗伽離藥誦眞言稱彼名加持七徧埋彼人門閫下即自遠逝

又法以白檀香三指許剋作金剛童子像右手把獨股金剛杵左手施願手忿怒形齩下

唇用金剛杵形以爲瓔珞莊嚴以毗梨勒木作合盛之燒蘇合香供養對合前念誦三萬徧即成就一千種大小不擇時日不限齋戒不成就人亦得成就若人有厄難稱彼人名念誦得解脫

又法食菜或飲乳或乞食念誦應持禁戒一如比丘誦三十萬所爲所作對此像前如前縛撲所問皆得應驗

又雄黄法如前畫像取取黄置熟銅器中持誦者取五淨飲之身即即淨置像於舍利塔前用根本眞言淨其精舍護身結方隅界用前眷屬眞言加持塗香燒香時華飲食燈燭以伸供養或黑月八日十四日用四角菩提葉承雄黄器用三箇菩提葉覆之如無菩提夜合葉亦得念誦乃至三相現若煖相現取塗足即離地一尺日行千里若煙相現得安怛但那若光相現則飛騰虛空一切無能沮壞若於路中所逢象馬車乘自開路避之行者作法時應著黄衣及以黄神線角絡如披袈裟若求安膳那成就以青泥染衣服著或服赤衣神線亦如是說曼荼羅用五月九月於果分先令念誦者殷重供養師然後取吉祥木長十二指加持一千八徧爲欲念誦者作護摩巳方引曼荼羅受灌頂以其曾作先行法者應畫曼荼羅用五色粉撚成四門門外畫標分曼荼羅爲三分中取半分爲門當上門以香粉畫佛坐蓮華右畫觀自在菩薩左畫金剛手菩薩並坐蓮華上當下門畫聖迦抳忿怒金剛童子住蓮華上徧身光焰四角應畫三股金剛杵以蛇纏杵并有光焰門

門安賢缾壇中心置一缾滿盛香水以細繒帛繫缾頸各加持一百八徧盛金剛水用灌弟子頂灌已一切悉地皆得現前從此已後繞結契念誦頓集無量功德所求皆得成就

聖迦柅忿怒金剛童子菩薩成就儀軌經卷上

音釋

柅女夷切　鍵巨偃切戶鑰也　股公戶切　杌五忽切樹無枝也　膞音博　〔月+庸〕丑容切圓直也　絛土刀切絲繩也　編　癲癇癲音顛癇音閑癲癇狂病也　圯符鄙切毀也　竄七亂切匿也　麨尺小切乾糗也

聖迦柅忿怒金剛童子菩薩成就儀軌經卷中卷下同

唐三藏沙門大廣智不空譯

我今復說作先行法於舍利塔前安本尊像於三月十五日塗壇隨力供養取沉香揾酥蜜酪晝夜擲火中護摩一誦一擲爐中若道場中旛華搖動當知有効驗即於晨朝供養三寶七日獲得財寶榮官皆得稱意及得珠玉七寶等

又欲令空中出火者視望空誦真言二十一徧意念即空中火出

又欲雨者觀虛空誦二十一徧即降甘雨取雨水獻佛已後所作皆成

又欲空中雨華者觀虛空誦二十一徧即於空中雨種種華

又欲令若男若女歡喜者以安息香作丸誦二十一徧一稱彼名投火中即得歡喜

又加持菖蒲二十一徧口中含共人論議皆得勝

又若毗那夜迦相逼惱作障難者纔憶念真言一切皆消散若常念誦不間注意於彼障者并親族皆自滅壞

又法從黑月一日起首對像前每日三時念誦真言時別一千八徧燒安息香丸護摩至月末所求皆得又對像前以蓮華揾酥蜜酪誦真言一千徧一擲火中護摩即獲伏藏

又求衣服者於趣海河入水立至胷取有藥華誦真言一千八徧一徧一擲水中即得衣裳十副

又法迦腩摩華揾酥蜜酪護摩真言一千八

徧一徧一擲火中一切有情皆得歡喜順伏

又法對像前取蘇摩那華搵酥蜜酪護摩於七日中日三時時别誦眞言一千八徧徧徧一擲火中一切人恭敬得爲巳主

又欲摧伏設咄嚕者取人骨爲橛作彼人形或畫或捏加持一百八徧釘於心上即得摧伏

又欲摧彼設咄嚕令麼囉者取燒屍殘木作橛磨紫檀香以塗橛上取屍林中帛纏橛釘彼設咄嚕如前形頭上彼設咄嚕即毋馱令

復説畫聖金剛童子像忿形虎皮裙右手把金剛杵左手作施願對像於舍利塔前作先行法巳以香華供養此像像前作方爐作壇盋法取沉香可長大指節搵酥合油七日日三時時誦眞言一百八徧一擲火中護摩滿七日巳得持明仙安怛但那足離於地行疾如風所聞永不忘

又欲成就藥者取羯抳迦羅華藥龍華藥白檀香此等細擣熟研又取象脂其象年二十額上自有文裂即有流脂異種極香取此脂和上件藥爲丸和藥時取鬼宿日令童女沐浴著新淨衣擣篩香藥及作七丸丸如梧子陰乾丸藥法以大指頭指撚藥丸指融蠟塗上又取竹膜貼蠟上意不欲上有指文印藥上若有指文藥無靈驗也其藥丸取生沉香作合子盛對像前結淨三時念誦乃至合子中作佉吒佉吒聲即取一丸供養本尊一丸奉請一丸供養先成就者又一丸分與助伴餘三丸以熟金銀薄重重裹之於口中含即得安怛但那滅影藏形

又欲破他敵者取華置死人身上然後收取燒屍殘木然火護摩七日取月黒分或中夜

或日中每時一百八徧對三角爐前面向南坐稱彼將帥名用前華加持一徧一擲火中彼軍即破

又欲令淨行婆羅門歡喜者取俱嬾拏迦華常稱彼名七日內作護摩誦眞言投華火中即得歡喜

又於舍利塔前取牛黃加持一百八徧用點額所行履處一切見者皆敬愛歡喜

又取骨屢草嬾苗搵酥護摩一千八徧一徧一擲火中即得一切災難悉皆殄滅及增壽命

又法先已降伏者欲息彼苦三時以乳護摩彼苦則得消除

又欲求聞持不忘日誦萬言者對聖迦柅金剛像前種種供養於銀器中盛酥取酪法如下當明念誦乃至相現皆得聞持不忘

又欲得延壽者飮乳食大麥誦眞言十萬徧對摩醯首羅像前取雄黃盛熟銅器中以七箇菩提樹葉如前上下覆蓋兼施八方天供養粥誠心念誦或有伴無伴應護自身結甲冑印念誦乃至三相現若光相壽命萬歲

又欲得敬重者以鐵作輪或三戟又於舍利塔前安金剛手菩薩像廣大供養置壇中右手按上無間斷念誦乃至質質致致聲當知成就手把又或輪一切天人即皆順伏敬重彼人如佛又取河兩岸土捏作頭指形安壇中以金剛杵按上念誦乃至金剛杵及指來近身當知成已後手把此指欲鉤召天龍八部若男若女及畜生禽獸等眞言句中稱彼等名迅疾如風即至行者所使所作皆得順

伏

又延壽法對像塗壇供養於熟銅器中置牛黃念誦乃至光出手把即壽五千年

又法取七箇蚯蚓糞泥加持塗圓壇壇上坐念誦乃至空中有天妙藥下來纔執此藥身如金剛手菩薩

又欲成就華法者取紫檀木雕作開敷蓮華於舍利塔像前念誦乃至光現則變爲持明仙最爲尊貴若至持明仙住洞之處一切天龍八部皆得隨順

又法被毒蟲所囓鬼魅所病或瘧或被毒藥所中取水加持七徧灑彼或飲即得除愈

又欲縛撲問字一日一夜不食念誦其法即成或童子童女令澡浴著新淨衣塗拭泥圓壇令坐縛問過去未來事皆知之此法設令犯四重五無間罪現生無成就分者由入曼茶羅受灌頂已後念誦現生得一切成就況具戒行者

又取牛黃末加持一千八徧用點額頭一切人皆見歡喜若在軍陣刀箭不著身

又法晨朝取水一掬加持七徧飲之食飲不求自至

又把袈裟角加持二十一徧共人論議皆得勝辭無礙

又法經過賊境一心念誦即不被劫奪傷害

又法佉陀羅木灰散彼持誦人彼即持誦無効若欲解時心誦眞言一徧即解

又婦人產生取酥一兩加持二十一徧令服即易產不受諸苦

又欲令惡人歡喜者取蠟捏作彼人形安於

胜上加持一千八徧暴惡忿怒人皆得敬順歡喜
又對本尊像前獻白華一千八枚即一切恭敬順伏
又持誦者飲乳或食大麥取蚯蚓捏作和修吉龍王形坐彼王上念誦若動摇當知法成龍王每日供十二人食亦説過未來事
又法從月一日乞食以自存至白月十四日一夜對像前廣設供養念誦乃至像動即得安怛但那安怛但那成就中最為尊上心念百味飲食則得壽五千年
又法入恒河立水至胷誦眞言十萬徧然後於恒河洲中印沙塔加持即將本尊像置河岸側酥蜜酪相和護摩一切龍即來降伏所處分事皆得成辦

又法乘船入海誦眞言十萬徧海龍王即來現身所求皆得龍獻行者摩尼寶珠受巳便為持明仙即飛騰虛空一切持明仙中為最尊
又法令金銅匠受八戒取熟銅作賢缾於中置少分穀麥等一切種子及諸靈藥金銀七寶等少分塗拭曼荼羅每日三時供養置缾於壇中神通月取一日起首念誦至十五日無間斷念誦加持缾其缾有光焰現則持閼伽供養聖衆敬謝即取缾置於淨處所須之物内手入缾中所須一切財寶車乘衣服玩具隨所意求皆悉獲得缾中所出物先供養本尊其缾須加持防護不爾恐諸魔盜竊缾將去
又法於入海河水立至胷誦眞言十萬徧然

後印塔或泥或沙則於像前廣設供養用水精作如意寶或用泥作安右掌中結跏念誦乃至放光即成如意寶得爲持明仙

又法於舍利塔前安像於神通月十五日像前依法廣供養然燈右手持寶幢幢上繫白繒垂下念誦乃至放光即得如意幢爲持明仙

又法於神通月十五日對像前廣供養取般若波羅蜜經夾以香泥塗夾以華鬘纏供養置於左手跏趺坐念誦乃至放光則通達一切佛法無礙解辯爲持明仙徧遊六趣廣利無邊有情至無上菩提

又法飲乳食大麥於大海岸獨樹下一日三時時別誦眞言一千徧大海中所有珍寶悉皆踊出恣意取之

又法食菉豆於山上誦眞言一千八徧則見山中一切金恣意取之

又法加持酥一千八徧與無子息女人喫即有男女

又法取醍醐加持一百八徧塗身入火不燒入水不溺若當念誦不被一切毒藥所中

又法作先行法於黑月八日十四日廣大供養本尊即請僧次供養以雄黄於道場中地上畫百葉蓮華中坐念誦乃至地裂踊出蓮華於蓮華葉上有十六持明仙圍遶飛騰虚空有人若遇見或就者亦得飛騰虚空即此蓮華變成寶莊嚴宮殿壽命中劫命終得生淨妙佛國

又加持水一千八徧用溉枯樹即生華果又於枯涸河中念誦水則盈滿又被水漂溺設

令解浮囙之無力念誦眞言則得淺處
又願得僧大衆生歡喜者對像前獻華一千八枚一誦眞言獻一華則得又法取安息香九用護摩得金千兩
又法對像前以薰陸香護摩七夜別誦眞言一千八徧徧別一擲火中即得伏藏
又欲怨家歡喜者對像前以白芥子護摩七日日三時時別誦一千八徧徧別一擲火中即一切怨家降伏
又法加持油一千八徧塗刀箭傷瘡即差
又取土塊加持七徧擲於水中水中磨竭黿鼉等皆口噤不能傷人
又法以此眞言加持一切疾病皆得除愈
又法徧身疼痛或寒熱病一日二日三日或常患加持油麻油一百八徧或二十一徧用塗身即愈
又法毗舍遮瘧部多諸鬼魅瘧以眞言加持白縷結索帶之即差
又法取沉香木對本尊像前取犢糞和酥蜜酪護摩七千徧則有一黃牛來又取犢子糞和酥蜜酪二萬徧如前護摩其牛必來取其乳供得千人
又對滿賢大將前取蘇摩那華日燒八千乃至六月即得金錢千貫
又法供養像從月一日至十五日每日漸加一僧初請七僧日滿已其像出語告言汝今成就已後對像念誦所求皆得成就
又法令童女澡浴著新淨衣右合五色線加持一百八徧繫右臂上即除疾病福德增長
又於趣海河水中取黑油麻以三指頭撮誦

眞言一徧一擲一撮於水中滿八千徧即得穀麥豐饒

又每日取有香氣華一百八枚誦眞言加持一徧一獻本尊獲大福

又法取百合莖然火取菖蒲一千八段揾酥護摩一誦眞言一擲火中取灰於額上點即得安怛但那如一徧不成至第二第三必得成就

又於菩提樹下（夜合樹亦得）供養聖者像取牛膝草揾酥蜜酪護摩一千八徧即得象驢騾牛水牛等自來隨順驅使又春三月黑分受八戒於舍利塔前塗壇香華供養日日請僧次齋取瓦鉼底不黑者四枚滿盛水持種種香種種藥少分置於鉼中一一鉼誦眞言加持黑分八日早朝烏未鳴時令男女沐浴對本尊像前取屍林燒屍火及殘木取茴香華護摩誦眞言十萬徧一擲火中即得飲食無有窮盡廣應惠施供養

又法若被囚禁枷鎖繞誦眞言即得解脫

又於神通月對本尊像前飲乳食大麥從十三至十五日不間斷念誦聖者即來燈焰增盛地動像動出聲告行者言汝今成就已後對像念誦所求皆得

又法於有舍利塔前誦眞言十萬徧所作重罪應墮惡道皆得消滅

又法每日烏未鳴時取胡椒七顆加持二十一徧自吞之即得聞持日誦一百五十徧別一擲火中所求榮官財產聰慧增壽悉皆獲得

又法於河兩岸遠人間擣帛杵聲處取土作

方七肘壇於壇上畫千葉蓮華於蓮華上以如來一磔手（凡人一肘量）取五種金（金銀銅鐵錫）相和銷爲一輪置於華上用種種華供養壇四邊然酥燈七盞四方置四餅盛香水餅中置七寶少許餅上安俱緣果應燒薰陸香沉香室利吠瑟吒迦香安息香應施四方天食東方施粳米酪飯南方施水和粳米飯西方施粳米砂糖飯北方施乳粳米粥對此壇前以波羅奢木然火取牛膝草一千段搵酥護摩先加持七徧然後一徧一擲火中牛膝滿以其輪放光手持此輪即得飛騰虛空一切持明仙皆悉順伏敬事如佛

又於白月十五日月蝕時行者受八戒對舍利塔前一日一夜不食取瞿摩夷未墮地者塗一圓壇大小如一牛皮許大取黃乳牛犢子毋同色者令童女搫乳酪抨酥取酥七兩置於金銀器中以左手持酥以右手無名指攪酥誦眞言加持若煖飲之得聞持不忘日誦萬言一誦之後終身不忘若得烟相一切人見者愛敬尊重光相現者安怛但那（分酥供養）（及日蝕如前法中）

又若城邑聚落有疾病流行於中夜塗一小壇供養白食取乳木柴然火取酥護摩一千八徧徧別一稱國王名投酥火中疫病遠離國界

又欲降伏藥叉者取尼拘陀樹木長十指截搵酥蜜酪護摩一千八徧即伏

又欲伏癲癇鬼吸人精氣鬼取黑羊毛護摩一千八徧彼鬼服已病者除愈

又欲降伏摩醯首羅者取安息香作一千八

丸搵酥護摩一千八徧一切摩醯首羅所有
使者悉皆降伏能成辦一切事
又法取雄黃一兩隨索價用娑羅皀莢木亦云寮相木柴然火燒雄黃如火色已欲收取置熟
銅器中以酥澆雄黃上其酥取黃牛母子同
色者令童女犂乳䣶酪抨酥取酪審酪各別
器中盛供養本尊收取雄黃盛於熟銅合子
中俟月蝕時從十三日至十五日三日斷食
對舍利塔前面向北坐取菩提葉七枚四枚
敷合下三枚覆合上無間斷念誦若暖相現
取點額一切人見皆悉歡喜若烟相現則安
怛但那成就若光相現則飛騰虛空如是依
前法求成就雌黃牛黃安膳那法皆得唯牛
黃法少異於此牛黃法取月十五日於荷葉
中裹牛黃安於二手中合掌無間念誦加持
乃至三相現所獲果報如前
又法以五金作蓮華取鬱金香牛黃龍腦香
研作末取天雨水和爲七丸於舍利塔前安
像念誦以右手按藥乃至放光則飛騰虛空
爲持明仙壽命一萬歲若以眞言加持頭冠
臂釧腰條皆得成就如前設令破戒壞行所
爲所作尚得成就何況具戒行者又取犢子
瞿摩夷護摩七日每夜一時誦眞言一千八
徧一徧取瞿摩夷少許一擲火中得牛一百
頭
又法入河中立水至胷取蓮華搵檀香香摩如泥
誦一百千徧徧別一擲水中所得伏藏積如
蓮華
又法取吉祥木一千八段搵酥護摩三日日
三時一千八徧即得財寶豐饒

又法取烏油麻稻穀華相和對像前護摩三日日三時時別一千八徧徧別一擲火中即得家中飲食無盡
又欲得降伏一切龍王者取種種華護摩三日日三時時別一千八徧即得一切龍降伏
又欲降伏藥叉者對像前取安息香丸護摩七日日三時時別一千八徧即得一切藥叉降伏
又法欲召藥叉女者取無憂木準前藥叉護摩法即得藥叉女來恭敬承事所須一切衣服飲食及諸財寶隨意供給
又法對根本像前取沉香木搵酥護摩三七日日三時時別一千八徧即得一切諸天歡喜助護災難消滅福德增長
又法若被囚禁夜時澡浴著新淨衣服誦眞言一千八徧即得解脫
又法若被人瞋怒欲相損害者取油麻護摩一千八徧即彼人歡喜
又法誦眞言加持菖蒲一千八徧繫於臂上於佗人邊出言所求皆得稱意又常念誦於諸怨敵得勝不被侵陵
又法取旗旛以眞言一百八徧以香華幷酪七椀供養旗旛及獻閼伽即持此旗引軍前彼軍見旗自破
又法若城邑被奪應對像前取黃色華七日護摩日日像前誦眞言一千八徧一徧一擲火中先有城邑被他所奪即皆卻得
又法作先行法取白芥子七日七夜護摩一月內其宅中雨寶
又法對像前香華供養飲乳食大麥取蓮華

堊揾酥護摩一千八徧得金千兩

又法取赤蓮華十萬堊護摩十萬徧心所願求悉皆得之

又法取白蓮華一萬枚揾酥護摩一萬徧即得官禄高遷

又取白檀香揾油護摩十萬徧即獲金錢一千枚

又法取沈水香護摩十萬徧徧別一擲火中日誦萬言耳所曾聞經典乃至終身不忘

又法取黃乳牛子母同色者犂乳成酪抨酥於金器中盛誦眞言加持十萬徧即喫得聞持不忘日誦萬言

又法取楝子揾香油護摩十萬徧一切囚閉被禁縛人皆得解脫

又法若見怨家心誦眞言彼起慈心不能爲害

又法一切疾病誦眞言加持楊枝拂彼即除愈

又法取五色線結索加持七徧繫臂一切鬼魅悉皆遠離

又法加持淨灰七徧遶壇散之即成結界

又法婦人不収男女者月經後取母子同色牛乳加持一百八徧令彼女人禮佛菩薩令飲又煮乳粥和酥加持一百八徧與服即生福德具相之男

又法作先行法像前香華供養取沈香可如大拇指節揾酥合油護摩七日日三時時別誦眞言一千八徧徧別一擲火中即得持明仙安怛但那成就足離地疾行及得聞持不忘

聖迦柅忿怒金剛童子菩薩成就儀軌經卷中

聖迦柅忿怒金剛童子菩薩成就儀軌經卷下

唐三藏沙門大廣智不空譯

我今說縛撲印法先以瞿摩夷塗一圓壇一肘量取七八歲童男或童女著新淨衣先令潔淨三日立於壇中燒安息香先加持香七徧然後燒之又取華加持七徧置童子當中令掩面然後行者結契誦真言行者面向東童子面向西其印以二手內相叉作拳二小指相鉤以大指並竪捻如鉤鎖形安於額窂搵彼童男即語以二大指向外撥童子即卻遠後行二大指向身招童子即向前來即成鉤召以印左右揮其童子即隨印左右撲舉印向上童子即立問其吉凶三世之事一一皆實所作疾成爾時金剛手菩薩以偈頌曰

此金剛童子　從我三昧生　成辦一切事
忿怒王大力　即我金剛手　調伏難調者
能滅除諸罪　暴惡諸藥叉　及諸羅刹衆
惱害修行者　令彼速除滅　梵王及帝釋
水天諸天王　及餘威德者　刹那令滅壞
受持者應當　入忿怒王定　威德如金剛
能伏難調者　悉皆令順伏

又法取蓮華或有香氣華護摩所求皆得

又結印誦吽字真言即得山嶽摧倒亦能枯竭河水亦能破阿脩羅關鍵爾時金剛手菩薩告大衆言此忿怒王有無量威德大神通力善能調伏難調伏故示諸方便從於三昧生此菩薩適纔憶念一切鬼魅悉皆馳走一切惡心衆生皆當損壞一切災禍悉皆除滅若有受持此真言者自然成愛三昧耶戒若

求悉地速得成就無能沮壞不墮諸惡趣速證菩薩地成無上菩提有纔誦一徧則能除一切災禍能禁制虎狼師子惡龍等加持土塊擲彼身上則不能爲害若被日月五星逼近本命宿者能常念誦不招災禍若被除佗人災者以白芥子和乳稱彼名護摩則息災若犯羅刹鬼所持或爲怨家所逼害當念誦眞言即得解脱怨家慈心相向

又若有鬭訟取蘇摩那華護摩七夜夜別一百八徧徧一擲火中諍訟消滅若有修行應入此曼荼羅受灌頂當分地拼線阿闍梨應淨其地以五色線拼壇壇八肘或十二肘或十六肘如先説法儀則四方四門於中央畫蘇嚕蘇嚕大忿怒王金剛手持金剛杵金剛手明王右邊畫金剛族中金剛鉤明妃右邊畫大抱誐縛底明妃南邊畫歩擲金剛大恐怖眼等右邊畫難覩十大忿怒金剛所謂難覩忿怒金剛水中忿怒金剛降伏忿怒金剛阿波囉爾忿怒金剛摧天忿怒金剛恐怖天忿怒金剛須彌忿怒金剛寶峯忿怒金剛降三世忿怒金剛光明熾盛忿怒金剛北邊青棒等十金剛所謂青棒金剛謨時迦羅金剛劫比羅金剛大笑金剛勇健歩金剛舉足歩金剛摩醯首羅歩金剛一霹靂金剛摧伏金剛大棒金剛西方畫難勝等八大金剛所謂難勝金剛忿怒金剛難持金剛恐怖金剛極忿怒金剛三世金剛成就金剛大忿怒金剛若欲於佗怨敵惡人得勝者壇内四門各各門右邊畫金剛恐怖忿怒菩薩左邊畫軍吒利金剛於外四門右邊畫霹靂忿怒金剛左

邊畫金剛鎖忿怒金剛於二忿怒金剛前應畫天阿脩羅諸龍及諸魔作恐怖受降伏勢於壇外界道畫諸天衆以塗香時華飲食燈明置壇四邊供養一切諸菩薩金剛明王各各聖者皆以本真言迎請迎請已獻閼伽供養結印請諸聖者真言各各呈本三昧耶印然後引弟子入壇擲華隨華著處聖者便授與本尊真言即應灌頂於此大忿怒曼茶羅所求勝願及破佗敵則得滿足由入此曼茶羅一切疫病鬼魅一切障難悉皆消滅於此壇亦能成就一切藥物安怛但那入阿脩羅宮悉皆成就

爾時金剛祕密主見未來一切有情爲利益安樂故略說成辦一切曼茶羅以少財寶以少時分持誦者但清淨住戒兼助伴清淨修行或於白月一日或二日或五日或八日或十四日或於滿月十五日取如是等日起首修曼茶羅或於城內或於城外或寺中或村邑聚落於東北方華果茂盛叢林名華輭草寂靜處於神通月建立曼茶羅如瞿呬耶經所說治地淨地兼分位已應畫聖金剛童子曼茶羅此壇能成就一切大事有威德若修行具諸律儀依蘇悉地教王及依最勝經不久成就所有鬼魅作障礙者及餘九執聖凡種種相貌繞稱彼名四散馳走若見此曼茶羅得灌頂已則得三昧耶戒然後從師受真言印契儀軌克獲成就如前所說金剛王經中法若有勤勇者成就無疑爾時金剛祕密主告諸天衆言末法之時修此教者有懈怠不具真言律儀者或惡龍雷震諸魔變現種

種身形惱亂持誦者及諸布單那鬼吸人精氣鬼并天趣之中犯羅剎及諸天毋衆等或在須彌山及諸寶山莊嚴之處山河峯側巖窟林野大江沼大樹大河大海之間雲霧陂澤悅意華果樹下及興雲降雨山處故園故廟一切鬼神多依如上諸處住好作障難伺求人過若不依軌法即爲彼魔得便爲如是等種種有情故說斯法令持誦者不爲衆魔之所得便我金剛手菩薩爲愍念有情示現眞言王忿怒形由此眞言威力一切藥叉羅剎天衆見我者皆大怖畏於求一切成就法中一切眞言忿怒衆中我爲最勝王哀愍難調於諸有情作障難者爲調伏彼故說是眞言於三昧中示現此形從額流出是故一切眞言無比大威德大忿怒大怖畏大名稱爲護王及正法故我祕密主說金剛童子法於此教中當作息災增益敬愛等若有於佛教起邪見瞋毒心滅正法者應作猛利心作降伏法若彼降伏受諸苦惱欲令除者應用乳木作護摩即得息災我今又說求悉地時能成辦諸事印加持所成就物眞言曰

唵(一引)迦抳矩嚕(二合引)馱(二)薩嚩薩怛嚩(二合)娑(去)孕羯囉(三)囉乞灑(二合)囉乞灑(二合四)薩嚩㮈囉(二合)尾野(二合引)抳娑嚩(二合引)賀(五引)

澡洗印準前獨股杵印二大指並入掌手腕相著即成眞言曰

唵(一引)迦抳矩嚕(二合)囉拽蹉娑嚩(二合引)賀(二引)

道場掃地眞言曰

迦抳麼(一引)囉野(二)吽(三引)

求成就時縛難調者準前根本印以大指於

掌中交真言曰

唵引一迦抳戍引灑野二薩縛努瑟鵮二合引三滿馱野滿馱野四吽五發吒半音六

廣大金剛心印準前獨股杵印以二大指掌中相捻

廣大金剛隨心印準前心印以二大指並竪亦名蓮華金剛印最勝心印準前最勝印屈二小指頭相拄若種種障難家中不祥結此印念誦即皆消滅最勝隨心印準前最勝印舒二名指此印能成辦一切事若入脩羅宮亦用此印有大威力

次說大鉤印二手内相叉二頭指屈如鉤此印三界中所有衆生之類皆能召得若召阿脩羅女於七日中即來

又說解拏吉你印如前獨股印舒二小指二頭指頭相合餘六指内相叉以二大指數數開之非但解拏吉你亦能除地居一切鬼魅法此即用根本真言

又說調伏一切龍印準前獨股杵印屈大指入掌以甲正相向想彼龍在大指節間此印能伏一切龍祈雨止雨一切諸龍見此印馳散遠去亦能除一切毒蟲所嚙由此印威力不被諸毒傷害若已被傷者即差

又說驅擯一切難調有情印二手内相叉以二大指四相合此印有大威力諸大力天及惡鬼神不順教者悉能驅逐用根本真言

又法以阿落得迦胭脂書彼人名於掌中用火炙掌念誦真言句中加彼人名須臾即至

又持根本真言十萬徧然後取安息香作十萬丸護摩諸藥又女毗金遮女皆能召來種

種驅使
又法若有災難及恐怖處誦真言八千徧則得災滅離怖畏
又對忿怒王像前以秔米飯和酥護摩則得家中飲食無盡
又法取護摩灰點於頂上入軍陣不被刀杖所傷於他敵得勝
又法若城邑聚落有疫病可入水念誦七夜夜別一千八徧諸疫病悉除
又法若求財寶著新淨衣對像前香泥塗一小壇燒安息香誦真言一萬徧則得如意
又法對像前專注意誦真言三十萬徧即見聖者所求皆得
又天久霖雨加持白芥子一百八徧徧別一擲上散虛空即雨止

又法取一男子死屍未損壞者於屍陀林或四衢道先與藥瀉以水灌洗令瀉腹中惡物出已又以香湯洗身令淨以香塗徧身帛繒纏胯覆形華鬘嚴飾取佉陀羅木誦真言七徧加持佉陀木橛釘於頭邊以髮繫橛上持誦者於屍心上坐面向東起慈心勇銳無恐怖四方應置解念誦者四人執劒持誦者手持小鐵杓酌鐵末瀉屍口中不間斷念誦其屍即出舌以利刀截取舌右手把變成劒色如青蓮則兼諸眷屬飛騰虛空爲持明王壽命一大劫當生金剛手菩薩宮中又法於屍陀林中共鬼交易賣摩訶莽娑與鬼取長年藥怛但那藥寶劒伏藏金銀七寶當作法時用此真言護自身及助伴皆得無礙不被鬼幻惑所求皆成就

又法欲破佗敵者將帥已下一一皆以眞言加持七徧護身佗敵即破或以眞言加持水一千八徧散灑軍衆不被傷害得脫彼敵退散

又法以四瓮餅底不黑者取河流水滿盛及著少分諸香及諸藥對像前加持一百八徧頂上澆灌彼人念誦久致功夫猶無現驗被諸魔嬈惱者不祥鬼魅所持由作此灌頂洗浴法故諸魔魅等悉皆遠離福德熾盛速疾成就

又法加持香水一千八徧身上散灑鬼瘧皆除

又法取孔雀尾一莖加持一百八徧拂彼身上彼人被毒所中皆除差

又法取蚯蚓糞塗小圓壇於上坐誦眞言一萬徧即先行法成就（先行者即眞言法成功德効神驗）然後不擇時日宿直七日日誦眞言一千八徧即得金錢一千

又誦眞言加持索帶或灑水則成護身誦兩徧則成結方隅界誦眞言三徧護助伴四徧護曼荼羅

又法於黑月八日一日一夜不食取乳牛母子同色者瞿摩夷未墮地者和土作童子像塗一小壇置像於中其壇上廣設供養對像誦眞言十萬徧其像動頭現餘應驗當知所思念事皆得成就金剛童子夢中現身示教應作不動作事

又法於黑月八日一日一夜不食取芥子和酥護摩一千八徧則得一千金錢并得莊嚴

又法取室麗瑟曼得迦木然火以骨屢草苗

護摩十萬即得牛一千頭
爾時金剛手菩薩爲利益安樂諸有情故說普通儀軌欲爲未來末法之時淨信修行樂大乘者及懈怠嬾惰不具慧方便者速集福德智慧修眞言行爲護持正法帝王令加持國界人民豐樂無諸災禍吉祥福德是故說此妙眞言門時金剛手菩薩即從眉間出於光明照燭加持等應頂受我之所說大忿怒明王金剛童子息災騰空等成就法如上等儀汝等助護速令成就此法勿生疑惑如法奉行

聖迦柅忿怒金剛童子菩薩成就儀軌經卷下

音釋
搵烏困切手捺也　橛其月切杙也　齧五結切噬也　漑古代切灌也　涸乎各切水竭也　縷力主切線也　𤛓音搆取羊牛乳也　抨補耕切彈也

一伽陀一讚三經同卷

清刻龍藏佛說法變相圖

一伽陀一讚三經同卷

七佛讚唄伽陀

佛三身讚

佛一百八名讚經

聖救度佛母二十一種禮讚經

佛說一切如來頂輪王一百八名讚經

七佛讚唄伽陀

宋西天中印度傳教大師三藏法天奉　詔譯

毗婆尸佛讚

惹(仁捋切)誐捺麌(二合)龍勇(二合)秫囉曩囉路(引)迦

布(引)哜鐙(一)訖哩(二合)播(引)鉢吒用(二合)跛囉(四)

怛謨(引)乞叉(二合)禰(泥曳切)捨亘(二)尾鉢始也(合)
能(上聲)底哩(二合)婆(去聲)嚩(武鉢切)摩護伽播(引)囉孅
(二)曩麼(引)弭鐙蘇(上聲)誐哆(去聲)誐底孕(二合引)怛
他(去聲引)誐恒飡(一合引四)

式棄佛讚

阿(去聲)難(上聲)哆(引)嚟婆(去聲一)嚩(無可切)娑(去聲引)誐
嚟悉弭(二合二)黠(重呼)麼惹拽(二合)麼(引)能(去聲)鉢囉
(二合)捨銘(引)乞史也(三合)路(引)亘(三)鉢囉(二合)迦(去引)
始姤(引)曳曩醯哆(去聲)野達(轉舌呼)謨(去聲引三)曩謨
(引)窣堵(二合)怛薩眿(二合)式企(引)寗吩曩(引)野(四)

毗舍浮佛讚

鏤(無滿切)尾濕嚩(二合)部吻(無肯切)没鄧(一)贊捺囉
(二合引)迦(去聲)地揭帝惹(仁左切)僧(去聲二)娑(引)誐嚧
伽弭嚩(引)誐(引)鄧(三)倪野(二合)禰(泥曳切)曩尾曩
曳曩拶(四)

拘留孫佛讚

野薩拽(二合引)弩(鼻聲重呼)囉始銘(二合短呼)鉢囉(二合)底
(丁以切)眿哩野(二合)成(引)鼻囉楞(去聲引)訖哩(二合)
哆(引)婆(去聲引)底(丁以切)嚩(武鉢切)遜馱哩琰(二合)嗅
努沫嚩(二合)覽補澀播(二合)弭嚩(引)那部(一合)鐙(三)
鐙鏤(無滿切)禰(泥曳切)訖囉(二合)矩瑹捺摩賀(引)母
顊(寧頂切引)捺嚂(二合引四)

迦諾迦牟尼佛讚

尾娑(去聲)哩拏(引)尾誐怛沫嚓曩唧怛娑(去聲一)
尾囉(引)嚈(霓以切)拏(引)薩怛怛醯哆(去聲引)努(鼻聲)
迦(去聲引)哩拏(重呼二)喝怛怛謨(引)尾誐多沫隸
曩曳曩鐙(三)蘇(上聲)囉(引轉舌呼)唧鐙揭曩揭母黠
曩麼(引)麼野(二合引)憾(四)

迦葉波佛讚

鉢囉(二合)怛鉢怛(二合)左(引)弭迦囉囉濕銘(一合)偶

引嘜(去聲一)娑賀娑囉(二合)素哩野(二合)地迦(去聲)禰
(泥戉切引)鉢哆(二合)帝惹(仁左切)僧(去聲二)路句(引)怛懵
薩(轉舌)嚩(無可切)惹(仁左切)曩(引)鼻吻(無肯切)寧孕(二合)
(引三)吻那(去聲引)沫野(二合引)憾迦(引)捨鉢曩(引)麼
地哷(四)

釋迦牟尼佛讚(此讚一首先巳到中夏流行出正審三藏新讚集中收録)

嚩(無个切)枳野(二合引)秫惹隸鉢囉(二合)底(丁以切)冐
(重呼)皺路(引)亘(一)素哩琰(二合引)秫惹隸哩嚩(武鉢
切)鉢那麼(二合)訕(去聲)赦(二合引)愈謻没哩(二合)哆(入聲)
設枳也(二合)毋謻鉢囉(二合)禰(泥戉切)鉢(三)薩怛(二合)
薩昧(二合)曩莫播囉麼迦(引)噌抳(尼整切)迦(引)野
設(引)悉底哩(三合引四)

當來化主慈氏菩薩讚

昧怛隸(二合)野曩(引)麼(引)覩史哆(引)攞野薩吐
(二合一)野薩戉(二合引)迦(去聲)惹曩麼(二合引)怛哩哆

(引)醯冐(重呼)地(二)嚕怛鉢(二合)飡(入聲)帝囁蘇(上聲)誐
哆(入聲)畢嘌(二合)體尾琰(二合三)薩(轉舌)嚩(無可切引)怛麼
(二合)曩(引)憾(胡敢切)鉢囉(二合)拏姤(引)濕銘(二合)恒薩
昧(二合四)

迴向結讚

窣堵(二合)怛嚩(二合引)麼野(引)颰鉢哆(二合)吩曩(引)
曩底(下利切)哆曩曩(引)蘖鉢左(引)瑟吒(二合)麼冐
(重呼)地薩怛鎪(二合)野怛奔(去聲二合)抳野(二合)鈐(年敢切)
娑(去聲)你(泥以切)怛麼鉢囉(二合)弭琰謻囉(引)沫野
(引)悉帝(二合)曩婆(去聲)鎪(無滿切二)覩薩怛嚩(二合引)颰
鉢哆(二合)吩曩薩怛(二合)嚩(無愽切)三(去聲)麼(引)鉢哆
(入聲二合)

過去七佛我讚竟　未來慈氏次稱揚
我所造福利無邊　願諸衆生皆解脫

七佛讚唄伽陀

佛三身讚

宋西天三藏朝散大夫試鴻臚明教大師法賢奉詔譯

法身

我今稽首法身佛　無喻難思普徧智
充滿法界無罣礙　湛然寂靜無等等
非有非無性眞實　亦非多少離數量
平等無相若虛空　福利自他亦如是

報身

我今稽首報身佛　湛然安住大牟尼
哀愍化度菩薩衆　處會如日而普照
三祇積集諸功德　始能圓滿寂靜道
以大音聲談妙法　普令獲得平等果

化身

我今稽首化身佛　菩提樹下成正覺
或起變現或寂靜　或復往化於十方
或轉法輪於鹿苑　或現大光如火聚
三塗苦報悉能除　三界無比大牟尼

迴向

如是佛身無漏智　我常信解淨三業
以無量慧大福行　一心垂愍諸羣生
以今頌讚三身佛　所獲無漏功德種
願我速證佛菩提　盡引衆生歸正道

佛三身讚

御製釋迦牟尼佛讚

如來勝相徧十方　具足萬行顯微妙
頂髻圓光無不照　無量無礙性恒存
譬如大海納百川　一滴徧涵諸水味
又如海水起諸泡　一泡中含一海體

須彌微塵納芥子　一毫徧攝於大千
大威大智大神通　甚深甚廣甚方便
能立最勝之大法　演說無量最上乘
猶如大風吹海波　散作甘雨徧世界
一點霑滿於塵刹　令溥清淨悉清涼
法雲大周於十方　妙具種種之勝色
普護衆生無露迹　如入寶蓋勝吉祥
有如雷音海潮音　遠震十方無所礙
世人有耳悉能聽　由聞以入觀一同
成悟圓覺及妙覺　善巧方便出世間
徹心演法顯眞如　五陰六入亦如是
一心萬行之本源　眞心自性恒冥寂
領者由凡而入聖　解者超斷以除緣
以證信心爲實心　以寂靜境爲眞境
以大智海爲性海　以慧妙國爲住持
以法身而體色身　以無相而攝有相
智身光明如日月　照臨隨現於世間
衆生心性亦如是　一切與佛無分別
若能斷除諸障垢　自然獲此智慧心
令彼凡夫悉解脫　如渴飲水成醍醐
若能精進無退轉　堅固心等金剛山
諸善男子善女人　及諸聲聞與緣覺
聞是眞諦誦讚歎　歡喜樂受作思惟
無量無邊消刧塵　口變無等甘露味
如是功德不思議　庸愚俱至妙菩提
隨緣感應無不周　願使衆生皆成佛

佛一百八名讚經

宋三藏法師法天奉詔譯

歸命一切智　一切世間師　牟尼大法王
一百八名號　無邊功德海　具足衆吉祥
能滅諸有情　罪業諸煩惱
我今歸命禮　一切大吉祥　救度諸羣生
令得大安樂
我今歸命禮　悲愍二足尊　圓滿於衆生
一切吉祥事
我今歸命禮　無相無上尊　成就天中天
祕密大明義　如來正等覺　利樂於世間
最上百八名　我今集彼說

南無一切義成就南無正等覺南無一切智南無大釋子南無一切法自在無畏南無大金僊南無功德海南無如來南無應供南無善逝南無世尊南無一切世間解南無離一切垢染南無最上法燈南無無畏淨飯王子南無甘蔗王種南無瞿曇南無日族南無吉祥大牟尼南無囕儗囉娑族南無天人師南無十力降魔軍南無離過除毒南無調御丈夫南無妙解脫南無除障暗南無止息降諸根南無清淨戒南無無垢王南無滅罪無我相南無無驚無怖畏南無第一法圓滿南無無邊無可喻南無大論師南無希有不思議精進南無三界親慈父南無三明知三世南無滅三毒南無具足三變通南無說三乘菩提南無無相亦無老南無無我無二執南無無怨無戲論南無無業無怖南無施願無畏南無法師子二足尊南無調伏除煩惱南無最上意清淨南無明行足南無自在變化王

南無調伏心清淨南無離塵無上士南無止息一切罪南無得清涼南無得寂靜南無救度世間師南無勇猛大清淨智南無圓滿吉祥相南無能除怨南無沙門月南無釋師子南無作善清淨業南無六佛法莊嚴南無六根清淨眼南無第一六神通南無六趣海到彼岸南無無師自然覺南無善逝德成就南無一切世間爲愛樂南無無等大智慧南無恒入三摩地南無一切有情利益王南無真實降諸根南無一切世間尊南無普徧有情精進者南無永過輪迴苦南無圓滿諸所求南無降伏得最勝說四諦南無到彼岸度他大龍王南無得最上涅槃南無尊師大梵行南無第一寂靜樂南無祕密最勝大丈夫南無調伏聲聞者南無利益諸有情南無世間供養出世智南無聖智照世間南無離世法利養南無出世爲如來南無大法主南無大法王南無調御明南無救度第一二足尊南無行忍辱南無善意端嚴相南無善持善戒相南無金色光善逝南無善逾愛尊重南無人師子吉祥雲南無佛陀南無無畏獨除暗南無無邊利世間南無無等三有師南無能斷諸結縛南無無我最第一南無普照一切眼南無證理淨慧眼南無三慧真實眼如是一百八名若復有人於其辰朝發志誠心或讀誦或禮念或憶持或聽聞獲得最上吉祥福德所有一切煩惱及諸罪業速得清淨不受輪迴常得解脫乃至成佛

此大牟尼功德名　我今讀誦及禮念
普將迴施與羣生　同得證成菩提果

佛一百八名讚經

御製救度佛母讚

世尊威力大神通　無驚怖畏安樂住
能滅一切諸垢障　於衆轉廣大法輪
盡諸苦報出死生　具足成就等正覺
譬如須彌山不動　金剛堅固鎮長存
利樂三界諸有情　不動悉成無畏力
聞是妙法不思議　證入無上菩提心
有能顯揚大名稱　不假慈筏到彼岸
亦復得成大自在　德超十力大丈夫
恒懷攝受大慈悲　平等具足無邊智

清淨廓然無怖畏　不斷不破亦不空
速疾勇母具娑訶　授諸勝義除怖畏
速勇母者蓮華面　端嚴相現妙蓮華
月朗母者如千星　殊勝威光徧圓滿
莊嚴紫磨金色母　忍辱禪定精勤行
頂髻母者廣無邊　怛囉吽字母甚大
自在釋梵水天母　藥义羅刹總皈依
特囉胝癸母尊嚴　頂髻光明朗千日
勇猛都哩大緊母　能摧一切諸怨魔
三寶嚴印母威嚴　身有光明種種聚
鎮世威德歡悅母　摧伏世間諸魔精
守護衆地母吽聲　妙光頂冠月相母
安住如盡劫火母　普徧摧壞惡寃輪
手按大地母顰眉　能以足踐鎮降伏
最樂安隱柔善母　普徧極喜母脫離

都哩巴帝毋躡吽　薩羅天海毋作發
威德諸天集會毋　滅除惡夢及鬪爭
日月光勝廣圓毋　善除諸毒及瘟疫
善威力三真實毋　消除煩惱及禍災
至心歸仰救度尊　能消罪業越惡趣
速得圓融成正果　諸佛灌頂證真如

緑色

赤色

白色

金色

金色

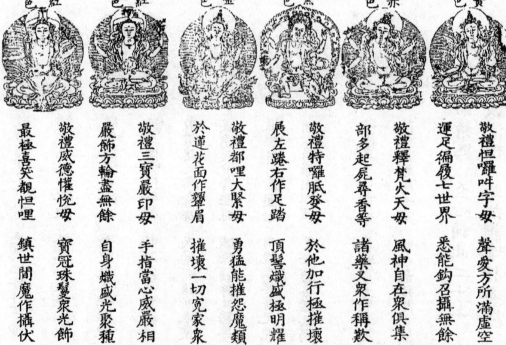

聖救度佛母二十一種禮讚經

翰林學士承旨中奉大夫 安 藏奉 詔譯

唵敬禮䶪速疾勇　咄多哩者除怖畏
咄哩能授諸勝義　具莎訶字我讚禮
敬禮救度速勇母　目如刹那電光照
三世界尊蓮華面　從妙華中現端嚴
敬禮百秋朗月母　普徧圓滿無垢面
如千星宿俱時聚　殊勝威光超於彼
敬禮紫磨金色母　妙蓮華手勝莊嚴
施精勤行柔善静　忍辱禪定性無境
敬禮如來頂髻母　最勝能滿無邊行
得到彼岸盡無餘　勝勢佛子極所愛

黃色

赤色

黑色

金色

紅色

紅色

敬禮怛囉吽字母　聲愛方所滿虛空
運足徧履七世界　悉能鈎召攝無餘
敬禮釋梵火天母　風神自在衆俱集
部多起屍尋香等　諸藥叉衆作稱歎
敬禮特囉胝發母　於他加行極摧壞
展左踡右作足踏　頂髻熾盛極明耀
敬禮都哩大緊母　勇猛能摧怨魔類
於蓮花面作顰眉　摧壞一切冤家衆
敬禮三寶嚴印母　手指當心威嚴相
嚴飾方輪盡無餘　自身熾盛光聚種
敬禮威德懽悦母　寶冠珠鬘衆光飾
最極喜笑覩怛哩　鎮世間魔作攝伏

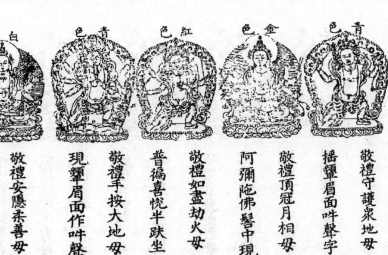

青色

敬禮守護衆地母　亦能鉤召諸神衆
攝顰眉面吽聲字　一切衰敗令度脫

金色

敬禮頂冠月相母　冠中現勝妙嚴光
阿彌陀佛髻中現　常放衆妙寶光明

紅色

敬禮如盡劫火母　安住熾盛頂髻中
普徧喜悅半趺坐　能摧滅壞惡寃輪

青色

敬禮手按大地母　以足踐蹋作鎮壓
現顰眉面作吽聲　能破七險鎮降伏

白色

敬禮安隱柔善母　涅槃寂滅最樂境
莎訶命種以相應　善能消滅大灾禍

紅色

敬禮普徧極喜母　諸怨支體令脫離
十字呪句妙嚴布　明呪吽聲常朗耀

黃色

敬禮都哩巴帝母　足蹋相勢吽字種
彌嚕曼陁結辣薩　於此三處能搖動

白色

敬禮薩囉天海母　手中執住神獸像
誦二怛囉作發聲　能滅諸毒盡無餘

白色

敬禮諸天集會母　天緊那羅所依愛
威德歡悅若堅鎧　滅除鬪諍及惡夢

黃色

敬禮日月廣圓母　目覩猶勝普光照
誦二喝囉咄怛哩　善除惡毒瘟熱病

白色

敬禮具三真實母　善靜威力皆具足
藥叉執魅尾怛辣　都哩最極除災禍

若有智者勤精進　至心誦此二十一
救度尊處誠信禮　是故讚嘆根本呪

每晨旦起夕時禮　憶念施諸勝無畏
一切罪業盡消除　悉能超越諸惡趣
此等速能得聰慧　七俱胝佛所灌頂
現世富貴壽延安　當來趣向諸佛位
有時悞服諸毒物　或自然生或合成
憶念聖尊真實力　諸惡毒藥盡消滅
或見他人遭鬼魅　或發熱病受諸苦
若轉此讚二三七　彼諸苦惱悉蠲除
欲乞男女得男女　求財寶位獲富饒
善能圓滿隨意願　一切障礙不能侵

根本十字真言

唵多(引)哩咄(入)多(引)哩都哩莎(引)訶(引)

救度八難真言

唵多(引)哩咄多哩都哩薩嚩(二合)邑耶那(引)舍你薩嚩(二合)

覩(入)枯(入)多(引)哩祢莎(引)訶(引)

聖救度佛母二十一種禮讚經

佛説一切如來頂輪王一百八名讚經

宋三藏傳法大師施護奉　詔譯

爾時一切如來説無量功德大明呪主轉輪王一百八名即説讚曰

歸命最上師　一切世間主　恒懷大慈悲
顯揚大名稱　十力大丈夫　福德超三界
具足一切相　天人常恭敬　攝受諸衆生
與作大福聚　復名大自在　一切佛頂王
轉一切呪輪　成就正法句　聖智善通達
一切悉解脱　恒爲大主宰　出過一切天
爲大禪定像　平等視衆生　具足無邊智
無實無不實　無一亦無二　號曰大僊天
世所甚希有　本來寂滅相　清淨而無垢
善入無盡性　廓然無怖畏　不斷亦不破
無想亦不空　能捨於萬有　不著如虛空
妙色即空色　善相爲善瑞　寂靜常決定
善意生妙梵　爲彼天中像　自在廣無邊
功德無邊量　心口難思議　無等無等等
真像廣無邊　究竟無能勝　無邊世界中
一切皆恭敬　一切呪像主　此像未曾有
善像難有像　天眼及三眼　真實三解脱
實語實寂靜　實法住實際　思惟妙法身
湛然常堅久　無垢性決定　風天與月天
日光及妙意　文字三六字　一呪一字王
一智一切智　自在大自在　梵天那羅延
一佛一法相　一天居一衆　一定一相應
一切世間中　高談衆妙法　以此神通光
化光一切處　大光威德力　爲一切天主
一切佛法主　一切法智主　無盡功德聚
是名一百八

佛說一切如來頂輪王一百八名讚經

一頌四讚一伽陀同卷

清刻龍藏佛說法變相圖

一頌四讚一伽陀同卷

讚法界頌

八大靈塔梵讚

三身梵讚

佛說文殊師利一百八名梵讚

曼殊室利菩薩吉祥伽陀

聖金剛手菩薩一百八名梵讚

讚法界頌八十七頌

聖龍樹菩薩造

宋三藏賜紫沙門施護奉　詔譯

歸命十方佛　法身及報化　願共諸衆生

速成法界性

輪迴三惡道　法界理凝然　本來常清淨
諸相不能遷
寂靜如虛空　處處悉周遍　體皆離彼此
非深復非淺
乳未轉變時　酥醍醐不見　煩惱未伏除
法界無由顯
如酥處乳中　酥本妙光瑩　法界煩惱覆
圓滿體清淨
如燈被障礙　非能照餘物　無明恒覆心
法界非明了
如燈離障礙　處處物能照　煩惱破壞時
眞如恒顯現
初中及最後　二障不能擾　如淨瑠璃珠
恒時光照曜
光明物所障　被障明非見　法界煩惱覆
眞如理難顯
圓寂體光潔　輪迴不能染　勤求趣法界
輪迴非能掩
如米糠纏裹　穀體米非無　煩惱覆眞如
眞如煩惱有
如穀去其糠　米體自然見　若離煩惱糠
法界理方顯
妄報有世間　芭蕉終無實　法界非世間
亦非虛妄見
如人飲甘露　熱惱悉皆除　若證法界性
煩惱熱皆棄
滅除煩惱焰　法界甘露現　一切有情中
高下皆平等
體實果不生　執種果非有　智慧出生時
有爲非法界

法界本無處　究竟方可證　清淨恒光潔
日月皆瑩淨
法界無垢染　如龍夜雨塵　況似羅睺面
光明恒燦然
譬如火浣布　處火能離染　垢去布猶存
光明轉瑩淨
貪愛令心染　虛妄有輪廻　亦如火浣布
眞空妄非有
三毒生死本　智慧火能燒　法界體常有
朗然恒照曜
煩惱染稱垢　世尊恒所宜　垢滅眞如顯
如汲地中泉
法界體無垢　根隨能覆藏　若除煩惱盡
瑩淨叵難量
法界本無我　二形及女男　體無虛妄執
何處更思惟
法界離憎愛　根塵境本無　虛妄報爲因
差別從此生
眞空非苦惱　貪愛苦惱因　耽染由妄想
三界乃輪廻
懷孕在於腹　嬰子未言見　二障覆眞如
法界不能證
種種生疑慮　見慢及恚癡　妄計有眞實
眞實計非有
兔角體非有　妄執令眞實　法界離妄執
妄執眞非有
如色必破壞　微塵猶可知　法界非破壞
三時不能得
有生還有滅　榮辱亦皆隨　法界非生滅
云何言所知

兔角本非有　三世猶可思　眞空非兔角
思慮不能知
眞空稱善逝　色相悉皆亡　應化隨緣有
修因離執非
圓通如日月　水現影皆同　色聲雙泯絶
差別云何有
三世可尋思　生緣時決定　若悟己身法
已身云何有
如水居熱際　處熱覺悟非　寒際理亦然
圓通皆如是
心恒煩惱覆　迷惑不能了　若離煩惱纏
覺悟而非有
如眼觀諸色　離障能照曜　眞空理亦然
照曜離生滅
耳識聞於聲　離妄及分別　法界性亦然
分別妄非有
鼻能齅諸香　妄執性非有　色相二俱亡
眞空亦如是
舌根自性空　味界恒遠離　識空體亦然
法界理如是
身根自性淨　冷煖觸非有　法界理亦然
觸處常遠離
意緣法稱最　自性恒遠離　諸法性本空
圓通理如是
見聞及覺知　相應法亦空　了絶諸妄想
見聞理亦非
根塵起妄執　清淨體源無　迷執有根塵
根塵理非有
世間并出世　空性本無差　我法由迷起
遍計自輪迴

法界理清淨　貪瞋癡本無　迷悟從心起
三毒法假名
迷執自纏縛　了達假名智　菩提非近遠
三世理非有
煩惱籠迷執　世尊經所宣　智生惑染滅
妄執勿相纏
去來執最勝　體空猶可思　菩提非妄執
正證亦知非
水乳同一處　鵝飲乳非離　生空煩惱離
二障亦非離
妄執我非無　了達本非有　涅槃清淨理
二我俱非立
三檀齊修施　尸羅離過非　忍因端正果
精進勇勤依
靜慮令心止　般若用無疑　願兼方便力

安住勝菩提
菩提離妄報　眞空生滅無　了達空本性
一相亦非有
乳糖離甘蔗　離蔗糖非有　三乘趣菩提
離種體非有
守護稻穀種　芽莖必得生　守護菩提種
菩提從此起
譬如於黑月　光明未能見　有情煩惱纏
眞如未明顯
月初光雖有　漸漸而增長　初地證菩提
菩提未圓滿
十五月圓滿　處處光皎潔　解脫顯法身
法身理無鈌
染汙意相應　纏縛俱生滅　解脫一切障
三世悟非有

初大僧祇滿　三檀普遍修　斷除分別障
歡喜智難儔
三業悞兼犯　防非重及輕　尸羅圓滿戒
離垢獨標名
二障恒時染　俱空慧刃除　發光能照曜
破滅漸無餘
遠離根隨染　漸增焰慧威　菩提稱最勝
燒照轉光輝
眞俗稱二智　相應互起違　合令無所礙
難勝事恒時
十二緣生智　巡環理趣全　甚深稱最勝
般若現於前
世俗二乘行　久修道已明　相無功用滿
最後稱遠行
智用無分別　恒時任運成　衆魔降退散
不動獨彰名
善慧名無礙　十方演法希　身雲甘露雨
應物最堪依
衆德猶如水　虛空喻似身　重麤皆蔽塞
大法智稱雲
審諦輪迴事　孰能免業牽　要知無苦惱
淨土勿相纏
歸命佛眞子　位登智慧雲　細微皆斷盡
超苦離諸塵
灌頂諸光照　根塵普遍身　金剛寂大定
衆苦勿相親
大寶花王座　俱胝衆妙成　莊嚴皆普遍
功德實難思
十方兼無畏　三身四智圓　六通恒自在
應物化機緣

照曜如圓月　恒時焰熾然　十方無不遍
爍爛轉光鮮
永絶緣生染　恒時處涅槃　菩提稱最勝
化益物情歡
智用深如海　隨機現應身　水清來月影
處處度迷津
況似頗胝寶　隨緣現影同　物情根有感
周普事無窮
餓鬼恒飢渴　不能見水泉　衆生無少信
宿業自縈纏
化現身諸相　光明皆燦然　佛雖恒在世
不覩宿無緣
曉了塵沙界　根隨染久無　二空殊勝智
妙用化童愚
清淨絶諸垢　自他受用身　恒居色究竟
利益五乘人
救護衆生苦　俱胝壽命長　二嚴無有盡
功德叵難量
佛演一乘法　隨機悟淺深　蓮花無垢染
玉本絶瑕侵
少分而稱讚　廣宣理趣玄　願將諸功德
普利施人天

讚法界頌

八大靈塔梵讚

西天戒日王製

宋三藏法師法賢奉　詔譯

惹引鼎冒亭鉢囉二合嚩囉末覩朗一達哩摩二合作訖囉二合左囉藐二載帝煬二合左引禰煬二合帝哩二合部嚩那摩呬當三室哩引二合摩賀引鉢囉引二合底賀引哩煬四二合薩他二合難際引曩呬摩儗哩你羅煬五禰引嚩禰引縛引嚩多引囉六滿禰引喝鉢囉二合拏摩多室囉娑引你没哩二合多引揭怛囉二合没馱七引吠引舍引梁引達哩摩二合作訖麗二合室輪摩儗哩怛致引八毗引瑟摩二合哥引踰引迭帝引麗九引室囉引二合嚩薩爹引二合冒提暮梨引拘尸那誐囉嚩麗引十龍彌你引哥引必邏引契曳二合引十一憍睒引咩引薩兔二合羅酟瑟致引二合末

吐囉嚩囉補麗引二十難那吳播引寫囉引瑟致麗三合十三引曳引左引戰切身下同舍引窣都二合載引爹引捺舍嚩羅嚩里那引十四薩旦引二合那莫寫引彌暮達那二合十五引割濕彌引二合麗引際引那禰引尸引十六揭沙怛吒野牟泥引末哩嚩二合麗引星賀梨引嚩引十七邏引濃㮈麗引二合辛度褒捺麗二合十八引三摩怛吒摩蘖提引末揭梨引酟薩梨引嚩引十九泥引播引梨引哥引摩嚕閉引割羅舍嚩囉補麗引二十斡引唧驂囉引瑟吒囉三合囉引瑟吒麗引三二合十一曳引左引戰馱引覩誐哩娑引二合捺舍嚩羅嚩里那引二十二薩旦引二合那莫寫引彌暮達那二合二十三該邏引細引係引末酟引致呬摩儗哩你羅曳引二十四滿捺麗引彌引嚕室凌二合詣引二十五播引怛引梨引昧惹演帝引達那鉢

底你羅曳引二十六悉馱𤙖達哩嚩二合路計引二十七没囉二合吽滿二合引尼引尾瑟女二合部菴引鉢輸鉢帝婆嚩泥引二十八贊捺囉二合素引哩也引二合禰路引計引二十九曳引左引戰上同馱引覩誐哩婆二合引捺舍嚩羅嚩里那引三十薩旦二合引那莫寫引彌暮引達那二合引三十一曳引左引瑟誅吒侯切馱引覩誐哩婆二合捺舍嚩羅嚩里那三十二功婆僧倪也二合室左二合載爹引三十三盎誐引囉契也二合引薩怛二合他引戰呬摩囉惹多你婆引三十四窣都二合引波囉怛那二合鉢囉二合哥引舍引三十五播引多引梨引曳引左部咩引儗哩室揭囉誐多引三十六薩哩嚩二合都引馱引覩誐哩婆二合引三十七没馱引喃引夜引你泯摩引鉢囉二合底禰那摩設訖哩二合三十八多引你暮引達那二合引那摩引彌三十九阿瑟吒二合摩賀

引載爹滿捺那三摩鉢多二合四十

八大靈塔梵讚

三身梵讚

宋三藏法師法賢奉　詔譯

蹫引乃酤引那引鼈泥引哥一莎波羅呬多
摩賀引三鉢那引陀引囉部引都引二乃嚩引
婆引巫引那婆引嚩三揭彌嚩三摩囉蘇引
訥哩尾二合婆引嚩莎婆引嚩四你哩梨二合引
邦你哩尾二合哥引覽始嚩末三摩三莾五吽
必曩鞊切身鉢囉二合半左六滿禰引鉢囉一合爹
咄摩二合味引捺煬二合怛摩喝摩耨波莾七達
哩摩二合哥引野嚩那引喃引八路引哥引帝引
多引末進爹引九速訖哩二合多三摩發朗摩引
咄摩二合努引蹫引尾部引鼎十波哩殺二合努
末一合提引尾唧怛覽二合十一引薩多二合鉢野底
摩賀底提引末當引必麗二合引底係引都引十
二沒馱引喃引薩哩嚩二合路引哥十三鉢囉二合
室哩二合多末尾囉都引那引囉薩達哩摩二合
具引奘十四滿禰引三菩誐哥引煬十五怛摩喝
禰喝摩賀引達哩摩二合囉引嚩煬二合鉢囉二合
底瑟吒二合十六薩壛引喃引播引哥係引都引
聒唧那曩羅以嚩引十七婆引底蹫引禰引鼈
摩引那十八三冒桃達哩摩二合作訖麗二合聒唧
捺必左補那十九囉捺哩三合設帝引拽鉢囉二合
扇引當二十乃哥引哥引囉鉢囉二合沒哩二合當
帝哩二合婆嚩跋野喝覽二十一尾說嚕閉嚕播
引拽引二十二滿禰引你哩嚩二合引努哥引野二十
三捺舍禰誐耨誐當當摩賀引哩湯二合牟泥
引那引二十四薩壛引哩台二合哥訖哩二合播引拏
二十五末波哩彌多摩賀引倪也二合引那奔女
引捺夜引曩引二十六哥引夜引曩引蘇誐多引
曩引二十七鉢囉二合底尾誐多末努嚩引酤鉢二合

他引曩引怛囉二合夜引赦引二十八訖哩二合壥引
薄訖豺二合引鉢囉二合拏引莽二十九酤舍羅母
波唧當捘拏摩夜引冐提味引惹三十帝哩二合
哥引夜引悉帝二合引那臘没陀二合引惹誐禰
那末企朗三十冐提摩引哩詰二合嚩喻惹三十
二帝哩二合哥引野薩怛二合嚩三摩引鉢多二合
三十三

三身梵讚

大明太宗文皇帝御製文殊讚

三名微密含多義　妙德妙首妙吉祥
過去無量阿僧祇　號龍種上尊王佛
見在摩尼寶積佛　常喜世界居北方
爰自帝胄稱法王　無上之心能獨悟
功高積塵邈遐曠　豈有名數可爲言
一遇正覺毓靈珠　遂超玄境登道位
大智化度無量衆　演暢實義蒇一乘
恢廓河沙扇真風　昭映幽冥朗千日
圓應密會神通力　具體微妙運天機
彌綸宇宙藹慈悲　影跡不疾動常寂
能使聞者成解脱　能使見者發信心
事不動智起因行　智照無二惟一體
如來昔居光明藏　乃爲衆生求大乘
表依圓照斷無明　悉離種種顛倒想
虚空性故常不動　無起滅如來藏中
菩薩發此清淨心　令脩行不墮邪見
世尊曩在室羅伐　獨以智德爲上首
如來所説無上道　是何成就方便門
乃云覺海性澄圓　復道圓澄覺元妙

惟此元明照生所　所立性妄元照亡
由來迷妄有虚空　依所生空立世界
妄想澄凝成國土　妄心知覺作衆生
要知空生大覺中　有如巨海一漚發
彼有漏微塵國土　悉皆依彼空所生
是漚即滅空本無　而況所生三有界
歸于本元性無二　故此方便有多門
聖性根源無不通　無分順逆皆方便
初發心入三昧者　遲速有異不同倫
發啓如是妙菩提　一字遍包一切義
成就無始與無盡　永成佛道賴慈津

佛說文殊師利一百八名梵讚

宋朝散大夫試鴻臚卿明教大師法天奉　詔譯

我今宣說　文殊師利　一百八名　殊勝功德
一日三時　受持讀誦　所求意願　決定現前
依法課持　身恒清淨　罪障消除　或入軍陣
諸怖畏中　文殊現身　爲作守護　若常誦念
速證菩提

梵讚第一

鉢囉(二合)尼鉢怛也(二合)牟你母里馱曩(一)(三合)酥
鉢囉(二合)三你曩卽多娑(引二)嚩叉也(二引)(合)摩也
(二合)阿蹉(切身)(二合)曩摩(引)你(三)三没泰囉覩嚩囉
尼旦(四)

梵讚第二

酥魯布魯波馱里左(一)薩里嚩魯布賀也(二合)
凍多囉(二)薩里嚩(二合)洛叉拏三布囉拏(二三)(合)

曼祖室里(二合)嚨多摩室里(二合)野(四)

梵讚第三

阿進怛也(二合)進怛也(二合)尾誐多(一)阿進怛瑜
(二合引)部多尾羯囉(二合)莫(二)阿進怛也(二合)薩里
嚩(二合)達里摩(引二)(合)拏(三)阿進怛瑜(引二)(合)摩(引)
曩娑薩怛(二合)他(引四)

梵讚第四

戍蹉(切身)(二合)(下同)多(引)娑(引)尾多(引)怛摩(二合)喃(一)
戍蹉　達里摩(二合)娑滿地多(二)戍蹉　摩地
母訖底(二合)室左(二三)(合)戍蹉　怛里(二合)娑嚩彌
(引)捨迦(四)

梵讚第五

薩里嚩(二合)倪也(二合)薩里嚩(二合)捺里世(二合)左(一)
薩里嚩(二合)部彌鉢底里尾(二合)部(二)曼祖室里
(二合)嚩舍嚩里底(二合)左(三)鉢納摩(二合)訖叉(二合)鉢

納摩合二三婆嚩四

梵讚第六

鉢納摩合二緊惹敢切迦嚩囉拏合二室左一二合
鉢納摩合二波里炎合二迦摩引娑曩二儞路怛
波合二羅馱囉布多三波尾怛囉合二設引多摩
引娑曩四

梵讚第七

鉢囉合二怛也合二迦沒度引沒馱娑怛鍐一二合
阿禰沒度引儞嚕左也合二帝引乙里合二弟輸
引麼尸多鉢囉合二鉢多三二合室賛合二覩薩怛
瑜合二波那舍迦四

梵讚第八

路迦播引羅娑賀娑囉合二乞叉一二合伊濕嚩
合二囉娑怛鍐合三鉢囉合二惹鉢帝二引尸嚩娑怛
鍐合三薩里嚩合二部多引喃三引娑怛鍐合二尾部
虞拏娑誐囉四

梵讚第九

乙里合二史娑怛鍐合三奔尼也合二室里引二合瑟
跓合二左一濟瑟跓合二惹底娑摩合二囉娑怛合二
他二引尾曩野倶引尾儞引多引左三嚩曩補
怛嚕引二合嚩曩怛摩合二惹四

梵讚第十

娑引都娑賀娑囉合二囉濕彌合二娑怛鍐一三合
酥引摩娑怛鍐合三左物里合二賀娑鉢合二底二
馱曩努引嚩魯拏室載合二嚩三娑怛鍐合三尾
瑟拏合二娑怛鍐合三摩呬濕嚩合二囉四

梵讚第十一

阿難覩引曩誐囉引惹娑怛鍐一二合娑建合二
度細引曩引鉢底娑多合二他二引吠摩唧怛囉
合二酥旦捺囉合二娑怛鍐二三合娑引摩設訖囉

二合多那娑怛二合他引四

梵讚第十二

薩里嚩二合禰引嚩摩瑜尾囉一薩里嚩二合禰
吠引曩摩塞訖里三合多二路引迦達里摩二合
摩羅引底覩三娑怛鍐三合路計引左引誐囉
二合補那誐二合羅四

梵讚第十三

路迦誐也二合路迦尾誐也二合覩一惹帝喃引
鉢囉二合嚩魯嚩囉二嚩囉努羅野曩怛囉二合
拏三阿度里二合沙瑜二合摩囉迦里彌二合赦四

梵讚第十四

儼鼻囉室左二合曩嚩貸身切室左二合一迦羅也
二合引拏彌怛囉二合三播那二吠捺也二合娑怛
鍐三合舍羅也二合罕里多二合左三曩囉難摩也
二合酥娑引囉體四

梵讚第十五

摩底犃誐底犃室載二合嚩一没弟犃室左二合
尾左乞叉二合拏二奔拏也二合鍐羯羅波二合没
里二合乞叉二合室左二合二冒地孕二合誐補謚波
二合曼尼多四

梵讚第十六

尾目訖底二合頗羅三半曩一阿娑囉二合野薩
里嚩二合你呬喃引二摩努賀魯摩拏誐也二合室
左二合三阿曩里具二合没囉二合憾摩二合左里赦
四

梵讚第十七

計覩娑怛鍐二合誐囉二合賀室里二合瑟吒二合娑
怛鍐三合一里史鼻母你布誐嚩二曜嚩囉引
惹鼻史訖多二合怛鍐三那舍部彌濕嚩二合嚕
鉢囉二合部四

梵讚第十八

娑引里他二合嚩護誐拏室里二合瑟吒二合一你里嚩二合尼所二合多摩禰舍迦二佉娑摩二合摩地也二合羯羅波二合娑怛鑁三合三怛嚩二合帝嚩嚩引喻里嚩左四

梵讚第十九

怛鑁二合進多引摩尼薩怛嚩二合喃一薩里嚩二合引舍波里布囉迦二曩謨窣覩二合帝引摩賀尾儞切身二合三薩里嚩二合部多曩摩塞訖里二合多四

佛説文殊師利一百八名梵讚

曼殊室利菩薩吉祥伽陀

宋三藏法師法賢奉　詔譯

鉢囉二合倪煬二合誐來誐一酤里隸引訥婆二合
嚩二冒地唧大引三曼儒仁祖切室哩二合曳引尾
末羅四冒地窣珂阿毗世引蓋引五拽訥莽二合
誐羅嚩仁唧切那嚩哩引六速窣大引七窣儗當八
怛訥莽二合誐朗婆嚩覩九帝引波羅摩阿毗
世引蓋引十室哩二合引嚩日囉二合薩埵誐拏十一
曼拏羅三鉢囉二合吠武每切世曳二合十二引邏引
寫引禰毗十三部嚩那娑引囉十四尾邏洗泥去聲
呼毗十五拽訥莽二合誐朗窣珂割覽十六鉢囉二合
嚩覽鉢囉二合儗引當十七怛訥莽二合誐朗婆嚩
覩十八帝引波囉摩阿毗世引蓋引十九遏爹引
多娑引耨二十拶哩多引二十一底丁逸切薩曳引囉
世霜引二十二薩埵引尾冒皺切身二十三薩怛多酥

誐多阿毗世引蓋二十四鉢訥莽二合誐朗酥囉
嚩賴引二十五囉必大引鉢囉二合儗引當二十六怛
訥莽二合誐朗婆嚩覩二十七帝引波囉摩阿毗
世蓋二十八室哩二合滿引帝哩二合路哥尾惹仁左
切曳引二十九嚩囉曼拏羅屹黎二合三十引帝賴二合
引路計也二合囉嚩也二合三十一尾惹踰引怛摩
三十二那引他細引酤三十三拽訥莽二合誐朗酥
囉嚩賴引三十四颯鉢囉二合拏帝引颯鉢囉三合詣
引當三十五怛訥莽二合誐朗婆嚩覩三十六帝引
波囉摩阿毗世引蓋三十七那引那引惹誐訥
尾二合那野三十八薩嚕引惹播引尼引三十九三沒
馱囉怛曩二合四十末酤吒引彌怛他引毗世引
蓋四十一拽訥莽二合誐朗哥末羅囉引誐四十二
尾戍提詣引當四十三怛訥莽二合誐羅婆嚩覩
四十四帝引波囉摩阿毗世引蓋四十五阿引哥

引舍誐哩婆二合四十六末尼囉怛曩二合四十七尾部引底囉彌引四十八薩哩嚩二合引哩他二合悉提四十九窣珂那寫五十摩賀引阿毗世引蓋五十一拽訥莽二合誐朗戍婆尾部引底羯賴引五十二窣誥引當五十三怛誐莽二合誐朗婆嚩覩五十四帝引波囉摩阿毗世引蓋引五十五殺竹作訖囉二合嚩哩底二合五十六秫婆莽誐羅誥引底哥引踰五十七拽咄奔二合尼也二合囉怛曩二合五十八摩摩壏頓諒五十九末夜引鉢當二合帝引那引窣覩二合六十薩哩嚩二合誐多部引彌六十一摩賀引阿毗世引蓋六十二尾秫馱嚩囉計引哩底二合六十三薩曼儒那引他六十四

曼殊室利菩薩吉祥伽陀

聖金剛手菩薩一百八名梵讚

宋三藏法師法賢奉　詔譯

第一會

嚩日囉二合薩埵摩賀引薩埵一嚩日囉二合囉怛那二合摩賀引末羅二嚩日囉二合達哩摩二合摩賀引秫馱三嚩日囉二合阿羯哩沙二合那謨引窣覩二合帝四引

第二會

嚩日囉二合泥引怛囉二合摩賀引作芻一嚩日囉二合梅底哩二合引摩賀引捺哩二合荼二嚩日囉二合藥叉摩賀引帝引没囉二合三嚩日囉二合囉力角切又那謨引窣覩二合帝四引

第三會

嚩日囉二合母瑟致二合摩賀引母瑟致二合一嚩日囉二合母瑟致二合摩賀引蘇珂二嚩日囉二合賀引娑摩賀引賀引娑三嚩日囉二合娑引沙那謨引窣覩二合帝四引

第四會

冐地喞當摩賀引冐提一没馱薩哩嚩二合怛他引誐多二嚩日囉二合夜引那摩賀引夜引那三嚩日囉二合倪也二合引那那謨引窣覩二合帝四引

第五會

薩埵引哩他二合薩哩嚩二合薩埵引哩他二合一摩賀引薩埵引哩湯二合薩没哩二合底二薩哩嚩二合倪也二合引薩哩嚩二合薩哩舞二合引訖多二合三薩哩嚩二合悉提那謨引窣覩二合帝四引

第六會

嚩日囉二合引怛摩二合哥蘇嚩日囉二合仡量二合下一字轉舌呼嚩日囉二合微引囉蘇嚩日囉二合特哩

(二合)酤(半音二)摩賀(引)三摩野怛壀(引)哩他(二合三)摩賀(引)薩爹那謨窣覩(二合)帝(引四)

第七會

嚩日囉(二合引)酤舍摩賀(引)入嚩(二合引)邏(引一)嚩日囉(二合)入嚩(二合引)邏(引)摩賀(引)鉢囉(二合)娑(二)嚩日囉(二合)鉢囉(二合)娑(引)鉢囉(二合)菩(引)捺踰(二合引)多(三)没馱鉢囉(二合)娑那謨(引)窣覩(二合)帝(引四)

第八會

嚩日囉(二合)囉(引)惹(引仁左切)佐囉也(三合)嚩日囉(二合引)佐囉也(三合一)每[illegible](切身下同)佐囉也(三合)佐囉也(三合)那嚕怛摩(二)嚩日嚕(二合引)怛摩摩賀(引)佐囉也(三合引)佐量(二合三)嚩日嚕(二合)怛摩那謨(引)窣覩(二合)帝(引四)

第九會

嚩日囉(二合)馱(引)覩摩賀(引)玉呬煬(二合一)嚩日囉(二合)玉呬野(二合)蘇玉呬野(二合)特哩(二合)酤(半音二)倪也(二合引)那嚩日囉(二合)摩賀(引)嚩日朗(二合三)嚩日囉(二合引)羯哩沙(二合)那謨(引)窣覩(二合)帝(引四)

第十會

没馱(引)佐囉也(三合)没馱嚩日囉(二合引)佐囉也(三合一)冐提没馱摩賀(引)没達(二)嚩日囉(二合)没馱(引)野没馱(引)野(三)冐提没馱那謨(引)窣覩(二合)帝(引四)

第十一會

没馱布惹(引)摩賀(引)布惹(引一)薩壀布惹(引)蘇布惹(引)哥(二)遏呼(引)播(引)野摩賀(引)鉢囉(二合引)倪也(二合引三)摩賀(引)悉馱那謨(引)窣覩(二合)帝(引四)

第十二會

怛他(引)誐多摩賀(引)哥(引)野(一)怛他(引)誐多

娑囉莎帝引二怛他引誐多摩賀引唧多三嚩日囉二合嚩日囉二合那謨引窣覩二合帝引四

第十三會

怛他引誐多摩賀引怛墲一部引多酤致引摩賀引那野二薩哩嚩二合鉢囉二合摩怛墲儞二合也二合二鉢囉摩引哩他二合哥那謨引窣覩二合帝引四

第十四會

三滿多跋捺囉二合囉引惹引仡囉也三合一摩囉摩引囉鉢囉二合摩哩那二合哥二薩哩嚩二合引仡囉也三合三滿多倪也二合引那三薩哩嚩嚩二合怛囉二合哥那謨窣覩二合帝引四

第十五會

沒馱吽引哥引囉吽引哥引囉一嚩日囉二合吽引哥引囉那引野哥二嚩日囉二合嚩日朗二合下一字力江切誐嚩日朗二合誐三嚩日囉二合播引尼那謨引窣覩二合帝引四

第十六會

嚩日囉二合播引尼娑多二合摩引[illegible]娑多二合一薩得哥二合哩多二合吽怛他引誐帶引二拽悉銘二合薩哩嚩二合倪也二合多引唧多三冒提唧多薩怛二合徒引節帝引四

第十七會

訖哩二合多引提引哥引囉引呬三沒馱引一彌引怛塞怛鍐二合薩哩嚩二合捺哩沙二合儺引二三部引多引三婆微引扇底三怛網二合摩引娑引頞怛他引誐多四

第十八會

薩哩嚩二合引哥引囉倪也二合多引薩埵一捺哩二合馳引婆引嚩怛他引誐帝引二嚩日囉二合

薩埵薩母尾瑟鴟二合三紇哩二合那野薩哩嚩二合禰引呬曩引四

第十九會

壹帝引煬室囉二合馱帝引室囉二合引馱一蘇嚩捺曳二合引煬薩怛二合他引誐帶引二薩哩嚩二合沒馱蜜唐窣都二合怛囕二合三室哩二合引夜引鞑率嚕二合努薩得訖哩三合當引四

第二十會

薩哩嚩二合播引波尾秫馱引怛摩二合一薩哩嚩二合冒提薩謨引訥婆二合微引二遏泥引拏窣都二合引怛囉一合囉引嚩仁際切那三拶覩索訖多二合酥薄訖多二合哥引四

聖金剛手菩薩一百八名梵讚

音釋

瑩縈定切潔也　頗胝梵語具云塞頗胝迦此云水玉頗滂禾切胝張宜切　煬余章切　儗御理切　睒式冉切　盎於浪切　拽以制切　赧乃板切　鯍余六切　蕆丑展切　憾胡紺切　窣蘇骨切　屹魚乞切　仡魚乞切　儺奴何切

四讀二頌同卷

清刻龍藏佛說法變相圖

四讚二頌同卷

聖觀自在菩薩功德讚

讚觀世音菩薩頌

佛說聖觀自在菩薩梵讚

聖多羅菩薩梵讚

事師法五十頌

揵椎梵讚

大明太宗文皇帝御製觀音讚

大聖自在觀世音　百千萬億應無盡

神通無礙無所住　大慈大悲愍衆生

六根互用智慧深　聞思修入三摩地

濟度隨機而顯現　有如一月印千江

一江有月一江明　明照惟一本無二
世人但以眼觀色　菩薩乃以目觀聲
彼惟有所窒於觀　是故不能神妙用
大士有目寘不觀　耳鼻舌身意亦然
能以此觀如是觀　終不顛倒成妄想
熏習見聞既寂滅　亦復無是妙色身
有能洞此十方空　同證圓通三昧海
身心無量徧沙界　不動本際應所求
譬如萬卉遇春風　種種萌芽自生發
敷榮暢達各長茂　或爲枝葉結果成
酸鹹甜苦及青紅　一切皆令如願足
現前是法不思議　不著諸相乃爲真
一毛徧量法界空　洗淨五濁諸熱惱
摧裂障山悉消蕩　無邊苦趣總脱離
娑婆世界爲樂城　妙相恒沙俱顯露

以太虛空爲體相　寶髻攢聚五須彌
以四大海爲口門　曜日月光爲兩目
森羅萬像爲瓔珞　發無上願具辯才
引施十四無畏功　妙顯三十二身應
普爲衆生之瞻仰　廣運諸佛慈悲心
身與衆生爲一身　隨感而應觸處動
爾以正見能見我　我以無見觀自在
如鏡照鏡谷答響　舍攝朗徹皆自然
證此三昧即超凡　一法具足一切佛
開啓慈悲功德藏　溥示善功方便門
賢劫未來諸衆生　咸證菩提登正覺

大明太宗文皇帝御製大悲觀世音菩薩讃

觀音證悟妙圓通　入流亡所自聞中
由聞入覺所覺空　清淨寶覺成圓融
三昧慈力與佛同　妙力自在成就功
瓔珞莊嚴百寶瓏　補陀巖現滿月容
摩尼寶目蓮華瞳　頻伽瓶水海波溶
楊枝葉葉生春風　超越出世妙無窮
三十二應隨所從　四種無畏功德崇
稱揚名號猶擊鐘　感應有如聲度墉
無有所礙咸達聰　援拯沉溺開惑蒙
大悲慈力允敬恭　恒河沙數垂範幪
隨順方便各有庸　周徧法界福攸隆
動靜二相了無蹤　妙明寂靜顯性宗
慧光普燭七寶紅

永樂九年十二月十五日

聖觀自在菩薩功德讚

宋西天三藏朝奉大夫試鴻臚卿傳法大師施護奉　詔譯

歸命最勝觀自在　滿月妙相蓮華生
能以無畏施有情　我今稱讚彼功德
一切善法悉具足　頂戴諸佛大智冠
福慧莊嚴最上尊　是故歸命蓮華手
兩頰圓滿紅白色　鼻相脩直妙端嚴
齒如珂雪密復齊　四牙平正而具足
梵音清響復深妙　一切聞者生愛心
凡所宣說衆語言　柔和善順而甘美
常以大悲方便力　救度一切苦衆生
自利利他衆導師　是故歸命蓮華手
雙眉同彼初生月　身相猶如眞紫金
衆寶爲鬘以莊嚴　一切見者無猒足
敷鹿皮衣而爲座　最上自在衆中尊
身諸相分悉周圓　是故歸命蓮華手
上妙細氎爲絡腋　摩尼珠寶作耳環
世出世寶所莊嚴　最上自在最尊勝
諸善功德皆滿足　一切世間大法主
能開種種方便門　是故歸命蓮華手
罪業衆生微塵數　無量劫來處輪迴
菩薩常生方便心　化度悉令歸智聚
放慈悲光照一切　以最上法施衆生
普令有情證菩提　是故歸命蓮華手
所有阿鼻大地獄　菩薩慈悲往現身
破壞彼趣悉無餘　閻摩獄卒生驚怖
彼諸業報衆生類　咸皆離苦罪消除
惡趣能以智火焚　是故歸命蓮華手
具足悲智行願力　欲色界中皆現身
於法自在利群生　閻摩眷屬悉歡喜

破壞一切罪業境　令諸苦惱不復生
有情離苦得清涼　是故歸命蓮華手
我今稱讚大聖者　最上色相無等倫
無礙自在三界尊　普施衆生無所畏
度脱有情出苦海　斷彼三毒煩惱根
咸令得住安樂中　是故歸命蓮華手
所有一切餓鬼衆　針咽大腹及皃毛
如是等類數甚多　晝夜受彼飢渴苦
由彼飢渴火所逼　互相吞噉苦惱生
菩薩悲願力所持　往彼現身而救濟
先化種種美飲食　各各令飽盈身胑
復為宣說正法門　一切得離諸苦惱
菩薩悲智方便力　能入一切趣類中
利行同事攝有情　是故歸命蓮華手
身有大摩尼珠寶　常出淨妙衆光明
普照世間諸暗暝　映蔽日月而不現
所有夜叉羅剎等　蒙光照者悉歸依
觀衆生心令斷疑　是故歸命蓮華手
大力阿修羅王衆　鬬諍勇猛而難調
菩薩亦現彼趣中　方便說法而化度
彼聞法已斷疑惑　各各生於慈善心
能施最上妙法門　是故歸命蓮華手
菩薩曾遊諸天界　入一妙環天子宮
隨順方便開化門　彼天悉無諸所施
是時天子生苦惱　菩薩即為現珍財
令彼天子滿施心　是故歸命蓮華手
所有一切貪欲者　常為煩惱火所燒
得見菩薩善威容　即能迴心思正法
世間貪瞋癡盛者　恭敬頂禮大聖尊
三毒煩惱獲銷除　是故歸命蓮華手

衆生界分無邊際　蜫蟲螻蟻數無窮
菩薩亦以慈悲心　處處方便而化度
世間或時值飢饉　即變所食濟群生
咸令息彼飢渴心　是故歸命蓮華手
若見衆生處大海　船筏破壞欲漂沉
菩薩慈悲現馬身　令其攀附而得渡
衆生乘船在大海　菩薩隨意使其風
若順若逆濟衆生　咸令遠離諸怖畏
菩薩已離三界苦　圓滿三摩地法門
復能攝化諸有情　數等虛空無邊際
菩薩已離種種怖　所謂羅刹諸部多
必舍左及拏吉泥　邪迷一切惡鬼衆
大水大火并盜賊　虎狼蟲獸及刀兵
疾病毒藥與邪明　及至王刑禁縛等
菩薩自得遠離已　而復爲彼諸衆生
自利利他大導師　最上大悲無畏者
菩薩已具諸梵行　如白月分照世間
人天稱讚大聖尊　是爲最上眞梵行
菩薩常住三摩地　無邊功德爲所依
隨順方便現所居　補陀落山爲住止
其山高廣復殊妙　種種珍寶以莊嚴
彼有寶樹數甚多　低羅迦及瞻波等
有諸異鳥止其上　常出清淨妙好音
如是莊嚴聖所居　禮敬瞻仰而獲福
俱尾囉并嚩嚕乃　及彼閻摩等三天
乾闥婆王修羅王　夜叉王及諸龍王
乃至部多等諸類　若天若神一切王
晝夜各生恭敬心　歸依稱讚眞聖者
彼等如是稱讚已　一切所欲皆隨心
大富快樂壽命長　勇猛精進具威德

息除無量諸苦惱　夢中怖畏亦不生
乃至壽命欲終時　菩薩現身而安慰
聖觀自在功德海　無量無邊無有窮
假以百舌千劫中　稱揚讚歎不能盡
聖觀自在菩薩功德讚

讚觀世音菩薩頌

唐佛授記寺翻經沙門慧智奉　制譯

菩薩號爲觀世音　神通無礙難可量
摇山竭海震大地　悲愍衆生同一體
記憶名號福不虛　是故常應稱念彼
我今至誠念彼德　以是敬心而讚歎
菩薩智慧深如海　方便善權無能測
所有諸天阿脩羅　摩睺羅伽及人衆
咸以微妙清淨偈　歷劫讚之無懈倦
我今宣說稱揚頌　述其功德之少分
世間形色尊嚴者　諸天莫踰於梵王
況聖自在本色身　百千萬分不及一
尊者首飾甚嚴好　冠以曼陀及金華
虹蜺美麗以莊嚴　復如半月映山王
又似百寶成須彌　尊者身相甚微妙
猶如輕雨籠寶岳　伊尼鹿彩覆其肩
光明晃朗普周遍　巍巍挺特若金山
亦如滿月處虛空　又似薝波迦華色
勝彼摩醯首羅身　徒以白龍爲瓔珞
右手執持金蓮華　毗瑠璃寶以爲莖
以慈開敷極香潔　令諸智者生愛樂
尊手所持勝淨華　莊嚴殊妙甚暉麗
如月光曜須彌頂　聖身所處蓮華臺
由尊福德之所感　我以志誠殷重心
歸命敬禮賜願者　諸天供養所讚歎
我今淨心歸命禮　尊者螺髻玄蜂色
牟尼妙像處其中　光明映曜嚴尊首
如燒珊瑚流電色　又如雌黃耀黑山
上下莊嚴大聖身　冒敢爲文稱歎彼
四面狂象利牙齒　若人居中將被害

其人專心念菩薩　捨離苦惱而無畏
暴龍哮吼放煙毒　嘊喍瞋怒厲惡色
將噬其人甚可怖　憶念觀音便解脫
海潮風浪出音聲　摩竭巨魚皆震激
若人船破誤落中　念彼觀音獲安隱
高山嶮谷懸巖裏　奔流濺石泉難處
若人墮中無救護　心念觀音登彼岸
烈火猛燄惡風起　延燒屋宅焚及人
至心念彼功德藏　應時災火不爲害
若人繫縛在牢獄　身嬰枷鎖及杻械
至心稱念觀音故　其人須臾便解脫
若人墮落大火坑　專志稱名觀世音
其人除熱得清涼　猶若池中華開敷
若人經於大林中　忽遇雷電驟風雨
霹靂將燒極危殆　稱念觀音免災難
若人逢值猛師子　牙爪銛利如刀劒
瞋目吼喚來食人　稱念觀音便免害
惡賊突厥彌戾車　兇險無慈若羅刹
復以鐵鎖繫縛人　稱名發念皆解脫
深山大澤險難處　劫賊伺人將抄奪
稱名念力願救護　其人釋然得解脫
呪咀讒訟擬中傷　恒以惡心求方便
由彼常念觀音故　其人竟不能爲害
鬬戰旗鼓兩相當　鋒鏑交橫競殘忍
此時心念及稱名　菩薩於中施無畏
大力惡鬼執捉人　鳩槃茶等飲人髓
若能繫念觀音者　擁護其人銷疫難
鬼病熱病腹脹病　痟病黃病心痛病
癩病癲病霍亂病　血氣羸瘦種種病
諸惡黑業纏其身　稱名繫念皆除愈

有諸餓鬼腹如山　脣口乾焦飢渴惱
菩薩見之生慈悲　次第令其得充足
餓鬼或遭寒凍逼　身體皮肉皆破壞
舉彼兩手生極苦　神通方便令温適
若金翅鳥以觜爪　搏撮水陸諸龍等
其龍專心念菩薩　即得離苦獲安樂
若有欲求勝果報　象馬車乘及奴婢
衣服飲食諸珍寶　由彼常念觀音故
應其求願自然至　若有欲得長生術
坐卧雲間恣空行　由彼常念觀音故
當獲神呪及仙藥　我見壁畫觀音像
徧視色相諸功德　及見神通大自在
故起至誠而讚歎　所有一切諸功德
於菩薩中最第一　無邊善巧大方便
示現清淨妙色身　遠離有無諸分別

利益無量如虛空　以此讚歎功德藏
願證如來一切智
以此讚歎觀世音菩薩功德上資
國主聖神皇帝陛下善轉金輪色力壽命永
無窮盡智慧果報不可思議恒御閻浮長居
震旦擁護三寶利益群生一切含靈皆蒙聖
福

讚觀世音菩薩頌

佛說聖觀自在菩薩梵讚

宋朝散大夫試鴻臚卿明教大師法天奉　詔譯

歸命佛法僧　頂禮觀自在　我今稱讚彼

大悲功德林

梵讚第一

部嚩曩怛囉二合野晚禰多路迦虞朧阿摩囉
地波底孕二合窣覩二合帝没囉二合憾摩二合嚩覽
母你囉引惹覽度噜二合嚩悉地迦覽鉢囉二合
拏摩引彌嚩路吉多曩引他嚩覽

梵讚第二

酥誐多阿蜜里二合多噜波酥噜波馱嚩虎洛
叉拏部史多禰引賀嚩覽迦拏建引惹尾部
史多嚩引摩迦覽俱胝羅引摩羅閉孕二合誐
羅冒多惹知降二合

梵讚第三

舍尸尾孕二合摩彌冒入嚩二合羅布囉拏二合目
欠羯摩羅引野多路左曩左引噜嚩覽呬摩
欠拏地半拏囉巘拏布知降二合蜜里二合誐囉
引惹尾冒地多嚩娑怛囉三合瑜巘

梵讚第四

鉢囉二合他摩引噜拏覽儞多囉引惹三鉿阿
嚩覽儗多半迦儞曩努三鉿娑嚩二合囉難母
那誐儞多彌伽噜旦嚩護洛叉拏部史多娑
嚩也二合迦覽

梵讚第五

多噜俱摩羅娑引馱羅波引尼多楞蜜里二合
誐左里摩你尾瑟胝二合多嚩引娑迦覽戍伴
軍拏羅曼尼多路羅馱覽尾摩楞迦摩路那
囉曩引鼻多楞

梵讚第六

摩尼曼尼多彌佉羅四摩嚩覽迦致尾瑟計
二合多唧怛囉二合酥嚩悉怛囉三合嚩覽嚩曩誐
也二合拏摩護那地波囉誐旦縛護奔拏也二合
母波阿里嚩二合多囉摩馱波難

梵讃第七

入嚩二合囉嚩也二合地賀覽嚩護爍佉也二合迦
覽怛里二合婆嚩阿囉他二合迦覽娑嚩覽尾尾
馱俱羅你里嚩二合多摩引囉嚩楞嚩囉努布
囉攝禰多波引那嚩覽

梵讃第八

誐惹滿多尾覽彌多憾娑誐帝孕二合波里布
囉拏二合摩賀蜜里二合多羅没馱二合誐帝孕二合
嚩囉剎囉摩護那地嚩囉拏二合馱覽室里二合
布多羅迦地你嚩引娑迦覽

佛説聖觀自在菩薩梵讃

聖多羅菩薩梵讚

宋西天三藏朝散大夫試鴻臚卿傳教大師施護奉　詔譯

曩謨入聲薩多引二合囉引曳娑誐嚩帝嚩囉提
引惹曳引禰嚩乃怛踰二合囉儗孕二合捺囉二合
引禰跋訖帝二合鉢囉二合拏摩引矩攞引他也
二合引曩多引路攞祖拏摩尼摩踰二合砌多引
旦引多建引多鉢囉二合婆惹引攞迦引黎荼
播引難引没嘛具囉薩娑引囉姤野引蘭拏
二合晩引多哩誐二合姤多引哩多引尸沙路建
引多囉引隷摩護鉢捺囉二合縛伽引多曩引
踰你也二合帝引嚩引摩播引尼娑他二合布蘭
拏二合悉帝寅二合禰嚩囉引謨那魯没特二合黎
慱乞叉二合你攞引噜攞建引多引攞建引帝
引訖哩二合播引尾瑟吒二合唧帝引波囉引囉
他二合鉢囉二合没哩三合帝引設囉拏曳二合嚩囉

禰引尾泊訖怛也二合曩摩引彌鉢囉二合細那
引努劒波莎鉿引悉多佉囉曩佉囉引誐囉
二合鼻摩引毗伽引多捺尾二合馱引頻那滿帝
引娑供娑引娑體二合摩娑底二合瑟迦二合半迦
蹉攞皷身切訖多二合囉訖多二合蹉吒引播引吒
引攞引怛演二合多婆引瀑縛二合蹉吒朗尾舍
引攞引寫覽没囉二合娑他二合囉訖多引二合捺
囉二合娑引覽誐鉿引薩佉朗佉囉伽二合囉没
特二合曩滿怛囉二合悉多引囉拏也二合摩引鏺
誐補旦入嚩二合攞捺鼻二合摩你哩冒二合摩迦
引攞引曩攞引囉唧二合囉入嚩三合朗旦鉢囉
二合禰鉢旦引二合多你去聲怛囉二合捺嚩二合野婆
引酥覽具囉能瑟吒囉三合迦囉攞引曩喃尾
娑普二合蘭旦你旦引多鉢囉二合贊拏蜜哩二合
儗孕二合捺囉二合芻馱引囉凍二合誐囉二合散旦

嚩你(去聲)迦(引)多囉娑怛嚩(三合)捺虞(二合)尼所(二合)伽(引)努惹(引)多娑蜜哩(三合)帝鉢設底娑耽(二合)毗旦怛剎赦你室左(二合)朗泊訖底(二合)欲訖多(二合)鉢囉(二合)摩(引)曩誐黎多迦(引)囉吒那(引)曩播(引)曩(引)怛囉(二合)禰演(二合引)多悖淩(二合)誐(引)嚩黎(去聲)目訖多(二合)囉鄰(二合)迦(引)囉曩(引)那(引)呬多骨嚕(二合)馱吠虞左羅滿捺囉(二合)儼鼻囉建吒特嚩(二合)你特晚(二合)多部彌陀蘭多囉你(二合)供徂那囉(引)波(引)多伽(引)姤蹉朗伽囉伽(二合)囉摩喻(二合)摩禰皺(切身)比具囉(引)囉嚩(引)迦蘭拏(二合)曩怛囉(二合引)薩曩瑟姹(二合引)鉢囉(二合)帝頻捺囉(二合)欲託三母怛迦(二合)蘭拏(二合)多(引)攞娑多(二合)摩(引)攞(引)毗你魯尾舍(引)魯怛給(引)誐娑他(二合)攞(引)部誐跋誐喃(二合)俱舍(引)虞嚕(二合)尾沙(引)拏(引)誐囉(二合)僧祖蘭尼(二合)多(引)

你(去聲)迦禰(引)護呬你(引)嚩訥囉嚩(二合引)囉尼那(引)嚕尼所(二合)摩(引)囉拏(引)踰你也(二合)姤比怛埵囉捺毗(二合)囉婆(二合)踰捺跋蘭(三合引)多你(引)怛嚹(二合)三母怛囉(二合)娑多(二合)誐(引)怛嚹(二合)囉曩哩(三合)毗娑怛嚩(三合)捺虞(二合)拏努娑蜜哩(三合)帝(引)室淩(二合)佉攞(引)攞(引)你姤你室左(二合)洛剎摩(二合引)達[口鄰](引)[氵奈]囉(三合引)野帝(引)鉢囉(二合)嚩攞左黎多嚩(引)多吠(引)誐(引)賀姤度多冒摩(引)嚩黎嚕馱禰誐婆(二合引)誐部囐馱迦(引)囕達儗怛踰(二合)砌多(引)具蘭尼(二合)多入嚩(二合引)攞滿多娑普(二合)攞捺吠(二合)娑普(二合)淩曷娑普(二合)吒捺吠(二合)尼所(二合)尾娑普(二合)呫迦(引)囉尾怛囉(二合)娑多(二合)曩(引)哩紇哩(二合)多(引)訖蘭(二合)那賀(引)賀(引)囉嚩(引)布哩多(引)商虎多(引)商尾曩(引)輸你也(二合)旦具囉迦攞波(二合引)

曩攞(引)哩唧(二合)入嚩(二合)朗旦鉢囉(二合)禰鉢旦
(二合)惹曳(引)禰(引)尾多(引)哩(引)怛也(二合)朗曩(引)
摩摩(引)怛嚂(二合)你哩(二合)拏仡哩(二合)賀曩(二合)誓
(引)埵鉢囉(二合)娑(引)那(引)没没哩(二合)瑟致(二合)酥
口帝(引)迦嚕尾乞叉(二合)拏捺娑多(二合)鼻帝孕
(二合)曩蘭(引)俱胝攞嚩那曩尾跋囉(二合)摩跋蘭
(引二合)多尾婆薩補瓈三摩尾瑟訖哩(三合)多骨
嚕(二合)馱目訖多(二合)頗怛迦(引二合)囉嚩(引)多(引)
努尾捺蹫(二合)捺嚩(二合)多(引)儗你(二合)娑普(二合)囉
捺尾(二合)娑普(二合)凌誐尾唧怛嚂(二合)誐畔昂摩
賀(引)伽娑摩(二合)嚂(引)誐部惹敢(二合)誐地波尾
娑普(二合)囉尼所(二合)攞𡀔賀鍐(二合)左攞捺部(二合)
誐婆(引)誐(引)誐囉(二合)僧誐曩(二合)囉怛曩(二合)怛
尾(二合)釤惹(引)攞蓋囉(引)没那(二合)姤涷誐贊左
怛頗(二合)拏作訖囉(二合)嚩(引)朗摩賀(引)尾跋囉

(二合)摩俱鉢禰(引)鉢旦(二合)多你(去聲)怛嚂(二合)訖里
(二合)旦(引)多誐囉(二合)賀誐囉(二合)娑多(二合)迦(引)魯
誐囉(二合)難拏(引)努嚕半尾嚕半尾嚕播(引)乞
叉(二合)建吒捺喻(二合)丁納瑟吒(二合)摩(引)尸尾删
你哩尾(二合)尸部多摩(引)演多摩仙那摩(引)娑
建(二合)那底(丁逸切)埵(引)摩努娑蜜哩(三合)怛也(二合)
禰(引)尾乞叉(二合)赦曩瑟吒(二合)鼻底補摩(引)曩
嚩那曩俱賀囉你哩誐(二合)多吒吒賀(引)酥蘭
拏(二合)娑(引)怛也(引二合)嚩迦入嚩(引二合)攞摩(引)
軍拏黎部多嚩迦怛囉(三合)跋嚕(二合)鍐具囉能
瑟吒囉(二合)迦囉(引)朗迦囉(引)兀嚕(二合)特哩(一合)
旦(引)怛囉(引二合)嚩黎惹(引)攞摩(引)吠瑟胝(二合)
多摩也(引二合)攞嚩黎尼(二合)你嚩度馱多(引)儗
你(二合)鉢囉(二合)娑(引)冰誐攞路攞嚩(引)朗迦囉
(引)朗迦頗攞(引)哩捺囉(三合)散馱(引)哩赦夜(引)

覩嚩引喃尾馱引喃俱達娑引陀陀引喃吠
引提馱嚩曩引娑他二合誐哩引二合呬姤誐囉
二合設娑怛覽三合尾嚩娑怛覽二合芻馱引囉怛
喃二合三母怛囉二合娑演旦怛他引鉢設姤必
堙訥捺誐哩二合多滿怛囉引二合叉囉囉嚩也
引二合曳努禰引呬努禰引尾多引哩引多晚
引摩鉢囉二合娑引那引榛婆二合焰乃嚩散惹
引野帝引尾惹曩誐賀曩播引那波鉢覽二合
引多建引多引具囉引持嚩二合酥馱引地多
引俱波囉訖旦二合多你去聲怛囉引二合訥囉引
嚕攞嚩訖囉引二合酥散曩曩馱誐引怛囉二合薩
輸攞引悉賀娑多引二合尾啷怛囉引二合欲晚
引誐娑摩引冰誐攞濕摩二合輸嚕二合嚩入枳
引啷訥祛多亢誐捺踰二合底設也引二合摩朗
引巘地數尾提數具囉俱難拏迦惹也引二合

你哩伽二合瑟吒引二合鉢羅二合俱瑟吒引二合尾
賀孕二合賽迦你瑟姹引二合娑摩引沒哩二合怛
也二合僧誐哩二合呬也二合末皺切身多引你去聲野
多引滿多迦引嚩引娑彌怛踰二合訖底二合毗
哩禰引二合尾你哩婆二合蹉演多骨嚕二合馱引
尾娑普二合覽多薩怛鏺三合覽姤比撼姤捺踰
二合多引娑多二合娑迦二合囉引彌怛囉二合旦引
演引底補薩娑多二合晚引摩鉢囉二合拏引摩
引塞訖淩二合曩引摩娑枳哩多二合喃引俱比
多你哩二合鉢底具囉吽迦引囉僧祖那曩引
難多嚕皺切身尾多骨嚕二合馱尾囉引那囉引
訖哩二合瑟吒二合枳舍引誐囉二合賀誐囉二合娑
多二合佉娑多引二合嚩曩輸嚕二合多給引誐薩
播引瑟尼二合鉢囉二合播引多引契洛芻禰旦
引誐伊嚩砌寅二合曩博叉引毗部多引室左

二合攞捺鼻二合摩迦引攞引野娑薩淩二合佉攞
引那引摩散那引儞帝引曩引哩捺囉二合枳
孕二合惹引攞迦二合巘彈引馱魯沒馱引二合黎
摩引攞引三摩引陵凝多引沒惹二合馱曳引
乃嚩乃娑孕二合儞也二合娑引誐捺紇哩二合欲
誐彌引二合曩僧惹引多訖哩二合嗟嚩也二合他
引尾訖攞二合尾部多引唧多引曩囉引滿馱
曩引誐引囉摩特曳引二合薩體二合多引迦引
攞努帶哩嚩引乞叉二合蓋去聲囉引沒哩二合多
引禰引尾多引哩引惹曳引滿馱喃引目乞
叉二合尼埵引摩褥娑蜜哩三合怛也二合鉿引多
乞叉二合祓曩瑟吒二合鼻底訖囉二合摩引鉢囉
二合攞野波嚩曩贊拏贊拏引儞魯度多儞哩
度二合迦魯努奴古切攞摩引攞引俱隸僧俱隸
作訖囉二合作訖哩二合囉底胥嚕二合囉曩引凝

孕二合捺囉二合頗怛迦引二合囉嚩呬儞二合娑普
二合淩虞怛迦二合哩去聲補瑟波二合訥誐囉二合婆
多二合尾畔娑鉿薩踰二合蹉攞怛補二合蹉馱引
囉引賀姤度多尾去聲唧去聲左野引捺尾二合跋
囉二合摩怛培二合曩賓拏引尾去聲半引拏哩引
訥薩多二合哩引娑引誐哩寅二合多囉呬二合多
引尸引沙俱隸引尾舍引隸娑母祛多播引
多引攞誐哩多二合娑體二合多引嚩哩多二合三
跋蘭引二合多波哩也二合娑多二合布多引捺哩
二合帝薩埵嚩迦引多嚩禰引尾多引哩引曩
嚩鉢囉二合波也二合帝引誐引達摩引惹引努
捺伽喃二合摩賀引部儞提伊底戍婆嚩囉禰
去聲惹曳惹引多吠禰去聲鉢囉二合謨禰去聲惹誐
怛囉引二合拏禰去聲布瑟致二合禰沒哩二合地禰
目訖底二合禰去聲部底跋捺哩二合酥跋捺哩二合

訖哩二合播引捺哩二合酥賛捺囉引二合娑嚩訖
哩引二合室吠引尾濕嚩二合嚕閉去聲度多怛稺
也二合特嚩二合嚕閉度嚕二合吠引舍也引二合摩
嚩蘭尼引二合設囉尼曳引二合酥奔尼曳二合酥
鉢囉二合没提引度多特鍐引二合多三没馱囉
怛曩二合鉢囉二合婆引冰誐計引尸引賀多引
尸引沙努沙尾戍馱引囉他二合嚩引儗引濕
嚩二合哩地也引二合曩踰儗引濕嚩二合哩鉢囉
二合鉢多二合嚩捺曳二合曩嚩捺曳引二合底速剎
彌引二合嚩哩引禰引尾帝引難拏迦娑姤二合
怛囉二合彌引帝引曩奔尾曳引二合曩路俱詰
路捺誐曩二合努刪達努阿娑覩二合冒馱寫難
曩左踰二合旦你惹囕没囉二合憾摩二合嚕捺隣
二合捺囉二合尾瑟拏嚩引三合禰毗哩鍐二合禰旦
布𡅏多努哩𡅏二合旦薩哩嚩二合路迦引尾劒

嚩囕薄訖底二合尾𡅏引曩左引憾婆嚩焰怛
嚩引謨伽引播引難引没惹引囉引達曩引
多怛波二合嚕去聲那引曩尸攞乞叉二合摩引地
也引二合曩尾哩也引二合禰毗室賛引二合尾多
薩哩嚩二合訥佉引多訖凌二合薩哩嚩二合薩覩
怛摩薩哩嚩二合薩埵引囉他二合迦引哩𡅏曩
寫引摩憾婆誐嚩怛也二合阿引哩也二合多引
囉引野引難拏迦娑姤二合怛囉二合三摩引鉢
多二合

聖多羅菩薩梵讚

事師法五十頌

馬鳴菩薩集
宋西天三藏朝散大夫試鴻臚少卿宣梵大師日稱等奉詔譯

依諸經律祕密教　略出承事師儀軌
聞已愛樂發淨心　當獲如來金剛智
若於灌頂師　三時伸禮奉　則爲已供養
十方諸如來　起最上恭敬　合掌以持花
散彼曼荼羅　頭面接足禮　彼師或在家
及新受具戒　置經像於前　則息諸疑謗
若出家弟子　常淨心承事　已坐當起迎
唯除於致禮　彼師及弟子　當互審其器
若不先觀察　同得越法罪　若忿恚無慈
貪愛多散亂　憍易恃種族　以慧當揀擇
具戒忍悲智　尊重無諂曲　了祕密儀範
博閑諸論議　善達真言相　曼拏羅事業
契證十真如　諸根悉清淨　若彼求法者
於師生輕毀　則謗諸如來　常得諸苦惱
由增上愚癡　而獲於現報　爲惡曜執持
重病相纏縛　王法所逼切　及毒蛇傷螫
寃賊水火難　非人得其便　彼頻那夜迦
常作諸障礙　從此而命終　即墮於惡趣
勿令阿闍黎　少分生煩惱　無智相違背
定入阿鼻獄　受種種極苦　說之深可怖
由謗阿闍黎　於中常止住　彼阿闍黎者
弘持正法藏　是故當一心　輒莫生輕慢
常於阿闍黎　承事而供養　發生尊重心
則觸除障惱　又復於師所　樂行於喜捨
不悋於已身　何況於財物　於無量億劫
勇猛勤修習　今始證菩提　斯極爲希有
善護其深誓　供養諸如來　恭敬阿闍黎

等同一切佛　若於已所有　最上諸珍玩
求無盡菩提　誠心而奉獻　施佛阿闍黎
念念常增長　是最勝福田　速得菩提果
如是求法者　具戒忍功德　不虛誑於師
當獲金剛智　若足踏師影　獲罪如破塔
於牀坐資具　騎驀罪過是　若師所教誨
歡喜當聽受　自已或不能　則善言啓白
由依止師故　所作皆成就　現樂及生天
何敢違其命　守護師財物　猶若已身命
於彼執侍人　如親常敬奉　不應於師前
覆頂及乘御　翹足手扠腰　安然而坐卧
或事緣令坐　勿舒於雙足　常具諸威儀
師起速當起　若於經行處　不應隨舉步
端謹立於傍　無棄於涕唾　亦勿於師前
私竊而言說　及隣近語笑　謌舞作唱等
或令坐或起　各安徐禮敬　若於險路中
白已作前導　又不應於前　身現疲勞相
屈指節作聲　倚柱及墻壁　或浣衣濯足
及澡浴等事　先白師令知　所作無令見
又復於師名　不應輙稱舉　設有固問者
當示之一字　師或令幹集　當伺其遣使
於彼所作事　憶持常不忘　或笑嗽伸欠
則以手遮口　若有事啓聞　當曲躬輭語
若在家女人　淨心來聽法　合掌具威儀
專視於師面　聞已當奉持　捨離於憍慢
常如初適嫁　低顏甚慚赧　於彼嚴身具
無復生愛樂　與善非相應　皆思惟遠離
常慕於師德　不應窺小過　隨順護成就
求過當自損　說法度弟子　曼拏羅護摩
城邑同師居　無旨不應作　或說法所得

淨施諸財物　悉以奉其師　隨得而可用
同學及法侶　不應爲弟子　亦不於師前
受承事禮敬　若以物上師　二手持奉獻
師或有所施　當恭敬頂受　自專修正行
常憶持不忘　他或非律儀　愛語相教示
若師所教敕　或病緣不作　當作禮咨陳
斯則無其咎　常令師歡喜　離諸煩惱事
當勤而行之　恐繁故不述　彼金剛如來
親如是宣說　及餘教所明　依師獲成就
若弟子清淨　能歸依三寶　設使命將終
亦爲宣法要　及授祕密教　令作正法器
若現相誦持　當獲根本罪
　若能隨順師行學　則成一切諸功德
　以我所集斯善因　願與衆生速成佛
事師法五十頌

揵椎梵讚

宋朝散大夫試鴻臚卿明教大師法天奉　詔譯

夜布里鑁(二合)冒地謨隸(引)囉尾誐摩曩波替(引)摩(引)囉誐(引)誐凌(二合)誐誐(引)誐凌(二合)一誐(引)誐凌(二合)誐(引)誐誐(引)誐里(二合)伽曩伽伽曩伽伽里(二合)馱馱散曩曩馱迦剎(二)夜悉怛里(三合)鼻里禰(二合)尾野(二合)嚕輩(引)里努努鉢底努努鼻里努(二合)努努鼻里努(二合)努鼻(三)芻畔廼嚩努夜(引)多酥囉曩曩囉曩曩彌多鉢(引)多嚩設(引)枳野(二合)僧賀(四)

夜建那里波(一合)訥婆(二合)曩(引)喃(引)迦賀迦賀迦迦賀(引)賀(引)呬賀底鉢囉(二合)賀(引)賽一里野(二合)悉彌(二合)曩(引)拏寅(二合)摩囉赧(引)曩致多多致怛吒(引)怛(引)致致底鉢囉(二合)羅(引)輩(二)俱怛俱(二合)度度俱怛俱(二合)唧怛俱(二合)囉唧俱賀囉唧多枳(二合)迦囉(引)赧(引)左嚩(引)訥鼻(二合)(三)努(引)怛怛囉(二合)酥窣覩(二合)噪(引)摩野(二合)酥嚕(二合)多娑迦羅扇(引)多曳(引)冒(引)謨你寅(二合)捺囉(二合)(四)

部嚕(二合)剎(引)播(引)波紺(二合)誐畔誐娑摩(二合)囉舍囉娑羅娑怛波(二合)剎摩(二合)多(引)囉(引)剎波(引)帶(引)(一)鉢鬧(二合)嗏(引)喃殑誐曩(引)喃(引)羅隸多部惹羅多(引)羅(引)娑隸羅(引)鉢旦誐(引)(二)娑沒里(二合)拏(引)娑悉彌(二合)堵訖帝(引)(二合)迦羅沒里(二合)努末度囉(引)謨(引)那囉昧(引)嚩租(引)鼻(三)部覽(二合)旦唧(引)堵(引)曩唧怛賴(二合)娑摩(二合)囉嚩羅惹曳努野寫怛娑昧(引)(二合)曩謨(引)窣覩(二合)(四)

烏里尾(二合)散左(引)羅演多佉囉尸囉你迦里界(引)(二合)娑他(引)(二合)那演堵(引)怛多(二合)里羼一

入嚩(二合)羅(引)鼻骨嚕(二合)馱嚩呬你(二合)入嚩(二合)
羅多捺捨禰舍芻(引)婆演堵(引)沒囉始(二)呬
(引)路怛佉(二合引)多(引)悉作羯囉(二合)羯囉(二合)迦
左鉢跓囉嚩(引)囉(引)尾尼所(二合)摩(引)囉尾囉
(三引)昧(引)怛里(二合)設悉怛里(三合引)拏曳(引)曩鉢
囉(二合)娑婆摩鼻儞多(引)鉢(引)多冒(引)噪(引)謨
你演(二合)捺囉(二合引四)
尾塞普(二合)里惹敢(三合)惹多俱(引)波鉢囉(二合)迦
致多尾迦吒(引)塞普(二合引)吒你里瞿(二合引)沙
瞿(引)囉(一)誐里惹敢(二合)儞謨多惹羅鉢囉(二合)
迦吒誐惹伽婥吒句(二合引)波嚩探(引)馱迦(引)
覽(二)散那里布(二合引)那(引重)摩嚩呬你(二合)塞普
(二合)囉那悉枳囉尼所(二合)訥婆(二合)悉多(引)世(引)
沙尾孕(二合)給(三)補瑟閉(二合引)數賽(引)你野(二合)
謨載(引)昨賀(二合)致旦曳伽致旦曳(引)曩沒馱

三冒(引)弟里(二合引)多(四)
禰吠囉(引)迦隣拏(二合)布里迦摩羅那羅你鼻
波刹摩(二合)隸羅(引)尾路(引)賴(引一)婆(引)嚩悉你
(二合)誐吠(二合引)里尾(二合)那誐吠(二合引)鉢囉(二合)左
隸多羅隸帶娑悉彌(二合)帶(引)里部(二合)尾羅(引)
賽(引二)你(引)怛賴(二合)里摩(二合引)覽誐曩(引)喃(引)
波里誐多囉婆賽(引)里路(二合引)呬旦(引)帶(引)
囉扇(引)帶(引二)曩(引)訖里(二合)瑟吒(二合)薩里嚩(二合)
他(引)野娑多(三合)摩賀沒里(二合)史嚩覽摩(引)多
努釤曩摩(引)彌(四)
努(引)訥婆覽(三合引)旦野寫唧旦塞普(二合)吒尾
迦吒娑致界(二合引)僧迦致界(二合引)里路(二合)羅
儞賀吠(二合引一)摩里界(二合)輸羅(引)誐囉(二合)賀悉
帶(二合)里誐(二合)惹覩囉誐目契(引)僧賀娑(引)里
努(二合)羅嚩訖怛賴(三合引二)鉢囉(二合)你愈(二合)摩多

二合迦引摩禰引嚩悉怛里三合拏嚩那誐尼堵
引曳引曩僧娑引囉鼻嚕三三沒馱播引覩
愈瑟曼二合引尾野二合波誐多嚕數引路引迦
曩引度引謨你寅二合捺囉二合四
阿努引娑野二合引野寫沒弟里馱囉尼曩誐
曩禰娑誐覽部引馱囉訥鼻二合一里誐二合里
惹二合訥鼻二合里摩二合引囉尾里引里尾二合尾
嚩設多目契引里瞿二合囉嚕輩引囉喃帶引二
曳引曩引噪引補瑟波二合計引都悉怛里二合
拏嚩那誐尼多薩里嚩二合尾弟多囉引誐三
娑室里二合曼引沒馱尾囉迦嚕沙娑野賀囉
鉢覩冒你里尾二合迦引囉四
摩引囉引你引計引里摩二合護引契引囉悉
波囉秫馱努設訖帝二合輸去聲羅引誐囉二合賀
悉帝二合引一嚕迦引波引帶引囉你引計引里

那重聲二合賀曩波跓囉吠引里鼻二合瑟尼所二合
里鼻二合摩曩引廼引二曩芻特鍐二合野寫唧旦
詣里里嚩曩左楞誐引嗏波里演二合迦嚩淡
三旦曼禰引晚那你演怛里二合娑嚩娑野賀
覽沒馱尾覽酥尾覽四
烏載引囉吒吒賀賽引鉢囉二合迦吒波跓怛
吒引滿馱健吒引囉赦旦一散吒引波引塞
普二合引吒吒降二合迦塞普二合吒惹致羅惹致
緊迦囉引俱引吒囉引刹引二娑誐喃二合迦里
覲二合曩設訖多二合引波跓波吒賀跓娑頗二合
引羅曩野寫冒引冒杲二合引怛里二合鉢多二合
引喃引三誐里二合馱囉俱致波跓波吒賀波跓
酥娑多二合冒引沒馱里囉四
俱引建赦囉引摩覽赦鉢囉二合底娑野引但
賀赦涅里沒二合努赦囉努赦引赦曼泥涅二合

曼拏泥涅二合摩尼所二合賀泥所二合賀迦尼所
二合懺悉怛覽三合誐羅悉怛覽二合誐羅娑怛
覽二合昨賀二合沒覽二合砌沒覽二合昨賀二合砌沒
覽二合佉謨佉謨具具曼引具具曼引共具曼
共二嚧鼻里嚩引二合迺引里曩二合鼻多酥囉
囉囉彌多半引多嚩設枳野二合僧賀四
炎摩引囉左引羅馱引羅三摩野娑摩引囕
婆三覽婆目訖旦一二合曩訖旦二合喃引碗引
誐曩引喃引目佉迦摩羅嚩喃室里二合尾波
剎迦波叉二三摩野三冒二合地羅剎彌二合設
始曩彌嚩舍囉怛矯引二合謨禰三鉢囉二合曳
引禰引三怛縛二合炎馱摩努底特嚩二合曩底婆
誐嚩堵引達里摩二合囉引惹寫巘尼四
你伽喃二合曩鉢囉二合鉢多二合怛里二合鉢底二合
叉拏摩閉尾左囉底演二合多俱引演那覽多

一旦你剎鉢多引三合你野二合喞多引俱嚕多
酥左里帝引瑟姹引二合那覽薩里嚩二合迦覽
二伊怛淡二合囉怛曩二合怛囉二合夜引詣野二合
彌嚩嚩賀底謨護鉢囉二合尼喃引野寫世引
沙引二曳引彭曼那引野摩引曩引鉢囉二合體
多目佉囉禰誐曼三合拏羅引達里摩二合巘尼
四
曼里多引二合拏曼拏羅引彌冒引努誐赧尾
儞底野一二合婆底賀底里體二合迦惹喃儞曩
舍娑喃左一覽囉摩野二合帝引馱囉尼曼拏
羅曼拏曩寫三巘尼夜摩寫惹野泥涅二合尼
摩嚩怛鉢囉二合贊拏四
夜室左二合怛鍐二合曩涅里二合嗏怛鍐二合惹彌
惹彌尼所二合尼所二合曼里寅二合惹尼寅二合喃
引尼曩引尼一赦曼泥涅二合曼拏泥涅二合曼

拏娑拏娑尼所二合尼所二合畔曩引尼娑曩引
尼畔赦二覽尼寅三合嚕泥涅二合嚕嚕泥涅二合
野囉羅嚩佉佉曼佉佉曼佉佉曼佉三夜室
左二合怛吠引二合嚩嚩路引計引捺舍嚩羅嚩
隸諾閉拏野二合帝引摩引囉賽引你野三合四
部劍布引怛劍二合波惹引多引鉢囉二合左隸
多嚩酥嚩引劍波帝引彌引嚕囉引惹引一烏
怛囉二合娑多引二合襧引嚩僧伽引誐囉二合賀
誐拏計囉拏引曩引誐囉引惹引三摩娑多
引二二合酥嚕二合怛嚩引二合嶮尼鉢囉二合賛赦引
尾尾馱娑野迦里寅二合底里體二合迦喃引三冒
馱南引扇引底呬引覩引鉢囉二合底囉拏底
摩呬囉引嚩演底嚩僧健四
曀沙引尾賀囉始佉里引鉢囉二合尾嚕引底
嶮尼一彌引佐娑嚩二合你嚩俱嚕帝引底摩

努詣野二合瞿引沙引二摩引帝引嚩嚩怛娑二合
羅多夜引酥嚩呬里誐二合旦引室左二合三補
怛覽引二合娑摩引賀嚩二合野底部引惹曩迦
引羅嶮尼四
僧娑引囉作羯囉二合波里摩里那二合曩多怛
波二合囉寫一没馱寫薩里縛二合娛拏囉怛曩
二合尼部史怛寫二曩引難迦嚕底酥囉努捺
囉二合鼻覩羅野二合瞿引沙引三嶮尼娑摩娑多
二合努里多你尾那引囉演底四
曀沙引呬嶮尼囉拏帝引曩誐赦一三冒引
嚩你襧引嚩曩囉引酥囉引赦引二娑捺囉二合
引室里二合尼所二合特鍐二合酥誐怛寫嶮尼三
摩引布里旦引鼻芻誐妳引娑摩誐里引二合四
曩引詣引三曼里多二合迦羅芻鼻多惹羅馱
囉引迦引羅嚩馱瑜引二合彌你二合枳囉尼引一

二合迦悉彌二合囉特鑁二合設商迦引婆野左計
多惹曩引娑多二合怛鉢囉三合底迦引囉呬引
堵引二俱里鑁二合底野二合你野引二合閉野寫引
特嚩二合你謨波舍彌多引始引沙底里體二合
引嚩隸炎三娑引囐尼鉢多喻瑟曼二合娑迦
囉謨你嚩里界引二合娑他引二合閉多引達里
摩二合没里二合泰引四
曀沙引酥囉引酥囉摩護引囉誐娑怛訖里
三合怛寫一扇引底波囉引謨波誐怛寫怛他
引誐多寫二囐尼囉拏底野二合摩囉嫩努鼻
都羅野二合瞿沙三引訖里二合嚩你野二合底里他
二合呬里二合那引野引你尾那引囉演底四
布羅野二合怛波二合囉摩引曩娑引婆嚩多部
婆嚩三合淩誐引二合波嚩里誐二合鉢囉二合你一引
波半引努凌誐二合底那引野劒俱嚕多摩引

路引迦室左二合楞儞尾旦二伊璨摩地野二合
你隸曩部凌二合誐尾嚕帶引里惹二合羅半二合
曩夜引野唧覽三摩引囉引里室左二合囉拏
引惹喻引尾你呬多補瑟半引二合惹隸半引
多嚩四
捫左訥鼻二合俱娑摩引二合你怛里二合里野二合
囉尼帶引囉引野訥鼻二合里禰重聲二合輸一引祖
引祖寅引二合迦引囉布囉娑里界二合酥囉誐
妳引設羯囉二合禰鼻娑那里界引二二合娑嚩二合
凌誐引二合你野二合寫部鑁計羅引嚩多囉堵
引難多引努夜引怛囉二合唧覽三怛寫引嚩
炎二合迦嚕拏引你地引里婆二合誐嚩堵引囐
尼鉢囉二合贊拏引惹誐多四
誐怛嚩引二合娑鉢多二合曀那引你曼引多嚕
那覽引你瑟迦囉引三合多摩引怛囉二合娑嚩

二合演一僧娑囉弟囉底孕二合迦嚕底野二合賀
引彌底布嚕引二合嚩引左喻引曩羅波二合尾
二野寫引曩羅波二合波尾嚩部嚩嚩左喃部
囉引二合𡅏瑟拏二合鼻嚩𡅏旦三部夜引馱酥
誐怛寫怛寫惹曳拏孅尼多摩欠尼你四
𡅏怛嚩引二合摩引囉嚩楞摩賀引娑野迦覽
訖里二合怛嚩二合左努引沙叉焰一薩里嚩二合
詣野二合波那摩引波野二合酥嚕唧覽怛怛賴
引二合地引囉引怛囉引二合嚩呬四二怛寫始引
沙娛拏引迦囉寫酥地喻引没馱寫秫馱引
怛摩二合努三孅尼欠尼多贊拏枳囉尼二合沙
多夜引弟部帝野引二合涅里二合祓四引
没囉二合憾摩引二合伊嚩引娑嚩酥囉娛嚕誐
里鑁二合惹護引薩里嚩二合他引一薩里嚩二合佉
里嚩二合摩底里嚩二合部嚩娑誐鑁引尾瑟拏

室贊二合拏瑟尼二合誐多二合伊璨演娛拏枳里
多二合你引數尾没馱引夜引旦引呬里二合夜
引謨迦旦引孅尼怛寫謨你引里惹二合喃婆
野鼻那波引夜引那播引演引惹曩引曩四
夜寫引惹敢二合摩你禰曩禰曩摩多野鉢囉
二合布輸贊底里體迦一引賀里沙二合尾始沙嚩
弟多尾喻引冒杲二合馱引達里二合底孕二合禮
鼻里二引夜引摩引娑引你野二合娛拏引鉢囉
二合演引底尾多底孕二合努引沙引没囉二合惹
敢二合底叉焰三娑孅尼迦隸迦羅枳隸計二合
沙賀囉引部夜引訥婆二合嚩部多曳四引
演引曩怛嚩二合尾尾馱尾秫弟摩多喻引誐
璨底孕二合旦殑誐底孕一二合野娑焰二合利鉢
囉二合多覽鉢囉二合演引底尾嚩舍引薩里味
引二合尾波叉引叉焰二特嚩二合娑多引二合尾

野合二娑多合二娑摩酥謨引賀波吒羅引娑引
達里摩合二巘尼謨你三三部野引訥婆合二嚩
婆引尾三没馱娑底禰愈瑟摩引二合迦摩引
愈瑟摩合二旦引四
酥嚕合二怛嚩引二合演引鉢底多引摩四引多
羅摩楞没囉合二感摩引二合那野引娑嚩合二里
部合二嚩一劒波帝引馱囉尼馱囉引刹帝囉
閉刹鉢囉合二誐多引刹摩引二合多楞二底里
體引二合喃引婆野迦引里尼波囉四多鉢囉
引二合覽婆秫馱引怛摩合二喃二引冒杲合二馱引
曩引謨波扇引多曳引娑波禰舍散多引你
野合一旦引巘尼劒四

揵椎梵讚

音釋

揵椎梵語也此云鐘亦云磬律云隨有瓦木銅鐵鳴者皆曰揵椎揵巨寒切椎音槌　窒陟栗切塞也　卉許貴切草之總名也　攢祖丸切族聚也　溥頗五切廣也　墉餘封切城也　蜫音昆蟲之總名也　螻蟻螻音樓蟻魚倚切　螺盧戈切　崕喍崕魚佳切喍仕皆切崕喍鬬也　噬時制切啗也　濺子賤切水激也　杻械杻敕九切械下介切　銛思廉切利也　突厥突陀骨切厥九勿切突厥北夷也　彌戾車梵語也此云惡見戾郎計切　讒鉏咸切譖也　鏑丁歷切矢鏃也　癩落蓋切惡疾也　癲多年切狂也　搏撮搏伯各切擊也撮麤括切捎取也　驀莫白切越也　翹祈堯切企也　也　扠切加切挾也　嗽先奏切欬也